Marion Zimmer Bradley

ASHARAS RÜCKKEHR

Marion Zimmer Bradley

ASHARAS RÜCKKEHR

Aus dem Amerikanischen von
Fred Kinzel

Knaur

Titel der Originalausgabe: Exile's Song
Originalverlag: Daw Books

Dieses Buch wurde auf chlor- und säurefreiem Papier gedruckt. Die Folie des Schutzumschlags sowie die Einschweißfolie sind PE-Folien und biologisch abbaubar.

Knaur Verlag, München

Umschlaggestaltung: Agentur Zero, München
Umschlagillustration: Arndt Drechsler, Landshut
Satz: Ventura Publisher im Verlag
Druck und Bindung: Franz Spiegel Buch GmbH, Ulm
Printed in Germany
ISBN 3-426-66036-9

2 4 5 3

Für Adrienne Martine-Barnes,
die die Figur der Margaret Alton schuf
und an diesem Buch mitgearbeitet hat.

1

Es muß eine Möglichkeit geben, wie ich von einem Stern zum anderen reisen kann, ohne daß mir schlecht wird – irgendein Medikament, auf das ich nicht überempfindlich reagiere. Wenn ich nur nicht gegen so vieles allergisch wäre. Hätte ich doch bloß eine Laufbahn als Agronom oder Journalist eingeschlagen.

Die Frau auf der Schubkraft-Liege lächelte grimmig, ohne die Augen zu öffnen, und versuchte, Übelkeit und Schwindelgefühl zu ignorieren. Der Gedanke war nicht neu, und sie hatte ihn bereits viele Male durchgespielt. Jahre zuvor, als sie von zu Hause weggegangen war, um die Universität zu besuchen, hatte sie diese beiden Berufe tatsächlich ins Auge gefaßt, zusammen mit Wirtschaftswissenschaft und verschiedenen anderen, an die sie sich nicht mehr erinnerte. Sie hatte weniger als ein Semester gebraucht, um herauszufinden, daß sie kein Händchen für Landwirtschaft besaß, und fand die Vorstellung abscheulich, über das Unglück anderer Leute zu berichten. Sie hatte kein Geschick im Umgang mit Worten, und Zahlen langweilten sie, obwohl sie sehr gut im Rechnen war und bestimmt eine ganz passable Veruntreuerin geworden wäre. Bei diesem Gedanken wurde ihr Lächeln zum breiten Grinsen, und die Spannung in ihrem Gesicht löste sich ein wenig.

Unter dem türkisfarbenen Ärmelaufschlag ihrer schwarzen Gelehrtenuniform juckten die Pflaster auf ihrer Haut. Eines davon versorgte sie mit Hyperdrom, dem Medikament gegen Raumkrankheit, und das andere sollte ihrer Allergie gegen Hyperdrom entgegenwirken. Wirklich zu dumm, daß sie all-

ergisch war. Ihr Vater war es auch, sie mußte es wohl von ihm geerbt haben. Sie war eben doch seine Tochter, auch wenn sie die meiste Zeit nicht das Gefühl hatte.
Sie bewegte ihren Kopf auf den übelriechenden Kissen ihrer Liege vor und zurück. Diesen Augenblick nutzte ihr feines, aber üppiges rotes Haar, um sich aus dem Knoten zu lösen, zu dem sie es aufgetürmt hatte, und ihr in den Nacken zu rutschen. Sie konnte ihre Anspannung fühlen und versuchte angestrengt, sich zu entspannen. Der schwache Desinfektionsmittelgeruch, der in der stickigen, trockenen Luft des Dritte-Klasse-Abteils hing, war widerlich.
Solange sie die Augen geschlossen hielt, hatte sie die Illusion von Alleinsein und war sich der elf anderen Personen in dem überfüllten Quartier weniger bewußt. Die Nähe von anderen Menschen, Leuten, die genausoviel Angst hatten wie sie selbst, machte die schreckliche, zermürbende Übelkeit, die sie zu ignorieren versuchte, nur noch schlimmer. Es war immer so gewesen, seit jener ersten Abreise von dem Planeten, auf den sie nun zurückkehrte. Sie hatte nur wenige, undeutliche Erinnerungen an ihre Kindheit, die an jene erste Reise jedoch waren lebendiger und stärker als alle anderen. Die Gerüche und Geräusche eines Raumschiffs und eines Magens, in dem Dämonen zu tanzen schienen, waren mit etwas Furchtbarem verknüpft, an das sie sich jedoch nicht klar erinnerte. Sie wurde nie richtig krank, aber endlose Stunden kurz vor dem Erbrechen zu verbringen war genauso schlimm, wenn nicht schlimmer.
Kaum jemand hätte vermutet, daß die Tochter eines Senators der Föderation dritter Klasse reiste. Man nahm eher an, daß solche Leute ein schillerndes Leben mit Festen und Abendgesellschaften in diplomatischen Kreisen führten. Aber sie war

eine Stipendiatin der Universität, und Akademiker reisten selten anders. Sie war inzwischen eine erfahrene Reisende, mit zehn ausgedehnten Reisen und mehr als hundert Flügen, aber immer noch weigerte sich ihr Körper, sich an die Medikamente zu gewöhnen, und sie hatte sich mit dieser Unannehmlichkeit abgefunden. Zumindest mußte sie nicht mehr die Qualen des Zwischendecks erdulden, wie bei ihrer ersten allein unternommenen Reise, einem Alptraum mit sechzehn Starts und Landungen zwischen Thetis und Coronis. Und erster Klasse zu reisen, wie sie es einmal getan hatte, war auch nicht viel besser – die Luft stank trotzdem, und die Medikamente trockneten ihren Mund ebenfalls aus.

Ich bin wie ein guter Wein – Reisen bekommt mir gar nicht. Ich wünschte, diese Arznei würde einen wirklich einschlafen lassen, wie sie es angeblich tut. Professor Davidson schnarcht vor sich hin wie ein Baby, der Gute. Wie macht er das nur? Kommt nun die Durchsage für unseren Landeanflug? Ich habe nicht mehr mitgezählt. Ist das der sechste oder der siebte Flug? Mutter der Meere, laß es der siebte sein.

Sie begann »das Spiel« zu spielen. Sie und ihre Stiefmutter Dio hatten es auf jener halb erinnerten, ersten Reise erfunden, als sie noch sehr klein war. Es bestand darin, daß man alle Göttinnen und Götter nannte, die einem einfielen. Als Dio es ihr beigebracht hatte, hatte sie nur wenige gekannt – Zandru und Aldones, Evanda und Avarra. Bis sie ihr Ziel erreicht hatten, konnte sie mehr als hundert aufzählen und kannte einige ihrer Geschichten. Die Liste war angewachsen, während sie älter wurde und lernte, bis sie Namen von Gottheiten enthielt, die bis auf die Zeit zurückgingen, als Terra noch wirklich ein Reich war. Sie hatte die Namen von Gottheiten hinzugefügt, die sie von Mitstudenten erfuhr, Götter von

Planeten, die sie besucht hatte, und von Welten, auf denen sie nie gewesen war. Manchmal suchte sie nach Reimen in den Namen oder ordnete sie in alphabetischer Reihenfolge – alles, was sie vom Aufruhr in ihrem Körper ablenkte. Die Namen waren ihr nie ausgegangen, aber sie wußte nicht genau, ob aufgrund der Wiederholungen oder etwas anderem. Jedenfalls war die Übung etwas, worauf sie sich konzentrieren konnte, anstatt auf das Geräusch des großen Schiffes um sie herum zu lauschen und den beißenden Geruch ihrer Mitreisenden zu riechen.

Das Schlingern des Schiffes, bei dem sich einem der Magen umstülpte, begann nachzulassen. Das Triebwerk klang anders, irgendein Heulton hörte auf. Bei dem Geräusch wurde sie immer angespannt, denn es bedeutete, daß sie den leeren Raum zwischen den Sternen verließen und in das Gravitationsfeld einer Welt eintraten. Das anhaltende Dröhnen der Landungstriebwerke setzte ein – ein leicht verstimmtes *As*, bei dem sie zu zittern begann.

Auf der Liege neben ihr schnaubte der Professor prustend, hustete und bewegte sich. Er war wach. Jahre der erzwungenen Nähe zu dem alten Mann hatten ihr jedes Ächzen und jede Geste vertraut werden lassen. Sie mußte nicht die Augen aufmachen, um zu wissen, daß er nun die Finger über einer imaginären Tastatur öffnete und schloß.

Wie sehr wir uns doch aneinander gewöhnt haben, dachte sie. *Wahrscheinlich kennt er auch alle kleinen Gewohnheiten von mir.* Es war sehr tröstlich, die vertraute Begleitung von Ivor Davidson zu spüren, ihrem Mentor und praktisch auch ihrem Pflegevater. Seine Frau Ida war wie eine Mutter zu ihr gewesen, und sie kam zu dem Schluß, daß sie trotz des gräßlichen Gefühls in ihrer Magengegend eigentlich sehr viel Glück

hatte. Sie tat die Arbeit, die sie liebte, in der Gesellschaft eines lieben und geachteten Freundes. Wer wollte mehr verlangen?
Der Lautsprecher über ihrer Liege winselte und summte, und Margaret fuhr zusammen. Zum Teufel mit ihren besonders empfindlichen Ohren! Sie hatten ihre Studien, ihr Stipendium und ihre Karriere als Musikwissenschaftlerin ermöglicht. Aber dreimal zum Teufel mit dem saloppen Fernmeldeoffizier, der wahrscheinlich taub war und die letzten drei Landungen zur reinsten Qual gemacht hatte. Nach einem leisen Klicken und einem scharfen Kreischen, bei dem sie vor Unbehagen bebte, begann eine näselnde Tonbandaufzeichnung mit dem Akzent irgendeines Hinterwäldlerplaneten loszudröhnen. Sie war alt und mußte ersetzt werden. Margaret mußte sich zwingen, daß sie zuhörte und das lärmende Ding nicht einfach ausmachte.
Dann war die Tonbandaufzeichnung zu Ende, und es ertönte etwas, das an eine menschliche Stimme erinnerte und Standard-Terranisch mit einem fürchterlichen Akzent sprach, bei dem die Worte in die Länge gezogen wurden.
»Wir befinden uns im Landeanflug auf Cottman IV, von den Einheimischen Darkover genannt.« Das Wort hatte einen beinahe geringschätzigen Klang, als stellte sich der Sprecher die Darkovaner als nackte Wilde oder etwas Ähnliches vor. Typisch terranische Arroganz. »Die Passagiere werden gebeten, angeschnallt zu bleiben, bis das Entwarnungssignal ertönt. Für diejenigen Passagiere im Zwischendeck und in der dritten Klasse, die Hilfe benötigen, wird kurz nach der Landung ein Steward bereitstehen.« Nachdem die Stimme die Hinweise für die Passagiere in Standard gesagt hatte, wiederholte sie sie in einem Dutzend anderer Sprachen, wobei sie diejenigen, die Margaret erkannte, schwer verhunzte.
Darkover! Endlich am Ziel. Der Planet ihrer Geburt. Aber der

Klang des Wortes löste die seltsame Vorahnung aus, die sie spürte, seit sie erfahren hatte, daß sie hierherkommen würde. Es war etwas Ähnliches wie Angst, und es war völlig unlogisch! Sie war im Zuge ihrer Arbeit mit Ivor schon auf anderen Planeten gewesen, und nie hatte sie so ein schleichendes Unbehagen gespürt.

Margaret holte ein paarmal tief Luft und zwang sich zur Ruhe. Ihre Schultermuskeln waren verspannt und lösten sich nur widerwillig. Aber ihre Entspannungsübungen funktionierten langsam, sie seufzte erleichtert und hörte nicht mehr auf den Lautsprecher. Ihre Gedanken wanderten. Sie war daran gewöhnt, daß man ihr alles ein dutzendmal sagte. Als Bewohnerin einer Kolonie hatte sie eine gesunde Verachtung für die Reglementierungswut der terranischen Föderation. Zwar schätzte sie die technischen Errungenschaften der Terraner, die es ihr erlaubten, die Musik eines Dutzends von Welten in einem einzigen Menschenleben zu studieren, doch sie ertrug ihre Arroganz nur wegen des Stipendiums und der Freiheit, das es ihr bot. Aber sie mochte sie nicht – und würde sie vermutlich nie mögen.

Ihr Vater hätte sie liebend gerne auf eine ganze Reihe von Colleges der Siedler geschickt, aber die Universität von Coronis war nicht darunter gewesen. Sie erinnerte sich noch gut an den Streit, der ausgebrochen war, als sie zum ersten Mal diesen Vorschlag machte. Zu behaupten, ihr Vater habe nicht zugestimmt, wäre ein Meisterstück an Untertreibung, und was es noch schlimmer machte, er wollte nicht erklären, wieso. Dio, ihre Stiefmutter, hatte wie immer eingegriffen, um den Frieden zwischen Vater und Tochter, so gut es ihr möglich war, aufrechtzuerhalten, aber es hatte lange gedauert, eine Zeit voller Angst und brütendem Schweigen, bis der Senator

seine Einwilligung gab. Sie wünschte, sie würde ihn besser verstehen – oder zumindest seine seltsame Mischung aus Distanziertheit und wildem Beschützergebaren, das er ihr gegenüber an den Tag legte. Der Alte (wie sie ihn nannte) und Dio waren meistens unterwegs, da sie gezwungen waren, Veranstaltungen des Senats zu besuchen, oder Angelegenheiten der Föderation zu erledigen hatten. Wegen seiner eigenen Allergie auf Hyperdrom kam der Senator nicht sehr häufig nach Thetis zurück, und wenn er da war, ging er ihr nach Möglichkeit aus dem Weg. Es war fast, als würde er sie gleichzeitig lieben und hassen.
Aus einem ihr nicht ersichtlichen Grund wurde Margaret plötzlich an die Zeit erinnert, als sie dreizehn oder vierzehn war. Dio hatte sie angetroffen, wie sie weinend am Meer saß. Sie wußte nicht mehr genau, weswegen sie geweint hatte, aber die Worte, die sie damals gesagt hatte, kamen ihr plötzlich in den Sinn. »Ich bin häßlich«, hatte sie geschluchzt, während ihre Stiefmutter sie zu trösten versuchte. »Vater nimmt mich nie in den Arm und läßt mich nie irgendwo hingehen, weil ich häßlich bin. Warum kann ich nicht so schönes Haar haben wie du? Warum wird meine Haut in der Sonne fleckig? Und du und Vater, ihr seid soviel unterwegs, und wenn ihr zu Hause seid, rührt er mich nie an oder redet mit mir oder irgendwas! Was stimmt nicht mit mir?«
Sie schauderte bei dieser Erinnerung. Im selben Augenblick ließ das Schiff ein gewaltiges Dröhnen hören, gefolgt von einer Art metallischem Seufzen, fast als wäre es müde, und Margaret dankte der Göttin, daß sie nicht mehr dreizehn und den Schrecken der Pubertät ausgesetzt war. Jene Jahre, in denen sie überzeugt gewesen war, die Haltung des Alten ihr gegenüber rühre von etwas her, das sie falsch gemacht oder

nicht gekonnt hatte, obwohl Dio ihr erklärte, daß es nichts mit ihr zu tun habe, sondern ausschließlich mit dem Senator selbst. Dio gab sich die größte Mühe, sie zu trösten, und sagte ihr, sie sei *nicht* häßlich. Sie beharrte darauf, daß der Senator sie auf seine düstere Art tatsächlich liebte. Aber sie hatte es irgendwie nie fertiggebracht, ihr zu erklären, warum er so distanziert war oder warum sie beiden so wenig ähnlich sah. Erst sehr viel später erfuhr sie, daß sie gar nicht Dios Kind war, sondern aus der ersten Ehe des Alten stammte.

Margaret konnte sich noch gut an den Schock erinnern, den diese Enthüllung kurz vor ihrer Abreise zur Universität ausgelöst hatte. Sie hätte sich nie träumen lassen, daß ihr Vater schon einmal verheiratet gewesen war. Es gab so vieles, was sie über ihre eigene Vergangenheit und die ihres Vaters nicht wußte. Sie schauderte und zwang sich, nicht weiter zu denken. Sie war schließlich nicht die Heldin eines Groschenromans, in dem dunkle Geheimnisse im Hintergrund lauern. Aber warum hatte sie dann das starke und schreckliche Gefühl, daß es nicht nur Dinge gab, die sie nicht wußte, sondern auch solche, die sie gar nicht wissen wollte? Unsinn! Sie war nur müde von der langen Reise und krank von der Weltraumarznei.

Nein, es war mehr als das. Sie kehrte zu dem Planeten zurück, auf dem sie vor mehr als fünfundzwanzig terranischen Jahren zur Welt gekommen war. Margaret hatte nur äußerst undeutliche Erinnerungen an ihn, und doch löste allein der Gedanke ein leises Unbehagen, leichte Kopfschmerzen und ein Gefühl wie vor einem Gewitter aus. Vieles an der Sache war sehr verwirrend. Ihr Vater war der Senator für Darkover, aber er lebte nicht dort, und soviel sie wußte, hatte er nie wieder einen Fuß auf den Planeten gesetzt, seit er ihn vor über zwanzig

Jahren verlassen hatte. Die Mutter, die sie den größten Teil ihres Lebens gekannt hatte, war in Wirklichkeit nicht ihre Mutter und weigerte sich hartnäckig, mehr als bloße Gemeinplätze über ihre richtige Mutter zu enthüllen.

Einen Augenblick lang herrschte Stille, bis auf den glücklicherweise tonreinen Akkord des Entwarnungssignals. Dann folgte das Klappern, mit dem ein ungeschickter Techniker die Landedurchsage einschob, und das Geschnatter im Abteil, als sich die Passagiere gegenseitig von der offenkundigen Tatsache ihrer Ankunft unterrichteten. Es war fast, als würden sie erst dann etwas glauben, wenn sie es jemandem erzählt hatten.

»Wir sind im Raumhafen Thendara auf Cottman IV gelandet. Passagiere mit diesem Zielort werden nun abgefertigt und können von Bord gehen. Wir halten hier nur kurz, deshalb werden Passagiere zur Weiterreise nach Wolf – Phi Coronis IV gebeten, nicht von Bord zu gehen, sondern angeschnallt zu bleiben. Passagiere nach Sagan's Star, Quital und Greenwich werden gebeten, hier von Bord zu gehen und einen uniformierten Angestellten des Raumfahrtunternehmens bezüglich des Transits zu ihrem Zielort zu befragen. Bitte machen Sie sich unverzüglich zum Ausstieg bereit. Ein Arzt wird sofort in Ihre Kabine kommen und allen weiterreisenden und neu hinzugekommenen Passagieren Hyperdrom verabreichen. Ich wiederhole: Wir sind auf dem Raumhafen Thendara gelandet; Passagiere nach …« Die Stimme leierte immer weiter.

Margaret ignorierte ihre schwachen Kopfschmerzen und das Verlangen, einen Lappen in den Lautsprecher zu stopfen. Sie ignorierte das Jucken der Hautpflaster an ihrem linken Handgelenk. Statt dessen begann sie die Gurte zu öffnen, die sie auf der Liege festhielten; sie konnte es kaum erwarten, dem Geruch und den Geräuschen des Raumschiffs zu entkommen. Allerdings hatte sie es nicht ganz so eilig wie sonst. Dieses Gefühl der Bedrohung blieb in ihrem Hinterkopf, und sie mußte ihre Aufmerksamkeit zwanghaft davon ablenken. Sobald sie nicht mehr angeschnallt war, wandte sie sich ihrem Begleiter zu.

Professor Davidson fummelte unbeholfen an seinen Haltegurten herum. Seine Augen waren ein bißchen glasig von den Medikamenten, und wie üblich war er leicht desorientiert. Sie sah ihn mit einer Schnalle kämpfen und biß sich auf die Lippen. Das erste, was ihr aufgefallen war, als sie ihn kennenlernte, waren seine Hände gewesen – wunderschöne Hände wie die eines Engels in einem alten Gemälde. Nun waren sie krumm und steif und kaum noch in der Lage, die einfachsten Griffe auf einer Gitarre zu bewältigen. Es schien über Nacht gekommen zu sein, aber wahrscheinlich war es langsamer gegangen. Davidson konnte beinahe jedes Instrument spielen, das für humanoide Lebensformen entwickelt worden war – und sogar ein paar für nicht-humanoide –, aber er war immer schon ein Tolpatsch bei einfachen Dingen wie Verschlüssen und Schnallen gewesen, und er haßte es, wenn sie ihn auf seine Unbeholfenheit ansprach. Schließlich sah er sie hilfesuchend an, besiegt von dem blöden Ding. Sie setzte sich auf – ein wenig benommen vom plötzlichen Blutdruckabfall – und kam ihm zu Hilfe.

»Was würde ich nur ohne dich tun?« fragte er, und sein zerfurchtes, nußbraunes Gesicht verzog sich zu diesem Lächeln, das nie ihre Wirkung auf sie verfehlte, auch wenn sie sich über ihn ärgerte.

»Eine andere Assistentin einstellen, was sonst«, antwortete sie trocken. Seine zunehmende Abhängigkeit von ihr bedrückte sie mehr, als sie zugeben wollte. Es war, als hätte ihr einjähriger Aufenthalt auf Relegan ihm die letzte Lebenskraft entzogen und die vertrocknete Hülse eines Mannes zurückgelassen. Sie zwang sich dazu, sich ihre Hilflosigkeit und Wut über seinen raschen Verfall nicht anmerken zu lassen. Sie schuldete Ivor Davidson mehr, als sie je gutmachen konnte. Während ihres ersten, schrecklichen Jahrs auf der Universität, als sie sich abstrampelte, ein Studienfach zu finden, das sie nicht langweilte oder frustrierte, war sie Ivor in der Bibliothek begegnet. Sie hatte leise vor sich hin gesungen – sehr zum Verdruß von einigen Studenten, die in der Nähe saßen –, ohne daß es ihr bewußt gewesen wäre. Er hatte sie unter seine Fittiche genommen, sie mit einer Art wilder Gründlichkeit geprüft und dann bei sich zu Hause wohnen lassen. Ivor und Ida hatten sie sowohl als Musikerin als auch als Frau großgezogen und ihr ein Selbstbewußtsein vermittelt, das sie bei Dio und dem Alten nie erlangt hatte. Zuletzt hatte er ein unbeschränktes Forschungsstipendiat für sie herausgeholt und sie erst zu seinem Schützling und dann zu seiner Assistentin gemacht. Eine solche Stellung war in Universitätskreisen hoch angesehen, und sie wußte, daß sie sehr viel Glück gehabt hatte. Sie erschauerte leicht, als sie daran dachte, wie unsicher sie damals gewesen war. Es hatte sie einen großen Teil ihrer Energie gekostet, der unerklärlichen Kombination aus Distanz und übertriebener Fürsorge zu entkommen, die ihr Vater an den Tag legte. Die Davidsons hatten sie so freundlich aufgenommen wie Generationen von Studenten vor ihr. Ida hatte ihr die Umgangsformen der Universitätskultur beigebracht, und Ivor hatte sie Musikkunde und seine Leidenschaft für dieses Fach gelehrt. Beide hatten ihr eine bedingungslose

Zuneigung entgegengebracht, die sie bisher nie kennengelernt hatte und der sie zunächst mißtraute. Aber die Beharrlichkeit der beiden hatte gesiegt, und irgendwann in diesem Prozeß hatte Margaret aufgehört, ein wildes Siedlermädchen zu sein, und war eine geachtete Forscherin geworden. Sie hatte sich nichts dergleichen vorgestellt, als sie noch auf Thetis lebte, aber ihr gefiel die Arbeit, und sie mochte den alten Knaben.

Mehr als ein Jahrzehnt waren die Davidsons ihre Familie gewesen, und sie fühlte sich als Glückskind, weil sie die beiden gefunden hatte. Thetis, ihre Heimatwelt, verdrängte sie in ein Hinterzimmer ihres Bewußtseins und erinnerte sich nur daran, wenn sie die verschiedenen Formulare ausfüllen mußte, nach denen die terranische Bürokratie süchtig zu sein schien. Sie gab sich große Mühe, alle Erinnerungen an ihren Vater zu tilgen, diesen verbitterten, schweigsamen, einarmigen Mann, und selbst an ihre freundliche, lachende Stiefmutter, die so bereitwillig den Hintergrund für die Launen des Senators abgab.

Wenn sie sich ihre Kindheit ins Gedächtnis rief, erinnerte sie sich für gewöhnlich nur an die angenehmen Dinge. Das Tosen der Wasser von Thetis an der Küste der Insel, auf der sie wohnten, und der Duft der Blumen, die im Frühjahr vor ihrer Haustür blühten; der Geschmack des ersten *Delphina*, den sie im Sommer fingen; das intensive Blau der Azurinen, der thetischen Hochzeitsblumen, die sich im hellen Haar der Paare kringelten. Bei der Farbe von Azurinen schnürte sich ihr immer die Kehle zu, aus einem Grund, den sie nicht erklären konnte. Margaret hatte einen ziemlich großen Vorrat an solchen Bildern, denn sie war sehr viel allein gewesen in ihrer Kindheit. Der Senator war monatelang ohne Unterbre-

chung weg gewesen, sehr zu ihrer schuldbewußten Erleichterung.
»Nein, das glaube ich nicht, meine Liebe.« Ivor Davidsons Stimme unterbrach ihre sorgenvolle Träumerei. »Ich glaube nicht, daß ich mich noch einmal an jemanden gewöhnen könnte. Ich hoffe, ich muß es auch nicht. Egoistisch von mir, ich weiß. Ich sollte an dich denken, an deine Zukunft, nicht an meine. Eine schöne junge Frau wie du sollte einen Liebhaber oder mehrere haben, sollte Kinder bekommen, statt die Marotten und Launen eines alten Mannes zu ertragen. Aber die Wahrheit ist, daß ich ohne dich nicht zurechtkäme – und ich bin sehr froh, daß du hier bei mir bist.«
Margaret sah ihn mit jähem Unbehagen an. Ihr kam zu Bewußtsein, daß sie bisher absichtlich übersehen hatte, wie alt er geworden war, daß sie seine zunehmende Hinfälligkeit geleugnet hatte. Alt mit fünfundneunzig – wie zu prähistorischen Zeiten. Die letzte Verjüngungsbehandlung hatte nicht gegriffen, nicht funktioniert. Seine Hände, seine Engelshände wurden zu Stein, und sie konnte es kaum ertragen. *Ivor, bitte hör auf, alt zu werden …*
»Unsinn!« Sie sprach forsch, um ihre Gefühle zu verbergen. »Dieses Dreckszeug von Hyperdrom macht Sie immer melancholisch. Sehen wir zu, daß wir aus diesem fliegenden Sarg hinauskommen.« Diese letzte Bemerkung, die sie unglücklicherweise in ihrer vollen Stimme, der ausgebildeten Stimme einer Sängerin, gemacht hatte, trug ihr einen bösen Blick von einem der Weiterreisenden ein. Sie spürte, wie sie bis in die Haarspitzen rot wurde, und senkte die Stimme, bevor sie weitersprach. »Nach einem Drink und einem Bad fühlen Sie sich besser.« Cottman IV wurde in der kleinen Informationsschrift, die sie aufgetrieben hatte, als primitiv beschrie-

ben, aber Margaret wußte sehr gut, daß das in der terranischen Amtssprache nur das Fehlen einer Telekommunikationszelle an jeder Ecke und eines Videogeräts in jedem Heim bedeutete.
Margaret war zu müde, um sich darüber aufzuregen. Sie hängte sich ihre Reisetasche um und die von Ivor dazu, dann griff sie nach den nur scheinbar zu engen Allwettermänteln. Das einzige, worauf sie sich freute, war aus ihrer verhaßten Gelehrtenuniform herauszukommen und das anzuziehen, was die Einheimischen trugen. An der Universität runzelte man die Stirn, wenn die Forschungsstipendiaten »verwilderten«, aber sie war erfahren genug, um zu wissen, daß man bei der Feldforschung, in diesem Fall dem Sammeln von Musikproben der Einheimischen, am weitesten kam, wenn man so normal wie möglich auftrat. Deshalb war sie hier, und die verstaubten Regeln sollte der Teufel holen.
Sie gingen in den grünen Korridor. Er führte vor ihnen spiralförmig nach unten, und Margarets Übelkeit kehrte mit Macht zurück. Sie hielt die Mäntel fest in beiden Händen. Nach einer Ewigkeit auf Treppen und schrägen Rampen und in Korridoren, deren wechselnde Wandfarben nur für die Erbauer des Raumschiffs eine Bedeutung hatten, kamen sie an ein Tor, das auf eine breite Rollbahn führte.
Ein plötzlicher eisiger Windstoß, in den ein paar Tropfen Feuchtigkeit gemischt waren, brannte ihnen in den Augen. Der Wind drang durch den Stoff ihrer Uniform und kühlte sie völlig aus. Margaret blieb stehen, ohne auf das Gemurmel einer Person hinter ihr zu achten, und legte Ivor den Mantel über die Schultern. Der ungeduldige Passagier, der hinter ihnen gegangen war, brummte und überholte sie. Sie sah ihm nach, wie er auf die Ansammlung von quadratischen und

unheilvoll aussehenden, imperialen Gebäuden auf der anderen Seite des Rollfelds zuschritt.
Hinter den Gebäuden erstreckte sich ein Horizont, der ihr auf unheimliche Weise vertraut war. Die große rote Sonne stand tief am Horizont, aber ob sie aufging oder unterging, konnte sie nicht sagen. Ihr normalerweise zuverlässiger Orientierungssinn schien nicht zu funktionieren. Sie wußte nicht, welche Ortszeit gerade war, obwohl sie es bei der Landedurchsage wahrscheinlich erwähnt hatten. Zu dumm. Sie hätte besser aufpassen sollen!
Die Sonne war ein blutiger Klecks am Himmel und ätzte die nahen Gebäude karminrot. Margaret blinzelte in die Sonne, und das Déjà-vu-Gefühl ließ sie beinahe stolpern. Tränen traten ihr in die Augen; sie blinzelte sie rasch weg und redete sich ein, daß ihr nur der Wind in den Augen brannte.
Wieso nicht? Immerhin bin ich hier zur Welt gekommen. Ich war zwar nicht mehr hier, seit ich vier oder fünf war, aber so merkwürdig ist es nun nicht, daß ich die Sonne wiedererkenne, auch wenn ich keine Reaktion erwartet habe. Mein Vater ist der Senator von Darkover. Wie sollte ich diese Sonne nicht kennen! Der dumpfe Kopfschmerz, ein Überbleibsel von dem Hyperdrom, nahm plötzlich zu. Sie flüsterte eine erstklassige Auswahl von Flüchen in dem Sprachengemisch, das sie beherrschte, und beeilte sich, um den Professor einzuholen. Jeder Schritt machte den stechenden Schmerz schlimmer, und sie warf einen Blick auf die Sonne zurück. Es schien ihr, als fürchtete sie sich tief im Innern vor dieser Sonne, weil sie Erinnerungen wecken könnte, die sie lieber ruhen lassen sollte.
Sie fanden das Abfertigungsgebäude und stellten sich in die Schlange, die sich inzwischen gebildet hatte. Jetzt, da sie nicht

mehr dem böigen Wind und der Sonne ausgesetzt war, ließ Margarets Kopfweh nach, und sie kam zu dem Schluß, daß sie noch müder sein mußte, als sie gedacht hatte. Ein gelangweilter Angestellter stempelte ihre Papiere und Genehmigungen und deutete zu einem weiteren Korridor, der beinahe identisch mit denen war, die sie bereits durchschritten hatten.

Schließlich sah sie ein Schild, das ihnen den Weg zur Gepäckhalle wies. Ihre spärlichen Gepäckstücke und die Schaumstoffkisten mit Ivors Gitarre und Margarets kleiner Harfe lagen auf einer Laufbühne. Sie brach die Siegel auf und zog Meter um Meter von dem biologisch abbaubaren, grauen Verpackungsband heraus. Es war ein fürchterliches Zeug, aber etwas anderes war auf einem Planeten der Kategorie D nicht erlaubt. Selbst in der verblassenden Sonne von Darkover würde es nach wenigen Stunden zu ein paar Gramm rückstandfrei verbrennendem Abfall schrumpfen. Sie warf es in den dafür bestimmten Container, löste die beiden medizinischen Pflaster von ihrem Handgelenk und warf sie ebenfalls hinein. Sie gab Ivor den Koffer mit seinem Instrument und hängte sich die Harfe in ihrer Stoffhülle über die Schulter. Dann hob sie die beiden Reisetaschen hoch. Ivor wechselte seine Gitarre von einer Hand in die andere, während sie einen Packesel aus sich machte. Sie wußte, daß ihm selbst das minimale Gewicht des Instruments Schmerzen bereitete, aber er bestand darauf, es selbst zu tragen. Die Gitarre war fast zweihundert Jahre alt und von der Hand eines längst verstorbenen Meisters gebaut worden, und Ivor hielt sie in Ehren, wie ein anderer Mann eine Frau lieben mochte.

Sie folgten Gängen und Pfeilen, bis sie schließlich in eine kühle Abenddämmerung hinaustraten. Margaret fühlte sich geringfügig wohler, weil sie nun eine Vorstellung davon

hatte, wie spät es war. Jetzt mußten sie nur noch das Haus in der Altstadt von Thendara finden, in dem sie wohnen sollten, bevor die Gehsteige für die Nacht hochgeklappt wurden.
Vor ihnen war eine hohe Mauer aus terranischen Betonblöcken. Durch eine bogenförmige Öffnung sah sie einen gepflasterten Platz, der im Schein von Fackeln lag und einen scharfen Kontrast zu den grellen Flutlichtern bildete. Die beiden Lichtquellen überschnitten sich und erzeugten riesenhafte Schatten.
Dann traf sie ein kalter Windstoß, und Margaret schluckte schwer; die Haare wehten ihr ins Gesicht. Sie setzte ihre Last ab und stopfte sich die Haare gewaltsam in den Kragen ihrer Uniform, wo sie ihren Hals kitzelten. Welche Erleichterung, etwas zu haben, worüber sie sich ärgern konnte! Dann nahm sie ihr Gepäck wieder auf und marschierte in Richtung Ausgang, während Ivor müde hinter ihr her trabte.

2

Hinter dem Tor stellte Margaret die Taschen wieder ab und zog ihren Mantel an. Ivors Mantel schlang sie so gut wie möglich um die Gitarre. Sie wußte, nach Sonnenuntergang würde es noch viel kälter werden, und nach der tropischen Wärme von Relegan tat die Kälte beinahe weh. Ivor sah sie an, und aus jeder Furche seines Gesichts sprach das pure Elend. Noch nie hatte er so alt und müde und krank ausgesehen. Sie wandte ihren Blick rasch ab.

Margaret hielt nach irgendeinem Transportmittel Ausschau, einem Karren oder einer Rikscha vielleicht. Bei den meisten Raumhäfen war hier der Taxistand, aber sie entdeckte nur ein paar Jünglinge mit lebhaften Augen, die mit Pullovern, Hosen und halblangen Mänteln bekleidet waren. Sie ertappte sich dabei, wie sie sowohl interessiert als auch argwöhnisch auf die Gruppe starrte. Die Jungen erwiderten ihren Blick mit offener Neugier.

»Heh, gnädige Dame, brauchen Sie Hilfe mit Ihrem Zeug?« rief einer im Kauderwelsch der Handelsstädte. Offenbar ging er davon aus, daß sie seine Sprache nicht kannte, und glaubte, die Lücke mit lauterem Sprechen schließen zu können. Sie verstand gerade noch, was er meinte, obwohl sein Akzent breiter war als auf ihren Tonbändern. Sein Begleiter packte ihn rauh und flüsterte eindringlich etwas, dann trat er mit einer linkischen Verbeugung vor.

»Darf ich Ihnen zu Diensten sein, *Domna*?« Das hörte sich eher nach dem an, was sie gehört hatte, und Margaret fühlte sich etwas weniger hilflos. Die Verbeugung irritierte sie, ebenso wie die plötzliche Verhaltensänderung, aber sie war zu müde, um jetzt darüber nachzudenken.

»Ich hatte gehofft, eine Art Transportmittel zu finden«, stotterte sie. Der erste Junge, der größere, schien das sehr lustig zu finden. »Einen Wagen oder ein Pferd vielleicht.«

»Hier kriegen Sie keins«, stellte er mit der Endgültigkeit von sehr jungen Leuten fest.

Margaret kam sich lächerlich vor und war ein bißchen wütend. »Nein, natürlich nicht.«

Der zweite Junge warf dem ersten einen finsteren Blick zu. »Ich könnte einen Pferdewagen holen, aber es ist einfacher zu Fuß. Das Rasthaus ist gleich da drüben.« Er zeigte zur Ecke des Platzes. Vielleicht hundert Meter entfernt gab es eine häßliche Ansammlung von Gebäuden, deren Architektur typisch terranisch war – festungsartig und abweisend.

»Wir wohnen nicht im Rasthaus«, sagte sie langsam, wobei sie ihren Mund zu Mustern formte, die ihr auf der Zunge zu liegen schienen, aber schwer herauszubringen waren. Früher einmal mußte sie die Sprache fließend beherrscht haben, soweit jedenfalls bei einer Fünfjährigen davon die Rede sein konnte, aber da weder der Alte noch Dio auf Thetis etwas anderes als Standard-Terranisch sprachen, hatte sie beinahe alles vergessen. Schlimmer noch: Als sie sich die Sprachkassetten anhörte, schien sich ihr Verstand dagegen zu sträuben, die Worte zu begreifen, und sie mußte sich anstrengen wie noch nie.

»Kennst du den Weg zur Musikstraße?« Sie war sich sicher, daß mit ihrer Formulierung etwas nicht stimmte, aber der Junge verstand offenbar, was sie meinte. Seine Augen weiteten sich ein wenig. Beinahe hörte sie ihn denken: *Wieso wollen die dahin?* Zum Teufel mit ihrer regen Phantasie.

»Ja, *Domna.*« Die Antwort war höflich, aber sie sah dem Burschen an, daß er sehr neugierig war.
»Ist es weit? Mein Begleiter ist sehr müde. Wir haben eine lange Reise hinter uns.« Wenn das keine Meisterleistung an Untertreibung war.
»Nicht allzu weit, wenn es Ihnen nichts ausmacht, zu gehen. Für Terraner ist es ziemlich weit. Was wollen Sie denn in der Musikstraße?«
Ein Windstoß fuhr ihr ins Genick, fing die losen Strähnen ihres Haars, und die letzten Haarnadeln hinter dem Ohr rutschten heraus. Seidene rote Strähnen wehten ihr vors Gesicht. Die Jungen schauten belustigt zu, wie Margaret die Taschen absetzte und nach ihren Haaren griff. Unter ein paar kleineren Flüchen, von denen sie hoffte, daß sie niemand verstand, packte sie die wehenden Strähnen und zog sie mit klammen Fingern nach hinten. Sie drehte sie zu einem Knoten zusammen, und einer der Burschen hob die zu Boden gefallenen Haarnadeln auf und reichte sie ihr. Zu den wenigen Dingen, die Margarets Stiefmutter ihr über ihren Heimatplaneten erzählt hatte, gehörte, daß offen getragenes Haar ein Zeichen für ein gewöhnliches Strichmädchen war, eine Einladung für Ärger. Komisch, dachte sie, daß Dio ihr ausgerechnet das erzählt hatte. »Wir wohnen in der Musikstraße bei Meister Everard. Kennt ihr den Weg dorthin?«
»Wir können Sie hinbringen.« Es war der zweite Junge, der sprach. Er war durchaus höflich, aber Margaret fühlte sich unwohl. Ihre Taschen enthielten nur wenig Kleidung, aber alle ihre Schallplatten und Aufnahmegeräte. Auf einem Low-Tech-Planeten wie Darkover waren das unschätzbare Werte. Ganz zu schweigen davon, daß der Teufel los war, wenn sie gestohlen wurden. Sie und Ivor waren ersetzbar; um ihre

Ausrüstung wiederzuerlangen, müßten sie jedoch einen Alptraum an Papierkrieg ausfechten. Bei dem Gedanken wurde sie, wie so oft, wütend über die terranische Arroganz und Bevormundung.

Margaret wußte, daß sie zu müde war, um noch klar denken zu können, und ihr Angstgefühl hatte sie bestimmt dem Schlafentzug zu verdanken. Verwunderlich war das nicht. Sie hatte seit Tagen nicht richtig geschlafen.

Der zweite Junge war dunkel und hatte ein ehrliches Gesicht, aber nach den vielen Monaten mit Nicht-Humanoiden traute sie ihrer Beurteilung von Gesichtern nicht mehr. Und Betrüger haben von Haus aus ein ehrliches Gesicht, das ist ihr Handwerkszeug. Es wurde mit jeder Minute kälter, und sie konnte nicht länger unentschlossen hier herumstehen. Ivor hielt es auf keinen Fall aus, selbst wenn sie es konnte.

»Voran, MacDuff«, sagte sie energischer, als ihr zumute war. Sie hob die beiden Taschen selbst auf, immer noch auf der Hut, falls diese beiden scheinbar netten Jungen in Wirklichkeit Diebe waren.

»Nö«, antwortete der Dunkelhaarige. »Ich kenn keine Macduffs. MacDoevid heiß ich. Kennst du irgendwelche Macduffs, Geremy?«

»Ich nicht«, sagte Geremy und deutete auf Margarets Gepäck. »Sollen wir Ihnen helfen?«

»MacDoevid, hm?« Margaret ignorierte sein Angebot aus reiner Sturheit. »Professor, ist das ein Verwandter von Ihnen?«

Der alte Mann zwang sich zu einem schwachen Lächeln. Er hatte Schwierigkeiten, dem Wortwechsel zwischen Margaret und den Jungen zu folgen, und man sah es seinem Gesicht an.

Ivor antwortete nicht sofort, aber dann schien er ihre Frage zu verstehen. Sie wußte, daß es immer einige Zeit dauerte, bis die Laute einen Sinn für ihn ergaben. »Vielleicht. Die Söhne Davids waren schon immer ein weit verstreuter Stamm«, sagte er mit einem ehrlichen Grinsen, als fände er die ganze Sache äußerst erheiternd.

MacDoevid hielt den Kopf schräg und schaute den alten Mann an. »Was hat er gesagt?« Seine Augen glitzerten interessiert, Neugier und Intelligenz verband sich in ihnen.

Margaret seufzte. Ivor tat sich am Anfang immer fürchterlich schwer, einen Dialekt der Einheimischen zu lernen. Margaret war unter anderem auch deshalb unschätzbar für ihn, weil sie neue Sprachen rasch begriff. Sie wußte, daß das, was sie gelernt hatte, nur grundlegend und stark vereinfachend war. Die Sprachkassetten hatten typische Sätze enthalten, die arrogante terranische Touristen für wichtig hielten: »Wo ist der Raumhafen? Wieviel kostet das?« Und andere ähnlich geistlose, aber universelle Sätze. Nichtsdestoweniger hatte sie eine elementare Kenntnis der darkovanischen Alltagssprache erhalten. Ivor hatte eine Diskette mit komplexen musikalischen Fachausdrücken bekommen, aber wegen ihrer überstürzten Abreise hatte sie noch keine Gelegenheit gehabt, sie anzuhören. Abgesehen davon hätten ihnen musikalische Fachausdrücke bei den Burschen hier wenig genützt.

Margaret holte tief Luft und zwang sich, langsam zu gehen, obwohl sie sich wegen des kühlen Abendwinds lieber beeilt hätte. »Darf ich vorstellen«, sagte sie und wählte ihre Worte mit Bedacht. »Professor Davidson, das ist der kleine MacDoevid. Ihr seht, eure Namen sind verwandt.« Sie betonte die Vokale, so daß der junge Mann sie hören konnte, und wurde mit großen Augen und einem Kopfnicken belohnt. Er hatte verstanden. Offenbar ein heller Bursche.

»Ha, wenn ich das meinem Vater erzähle«, antwortete er. »Aber was ist das, ›Professor‹?«
Margaret wurde bewußt, daß sie mangels ausreichendem Wortschatz den terranischen Titel benutzt hatte. Sie hatte bei dem wenigen, was sie bisher gelernt hatte, nichts von einer Universität oder einem College auf Darkover gehört. Eine unmittelbare Entsprechung gab es deshalb nicht. Ihr müdes Hirn suchte eine Weile nach Worten, bis sie darauf kam, daß die Antwort eigentlich ganz einfach war. »Er ist Lehrer. Für Musik.« Sie war sehr zufrieden mit sich. Das beantwortete die Frage des Jungen und erklärte gleichzeitig, warum sie in die Musikstraße wollten.
Ivor sah sie müde und verloren an. Er schaffte es nie, eine verstümmelte Version von irgendeiner Sprache zu beherrschen. Für gewöhnlich murmelte er wochenlang vor sich hin wie ein Analphabet und erwartete, daß Margaret alles übersetzte, und dann wachte er eines Morgens auf, konnte die Sprache fast wie ein Einheimischer und plapperte drauflos, um die verlorene Zeit aufzuholen. *Aber dafür wird er nicht lange genug hiersein.*
Margaret tadelte sich sofort. Wo kam denn dieser Gedanke her? Sie glaubte nicht an böse Vorahnungen; das war unlogisch und unwissenschaftlich. Sie war nur müde und um ihren Begleiter besorgt. Und sie fror und hatte Hunger, was ihre düsteren Gedanken noch verstärkte. Sie würden ein Jahr oder länger auf Darkover sein, und Ivor ging es bestimmt gut, wenn sie ihn erst in die Musikstraße gebracht hatte. Wenn sie nur diese Angst abschütteln könnte, die seit Wochen an ihr nagte. Sie wäre bestimmt weniger ängstlich, wenn es ihr gelungen wäre, mit Dio Kontakt aufzunehmen. Warum hatte ihre Stiefmutter keines ihrer teuren Telefaxe beantwortet? Bisher hatte

sie immer reagiert. Was, wenn etwas nicht in Ordnung mit ihr war? Oder mit dem Alten? *Hör auf, dir unnötige Sorgen zu machen,* sagte sie sich wütend.
Sie hatten die Mauer, die den Raumhafen umgab, hinter sich gelassen und kamen nun an einem grauen Gebäude aus Stein vorüber, bei dessen Anblick Margaret eine Gänsehaut bekam. Es war vierschrötig, still und scheußlich, und die Fenster zur Straße waren vergittert. »Was ist das? Ein Gefängnis?« Noch während sie die Frage stellte, wußte sie, daß es kein Gefängnis war. Das Gebäude hatte etwas äußerst Vertrautes und Schändliches an sich.
»Nö, da tun sie die übriggebliebenen Kinder hin. Die Terraner sind sehr komisch. Sie stecken die Kinder da rein und lassen sie dort.« Geremys Stimme triefte vor Mißbilligung.
»Er meint, das hier ist das Waisenhaus, *Domna.*« MacDoevids Stimme klang eine Spur tiefer als Geremys in der zunehmenden Dunkelheit.
Sie sah jetzt ein beleuchtetes Schild an dem Gebäude. *Das John-Reade-Waisenhaus für die Kinder von Raumfahrern.* Natürlich! Hinter diesen vergitterten Fenstern hatte sie einmal gewohnt, als sie klein, allein und hilflos war. Aber ihr Vater war kein Raumfahrer. Er war ein Senator des Imperiums. Und soviel sie wußte, war er auch nie Raumfahrer gewesen, die ganze Sache ergab also keinen Sinn. Warum konnte sie sich nicht erinnern? Trotz der kühlen Luft trat ihr der Schweiß auf die Stirn. Warum nur, warum waren der Alte und Dio so geheimniskrämerisch gewesen?
Schluß damit! Es muß Gründe gegeben haben, wahrscheinlich gute Gründe, warum sie mir nie etwas über diesen Planeten erzählt haben. Und sie haben wohl angenommen, daß ich nie nach Darkover zurückkehren würde. Sie wissen nicht einmal,

daß ich jetzt hier bin, es sei denn, sie haben meine letzte Nachricht doch bekommen. Wahrscheinlich glauben sie, ich lasse es mir an der Universität gutgehen oder bin irgendwo unterwegs und mache musikalische Forschungen. Und wahrscheinlich haben sie keine Ahnung, daß ich sie genau jetzt brauche. Der Alte ist mit dem Senat beschäftigt, und Dio ist … Nein, da muß ich mir etwas einbilden. Dio geht es gut, alles in Ordnung. Trotz ihres verstandesmäßigen Beharrens darauf, daß es ihrer Stiefmutter gutgehe, hatte Margaret das ungute Gefühl, daß irgend etwas ganz und gar nicht stimmte, und zwar jetzt, in diesem Augenblick.

»Du Idiot«, sagte MacDoevid und stieß seinen Begleiter an.

»Selber übriggebliebenes Kind! Spiel dich hier nicht auf, sonst sag ich Tantchen, wie unhöflich du warst, und wenn sie dich durchgekloppt hat, dann darfst du nicht mehr mit zu den Schiffen!«

»Kommt ihr beiden jeden Tag hierher?« fragte Margaret. Sie war zu erschöpft und durcheinander, um den Versuch zu unternehmen, aus dieser kleinen Szene schlau zu werden.

»Nö, *Domna*. Nur wenn ein Passagierschiff kommt. Hier landen 'ne Menge Schiffe, aber die meisten sind keine, wo Leute drauf sind.« Margarets müdes Hirn brauchte einen Moment, bis sie begriff, daß er Fracht- und Transitschiffe meinte, die Darkover wesentlich häufiger besuchten als Passagierschiffe. Darkover hatte eine gute Lage als Knotenpunkt, aber die meisten Transitpassagiere verließen den Raumhafen nicht. »Wir kriegen Geld fürs Gepäck schleppen«, winkte er mit dem Zaunpfahl und zeigte auf die Taschen, die sie eigensinnig festhielt. »Der Offizier muß uns kennen. Er sagt uns, wenn eins kommt, weil er uns kennt, und weiß, daß wir ehrlich sind. Fremde könnten Diebe sein«, fügte er an, als

wüßte er, daß sie ihr Gepäck nicht herausrücken wollte, weil sie genau davor Angst hatte.
Margaret verstand die Andeutungen des Jungen ganz genau und wünschte, es fiele ihr leichter, ihm zu trauen. Sie hatte ein wenig einheimisches Geld in ihrer Gürtelbörse. Sie hatte die Universitäts-Filiale von Rothschild & Tanaka, Geldwechsler, von ihrem Bestand an cottmanischer Währung leergeräumt. Es handelte sich um den Gegenwert von etwa zwölf Durchschnittseinkommen. Was das in der hiesigen Wirtschaft bedeutete, konnte sie nur raten. Sie bemühte sich, ihre müden Gedanken in nützliche Bahnen zu lenken. Was sollte sie den beiden für ihre Dienste als Führer geben, immer vorausgesetzt, sie führten sie nicht in eine dunkle Gasse und raubten sie aus? Sie verbannte diesen Gedanken als unhöflich. Geremy würde sich bestimmt nicht scheuen, es ihr zu sagen, wenn sie zu knauserig war. Er schien sich nicht leicht unterkriegen zu lassen, und sie beneidete ihn um sein Selbstvertrauen.
Vor sich sah sie eine weitere Mauer, eine niedrigere diesmal. Sie schien das abscheuliche Waisenhaus von der restlichen Stadt zu trennen. Sie kamen durch einen Torbogen, in dem ein Wächter in schwarzem Leder behaglich herumlümmelte. Er winkte den Jungen zu, als wären sie ein vertrauter Anblick, und schaute Margaret und den Professor nur gleichgültig an. Sie vermutete, er bekam die wenigen Touristen, die es hier gab, ausnahmslos alle zu sehen. Sobald sie den Torbogen passiert hatten, fanden sie sich auf Pflasterstraßen inmitten steinerner Häuser wieder. Die Straßen liefen in unmöglichen Winkeln zusammen. Kein Wunder, daß es keine Fahrzeuge gab! Diese Straßen waren zu eng für jedes terranische Auto. Die Kälte war nun schneidend und schien ihr trotz des Mantels bis auf die Knochen zu dringen. Der etwas mürrische Ange-

stellte beim Reisedienst der Universität hatte ihr widerwillig die Auskunft gegeben, es sei Frühling auf Cottman IV, was sie an warmes, mildes Wetter denken ließ, nicht an diese eisige Wirklichkeit. Sie beneidete die Jungen um ihre bequemen Wolljacken. *Als ich hier gelebt habe, muß ich auch Wollsachen und Pelze getragen haben. Ich glaube, ich hatte eine Pelzjacke, als ich sehr klein war – komisch, daran habe ich mich bis jetzt nie erinnert. Sie war rostbraun, so wie das Haar meiner Mutter.*

Margaret schüttelte sich. Welch seltsamer Einfall, daß ihre Jacke dieselbe Farbe hatte wie das Haar ihrer Mutter. Die Erinnerung war flüchtig, schwach und zum Verrücktwerden, und sie erschauerte. Dann kräuselte ein kleines Grinsen ihre Lippen. Sie wünschte, sie hätte jetzt eine Pelzjacke!

Margaret versuchte, das Unbehagen zu verscheuchen, das die Erinnerung an diese Jacke auslöste. Statt dessen fiel ihr etwas ein, was Dio vor Jahren zu ihr gesagt hatte. »Die Terraner können zwischen den Sternen hin und her jagen, aber sie müssen erst noch eine synthetische Faser erfinden, die so bequem ist wie Wolle oder Seide. Ich wünschte allerdings, sie gäben den Versuch endlich auf!« Danach fühlte sie sich ein wenig besser, auch wenn sie das am Körper klebende Material ihrer Gelehrtenuniform verfluchte. Der Theorie zufolge war sie in jedem Klima und bei jedem Wetter angenehm zu tragen. Wie viele Theorien funktionierte auch diese im Labor besser als in der Praxis und war typisch für die Technikbegeisterung der Terraner und ihre Geringschätzung der Natur. »Allwettertauglich« war ein Konzept, das sich – ähnlich wie »eine Größe für alle« – wahrscheinlich irgendein Idiot ausgedacht hatte, der nie aus der klimatisierten Umgebung einer terranischen Forschungsanlage herausgekommen war. Trotz ihrer Erschöpfung fühlte sich Margaret ein bißchen wohler. Es hatte etwas sehr Befriedigendes, sich im Geiste über die Terraner und ihre Vorliebe für das Unnatürliche lustig zu machen.

»Wie würde es euch gefallen, Meister MacDoevid, mir morgen behilflich zu sein? Es wäre nach der Schule.«

Beide Burschen sahen sie an, und Margaret wurde bewußt, daß sie den gleichen Nachnamen hatten. Es war diesmal nicht der dunkelhaarige, der ihr antwortete, sondern der hellere und größere Junge. Er hatte beinahe rotes Haar im flackernden Schein der Fackeln und lächelte sie scheu an. »Mein Vater ist Meister MacDoevid, *Domna.* Ich heiße einfach nur Geremy. Ich geh nich zur Schule, *Domna*, aber es wäre mir eine Ehre, Euch zu Diensten zu sein.« Er beäugte sie im Licht, das sich aus einer nahe gelegenen Weinhandlung ergoß. Sie schaute zu dem Schild vor dem Laden hinauf und sah eine Art Baum, der eine Krone trug. Bis zu diesem Augenblick hatte sie sich die tatsächliche Bedeutung des Ausdrucks »prä-alphabetisch« gar nicht bewußtgemacht, mit dem die darkovanische Kultur in den spärlichen Informationsschriften, die sie besaß, beschrieben wurde. Es war eben eine Sache, etwas rein verstandesmäßig begriffen zu haben, und eine andere, der Wirklichkeit zu begegnen.

Margaret war einigermaßen von sich selbst überrascht, weil sie unbewußt davon ausgegangen war, daß junge Menschen tagsüber zur Schule gingen, obwohl sie eigentlich wußte, daß das auf vielen Planeten nicht der Fall war. Sie war eine Gelehrte geworden, und wenngleich sie und Ivor in den letzten zehn Jahren eine Menge praktische Forschungsarbeit geleistet hatten, sah sie die Dinge noch mit den Augen einer Studierenden, nicht eines Mädchens von Thetis oder Darkover. Und irgendwie hatte sie sich vorgestellt, daß ihr Geburtsplanet mehr wie die Universität oder wie Thetis sein würde. Es war eine zutiefst verwirrende Erkenntnis, daß er nicht so war, und sie würde einige Zeit brauchen, um gewisse Dinge zu überdenken.

Irgend etwas irritierte sie, und sie versuchte dahinterzukommen, was es war. Es dauerte eine Weile, aber dann begriff sie: Es war der Ehrentitel, den der Bursche hartnäckig gebrauchte. *Domna*. Sie hatte *Mestra* gelernt, was Frau oder Fräulein entsprach. Der Ausdruck, den Geremy benutzte, bedeutete hingegen soviel wie »edle Dame«. Warum nannte er sie so? Und warum hatte sie so ein sonderbares Gefühl dabei, fast als könnte sie sich an jemanden erinnern, der mit diesem Titel angeredet wurde. Ihr Verstand war zu müde, um daraus schlau zu werden.

»Ich muß Kleidung kaufen – warme Sachen für mich und meinen Lehrer. Wißt ihr, wo ich die bekomme?«

Nun grinste er. »Und ob. Wir sind beide aus der Nähnadelstraße, und wir kennen uns mit Kleidung aus.« Er seufzte. »Unsere Väter sind in dem Geschäft. Und ich bringe Sie zu MacEwan; er ist der beste Schneider in der Nähnadelstraße. Er wird stolz darauf sein, Sie als Kunden zu haben, *Domna*.«

»Er ist außerdem unser Onkel«, murmelte der andere Junge so leise, daß Margaret es fast überhört hätte.

»Ein guter Kaufmann läßt das Geschäft immer in der Familie, wo er kann«, sagte sie friedfertig. Sie wurde nicht recht schlau aus dem dunkleren Jungen, der extrem neugierig und gleichzeitig feindlich wirkte. Geremy schien ein freundlicher Bursche zu sein, und sein Cousin – diesen Verwandtschaftsgrad mußten sie haben, wenn sie beide Neffen von diesem Mac Ewan waren – war das krasse Gegenteil. Sie war nur zu müde, um klar denken zu können. Sie konnte seine Erregung beinahe spüren wie den Wind, der ihre Haut reizte, aber sie konnte sich den Grund dafür nicht vorstellen. Seine verschlagenen Gesichtszüge, die spitze Nase und die durchdringenden Augen drückten gleichzeitig Vorsicht und Hoffnung aus. Vielleicht war eine Frau in der Familie von einem Terraner verführt oder entehrt worden. Das kam auf humanoiden Welten nur zu oft vor. Die Terraner waren berüchtigt für ihren mangelnden Respekt den jeweiligen Sitten eines Planeten gegenüber. Unerwünschte oder vaterlose Kinder waren überall im alten Gebiet des Imperiums gang und gäbe ... wo immer Terraner sich kreuzen konnten, taten sie es. Und Low-Tech-Planeten waren nicht gerade berühmt für Empfängnisverhütung.

»Geremy ist ein Stiefellecker«, brummelte der verschlagen blickende Junge.

»Und Ethan streitet gern. Wahrscheinlich wird er einmal Richter.«

»Nein, nein«, protestierte Ethan. »Ich werde ...« Margaret sah den Hunger und das Verlangen in seinen Augen. Sie hatte diesen Blick oft gesehen, wenn sie ihre vorgeschriebenen Unterrichtsstunden halten mußte. In ihm kam ein Wunsch zum Ausdruck, der so kostbar war, daß seine bloße Erwähnung schmerzte.

»Ethan kommt bei der Färbergilde in die Lehre, aber in Wirklichkeit will er Raumfahrer werden.« Geremy erhielt für diese Enthüllung einen heftigen Faustschlag an die Schulter.

Margaret lachte nicht. Ethans Gesicht war deutlich anzusehen, daß er genau damit gerechnet hatte. Die Jungs waren nett, dachte sie. Vielleicht hätte sie solche Brüder, wenn der Alte und Dio weitere Kinder bekommen hätten. Sie hatte zwar nie

den Wunsch gehabt, zwischen den Sternen zu reisen, aber sie konnte verstehen, daß der junge Mann etwas anderes machen wollte, als der Familientradition zu folgen. Als junges Mädchen hatte sie sich gewiß nicht vorgestellt, daß sie später einmal Musik von Planeten sammeln würde, von denen sie noch nie gehört hatte, aber sie hatte sich bestimmt auch nicht gewünscht, Ehefrau oder Mutter zu werden.
Margaret wußte außerdem, daß sie in Ethans Alter eher gestorben wäre, als ihr heimliches Ziel zu verraten, nämlich Tänzerin oder eine berühmte Schauspielerin zu werden. Sie konnte jetzt über sich selbst lachen, aber sie würde niemals diesen Jungen auslachen, dem es todernst mit seinem Wunsch war.
»Es ist sehr schwer, Raumfahrer zu werden«, sagte sie ernst. »Als erstes brauchst du eine gute Bildung, mit besonderem Schwerpunkt auf Mathematik.« Ethan betrachtete sie vorsichtig, versuchte sie einzuschätzen, so wie sie es kurz vorher mit ihm gemacht hatte. Er kam offenbar zu dem Schluß, daß sie ihn ernst nahm, und schien ein ganzes Stück zu wachsen. Ein Mond ging auf und warf dunkle Schatten unter die Augen des Jungen. Der Mond sah wie ein Amethyst vor dem dunklen Himmel aus, und sie überlegte angestrengt, wie er hieß. Ihr müdes Hirn verweigerte die Zusammenarbeit.
Geremy betrachtete sie nachdenklich. »Sind Sie Terranerin?«
»Sei nicht albern«, sagte Ethan. »Das sieht doch jeder, daß sie keine ist.«
»Nein, ich komme von einer Welt namens Thetis«, sagte sie. »Eine hübsche Welt mit vielen Wasserfällen und Ozeanen. Wir leben auf Inseln, über die warme Winde wehen, die nach Salz und Blumen duften.« Margaret wurde plötzlich von starkem Heimweh nach der Wärme von Thetis überfallen. »Ich weiß

nicht einmal, welcher Stern dort oben Thetis ist. Ich habe allerdings viele Welten besucht. Ich bin Musikerin.«

»Sie waren auf vielen Planeten? Bitte lassen Sie mich Ihre Tasche tragen. Würden Sie – können Sie mir alles erzählen?«

Ethan lächelte zu ihr auf und war wie verwandelt. Sein Gesicht glühte vor Interesse.

Margaret löste ihren Griff und vergaß ihre Befürchtungen. Sie kannte diese Wanderlust; manchmal kam es ihr vor, als wäre sie ein allgemein verbreiteter Trieb unter den Kindern von Terra. Sie hatte selbst eine Spur davon, obwohl sie das Reisen als solches verabscheute. Erst sprach sie stockend und suchte nach den richtigen Worten. Dann gab es einen plötzlichen Sprung vorwärts, als hätte sie einen geheimen Sprachvorrat entdeckt, der sich irgendwo in den Windungen ihres Gehirns versteckt hatte. Es war, als würde eine Schranke fallen. Sie benutzte Worte, die in dem begrenzten Wortschatz der Disketten gar nicht vorgekommen waren. Und es waren weniger die Worte, die sie verblüfften, sondern der Sprachrhythmus, der ihr plötzlich so leicht über die Lippen kam.

Nach einigen Minuten wurde Margaret klar, daß ihr Wortschatz größer war, als sich durch ihre ersten fünf Lebensjahre auf Darkover erklären ließ. Das war kein Kindervokabular, sondern das eines Erwachsenen. Schließlich nahm sie an, daß sie nachts gehört haben mußte, wie sich Dio und der Alte unterhielten. Die Wände der Häuser auf Thetis sind dünn und leicht, damit der Wind hindurchstreichen kann, und sie hatte wohl auf diese Weise den süßen Rhythmus der Sprache gelernt, während sie schlief. Wahrscheinlich hätte sie geschnattert wie eine Elster, wenn sie schon früher die Gelegenheit dazu gehabt hätte. Elster. Das war einer von Ivors Namen

für sie, mit denen er sie aus ihrer Ernsthaftigkeit lockte, wenn sie niedergeschlagen war.
Alle diese Gedanken jagten durch ihr Gehirn, während sie von Thetis erzählte, vom Universitätsplaneten Coronis, auf dem sie studiert hatte, von Rigel Neun und dem Kongreß der Konföderation, wo ihr Vater an der Gesetzgebung der Terranischen Föderation mitwirkte. Sie erzählte ihnen von Relegan, dem letzten Planeten, den sie und Ivor besucht hatten, und von allem anderen, was ihrem müden Gehirn einfiel.
Der Junge meinte es so ernst, daß Margaret nicht einmal in Versuchung kam, ihm irgendwelche Abenteuergeschichten aufzutischen. Er bombardierte sie mit Fragen über Metalle und Mechanik, und sie war zum ersten Mal froh, daß alle Studenten im ersten Jahr einen Kurs über »Grundzüge der Technik von großen Raumschiffen« belegen mußten. Reines Eigeninteresse, natürlich. Die gesamte Föderation bemannte ihre Raumschiffe, indem sie die Neugier von Kindern wie Ethan nährte. Sie sagte ihm nicht, daß er ohne das Werkzeug des Lesens und Schreibens seine Welt nie verlassen würde; die schlichten Schilder vor den Läden brachten sie zu der Annahme, daß ihm beides hier nicht zugänglich war.
Die Straßen schienen nun ein wenig breiter zu werden. Die Gebäude waren aus roh behauenem Stein, mit hell gestrichenen Holztüren. Es roch nach nassem Stein, Tierexkrementen und Müll. Sie kamen an einem Gasthaus vorbei, und der Essensgeruch war unwiderstehlich. Margaret wurde bewußt, daß sie inzwischen sehr hungrig war. Der Duft kam ihr sogar bekannt vor. Fast konnte sie das Gericht benennen, obwohl sie es nicht mehr gegessen hatte, seit sie klein war. Es hieß ja, daß das Mittelhirn – von dem der Geruchssinn ein ursprünglicher Teil war – nichts mehr vergaß. Vielleicht stimmte es.

Sie ignorierte Hunger und Müdigkeit und fuhr fort, den Jungen zu erheitern oder zu unterweisen. Professor Davidson stolperte neben ihr her und hörte schweigend zu. Geremy hatte es irgendwie fertiggebracht, seine kostbare Gitarre für ihn tragen zu dürfen, und lieh ihm nun auch seinen Arm.

»Ist es noch weit, Margaret? Ich glaube, ich bin ein bißchen außer Atem.«

»Ich weiß es nicht. Ethan, wie weit ist es noch zur Musikstraße?«

»Nur noch eine Straße, *vai Domna.*« Das war ein neuer Ehrentitel. Sie wußte vage, daß er soviel wie »Hochverehrte Dame« bedeutete und der gleiche war, wie er für eine Prinzessin oder eine Bewahrerin benutzt wurde. *Was, zum Teufel, ist eine Bewahrerin?* Sie hatte das Gefühl, als befände sich die Antwort an den Rändern ihres Bewußtseins und wäre lebenswichtig, doch sie konnte sie in ihrer Erschöpfung nicht fassen.

»Nur noch ein kleines Stück, Ivor.« Sie sprach dem Professor zuliebe Standard, dann wandte sie sich wieder Geremy zu und fuhr in ihrem stark verbesserten Darkovanisch fort. »Gut, daß wir bald aus der Kälte und dem Regen herauskommen.« Ein eisiger Nieselregen hatte inzwischen eingesetzt. »Wir haben das letzte Jahr auf einem sehr warmen Planeten verbracht, und er tut sich schwer, versteht ihr.« *Hier ist es kälter als in Zandrus Hölle … Er hat Peitschen oder so etwas, oder?*

Diese halben Erinnerungen machten sie langsam rasend. Sie konnte nicht mehr unterscheiden, was sie noch von früher wußte und was sie von den Sprach- und Kulturdisketten aufgeschnappt hatte. Sie gab es auf und wünschte, ihr Geist gäbe Ruhe, bis sie satt und ausgeschlafen war. »Es scheint schon sehr spät zu sein. Machen sich eure Eltern keine Sorgen?« Die Burschen kamen ihr noch sehr jung vor, und die dunklen Straßen sahen aus, als wären sie voller möglicher Gefahren.

»O nein. Zur Tuchstraße, wo wir wohnen, sind es nur ein paar Minuten. Es ist noch nicht einmal eine Stunde nach Sonnenuntergang, wenn wir im Haus sein müssen.«

»Und du, Ethan?«

»Ich wohne direkt neben Geremy; unsere Väter sind Brüder. He, wir kennen uns jetzt alle mit Namen. Außer Ihren, *Domna.*«

»Stimmt. Ich vergaß mich vorzustellen. Ich heiße Margaret Alton.« Sie sprach ihren Nachnamen beinahe so aus, als würde er »Elton« geschrieben, so wie er auf dem Video oder der Universität ausgesprochen wurde und wie sie es seit Jahren gewohnt war.

»Alton. Das ist ein guter alter Name.« Er sagte den Namen so, wie es ihr Vater getan hatte, und Margaret fühlte eine Art Kribbeln, als sie ihn korrekt ausgesprochen hörte. Ethan schien ebenfalls sehr beeindruckt zu sein, und Margaret fragte sich, ob er wußte, daß ihr Vater der Senator von Darkover war. Wahrscheinlich. Sie war einfach zu müde, um sich darüber den Kopf zu zerbrechen.

Ich wußte, sie ist eine Comynara – ich wußte es einfach!

Die Worte drangen in ihren Geist wie eine Nadel und erschreckten sie. Dergleichen war ihr früher schon gelegentlich widerfahren, vor allem, wenn sie müde war, aber noch nie mit solcher Klarheit und Deutlichkeit. Margaret sah beide Jungen an, aber sie konnte nicht feststellen, welcher von ihnen die Worte gedacht hatte, und es spielte wohl auch keine Rolle. »Ist es noch weit?«

»Nein«, sagte Ethan. »Hier sind wir schon.« Sie bogen in eine enge Straße ein, in der vor beinahe jedem Haus ein Schild mit den verschiedensten Musikinstrumenten hing.

»Die Straße der Musikanten«, verkündete er mit einer kleinen Verbeugung und einer Handbewegung wie ein Zauberer. Er war so zufrieden mit sich, daß Margaret trotz ihrer Erschöpfung lachen mußte, und der junge Bursche lachte mit ihr.

3

Zu beiden Seiten säumten Häuser die Straße, und die meisten Türen waren mit Bildern von einer verblüffenden Vielfalt an Musikinstrumenten bemalt. Margaret identifizierte eine Art Harfe, eine Auswahl an hölzernen Flöten und etwas, das entfernt einer Geige ähnelte. Die Form des Instruments war anders, mehr in die Länge gezogen, genug, daß der Ton sich geringfügig von allem unterscheiden mußte, was sie kannte. Die Straße wurde von flackernden Fackeln und dem Mond nur schlecht beleuchtet, aber sie sah Holzspäne und anderes Zeug auf den groben Pflastersteinen herumliegen.
Hinter einer Tür, oder vielleicht auch hinter dem großen, mit Läden verschlossenen Fenster neben der Tür, war eine Gruppe zu hören, die mit Streichinstrumenten übte. Jemand verspielte sich kläglich; Margaret zuckte zusammen. Wie zur Antwort ertönte das ärgerliche Dröhnen einer gewaltigen Baßstimme.
»Das ist Meister Rodrigo«, erklärte Geremy, der seine anfängliche Steifheit abgelegt hatte. »Er ist ein fürchterlicher Tyrann, aber es heißt, er wird der neue Zunftmeister nach Meister Everard, weil er ein besserer Musiker ist als Everards Sohn Erald. Er ist wirklich gut. Ich habe ihn bei der letzten Wintersonnenwende singen hören, und ich bekam von oben bis unten eine Gänsehaut. Er ist der beste Sänger in Thendara, außer Ellynyn Ardais – und Ellynyn ist *Comyn* und ein *Emmasca,* deshalb hat er freilich eine wundervolle Stimme.«
Margaret dachte über diese Worte nach. Sie hatten sich nicht auf der Kassette »Handelssprache von Thendara City« befun-

den, aber sie war sich ziemlich sicher, daß sie wußte, was *Emmasca* bedeutete. Sie hatte die berühmten Kastraten des Vergnügungsplaneten Vainwal gehört und wünschte sich fast, Kastrationen wären auch auf anderen Welten erlaubt. Es waren die schönsten Stimmen des Imperiums. Waren sie auf Darkover erlaubt? Oder kamen diese Sänger hier schon so zur Welt? Der andere Ausdruck blieb ein Rätsel, denn sie kannte ihn zwar, aber irgend etwas schien zu verhindern, daß sie seine Bedeutung verstand.

Dann bemerkte sie, daß Ivor nicht mehr neben ihr war. Sie schaute umher und sah den Professor unter einem der Schilder stehen und die seltsam geformte Geige darauf betrachten. Margaret schüttelte den Kopf, ging zu ihm zurück und trieb ihn mit sanfter Gewalt weiter. Er murmelte glücklich vor sich hin, stellte sich Fragen und beantwortete sie sogleich.

Als sie die geduldig wartenden Jungen wieder eingeholt hatten, fragte Margaret: »Dann wird der Posten des Zunftmeisters also im allgemeinen vom Vater an den Sohn weitergegeben?« Ihr Gehirn mochte müde sein, aber ihre Zunge schien automatisch weiter Fragen zu stellen.

Die Jungen sahen einander an und zuckten die Achseln. Ethan antwortete schließlich. »Manchmal. Das hängt davon ab, welche Fertigkeiten der Sohn hat oder nicht hat. Die MacArdis und die MacArans sind jetzt schon lange Zunftmeister in der Musikergilde. So wie die MacEwans und die MacCalls meisterhafte Schneider und die MacDoevids die besten Weber in Thendara sind. Erald MacArdis wird sich nichts daraus machen, denn am liebsten streift er sowieso umher und sammelt Lieder. Meine Schwester Becca ist seit kurzem mit Rodrigos Bruder verheiratet, deshalb höre ich immer eine Menge Klatsch aus den Musikerkreisen, wenn sie nach Hause kommt.

Lieder sammeln – ist das so ähnlich wie das, was Sie tun, *Domna?*«

»Das ist genau das, was ich tue. Aber, wenn die Frage gestattet ist – ich weiß nicht, was hier als unhöflich gilt –, wollte deine Familie nicht, daß Becca in die Tuchgilde einheiratet? Warum hat sie einen Außenstehenden geheiratet?«

»Warum? Weil sie singt wie ein Vogel, deshalb. Und wie die sich an einem Webstuhl anstellt! Selbst ich kann besser weben als sie – und konnte es schon mit zehn Jahren.« *Ich wünschte, ich könnte es nicht, dann dürfte ich tun, was ich will. Aber wie Mama sagt: Man kriegt eben nicht immer, was man will!* »Aber ihr beim Singen zuhören, das ist wirklich eine Wonne.«

»Dann hoffe ich, sie einmal zu hören«, sagte Margaret, und der Junge grinste im flackernden Licht zu ihr auf. Er sah eigentlich ganz hübsch aus, wenn er lächelte. Und die Empfindung hinter seinen Worten war sehr stark – auch wenn sie sich die ganze Sache wahrscheinlich nur einbildete.

»Vater ließ sie außerhalb der Gilde heiraten, als sie damit drohte, davonzulaufen und sich den Entsagenden anzuschließen.« Margaret fragte sich, wer die Entsagenden waren und wem oder was sie entsagten. Sie hatte die Frage schon auf der Zunge, stellte sie dann aber doch nicht. Ivor ließ wieder den Kopf hängen und begann zu zittern. Sein Interesse für das seltsame Instrument war erloschen.

»Wohnt Meister Everard hier in der Nähe?«

»Gleich dort«, sagte Geremy und führte sie zu einem Haus, das auf halbem Weg in der schmalen Straße lag. Es war ein bißchen größer als die anderen, wies ansonsten aber keine erkennbaren Unterschiede auf. Auf die Tür waren ein stilisiertes, harfenähnliches Instrument und ein Dudelsack gemalt.

Geremy stellte die Taschen ab und sprang die drei Stufen hinauf. Er klopfte kräftig an die Tür.
Kurz darauf öffnete eine gut gepolsterte Frau in den Fünfzigern und spähte kurzsichtig hinaus. »Ja? Ach, du bist es, junger Mann. Was gibt es um diese Zeit?«
»Ich bringe eure Gäste vom Raumhafen. Es sind wichtige Leute von jenseits der Sterne«, verkündete er und ließ stolz seine schmale Brust schwellen. »Wo ist Meister Everard, Anya?«
»Was? *Heute?* Bist du sicher?« Sie sah Margaret im flackernden Schein der Eingangsbeleuchtung an und schüttelte den Kopf. »Der alte Knabe wird noch mal seinen Kopf vergessen! Nur herein! Was für ein Durcheinander! Ich habe Sie erst in zehn Tagen erwartet, aber wir werden es schon irgendwie schaffen.« Anya schien einen Moment lang darüber im Zweifel, dann entsann sie sich ihrer guten Manieren. »Kommen Sie herein ins Warme, *Mestra*, und ... Sie sind sicherlich nicht Meister Doevidson?« Sie gab dem Namen eine darkovanische Färbung.
»Nein, ich bin seine Assistentin.« Margaret blickte sich um und sah, daß Ivor noch auf der anderen Straßenseite stand und sich das Instrument auf den geschlossenen Läden eines Geschäfts anschaute. Sein Atem ging geräuschvoll, und sie hoffte, er bekam keine Erkältung oder Schlimmeres. Er sah so klein und alt aus im flackernden Schein der Fackeln, daß ihr das Herz weh tat.
»Das ist Margaret Alton, Anya«, sagte Geremy, der offenbar das Gefühl hatte, daß er die Besucher vorstellen mußte. Margaret führte Ivor sachte über die Straße, und als sie zum Haus blickte, sah sie, daß Anya von ihrem Namen überrascht war – und sehr neugierig, genau wie die Jungen vor wenigen Minuten. Es war ihr gar nicht aufgefallen, aber nun fragte sie

sich doch, was diese Reaktion zu bedeuten hatte. Ein guter alter Name, hatte Ethan gesagt. Wahrscheinlich war es ein gebräuchliches Patronymikum, und der ganze Planet war voller Altons.

Über solche Dinge konnte sie sich später den Kopf zerbrechen. Sie führte Ivor die Stufen hinauf, zum Licht und zur Wärme des Hauses. Er stützte sich schwer auf ihren Arm. »Kommen Sie jetzt. Es ist zu kalt, um draußen herumzustehen und Schilder anzuschauen.«

»Ja, ja, meine Liebe, du hast gewiß recht – aber sind diese Bilder eine genaue Wiedergabe oder nur Stilisierungen? Weißt du noch, auf Delphin haben wir die Bilder des heiligen Horns gesehen, aber in Wirklichkeit sahen die Dinger ganz anders aus. Unglaublich, diese Schallöcher.«

»Nicht heute abend.« Sie führte ihn ins Haus. »Die Schallöcher sind morgen auch noch da.«

Wie ein überdrehtes Kind riß er sich los und wollte wieder die Stufen hinunterlaufen. »Aber ich habe so etwas noch nie gesehen. Welchen Ton bekommt man mit sternförmigen Schallöchern? Und welches Holz …«

Sie war drauf und dran, vor Erschöpfung und Ungeduld loszubrüllen, und sie wäre um ein Haar böse gestürzt, als sie ihn am Mantelaufschlag packte und regelrecht ins Haus zerrte. »Nicht heute! Kommen Sie herein, Ivor! Ich friere. Sie frieren. Sie werden noch krank, und dann können Sie überhaupt nichts tun!«

»Moira! Raimon!« rief Anya fröhlich. »Kommt her und holt die Taschen. Wir haben Gäste!« Sie sagte es, als wären die Gerufenen selbst schuld, daß sie nicht da waren. Margaret hätte gelacht, wenn sie nicht so müde gewesen wäre.

Auf der Treppe vor dem Haus wurde es ein bißchen eng, mit

Ethan, Geremy und dem Gepäck, aber das löste sich nach wenigen Augenblicken auf. Ein Mann – offenbar Raimon – erschien und nahm den Jungen die Taschen ab, und Ethan stellte Ivors kostbare Gitarre vorsichtig innerhalb der Tür zur Seite, wo niemand darüber fallen konnte.

Margaret öffnete ihre Gürtelbörse und entnahm ihr zwei Silbermünzen, von denen sie jedem Jungen eine gab. Sie starrten darauf, und schließlich sagte Geremy: »*Domna*, das ist zuviel.«

Sie war zu müde zum Feilschen. »Unsinn. Ihr kommt morgen wieder und bringt mich zu eurem Onkel, dem Schneidermeister. Vielleicht müßt ihr mich auch noch woanders hinführen. Darf ich nach dem Mittagessen mit euch rechnen?«

»Ja, wir werden beide dasein.« Er schüttelte verwundert den Kopf. »Egal, was Sie brauchen, wir helfen Ihnen beim Suchen. Ethans Bruder arbeitet beim besten Stiefelschuster in ganz Thendara und ... ja, das hat noch Zeit, oder?« Dann schob er die Münze in die Hosentasche und sprang zum Fuß der Treppe,wo der andere Bursche wartete. »Siehst du? Ich hab dir gesagt, sie ist eine *Comynara* ...« hörte Margaret noch, als die beiden über das unebene Pflaster der Straße davonstürmten.

Dieses Wort! Sie ging ins Haus, schloß die Tür und lehnte sich müde gegen das massive Holz. Sie schob ihre Kapuze zurück, und ihre roten Haare quollen darunter hervor, feucht und leicht gewellt. Sie klebten ihr im Nacken und an den Wangen, und Margaret kam sich vor wie eine Vogelscheuche. Ein scheußlicher Kopfschmerz pochte in ihrem Schädel, und der wunderbare Geruch des Essens machte sie rasend vor Hunger. Gleichzeitig konnte sie sich nicht erinnern, schon einmal so müde gewesen zu sein.

Anya, drall wie eine Taube, und die anderen Dienstboten

drängten sich im Eingang und starrten sie an, als wären ihr plötzlich zwei Köpfe gewachsen. Sie zwang sich rasch zu einem Lächeln und schickte sich an, für sich und Ivor so schnell wie möglich etwas zu essen und einen Platz zum Schlafen aufzutreiben.

Margaret lag in einem Bett, das bequem drei oder vier Leuten Platz geboten hätte, und schwelgte in diesem unerhörten Luxus. Nach mehreren Tagen auf der engen Liege des Schiffs oder in den kleinen Verschlägen, die man ihnen bei Zwischenstops zur Verfügung stellte, war es einfach wunderbar. Das Bett war größer als das ihres Quartiers in der Universität. Die Terraner mochten Darkover für noch so rückständig halten, was anständige Betten anging, war man hier eindeutig sehr zivilisiert. Sie schaute aus dem kleinen Fenster. Der erste rötliche Schimmer des Sonnenaufgangs war wie eine sanfte Liebkosung über ihre Lider gestrichen und hatte sie geweckt. Eine der spärlichen Mitteilungen, die ihr Vater über Darkover gemacht hatte, entsprach genau der Wahrheit. Sie hatte es nie ganz geglaubt, aber es stimmte: Die große rote Sonne von Darkover hatte tatsächlich die Farbe von Blut. Die »blutrote Sonne« war keine poetische Übertreibung, sondern eine exakte Beschreibung.

Nun rief sie sich die Ereignisse des gestrigen Abends in Erinnerung. Es hatte einen warmen Fleischeintopf gegeben, der ein bißchen wie Wild schmeckte, dazu knuspriges, anscheinend selbstgebackenes Brot. Margaret hatte nicht viel geschmeckt, denn zwischen den Bissen mußte sie als Übersetzerin für Ivor und Meister Everard MacArdis fungieren. Der Professor hatte offenbar die musikalischen Fachausdrücke auf seiner Diskette auswendig gelernt, aber sein Akzent war grauenhaft, und manchmal fiel es ihr schwer, herauszufinden, was er meinte. Er hatte noch nicht den natürlichen melodischen Tonfall der darkovanischen Sprache – in wenigen Wochen würde er ihn haben –, und seine Aussprache des Standard-Terranischen tat weh.

Es war sehr anstrengend, bei einer Unterhaltung zwischen zwei älteren Musikern zu dolmetschen, die ganz begierig darauf waren, Informationen auszutauschen, und Margaret war mehr als froh gewesen, als Ivor von einer Sekunde auf die andere eingenickt war. Meister Everard entschuldigte sich für seine Begeisterung und rief Anya, damit sie seine Gäste auf ihre Zimmer brachte. Margaret mochte den Musikmeister auf Anhieb und fühlte sich in seinem großen, gemütlichen Haus sehr wohl.

Sie ließ die angenehme Erinnerung an den vorhergehenden Abend entschwinden und kehrte zu ihrem Problem mit der Sprache zurück. Sie konnte sie sprechen und verstand sie größtenteils. Einst mußte sie Darkovanisch fließend beherrscht haben – immerhin war es ihre Muttersprache. Sie wußte, daß *Casta* vom Gälischen, Spanischen und Englischen abgeleitet war, diesen Sprachen jedoch nicht mehr ähnelte als das Englische dem Althochdeutschen. Was war also los?

Sie dachte an das wunderbare heiße Bad, das sie genossen hatte, bevor sie zu Bett ging. Der große, dampfende Bottich war ganz so wie in ihrer Erinnerung, und sie hatte sich darin die Schmerzen und widerlichen Gerüche einer Weltraumreise vom Leib gespült. Gervis, ein alter Diener, hatte sich um Ivor gekümmert, und sie hatte erleichtert festgestellt, daß er genau wußte, wie man mit einem müden, quengeligen alten Mann umging.

Moira, das Hausmädchen, hatte sie zu ihrem Zimmer geführt,

wo ihre Sachen bereits ausgepackt waren. Ihr kleines Aufnahmegerät und die Leerdisketten waren ordentlich auf eine Kommode gestapelt, und auf dem Bett lag ein warmes Flanellnachthemd. Es war sehr sauber, aber stark abgenutzt und um die bestickten Ärmelaufschläge sorgfältig ausgebessert, und der Kragen war gewendet. Sie war froh darüber gewesen, daß sie nicht nackt oder in der scheußlichen Röhre aus terranischer Kunstfaser schlafen mußte, die sie in ihrem Gepäck hatte. Sauber, warm und weich in Flanell gepackt, war sie eingeschlafen – oder vielmehr in Ohnmacht gesunken –, bevor sie die Bettdecke über die Ohren gezogen hatte.

Nun, als die blutrote Sonne den Raum erglühen ließ, setzte sich Margaret auf und betrachtete die Stickereien auf ihrem Nachthemd. *Ja, meine Stiefmutter hat etwas Ähnliches getragen, als ich noch sehr klein war; es war mit Schmetterlingen bestickt. Nein – das war nicht Dio, sondern jemand anderer. Wieso dachte ich, es war Dio?* Alles war so entsetzlich vertraut und gleichzeitig so fremd. Sie fröstelte ein wenig, denn es war zwar warm im Haus, aber immer noch viel kälter, als sie es gewohnt war. Trotzdem war es ganz angenehm – der schneidende Geruch der Luft und der Duft des Nachthemds. Sie benutzten ein bestimmtes Parfüm für die Bettwäsche, dessen Name ihr bestimmt gleich einfiel und das ihr ein Gefühl der Geborgenheit gab. Margaret wußte, daß man nie etwas wirklich vergaß, aber sie fühlte sich wie unter Beschuß von all diesen ungeordneten Bruchstücken der Erinnerung, die wie Stechmücken um ihr Gesicht kreisten.

Ich habe früher von einer Sonne geträumt, die so rot wie diese hier war. Und Anya hat mich den ganzen Abend höchst sonderbar angesehen, fast als würde sie mich kennen. Aber warum? Ich sehe meinem Vater nicht sehr ähnlich. Der

Senator hat dunkle Haare und graue Augen; mein Haar ist rot, und meine Augen sind gelb – wie eine Katze hat er immer gesagt, wenn er besserer Laune war ... oder betrunken. Eine körperliche Ähnlichkeit ist es also nicht, jedenfalls nicht mit meinem Vater. Es muß an meinem Namen liegen! Margaret stellte fest, daß sie diesen Gedanken nicht weiterverfolgen wollte. Irgend etwas daran behagte ihr nicht.

Wem sehe ich denn ähnlich? Natürlich nicht meiner Stiefmutter. Wir sind überhaupt nicht verwandt, obwohl sie mich immer behandelt hat, als wäre ich ihre richtige Tochter. Margaret verweilte liebevoll bei einem geistigen Bild von Diotima Ridenow-Alton, ein Bild, das seit vielen Jahren veraltet war. Sie sah eine kleine Frau mit Haaren wie Seide und lachenden grüngrauen Augen. Mit zehn Jahren war Margaret schon beinahe so groß wie ihre zierliche Stiefmutter gewesen, und sie war sich immer wie ein großer Tolpatsch neben ihr vorgekommen.

Dieser Gedankengang war ihr zu unangenehm. Margaret schlug widerwillig die warmen Decken zurück und stieg aus dem Bett. Ein wenig widerstrebend zog sie eine ihrer Uniformen an, eine schwarze Hose und die Jacke, die ihr bis zu den Knien reichte. Das Material rutschte auf ihrer Haut, unnatürlich, aber warm. Sie drückte die Verschlüsse zu und seufzte. Sie würde heute etwas suchen, was dem Klima angemessen war und nicht auf den ersten Blick terranisch aussah. Sie wollte nicht die ganze Zeit neugierige Fragen beantworten. Sie kämmte ihr Haar und flocht es zu einem Zopf, fast ohne sich im Spiegel anzusehen. Sie mochte es selten, ihr Spiegelbild zu sehen, nicht einmal in Schaufenstern. Irgend etwas an Spiegeln machte sie nervös und hatte es getan, soweit sie zurückdenken konnte.

Während sie ihr loses Haar in Ordnung brachte, dachte sie darüber nach, warum sie es kaum erwarten konnte, einheimische Kleidung anzuziehen. Es lag nicht nur daran, daß sie Synthetics verabscheute – sie trug diese Tracht nun schon mehr als ein Jahrzehnt und war äußerst stolz darauf, als Universitätsgelehrte erkennbar zu sein. Die Uniform war ein Privileg, das sie sich verdient hatte, und sie schätzte sie sehr hoch – was sie repräsentierte, nicht das Ding als solches. Aber sie wollte hier nicht auffallen, entschied sie. Fast schien sie sich davor zu fürchten, gesehen zu werden, als lauerte eine Gefahr in den krummen Straßen von Thendara. Das war natürlich Unsinn, aber sie wurde das Gefühl einfach nicht ganz los.

Margaret rollte den Zopf zu einem flachen Nackenknoten, den sie mit Haarnadeln zusammensteckte. Auf diese Weise trug auch Dio ihr dichtes, rotblondes Haar. Einmal, mit etwa neun Jahren, hatte sie ihre Haare oben auf dem Kopf zusammengebunden, und der Senator war aus einem ihr unersichtlichen Grund wütend geworden. Dio, die stets auf Ausgleich bedacht war, hatte ihr erklärt, daß es als unziemlich galt, den Nacken zu entblößen, und sie war dabei errötet, so daß Margaret den Eindruck gewann, lose Haare und ein freier Nacken seien irgendwie unanständig. Später auf der Universität wurde ihr klar, daß es buchstäblich Hunderte von Dingen gab, die auf der einen oder anderen Welt tabu waren – etwa mit der falschen Hand zu essen. Es mußte nicht unbedingt sinnvoll sein. Sitte ist Sitte.

Andererseits war auf den Disketten, die sie erhalten hatte, keine Rede von dieser Sitte. Tatsächlich gab es, wenn sie darüber nachdachte, überhaupt sehr wenig Informationen, die einen praktischen Nutzen hatten. Sie wußte zum Beispiel, daß eine Regierungsform wie auf Cottman IV von der Struktur her feudal war, aber mit Einzelheiten darüber wurde gegeizt. Es schien einen König oder eine Art Regent zu geben, und von mächtigen Familien war die Rede, aber alles in allem sagte die Studiendiskette, die sie angesehen hatte, mehr über terranische Vorurteile aus als über die darkovanische Kultur.

Margaret seufzte, holte den Recorder hervor und diktierte Anmerkungen zu der Unterhaltung zwischen Meister Everard und Ivor am Vorabend. Sie glaubte nicht, daß sie etwas Wichtiges ausgelassen hatte, aber sie spielte es vorsichtshalber noch einmal ab. Dann befestigte sie das kleine Gerät an ihrem Gürtel und ging nach unten.

In der Küche empfing Anya sie mit dem sonderbaren, fast ehrerbietigen Benehmen, das sie schon am Abend zuvor gezeigt hatte. Da war Margaret zu müde gewesen, um mehr zu tun, als es zur Kenntnis zu nehmen und der immer länger werdenden Liste von Fragen und Rätseln anzufügen. Gegenüber Ivor hatte sich Anya nicht so verhalten. Sie stellte eine Schüssel mit duftendem Haferbrei vor Margaret und wischte sich die Hände an der Schürze ab, wobei sie besorgt schaute. Dann machte sie einen leichten Knicks.

Margarets Hunger vertrieb ihre Neugier. Sie dankte der Frau und langte zu wie ein junger Wolf. Es schmeckte köstlich.

Professor Davidson kam nach unten, als sie gerade eine zweite Portion aß. Er sah ausgeruht und frisch aus, aber auch ein wenig blaß unter der Sonnenbräune von Relegan. Er hatte seine Uniform falsch geknöpft und vergessen – oder es jedenfalls nicht geschafft –, sein schütteres Haar zu kämmen. Als sie ihn kennenlernte, waren sie beinahe gleich groß gewesen. Inzwischen war er so gebeugt, daß er ihr kaum bis zur Schulter reichte. Aber er lächelte sie strahlend an, und sie bemühte

sich, die leise Stimme zu überhören, die ihr sagte, daß hier etwas ganz und gar nicht stimmte.
Als sie gerade zu Ende frühstückten, kam Meister Everard.
»Ich hoffe, Sie haben gut geschlafen«, sagte er, nachdem er sie begrüßt hatte.
»Sehr gut, danke.«
»War das Zimmer nicht zu kalt? Gäste von anderen Planeten frieren manchmal. Als Junge ging ich im Kloster St. Valentin zur Schule, und dort lag beim Aufwachen manchmal Schnee auf unseren Zudecken. Damals habe ich mir geschworen, daß nie ein Gast von mir frieren soll.« Er hatte einen volltönenden Bariton, und Margaret dachte, daß er in seiner Jugend ein großartiger Sänger gewesen sein mußte. Seine Stimme war erstaunlich tief für einen so schlanken Mann. Er sah aus, als könnte ihn ein kräftiger Windstoß umblasen. Dennoch war er groß und hielt sich aufrecht und war nicht so verschrumpelt wie der arme Ivor. Er hatte ein eckiges Kinn und viele Lachfältchen um die blaßgrauen Augen, weiße Haare und eine Menge *guter* Falten, die Sorte, die jemand bekommt, den seine Arbeit zutiefst befriedigt, wie anstrengend sie auch sein mag. Sie hoffte, auch einmal so auszusehen, wenn sie alt war.
Sie war mit ihren Gedanken woanders und hätte beinahe eine Frage von Ivor überhört. »Meister Everard, ich habe bei dem Instrumentenbauer auf der anderen Straßenseite ... Die Form der Schallöcher hat mich überrascht ... Verdammt, erklär du es ihm, Margaret. Wenn es mir nur nicht so schwerfiele, eine neue Sprache zu lernen!«
Meister Everard wartete, bis sie ihm Ivors Frage übersetzte, seinem Gesichtsausdruck nach war er leicht verwirrt. Margaret seufzte. Sie hoffte, es würde nicht wieder so werden wie

am Abend vorher. Sie zeichnete mit der Fingerspitze ein paar Linien auf die Tischoberfläche, um zu zeigen, wie die Löcher bei einer terranischen Geige aussahen.

»Im Ernst?« fragte er nach einem Augenblick des Nachdenkens. »Solche Löcher habe ich noch nie gesehen – ergeben die gute Musik?«

Margaret lachte leise. »Na ja, die Terraner machen mit dieser Bauweise seit Tausenden von Jahren Musik, ich meine, man könnte es so nennen.«

»Erstaunlich. Ich sehe schon, ich werde während Ihres Besuchs eine Menge lernen. Und das ist sehr schön für mich.«

»Was hat er gesagt?« fragte Ivor.

»Er sagt, es überrascht ihn, daß man mit derart geformten Schallöchern gute Musik machen kann – er hat es allerdings höflicher ausgedrückt. Er mag eben seine sternförmigen. Und er meint, er wird eine Menge von uns lernen. Ich glaube, er ist ganz aus dem Häuschen deswegen.«

»Wirklich?«

»Na ja, er ist nicht mehr der Jüngste, und über darkovanische Musik weiß er wahrscheinlich mehr als jeder andere. Deshalb findet er die Gelegenheit, etwas Neues zu lernen, wohl sehr verlockend.«

»Daran habe ich noch gar nicht gedacht.« Ivor wirkte zufrieden, und während des Essens gewann er an Farbe. Margaret war erleichtert, denn sie wußte nicht, ob sie einer Erkrankung von Ivor gewachsen wäre.

»Wenn Sie Ihr Morgenmahl beendet haben«, sagte der Meister bedächtig, »könnten wir ja unseren Diskurs fortsetzen.« Margaret leitete diese Bemerkung pflichtschuldig an Professor Davidson weiter und mußte zusehen, wie er ungeachtet seiner etwas empfindlichen Verdauung den Rest Brei in seiner

Schüssel hinunterschlang. Es tat gut, ihn so eifrig zu erleben, dennoch wünschte sie, er würde sich ein wenig mehr schonen. Als der Haferbrei schließlich gegessen und der warme Apfelmost getrunken war, führte Everard sie in ein zur Straße gelegenes Zimmer seines Hauses. Der große Raum lag unmittelbar neben der Eingangshalle, und als Ivor ihn sah, strahlte er förmlich vor Entzücken. Er besaß zuviel Würde, um in die Hände zu klatschen und einen Freudensprung zu machen, aber das Glitzern seiner Augen drückte das gleiche aus. Es war ein Raum, der das Herz eines jeden Musikforschers überall in der Galaxis erwärmt hätte. Der Boden war spiegelndes Parkett, die Wände getäfelt, und wohin das Auge blickte, sah es Musikinstrumente. Zum ersten Mal war Margaret beinahe froh darüber, daß sich Professor Murajee in Schwierigkeiten gebracht hatte, denn andernfalls hätte sie diesen Reichtum an Instrumenten nie zu sehen bekommen. Der Raum war ein veritables Museum der Instrumente auf Cottman IV. Offenbar war Everard ein Mann mit Sinn für Geschichte. Er erklärte, daß sein Großvater die Sammlung begonnen hatte, fügte aber bescheiden an, daß sie in seiner Kindheit ein großes Durcheinander gewesen sei.

Er startete eine gemächliche Führung durch den Raum, und der Professor fügte sich mit allem Anstand, den er aufbringen konnte. Seltsam – Margaret hatte ihn noch nie so ungeduldig erlebt; er zitterte beinahe vor Eifer. Sie selbst war durch das Übersetzen so in Anspruch genommen, daß sie kaum Zeit fand, sich an den verschiedenen Instrumenten zu erfreuen, und es tat ihr leid, daß sie ihre Kamera nicht mit nach unten gebracht hatte. Mehr noch bedauerte sie, daß sie keine Gelegenheit hatte, die diversen Lauten auszuprobieren, oder die kleine Harfe, die ihrer eigenen nicht unähnlich war.

Es wurde schnell deutlich, daß Meister Everard die Einstellung eines Museumskurators zu seiner Sammlung hatte, wenngleich nicht die gelangweilte Variante, die den Besuch solcher Orte häufig zu einer tristen Angelegenheit machte. Er behandelte jedes Instrument wie einen alten Freund. Sie schaltete den Recorder ein und lauschte Geschichten von längst verstorbenen Instrumentenbauern oder von einem Dudelsack, der in so lange zurückliegende Schlachten getragen wurde, daß nicht einmal Everard wußte, ob sie tatsächlich stattgefunden hatten oder nur Legende waren. Sie hatte noch nie einen leibhaftigen Dudelsack gesehen, nur in Kursen über frühe Musik an der Universität davon gehört. Hier war die Kunst, ihn zu spielen, offenbar noch bekannt. Auf der Erde war sie ausgestorben, und es lebte niemand mehr, der einen Dudelsack spielen konnte. »Er macht einen Höllenlärm«, sagte Meister Everard. »Angeblich hat man ihn erfunden, um den Feind zu verscheuchen, und ich schätze, laut genug gespielt, würde er ein Banshee in die Flucht schlagen.«
Margaret fragte aus eigenem Interesse nach Einzelheiten darüber, wie er gespielt wurde. Wenn sie sonst nichts lernte, hätte sich die Reise allein wegen dieser wissenschaftlichen Information gelohnt. Von ein paar Holzflöten abgesehen, war der Dudelsack allerdings das einzige Blasinstrument; Blechbläser gab es überhaupt keine, außer einigen terranischen Exporten. Wenn Darkover so arm an Metallen war, wie die Lehrdiskette hartnäckig nahelegte, war es sinnvoll, daß sie nichts davon für Tuben oder Posaunen vergeudeten.
Ein großer Teil des Vormittags war vorüber, und die Frage der seltsamen Schallöcher blieb unerörtert. Zuletzt holte Everard ein kleines, harfenähnliches Instrument aus einer Wandnische, das Margaret bereits neugierig betrachtet hatte. Er

nannte es eine Harfe, aber Margaret hörte wie ein Flüstern unter seinem Atem, daß man es *Ryll* nannte.

»Sie wissen ja«, knurrte er, »daß sie sterben, wenn sie nicht gespielt werden.« Er schien vergessen zu haben, daß weder Margaret noch der Professor etwas dergleichen wußten, und sprach gedankenverloren fast mit sich selbst. »Sie halten mich vielleicht für einen törichten alten Mann. Die alten Instrumentenbauer verstanden diese Dinge besser als die heutige Generation. Sie erzählten einem immer, daß es die Seele des Baumes im Holz ist, die einem Instrument das Leben einhaucht. Ein Baum ist ein Baum, werden Sie vielleicht sagen. Mag sein, aber Holz ist lebendige Materie, nicht wie ein Stein oder Lehm. Dann gibt der Erbauer selbst auch noch etwas hinzu. Und wenn ein Instrument viele Jahre lang mit einem Menschen verbunden ist, nimmt es von diesem ebenfalls noch etwas an.« Er schaute leicht verlegen drein, als hätte er Margaret und den Professor gerade erst bemerkt.

Margaret lächelte. »Jeder, der etwas vom Instrumentenbau versteht, würde Ihnen zustimmen, Meister. Ich spüre oft genau, daß meine Harfe lebendig ist, und Ivor hat eine Beziehung zu seiner Gitarre, die seine Frau eifersüchtig machte, wenn sie die Sorte Frau wäre.« Sie war von ihrer Beredsamkeit überrascht, aber auch so erfreut über ihre zunehmend mühelose Beherrschung der Sprache, daß sie fast nicht darauf achtete.

»Meine Frau war auch eifersüchtig«, erwiderte Everard und seufzte schwach. »Aber sie stammt aus der Gerberstraße und ist nicht mit Holzspänen in der Suppe aufgewachsen, wie es so schön heißt. Diese *Ryll* also« – er benutzte in seinem Eifer den einheimischen Namen – »ist ein echtes Problemkind. Es gehörte einst einer Frau, die großes Talent besaß, aber auch ein gerüttelt Maß Verrücktheit. Es heißt, sie stammte von *Chieri* ab und war eine Frau, die ihren speziellen Platz in der Geschichte unseres Planeten hat. Es ist keine sehr angenehme Geschichte. Aber so ist das Leben.« Wieder verlor er sich in Gedanken: »Wenn du gewinnst oder Erfolg hast mit dem, was du anstrebst, bist du ein Held. Wenn nicht, bist du ein Schurke. So ist es mit der Geschichte.«

Chieri? Sie kannte das Wort nicht, aber ihr wurde sonderbar zumute, als sie es hörte. »Und was ist nun so merkwürdig an dieser – *Ryll?*« fragte Margaret, und es juckte sie in den Fingern, über das seidene Holz zu streichen. Das Instrument faszinierte sie, seit sie den Raum betreten hatte.

Der alte Mann seufzte wieder. »Dieser *Ryll* hat mir einer meiner Studenten vor etwa zwanzig Jahren nach unserer Zeitrechnung gegeben. Wie er dazu kam, weiß ich nicht, aber er hat sie gegen eine Blockflöte eingetauscht – ein ungleicher Handel –, und ich war so begierig darauf, sie zu besitzen, daß ich ihn nicht ausfragte, wie ich es hätte tun sollen und wie ich es heute vielleicht tun würde, wenn er wiederkäme. Ich glaube, Josef von Nevarsin hat sie angefertigt. Er war der vielleicht beste *Ryllenbauer*, der je gelebt hat. Er ist seit mehr als hundertfünfzig Jahren tot, aber ich weiß, daß *Mestra* Melora Alindair, eine unserer besten Liedersängerinnen, einhundert *Reis*, was eine sehr beträchtliche Summe ist, für ein von ihm signiertes Instrument bezahlt hat. Sie ist immerhin eine MacAran, und die kennen sich mit Musikinstrumenten aus. Natürlich gibt es sogar auf unserem Planeten Fälscher, aber wenn diese *Ryll* hier nicht von Josef selbst gebaut wurde, muß es einer seiner Schüler gefertigt haben. Josef hatte eine Art, das Holz zu schneiden, die heute in Vergessenheit geraten ist, weder quer noch gegen die Maserung. Sehen Sie hier.« Er

deutete auf den Hals des Instruments, wo sich die Maserung spiralförmig nach oben wand, als wäre das Holz so gewachsen. »Jeder, der das heute nachbauen könnte, würde ein Vermögen machen. Es sieht aus wie Stromschnellen in einem Fluß. Aber trotz allem kann ihr niemand einen Ton entlocken. Ich bin selbst kein schlechter Harfenist, aber sie läßt sich nicht spielen. O ja, wenn ein starker Wind geht, dann seufzt sie ein bißchen, aber das tun viele Instrumente. Und wenn es blitzt, was im Sommer häufig vorkommt, dann stöhnt sie – fast so, als würde irgend etwas aus ihr heraus wollen.«
Er sah sie unschlüssig an, aber als Margaret kein Anzeichen von Spott oder Ungläubigkeit erkennen ließ, fuhr er fort. »Sie gibt immer nur denselben unangenehmen Akkord von sich – meine Schüler sind schon ganz entnervt. Hier, ich zeige es Ihnen.«
Er legte sich die Harfe flach auf die Knie. Seine Hände waren alt und ein bißchen steif, aber immer noch beweglich genug, um die Saiten zu zupfen. Margaret wußte inzwischen, daß er über neunzig war, etwa im gleichen Alter wie der Professor, und es schmerzte sie, daß er so mühelos noch tun konnte, was Ivor nicht mehr fertigbrachte. Er drückte Bünde an einem Ende und fuhr mit der Hand über die Saiten; aber während alle anderen Instrumente rasch auf seine fachkundige Berührung reagiert hatten, gab dieses hier nur einen tiefen Brummton von sich. »Sehen Sie? Sonst kommt nichts – und das ist noch nicht einmal ein richtiger Harfenton. Hier, versuchen Sie es.«
Er stand auf und gab Margaret das Instrument. Sie setzte sich und betrachtete es. Das helle Holz war wunderschön, und die etwas dunkleren Wirbel in der Maserung machten es noch schöner. Sie streichelte das Holz und tastete nach Nahtstellen, aber ihre feinfühligen Finger konnten keine entdecken.

Auf dem Klangkörper und unter dem Steg gab es dekorative Intarsien aus dunklerem Holz. Der Geruch des alten Holzes erfreute sie mit einem Hauch von Vertrautheit so wie die Gewürze in dem Eintopf am Vorabend. Für einen kurzen Augenblick sah sie die rothaarige Frau, die manchmal durch ihre Träume spukte, und sie hielt eine *Ryll* wie diese hier. Und dann ließ sie ihre Finger über die Saiten gleiten, drückte auf die Bünde und wurde mit einem Schauer von Arpeggios belohnt, die herabstürzten wie ein Frühlingsregen auf Thetis.

Margaret vergaß die beiden alten Männer, die sie verwundert anstarrten. Sie strich über die Saiten und dachte an ein Wiegenlied, das sie auf Zeepangu gelernt hatte. Dort gab es ein Instrument, das diesem hier nicht unähnlich war. Ihre Hände bewegten sich wie unter Zwang, fast als würde das Instrument *sie* spielen, und es wurde nicht das schlichte Lied, das sie sich vorgenommen hatte. Sie hatte eine verschwommene Vision des silberhaarigen und silberäugigen Mannes ihrer altbekannten Alpträume; er saß auf einem großen, mit Schnitzereien verzierten Stuhl, und ihre Gefühle in bezug auf den Mann waren wie immer eine Mischung aus Angst und Erregung. Einen kurzen Augenblick sah sie auch den Alten, seine Haare waren nicht grau-schwarz gesprenkelt wie jetzt, sondern noch ganz dunkel. Seine beiden Hände ragten aus bestickten Ärmeln. Er tauchte nur kurz auf, dann war er wieder verschwunden.

Ihre Kehle schnürte sich zu, und ihre Augen brannten vor Tränen. Dann formten sich Worte von allein auf ihren Lippen. Sie schluckte und wollte die Worte wegschieben, denn sie waren schwer faßbar und anders als alles, was sie je gesungen hatte. Dann war der Widerstand mit einem Mal vorbei; sie ließ die Worte herausströmen, einfach, weil sie sie nicht aufhalten konnte. Der Kloß in ihrer Kehle verschwand, und sie überließ sich wie besessen der Melodie.

Wie kommt dieses Blut an deine Hand?
Sag es mir, Bruder, sag.
Es ist das Blut eines grauen Wolfs
Der lauerte im Wald.

Kein Wolf streift umher zu dieser Stunde
Sag es mir, Bruder, sag.
Es ist das Blut meines Zwillings
Der mit mir beim Weine saß.

Die Verse sprudelten ohne ihr Zutun aus ihr heraus, einer nach dem anderen. Margaret war wie in Trance, in der Hand von etwas, das sie nicht kannte.
Eine unbestimmte Zeit später fand sich Margaret über die *Ryll* gebeugt wieder; sie hatte die überwältigende Empfindung von Orientierungslosigkeit und böser Ahnung, und das Bild des silbernen Mannes flackerte hinter ihren Augen. *Ich kenne ihn. Ich bin in meinen Träumen mit ihm gegangen, er hat mich in seinen Armen getragen, mich geküßt und mein Gesicht gestreichelt. Ich war damals noch so klein, daß man mich tragen konnte. Wer ist er? Und wieso weiß ich genau, daß er alt ist, viel älter als Vater? Er hat mir einmal ein Schlaflied gesungen. Dio hat mich einmal dabei erwischt, wie ich es meiner Puppe vorgesummt habe, und mich geschlagen – und das hat sie sonst nie getan. Nicht einmal, als ich die Grünbeeren-Torte aufgegessen habe, die für unsere Gäste bestimmt war.*
Margarets Muskeln verkrampften sich durch eine Erschöp-

fung, die nichts mit dem Instrument zu tun hatte, das nun ruhig vor ihr lag. Sie hatte den Eindruck, daß sie kurz vor einer Entdeckung stand – allerdings hatte sie keine Ahnung, was sie entdecken würde. Ihr Herz klopfte heftig, und sie wartete darauf, daß es zu einem normalen Rhythmus zurückkehrte. Am liebsten hätte sie die *Ryll* auf den Boden geworfen, wäre in ihr Zimmer hinaufgerannt und hätte dort geschrien, bis ihre Kehle wund war. Es kostete sie jeden Funken ihrer hart erworbenen Selbstbeherrschung, einfach nur zu bleiben, wo sie war, und für die beiden Männer wie eine ganz normale Frau auszusehen. Sie konnten nichts ahnen von den Visionen, die sie heimsuchten, nichts von der Phalanx von Geistern, die die Musik in ihr wachgerufen hatte.

Ihr Mund war trocken. Sie atmete sehr flach, denn sie wußte, sie würde in Ohnmacht fallen, wenn sie tief Luft holte. Fragen wirbelten ihr im Kopf herum, schmerzliche Fragen, die jedesmal auftauchten, wenn sie erschöpft war. *Wieso hat mich mein Vater immer angesehen, als wäre der Anblick schmerzhaft? Je älter ich wurde, desto schlimmer wurde es. Ich war so froh wegzukommen, und ich schäme mich immer noch, weil ich froh war.*

Für einen kurzen Augenblick hatte sie den Eindruck, daß sich der Alte vor ihren Augen materialisierte, leicht durchsichtig zwar, aber deutlich erkennbar. Er starrte seinen Armstumpf an, wie er es immer tat, als verwirrte ihn das Fehlen seiner Hand, und er trank. Sie wußte, es war nur eine Erinnerung, auch wenn das Trugbild nun die Augen von dem Arm nahm und sie direkt ansah, scheinbar durch sie hindurchblickte. So konnte er stundenlang verharren, während sie immer nervöser wurde und sich fragte, was sie ihm getan hatte.

In ihrem Herzen wußte Margaret, daß sie nichts getan hatte.

Nichts von dem, was schiefgegangen war, was ihn einen Arm gekostet hatte und noch etwas, für das sie keine Worte fand, war ihre Schuld. Sie war noch zu klein gewesen, um an etwas schuld zu sein, außer vielleicht, daß sie ihre Milch ausschüttete. Sie wußte, das Bild vor ihr existierte nur in ihrem Kopf, es war eine Erinnerung, nicht mehr. Trotzdem hatte sie das Gefühl, als würde ihr Verstand ein wenig zerbröckeln. Das durfte sie nicht zulassen – sie mußte an Ivor denken, sich um ihn kümmern!

Margaret zwang sich, nicht weiter an ihren Vater zu denken oder an jenen anderen Mann, der ihr angst machte. Statt dessen nahm sie zusammen, was ihr an Verstand geblieben war, und sagte so ruhig wie möglich: »Meister Everard, ich glaube, Ihre Harfe ist verwunschen. Der Professor und ich haben ein ähnliches Phänomen einmal auf Ceti Drei beobachtet. Dort ist Besessenheit von einem Musikgeist natürlich gang und gäbe – ein Aspekt der Religion gewissermaßen.« Sie flüchtete sich in die Sicherheit wissenschaftlicher Objektivität, wobei sie völlig vergaß, daß Meister Everard noch nie von Ceti Drei gehört hatte. »Ich weiß nicht, woher ich dieses Lied haben könnte. Es ist nicht im *Child*, oder Ivor? Es gibt natürlich mehrere Lieder dieser Art ...«

Als sie das Unverständnis auf Meister Everards Gesicht sah, wiederholte sie ihre Frage in *Casta*.

»Ja, eine frühere Studentin von mir hat eine postdoktorale Arbeit über sie geschrieben«, warf Ivor ein. »Das Rachethema in schottischen, irischen und skandinavischen Balladen. Sie kennen sie bestimmt, Margaret. Wie hieß sie gleich noch? Ach ja – Anna Standish.«

»Aber *ich* kenne das Lied«, antwortete Meister Everard, der Ivors Bemerkung überhörte. »In den Hellers ist es besser bekannt als hier. Es ist eine alte Ballade mit dem Titel »Der Geächtete«. Angeblich basiert sie auf der Geschichte von Rupert di Asturien, der vor zwei Jahrhunderten in einem Anfall von Berserkerwut seine gesamte Familie umgebracht hat – außer einer Schwester, und sie war es, die ihn für geächtet erklärt hat. Ihr Akzent ist übrigens ausgezeichnet, aber ich habe gestern abend schon bemerkt, daß Sie unsere Sprache besser sprechen als viele Terraner, die schon seit Jahren hier sind. Als ich Sie singen hörte, hätte ich geschworen, daß Sie einmal hier gelebt haben, wenn ich es nicht besser wüßte. Sie haben den Akzent der Kilghard-Berge gebraucht, wo das Lied am Kamin gesungen wird. Wirklich, Sie haben es gesungen, als hätten Sie ihm dort hundertmal gelauscht.«

»Wenn Sie das sagen. Aber soviel ich weiß, hatte ich es noch nie gehört, bevor ich zu singen begann.« Aber dann fragte sich Margaret, ob sie sich da so sicher sein konnte. Bei dem Wort Kilghard-Berge war es ihr seltsam kalt über den Rücken gelaufen. Wie die Musik selbst hatte es eine Art Resonanz ausgelöst. Vielleicht hatte der Alte sie einmal erwähnt, in einem seiner seltenen Anfälle von Gesprächigkeit. Oder auf der Diskette war von ihnen die Rede gewesen. Das mußte es sein. Eine Woge der Erleichterung durchflutete sie. Sie wurde nicht verrückt. Ihr Gedächtnis spielte ihr nur einen Streich und brachte ihre Erinnerungen ein wenig durcheinander.

Als sich Margaret gerade eingeredet hatte, daß sie ruhig und vollkommen bei Verstand war, sah sie im Geiste eine Hügelkette vor sich, umgeben von höheren Bergen, die schneebedeckt und in Nebel gehüllt waren. Ihr Blut begann zu pochen – wo kam nun dieses Bild wieder her? Es war ein sehr deutliches Bild, beinahe so klar wie ein holographisches Video, aber sie wußte genau, daß sie diese Berge noch nie gesehen hatte und auch kein Video von ihnen. Es kam ihr fast so vor, als hätte sie das Bild aus dem Kopf einer anderen Person gestohlen, und das war schlicht unmöglich. Ein Schmerz war nun in ihr, ein Hunger, ein merkwürdiges Verlangen, das anders war als alles, was sie kannte. Sie wollte diese Berge wiedersehen, als wäre sie schon einmal dort gewesen, und gleichzeitig spürte sie, daß dort etwas wartete, das ihr angst machte. Margaret sagte sich entschlossen, daß ihre Phantasie nur einmal mehr verrückt spielte, und wandte ihre Aufmerksamkeit wieder Ivor und Meister Everard zu.

»... ein Stück auf dieser besonderen *Ryll* zu spielen ...«, sagte Meister Everard gerade. »Es muß Sie wohl mögen; ich sollte Ihnen das Instrument schenken. Das geht wirklich über mein Begriffsvermögen hinaus.«

»Aber Sie sagten, es ist historisch ...«

»Ja. Es gehörte – angeblich – einer Frau namens Thyra. Das ist ein *Chieri*-Name, und sie wurde allgemein für eine halbe *Chieri* gehalten. Sie starb ... na, das muß so etwa vor zwanzig Jahren gewesen sein.«

Irgend etwas in Margaret stellte die Ohren auf. *Thyra – ich kenne diesen Namen, und er ... er hat mit etwas sehr Bösem zu tun. Zwanzig Jahre? Das wäre also ungefähr zu der Zeit gewesen, als mein Vater Darkover verließ.* Laut fragte sie: »Kannten Sie diese ... Thyra?« Sie stellte fest, daß es ihr sogar widerstrebte, den Namen laut auszusprechen.

»Das verboten die Götter«, sagte Meister Everard. Sein altes Gesicht sah nun betrübt aus. »Ich war immer ein treuer Untertan von Danvan Hastur, möge er in Frieden ruhen. Er kam an die Macht, als ich ein junger Mann war, und ich ... ich ertrage es nicht, daran zu denken. Ein sehr trauriges Kapitel unserer Geschichte. Viele Leute sind damals gestorben, und noch mehr haben überlebt und gelitten, weil – schon gut, *Domna.* Sie werden nichts darüber wissen, und es dürfte Sie auch kaum interessieren. Ich wage zu behaupten, daß die Ärmste ihre Gründe hatte, zu tun, was sie getan hat. Mein Sohn Erald wüßte mehr darüber, er hat fast sein ganzes schöpferisches Leben lang an einem Liederzyklus über jene Zeit geschrieben.«

Nichts, was er sagte, enthielt eine Information, mit der Margaret etwas anfangen konnte, aber sie war so höflich zu sagen: »Ein Liederzyklus – das ist ja wundervoll!«

Everard lachte freudlos. »Wohl kaum! Meinem Sohn wurde mit achtundzwanzig die Auszeichnung zuteil, daß man eines seiner Lieder verbot, wobei ich nicht wissen möchte, ob es sich um ein politisches oder ein künstlerisches Urteil handelte.« Sein gequälter Gesichtsausdruck ließ Margaret vermuten, daß ihn die Angelegenheit stark bewegte. »Allerdings halte selbst ich ›Sharras Lied‹ für ein sehr beunruhigendes Stück.«

»Wo ist Ihr Sohn jetzt?« Margaret spürte den angenehmen Kitzel der Neugier, und sie hatte das starke Verlangen, mit Erald zu reden, ihn gnadenlos auszufragen. Das wäre eine Sache, die sie in Angriff nehmen könnte – ein neuer Liederzyklus, aber wahrscheinlich in einem traditionellen Stil geschrieben. Auch wenn es in ihrer Publikation nur eine Fußnote ergab, war es ein Fund, ein echter Fund! Verboten. Wie interessant! Sie versuchte sich einzureden, daß sie Wissenschaftlerin war, kein Schnüffler, aber vergeblich. Nach einer Weile gab sie den Versuch als lächerlich auf. Die ganze Sache war persönlich, aber sie traute sich nicht, es zuzugeben, nicht einmal vor sich selbst. Diese *Ryll,* die Frau namens Thyra und »Sharras Lied« bargen ein Geheimnis, das an ihr nagen würde, bis sie es enträtselt hatte.

»Oh, er ist fort, in den Hellers.« Everard schüttelte den Kopf. »Meine Mutter hat zu mir gesagt: ›Heirate kein Gerbermädchen‹, und wahrscheinlich hatte sie recht. Wir hatten drei Kinder, und nur Erald hat musikalisches Talent. Die beiden Mädchen sind praktisch nicht in der Lage, zwei Töne zu unterscheiden, und die Enkel sind nicht viel besser. Ach, ich darf gar nicht daran denken. Mein Enkel ist ein brauchbarer Instrumentenbauer, aber er hat wahrhaftig nicht ein einziges Lied in sich. Und so wird Rodrigo MacAran nach mir Zunftmeister werden, und er ist ein großartiger Künstler, wenn es auch schwierig ist, mit ihm zu arbeiten. Aber nur, weil er immer das Beste will, nicht weil er gemein wäre. Erald wird sich nie häuslich niederlassen, verstehen Sie.«

Er seufzte kurz über die unerfüllt gebliebenen Träume für seinen Sohn. »Wo waren wir gleich wieder stehengeblieben? Ach ja, diese *Ryll.* Sie dürfen gerne alles, was Sie können, aus ihr herausholen, aber bringen Sie sie nicht in die Nähe der Hastur-Harfe.« Er zeigte zur anderen Seite des Raumes. »Als ich es das letzte Mal getan habe, hat sie sechs Saiten reißen lassen.« Der Meister schien weder eine *Ryll*, die ein Lied in sich trug, noch eine Harfe, die ihre Saiten reißen ließ, besonders merkwürdig zu finden, und Margaret fragte sich, ob er sie nur aufzog. Aber er wirkte völlig ernst. Und er wollte eindeutig das Thema wechseln.

Margaret schluckte ihre Enttäuschung. Erald war unterwegs. Das hatten ihr die beiden jungen Burschen schon am Abend zuvor erzählt. Vielleicht kam er ja bald nach Thendara zurück, oder sie und Ivor würden ihn treffen, wenn sie draußen auf dem Land ihre eigenen Forschungen anstellten. Sharras Lied mußte eben warten.

Everard entfernte sich und fuhr fort zu reden. »Meister Ivor,

Sie wollten doch etwas über die Fiolen wissen, nicht wahr? Hier sind sie. Die Fiole ist ein Streichinstrument, wenngleich man sie auch zupfen kann, um bestimmte Wirkungen zu erzielen …«

Margaret hängte die *Ryll* in die Wandnische zurück. Sie wußte, sie hatte ihr für den Augenblick alles gegeben, was sie zu geben hatte. Beim Aufhängen gab sie einen Klang von sich, einen Schwall von Noten, so leise, daß sie es kaum hörte. Margaret legte ihre Hand auf den Resonanzkasten und gelobte, daß sie eines Tages zu dem geheimnisvollen Instrument zurückkehren würde, um ihm seine Geheimnisse zu entreißen. Dann kam sie sich ein bißchen lächerlich vor.

Sie folgte den Männern zu der Vitrine mit Fiolen, erlaubte ihren Gedanken jedoch umherzuschweifen. Der Recorder zeichnete alles auf, und Ivor würde nicht zögern, ihre Aufmerksamkeit in Anspruch zu nehmen, falls er sie benötigte.

Während sie dastand, ohne richtig zuzuhören, fiel Margaret ein, daß ihr der Name Thyra nicht gänzlich unbekannt war. Ihr Vater hatte ihn in betrunkenen Alpträumen manchmal gerufen, aber das war so viele Jahre her, daß sie es beinahe vergessen hatte. Er rief immer das gleiche Bild in ihr wach. Sie sah eine kreischende, rothaarige Hexe mit Klauen statt Händen … und den silberhaarigen Mann, der immer schrie: »Nein, Thyra, nein …«, genau wie ihr Vater die Worte in seinem unruhigen Schlaf schrie. Sie war hin- und hergerissen zwischen der Abneigung, noch mehr zu erfahren, und brennender Neugier. Sie konnte sich nicht entscheiden.

Nach ihrer Abreise von Thetis waren diese Träume seltener geworden, von Alpträumen im Hyperraum abgesehen. Ein Psychoanalytiker an der Universität hatte ihr erklärt, daß sie etwas unterdrückte, und ihr Tiefentherapie angeboten, aber sie hatte abgelehnt. Darauf hatte sie ein Recht, ein grundlegendes Bürgerrecht. Sie wollte sich damals an nichts erinnern. Sie wollte es immer noch nicht. Unter Ida Davidsons mütterlichen Händen hatte sie das Chaos ihrer frühen Teenagerjahre und die Auseinandersetzungen zwischen ihrem Vater und ihrer Stiefmutter beinahe vergessen, die hauptsächlich wegen ihr ausgebrochen waren und sie schließlich von zu Hause vertrieben. Die Davidsons hatten ihr ein neues Zuhause gegeben, und sie hatte es ihnen vergolten, indem sie ihre eigene Karriere in Ivors aufgehen ließ. Sie wußte, daß jeder Student im dritten Jahr ihre Arbeit tun konnte, und zwar ebenso gut. Bevor die Davidsons ihr Glück geschenkt hatten, hatte sie gar nicht gewußt, daß sie unglücklich war, und das würde sie ihnen nie vergessen.

Einen Moment lang überlegte Margaret, ob sie irgendwie durch eine Astralebene nach Darkover gekommen war. Nicht, daß sie an solche Dinge geglaubt hätte, obwohl sie es sich auf jeden Fall angenehmer vorstellte als eine Weltraumreise. Die Universität hatte sie dazu ausgebildet, vernünftig zu denken, logisch und planvoll vorzugehen und nur an das zu glauben, was sie berühren und in Händen halten konnte.

Das Ich meiner Träume war ein sehr kleines Mädchen, vielleicht sogar noch ein Baby. Aber, verdammt, ich erinnere mich an diese Festung von Gebäude, an das Reade-Waisenhaus. Und Dio hat sich immer benommen, als wäre sie meine leibliche Mutter. Ich war eine Waise, gut, aber der Alte ist mein Vater, oder nicht? Dio und ich könnten uns nicht näher sein, wenn sie mich zur Welt gebracht hätte. Was für ein Durcheinander! Das muß aufhören – sofort! Ich dulde es nicht. Was immer vor über zwanzig Jahren passiert ist, es ist Vergangenheit und hat nichts mit mir zu tun!

Margaret und Dio hatten während der vielen Jahre, in denen sie sich nicht gesehen hatten, ein gewisses Maß an Vertrautheit verloren, obwohl sie sich nach wie vor lange Briefe schrieben und mehrmals im Jahr über Vidcom miteinander sprachen. Der Alte schrieb nie, aber Dio schickte immer seine Grüße, und Margaret war froh darüber. Sie war deshalb einigermaßen beunruhigt und fast verärgert, weil sie auf ihre letzte Nachricht keine Antwort bekommen hatte. Aber wahrscheinlich war sie nur irgendwo steckengeblieben und würde auf Darkover eintreffen, wenn sie und Ivor ins Hinterland aufgebrochen waren. Soviel zur Effizienz terranischer Technik!

Irgend etwas nagte an ihrer Seele, etwas Wichtiges und Erschreckendes. Margaret runzelte die Stirn; sie wußte, es war etwas, woran sie eigentlich nicht denken wollte. Es stürzte als Gefühl der Verlassenheit und Wut auf sie ein. Sie gestattete es sich, zu schaudern, und versuchte, die Erinnerung zurückzudrängen, dann gab sie auf, schon damit sie es hinter sich hatte.

Es war ihre letzte Nacht auf Thetis, nachdem der Alte ihrer Entscheidung schließlich zugestimmt hatte. Der Abend hatte ganz nett angefangen, mit einem guten Essen, Trinksprüchen mit thetischem Wein und ihrer Lieblingsnachspeise. Margaret hatte sich zunehmend entspannt, hatte sich eingeredet, daß alles gut würde. Dio war früh zu Bett gegangen, was sie häufig tat. Sie sagte, die Seeluft mache sie schläfrig.

Dann hatte sich der Senator gräßlich betrunken und versucht, ihr etwas zu sagen, das sie nicht hören wollte. Was hatte er geschrien? »Wenn du die Alton-Gabe hast und ein nicht ausgebildeter Telepath bist, dann bist du eine Gefahr für dich und deine Umgebung. Du bist meine Tochter, und wahr-

scheinlich hast du sie. Gabe! Der Alton-*Fluch* trifft eher zu ...«
Sie hatte nicht verstanden, was er meinte, aber sein Tonfall hatte ihr das Blut gefrieren lassen. Und dann war noch etwas passiert – und ihr wurde jetzt bewußt, daß das die Erinnerung war, die sie vergessen wollte. Einen kurzen Augenblick hatte sie das Gefühl gehabt, daß eine andere Person in ihrem Kopf war, eine Frau, und zwar eine sehr böse. Sie hatte eine leise Stimme, die dennoch stark und autoritär war. *Du wirst dich nicht erinnern, und du wirst mich nicht zerstören!* Das, und nicht das wirre Gerede des Alten, hatte sie aus dem Wohnzimmer rennen lassen. Sie hatte sich wie eine Verfolgte in ihrem Zimmer eingeschlossen und die ganze Nacht ihre Sachen gepackt und neu gepackt, als hinge ihr Leben davon ab.
Es war nur eine Erinnerung, sagte sich Margaret. Die seltsame Stimme in ihrem Kopf war vermutlich eher auf den ungewohnten Wein und die Anspannung vor der Abreise zurückzuführen als auf irgend etwas sonst. Na also, es ging schon wieder. Sie war schließlich eine Universitätsgelehrte und kein überdrehter Teenager!
Margaret zwang ihre Konzentration zurück zu Meister Everards gelehrtem Diskurs über die Fiole. Es handelte sich eindeutig um eine Verwandte der terranischen Violine oder Viola, auch wenn der Rumpf tiefer war als bei einer Geige und die Schallöcher die Form eines vielzackigen Sterns hatten. Professor Davidson zupfte an den Saiten und seufzte.
»Würdest du sie für mich spielen, Maggie? Ich fürchte, diese alten Hände hier können es nicht mehr.«
»Meine auch nicht«, sagte Meister Everard. »Und ich gebe Ihnen mein Wort, daß sie von nichts anderem besessen ist als von einem schönen Ton.«

Margaret schob die Fiole unter das Kinn und stimmte die Saiten nach. Sie fühlte sich angenehm und vertraut an, auch wenn der Hals ein bißchen länger war als bei einer terranischen Violine. Davon abgesehen hatte sie keine Probleme, denn die Musikfakultät der Universität legte Wert darauf, daß ihre Studenten alles spielen konnten, was für acht Finger plus zwei gegenüberliegende Daumen gebaut war. Sie begann mit einer kleinen Gavotte von Bach aus ihrer Studentenzeit, gefolgt von einer von Corbenics Variationen. Sie konnte aus viertausend Jahren terranischer Musikgeschichte schöpfen, aber Corbenic blieb einer ihrer Favoriten.

Everard hörte aufmerksam zu, und seine Augen glänzten. Er lächelte ihr zu. »Das war vorzüglich, mein liebes Kind. So frisch und klar und doch gleichzeitig mit tiefem Gefühl. Wir müssen für den Abend ein paar von den anderen Musikern in der Straße einladen. Sie wären entzückt, Sie spielen zu hören.«

Margaret errötete. Sie wußte, sie war nicht mehr als eine gute zweite Geigerin, und ihr Spiel hatte nicht wirklich Konzertqualität, aber sein Lob löste ihre Ängste und Spannungen. »Ich würde mich freuen.«

Ivor machte eine Bemerkung über Mozart als einen Vorgänger von Corbenic, und das führte zu einer erschöpfenden Diskussion, die ihre Übersetzerfähigkeiten aufs äußerste beanspruchte. Sie spielte die Kadenz aus dem Fünften Violinkonzert, um den Einfluß des früheren Komponisten zu demonstrieren, und Everard nickte. Die Fiole hatte tatsächlich einen hübschen Klang, trotz, oder vielleicht wegen ihrer seltsam geformten Schallöcher.

Als sie schließlich die sechs Fiolen im Museum vorgeführt hatte und das Holz, aus dem sie gebaut wurden, erklärt war, hatte Margaret einen Bärenhunger und war sehr müde. Ivor sah matt aus, seine Augen waren glasig und seine Gesichtsfarbe zum Fürchten. Dennoch wollte er zu den größeren Harfen weitergehen, und Margaret haßte den Blick, den er ihr zuwarf, als sie vorschlug, eine Mittagspause einzulegen.

»Verzeihen Sie mir«, sagte Meister Everard. »Ich bin ein erbärmlicher Gastgeber. Natürlich müssen wir etwas essen.«

»Es gibt so viel zu sehen und zu lernen«, brummte Ivor.

»Das wird nach dem Essen und einer Ruhepause immer noch dasein, Professor.« Margaret bot ihre ganze Geduld auf, um ihn zu überreden.

»Wenn Sie einmal so alt sind wie wir, junge Frau, werden Sie auch so ungeduldig sein.« Meister Everard lachte leise. »Die Jungen glauben immer, sie haben alle Zeit der Welt.«

Als sie den Raum verließen, blickte Margaret noch einmal zu der *Ryll* zurück, die in seiner Wandnische stand. Für einen kurzen Augenblick sah sie schlanke Hände mit einem sechsten Finger über die Saiten streichen – Geisterhände, die sie gleichzeitig heranwinkten und abwiesen. Sie war erleichtert, als sie draußen im Flur war, wo sie die Vision aus ihrem Kopf verbannte und ihre zu lebhafte Phantasie verfluchte. Es mußte ein Lichtreflex gewesen sein, sagte sie sich.

Aber sie glaubte es nicht.

4

Die beiden alten Männer genossen es eindeutig, ihr Interesse an Musik zu teilen, aber Margaret fand es ziemlich anstrengend, für den Professor zu übersetzen, während sie aß. Als Meister Everard während des Mahls – eine dicke Suppe und herzhaftes Brot – vom Tisch weggerufen wurde, war sie fast erleichtert. Der Kopfschmerz, der im Musikzimmer begonnen hatte, war beim Essen nicht vergangen, aber sie tat ihn als ein Überbleibsel des Medikamentenkaters von der Reise ab. Es war die Art von Kopfschmerzen, die sie auf Thetis manchmal bekam, wenn Stürme über das Meer des Weines fegten; es hatte mit dem Luftdruck und anderen Wettererscheinungen zu tun. Auf Darkover hatte es ziemlich sicher nichts zu bedeuten.

Allein gelassen mit Ivor, machte sie sich nun auch Sorgen wegen dessen gebrechlichen Aussehens. Unter dem Rest der Bräune von Relegan war seine Haut grau, und Margaret fragte sich, ob sie ihre geplante Einkaufstour absagen und statt dessen versuchen sollte, Ivor zu einem Besuch bei den Medizinern im terranischen Sektor zu überreden. Er verabscheute Ärzte und hätte sich ihren Bemühungen höchstwahrscheinlich widersetzt, deshalb beschloß sie, den Vorschlag zu unterlassen – zumindest vorläufig.

»Geht es Ihnen gut, Ivor?« fragte sie dennoch. Sie gab sich Mühe, ihre Angst zu verbergen und beiläufig zu klingen.

»Ich gestehe, ich bin ziemlich müde, Maggie.« Zum wiederholten Male benutzte er nun den Kosenamen für sie, und Margaret fand das ein wenig beunruhigend. »Je älter ich werde, desto schwerer gewöhnt sich mein Magen an fremdes Essen. Die Gerichte hier auf Cottman schmecken sehr gut, aber sie liegen mir wie ein Stein im Magen. Ich hätte wirklich lieber etwas Leichteres – eine klare Suppe und Cracker, so wie Ida sie kocht.« Er seufzte heftig und schwelgte in der Vorstellung. »Ich hatte mich eigentlich auf die Annehmlichkeiten der Universität gefreut – elektrisches Licht, die Stille der Bibliothek. Ich wollte meine liegengebliebene Lektüre nachholen und meine Aufzeichnungen über Relegan ordnen. Ich bilde mir dauernd ein, daß ich vielleicht nicht mehr dazu komme, und irgendein bartloser Schnösel, auf dessen Diplom die Tinte noch nicht trocken ist, macht ein völliges Chaos aus unserer Arbeit.«

Und wo bin ich in dieser Phantasie, Ivor? »Ich weiß«, erwiderte Margaret und ignorierte den kleinen Stachel, als den sie seine Worte empfand. Sie fühlte sich sofort fürchterlich schuldbewußt, weil ihr klar wurde, daß sie selbst die Universität nicht im geringsten vermißte. Die Geräusche und Gerüche von Darkover lockten sie, umgaben sie mit den Versprechungen eines Komforts, der nichts mit Zentralheizung, stimmaktivierten Lichtschaltern und den vielen anderen Wohltaten einer fortgeschrittenen Technologie zu tun hatte. Sicher, die flackernden Lampen, Kerzen und anderen primitiven Lichtquellen in Meister Everards Haus wirkten wie eine bizarre Affektiertheit – wieso hatte Thendara City nicht längst elektrischen Strom? Die Terraner waren schon seit Jahrzehnten auf dem Planeten und immer noch auf ihre kleine Enklave rund um den Raumhafen beschränkt. Es paßte nicht zusammen. Ein weiteres Rätsel, das an ihrem schmerzenden Schädel nagte. Sie schaute zu der roten Sonne, die durch die hohen Fenster des Eßzimmers fiel, und auf die kleinen Lampen, die auf dem Tisch brannten, und stellte fest, daß beides ihren Augen nicht weh tat. Tatsächlich schien ihr jetzt, da sie darüber nachdachte, das Licht von draußen zu »stimmen«, wie es noch kein Licht auf irgendeinem anderen Planeten getan hatte.

»Ich glaube, ich habe mich ein wenig erkältet bei unserem Spaziergang gestern«, fuhr Ivor fort und unterbrach ihre Gedanken. »Jedenfalls wird mir irgendwie nicht richtig warm.«

»Ivor, niemand wird richtig warm in diesen verdammten Allwetterdingern, die der Service für eine angemessene Kleidung hält. Und dann kommt noch hinzu, daß wir ein Jahr lang fast nackt in einem tropischen Klima herumgelaufen sind – mich fröstelt auch!« Mit der Suppe im Bauch war Margaret eigentlich ganz behaglich zumute, aber sie wollte sich unbedingt versichern, daß alles in Ordnung war. »Es ist schwer, sich an einen derart radikalen Klimawechsel anzupassen.«

Ivor lachte in sich hinein. »Ich bin eben ein alter Mann, mit den Beschwerden eines alten Mannes, mein Kind. Es hat Spaß gemacht, Blumen und Federn und Perlen zu tragen anstatt der Uniform, nicht wahr? Aber du weißt ja, wie der Service darüber denkt, wenn man sich zu sehr mit den Einheimischen einläßt – diese Idioten. Ich weiß, ich habe ziemlich albern ausgesehen in meiner gefiederten Aufmachung – Ida hat sich über die Bilder schiefgelacht –, aber es war ein wunderbar freies Gefühl. Diese Uniform ist nicht sehr bequem, Maggie. Ich glaube, sie ist zu eng am Rücken oder so.«

Diesmal ließ der Gebrauch des Kosenamens Margaret bis ins Mark erschaudern. Er war nicht er selbst, wenn er so ungeniert herzlich war. Margaret kannte Ivor, seine Launen und Eigenarten, und das hier sah ihm einfach nicht ähnlich. Sie musterte ihn angestrengt, aber er wirkte ganz normal – ein kleiner, älterer Mann, runzlig und müde aussehend, und vielleicht ein bißchen appetitlos, aber ansonsten der Mensch, den sie kannte. Es gab keinen Grund zur Besorgnis. Sie erschrak über Schatten, bildete sich Gespenster in Harfen ein und verwechselte Erschöpfung mit Kranksein.

Darkover tröstete sie mit seiner Beinahe-Vertrautheit, aber sie fand es ebenso beunruhigend. Es führte ihr Urteilsvermögen in die Irre, das war alles. Einmal richtig ausschlafen reichte einfach nicht, um ihre ansonsten robuste Gesundheit wiederherzustellen – nicht nach einer tagelangen Weltraumreise und einem totalen Klimawechsel.

Ivor lächelte sie an, wobei er seine welken Lippen über die großen Zähne dehnte. Es erinnerte sie in ihrem überempfindlichen Zustand sofort an einen Totenkopf, und sie unterdrückte einen Schauder. »Geht es Ihnen auch bestimmt gut? Nach den vielen Spritzen, die sie uns gegeben haben …«

»Hör auf, mich zu bemuttern, Maggie. Zieh du nur los mit diesen kleinen Halunken und besorg dir ein paar einheimische Klamotten. Ich weiß, es juckt dich, aus deiner Uniform herauszukommen. Wenn du einen guten Wollmantel in meiner Größe siehst – nichts Auffälliges, wohlgemerkt –, dann kauf ihn. Ich mache jetzt ein Nickerchen, und bis zum Abendessen bin ich wieder voll auf der Höhe.« Er lachte erneut in sich hinein, und sie wußte, er dachte an ihr schwarzweißes Cape aus Thetis, das sie während ihres ersten einsamen Universitätsjahres über ihre Uniform gehängt hatte. Das und ihre Begeisterung für glitzernden Schmuck hatten ihr ihren Spitznamen eingetragen: die Elster. Selbst im Einheitsbrei der akademischen Gemeinde war sie anders geblieben – ein bißchen seltsam und exotisch für die hierarchische Ordnung, wie die Terraner sie liebten.

»Ich bemuttere Sie nicht! Aber ich kann nichts dafür, daß ich mir Sorgen um Sie mache.« Margaret versuchte das Gefühl der Hilflosigkeit zu ignorieren, das sie plötzlich zu überwältigen drohte.

»Was für ein gutes Kind du doch bist. Du warst immer wie eine Tochter für mich – obwohl ich ein paar sehr wenig väterliche Gedanken hatte, als ich dich zum ersten Mal in releganischer Aufmachung sah.« Er lächelte wehmütig und seufzte. »Du hast den Wunsch in mir geweckt, noch mal fünfzig zu sein.«

»Tatsächlich?« Sie war fasziniert von diesem Geständnis, denn der Professor hatte bisher nie zu erkennen gegeben, daß ihm bewußt war, daß sie erwachsen und eine Frau war. In seinem Benehmen ihr gegenüber war eine Verläßlichkeit, die sie davor bewahrte, sich nach der Unordnung von Liebesaffären und gebrochenen Herzen zu sehnen, die für viele ihrer Mitstudenten das tägliche Brot zu sein schienen. Nicht zum ersten Mal, aber mit einem neuen Gefühl der Überraschung, machte sich Margaret klar, daß sie beinahe drei Lebensjahrzehnte hinter sich gebracht hatte, ohne sexuell aktiv geworden zu sein. Sie war nicht prüde, und sie hatte die jammervollen Geschichten ihrer Mitstudentinnen mit Neugier und Interesse angehört, aber ohne das geringste Bedürfnis, mit irgend jemandem, den sie kennengelernt hatte, ins Bett zu gehen. Sie blieb für sich, als gehorchte sie einem Instinkt oder Befehl. Ihr ging jetzt durch den Kopf, wie seltsam dieses Verhalten eigentlich war, aber es schien nicht von Bedeutung zu sein. Es war nicht so, daß sie das Gefühl hatte, etwas zu verpassen.

»Ich bin zwar alt, meine Liebe, aber noch nicht tot! Du bist eine äußerst reizvolle Frau. Die Releganer haben dich zunächst für meine Frau gehalten, oder zumindest für meine Konkubine, und sie waren sehr verwirrt, weil wir in verschiedenen Hütten geschlafen haben. Sie waren fasziniert von unserem Verhalten, oder vielmehr vom Fehlen desselben, und schließlich hat mich der Hetman gefragt, ob du tabu bist. Ich habe ihnen erklärt, daß du wie eine Tochter für mich bist, was ihnen aufgrund ihres strengen Inzestverbots eingeleuchtet hat. Ist es nicht seltsam, wie universell dieses Tabu ist?«

»Eigentlich nicht; es scheint in unsere Gehirne eingebrannt zu sein. Mit ein paar bemerkenswerten Ausnahmen.« Margaret dachte an einige Kulturen, die sie studiert hatte, in denen Inzest nicht verboten war. Sie wußte, daß Ivor und Ida sie wie ihr Kind behandelten, aber es bewegte sie mehr, als sie gedacht hätte, als sie es ausgesprochen hörte.

Sie räusperte sich. Um ihre Rührung zu verbergen, fragte sie: »Glauben Sie, Kuttner wird je mit seiner Studie über Inzesttabus fertig?«

»Möglich. Falls er nicht völlig abdreht und sich in eine Grashütte auf irgendeinem gottverlassenen Planeten am Rande der Galaxis zurückzieht. Anthropologen sind manchmal ein bißchen unberechenbar.«

»Ich weiß. Ganz im Gegensatz zu Musikforschern, die stets rein wissenschaftlich und objektiv sind.« Sie lachten beide über diesen alten Witz. Der Streit darüber, ob es möglich war, die Disziplinen einer nicht-terranischen Kultur objektiv zu bewerten, tobte seit Jahrhunderten und war einer Lösung noch keinen Schritt nähergekommen. Margaret und Professor Davidson hingen der Überzeugung an, daß es nicht nur möglich, sondern notwendig war, eine Kultur innerhalb ihres Kontexts zu studieren. Der Professor hatte den größten Teil seiner akademischen Laufbahn damit verbracht, entfernte Welten zu bereisen, um diese These zu beweisen. Sein berühmter Zeitgenosse Paul Valery hielt dagegen, daß Feldforschung per Definition verunreinigt war. Valery verließ das behagliche Gebäude der Musikfakultät nur, um zum Essen zu gehen. Er war seit Jahrzehnten nicht mehr auf einem fremden Planeten gewesen, nicht einmal, um Auszeichnungen von anderen Universitäten entgegenzunehmen. Bei den seltenen Gelegenheiten, bei denen sich die beiden Männer in den Fluren des Gebäudes begegneten, rümpfte Valery immer seine schmale, aristokratische Nase, als würde er etwas Unangenehmes riechen, und fragte: »Na, Davidson, immer noch im Lande? Ich dachte, Sie trommeln wieder irgendwo mit einer Bande Eingeborener.« Davidson beantwortete diese spitzen Fragen stets mit würdevollem Schweigen und verzog sich in sein Büro. Er genoß einen ausgezeichneten Ruf und sah keine Veranlassung zu einer Antwort. Margaret hingegen spürte oft das Verlangen, ihrem Mentor zu Hilfe zu eilen und Valery auf seine überzüchtete Nase zu schlagen.

Der Professor schob seine Schüssel weg. »So, ich lege mich jetzt hin«, sagte er fröhlich. »Viel Spaß beim Schneider, Maggie, und halte deine Ohren offen. Weber, zum Beispiel, singen oft Lieder am Webstuhl, die man zugunsten anderer Musik übersieht. Ich habe mir schon häufig überlegt, daß darin ein weites Forschungsgebiet …«

»Ins Bett jetzt, Ivor! Sie brauchen Ruhe, nicht noch ein Forschungsgebiet.«

Er lachte und ging nach oben. Seine Fröhlichkeit ließ sie eine Weile weniger ängstlich sein, während sie eine Tasse Kräutertee trank. Aber bis sie ausgetrunken hatte, waren ihre Sorgen zurückgekehrt. Ivor sah nicht gut aus, und es war mehr als nur Erschöpfung. Sie wünschte, sie wäre nicht plötzlich von Vorahnungen gepeinigt und von der lächerlichen Vorstellung, die Gedanken anderer Leute hören zu können. Und sie wünschte, die Angst, die sie bis ins Mark spürte, würde einfach vergehen und sie in Ruhe lassen. Sie war in einem schönen Haus, mit gutem Essen, und es gab nichts, worüber sie sich sorgen mußte.

Anya eilte geschäftig ins Eßzimmer und machte einen kleinen Knicks. Ihre Wangen waren vom Kochen gerötet. »*Domna*, die Jungs sind hier, um Sie in die Nähnadelstraße zu bringen.«

»Ah, hervorragend! Anya, können Sie mir sagen, was der korrekte Preis für einen Mantel und Stiefel wäre, und für solche Kleidung, die Sie und Meister Everard anhaben? Nicht, daß die Jungen mich täuschen würden …«

»Nein, das sind gute, ehrliche Jungs, sonst würde ich sie nie in dieses Haus kommen, und noch viel weniger einen edlen Gast begleiten lassen. Mal überlegen …« Während die Haushälterin nachdachte, wunderte sich Margaret über den Gebrauch des Wortes »edel«. Warum benahmen sich hier alle, als wäre sie etwas Besonderes? Konnten sie erraten haben, daß sie die Tochter des Senators von Cottman war? Sie hatte niemandem ein Wort gesagt, weil sie immer wieder feststellte, daß sich die Leute komisch benahmen, wenn sie von ihren Verbindungen zur gehobenen Gesellschaft wußten. Sie hatte die Stellung ihres Vaters in der terranischen Regierung noch nie ausgenutzt, und oft dachte sie monatelang nicht daran. Es hatte nichts mit ihr zu tun. Aber »edler Gast«? Eine politische Funktion hatte schwerlich etwas mit Adel zu tun. Es war ein weiteres darkovanisches Rätsel, das sie nicht lösen konnte, weil sie die richtigen Fragen nicht kannte.

»Ich glaube, für fünf Royals müßten Sie eine hübsche Ausstattung bekommen, obwohl alles teurer geworden ist, seit ich ein junges Mädchen war: eine Bluse, drei oder vier Röcke und Unterröcke, ein Hemd und eine Jacke. Die Unterwäsche wird ungefähr sieben Sekal ausmachen. Ein Mantel aus guter Schurwolle etwa drei *Reis*, einer aus Leder acht. Strümpfe, na, vier Sekal oder ein bißchen mehr, es sei denn, Sie wollen gesponnene Seide oder so.«

Anya schnaubte verächtlich. »Das Zeug, das Sie da anhaben, würde in den Bergen keinen Hund warm halten. Ich begreife nicht, warum die Terraner so etwas tragen – es riecht komisch, und anscheinend wärmt es sie nicht. Ich sehe sie immer, wie sie herumstehen und uns von oben herab anschauen und dabei ständig ihre Kleider enger um den Leib ziehen. Was ist gegen einen anständigen Wollmantel einzuwenden anstatt der glänzenden Dinger, die sie anziehen? Wovor haben sie Angst? Glauben sie, wenn sie ein Material tragen, das auf dem Rücken von Tieren gewachsen ist, daß sie dann ...« Anya zuckte die Achseln und hörte auf zu sprechen.

»Über Geschmack läßt sich eben nicht streiten, Anya.« Margaret hatte nicht vor, die in der terranischen Föderation übliche Einstellung zu erklären, daß ein zivilisierter Mensch an seiner Kleidung erkennbar war, und das hieß Kunstfaser, außer unter sehr reichen Leuten, wo das Tragen von Naturstoffen ein Zeichen für Wohlstand war. Es wäre beleidigend gewesen, weil es beinhaltete, daß die schlichte darkovanische Tracht nicht zivilisiert war – und genau so sahen es die Terraner.

»Wie wahr! Ich bin eine alte Frau, und ich habe viele Veränderungen hier auf Darkover gesehen – und nicht alle waren zum Guten. Die Jungen wollen losziehen und Sternenpiloten werden, und die Mädchen stecken voller Ideen, die nichts mit

Kochen und Heiraten zu tun haben. Aber weiter. Stiefel! Die kosten zwei oder drei *Reis*, hohe Stiefel ein paar Sekal mehr. Begeben Sie sich in die Hände von Meister MacEwan, und er wird sie im Handumdrehen richtig ausstatten. Und falls Sie Kredit brauchen, wird Meister Everard für Sie bürgen.«

»Das ist nett von Ihnen, aber Meister Davidson – und die Universität – ziehen es vor, wenn wir sofort bezahlen. Danke für den Rat.«

Sie ging in ihr Zimmer hinauf, um den kleinen Recorder abzustellen und ihr Geld zu holen. Wenn sie im Kleiderbezirk etwas hörte, was eine Aufzeichnung wert war, würde sie später mit Ivor noch einmal hingehen. Auf der anderen Seite des Flurs hörte sie Ivor schnarchen; das tat er nur, wenn er wirklich erschöpft war. Sie befühlte die Münzen in ihrer Hand. Eine war aus Silber, die andere aus einem unedlen Metall; das waren die eisernen Sekal, die ungefähr drei imperiale Cents wert waren. Die andere, ein *Reis* oder Royal, war etwa drei Credits wert, was sie zuletzt gehört hatte. Der Angestellte bei Rothschild & Tanaka hatte es nicht genau gewußt, und nach einem Jahr auf einem Planeten ohne jede Währung war sie es nicht mehr gewohnt, in solchen Begriffen zu denken. An der Universität beschäftigte sie sich natürlich nie mit solchen Dingen – dort wurde alles mit Kreditchips erledigt.

Geremy und Ethan kauerten auf der Treppe und spielten ein Spiel mit ihren Händen. Sie ließen die offene Hand, die Faust oder zwei ausgestreckte Finger schnell vor- und zurückschnellen. Als sie Margaret sahen, sprangen sie auf, verneigten sich und lächelten.

»Guten Tag, *Domna*«, sagte Ethan.

»Guten Tag. Was habt ihr gerade gespielt?«

Es war Geremy, der antwortete. »Das war ›Schere, Stein,

Papier‹.« Im Losgehen erklärten die Jungen die Schwierigkeit des Spiels. Margaret hatte ein Dutzend ähnlicher Spiele auf einem Dutzend verschiedener Welten gesehen und erzählte es den beiden. Sie waren fasziniert. Ethan wollte mehr über Weltraumreisen wissen, aber Geremy sagte, er sei ein Langweiler, und bemerkenswerterweise ließ das den spitznasigen Jungen verstummen.

Die Geschäfte in der Musikstraße hatten geöffnet, aber was sie am Abend zuvor für Schaufenster gehalten hatte, die mit Läden verschlossen waren, stellte sich nun als breite Maueröffnungen mit Ladentischen davor heraus. Hinter den Ladentischen sah sie Arbeiter, die an Werkbänken tätig waren. Die Gerüche von Holz, Öl und Harz stiegen in die Luft, begleitet von den Geräuschen von Stemmeisen und Feilen und dem gelegentlichen Klang eines Instruments: einer Pfeife, einer Harfe oder einer Fiole, die gespielt oder gestimmt wurden. Die Jungen erklärten ihr alles, und der Spaziergang durch die Musikstraße war rasch zu Ende. Das rötliche Sonnenlicht fiel auf ihre Wangen und wärmte sie, es tat gut, und auch der bohrende Kopfschmerz verging langsam.

Manche Handwerker starrten sie an, und einer verließ sogar seine Werkbank und kam nach vorn, um sich zu verbeugen. Andere runzelten die Stirn und sahen rasch weg, als wären sie peinlich berührt. Dabei handelte es sich um Männer, die etwa Margarets Alter hatten, oder um Frauen, die jünger waren. Sie begann, unsicher zu werden.

»Ethan, sag mir die Wahrheit: Bin ich ungehörig angezogen?«

Die Uniform bedeckte zwar ihren Körper, aber sehr viel enger als die Kleidung, die sie an den darkovanischen Frauen gesehen hatte. Sie war sich sicher, daß ihr Haar den Nacken bedeckte, worauf der Senator soviel Wert gelegt hatte. Ihre

Jacke reichte deutlich unter die Taille, fast bis zu den Knien; der Service hatte sie speziell für Planeten entworfen, wo man die Geschlechter an der Kleidung unterschied. Natürlich lagen die Vorstellungen, die irgend jemand zu Hause auf Terra von Schicklichkeit hatte, draußen in der Praxis häufig komplett daneben – was Angestellte der Föderation offenbar nicht begreifen konnten.

»Hm, eigentlich nicht. Es ist hauptsächlich wegen Ihrem Haar.« Das machte sie leicht konfus und ärgerlich. Warum konnte der Service nicht ausreichende Informationen zur Verfügung stellen? Wieso waren die Daten über Cottman IV so lückenhaft zusammengestoppelt? Nach jahrzehntelanger Präsenz der Föderation auf dem Planeten sollten die Ethnologen und Anthropologen genügend Monographien veröffentlicht haben, um eine kleine Bibliothek füllen zu können! »Und wegen der Uniform«, fuhr Geremy fort. »In diesem Teil von Thendara sehen die Leute nicht oft eine Frau aus dem terranischen Sektor – die bleiben meist in den Gebäuden beim Raumhafen unter sich. Schwarz ist eine ungewöhnliche Farbe hier, weil unsere Färber kein gutes, dauerhaftes Schwarz herstellen können. Und da wir unser Handwerk schätzen, färben wir kein Schwarz. Unsere Garde trägt schwarze Mäntel, aber die sind aus einer Wolle, die von Natur aus schwarz ist. Sie wissen ja, wie die Leute sind, *Domna* – sie begaffen alles, was anders ist.« Er krümmte sich ein wenig und sah aus, als wäre ihm nicht wohl in seiner Haut.

»Sie sehen irgendwie einfach nicht wie eine Terranerin aus«, mischte sich Ethan ein. »Oder wie jemand von Thesis – der Planet, auf dem Sie gelebt haben. Sie sehen aus wie eine Dame!«

Margaret hielt ein breites Grinsen zurück und nahm sich fest vor, Ivor von Ethans Lapsus zu erzählen. In gewisser Weise kamen alle Gelehrten von Thesis. »Es heißt Thetis, Ethan, nicht Thesis. Aber sehen die anderen Frauen beim Raumhafen denn nicht wie Damen aus?«

»O nein«, antwortete Geremy. »Das sind einfach Frauen.« Damit war für ihn offenbar alles erklärt, weshalb Margaret das Thema fallenließ. Wenn sie jetzt darüber nachdachte, fand sie es amüsant, daß ihre eigene Definition einer »Dame« rein auf der äußeren Erscheinung basierte. Typischerweise sah eine Dame wie ihre Stiefmutter, die Frau des Senators aus. Das bedeutete rotblonde Haare, kleiner Wuchs und ein üppiger Busen. Ihre eigenen roten Haare und die gelben Augen hatten ihr nie gefallen. Ihre Maße waren seit der Pubertät ein Problem, was sie in vertikaler Richtung zuviel hatte, fehlte ihr um die Brust herum. Verglichen mit thetischen Eingeborenen war sie sehr groß, und selbst an der Universität ragte sie heraus. Sie hätte gern dunkle Haare gehabt wie der Alte, bevor er grau wurde, und dunkle Augen wie er. Oder graugrüne Augen und goldenes Haar wie Dio. Sie verbannte diese fruchtlosen Gedanken und hörte lieber den Jungen zu, die die einzelnen Läden mit Namen nannten, als sie nun in ein Viertel kamen, das eindeutig dem Textilhandwerk gewidmet war.

»Dort ist das Geschäft, in dem mein Bruder zur Lehre ist, aber da gehen Sie lieber nicht hin. Er macht schlechte Imitationen von terranischem Tuch.« Geremy deutete zu einem Geschäft mit einem tiefen Ladentisch voller Stoffballen. Für Margarets ungeübtes Auge sah es gar nicht schlecht aus, aber sie merkte, daß sich Geremy für den Laden schämte.

»Wie geht eine Lehre hier vor sich?« fragte sie.

Geschmeichelt von ihrem Interesse, fingen beide Jungen gleichzeitig zu sprechen an, ein freundschaftlicher Wettstreit, wer sie als erster informieren durfte. Margaret wurde klar, daß sie hier mühelos Informationen erhielt, für die ein Anthropologe mit Freuden seine Mutter verkauft oder seine Seele verpfändet hätte. Was sie ihr erzählten, hörte sich wohl durchdacht und fair an, nicht wie auf manchen Planeten, wo die Jungen als Arbeitssklaven oder bloßes Eigentum betrachtet wurden. Es war ein Jammer, daß sie den Recorder im Zimmer gelassen hatte. Sie bogen in eine Straße, die offenbar ihr Ziel war. Die Schilder zeigten Bilder von fertiger Kleidung oder, wie in einem Fall, eine leuchtend goldene Nadel vor einem braunen Hintergrund, was wohl auf einen Laden für Stickereien hinwies. Wo sich in der vorherigen Straße Stoffballen in den Türöffnungen gestapelt hatten, hingen nun Hemden oder Jacken. Alles war reich mit Stickereien verziert. Sie sah feine Blusen, fast durchsichtig, daneben aber auch festere, praktischere. Ein oder zwei Läden stellten eine angezogene Puppe in eindeutig festlicher Kleidung zur Schau – glänzendes, transparentes Material, das Margaret für die Spinnenseide hielt, von der Anya gesprochen hatte.

Ethan öffnete eine Ladentür und führte sie hinein. Ein kräftiger Mann mit schwarzem Haar stand an einem großen Schneidetisch und hielt einen Stoffballen in der Hand, als überlegte er, wie er ihn schneiden und in Falten legen sollte. Er hatte einen geistesabwesenden Gesichtsausdruck, den Blick eines Künstlers während des schöpferischen Akts, und Margaret widerstrebte es, seine Konzentration zu stören.

Ihr junger Führer hatte offensichtlich keine solchen Hemmungen. »Onkel Aaron, das ist die Dame, von der ich dir erzählt habe. *Domna* Alton, Aaron MacEwan.«

Der Mann blinzelte ein wenig mit schweren Lidern, dann verbeugte er sich anmutig. »Willkommen in meinem Geschäft,

Domna. Sie ehren mich. Wie kann ich Ihnen dienen? Ein Spinnenseidenkleid in Erbsengrün vielleicht für das Mittsommernachtsfest?« Er zeigte auf einen Ballen schimmernden Stoffs, der am Schneidetisch lehnte. Dann hob er ihn auf, als hätte er kein Gewicht, und hielt ihn nahe an ihr Gesicht, damit er sah, ob die Farbe zu ihrer Haut paßte.

Das sah sehr teuer aus, und vollkommen unangemessen, wenngleich sich ihre Hände danach sehnten, über den hauchdünnen Stoff zu streichen. Er hatte einen Geruch, den sie kannte – ein wundervoller, reiner Duft. Wie so viele andere Gerüche in den letzten Stunden rief er die Vergangenheit wach. War es der Duft der Seide oder der Person, die sie getragen hatte, der an der Schwelle zu ihrem Bewußtsein flatterte. Und wer war die Trägerin – Dio oder eine andere Frau? Sie versuchte, die Erinnerung rasch zu verbannen, denn sie spürte, wie sie sich anspannte.

Margaret besuchte selten Veranstaltungen, bei denen sie schickere Kleidung tragen mußte als ihre Universitätsroben, die zur Zeit in einer Kommode auf Coronis verpackt waren. Bis zu diesem Augenblick war ihr nicht bewußt gewesen, wie oft sie sich schon gewünscht hatte, Kleider wie Dio zu tragen, wenn sie mit Würdenträgern speisten oder der Alte sich ausnahmsweise zum Besuch eines Balls überreden ließ.

Sie seufzte leicht. »Danke, aber eigentlich hatte ich an etwas Praktisches, Schlichtes gedacht«, sagte sie. »Ich brauche ein paar robuste, warme Kleidungsstücke, die zum Laufen oder Reiten geeignet sind. Etwas in der Art, wie es Anya trägt, aber für draußen. Ethan?« sagte sie hilfesuchend.

Ethan sah schockiert aus. »Aber Mylady – Anya ist alt.«

Margaret war überrascht. Alt? Anya sah wie fünfzig aus,

vielleicht, was nach ihrem Maßstab nicht alt war. Bei den Fortschritten in der Technik der Verjüngung war fünfzig noch nicht einmal mittleres Alter. Die Lebenserwartung hier mußte geringer sein, als sie gedacht hatte. Aber wieso? Es ergab keinen Sinn. Dann kam ihr zu Bewußtsein, daß Anya eine verheiratete Frau und wahrscheinlich über das gebärfähige Alter hinaus war. Viele Kulturen kleideten Mädchen und junge Frauen anders als reife, verheiratete Frauen. Wie hatte sie nur so schwer von Begriff sein können!

»Dann so etwas wie Moira.«

»Eine Dienerin, *Damisela?* Aber Sie können sich doch nicht wie eine Dienerin kleiden. Onkel, vielleicht dieses rotgelbe Gewand, das du für *Mestra* Rafaella gemacht hast, das sie dann nicht wollte, als es fertig war.«

Aaron sah erleichtert aus. »Genau das ist es«, sagte er. »Es wurde noch nicht einmal getragen, *Domna*«, erklärte er. »Die *Mestra* kam zu dem Schluß, daß ihr die Stickerei nicht gefiel.« Seine Stimme klang nun dünner und ein wenig angestrengt. Margaret sah ihn prüfend an. Log er? Und wenn ja, warum? Dann entschied sie, daß sie wieder einmal überempfindlich war. Sie mußte sich nun wirklich bald unter Kontrolle bringen, sonst war sie zu gar nichts mehr zu gebrauchen. Bei jedem Geruch und jedem Schatten zusammenfahren – das reichte jetzt!

»Sie haben dieselbe Größe und eine ähnliche Gesichtsfarbe.« MacEwan nickte, während er sprach. »Der Junge wird mir eine echte Hilfe sein – er kennt meine Ware schon besser als ich. Manuella!« Er bemerkte den mißvergnügten Ausdruck nicht, den seine Bemerkung auf Ethans schmalem Gesicht hervorrief. Margaret lächelte dem Burschen zu, und dessen Miene heiterte sich augenblicklich auf. Sie konnte kaum glauben,

daß sie ihm gestern noch mißtraut und ihn für einen potentiellen Dieb gehalten hatte.
MacEwans erhobene Stimme rief eine müde aussehende Frau auf den Plan, die ähnlich gekleidet war wie Anya, und Margaret erkannte, daß sie richtig vermutet hatte. Es gab tatsächlich eine Unterscheidung zwischen dem, was einer verheirateten Frau angemessen war, und dem, was für eine alte Jungfer wie sie selbst paßte. Der Gedanke erschreckte sie ein bißchen – so hatte sie sich noch nie gesehen.
»Meine Frau, *Domna*. Nimm sie mit nach hinten, meine Liebe, und zeige ihr das rotgelbe Gewand, das wir für diese mäkelige Rafaella gemacht haben. Und du, Ethan, lauf auf den Dachboden hinauf und hole die grüne Rabbithornwolle. Sie ist leicht, aber sehr warm. Dann geh rüber zu Jason, dem Gürtelmacher, und laß ihn eine anständige Auswahl an Damengürteln und Handschuhen schicken. Und du, Geremy, läßt von *Mestra* Dayborah eine hübsche Auswahl an Damenunterwäsche kommen – ungefähr die Größe von *Mestra* Rafaella.«
Margaret wurde von einer sichtlich verlegenen Manuella sanft nach hinten verschleppt. »Bitte verzeihen Sie ihm, *Domna*. Er ist ein Künstler und vergißt manchmal seine Grenzen. Er wollte sie nicht herumkommandieren!«
»Ich glaube, er war mitten in den Schöpfungswehen, als ich hereinkam.«
Manuella seufzte, wie es geduldige Ehefrauen tun, dann lächelte sie schüchtern. »Er träumt jetzt schon seit Tagen über dieser Stoffbahn. Er ist ein braver Mann und sieht keine andere Frau an, aber wie er sich bei einem Ballen feinem Stoff aufführt, das ist fast nicht zum Aushalten. Wie soll ich gegen Wolle oder Spinnenseide ankommen, oder auch nur gegen Baumwolle aus den Trockenstädten. Trotzdem ist er ein Mei-

ster seines Fachs. Hier ist das Gewand, das er für Rafaella gemacht hat – ein Gewand, wie sie in ganz Thendara kein schöneres finden werden, aber nicht gut genug für diese ... Katze! Diese Entsagenden! Können sich nicht anständig benehmen. Trotzdem tut sie recht vornehm, nur weil ihr Vater *Coridom* bei den MacLorans war. Ein *Coridom* ist immer noch ein Diener, sag ich, und nicht etwas Besseres als ein ehrlicher Handwerker.«

Während sie weiter plapperte, schüttelte Manuella die Falten des komplizierten Gewandes aus. Es bestand aus drei Röcken, jeweils in einem leicht helleren Rotgelb gefärbt als der vorhergehende und am Saum mit einem grünen Blattmuster bestickt, einer Bluse in der Farbe des blassesten Rocks und einer Jacke in einem sehr dunklen Rotgelb, die das Ensemble abschloß. Alles auf einmal getragen, war es bestimmt warm und schwer und sehr viel bequemer als das, was Margaret im Moment anhatte.

»Es ist wunderschön«, sagte Margaret, »und etwa meine Lieblingsfarbe, aber ich glaube, es ist ein wenig zu ... zu elegant für das, was ich im Sinn hatte. Was ich brauche, ist ein Arbeitsgewand.« Sie kannte irgendwie das richtige Wort für das, was sie wollte, und fragte sich, woher, denn sie wußte, daß es nicht auf der Diskette mit dem Grundwortschatz gewesen war. Es flog ihr einfach zu, wie das Lied auf der *Ryll.* Das Gewand hier, so schön es auch war, fand sie zu kunstvoll gearbeitet, um damit in einer Werkstatt voller Sägespäne herumzustöbern oder in den entlegensten Winkeln dieses Planeten Lieder zu sammeln. »Es gefällt mir wirklich sehr, aber ich hatte eher an etwas in der Art gedacht, wie Sie es anhaben.«

Manuella sah auf ihre zweckdienlichen Röcke und ihre

schlichte graue Jacke, dann rollte sie die Augen himmelwärts. Margaret hatte diese Mimik schon oft gesehen, und sie bedeutete immer das gleiche: Warum sind die Menschen nur so schwer von Begriff? Das zutiefst Menschliche dieses Blicks tröstete Margaret ein wenig, und sie lächelte schwach.

»Sie wollen sich wie eine Geschäftsfrau anziehen? Wollen Sie Ihrer Familie Schande machen? Bitte, *Domna*, jeder sieht doch, was Sie sind, und niemand wird sich davon täuschen lassen, wenn Sie sich unter Ihrem Rang anziehen.« Manuellas Stimme war ernst.

Rang? Margaret konnte sich nicht vorstellen, was Manuella meinte. Wußten diese Leute, daß sie die Tochter des Senators von Cottman war, und welchen Unterschied machte das? Die Frau war offensichtlich besorgt, daß Margaret die falsche Kleidung tragen könnte, aber wieso? Sie wollte gerade fragen, als eine runzelige alte Frau hereinkam, den Arm voller weicher Kleidungsstücke. Die Frau hielt inne, gaffte Margaret verblüfft an und machte dann einen tiefen Knicks. Es war Dayborah, die Wäscheherstellerin.

Margaret vernahm einen leise geflüsterten Gedanken der alten Frau, als sie ihr vorgestellt wurde. *Eine Comynara! Es ist wie in den alten Zeiten, als ich noch ein junges Mädchen war!* Sie fing ein sehnsüchtiges Gefühl auf, ein Verlangen nach einer vergangenen Zeit, als noch jeder seinen Platz kannte, dann schüttelte sie die Empfindung ab, die Gedanken der alten Frau hören zu können. Margaret war überzeugt, daß sie mit jemandem verwechselt wurde, wenngleich sie sich nicht vorstellen konnte, mit wem.

Margaret war plötzlich zu müde, um weiter über Kleidung zu streiten, und sie ließ sich aufschwatzen, was die anderen für richtig hielten. Sie probierten mehrere Stücke an, bevor sich

Manuella zufrieden zeigte. Die Kleider paßten ganz gut, und die Zugbänder an Taille und Hals ließen noch Spielraum. Manuella öffnete Margarets Zopf und kämmte ihr Haar aus, dann faßte sie es mit einer schönen silbernen Spange in Schmetterlingsform wieder zusammen. Die Spange fühlte sich schwer an in ihrem Nacken, obwohl sie leicht war, und auch vertraut, obwohl sie sich nicht eindeutig erinnern konnte, schon einmal eine ähnliche gesehen zu haben. Hauptsächlich fühlte sie sich richtig gut an.

Während die beiden Frauen über Gürtel berieten und einen dunkelgrünen aussuchten, hatte Margaret das beunruhigende Gefühl, daß sie dabei war, ihre persönliche Identität zu verlieren. Es gab keine Margaret Alton mehr, sondern statt dessen eine endlose Parade von Fremden, die lagenweise in Stoff gekleidet wurden, deren Haar von Schmetterlingen gebändigt und deren Handgelenke mit Stickereien und Armreifen umschlossen wurden. Der Geruch der Textilien weckte Erinnerungen, die ganz bestimmt nicht ihre eigenen waren! Er rief Bilder von jenem silberhaarigen Mann wach, der manchmal durch ihre Träume spukte, und von der kreischenden, roten Teufelin. Plötzlich erfaßte sie ein Kaleidoskop von widerstreitenden Bildern. Sie mühte sich, im Hier und Jetzt zu bleiben, in der Gegenwart statt der gefährlichen Vergangenheit. Aber die Erinnerung an das Waisenhaus kehrte zurück, und plötzlich fürchtete sie sich. Sie biß sich auf die Unterlippe und zwang sich, ihre Aufmerksamkeit auf die Frauen zu richten, die um sie herumscharwenzelten.

Man drückte ihr die grüne Rabbithornwolle in die fast tauben Hände, und sie hörte sich mechanisch zustimmen, daraus ein Festtagskleid machen zu lassen, mit einer passenden Bluse aus einer baumwollartigen Faser. Mit Sicherheit war es zu kalt

auf diesem Planeten, als daß man Baumwolle anpflanzen konnte.
Margaret klammerte sich im Geiste an ihre Hochschulauszeichnungen, als die Fragen immer mehr wurden und ihre Verwirrtheit zunahm. Sie erkundigte sich nach dem Gewebe und erfuhr, daß man es aus den Fasern des Federschotenbaums wob. Man erzählte ihr von dem kräftigen Schaf, das in den Bergen lebte, und von vielen anderen Dingen. Beim Zuhören fühlte sie sich langsam wieder ein wenig klarer, und Manuella ging mit ihr zurück in die große Werkstatt.
Aaron MacEwan wickelte eine Bahn von der Spinnenseide auf, ein dunkles Grünblau, das so schön war, daß es Margaret mit wortlosem Verlangen erfüllte. Die Seide war sogar noch schöner als das Material, das er ihr zuerst gezeigt hatte, und ihr Widerstand geriet ein wenig ins Wanken. Er bedrängte sie, ein Ballkleid daraus machen zu lassen. Margaret protestierte vergeblich, daß sie für eine solche Aufmachung keine Verwendung hatte. Alle lächelten nur verschwörerisch und setzten sich über ihren Einspruch hinweg.
Dann erhaschte sie in dem langen Spiegel an der Stirnseite des Ladens einen Blick auf sich, und ihre Knie wurden weich. Sie sah die Fremde in dem Glas an, dann schaute sie schnell weg. Das war nicht sie. Sie hatte plötzlich das verzweifelte Verlangen nach ihrer armseligen alten Uniform! Sie fürchtete sich vor der Frau in dem Spiegel. Margaret wandte sich ab, biß sich auf die Unterlippe und versuchte, ihre zitternden Knie zu beruhigen.
Aaron fertigte eine Skizze des vorgeschlagenen Gewands und schickte einen der Jungen um eine Stickerin. Margaret bot ihren letzten Rest Energie auf, um den quälenden Stimmen um sie herum ein Ende zu machen. »Aufhören! Bitte! Ich

brauche kein Tanzkleid. Ich bin Wissenschaftlerin, keine Prinzessin.« Dann floh sie ins Hinterzimmer, legte die Kleider ab und schlüpfte wieder in ihre Uniform.

Als sie in die Werkstatt zurückkam, war Dayborah verschwunden, und sowohl Aaron als auch Mannella hatten einen verwirrten Gesichtsausdruck. Tatsächlich sah Aaron mehr als nur verwirrt aus – er wirkte verletzt!

»Aber was ist mit dem Mittsommernachtsball?« fragte er.

So entschlossen sie konnte, entgegnete Margaret: »Wenn es einen solchen Ball gibt, werde ich ihn bestimmt nicht besuchen. Ich verkehre nicht in diesen Kreisen. Und was ich jetzt brauche, ist ein guter Wollmantel für einen Mann, vielleicht um soviel kleiner als Sie, Meister MacEwan« – sie machte eine entsprechende Geste – »und schon ein bißchen älter. Ich muß jetzt wirklich bald zu ihm zurückgehen. Die ganze Sache hier hat viel zu lange gedauert.«

»Nun, wenn Sie müssen, dann müssen Sie, *Domna*. Wir lassen dann später alles in die Burg bringen.« Sie spürte die Verwirrung und einen leichten Unmut, als würde sie die beiden absichtlich um ein Vergnügen bringen. Wenn sie nur schlau aus all dem werden könnte. Sie hatte das Gefühl, nur Haferbrei im Hirn zu haben – einen klumpigen Haferbrei noch dazu.

»Burg?« Sie hatten sie mit jemandem verwechselt. Plötzlich setzte sich ihr Humor durch. Es war wie in einer uralten Geschichte. Sie mußte einer einheimischen Adligen ähneln, und sie glaubten bestimmt, daß die sich aus Neugier unters Volk gemischt hatte.

»Die *Domna* wohnt bei Meister Everard in der Musikstraße«, sagte Geremy schnell. »Das habe ich euch doch erzählt!« Er war rot vor Verlegenheit.

Die Älteren sahen ihn mit einer Mischung aus Enttäuschung

und Ungläubigkeit an. Aaron MacEwan schüttelte den Kopf. »Wenn Sie meinen, *Domna.*«

»Allerdings«, sagte sie gereizt. »Wenn Sie jetzt bitte ein Paket fertig machen; ich nehme es gleich mit.«

»Also wirklich, nein; das ziemt sich nicht«, sagte Meister MacEwan entschlossen, offenbar glaubte er weder ihr noch seinem jungen Neffen. Er war die Verkörperung von verletztem Ehrgefühl. »Wir schicken alles innerhalb einer Stunde.«

Margaret gab auf. Sie wollten nicht glauben, daß sie die war, für die sie sich ausgab, und beharrten eigensinnig darauf, sie sei eine völlig andere Person. »Wieviel macht das?« Aaron schaute zerstreut in eine Ecke des Raumes, während Manuella einen Preis nannte, der weit unter dem lag, was Margaret erwartet hatte. Wenigstens berechneten sie ihr nicht zuviel. Als die peinliche Geldangelegenheit erledigt war, räusperte sich MacEwan.

»Domna«, sagte er. »Es steht uns nicht zu, Sie in Frage zu stellen. Aber als uns der kleine Ethan gesagt hat, wer Sie sind oder zu sein schienen, fühlte ich mich aufrichtig geehrt, daß Sie mein Geschäft für Ihren Einkauf erkoren haben. Oh, ich gestehe, das war wegen meines eigenen Ruhms. Ich habe selten Gelegenheit, eine Dame der *Comyn* einzukleiden, denn meistens kaufen sie nur das Tuch und lassen es von ihren eigenen Dienern schneidern. Es geht mir gegen den Strich, wenn ich daran denke, daß sich ungeübte Hände an meinen schönen Waren vergreifen, aber so ist es nun einmal. Ich habe durchaus einen guten Ruf, aber weiter kommt man eben nicht mit gesellschaftlichen Aufsteigern, Dichtern und fahrenden Sängern.«

Margarets Schädel pochte nun, als würden tausend Trommeln in ihm geschlagen, und ihre Haut war kalt und klamm unter der Uniform. Sie bot ihre ganze Höflichkeit auf und erwiderte: »Glauben Sie mir, Meister MacEwan, sollte ich je Stammkunde bei einem Schneider werden, dann bei Ihnen. Sie waren mehr als freundlich. Ich erkenne einen Künstler, wenn ich einen sehe. Ich weiß nicht, für wen Sie mich halten, aber glauben Sie mir, ich bin kein Mitglied dieser *Comyn.* Von denen habe ich bisher noch nie gehört!«

Kaum hatte sie die Worte gesprochen, wurde Margaret klar, daß sie zwar nicht unwahr, aber auch nicht ganz richtig waren. Sie kannte das Wort, sie wußte, was es bedeutete, aber es hing mit jenem Ort in ihrem Gehirn zusammen, an den sie nicht gehen wollte. Nein, an den sie nicht gehen *durfte*, selbst wenn sie es gewollt hätte. Die Luft im Raum kam ihr zu still vor, und sie lauschte erneut nach dem Geräusch eines Sommergewitters.

Dann schien sich ein großes Gewicht auf ihre Brust zu senken. Eine riesige Hand griff nach ihrem Herz und drückte es zusammen. Sie stützte sich auf den langen Schneidetisch, die Tischkante drückte an ihren Hüftknochen, und ein langer, rotierender Tunnel tat sich vor ihren Augen auf. *Fallen, fallen!* Sie taumelte in die Tiefe, und alles verschwand in kreiselnder Dunkelheit.

5

Margaret öffnete die Augen und spürte eine harte, glatte Oberfläche unter ihrem Rücken. Über sich sah sie ein hohes Gebälk, das mit so komplizierten Mustern bemalt war, daß sich ihr der Kopf drehte und ihr Magen rebellierte. Wo war sie? Einen Augenblick lang konnte sie sich nicht erinnern. Sie schloß die Augen, um die Balken nicht mehr sehen zu müssen. Etwas Weiches, Schweres lag auf ihrem Körper. Sie legte die Hand darauf und fühlte den warmen, rauhen Kuß einer Wolldecke. Sie hatte den guten, sauberen Geruch von Bergbalsam. Sie hielt die Augen geschlossen und versuchte, normal zu atmen.

Als sie die Augen wieder aufschlug, blickte sie in das dunkle, bärtige Gesicht von Aaron MacEwan, der sie ängstlich anschaute. Sie spürte etwas unter ihrem Kopf und vermutete, daß es sich um einen Stoffballen handelte. »Ganz ruhig, Kind. Manuella bringt Ihnen eine Tasse Tee. Sie haben uns einen schönen Schrecken eingejagt, einfach so ohnmächtig zu werden. Aber ich kann's Ihnen nicht verübeln. Von dieser Hitzewelle wird mir auch manchmal schwindlig. Es ist dann so stickig im Laden.«

Hitzewelle! Sie fühlte sich wie ein Eisblock. Ihre Hände und Füße schmerzten vor Kälte, während ihre Brust naß von kaltem Schweiß war. Margaret hatte das Bedürfnis, wie von Sinnen zu schreien oder zu lachen. Sie atmete rauh und tief und zwang sich zu einer Ruhe, die sie tief in ihrem Innern nicht fühlte. Die Erlebnisse des Vortags kehrten in ihr Gedächtnis zurück, und sie begriff, daß es für darkovanische Verhältnisse tatsächlich ein sehr warmer Tag war.

Margaret setzte sich mühsam auf, und die Welt drehte sich. Sie sank kraftlos wieder zurück, wütend, weil ihr Körper sie so im Stich ließ. Irgend etwas war passiert, etwas so Schreckliches, daß sie es nicht wissen wollte. Aber sie mußte es wissen! Es war dringend. Doch ihr Gehirn verweigerte die Mitarbeit.

Hände halfen ihr, sich aufzusetzen, zärtliche Hände, schwielige, von Arbeit abgenutzte Hände, echte Hände von echten Menschen. Eine Tasse mit starkem, aromatischem Tee wurde ihr an die Lippen gehalten. Sie war so durstig! Sie schluckte und verbrannte sich leicht die Zunge. Der Tee enthielt reichlich Honig, er war heiß und süß. Sie trank gierig, dann hustete sie prustend, weil ihr ein Tropfen in die falsche Kehle geraten war. Die fürchterliche Schwäche verließ ihren Körper allmählich, und sie leerte die Tasse mit langen, wenig anmutigen Zügen. Der Zucker wirkte auf ihren Blutkreislauf wie eine Droge, und die Erinnerung flutete zurück.

Ivor! Mit Ivor stimmt etwas nicht! Die Gewißheit, mit der sie das wußte, machte ihr angst. Sie konnte nicht sagen, woher sie es wußte, aber diesmal versuchte sie nicht, sich einzureden, daß nur ihre Phantasie am Werk war. Dafür war alles zu real. Ihre Zähne klapperten gegen den Rand der leeren Tasse, und sie zitterte am ganzen Leib.

Margaret widerstand dem Drang, von der festen Platte des langen Schneidetisches zu springen und zur Musikstraße zurückzulaufen. Nur die absolute Gewißheit, daß ihre Beine beim ersten Schritt nachgeben würden, ließ sie noch ein paar Minuten bleiben, wo sie war, und so langsam wie möglich atmen. Die Disziplin ihrer akademischen Ausbildung setzte sich durch, und langsam verging die Benommenheit, und ein wenig Kraft kehrte in ihre Glieder zurück.

»Bitte – ich muß sofort gehen!«

»Aber Sie sind krank, *Domna.*« Das war Manuella, deren Gesichtszüge vor Sorge ganz zerfurcht waren. Selbst in ihrem Gefühlsaufruhr bemerkte Margaret, daß die Sorge echt war, und sie war gerührt. Diese Leute waren Fremde, und doch benahmen sie sich, als läge Margaret ihnen am Herzen. Das berührte eine tiefe Sehnsucht in ihr, eine Wunde, von der sie bis zu diesem Augenblick gar nicht gewußt hatte, daß sie existierte.

Sie biß die Zähne zusammen und schob den Wunsch beiseite, sich einfach in die Freundlichkeit dieser Leute fallen zu lassen. Dann zog sie die Decke von den Beinen und nahm sich zusammen. »Das spielt keine Rolle. Ich muß sofort zum Haus von Meister Everard zurück!« Sie stellte ihre Füße auf den mit Stoffresten bedeckten Boden und torkelte wie ein Betrunkener. »Geremy, Ethan – bringt mich, so schnell ihr könnt, zurück!«

Beide Erwachsenen und die Kinder sahen einander hilflos an. Dann zuckte Aaron die Schultern, als wollte er sagen »Wie Sie meinen«. Margaret richtete sich auf und zog die verhaßte Uniformjacke nach unten, die unter den Achseln nach oben gerutscht war. Sie zitterte am ganzen Leib. Es gab eigentlich keinen Grund zur Eile, und tief in ihrem Herzen wußte sie das. Es war bereits zu spät. Aber sie wünschte sich verzweifelt, daß sie Unrecht hätte. Sie hatte einen lebhaften Eindruck von ihrem Taumelflug ins Dunkel, die Erinnerung an eine Hand, die ihr Herz umklammerte. Doch sie wußte, nicht ihr Herz hatte einen Anfall erlitten, sondern Ivors. Sie wünschte, es wäre nur ein Traum, aber sie wußte mit Bestimmtheit, daß es so real war wie die Hände, die ihr nun Hilfe anboten.

Vor dem Laden war das Licht in der Straße rot. Die große, blutrote Sonne war tief über die niedrigen Dächer der Häuser gesunken und warf lange Schatten zwischen sie. Margaret stürmte die Straße entlang, ihre Füße wirbelten, ihre Absätze schlugen hart auf das grobe Pflaster. Sie legte mit ihren langen Beinen ein Tempo vor, daß die beiden Jungen neben ihr bald keuchten. Ihr Puls hämmerte wie die Todestrommeln auf Vega VI und pochte in ihren Schläfen, bis ihr beinahe übel war. Sie rutschte mit einem Fuß aus, stürzte und fiel auf Knie und Hände. Der Schmerz ließ sie laut aufschreien, und sie fluchte fließender, als sie für möglich gehalten hätte. Die Burschen halfen ihr auf, und Margaret blickte wie aus großer Entfernung auf den Schnitt in einer Handfläche. Sie spürte, wie ihr unter der Uniform etwas warm am Bein hinablief. Ihr feines Haar hatte sich teilweise aus der Schmetterlingsspange gelöst und flatterte ihr ins Gesicht. Sie steckte die Strähnen ungeduldig wieder zurück, wobei sie sich frisches Blut auf die Stirn schmierte, ohne es zu bemerken.

Wo waren sie? Die Straßen kamen ihr endlos vor, verschlungen und verwinkelt im rotglühenden Licht der untergehenden Sonne. Wie lange war sie bewußtlos gewesen? Warum hatte sie Ivor allein gelassen, wenn sie doch spürte, daß er nicht ganz in Ordnung war? Ihre Füße bewegten sich schnell und mechanisch. Sie richtete ihre ganze Energie darauf, ihren Bestimmungsort zu erreichen, und versuchte, nicht zu denken, sich nicht vorzustellen, was sie bereits wußte, wenn sie auch nicht sagen konnte, wieso.

Die Haustür ging auf, bevor sie den hölzernen Türklopfer packen konnte. Meister Everard selbst stand blaß und entsetzt vor ihr, seine Haut war fast so bleich wie sein weißes Haar, und seine alten Zähne hoben sich gelb davon ab. Er hatte Tränen in den blauen Augen, als er ihr aufgelöstes Äußeres musterte.

»Ivor …« keuchte sie mit schmerzender Brust.

»Liebes Kind, ich habe schlechte Nachrichten für …«

»Er ist tot, nicht wahr?« Ihre Stimme klang ihr selbst barsch und grob in den Ohren, belegt und rauh wie der Ruf einer Dohle.

Everard nickte und zog sie ins Haus. »Ja, er ist tot. Der Bursche wollte ihn wecken und konnte es nicht. Er muß im Schlaf hinübergeglitten sein.«

»Aber er war nicht krank«, protestierte sie mit der hohen, schrillen Stimme eines übermüdeten, hysterischen Kindes. »Er darf einfach nicht tot sein«, beharrte sie stumpfsinnig.

Meister Everard führte sie zu einem Sessel, wobei er ihr freundlich die Hand tätschelte. »Wir wissen nicht, was geschehen ist, Kind. Er war alt. Er war müde. Wenn die Zeit eines Menschen gekommen ist, dann ist sie eben gekommen. Sein Gesicht war friedlich, ich glaube nicht, daß er überhaupt etwas gemerkt hat.«

»Ich muß zu ihm!«

»Nein. Sie sind nicht in der Verfassung, ihn zu sehen. Setzen Sie sich erst einmal hin und beruhigen Sie sich.«

»Aber ich muß ihn sehen – ich muß bei ihm sein!« Tränen der Hilflosigkeit strömten ihr über die Wangen.

Anya hastete durch das Zimmer. Sie trug eine Schüssel mit dampfendem Wasser und einen weichen Lappen. Leise schnalzend wischte sie die Tränen von Margarets Gesicht und das Blut von ihren aufgerissenen Händen. Margaret zuckte zusammen, als sie die Wunden reinigte und mit einer dicken

Salbe einrieb, die scharf und erfrischend nach Kräutern roch. Hinter der Frau stand der Musikmeister, rang die Hände und wollte helfen, wurde jedoch angewiesen wegzubleiben.
Margaret war kurz davor, Anyas Hände wegzustoßen, diese beiden freundlichen Menschen, die sich um sie bemühten, anzubrüllen. Aber es mangelte ihr an Kraft, auch nur die Worte zu formen. Sie versuchte aufzustehen, aber ihre Beine versagten ihr den Dienst.
Sie kauerte sich in den Sessel und wünschte, sie könnte aus diesem Alptraum aufwachen. Sie wußte, es war Wirklichkeit, aber sie fühlte sich unendlich weit entfernt. Ihr Geist trieb ziellos umher, der Geruch der Salbe machte sie schläfrig. Sie dachte an Ethans falsche Aussprache von Thetis. *Jetzt bin ich nicht mehr dazu gekommen, Ivor vom Planeten »Thesis« zu erzählen. Wie albern, jetzt daran zu denken, aber es hätte ihm gefallen.* Neue Tränen traten ihr in die Augen.
»Kommen Sie jetzt mit ins Bett«, sagte Anya.
»Ich muß ihn sehen. Wirklich, es geht mir gleich besser, wenn ich ihn nur sehen kann.«
»Sie sind nicht in der …«
»Anya – bring sie zu ihm. So findet sie keine Ruhe.« Meister Everards Stimme war schneidend, gequält und gebieterisch.
Die Haushälterin brummte etwas, sah den alten Mann an und nickte. Sie half Margaret die lange Treppe hinauf, dann gingen die beiden in Ivors Zimmer. Anya blieb in der Tür stehen, während Margaret ans Bett trat. Ihre Schritte waren nun zögernd. Es gab keinen Grund mehr zur Eile.
Das Zimmer lag auf der Nachmittagsseite des Hauses, so wie ihr eigenes auf der Morgenseite lag, und die Sonnenstrahlen drangen durchs Fenster und beleuchteten die Gestalt in dem riesigen Bett. Er wirkte so klein und friedlich, so, als würde er

nur schlafen; Hunderte Male hatte sie ihn so schlafen sehen. Aber sie wußte, diesmal wachte er nicht mehr auf.

»Ivor«, flüsterte sie, dann wiederholte sie das Wort etwas lauter. *Was hätte ich tun können? Nichts. Warum habe ich dann irgendwie das Gefühl, daß es meine Schuld ist?* »Es tut mir leid! Warum mußtest du mich verlassen? Was soll ich Ida sagen? Wie soll ich ohne dich weitermachen?« Die Worte hörten sich töricht an, aber sie wußte, daß sie es nicht waren. Es waren einfach Worte, wie Menschen sie sprachen, wenn jemand starb.

»Ich habe dich geliebt, alter Mann. Habe ich dir das je gesagt? Habe ich dir gesagt, daß du ein Vater für mich warst in all den Jahren und daß ich für alle Anerkennung im Universum keine Sekunde der Zeit mit dir eintauschen würde?« Margaret ergriff die Hand des alten Mannes und verschränkte ihre fröstelnden Finger in seine kalten. Sie konnte noch den vertrauten Geruch seines Nachtgewands riechen, den Duft seines Gesichtswassers und das Zeug, das er in sein schütteres Haar gab.

Lange stand Margaret da, hielt die kühle Hand in der ihren und dachte an ihre gemeinsamen Jahre und seine vielen Freundlichkeiten. Schließlich ergriff die Einsamkeit von ihr Besitz. Er war tot, und sie würde das Beste daraus machen müssen, wenngleich sie im Augenblick nicht wußte, was das sein sollte. Sie legte seine Hand auf seine Brust, glättete die Laken ein wenig und berührte zärtlich seine faltige Wange. Dann drehte sie sich um. Sie konnte nichts mehr tun.

In diesem Moment traf sie die Erschöpfung wie ein Keulenhieb, und ihre Knie gaben nach. Sie taumelte gegen das große Bett und schlug sich das Schienbein so heftig an, daß ihr Sterne vor den Augen tanzten. Verbissen ignorierte sie den

Schmerz. Er würde später auch noch dasein. Er würde immer dasein. Sie hatte keine Tränen. Sie war leer, bis auf das Gefühl von Schmerz und Verlust. Anya nahm sie sanft am Arm und führte sie zu Bett.

Wände; hohe Wände türmten sich vor ihr auf. Unter ihren kleinen Füßen waren große Quadrate aus Beton. Margaret fühlte sich so klein, so machtlos. Sie schaute die großen Skulpturen an, die um sie herumstanden. Da war eine lange Tastatur, die sich wie eine Meereswelle neben ihr erhob. Sie stellte sich auf die Zehenspitzen und versuchte, eine der Tasten zu berühren; und ein leiser Glockenton klang in ihrem Ohr. Er erinnerte sie an etwas, aber sie wußte nicht, an was. Der Klang war der Klang von feinem Kristall, und er ließ sie erzittern.

Ein Bär, rund und massig, tanzte freundlich auf einem Podest. Neben ihm war ein langes Blech, das mit komplizierter Ceti-Tri-Model-Notenschrift bedeckt war. Margaret wollte sie entschlüsseln, denn Ceti-Notenschrift funktionierte gleichzeitig als Musik und als Sprache. Es war ein Code, und sie wußte, wie man ihn las, aber was sie sah, ergab keinen Sinn. Sie bewegte sich wie durch eine zähe, unsichtbare Flüssigkeit, langsam und mit Mühe. Sie starrte in die unsichtbare Flüssigkeit, während sie im Kreis in dem Skulpturengarten herumlief und einen Weg nach draußen suchte.

Eine gelbe Sonne, abscheulich für ihre Augen, brannte auf sie hinab, und es wurde dringend notwendig, ihr zu entfliehen. Sie ging an den Wänden entlang, schaute die Steine an und suchte nach einem Ausgang. Zuletzt fand sie eine Tür, die so klein war, daß sie sie zunächst übersehen hatte. So klein sie selbst war, die Tür war noch kleiner, nur wenig mehr als einen

Fuß hoch, sie ging ihr kaum bis zum Knie. Sie griff hinunter und drehte an dem kleinen Metallknauf: Die Tür war verschlossen. Sie trommelte mit ihren kleinen Fäusten dagegen, drehte und zerrte, während die Statuen sich über ihre Bemühungen lustig zu machen schienen. Erschöpft lehnte sie ihren Kopf gegen die Tür und weinte.

Sie öffnete ihre geschwollenen Augenlider und spürte das Kissen unter ihrem Kopf. Die Bettdecke war feucht. Margaret blinzelte. Es war nicht sehr dunkel im Zimmer. Sie drehte den Kopf zum Fenster und entschied, daß es etwa in der Mitte des Nachmittags sein mußte, Ortszeit. Wieso war sie im Bett? Sie haßte es, tagsüber zu schlafen. Danach war sie immer ganz benebelt und schlechter Laune.
Wieso hatte sie am hellichten Tag geschlafen? Margaret drehte sich auf den Rücken und sah hinauf zu den reichverzierten Balken über ihr. Die Erinnerung stieg an wie ein Fluß und überflutete ihr Bewußtsein. Der Ohnmachtsanfall im Geschäft, der schreckliche Lauf zurück zu Meister Everards Haus, der Sturz auf dem Kopfsteinpflaster. Sie hob eine Hand und sah die saubere Mullbinde, die darum gewickelt war. Nein, sie hatte nicht phantasiert. Ivor war tot.
Tränen stiegen ihr erneut in die Augen und liefen ihr als lästiges Rinnsal in die Ohren. Ihre Trauer verhärtete sich zu einer Art Wut, zu dem Gefühl, wieder einmal im Stich gelassen worden zu sein! Sie hatte keine Vorstellung, woher diese Leere in ihr kam, die sie mit einer sinnlosen Wut erfüllte, für die sie kein konkretes Ziel hatte. Sie setzte sich auf und fluchte fließend in mehreren Sprachen, um die Wut mit Worten zu vertreiben, bis sie sich für sich selbst wie eine Verrückte anhörte. Margaret verstummte abrupt und ließ ihre Gedanken ziellos

wandern. Sie wollte nicht nachdenken, denn Denken erfüllte sie mit Schmerz. Einen Moment lang wünschte sie sich, im Wein Vergessen suchen zu können, und dachte an den Senator mit seinen Anfällen von Trunksucht. Trank er deshalb? Zum ersten Mal verstand sie ihn beinahe und fand das Gefühl beunruhigend. Sie wollte ihren Vater nicht verstehen – niemals!

Sie verbannte ihn an den Ort in ihrem Bewußtsein, der für ihre verhaßtesten Erinnerungen bestimmt war, und ertappte sich dabei, daß sie an die kompliziert gereimten Couplets von Zeepangu dachte. Auf diesem nebelverhangenen Planeten wurde der Tod als unglaubliche Drückebergerei vor jeder Verantwortung angesehen. Die Trauernden weinten nicht und zeigten keinen Kummer. Statt dessen beschimpften sie den Leichnam und warfen die kleinen, zweizeiligen Gedichte ins Grab. Für einen Moment verstand sie dieses Gefühl der Wut und des Verlustes. Aber sie war keine Bewohnerin von Zeepangu, und sie hatte nicht das Verlangen, Ivor zu beschimpfen, weil er sie verlassen hatte. Sie wünschte sich nur verzweifelt, er wäre nicht gestorben, so vergeblich dieser Wunsch auch war. Wie war der Schmerz über den Tod zu ertragen?

Margaret war als naives kleines Siedlermädchen von sechzehn Jahren an der Universität eingetroffen. Dort war ihr alles sehr fremd und sonderbar erschienen, und sie hatte es gehaßt, bis ihr Ivor sowohl ein Zuhause als auch eine Richtung für ihr Leben gab. Sie hatte keine Vorstellung, wie unwissend sie war, bevor sie die Studenten von anderen Welten der Föderation kennenlernte, die alle ihre eigenen Gebräuche und Voreingenommenheiten hatten. Und jeder von ihnen war genauso provinziell wie sie gewesen und genauso überzeugt, daß es so, wie man die Dinge bei ihm zu Hause regelte, *richtig* war.

Der Unterschied zwischen Thetis und der Universität war der Unterschied zwischen Stadt und Land. Margaret hatte nicht vermutet, daß sie ein Kind vom Lande war, daß selbst die Tochter eines Senators unter gewissen Umständen eine Idiotin sein konnte. Was für eine Offenbarung das gewesen war! Sie hatte sich sehr gefürchtet, und dann hatten Ivor und Ida Davidson sie so herzlich aufgenommen. Sie konnte noch sowohl die schreckliche Einsamkeit jener Zeit nachempfinden als auch die Freude, von den gütigen Davidsons gerettet worden zu sein.

Eine Weile entspannte sie sich in der Wärme und Sicherheit ihrer Erinnerungen. Aber ihre Wut dauerte hartnäckig an wie ein erhitzter Ziegelstein, direkt unter ihrem Brustbein. Sie konnte die angenehmen Gefühle nicht festhalten, weil ihr Zorn ständig hochkochte, egal, wie sehr sie sich bemühte, ihn unten zu halten. Warum war sie so zornig? Sie war schließlich ein logisch denkender Mensch, eine ausgebildete Wissenschaftlerin, oder etwa nicht? Schlimmer noch, warum war sie wütend auf Ivor? Wie scheußlich!

Margaret hatte das starke Bedürfnis, die Quelle ihres Zorns zu entdecken, ihn klar zu umreißen, dann sauber zu einem Päckchen zu verschnüren und wegzuwerfen. Niemand, der ihr nahestand, war in ihrem bisherigen Leben gestorben. Das wußte sie mit Sicherheit. Sie setzte sich im Bett auf, zog die Knie an und stützte nachdenklich den Kopf in die Hände.

Nur leider ließen sich ihre Gefühle nicht hübsch analysieren und dann wegstecken. Sie waren wie ein Sack voll Katzen, die alle jaulten und kratzten. Es hatte nicht nur mit Ivor zu tun. Es war doch noch jemand gestorben, der ihr etwas bedeutete. Margaret dachte nach, aber sie konnte sich nicht vorstellen, wer, außer vielleicht ihre richtige Mutter, die erste Frau ihres Vaters. Sie dachte selten an diese Frau. Wenn sie es getan und Dio nach ihr gefragt hatte, wünschte sie sich nachher, sie hätte geschwiegen, weil Dio so gequält und sorgenvoll aussah. Oder die andere Frau, diese Thyra, von der sie sicher annahm, daß sie ein Teil des Rätsels war. War sie tot? Sie vermutete es, denn Meister Everard hatte in der Vergangenheitsform von ihr gesprochen.

Bäh! Sie stank nach Schweiß, Dreck und Elend, und mochte die Göttin wissen, wonach sonst noch. Margaret hielt es keinen Moment länger aus, stieß die Bettdecke zur Seite und hielt nach ihren Kleidern Ausschau. Ihre Uniform war nirgendwo zu sehen, aber die weiche darkovanische Kleidung, die sie gekauft hatte, hing in dem kleinen Schrank. Sie fühlte sich wundervoll an in ihren Händen, tröstend und Geborgenheit ausstrahlend.

Margaret steckte ihr Haar im Nacken zusammen und zog ihr Schlafgewand aus. Sie betrachtete das Licht und erkannte, daß sie rund um die Uhr geschlafen haben mußte. Ein Blick auf ihren Chronometer bestätigte ihr, daß sie tatsächlich einen ganzen Tag verloren hatte. Kein Wunder, daß sie sich fühlte, als wäre ihr Kopf in Watte gepackt. Sie zitterte am ganzen Leib und zog einen Morgenrock aus dem Schrank, den sie sich um den nackten Körper schlang, dann eilte sie zu der riesigen Badewanne, die, wie sie wußte, am Ende des langen Flurs auf sie wartete. Darkover mochte keine Elektrizität und Automobile zu bieten haben, aber es war äußerst kultiviert, was die Badesitten betraf.

Margaret lächelte beinahe und stellte fest, daß ihre Gesichtsmuskeln vor Unbeweglichkeit fast schmerzten. Sie wollte nie wieder lächeln! Sofort kam sie sich dumm vor. Sie war einfach immer noch wütend und würde es wahrscheinlich noch lange bleiben, auch wenn sie keinen konkreten Grund für ihre Wut entdeckte. Aber die Wut würde durch den Wunsch allein nicht vergehen. Sie würde auch wieder lächeln, sogar lachen – Ivor hätte es so gewollt. Aber noch nicht gleich. Für den Augenblick mußte sie sich damit abfinden, daß sie einige starke Empfindungen auf einmal hatte und daß keine davon sehr angenehm war. Sie seufzte tief, und ein Teil von ihr machte ihr Vorwürfe, weil sie gar so dramatisch war. Es war, als wäre eine Fremde in ihren Körper eingedrungen, während sie schlief, eine andere Margaret, von der sie gewußt hatte, daß sie in ihrer Seele lauerte und auf eine Gelegenheit wartete, die Herrschaft über ihren Körper zu übernehmen. Das war natürlich lächerlich, aber so fühlte sie sich.

Sie sank in die warmen Tiefen des Bades und griff nach einem grünen Glas, das am Rand der Wanne stand. Als sie ein wenig von dem Inhalt ins Wasser goß, war sie überwältigt von dem Duft. Er war süß und blumig – und irgendwie vertraut. Die kleine Tür aus ihrem Traum kam ihr lebhaft in den Sinn. Was lag hinter ihr? Es war gar keine richtige Tür, aber sie wußte, sie hatte irgendeine Bedeutung.

Sie schloß für einen Moment die Augen, und der süße Blumenduft schien sie zu beruhigen. Sie war wieder klein, und sie saß in einer Wanne mit warmem Wasser, das mit derselben grünen Mischung parfümiert war. Anmutige Arme hatten sie in die Wanne gehoben. Wessen Arme? Margaret war sich beinahe sicher, daß die Arme jener rothaarigen Frau gehörten, die durch ihre Alpträume spukte. Und da war noch jemand, eine Person, die sie nicht sehen konnte. Der silberhaarige Mann?

Und urplötzlich erinnerte sich Margaret an eine zweite Nacht kurz vor ihrer Abreise von Thetis, eine Nacht, die sie mit all den anderen aus ihrem Bewußtsein gesperrt hatte. Bevor sie abreiste, hatte sie tagelang vor Aufregung kaum geschlafen, hatte ein dutzendmal gepackt und wieder ausgepackt und sich nicht entscheiden können, was sie bei dem knappen Gewichtslimit mitnehmen sollte. Schließlich war sie nach unten gegangen, um sich etwas Langweiliges zum Lesen zu suchen, damit sie einschlafen konnte.

Der Alte saß am Kamin, ein Glas in der Hand. Ihre Erinnerung rekonstruierte jede Linie seines Gesichts; den dunklen, struppigen Bart, die tiefen Furchen zwischen seinen Augenbrauen und die Narben, die er mit hautfarbenem Make-up abdeckte, wenn er aus dem Haus ging. Als sie noch klein war, hatte sie ihn oft gefragt, woher die vielen Narben stammten, aber er hatte ihr nie geantwortet. Später hatte sie gelernt, keine Fragen zu stellen, sich an nichts zu erinnern und niemals seine strengen Befehle zu mißachten.

Er blickte auf, und ein halbes Lächeln huschte über sein Gesicht. »Marja.« Er hatte sie immer so genannt. In ihrem Paß stand »Margaret«, aber Dio und der Senator nannten sie immer Marja.

»Aufgeregt?«

»Ein bißchen. Ich konnte nicht schlafen. Ich nehme an, ich komme auf dem Schiff dazu.«

»Das bezweifle ich«, sagte er. »Bei unserer Abreise von … Als wir hier ankamen, warst du ziemlich krank. Anscheinend hast du meine Allergien auf die meisten Hyperraum-Medikamente geerbt, obwohl sie inzwischen ja ein paar neue entwickelt haben. Marja, erinnerst du dich überhaupt an irgend etwas, bevor du hierhergekommen bist?«

Obwohl er freundlich gesprochen hatte, blieb ihr aus irgendeinem Grund bei seiner Frage vor Entsetzen fast das Herz stehen. »Nicht an viel«, sagte sie. »Ich war ja praktisch noch ein Baby.«

»Aber nein. Du warst beinahe sechs, in dem Alter erinnert man sich schon an eine ganze Menge. Nichts? Nicht einmal in Träumen?«

»Eigentlich nicht.« Sechs? Da irrte er sich bestimmt. Wie hätte sie sechs Jahre ihres Lebens vergessen können? Margaret war zornig und fühlte sich betrogen. Es war ein alter und bitterer Zorn, und sie wünschte, sie hätte ihn nicht. Er stieg bei den merkwürdigsten Gelegenheiten in ihr auf – wenn Dio zu erklären versuchte, warum sich der Senator ihr gegenüber so komisch benahm, oder wenn sie Fragen stellte und man ihr befahl, still zu sein. »Träume? Natürlich träume ich … wie alle Leute.«

»Wovon?« fragte er sofort.

»Ach, den üblichen Unsinn«, erwiderte sie gleichgültig. Die paar Monate im Jahr, in denen die drei zusammen waren, wenn der Senator nicht in irgendwelchen Angelegenheiten unterwegs war, hielten sie eine solche Distanz zueinander, daß sie so etwas wie ein Familienleben gar nicht hatten. Seine Frage kam ihr wie eine Verletzung der Privatsphäre vor, die jeder für sich aufgebaut hatte, und sie krümmte sich und wünschte, sie wäre in ihrem Zimmer geblieben. »Symbolische Sachen. Verschlossene Räume. Türen. Wände. Hinter einer Tür ist etwas sehr Kostbares eingesperrt.«

Sein Blick hellte sich auf, als sie das sagte. »Zum Beispiel?«

»Ein großer … Edelstein. Spielt es eine Rolle?« Ihr war nicht wohl.

»Möglicherweise. Noch etwas?«

»Nein, eigentlich nicht.« Aber da war noch etwas.

Er mußte etwas ahnen, denn er sagte, durchaus freundlich: »Erzähl mir davon, Kind.«

»Ach nichts. Manchmal träume ich von einer kleinen Tür, die anscheinend ganz furchtbar ist. Ich weine und schlage an die Tür, aber ich komme nicht hinein. Oder vielleicht nicht hinaus. Das kann man in Träumen nie wissen. Ich bin sehr klein, aber die Tür ist noch kleiner, und dann ...« Sie hielt inne, überwältigt von einem Gefühl, das sie nicht benennen konnte. »Dann seid du und Dio bei mir, so wie ihr immer seid.« *Aber ihr wart nicht da, als ich eingeschlossen wurde!* Es war bemerkenswert, wie wütend sie wurde, wenn sie an den Traum dachte. Sie hoffte, er hatte ihre Gedanken nicht gehört – manchmal schien es, als wäre er dazu fähig –, denn sie wollte nicht, daß er erfuhr, wie wütend sie war.

Offenbar hatte er die heftigen Gefühlswallungen, die ihr junges Herz erschütterten, nicht aufgefangen, oder er war schon zu betrunken, um noch etwas zu bemerken. »Komm, setz dich, Marja; hier auf den Boden, so wie früher, als du noch klein warst.«

Einen Augenblick lang war das Angebot verlockend. Sie hatte es als kleines Mädchen sehr gemocht, sich neben ihn vor den Kamin zu kuscheln, aber jetzt kam es ihr lächerlich vor. »Ich bin nicht dein Hündchen.«

»Nein«, erwiderte er, und seine ruhige Stimmung verschwand plötzlich und unerklärlich, wie so oft, wenn er trank. »Du bist eine verteufelte, rothaarige Hexe – genau wie deine Mutter.«

»Das ist eine schöne Art, über deine tote Frau zu sprechen!« brauste sie auf. Dann schauderte sie. Es war gefährlich, ihn zu reizen, wenn er in dieser Stimmung war.

Der Senator schaute verblüfft. »Marjorie? Wieso glaubst du, daß ich sie gemeint habe? Ich habe sie mehr geliebt, als sich in Worten sagen läßt«, entgegnete er ein wenig freundlicher. »Aber sie war nicht deine richtige Mutter, den Göttern sei's geklagt.«

»Dio ist die einzige Mutter, die ich je gekannt habe. Aber ich dachte, meine leibliche Mutter wäre deine erste Frau gewesen, auch wenn du nie von ihr gesprochen hast. Ich war einfach der Meinung, du hast sie so sehr geliebt, daß du es nicht konntest.« Die Worte sprudelten nur so aus ihr heraus, auch wenn sie versuchte, sie zurückzuhalten. Margaret wußte, wie gefährlich es war, den Alten zur Rede zu stellen, und sie war überrascht von sich selbst. Seit sie beschlossen hatte, auf die Universität zu gehen, war alles so verwirrend. Er war immer noch nicht glücklich über ihre Wahl, aber er sagte nie, warum.

Manchmal schienen Geheimnisse das luftige Haus wie mit einem Nebel zu erfüllen, mit dem Geruch von uralter Wut und Trauer. Margaret war so daran gewöhnt, daß sie selten Fragen stellte. Sie versuchte, seine Stimmung zu erraten, aber es gelang ihr nicht, sie biß sich auf die Unterlippe und trat von einem Fuß auf den anderen.

»Marjorie?« sagte er unbedacht. »Nein, deine Mutter war Marjories Schwester, Thyra.«

Margaret bemühte sich, diesen neuen und unerwünschten Brocken an Information zu verdauen. Wer? Sie kannte diesen Namen – manchmal rief er ihn im Schlaf. Es lief ihr jedesmal kalt über den Rücken. Sie wäre jetzt gern gegangen, aber ihre Neugier behielt die Oberhand. »Ich habe ja schon von ziemlich schrägen Hochzeitsbräuchen gehört, aber der ist neu! Wird das erste Kind immer von der Schwester der Frau zur Welt

gebracht?« Sie war sarkastisch und sich dessen bewußt, aber sie wäre lieber gestorben, als sich anmerken zu lassen, daß die Sache sie interessierte.
Er lachte nicht. »Es war keine Absicht«, sagte er und schaute freudlos. Margaret war gerade alt genug, um zu glauben, daß sie verstand, und verlegen zu werden. Ob seinetwegen oder ihretwegen, war ihr nicht ganz klar.
»Weiß Dio es?«
»Ja, natürlich. Ich habe ihr die ganze Sache erzählt, als ich … als ich es selbst herausfand«, sagte er. »Wußtest du, daß Dio und ich auch ein Kind hatten?« Der Schmerz in seiner Stimme ließ sie zusammenfahren.
»Nein«, sagte sie, etwas weniger grob. »Das wußte ich nicht.«
»Deshalb war Dio so froh, daß sie dich hatte.«
»Aber warum hattet ihr nie andere Kinder?« Sie hatte sich nach Brüdern und Schwestern gesehnt, nach einer großen, betriebsamen Familie wie bei den Bewohnern von Thetis. Margaret hatte sich immer ein bißchen betrogen gefühlt, weil sie ein Einzelkind war.
»Ich habe mich nicht getraut«, sagte er rauh. Ein schreckliches Bild blitzte in ihrem Kopf auf, von einem gräßlich mißgebildeten Kleinkind, das nicht lebensfähig war. »Ich konnte sie das nicht noch einmal durchmachen lassen … Kein Mann hätte das gekonnt.« Er stockte. »Dio meinte, du solltest es erfahren, aber ich war immer zu feige dazu. Unser Sohn – ist gestorben. Dann habe ich dich gefunden. Du warst so ein wundervolles kleines Mädchen, und Dio wollte so gern ein Kind von mir. Ich glaube, sie war eine gute Mutter.«
»Das ist sie. Das habe ich nie in Frage gestellt.« *Aber wo – und wer – ist Thyra, meine eigene Mutter?*

»Dio hätte ein halbes Dutzend Kinder bekommen müssen. Es hätte ihr gefallen, aber ich konnte es einfach nicht riskieren.«

Margaret konnte ihm nicht widersprechen. Aber wieso war es ein Geheimnis? Und warum hatte sie immer das Gefühl gehabt, daß es irgendwie ihre Schuld, ein Versagen ihrerseits war, daß es keine weiteren Kinder gab?

»Nein«, sagte er sanft, und sie wußte, daß er sie auf diese seltsame Weise wieder einmal gehört hatte. Sie war nie dahintergekommen, wie er das anstellte – als könnte er ihre Gedanken lesen. Aber das war unmöglich. Auf jeden Fall war es undenkbar – Menschen sollten nicht in der Lage sein, in die Gedanken von anderen einzudringen. »Es hatte nichts mit dir zu tun, obwohl das in deinem Alter sicher schwer zu glauben ist. Als ich so alt war wie du, dachte ich, daß alles, was meinem Vater zustieß, meine Schuld war, und ich nehme an, du bist genauso.« Da Margaret sich nicht vorstellen konnte, daß ihr Vater jemals jung war, und schon gar nicht, daß er im Unrecht war, hatte sie sich zurückgezogen, bevor er mehr erzählen konnte. Sie wußte noch, wie sie auf ihr Zimmer gegangen war und dort seine Worte wegschloß, sich zwang, sie zu vergessen. Jetzt kam ihr zu Bewußtsein, daß sie das auch bei anderen Gelegenheiten getan hatte. Immer wenn ihr etwas angst machte oder wenn etwas zu schmerzlich war, schickte sie die Erinnerung an einen geheimen und verschlossenen Ort in ihrer Seele.

Nun, im warmen Wasser des Bades, fragte sie sich, ob die rothaarige, kreischende Frau in ihren Träumen diese Thyra war. Margaret dachte nur ungern daran. Und wer war dieser Mann, von dem sie immer kurze Blicke erhaschte? Wenn sie dem Alten damals vor vielen Jahren nur die Wahrheit über ihre Träume gesagt hätte. Aber sie hatte ihm nicht genügend getraut, um ihm ihre Träume zu enthüllen. Und es hatte keinen Sinn, über die Vergangenheit nachzudenken. Sie war vorbei, und sie interessierte sie eigentlich nicht.

War die Thyra, der die *Ryll* gehört hatte, dieselbe Frau? Vieles sprach dafür, aber es gab niemanden, den sie fragen konnte. Sie bemerkte, daß ihre Finger vom Wasser runzlig wie Dörrpflaumen wurden, und das war eine so alltägliche Sache, daß es ihr unwillkürlich besserging. Margaret schob dieses Rätsel, das sie wahrscheinlich nie lösen würde, beiseite und beendete ihr Bad.

Falls die Frau in ihren Träumen dieselbe Thyra war, deren *Ryll* sie vor zwei Tagen gespielt hatte, falls sie in der Tat ihre Mutter war, dann hatte ihr der Alte eine Menge zu erklären. Falls sie ihn wiedersah – nein: *wenn* sie ihn wiedersah –, würde sie ihn auf einen Stuhl fesseln und erst freilassen, wenn er ihr alles erzählt hatte! Dieser Entschluß machte Margaret Mut, denn ihr wurde klar, daß sie kein verängstigtes kleines Mädchen mehr war. Gut, vielleicht noch ein bißchen verängstigt, aber ganz bestimmt kein Kind mehr.

Die Bürokratie, dachte Margaret, mußte der Teufel erfunden haben, um den Menschen das Leben schwerzumachen. Nachdem sie zwei Tage mit kleinlichen Angestellten im terranischen Sektor gerungen hatte, bekam sie den Bescheid, daß sie Ivors Leichnam nicht nach Hause schicken durfte, weil sie keine Verwandte war. Er mußte auf Darkover beerdigt werden, und wenn Ida Anspruch auf den Leichnam erhob, mußte sie kommen und ihn hier geltend machen. Sie hatte die Person hinter dem Schalter mit einigen farbigen und unmöglichen Namen bedacht, und dann war sie mit diesen Kopfschmerzen

davongestapft, die anscheinend zur festen Einrichtung wurden.
Sie hatte Ida ein Telefax geschickt und die traurige Antwort erhalten, den Professor zumindest vorläufig auf Darkover beerdigen zu lassen. Margaret hatte mit Anyas Hilfe einen Sargschreiner gefunden und einen hübschen Sarg ausgesucht. Es war eine fast tröstliche Begegnung gewesen, denn der Mann hatte alles über Ivor wissen wollen – was er tat und was er mochte. Er zeigte ihr Entwürfe aus seinem Buch, und sie wählte eine Gitarre als Motiv aus, das auf den Sargdeckel geschnitzt wurde.
Inzwischen gab es eine Stelle auf ihrer Stirn, hinter der es unablässig pochte, und sie hatte sich die Haut dort fast wund gerieben – so wund, wie sie sich im Innern fühlte. Das Ausfüllen von Formularen und die Beantwortung der immer gleichen Fragen hatten ihre Trauer in Schach gehalten, aber wenn sie nicht beschäftigt war, fühlte sie sich verloren und im Stich gelassen. Lediglich Meister Everards und Anyas freundliche Nähe verhinderte, daß sie völlig in Hoffnungslosigkeit versank. Die beiden benahmen sich, als hätten sie Margaret und Ivor ein Leben lang gekannt, als wäre er ein geschätzter Freund gewesen und nicht ein Fremder, der die Unhöflichkeit besessen hatte, am zweiten Tag seines Aufenthalts in ihrem Haus zu sterben.
Meister Everard ging jetzt neben ihr durch die engen Straßen. Der Sarg wurde von vier Mitgliedern der Musikerzunft getragen, und die Mitglieder von Meister Everards Haushalt gingen hinter ihm her. Margaret trug die kostbare Gitarre des Professors. Ihre Hände waren nach dem Sturz auf das Kopfsteinpflaster so gut wie verheilt, aber die Wunde am Knie war schorfig und schmerzte.

Als sie sich dem kleinen Friedhof näherten, der am Rand des terranischen Sektors lag, blieben etliche Leute stehen und schauten der Prozession nach. Margaret war tief in ihren Schmerz versunken und übersah die neugierigen Blicke, die ihr Darkovaner wie Terraner zuwarfen. Sie hatte die Kleidung an, die sie bei MacEwan gekauft hatte, und sie schaffte es gerade so, einen Fuß vor den anderen zu setzen. Ständig stolperte sie in dem ungewohnt langen Rock.

Sie gingen unter einem hübschen Steinbogen hindurch und betraten die mit einer Mauer umgrenzte Anlage. Es gab verstreut dastehende Grabsteine, hier und da einen Baum und weiter vorn eine Gruppe von Figuren, die sie für die Statuen aus ihrem Traum hielt. Dann drehte sich eine davon um, und sie erkannte, daß sie lebendig waren. Der leichte Wind trug den frischen Duft von Balsam heran und bewegte die Kleidung der Wartenden.

»Ich hoffe, es ist Ihnen recht, Kind. Ich habe ein paar Leute aus der Musikstraße gebeten, sich uns anzuschließen.«

»Ich habe nichts dagegen. Aber sie kannten ihn gar nicht. Es kommt mir irgendwie komisch vor.«

»Das stimmt, aber sie hätten sich gewünscht, ihn gekannt zu haben. In der kurzen Zeit, die ich mit ihm verbrachte, habe ich ihn als sehr guten Menschen kennengelernt. Ich fühlte mich reich beschenkt in dieser Zeit, verstehen Sie.«

Margaret verstand es nicht, aber offenbar gab es nichts mehr zu sagen, deshalb ging sie weiter. Ihre Augen brannten vor nicht vergossenen Tränen, ihre Muskeln schmerzten vor Erschöpfung. Margaret kam ans Grab und blickte in die Gesichter von Fremden und sah – keine Fremden, sondern Freunde, von denen sie nicht gewußt hatte, daß sie sie besaß. Das gab ihr die Kraft, durchzuhalten, als der terranische Kaplan in seiner grauen Klerikerkluft – ein nüchterner Ton zwischen dem Grün und Blau der Darkovaner – die rituellen Worte zu lesen begann. Ivor war kein Anhänger von einer der vielen Religionen Terras gewesen – falls er an etwas glaubte, dann war es die Musik –, deshalb blieben die Worte unpersönlich und fast ohne Eindruck zu hinterlassen.

Die Träger ließen den Sarg in die Erde hinab, und der Kaplan las aus dem Buch, eine alte, abgenutzte Ausgabe, und wahrscheinlich wertvoll. Die Worte waren so abgenutzt wie das Buch, uralt und formelhaft, und sie hörten sich für die Darkovaner vermutlich ebenso sinnlos an wie für Margaret. Als der Kaplan geendet hatte, beugte er sich vor, warf eine Handvoll Erde auf das Grab und zog sich dann zurück. Er hatte seine Pflicht erfüllt.

Margaret trat ans offene Grab, bückte sich und hob einen Klumpen Erde auf. Kaum hatte sie ihn in der Hand, spürte sie ein beunruhigendes Kribbeln, als könnte die Erde selbst sprechen. Sie war einen Augenblick unfähig, sich zu bewegen, das Gefühl der warmen Erde in ihrer Hand war, als fließe Darkover selbst durch ihre Adern. Dann ließ sie den Brocken auf den Sarg hinunterfallen und wurde still.

Sie blieb wie angewurzelt stehen, bis eine Frau vortrat. Ihr Haar war dunkel, ihre Haut blaß, und sie war blau gekleidet. Sie hob die Arme und begann mit einem kräftigen Sopran zu singen, der zwischen den Grabsteinen und Bäumen schallte. Es war eine klagende Melodie, herzerweichend in ihrer Schönheit und Reinheit. Die Worte handelten von Frühlingen, die Ivor nie mehr sehen würde, Essen, das er nie mehr kosten, und Blumen, die er nie mehr riechen würde. Alle Sinne wurden gefeiert, und Margaret schluchzte erschüttert und hemmungslos.

Als die unbekannte Frau zu Ende gesungen hatte, trat sie zur Seite, und ein großer Mann nahm ihren Platz ein. Margaret erkannte seine Stimme als die des Mannes, der Everard an der Spitze der Zunft nachfolgen würde. Er sang ein wunderschönes Lied in einer alten Form des Darkovanischen, und Margaret hatte Mühe, den Worten zu folgen. Die warme Kraft seines Bariton erfüllte sie mit einem Gefühl der Erleichterung, und sie stellte fest, daß sie zu weinen aufhören konnte, und schweigend zuhörte. Sie wischte sich mit dem Ärmel übers Gesicht, die plötzliche Ruhe umgab sie so unerwartet, daß sie kaum wußte, wie sie sich verhalten sollte.

Zuletzt nahm Margaret Ivors altehrwürdige Gitarre aus dem Kasten, stimmte sie sorgfältig und strich über die Saiten. Sie sang mit heiserer Stimme, aber als sie sich warm gespielt hatte, verlor sie sich in der Musik, zupfte Melodien, die der Professor besonders geliebt hatte, alte terranische Lieder und Trinklieder von der Universität. Sie sang Liebeslieder von einem Dutzend Welten, und als sie müde wurde, schloß sie mit einem Klagelied, das so alt war, daß niemand mehr wußte, woher es stammte. Es handelte von einem tapferen und furchtlosen Helden, der vor seiner Zeit gefallen war.

Als Margaret aufblickte, sah sie, daß ihre Musik die kleine Trauergemeinde bewegt hatte; die Leute weinten oder hielten ihre Tränen zurück. Sie ließ die Gitarre sinken und verneigte sich. Es war vorbei.

Everard berührte sie am Arm. »Kommen Sie. Gehen wir heim.«

Heim? Wo war ihr Zuhause? Wo gehörte sie hin? Das Gefühl des Verlusts brach wieder über sie herein und mit ihm der bohrende Kopfschmerz. »Ich danke Ihnen für alles, Meister Everard. Sie waren sehr freundlich. Aber ich würde gern noch eine Weile hier bei Ivor sitzen. Dann komme ich zurück zum Haus. Wären Sie wohl so nett, Ivors Gitarre mitzunehmen?«

»Natürlich, aber kommen Sie auch bestimmt allein zurecht?«

»O ja. Ich kenne den Weg inzwischen ganz genau.«

»Davon bin ich überzeugt. Sie sind eine sehr bemerkenswerte Frau, Marguerida Alton.« Mit diesen Worten verließ er sie.

6

Als Margaret allein war, trauerte sie. Vögel sangen in den Bäumen des Friedhofs; sie hörte sie, ohne wirklich darauf zu achten. Schließlich entschied ihr Körper, daß er hungrig war, und brachte sie jäh in die Gegenwart zurück. Es war ärgerlich. Dann vermeinte sie, Ivor kichern und ihr sagen zu hören, sie solle nicht eine solche Idiotin sein. Sie ging zurück durch das steinerne Tor des Friedhofs und begann sich nach einem Lokal umzusehen, in dem sie essen konnte.

Sie fand ein kleines Speisehaus, direkt vor der terranischen Zone. Die meisten Gäste waren Terraner, die ihre schwarzen Lederuniformen zur Schau stellten und mit lauter Stimme sprachen. Sie schrak zusammen von dem Lärm und suchte sich einen Tisch im hinteren Teil des Lokals, wo es relativ ruhig war. Sie fühlte sich wie taub und ließ ihre Gedanken ziellos wandern.

Ein rundliches Mädchen in darkovanischer Kleidung kam an den Tisch und fragte, was sie zu essen wünschte. Margaret war zu müde zum Auswählen und bat um irgend etwas Beliebiges von der Speisekarte, die mit Kreide hinter der Theke angeschrieben stand. Was es auch war, es würde bestimmt schmecken und satt machen.

Das Mädchen brachte ihr eine Schüssel mit dampfendem Rabbithorneintopf, einen Korb mit noch ofenwarmem Brot und einen Krug Bier. Große Stücke zartes Fleisch schwammen in einer dicken Sauce mit viel Gemüse, das quälend vertraut schmeckte. Die Kräuter und Gewürze waren ihrer Zunge immer noch fremd, die längst an die fade Universitätsküche gewöhnt war. Sie mußte lächeln bei der Erinnerung an ihre ersten Erfahrungen mit dem Gemeinschaftsessen. Wie sie einer ihrer Mitstudenten aufgeklärt hatte, als sie entsetzt auf eine Schüssel mit geschmacklosen Getreideflocken gestarrt hatte, die sich als Frühstück ausgaben: »Das Essen an der Universität beleidigt niemanden, weil es weder Geschmack noch Charakter hat.«

Der Eintopf hatte zweifellos Charakter. Sie verschlang ihn ohne Vorsicht oder einen Gedanken an gute Manieren. Trotz Anyas wohlmeinenden Bemühungen und energischen Protesten, hatte sie nur von Tee gelebt, sich hin und wieder nach Kaffee gesehnt, aber ohne wirkliche Dringlichkeit. Jetzt hatte sie das Gefühl, als würde sie mit Gewalt alles nachholen. Sie ließ die verführerischen Aromen auf der Zunge zergehen, als sie bereits ein wenig gesättigt war, und bekam den Eindruck, daß sie das Gericht schon einmal gegessen hatte. Für einen Moment war es, als würde ein kleines Kind auf ihrem Schoß sitzen, das kaum über die Tischkante reichte und denselben Eintopf in seinen hungrigen Mund löffelte.

Margaret hatte fast aufgegessen, als sie bemerkte, daß ein Mann sie beobachtete. Er trug die Lederkluft der Angestellten im terranischen Raumhafen, aber er ließ die Körperhaltung eines Terraners vermissen. Sie rätselte kurz über diese Erkenntnis und entschied schließlich, daß er nicht aussah, als würde er sich aus Neugier unter die Einheimischen mischen, wie der größte Teil der restlichen Gäste. Sie schaute schnell weg, um einen direkten Augenkontakt zu vermeiden, wie man es ihr als gutes Benehmen beigebracht hatte, aber sie wußte sehr wohl, daß er sie weiterhin beobachtete. Sie fing an, leicht unruhig zu werden, was sich noch steigerte, als er aufstand und auf ihren Tisch zukam.

Ohne um Erlaubnis zu fragen, ließ er sich auf den freien Stuhl gegenüber von ihr sinken und lächelte in einer Weise, die ihr beinahe die Angst nahm. »Ich weiß, wer du bist«, begann er ohne Einleitung. »Du bist Lew Altons Tochter, stimmt's?«

Margaret konnte ihre Abstammung schwerlich verleugnen, aber sie fragte sich, woher dieser Fremde sie kannte. Sie sah dem Alten überhaupt nicht ähnlich. Er schien ihre Verwirrung zu spüren, denn er sprach in seiner freundlichen Art weiter. »Ich bin Captain Rafael Scott, aber die meisten Leute nennen mich Rafe.«

Margaret sah ihn nur an.

Als sie nichts sagte, fuhr er fort. »Wir sind verwandt.«

»Wie bitte?«

»Ich bin dein Onkel. Hat Lew nie von mir gesprochen?«

Margaret wünschte, sie trüge keine darkovanische Kleidung, wäre nicht so müde und die Leute würden aufhören, mit ihr zu reden, als wüßten sie Dinge, die sie nicht wußte. Der Mann war um die Vierzig und wirkte angenehm. Aber sie war mißtrauisch. Die Kellnerin beobachtete sie nun, und mehrere Männer aus dem Raumhafen schauten ebenfalls zu ihnen hin. Sie sah aus wie eine Einheimische, und sie fühlte sich in einer Weise angreifbar, wie es in ihrer terranischen Kleidung nicht der Fall gewesen wäre. Sie wollte nicht mit einer Raumhafenhure verwechselt werden – eines der wenigen Dinge, die Dio ihr von Darkover erzählt und die sie verstanden hatte.

»Ja, ich bin Lew Altons Tochter. Aber der einzige Onkel, von dem ich weiß, ist der Bruder meines Vaters, und der ist seit langer, langer Zeit tot.« Sie fragte sich, was ihr Vater von dieser seltsamen Begegnung halten würde, und sie verfluchte den Alten innerlich, weil er nie die wichtigen Dinge erzählt hatte. Das sah ihm ähnlich, sie so im dunkeln zu lassen! Ihr

Zorn, der beim Essen in den Hintergrund getreten war, wurde wieder lebendig.
»Wie nennen sie dich?«
»Marguerida«, sagte sie, die darkovanische Form ihres Namens benutzend. »Wie können Sie mein Onkel sein? Ich habe noch nicht einmal von Ihnen gehört!«
»Wir sind uns sogar einmal begegnet, aber damals war ich noch ein junges Bürschchen, und du warst ein sehr kleines Kind.«
»Davon weiß ich nichts.« Sie hörte den Zweifel in ihrer Stimme und wünschte, sie wäre eine bessere Schauspielerin. Margaret kam zu dem Schluß, daß das hier eine der sonderbarsten Unterhaltungen in ihrem Leben war, wenngleich es schien, daß jede Unterhaltung auf Darkover mehr oder weniger seltsam war. Sie fragte sich, ob er die Wahrheit sagte, und hatte gleichzeitig das Gefühl, als wüßte sie bereits, daß es so war. Das lag nicht nur an seiner offenen Freundlichkeit. Sie spürte seine Aufrichtigkeit über den Tisch hinweg, als könnte sie ihn lesen wie ein Buch. *Er bestellt sich gleich noch etwas zu trinken.*
Einen Augenblick später winkte Rafe Scott der Kellnerin und zeigte auf seinen leeren Krug. Margaret fuhr zusammen und fragte sich, wieso sie das gewußt hatte. Wenn sie nur diese nervtötenden Anfälle von Hellsehen nicht hätte oder was, zum Teufel, das war! Es machte sie verlegen, als hätte sie im Privatleben einer anderen Person herumgeschnüffelt.
Er wandte seine Aufmerksamkeit wieder Margaret zu. »Ich kann einfach nicht glauben, daß mich Lew nie erwähnt hat. Wir waren gute Freunde, obwohl ich viel jünger bin als er. Ich war älter als Marius, aber nicht sehr viel. Marius hätte seinen Platz im Rat eingenommen, als er dreizehn war, wenn

sie es erlaubt hätten. Aber die verdammten Konservativen wie Dyan Ardais ließen ihn nicht.« Margaret war überrascht, wieviel Zorn in seiner Stimme lag, eine alte Wut, angejahrt und altersgrau, aber nichtsdestoweniger noch sehr lebhaft. Und da war noch etwas. Dieser Name – Dyan Ardais. Sie wußte mit Sicherheit, daß sie ihn noch nie gehört hatte, dennoch hätte sie sich am liebsten unter dem Tisch versteckt. Sie war so durcheinander, daß sie fast Scotts nächste Aussage überhört hätte. »Er starb, bevor er zwanzig war. Dein Vater hat getobt.«

»Was für ein Rat? Welche Konservative? *Und wer sind Sie?!*« fuhr sie den Mann an, als sie nun doch die Beherrschung verlor. Es war eine große Erleichterung, sich über jemanden ärgern zu können, anstatt eine unausgesprochene Wut im Bauch zu haben, die sie von innen her auffraß. Es war aber auch beschämend, denn sie war immerhin eine erwachsene Frau, kein schlechtgelauntes Kind. Unglücklicherweise fühlte sich Margaret trotz ihres herzhaften Mahls – oder gerade deswegen – so stark wie ein kleines Mädchen, das ein Nickerchen brauchte!

Rafe Scott betrachtete sie ruhig und runzelte ein wenig die Stirn, als wäre er verwirrt. Die Kellnerin brachte sein Bier, und er trank einen kleinen Schluck von dem schäumenden Gebräu. »Ich bin Marjorie Scotts Bruder Rafe. Sie war deine Mutter, und damit bin ich dein Onkel. Es ist ganz einfach.«

Margaret musterte ihren Tischgenossen und neu entdeckten Verwandten. Ihre erste Reaktion war, daß es eigentlich ganz nett war, eine Familie zu haben. Sie hatte schon immer ihre Nachbarn auf Thetis und ihre wenigen Freunde an der Universität beneidet, weil sie Brüder und Schwestern, Tanten und Onkel hatten. Familie war eine leere Stelle in ihrem Innern,

bei der sie selten verweilte. Aber in diesem Augenblick, da sie die Erde von Ivors Grab noch an den Händen hatte, war die Vorstellung seltsam tröstlich.
Marjorie Scotts Bruder. Der Name von Lew Altons erster Frau rief keine starken Gefühle bei ihr wach, denn sie wußte, diese Frau war nicht ihre Mutter. Ohnehin war Dio ihre Mutter, die einzige, die sie haben wollte. Aber sie fand es interessant, daß Rafe Scott nicht zu wissen schien, daß Marjorie gar nicht ihre Mutter war, sondern deren Schwester Thyra. Natürlich war er damit immer noch ihr Onkel. Sie wollte ihn schon nach der Sache fragen, aber dann entschied sie sich dagegen. Irgend etwas in ihr wollte nicht über Thyra reden.
»Aber Sie sind Terraner, kein Darkovaner, oder?« Zu ihrer Überraschung wußte sie irgendwie, daß es so war.
»Mein Vater, Zeb Scott, war Terraner. Er hat Felicia Darriell von den Aldarans geheiratet, deine Großmutter.« Er seufzte. »Das ist alles lange her, und es war ein trauriges Kapitel in der darkovanischen Geschichte. Marius ist gestorben, dein Vater verlor seine Hand und die Domäne Alton … es ist besser, nicht bei der Vergangenheit zu verweilen.«
Margaret ärgerte sich über seine Haltung. »Das mag für Sie alles Vergangenheit sein, aber seit ich hier bin, gehen die Leute hartnäckig davon aus, ich wüßte, wovon sie reden – aber niemand *sagt* mir etwas. Ich komme mir vor, als wäre ich in einer Verschwörung des Schweigens gefangen. Und ich habe es langsam wirklich satt!« Sie hatte die Stimme gehoben, und mehrere Leute von Nachbartischen sahen zu ihr hin. Sie bekam erneut heiße Wangen, als sie merkte, daß sie die Aufmerksamkeit auf sich zog, und sie schluckte heftig.
»Aber Lew hat dir doch sicher erzählt …«
»Ich habe meinen Vater in den letzten zehn Jahren nur ein

paarmal kurz gesehen, und er hat mir ohnehin nie viel erzählt, wenn er mich ausnahmsweise mit seiner Anwesenheit beehrte.« Die Bitterkeit in ihrer Stimme war unüberhörbar. »Ich bin wegen eines Forschungsauftrags der Universität hier, Recherchen in Sachen Musik. Vor wenigen Tagen war ich noch in Gesellschaft meines Mentors, aber er ist plötzlich gestorben.« Margaret hörte auf zu sprechen, ihre Augen füllten sich mit Tränen. »Ich komme gerade von seiner Beerdigung! Was ich von meiner Geschichte weiß, hätte dreimal in einem Fingerhut Platz!« Sie spürte, wie sie am ganzen Leib zitterte, und biß wütend über ihre eigene Schwäche die Zähne zusammen. Wenn sie nur nicht so müde wäre!

Rafe schaute entgeistert. Er beugte sich vor und sprach leise, aber sehr eindringlich. »Du meinst, du bist gar nicht wegen des Telepathischen Rats hier?«

»Wegen *was?*«

»Es tut mir leid. Ich habe angenommen, du bist mit Lew hier und daß ihr beide wegen des Rats gekommen seid.«

»Soviel ich weiß, hat der Senator nicht die Absicht, hierherzureisen – er unterrichtet mich allerdings auch nicht von seinen Schritten oder von irgend etwas anderem, so wie es aussieht.« Margaret zog sich in eine eisige Förmlichkeit zurück, in der sie sich gleichzeitig von ihrem Vater und von dem Mann ihr gegenüber distanzieren konnte. »Und was telepathische Räte angeht – warum sollten er oder ich deswegen hierherkommen? Gedankenlesen ist ein Mythos wie feuerspuckende Drachen.«

Captain Scott lehnte sich auf seinem Stuhl zurück; er war nun nachdenklich. »Daß dieser verdammte Lew auch so ein halsstarriger Idiot ist«, sagte er schließlich.

»Besser hätte ich es auch nicht sagen können!«

Scott kicherte, und trotz ihrer Wut ertappte sich Margaret dabei, daß ihr sein Gelächter gefiel. »Er war immer schon störrisch wie ein Esel. Aber ich begreife nicht, wie er dich über dein Erbe im unklaren lassen konnte!« *Der Lew, den ich kannte, war zwar störrisch, aber keinesfalls dumm!*
Margaret ignorierte die Worte, die sie hörte, die aber nicht über die Lippen ihres Gegenübers gekommen waren. Sie wünschte, sie könnte zu Meister Everards Haus zurückfliegen und für eine Woche in ihr Bett fallen – ohne den Gang durch Thendara dazwischen. »Ich nehme an, er hatte gute Gründe. Er hat wohl nicht gedacht, daß ich einmal nach Darkover komme. Und das wäre ich auch nicht, wenn nicht einer der Professoren der Universität Schwierigkeiten hätte. Mein Besuch hier war überhaupt nicht geplant und kam völlig unerwartet.« Sie runzelte die Stirn. »Immerhin hat er gesagt, daß ich meinen Nacken bedeckt halten und den Leuten nicht direkt in die Augen sehen soll – das, meinte er, sei hier höfliches Benehmen. Aber das war alles. Das erste verstehe ich ja noch irgendwie, aber ich weiß nicht, wieso ich Augenkontakt vermeiden soll.«
»Die Alton-Gabe ist der erzwungene Rapport, und Augenkontakt erleichtert ihn. Nicht daß Lew ihn je nötig gehabt hätte.«
»Wenn Sie nicht aufhören, in Rätseln zu sprechen, schütte ich Ihnen mein restliches Bier über die Lederkluft! Welche ›Gabe‹?« Sie spürte, wie ihr das Prickeln einer Vorahnung den Nacken hinaufkroch.
»Das wäre eine Vergeudung von ausgezeichnetem Bier. Ich weiß gar nicht, wo ich anfangen soll, und ich bin mir nicht sicher, ob es mir zusteht, dich aufzuklären. Und hier ist bestimmt nicht der Ort dafür, dir zu sagen, was ich weiß.«

»Mir scheint aber, als hätten Sie schon eine ganze Menge gesagt! Und nichts davon hat der Aufklärung gedient.« Sie hatte die Genugtuung, ihn erröten zu sehen. Er sah sie direkt an, sehr eindringlich, und sie bemerkte, daß seine Augen bemerkenswert waren, mit Gold gesprenkelt wie ihre eigenen, aber durchdringender. Einen Augenblick zuvor hatte er noch harmlos gewirkt, aber nun kam ihr Rafe irgendwie bedrohlich vor, als könnte er in ihre Gedanken schauen. Ihr Vater hatte sie manchmal so angesehen, und sie reagierte wie damals, indem sie an etwas Neutrales dachte. Margaret konzentrierte sich auf die Partitur eines komplexen Musikstücks, es war fast wie ein Reflex, und nach einer Weile schaute er weg. Zum ersten Mal fielen ihr seine Hände auf, und sie sah, daß er sechs Finger hatte statt fünf.

Beim Anblick seiner Finger tauchte die Erinnerung an ein anderes Händepaar auf, die Hände einer Frau, die über die Saiten einer *Ryll* strichen. Auch sie hatten einen zusätzlichen Finger gehabt. Margaret unterdrückte einen Schauder und weigerte sich, in der Erinnerung zu verweilen, denn sie wußte, diese Hände gehörten der rothaarigen Frau, Thyra.

Der Mann rutschte unruhig auf seinem Stuhl umher und seufzte schwer. »Dein Vater ist einer der besten Männer, die ich kenne, Marguerida, aber er hat es nie geschafft, sein Privatleben auf die Reihe zu bringen. Was für ein Durcheinander!«

»Privatleben? Ich glaube, abgesehen von Dio hat er wohl kaum eines.«

»Du bist sehr hart gegen ihn, hm?«

»Nicht annähernd so hart, wie ich gern wäre«, antwortete sie beißend. Hätte sie ihren Vater über die Lichtjahre zwischen ihnen transportieren können, dann hätte sie ihm jetzt mit

Freuden eine Ohrfeige verpaßt. Die Vorstellung erheiterte sie für einen Augenblick.

Rafe unterdrückte ein Lachen. »Hier können wir nicht ungefährdet reden. Ich glaube, unter diesen Umständen werde ich dich wohl lieber zur Burg hinaufbegleiten.«

»Und ich glaube, Sie sollten das lieber noch einmal überdenken, Captain Scott. Ich werde in keine Burg gehen, weder mit Ihnen noch mit sonst jemandem, der hier antanzt und mir erzählt, daß er den Senator kennt. Ich mag keine Ahnung von darkovanischen Sitten haben, aber soviel weiß ich, daß ich mich nicht mit einem völlig Fremden herumtreibe.«

Dennoch konnte Margaret eine gewisse Neugier nicht unterdrücken, auch wenn sie gleichzeitig sehr müde und widerspenstig war. Sie wünschte, sie hätte jeweils nur eine Empfindung und würde nicht ständig in verschiedene Richtungen gleichzeitig gezogen. Sie dachte daran, wie MacEwan und seine Frau angenommen hatten, daß sie zur Burg ging, und wie sich ihr die Leute allein aufgrund ihres Aussehens unterworfen hatten.

Rafe beugte sich gegen die Tischkante vor und senkte die Stimme. »Marguerida, du bist eine sehr wichtige Persönlichkeit, ob du es nun weißt oder nicht. Du hast eine Verpflichtung zu erfüllen, und du bist die Erbin der Domäne Alton. Es ist von entscheidender Bedeutung für die Zukunft von ganz Darkover, daß du mit mir kommst.«

Einen Moment lang rührte sie sich nicht, so zwingend waren seine Worte. »Sie müssen sich irren«, sagte sie schließlich.

»Nein. Ich war zwar noch jung, als du Darkover verlassen hast, aber alt genug, um zu bemerken, daß du die Alton-Gabe in hohem Maße besitzt – obwohl du noch ein Kind warst.« Die Eindringlichkeit seiner Stimme war unüberhörbar.

»Wollen Sie mir einreden, daß ich als kleines Kind eine Art Gedankenleser war?« Eine Erinnerung nagte an ihr, etwas über Manieren, und sie war unangenehm. Jemand hatte sie eine Schnüfflerin genannt, obwohl alle dabei gelacht hatten. Die Stimme in ihrem Kopf war die ihres Vaters, wenngleich sein Tonfall freundlicher war, als sie ihn aus späterer Zeit in Erinnerung hatte.

»Nicht ›eine Art‹, sondern eine sehr fähige Telepathin, Kind.«

»Dann muß ich diese Fähigkeit verloren haben, als ich älter wurde, denn jetzt habe ich sie mit Sicherheit nicht mehr!« Aber Margaret glaubte selbst nicht so recht, was sie sagte. Es würde auf jeden Fall einige merkwürdige Vorkommnisse erklären. Sie *wollte* es allerdings nicht glauben. Es ließ sie an den silbernen Mann und an die rothaarige Frau denken – und an Tod.

Mit einer Plötzlichkeit, die ihr beinahe Übelkeit verursachte, wußte Margaret, daß sie vor langer Zeit gespürt hatte, daß jemand starb. Es war schrecklich, und sie wünschte, sie könnte vor dieser unerwünschten Erinnerung davonlaufen. Etwas so Fürchterliches war geschehen, daß sie es aus ihrem Bewußtsein weggesperrt hatte, für immer, wie sie glaubte. Sie klammerte sich, von Entsetzen gepackt, am Tisch fest und wollte aufstehen.

Doch eine starke, sechsfingerige Hand schloß sich um ihren Unterarm. »Schon gut. Du mußt dich vor nichts fürchten.«

Margaret spürte die Anwesenheit einer fremden Person in sich, beruhigend, tröstend. Sie schaute in die goldgesprenkelten Augen und biß sich auf die Unterlippe, bis sie Blut schmeckte. *»Hinaus!«* zischte sie, wütend und zugleich hilflos. Das Gefühl, daß jemand in ihr war, verschwand, und zurück blieb die altbekannte schreckliche Angst.

»Komm, Marguerida, laß uns zumindest aus dem Lokal verschwinden, damit wir reden können.« Rafe warf ein paar Münzen auf den Tisch und stand auf.

Sie erhob sich zitternd und folgte Captain Scott aus dem Speisehaus, kaum die Blicke bemerkend, die ihr Terraner wie Einheimische gleichermaßen zuwarfen. Benommen stand sie auf dem Kopfsteinpflaster. Die Nachmittagssonne warf ihren blutigen Mantel über die Straße, und alles war vertraut und gespenstisch. Die Vergangenheit, von der sie nichts wissen wollte, schien nur einen Wimpernschlag entfernt.

Margaret wünschte, sie könnte einfach davongehen, diesen Mann mitten auf der Straße stehenlassen und zu Meister Everard zurückkehren. Sie hätte gern ein langes, heißes Bad genommen, ihr bequemes Nachthemd angezogen und sich ins Bett gelegt. Auf keinen Fall wollte sie sich mit noch mehr Rätseln oder Räten abgeben. Zu ihrer Empörung schien ihr Mund einen völlig anderen Plan zu haben, denn sie hörte sich fragen: »Was ist die Domäne Alton?« Die Worte waren ihr entschlüpft, bevor sie ihrer Zensur zum Opfer fallen konnten.

Captain Scott sah sie an und seufzte kurz. »Die bedeutenden Familien Darkovers, die *Comyn,* besitzen alle umfangreiche, ererbte Ländereien, die man Domänen nennt. Seit Lew fort ist, wohnt niemand mehr von der direkten Linie auf Armida, der Festung der Altons. *Dom* Gabriel Lanart Alton stammt aus einer jüngeren Linie, und er ist … sei's drum. Wenn Lew tot wäre, würde die Domäne dir gehören. Auf jeden Fall bist du die Erbin von Alton, und in seiner Abwesenheit mußt du für ihn sprechen.« Er schien sich seiner Sache jetzt sehr sicher zu sein.

»Halt! Das geht mir zu schnell. Ich weiß, daß Darkover feudale

Gesellschaftsstrukturen hat – soviel zumindest hat mir die Lehrdiskette verraten.« Sie runzelte die Stirn. »Ich war auf einem knappen Dutzend Planeten, aber keiner war so miserabel dokumentiert! Es ist eine Schande! Die einzige Diskette, die ich in die Finger bekam, war so gut wie wertlos. Sie enthielt ein bißchen Geographie, ein Minimum an Geschichte und ein paar Sitten und Gebräuche. Und jetzt teilen Sie mir mit, daß meine Familie mächtig ist und daß mir ein größerer Brocken von dem Planeten gehört. Richtig?«

»Das war eine exakte, wenn auch nicht vollständige Zusammenfassung.«

»Das ist lächerlich! Das hätte mir mein Vater doch gesagt.«

»Lew gab seinen Anspruch auf die Domäne auf, als er Senator wurde.«

»Ach so. Dann gehört mir dieser Grundbesitz also *nicht.* Da bin ich aber erleichtert! Wenn ich etwas nicht am Hals haben möchte, dann …«

»Marguerida – Lew hat nicht deinen Anspruch auf die Domäne Alton aufgegeben, sondern nur seinen eigenen. Nach darkovanischem Recht darf niemand die Ansprüche eines minderjährigen Kindes abtreten – das wäre nicht recht.«

»Nicht recht? Wenn Sie mich fragen, ist der gesamte Planet aus seiner geistigen Achse gekippt, um ungefähr dreißig Grad.« Es war ihr klar, daß sie sich störrisch benahm und daß sie Fragen nach dem Rat und anderen quälenden Dingen aus dem Weg ging.

Rafe lachte, ein gutes, gesundes Lachen, sehr menschlich und sehr normal. »Das behaupten die Terraner seit Jahren von Darkover.«

»Na ja, ich bin eine Bürgerin des Imperiums und damit eine Art Pseudoterranerin, und ich will mit eurer hiesigen Politik nichts zu tun haben. Ich bin hierhergekommen, um Volksmusik zu studieren, und genau das werde ich tun!«

»Das kompliziert die Dinge ein bißchen, aber das läßt sich bestimmt ausbügeln – deine Bürgerschaft, meine ich.«

Sie funkelte ihn böse an. »Ausbügeln? Ich habe gar nicht bemerkt, daß sie zerknittert ist. Und was geht es Sie an – Sie sind Terraner, oder nicht?«

»Es geht mich etwas an, weil Darkover mein Zuhause ist und weil ich es liebe. Ja, ich arbeite für den terranischen Dienst, aber mein Herz ist hier. Und deine Anwesenheit ist wichtig. Es gehen Dinge vor sich, die nicht einmal ich ganz verstehe. Ich weiß aber so viel, daß die große Gefahr besteht, daß die Expansionisten den Planeten schlucken, wenn die Darkovaner nichts unternehmen. Wenn wir unseren geschützten Status verlieren … ich darf gar nicht daran denken. Ich kann mir einfach nicht vorstellen, warum dein Vater dich in solcher Unwissenheit gelassen hat, was dein Erbe betrifft.«

Wenigstens wußte sie über die Expansionisten Bescheid, was in diesem Meer der Verwirrung schon tröstlich war. Als sie und Ivor sich gerade auf ihre Abreise vorbereitet hatten, hörte sie, daß die Expansionisten zum ersten Mal seit über zwei Jahrzehnten eine Mehrheit in der Regierung der Föderation hatten. Die Nachrichten waren voller Spekulationen darüber gewesen, was das bedeuten konnte, aber sie hatte sich nicht allzuviel damit beschäftigt.

Sie wandte ihre Aufmerksamkeit Rafes letzter Frage zu, denn sie wußte, es beunruhigte ihn genauso wie sie. »Ich glaube, es war zu schmerzlich für ihn, sich zu erinnern, von seiner Vergangenheit zu sprechen. Der Mann, den Sie kannten, Captain Scott, ist nicht der, den ich kenne. Wer Lew Alton auch war, als er noch hier lebte, er ist es nicht mehr. Ich glaube, am Abend bevor ich zur Universität aufbrach, wollte er mir noch etwas sagen, aber wir hatten nicht die Angewohnheit, uns auszusprechen, und es kam nicht zustande. Mein Vater ist heute ein zorniger, verbitterter Mann, der ein bißchen zuviel trinkt und seine Absichten für sich behält. Und da er mich nicht über meine Geschichte unterrichtet hat, nahm ich an, daß es einen guten Grund dafür gibt. Er ist kein sehr leidenschaftlicher Mensch.«

»Dann hat er sich aber wirklich verändert. Jedenfalls kam er mir sehr leidenschaftlich vor. Er war meiner Schwester ein liebender Gatte – ich habe nie jemanden gesehen, der so verliebt war. Ich kann nicht glauben, daß du fast nichts mehr weißt. Erinnerst du dich nicht an Marjorie – du siehst ihr ziemlich ähnlich – oder an das Haus der Altons hier in Thendara oder an irgendwas? Ich war mir sicher ...«

»Es geht Sie nichts an, woran ich mich erinnere oder nicht.« *Sehe ich aus wie Marjorie oder Thyra? Und wenn der Alte sie so innig liebte, wieso hat er dann mit ihrer Schwester geschlafen?* Sie verstand es nicht. Sie verstand gar nichts – nicht Ivors Tod, nicht die Unterwürfigkeit der Leute ihr gegenüber oder warum sie plötzlich in einer Angelegenheit, die ihren Geburtsplaneten betraf, so wichtig sein sollte. Warum mußte sie ausgerechnet in diesem Lokal essen?

Einmal mehr hatte sie den Eindruck, daß er ihre Gedanken hören konnte, denn er sagte: »Dann weißt du also immerhin soviel. Du siehst aus wie du, aber du hast eine starke Familienähnlichkeit zu den Scott-Schwestern – zu beiden. Wenn man uns zusammen in darkovanischer Kleidung sähe, könnte man uns wohl für Vater und Tochter halten.«

»Haben Sie mich deshalb erkannt?«

»Als erstes ist mir das rote Haar der *Comyn* aufgefallen und dann der Schwung der Nase, die Gesichtsknochen. Ich habe ein paar Minuten gebraucht, bis ich begriffen habe, daß du meine Nichte sein mußt – eine Alton. Und da Lew nur eine Tochter hatte, ging ich davon aus, daß du auch eine Scott bist.«

»Sie erzählen mir nicht alles, hab ich recht?« Sie konnte spüren, daß er etwas zurückhielt.

»Nur ein Narr leert seinen ganzen Sack auf den Tisch.«

Margaret war so verärgert über seine Worte, daß sie sich auf den Randstein setzte und sich weigerte, noch einen Schritt zu gehen. »Und nur ein Narr versucht ein Pferd in den Sack zurückzustopfen, wenn es schon halb draußen ist.«

Er setzte sich neben sie auf den Randstein und legte die Arme um die Knie. Eine Minute lang sagte er nichts, und als er sprach, lag ein Mitgefühl in seiner Stimme, das sie tief berührte. »Was hat dich so argwöhnisch gemacht, Marguerida?«

»Geheimnisse. Die Wände des Waisenhauses und etwas Schreckliches, an das ich mich nicht erinnere.« Die Worte waren ihr entschlüpft, bevor ihr klar war, daß sie mehr gesagt hatte, als sie wollte. Sie saßen Schulter an Schulter, und sie bemerkte zum ersten Mal, daß er ein kleiner Mann war, fast zehn Zentimeter kleiner als sie. Klein und ernst und wahrscheinlich vertrauenswürdig. Der Wind sprang um, zerzauste sein Haar und wehte ihr seinen Geruch in die Nase. Er roch nach terranischen Lederhosen, aber darüber hinaus roch er nach einheimischer Seife und den Gewürzen von darkovanischem Essen. Captain Scott roch *richtig*, nicht fremd und steril wie die meisten Terraner.

»Wenn du mit mir zur *Comyn*-Burg kommst, dann glaube ich, werden wir ein paar Antworten auf deine Fragen finden – und ein paar von diesen Geheimnissen enträtseln.«

»Lesen Sie meine Gedanken?« Das Vertrauen, das sich langsam entwickelt hatte, verschwand wieder.

»Nicht richtig. Ich bin kein sehr fähiger Telepath; mein *Laran* reicht gerade aus, um die Gedanken an der Oberfläche aufzuschnappen, zu mehr nicht. Und meine bescheidenen Fähigkeiten liegen im Grunde mehr auf dem Gebiet des Vorhersehens. Ich meine, für gewöhnlich suche ich dieses spezielle Speisehaus nicht auf, aber heute fühlte ich mich regelrecht dazu getrieben, dort zu essen.«

»*Laran?* Was ist das?« Margaret hatte fast das Gefühl, als würde sie das Wort kennen und als wäre es sehr wichtig, aber sie kam nicht darauf, wieso. Wie konnte er nur davon reden, daß er ein Telepath war, als wäre es das Normalste auf der Welt, wo es doch unmöglich war?

Sie spürte, wie sich etwas in ihr regte, dunkel und erschreckend. Sie kannte es gut, denn es war immer dagewesen, ein schreckenerregendes Gesicht, das ihr aus Spiegeln entgegenstarrte und ihr befahl, sich von allen Leuten fernzuhalten. Jetzt wollte es, daß sie diesen Mann nicht beachtete, nicht darauf hörte, was er sagte. Es schien ihr Hirn zu umklammern, und je fester es zudrückte, desto mehr wollte sich widersetzen. Und die Furcht, die sie gespürt hatte, seit sie wußte, daß sie nach Darkover kommen würde, stieg in ihr hoch und machte ihr das Atmen schwer.

»Komm mit mir in die *Comyn*-Burg, und ich verspreche ...«

»Warum können Sie es mir nicht gleich sagen?«

»Weil das nichts ist, was man auf einer öffentlichen Straße bespricht.« Er sah besorgt aus, und auch wenn er kleiner war als sie, nahm sie an, daß er sie zwingen konnte, ihn zu begleiten, wenn er wollte.

Margaret fühlte, daß sie an einer Art Kreuzung stand. Wenn

sie in die eine Richtung ging, würden die Ereignisse in einer bestimmten Weise weitergehen, und wenn sie den anderen Weg nahm, würde alles ganz anders sein. Es war fast, als sähe sie verschiedene Zukünfte vor sich liegen, alle dunkel und undeutlich. Sie mußte sich entscheiden, und sie war so müde! Wenn sie Captain Scott stehenließ, würde etwas Schlimmes passieren. Das wußte sie genau.

Der innere Kampf schien kein Ende zu nehmen, obwohl sie wußte, daß er nur einige Augenblicke dauerte. Jene kalte Macht, die ihr Angst vor Spiegeln einflößte, versuchte, sie von Scott wegzubringen, und widerspenstig, wie sie war, entschied sie sich zur Opposition gegen diese Macht. Und kaum hatte sie diese Entscheidung getroffen, lastete das Angstgefühl nicht mehr so schwer auf ihr, und die Zukunft erschien ihr nicht mehr so schrecklich wie noch einen Augenblick zuvor.

Sie straffte energisch die Schultern. »Nun gut, ich komme mit Ihnen – aber ich werde mich nicht in eine feudale Großgrundbesitzerin verwandeln, egal, was ich herausfinde.«

Captain Scott lächelte nur.

7

Die *Comyn*-Burg war der ausgedehnte, weiße Gebäudekomplex, den Margaret vom Platz vor dem terranischen Hauptquartier aus schon bemerkt hatte. Es war ein ziemlich weiter Weg, und sie war an diesem Tag schon so viel gestanden und gegangen, daß ihre Füße protestierten, als sie endlich ankamen. Margaret folgte ihrem neu gefundenen Verwandten durch den äußeren Burghof und sah sich dabei wie eine Touristin die Architektur an. Sie war beeindruckend, aber Margaret kam zu dem Schluß, daß sie nicht beeindruckt sein wollte. Es war nicht so, als ob sie vorher noch nie eine Burg gesehen hätte, und die hier war weder die größte noch die ehrfurchtgebietendste, die sie kannte. Dieser Ruhm kam immer noch dem alten »Palast des Imperiums« auf Zeepangu zu, einem einzelnen Gebäudekomplex, das mehrere Quadratkilometer einnahm.

Das muß ein ziemliches Labyrinth sein hier. Kaum dachte sie es, »sah« Margaret ein Muster von Fluren und Zimmern, Stock für Stock, und sie wußte, daß sie irgendwie einen inneren Lageplan der Burg besaß. Es gab geheime Verbindungsgänge und Räume, die seit Generationen kein Mensch mehr betreten hatte. Es war ein Ort der Intrigen, Rivalitäten und uralten Fehden. *Woher weiß ich das?*

Eine andere Erinnerung nagte an ihr. Margaret sah hinauf zu einem kleinen Balkon, der aus einem der oberen Stockwerke vorsprang, und vor ihren Augen entstand für einen Moment das Bild eines großen Raumes mit einem gemusterten Teppich und schweren hölzernen Möbeln. Da war ein großer Tisch oder

Schreibtisch, hinter dem Lew saß, viel jünger, als sie ihn kannte. Er wirkte riesig, und ihr wurde klar, daß sie ihn aus der Perspektive eines Kindes sah, das auf dem Boden saß. Zwischen ihren gespreizten Beinen ringelten sich die Muster des Teppichs, und sie sah plumpe Babyhände die Linien nachfahren. *Ich muß schon einmal hiergewesen sein. Aber das erklärt nicht, warum ich das Gefühl habe, mich im gesamten Gebäude auszukennen. Wann wird das Ganze endlich einen Sinn ergeben?*

Margaret schaute von dem Balkon weg, schnitt die Flut der unangenehmen Bilder ab. Dann schaute sie zu einem hohen Turm auf einer Seite der Anlage. Von ihm hatte sie kein klares Bild. Sie fror, wenn sie ihn ansah, und sie fürchtete sich. Wütend riß sie ihren Blick los. Sie stiegen mehrere Stufen zu einer großen Doppeltür aus Holz hinauf, die mit Schnitzereien von Sternen und Figuren, die sie nicht auf Anhieb identifizieren konnte, verziert war. Neben der Tür standen zwei Wächter in einer Art Uniform. Sie trugen Schwerter, aber keine weitere Bewaffnung. Irgend etwas an ihrer Haltung verriet Margaret, daß diese archaischen Waffen nicht nur eine rein zeremonielle Bedeutung hatten, sondern daß die beiden damit umzugehen wußten.

Die Wächter schwangen die Tür auf und salutierten Captain Scott, als würden sie ihn gut kennen, während sie Margaret vollkommen übersahen. Sie fühlte sich sehr erleichtert, als sie durch das Portal der *Comyn*-Burg schritt, ohne eine Reaktion hervorzurufen.

Die Türen öffneten sich zu einem großen Foyer. Auf dem Boden lag ein schöner Teppich, dessen Weichheit ihren müden Füßen guttat. Wappenbanner hingen an den Wänden, leuchtende Farben vor durchscheinendem, weißem Stein. Das nachlassende Sonnenlicht drang durch den Stein und verlieh dem Raum eine seltsame Atmosphäre. Margaret konnte nicht entscheiden, ob es traurig oder festlich wirkte – oder beides zugleich.

Rafe Scott führte sie durch die Halle in einen Gang mit vielen Türen. Der Gang war so breit, daß mehrere Leute nebeneinander gehen konnten, und er roch sauber und trocken. Ein paar Gemälde hingen an den Wänden, Porträts hauptsächlich, und weitere Wappenbanner. *Comyn* Castle, entschied Margaret, war kein gemütlicher Ort. Die Höhe der Wände und das strenge Dekor begannen sie zu bedrücken. Sie sehnte sich in Meister Everards behagliches Heim zurück; Anya würde jetzt für den Abend zu kochen beginnen, es würde nach Essen riechen, Musik wäre zu hören. Obwohl sie erst vor einer Stunde gegessen hatte, war sie schon wieder hungrig und fürchterlich müde.

Der Flur war sehr lang, und sie sah mehrere Boten durch die Gänge eilen. Scott hielt einen von ihnen an und flüsterte ihm etwas zu, dann deutete er den Flur hinunter. Der Diener nickte, sah Margaret interessiert an und ging davon.

Schließlich betraten sie einen Raum, der als Sitzungssaal eingerichtet war. An einem Ende stand ein langer Tisch mit Stühlen. Rafe bot ihr einen der Stühle an, und sie ließ sich schwer darauf sinken. An einem Fuß bekam sie eine Blase, und ihr Rücken tat weh. Sie schaute gleichgültig zu, wie er in eine Art Sprechanlage an der Wand redete und darauf wartete, wie es weiterging. Ein Teil von ihr wünschte, sie wäre nicht mitgekommen, und ein anderer Teil wollte das Treffen rasch hinter sich bringen, damit sie zu ihrem alten Leben zurückkehren konnte.

Während Margaret wartete, grübelte sie über ihr Leben nach.

Es schien ihr, als würde sie auf einem unsichtbaren Pfad geleitet, den sie nicht bis zum Ende erforschen wollte. Sie erinnerte sich an philosophische Diskussionen von Mitstudenten darüber, ob der Mensch einen freien Willen besitze oder ob sein Leben vorherbestimmt sei. In der vieltausendjährigen Geschichte der Menschheit war noch niemand zu einem glaubhaften Schluß gelangt, und sie bezweifelte, daß dies jemals der Fall sein würde. Dennoch fragte sie sich, ob ihre Begegnung mit Rafe Scott Bestimmung oder Zufall war. Er schien es für ersteres zu halten, und sie war nicht begeistert, zu entdecken, daß sie ihm beinahe glaubte.
Sie war tief in diese Grübeleien versunken, als zwei Männer den Raum betraten. Ihre Gesichter waren nicht mehr jung, und Margarets erster Eindruck war, daß sie etwa das Alter ihres Vaters haben mußten. Ihre Bewegungen bestätigten diese Annahme, denn sie besaßen eine Sicherheit, die erst mit den Jahren entsteht. Einer der Männer sah sehr vertraut aus, und ihr fiel ein, daß sie sein Porträt im Flur gesehen hatte. Sie standen dicht nebeneinander, und in ihrer Haltung lag etwas zutiefst Vertrauliches. Der Mann, dessen Bild sie gesehen hatte, war schlank und wohlgebaut und hatte das blütenweiße Haar eines wesentlich älteren Mannes.
Er lächelte Scott an und sagte: »Schön, dich zu sehen, Rafe. Du hast uns viel zu lange nicht besucht. Was gibt's – keine Probleme, hoffe ich.« Er sprach auf eine gutmütige, freundliche Weise, ohne jede Förmlichkeit, aber Margaret hörte einen besorgten Unterton heraus.
Bevor Rafe antworten konnte, bemerkte der Mann Margaret, und seine Augen weiteten sich ein wenig. Er warf ihr nur einen flüchtigen, gleichwohl durchdringenden Blick zu. Die Augen seines Begleiters huschten über sie hinweg, und Mar-

garet fröstelte. Sie senkte den Blick und betrachtete ihre Hände.

»Nanu – du mußt Lew Altons Tochter sein! Ich würde diesen Haaransatz überall erkennen, auch wenn du ihm ansonsten nicht ähnlich siehst. Als wir noch jung waren, habe ich ihn immer um diesen Scheitel beneidet.« Er lächelte sie warm an und ging auf sie zu. »Wo ist Lew?« Dann hielt er inne, als erwartete er, daß der Senator unter einem der Stühle lauerte. Er wirkte enttäuscht. »Er ist nicht hier, oder? Als er uns von seinem Rücktritt gefaxt hat, dachte ich, daß er sofort zurückkommt. Aber ich glaube, ich hätte es gemerkt, wenn er nach Darkover zurückgekehrt wäre. Er hat eine sehr starke Präsenz. Hat er dich geschickt, damit du seinen Platz im Telepathischen Rat einnimmst?« Während der Mann sprach, wußte Margaret plötzlich, daß er Regis Hastur hieß.

Rücktritt? Sie hatte seit Wochen nicht mehr auf die Nachrichten geachtet, und bei all dem Aufruhr in Zusammenhang mit Ivors Tod, hatte sie sich auch nicht die Mühe gemacht, ihre persönlichen Nachrichten abzuholen. Vielleicht hatte ihr Dio deshalb nicht geantwortet – sie und ihr Vater befanden sich im Transitbereich, irgendwo zwischen den Sternen. Aus irgendeinem Grund fand sie es beunruhigend, daß ihr Vater den Senat verlassen hatte. Und eigensinnig, wie sie war, wollte sie nicht unwissend erscheinen. Es war für sie nachteilig, und das mochte sie nicht.

»Was immer dieser Rat ist – er hat mich nicht geschickt«, antwortete Margaret ziemlich eisig. Dachten denn alle Leute hier, daß sie nichts Besseres zu tun hatte im Leben, als wegen irgendeiner Versammlung durch die halbe Galaxie zu reisen? Wie provinziell sie alle waren. Die Verärgerung, die sie schon bei ihrem Gespräch mit Scott im Speisehaus gespürt hatte, kehrte mit Macht zurück. Darkover schien vollständig von Verrückten bevölkert zu sein, die annahmen, daß sie Dinge wußte, von denen sie noch nie gehört hatte, die nie eine vernünftige Antwort gaben oder sich auch nur vorstellten, bevor sie sie mit diesem verdammten Telepathischen Rat quälten. Sie waren nicht nur provinziell, sie hatten auch ein fürchterliches Benehmen!

Rafe hüstelte. »Regis, sie weiß nicht, wovon du sprichst. Lew hat ihr nie erzählt, was ... er hat ihr praktisch gar nichts erzählt, soviel ich feststellen kann.«

Regis Hastur errötete leicht. *Was?* »Und ich habe meine Manieren vergessen. Verzeih mir. Ich bin Regis Hastur, und das ist Danilo Syrtis-Ardais, mein Friedensmann.« Er machte eine anmutige Geste zu dem Mann, der neben ihm stand. Margaret wurde bei dem Namen nervös so wie zuvor, als Rafe einen Mann namens Dyan Ardais erwähnte. Sie hätte sich gerne abgewandt, um seinen Blicken auszuweichen, als stellte er eine Gefahr für sie dar. Dabei wirkte er ganz normal – ein schlanker Mann, der ein Schwert trug und wachsam nahe bei Regis stand. Warum also bekam sie eine Gänsehaut? Das war lächerlich, und sie schalt sich für ihr törichtes Benehmen.

Dann war sich Margaret plötzlich ganz sicher, daß beide Männer ihre Gedanken gefühlt, ihre Angst und Verwirrung nachempfunden hatten. Sie war wütend über den Eingriff in ihre Privatsphäre und verlegen, weil sie sich vor einem völlig Fremden fürchtete. Sie hatte schließlich keinen Grund, wütend zu werden, nur weil er den gleichen Nachnamen trug wie jemand, vor dem sie Angst hatte, ohne sich genau an ihn zu erinnern.

»Regis Hastur? Sie sind der Regent, nicht wahr?« Soviel zumindest hatte ihr die Diskette verraten. »Es freut mich, Sie kennenzulernen«, fuhr sie fort und überlegte, ob sie aufstehen und sich verneigen sollte. Ihre Beine waren wie Pudding, und in ihrem Kopf begann es zu hämmern.

»Ja, ich habe dieses Amt inne.« Er hörte sich nicht übermäßig erfreut darüber an. »Es ist mir ein Vergnügen, dich auf der *Comyn*-Burg willkommen zu heißen. Ich freue mich schon auf Lews Rückkehr und nehme an, er hat dich an seiner Stelle geschickt? Warum? Kommt er bald? Aber wo bleiben meine Manieren. Du bist sicher müde. Dani – kümmerst du dich um eine Erfrischung?« *Er muß kommen, er muß einfach, sonst sind alle meine Pläne wertlos.* Trotz seiner ruhigen Sprechweise, war er ganz offenbar aufgewühlt, denn er öffnete und schloß seine schön geformten Hände und trat unruhig von einem Fuß auf den anderen.

Der Friedensmann bewegte sich nicht sofort. Margaret bemerkte, daß er sie mit höflichem Interesse betrachtete, als fände er sie ebenso verwirrend wie sie ihn. Sie hatte den plötzlichen Impuls, sich vor ihm zu verstecken, und bezwang ihn nur mit Mühe. Dann drehte er sich ein wenig widerwillig um und ging zu einem kleinen Schrank an der Wand. Sobald er seinen Blick abwandte, empfand Margaret eine große Erleichterung.

»Das kann ich nicht sagen. Ich habe längere Zeit keine Nachricht von meinem Vater oder meiner Mutter erhalten. Ich habe ihnen ein Telefax geschickt, bevor ich von der Universität aufbrach, aber keine Antwort bekommen.« Sie fühlte sich weniger verwundbar, wenn sie sich auf eine distanzierte Förmlichkeit zurückzog. Margaret hatte immer noch das unheimliche Gefühl, daß alle Männer im Raum ihre Gedanken fühlen konnten, wenn sie es zuließ. Dennoch sagte sie sich immer wieder, daß es so etwas wie Telepathie nicht gab, egal,

was sie sich einbildete oder was man ihr erzählte. »Ich weiß nicht von Plänen des Senators, nach Darkover zu kommen. Bis vor ein paar Minuten wußte ich nicht einmal, daß er von seinem Posten zurückgetreten ist.«
In der Stille, die ihrer Erklärung folgte, kehrte der Friedensmann mit einem Tablett zurück, auf dem mehrere Gläser standen. Margaret war ein wenig überrascht, daß er als Diener fungierte. Sie hatte ihn für etwas anderes gehalten - mächtiger, sogar ein wenig unheilvoll. Er gab Regis ein Glas, und die beiden lächelten sich an, als sich ihre Finger berührten. Margaret war fast schockiert von der Zärtlichkeit im Blick der beiden Männer. Mehr noch, es war ihr zutiefst peinlich, als hätte sie eine sehr private Szene beobachtet. Sie senkte den Kopf und glättete mit ruhelosen Fingern die Falten ihres Rocks.
»Wein, *Domna?*« Margaret sah die kräftigen Beine von Danilo und wußte, daß er vor ihr stand und wartete. Sie konnte sich kaum überwinden, den Blick zu heben und seinen Augen zu begegnen.
»Danke«, antwortete sie leise. Sie sah an dem Friedensmann vorbei auf die Wand. Zumindest war es hier nicht unhöflich, einen direkten Augenkontakt zu verweigern, wie es an der Universität oder den meisten anderen Orten der terranischen Sphäre der Fall gewesen wäre.
Regis trank einen kleinen Schluck, dann blickte er finster. »Lew ist mein Cousin und mein ältester Freund, aber er ist auch der störrischste und unberechenbarste Bursche, den ich kenne. Wir sind zusammen in Armida aufgewachsen, ich kann einfach nicht glauben, daß er nie von mir gesprochen hat.« *Sie kennt mich tatsächlich nicht. Und ihr Geist ist verschlossen, blockiert. Ich habe so etwas noch nie erlebt. Sie*

wußte nicht, daß Lew den Senat verlassen hat – äußerst merkwürdig.

Margaret empfing dieses Flüstern und schluckte. Natürlich wußte sie nicht Bescheid – Lew Alton erzählte ihr ja nie etwas! Die Bitternis dieses Gedankens ließ den Wein sauer schmekken, aber der Alkohol linderte ihre Verbitterung. Das war typisch für ihren Vater!

Margaret übte sich darin, nichts von ihrer zunehmenden Pein zu enthüllen, und zog sich so weit wie möglich in sich selbst zurück. »Er sprach nie viel von seiner Vergangenheit, außer zu meiner Mutter. Ich hätte nicht die leiseste Ahnung gehabt, wer Sie sind, wenn ich mich nicht auf meine Reise vorbereitet hätte, nachdem uns die Musikfakultät der Universität den Auftrag gab, hier Volksmusik zu sammeln. Ich wußte vage, daß ich hier geboren worden war, aber tatsächlich erinnere ich mich an sehr wenig.« *Und wenn es nach mir ginge, würde ich mich am liebsten an überhaupt nichts erinnern – denn das, was mir wieder einfällt, macht alles nur noch sonderbarer!* »Vielleicht hat er mir nichts erzählt, um mir Unannehmlichkeiten zu ersparen. Wie ich Captain Scott bereits sagte, ist er nicht mehr der Mann, den Sie kannten. Wenn er nicht seiner Arbeit beim Senat der Föderation nachgeht, starrt er aufs Meer und brütet vor sich hin.« *Und trinkt,* fügte sie lautlos an.

Margaret spürte, daß ihre Worte Hasturs Sorgen vergrößert und nicht verringert hatten, und sie wünschte, sie besäße mehr Taktgefühl. In dieser Hinsicht war sie ihrem Vater sehr ähnlich – sie sagte ihre Meinung frei heraus, anstatt höflich zu sein. Sie wußte, sie konnte verletzend sein, und am meisten dann, wenn sie sich selbst verletzlich fühlte. Sie trank noch einen Schluck Wein, wobei sie ihn zum ersten Mal wirklich schmeckte, und sie fand ihn stark und metallisch. Er hat-

te einen frischen Geschmack, und sie überließ sich dem Genuß und der Lockerung ihrer verspannten Muskeln, die er bewirkte.
Regis schaute sich im Raum um und furchte nachdenklich die Stirn. »Komm. Gehen wir ein bißchen draußen im Garten spazieren. Es ist noch nicht dunkel, und die Gärten sind sehr schön. Wir haben ein paar Sachen zu besprechen, und dieser Raum hier ist für meinen Geschmack zu förmlich. Danilo, bring Rafe in mein Arbeitszimmer. Wir treffen euch dort, wenn wir uns unterhalten haben.«
Danilo sah beunruhigt aus, und seine Hand flog kurz an den Griff des Schwertes. Er sah sie scharf an, als wollte er mit den Augen ihr Herz erforschen. Glaubte er vielleicht, daß sie ein Messer ziehen und Regis Hastur erstechen würde? Durch eine Eingebung wußte sie plötzlich, daß ihn genau das beunruhigte. Und sie wußte außerdem, daß er trotz seines bescheidenen Auftretens tödlich zuschlagen würde, wenn er seinen Herrn bedroht sah. Und deshalb hatte er auch den Wein serviert – für den Fall eines Giftanschlags! Ihre Augen trafen sich kurz in einem lautlosen Kampf, und dann schaute er weg, offenkundig zufrieden, weil sie keine Gefahr für Hastur darstellte.
Regis faßte Margaret sanft am Arm und führte sie durch eine Tür, die sie nicht bemerkt hatte. Sie gingen durch einen schmalen Flur in einen freundlichen Innenhof mit süß duftenden Blumen. »Ich befinde mich im Nachteil und – moralisch gesehen – ein bißchen in der Klemme.«
»Ja?« Sie fing an, diesen weißhaarigen Mann zu mögen, sich fast wohl bei ihm zu fühlen, und das beunruhigte sie. Nicht, daß er nicht freundlich gewesen wäre, aber er versuchte eindeutig, sie um den Finger zu wickeln. Sie war mißtrauisch. Sie spürte, daß er dabei war, sie in etwas hineinzumanövrie-

ren, was seinen eigenen Zielen diente, wie immer die aussehen mochten. Sie war so müde, daß sie ihrem Urteilsvermögen nicht mehr traute.

»Ja, Marguerida. Weil Lew sich entschieden hat, dir nichts von seiner Vergangenheit zu offenbaren, aber du mußt seine Vergangenheit kennen, um die Gegenwart hier auf Darkover verstehen zu können. Ich bin immer noch entsetzt, daß er dir nichts erzählt hat.«

»Ich glaube, er wollte mir kurz vor meiner Abreise zur Universität noch etwas erzählen.« *Und bei diesem Versuch ließ ich ihn nicht sehr weit kommen,* schloß sie, ohne es laut zu sagen. »Ich glaube, es war furchtbar schmerzlich für ihn, von sich und seiner Vergangenheit zu reden, als hätte er schreckliche Erinnerungen.«

Regis lachte kurz und bitter. »Das kann ich mir lebhaft vorstellen. Er wäre um ein Haar der Ruin unserer Welt gewesen. Aber er ist auch ein Held und ein Retter.«

»Ein bißchen schwierig, beides zu sein, nicht wahr?« Ihr Atem ging stoßweise, denn sie spürte, daß sie kurz davor war, etwas zu erfahren, das sie wissen mußte.

»Dein Vater ist ein komplizierter Mensch, vielleicht der komplizierteste, den ich kenne. Und die darkovanischen Sitten haben ihm gewaltige Leiden bereitet, als er noch zu jung war, sie zu ertragen. Ich hatte jahrelang Zeit, darüber nachzudenken. Jedesmal wenn ich in den Nachthimmel schaue und die Sterne sehe, denke ich an Lew. Ich wollte immer zu den Sternen reisen, aber er hat es getan, während ich hier ein heilloses Durcheinander aufräumen durfte und ein König ohne richtiges Königreich bin.«

»Welche Leiden?«

Regis, der noch sein Glas in der Hand hielt, trank einen

Schluck, während er nachdachte. »Lews Mutter war halb Terranerin, halb Aldaranerin, und aus diesem Grund hat der *Comyn*-Rat ihm seinen Platz dort verweigert. Sie nannten ihn einen Bastard, und das hat seinen Stolz verletzt – die Altons sind eine stolze Familie, und er besitzt diesen Stolz im Übermaß. Er war immer im Zweifel, ob er gut genug war. Ich kenne diese Zweifel sehr gut, denn sie haben mich auch geplagt. Er versuchte, es seinem Vater recht zu machen, der ein tüchtiger Mann war, aber sehr eigensinnig und anspruchsvoll. Er zwang Lew, Dinge zu tun, von denen sie beide wußten, daß sie falsch waren, weil er fest entschlossen war, Lew in den Rat zu bringen.«

»Wieso? Was war so wichtig daran, im Rat zu sein?« fragte Margaret.

»Das wichtigste war nicht ein Sitz im Rat – obwohl der wichtig ist –, aber Kennard wollte, daß Lew als Erbe der Domäne Alton anerkannt wird.« Er seufzte schwer. »Die Situation wurde schließlich unhaltbar, und es endete damit, daß Kennard Alton, dein Großvater, in unmittelbarer Verletzung unserer Gesetze Lew vom Planeten wegbrachte und die Domäne Alton ohne Führer ließ. Kennard starb da draußen zwischen den Sternen, und Lew kam sechs Jahre später mit einer sehr mächtigen Matrix zurück, die er mit ins Exil genommen hatte. Und daraus resultierte eine neue Krise, in deren Verlauf viele Menschen starben und sich die gesamte darkovanische Gesellschaft wandelte.«

Margaret drehte sich um und starrte Regis an; in ihrem Erstaunen vergaß sie völlig, seinen Blick zu meiden. »Ich würde ja gerne sagen, daß ich Ihre Geschichte begreife, aber offen gestanden ist es sehr schwierig, sie mit dem in Verbindung zu bringen, was ich über den Senator weiß. Sie könnten beinahe ebensogut von einem altertümlichen Helden aus irgendeinem Mythos sprechen.«

»Das ist sehr scharfsinnig von dir. In vielerlei Hinsicht war es mythisch. Die Ereignisse der Sharra-Rebellion hatten in der Tat mythische Dimensionen; selbst die Götter wurden mit hineingezogen. Mein Haar war einmal so rot wie deines.«

»Wirklich?« Sie wünschte, er würde aufhören, so geheimnisvoll zu sein, Andeutungen zu machen, ihr Bruchstücke an Information zu überlassen statt einer zusammenhängenden Sammlung von Fakten, in die sie sich verbeißen konnte. Und wieder dieses Wort – Sharra. Es lief ihr kalt den Rücken hinab, obwohl es im Garten warm war. »Na schön – ich habe gerade mehr über die Geschichte meines Vaters erfahren als in meinem ganzen bisherigen Leben. Er ist problematisch – daran hat sich nichts geändert.« Sie verzog den Mund zu einer Art Grinsen. »Aber wenn das die Geschichte ist, warum fand sich dann nichts davon auf der Diskette, die ich studiert habe? Das freundlichste, was ich darüber sagen kann, ist, daß sie so gut wie frei von Informationen war. Von einer … Sharra war keine Rede, und wenn es ein so bedeutendes Ereignis war, wie Sie sagen, warum wird es dann nicht in den terranischen Archiven erwähnt?«

Regis schien jetzt in seine eigenen Gedanken versunken zu sein und sprach fast mechanisch. »Oh, es ist in den Archiven, aber nicht zur allgemeinen Kenntnis freigegeben. Es gibt Dinge, von denen wir glauben, daß wir sie lieber nicht dem Blick der Öffentlichkeit überlassen sollten. Darkover birgt immer noch ein paar Geheimnisse, und ich glaube, das ist gut so.«

Margarets Reaktion auf diese ruhig zugegebene Unterdrückung von Informationen war die einer Gelehrten – sie wurde fuchsteufelswild. Es war eine unnötig heftige Gefühlsaufwallung – Regierungen versuchten nun einmal, Geheimnisse zu bewahren. Ihr wurde klar, daß sie zwar auf diesen freundlichen Fremden neben ihr wütend war, aber noch wütender auf den Alten. »Ihre kleinen Geheimnisse haben nichts mit mir zu tun. Ich bin rein zufällig hier, und ich möchte einfach nur in Ruhe arbeiten …« Sie sprach in ihrem kältesten, förmlichsten Tonfall.

Margaret empfand eine wachsende Hilflosigkeit, ausgelöst vom Klang zweier harmloser Silben: Sharra! Manchmal hatte ihr Vater nachts dieses Wort gerufen, und sie war jedesmal aufgewacht und hatte am ganzen Leib gezittert. Und wenn sie dann wieder einschlief, träumte sie immer von einem großen, leuchtenden Edelstein voller Licht und Feuer. Das Bild brannte für einen Moment in ihrem Geist, bevor sie es wieder verbannte.

»Du hörst dich ganz wie dein Vater an! Und du siehst in diesem Augenblick deiner Mutter sehr ähnlich.«

»Thyra?« fragte sie eisig.

»Ähm … na ja, zumindest weißt du darüber Bescheid. Es ist mir ein bißchen peinlich.«

»Peinlich? Wieso? Sie sind ja schließlich nicht mit der Schwester Ihrer Frau ins Bett gegangen, oder?« Kaum hatte sie es gesagt, bereute sie es auch schon.

Zu ihrer großen Erleichterung wirkte Regis nicht gekränkt; es war fast, als verstünde er ihre Wut und Verwirrung. »Nein, das bin ich nicht. Ich habe einige interessante Dinge getan in meinem Leben, aber das war nicht dabei. Ich habe Marjorie Scott nur einmal gesehen und bin ihr nie offiziell vorgestellt worden, aber da sie und Thyra Halbschwestern waren und sich sehr ähnlich sahen, habe ich wohl beide gemeint. Formal bist du die Tochter von Marjorie Scott – auch wenn sie deine Tante ist. Ich mache ein völliges Durcheinander aus der Sache, oder? Ich meine, in unseren Unterlagen wirst du als ihre Tochter geführt. Du bist wie alle deine Eltern«, *und du hast die gleiche unselige Empfindlichkeit wie Lew,* dachte er, ohne es auszusprechen. Margaret hörte die nicht gesagten Worte deutlich und zuckte zusammen.

»Sieht aus, als hätte ich einen Überfluß an Müttern – wenn man Dio noch mit dazu rechnet. Ich finde die ganze Sache verwirrend und unerfreulich.«

»Wie meinst du das?«

»Wie würden Sie sich fühlen, wenn sie herausfänden, daß Ihre Mutter eigentlich Ihre Tante ist, und Ihre Tante Ihre Mutter, und daß die eine so merkwürdige Person war, daß niemand ihren Namen aussprechen mag.«

»Hm, ich glaube, ich wäre ziemlich aufgebracht, jetzt, wo du es sagst. Aber wie hast du von ihr gehört – in welchem Zusammenhang?« Regis sah sie an, und er wirkte sowohl interessiert als auch aufrichtig.

»Bei Meister Everard in der Musikstraße. Er ließ mich diese *Ryll* probieren, von der er sagte, daß man sie nicht spielen kann, und dieses Lied kam aus ihr heraus … es war sehr gespenstisch. Dann erzählte er mir ein wenig von der Geschichte des Instruments, und ich begriff … es spielt keine Rolle.« Sie unterdrückte einen Schauder, als sie sich daran erinnerte.

»Du fängst an zu frieren. Gehen wir wieder hinein.« Hastur nahm freundlich ihre Hand und sprach sehr leise. Einen Augenblick lang schien er einer inneren Stimme zu lauschen, und Margaret spürte ein leichtes Vorbeistreifen eines Bewußtseins, so als hätte man ihr mit einer Feder über die Stirn gestrichen. »Dann besitzt du also *Laran* und ein wenig von der Alton-Gabe, Marja.«

Das Wort *Laran* ließ Margarets Blut gefrieren, und sie spürte dieses Ding in ihr wach werden, diese Stimme, die ihr sagte, sie solle sich fernhalten und keine Fragen stellen. Sie kämpfte dagegen an. »Was immer die Alton-Gabe ist, ich glaube nicht, daß ich sie habe. Jedenfalls hoffe ich das. Seit meiner Ankunft hier geschehen lauter verrückte Dinge, unter anderem habe ich das Gefühl, daß ich Gedanken mithören kann und Blicke in die Zukunft werfe, und ich treffe Verwandte, von denen ich gar nicht wußte, daß ich sie habe. Es gefällt mir nicht! Ich will nichts mit unheimlichen Begabungen oder Telepathischen Räten oder solchen Dingen zu tun haben. Ich will nur die Arbeit meines Mentors Ivor zu Ende führen – unsere Arbeit für die Universität und ... Ich weiß anscheinend überhaupt nichts! Und ich kann Ihnen sagen, daß es für eine Wissenschaftlerin eine ganz üble Situation ist, wenn sie gar nichts weiß!«

»Wissenschaftlerin? An der Universität?« Seine Augen leuchteten. »Sag, wie ist das? Ich wollte immer ... aber das ist jetzt nicht die Zeit dafür. Es muß schwierig für dich gewesen sein, in Thendara herumzustolpern. Wie lange bist du schon hier?«

»Etwa eine Woche, glaube ich. Ich habe den Überblick verloren, teils wegen Ivors Tod und ...« Sie jammerte wie ein übermüdetes Kind, und ihre Augen füllten sich mit Tränen.

Regis unternahm keinen Versuch, ihren Tränenfluß zu stoppen, sondern wartete ruhig, bis sie zu weinen aufgehört hatte, und trank inzwischen seinen Wein aus. Nachdem sie sich das Gesicht abgewischt hatte, sagte er: »Ich war mir sicher, daß du die Gabe hast, als du noch ein sehr kleines Kind warst. Deshalb …«

In diesem Augenblick ging die Tür zum Garten auf, und eine Frau kam heraus, gefolgt von Danilo. Sie lächelte ein warmes, freundliches Lächeln und ging mit ausgestreckten Händen auf Margaret zu. Sie hatte eine volle Figur und den fröhlichen Gesichtsausdruck einer Person, die mit Vergnügen in die Welt blickt. Margaret mochte sie auf Anhieb.

»Ah, hier seid ihr! Regis, es ist schon zu kalt, um im Garten zu bleiben! Und hör auf, das arme Mädchen mit deinen Plänen und Intrigen zu quälen. Du mußt ihm verzeihen, Kind. Er glaubt, er muß das Gewicht dieser Welt auf seinen Schultern tragen, und manchmal verliert er den Durchblick.« Marja fand sich in einer warmen Umarmung wieder, und ein flüchtiger Kuß streifte ihre Wange.

Regis sagte: »Dieses impulsive Geschöpf ist meine Gemahlin, Linnea Storn, Lady Hastur. Linnea, das ist Lew Altons Tochter Marguerida.« Die Worte seiner Gattin schienen ihn erheitert zu haben, und in ihrer Nähe wich die leichte Spannung aus seinem Körper.

Erschöpft fragte Margaret: »Sind Sie auch eine Verwandte?«

Lady Hastur lachte und tätschelte ihr die Wange. »Wir sind entfernte Verwandte, aber ich wäre fast deine Mutter geworden. Es gab einmal die Absicht, mich an Lew zu verheiraten – ich glaube, ich war fünfzehn, damals –, aber er hat höflich abgelehnt und mein jungfräuliches Herz gebrochen. Was aber auch nichts macht, denn dann wäre ich nicht Lady Hastur geworden, was mir sehr gut bekommt.« Sie lächelte Regis an, und er erwiderte ihr Lächeln mit einem Blick aufrichtiger Zuneigung.

Linnea ließ sie los, und Margaret mußte erleben, daß Danilo

sie wieder durchdringend musterte. Irgend etwas störte sie daran. Er war nicht offen feindselig, aber in seinem Blick lag eine versteckte Drohung, die ihr das Blut gefrieren ließ. Sie hatte das Gefühl, wenn er sie zu lange ansah, würde sie aufhören, Margaret Alton zu sein, und eine vollkommen andere Person werden. Aber wer? Wut und Entsetzen schwollen in ihrer Brust, und sie kämpfte dagegen an. Sie bildete sich schon wieder Dinge ein! In seiner Haltung oder seinem Gesichtsausdruck lag überhaupt nichts Drohendes. Tatsächlich hätte sie ihn für harmlos gehalten, wenn sie ihn unter anderen Umständen kennengelernt hätte.

»Davon bin ich überzeugt«, antwortete sie kraftlos. Sie hatte das Gefühl, daß sie in zu vielen Informationen und viel zu vielen Verwandten ertrank. Und das schlimmste war, daß sie um so weniger wußte, je mehr sie erfuhr.

Fünfzehn! Margaret glaubte Lady Linnea, fand es aber dennoch beunruhigend. Warum so jung? Es fiel ihr leichter, darüber nachzudenken, als über jene anderen Dinge, die ihr durch den Kopf gingen. »Fünfzehn scheint mir sehr jung für eine Heirat. Wozu ist diese Sitte gut?« Ihr Dämon der Taktlosigkeit gab ihr diese Frage ein, bevor sie darüber nachdenken konnte, und sie errötete bis in die Haarspitzen.

»Wir haben sowohl eine hohe Kindersterblichkeit als auch eine niedrige Geburtenrate. Ich hatte Glück mit meinen Kindern, aber viele andere haben das nicht.« Linnea antwortete ihr, als sei die Frage völlig angemessen. »Wir schätzen unsere Kinder hier sehr hoch, und wir wollen so viele wie möglich haben.«

Margaret hatte den größten Teil ihres Lebens auf Planeten der Föderation verbracht, wo die Bevölkerung durch Gesetz oder Sitte sowohl begrenzt, als auch kontrolliert wurde, und sie fand den Gedanken, eine Menge Kinder zu haben, ziemlich abstoßend. Nur auf rückständigen, primitiven Welten kamen Kinder in hoher Zahl zur Welt. Und es gab keinen Grund für eine hohe Kindersterblichkeit, denn die terranische Technologie machte Schwangerschaften so gut wie risikolos.

»Aber wollten Sie mit fünfzehn heiraten?«

»Natürlich. Es war meine Pflicht.«

»Pflicht?«

Regis warf seiner Gattin einen scharfen Blick zu, und Linnea zog als Antwort die Augenbrauen hoch. »Wir besitzen bestimmte Talente hier auf Darkover, und wir haben im Laufe der Jahrhunderte herausgefunden, daß sie am besten erhalten bleiben, wenn wir jung heiraten«, antwortete sie.

»Talente? Sie meinen es gibt hier eine Art Zuchtprogramm?«

Linnea spitzte die Lippen. »So könnte man sagen – allerdings mag ich die Vorstellung nicht. Ich komme mir dann zu sehr wie eine Zuchtstute vor.«

Margaret war schockiert. Mehr noch, sie war angewidert. Sie begriff, daß es um diese Gaben ging, die Rafe und Regis erwähnt hatten, und daß ihre scheinbar freundlichen, neuen Verwandten wahrscheinlich beabsichtigten, sie zu verheiraten, damit ihre Gene auf dem Planeten blieben. Kein Wunder, daß ihr Vater abgehauen war!

»Wie interessant«, antwortete sie kraftlos. »Ich glaube, ich muß jetzt gehen. Es war ein sehr langer Tag, und ich möchte zurück bei Meister Everard sein, bevor es zu dunkel wird.« *Ich halte das nicht mehr aus hier! Wenn ich nicht schnell hier rauskomme, fange ich an zu heulen.*

Lady Linnea sah betrübt aus. »Aber du wohnst doch sicher hier auf der Burg, mein Kind.«

Um nichts in der Welt! Margaret wollte dem riesigen Gebäude so rasch wie möglich entfliehen. Sie wußte, oben gab es ein

Gemach mit einem Teppich, den sie wiedererkennen konnte. Die Räume gehörten den Altons, ihrem Vater, und wahrscheinlich huschten dort jetzt Dienstboten umher, wechselten die Bettwäsche und lüfteten die Zimmer. Sie spürte beinahe die Geschäftigkeit dort oben und wußte, sie könnte den Weg zu den Zimmern ohne Führer finden. Dieses Wissen ließ sie vor Unbehagen erschaudern.

Aus dem Gesichtsausdruck von Lord und Lady Hastur sowie dem rätselhaften Danilo schloß sie, daß sie ihre Gefühle praktisch hinausgeschrien hatte. Margaret wollte gern höflich sein, diplomatisch, ihrer Familie Ehre machen, doch gleichzeitig wollte sie auch wegrennen, so schnell sie ihre müden Füße trugen.

Mit ausgesuchter Höflichkeit sagte sie: »Es wäre bestimmt wundervoll, hier zu bleiben, aber ich verlasse Thendara, sobald ich es einrichten kann. Ich habe Arbeit zu erledigen, und der Tod meines Begleiters Ivor Davidson hat mich bereits zurückgeworfen.«

»Arbeit? Ich verstehe nicht«, sagte Lady Hastur.

Margaret entschied, daß sie bei diesen Leuten eine unnachgiebige Linie einhalten mußte, andernfalls würden sie annehmen, daß sie Margaret für ihre eigenen Ziele einspannen konnten. Sie holte geräuschvoll Luft. »Ich bin nicht wegen eures Telepathischen Rates oder sonst etwas hier. Ich bin als Wissenschaftlerin der Universität gekommen, um Volksmusik zu sammeln, und genau das werde ich tun. Und sonst nichts!«

»Volksmusik sammeln?« Linnea klang verwirrt. »Ich muß etwas mißverstanden haben.« Lady Hastur sah ihren Mann hilflos an, als wollte sie sagen: »Ich habe es zumindest versucht.«

Margaret konnte sie beinahe hören, wie sie sich gedanklich

verständigten und versuchten, Argumente aufzuführen, wie sie mit ihr fertig werden konnten. Sie würde nichts davon zulassen! Die beiden verstanden sie nicht, und Margaret glaubte nicht, daß sie die beiden verstehen konnte. In ihrem Schädel pochte es, ihre Knie schmerzten, und sie wollte nur weg von hier.

»Wir werden Euch auf keinen Fall zwingen, hierzubleiben«, sagte Danilo, der zum ersten Mal sprach, seit er ihr Wein angeboten hatte. Irgend etwas an der Art, wie er es sagte, ließ sie denken, daß er sie jedoch sehr wohl zum Bleiben zwingen könnte, wenn er es wollte. »Doch es wäre gut für Darkover, wenn Ihr bleiben würdet. Ihr gehört hierher, ob Ihr es begreift oder nicht.«

Margaret schaute dem Friedensmann ziemlich unhöflich direkt in die Augen. Sie sah nur einen gutaussehenden Mann zwischen vierzig und fünfzig, mit hellem Haar und tiefen Furchen um den Mund, als hätte er eine große Tragödie durchgemacht. Es bestand eine gewisse Verwandtschaft zwischen Danilos düsterem Gesichtsausdruck und dem ihres Vaters. *Aber wer ist er, daß er mit solcher Autorität sprechen kann?*

Sie fand ihn eigentlich nicht unsympathisch, aber sie mißtraute ihm zutiefst. Er war Hastur offenbar treu ergeben, und da war noch etwas. Margaret überlegte, ob er sein Diener oder sein Geliebter war, und ärgerte sich über sich selbst. Aber welche Stellung er auch innehatte, er würde mit Sicherheit alles tun, um Regis zu beschützen, auch töten, wenn es sein mußte. »Das ist fraglos Ihre Ansicht, aber nicht die meine.« *Ich lasse mich nicht in eure lokalen Probleme hineinziehen!*

Margaret spürte Wogen des Unverständnisses über sich hinwegziehen, aber das war ihr egal. Sicher hätte sie zu Lady

Hastur und Danilo auch höflicher sein können, aber sie hörten ihr ja nicht zu. Sie waren viel zu sehr mit ihrem verdammten Zuchtprogramm und ihrem Rat beschäftigt. Es war, wie wenn sie versuchte, mit Lew zu sprechen – der war auch kein guter Zuhörer. Vielleicht war es ein Problem der gesamten Rasse. Vielleicht hatte die Inzucht, die sie seit Jahrhunderten betrieben, ihrem Hörvermögen irgendwie geschadet.

Der Gedanke war derart lächerlich, daß er ihre Stimmung ein wenig aufheiterte. *Noch vor einem Jahr – ach was, vor einer Woche – hätte mich die Vorstellung gefreut, die Verwandten meines Vaters kennenzulernen. Jetzt macht mich die Begegnung nur wütend – nein, sie macht mir angst. Ich lasse mich nicht wieder benutzen!* Das Bild des silberäugigen Mannes stieg in ihrem Geist auf und ließ sie erzittern. *Ich möchte nur weg von diesen Leuten, ich möchte nicht mehr das Gefühl haben, als spazierten sie in meinem Kopf herum.*

»Danke, daß Ihr mich empfangen habt. Ich bedauere, daß ich nicht bleiben kann. Wenn Ihr mich jetzt bitte entschuldigen wollt.« Sie machte eine leichte Verbeugung, eine unbeholfene Bewegung, die ihre Erschöpfung verriet, und ging in Richtung Tür. Ihr Onkel stand dort im Dunkel, und Margaret rannte fast auf ihn zu, um Regis, Linnea und dem undurchsichtigen Friedensmann zu entkommen.

»Ich bringe dich zurück zur Musikstraße«, verkündete Captain Scott, als sie bei ihm war.

Margaret hätte am liebsten geweint vor Dankbarkeit. »In Ordnung – solange du mir versprichst, daß du mich nicht weiter mit Pflichten und Verpflichtungen quälst, die ich nicht zu erfüllen gedenke.«

»Dann bist du also entschlossen, weiterzumachen, als wärst du nicht die Erbin von einer der Domänen? Deiner ›Arbeit‹

hier nachzugehen, während Darkover dich braucht?« Er klang besorgt und traurig.

»Ganz recht!« Die Heftigkeit ihrer Antwort überraschte sie ein wenig, aber sie war zu erschöpft, um sich darüber Gedanken zu machen.

»Du bist ganz entschieden Lews Tochter«, antwortete er mit einem leicht boshaften Lächeln.

»Der Apfel fällt nicht weit vom Stamm«, erwiderte sie beißend.

»Wenn du nur wüßtest, wie recht du hast, Marguerida.« Rafe seufzte. »Du wirst ein paar Genehmigungen brauchen, wenn du Thendara verlassen willst. Darf ich dir wenigstens helfen, sie zu bekommen?«

Margaret lachte kurz, seine ruhige Nähe tröstete sie. Zumindest einer, der sich vernünftig benahm! »Ich mag ja eigensinnig sein, aber ich habe noch nie jemanden daran gehindert, sich nützlich zu machen.«

8

Der Friedhof lag in Nebel gehüllt, und sie wanderte zwischen den verwitterten Grabsteinen umher und suchte nach irgend etwas oder irgend jemand. Es war Nacht, sternenübersäte Dunkelheit, und ein violetter Mond ging am Horizont auf. Schließlich kam sie zu einem frisch aufgeworfenen Grabhügel, der von welken Blumen gesäumt war. Sie roch den Balsam in der Luft und die umgegrabene Erde zu ihren Füßen.

Eine geisterhafte Erscheinung erhob sich aus dem Erdhügel; ihr stockte der Atem. Vielleicht war Ivor gar nicht tot? Was, wenn sie ihn lebendig begraben hatten? Wenn er erstickte in dem hübschen darkovanischen Sarg, in den sie ihn gelegt hatten? Die Züge der Gestalt waren schattenhaft und nicht erkennbar, und sie starrte entsetzt und neugierig zugleich auf den Kopf. Die Gestalt hatte ihr den Rücken zugewandt, und sie sah nur glattes Haar an einem länglichen Schädel.

Dann drehte sich die Gestalt um und kam auf sie zu. Sie wartete, zur Flucht bereit, weil sie die blanken Knochen eines Toten erwartete. Zuerst war das Gesicht zu sehr in Nebel gehüllt, aber dann sah sie das eckige Kinn und die vernarbte Wange von Lew Alton. Er sah sie an, lächelte verzerrt und streckte die Hand nach ihr aus.

Margaret setzte sich im Bett auf, ihr Herz hämmerte, und ihr Atem ging stoßweise. Bilder wirbelten in ihrem Kopf durcheinander, und sie sagte sich immer wieder, daß es nur ein Traum gewesen war. Was tat ihr Vater an Ivors Grab, und warum streckte er die Hand nach ihr aus? Sie sank ins Kissen zurück, während ihr Tränen in die Augen stiegen, und zog die Bettdecke hoch. Es war nur ein Traum!

Am Morgen nach Ivors Begräbnis wurde Margaret im terranischen Hauptquartier vorstellig. Sie trug wieder ihre Gelehrtenuniform und war mit sämtlichen korrekten Papieren bestückt. Dann wartete sie. Es dauerte zwei Stunden, bis sie einen gelangweilten Angestellten zu sehen bekam, der sie zu einem Computerterminal schickte, damit sie dort Formulare ausfüllte. Von dem Geruch im Hauptquartier bekam sie Kopfschmerzen, und sie schwitzte in der überheizten Luft.

Nachdem sie die komplizierten, verwirrenden und unklaren Formulare ausgefüllt hatte, drückte sie den Befehl für »Übermittlung« und ging zu einem Getränkeautomaten. Er akzeptierte problemlos ihren Kreditchip und gab ihr dafür eine Tasse lauwarme Brühe, die sich Kaffee schimpfte. Sie verzog gerade das Gesicht, als ihr Name ausgerufen wurde. Sie ging zurück zu dem Angestellten, der ihr eine Diskette gab und sie in ein anderes Büro schickte. Dort wartete sie erneut, bis sie einen neuen Bürokraten kennenlernen durfte, und grübelte währenddessen darüber, daß Effizienz und Bürokratie offenbar entgegengesetzte Begriffe waren. Sie wünschte, sie hätte etwas zu lesen, aber in dem Büro gab es nicht einmal Notizzettel an der Wand, geschweige denn Zeitschriften. Sie langweilte sich derart, daß sie die letzten Sitzungsprotokolle des Senats der Föderation gelesen hätte, wären sie zur Hand gewesen.

Beim Gedanken an den Senat fiel ihr der Alptraum wieder ein, und sie versank in eine morbide Stimmung. Fast hätte sie ihren Namen nicht gehört, als er gerufen wurde, da sie so sehr mit ihrem eigenen Elend beschäftigt war.

Hinter einem metallenen Schreibtisch saß eine streng blickende Frau und trommelte mit den Fingern auf den Tisch. Sie stand nicht auf, als Margaret das Büro betrat, und sie schaute nicht im mindesten freundlich. Auf einem schmucklosen Metallschild auf dem Schreibtisch stand »Major Thelma Wintergreen«, und als Margaret das abweisende Gesicht der Frau sah, fand sie, daß der Name gut paßte.

»Ich glaube nicht, daß wir Ihnen erlauben können, Professor Davidsons Untersuchung der einheimischen Volksmusik fortzusetzen, Miss Alton«, begann Wintergreen ohne Vorrede. »Sie sind zu jung, um einen solchen Auftrag in Angriff zu nehmen, Sie haben nicht die nötigen Referenzen, und abgesehen davon ist es keine Aufgabe für eine einzelne Frau. Ich kann mir sowieso nicht vorstellen, warum ein so überflüssiges und teures Unterfangen überhaupt genehmigt wurde. Wen, außer den Einheimischen, sollte die einheimische Musik denn interessieren?«

Margaret war außer sich. Nicht die nötigen Referenzen? Für wen hielt sich diese Wintergreen? Margaret beherrschte sich mit schierer Willenskraft und achtete nicht auf das Pochen in ihren Schläfen. »Sind Sie ausgebildete Musikforscherin, Major?«

»Selbstverständlich nicht!«

»Dann dürften Sie wohl kaum in der Lage sein, ein Urteil über darkovanische Musik abzugeben, oder?« Margaret formte ihren Mund gewaltsam zu einem Lächeln, das einem Zähnefletschen ähnlich war. »Ich glaubte Captain Scott dahingehend verstanden zu haben, daß die Übertragung der Mittel auf mich kein Problem sein sollte.«

»Wen?« Wintergreens Mund wurde schmal, und sie kniff die Augen zusammen.

»Captain Rafael Scott.« Margaret wurde klar, daß sie hätte

versuchen sollen, ihn im Gebäude zu finden, anstatt herumzusitzen und zu warten. Er hatte seine Hilfe angeboten, und sie hatte sie auf dem Rückweg von der *Comyn*-Burg angenommen. Aber heute morgen hatte sie einfach ohne ihn losgelegt. Warum war sie nur immer so verdammt eigensinnig? Sie wußte nicht einmal, in welcher Abteilung er arbeitete und ob er tatsächlich den Einfluß hatte, ihr gewisse Dinge zu erleichtern. Andererseits hatte die Berufung auf ihn bei der Frau Major offenbar Gewicht.

Die Frau Major schaute mißmutig und tippte etwas in ihr Terminal. Dann faltete sie die Hände vor sich auf dem Schreibtisch und sah Margaret an. »Und woher, bitte, kennen Sie Captain Scott?«

»Wir sind verwandt.«

Wintergreen preßte die Lippen zusammen. Sie tippte wieder einen Befehl in ihr Terminal, dann blickte sie mit einem zornigen Gesichtsausdruck auf den Bildschirm. Margaret war überrascht. Sie spürte Wut und Neid in Wogen auf sie ausstrahlen und konnte sich nicht vorstellen, welchen Grund die Frau haben sollte, eifersüchtig auf sie zu sein. »Darüber gibt es keinen Vermerk«, knurrte sie.

»Captain Scott ist der Bruder meiner Mutter, egal, ob Sie darüber einen Vermerk haben oder nicht.«

Als hätte ihn sein Name zum Leben erweckt, spazierte Rafe in diesem Augenblick in das Büro. Margaret hatte sich selten so gefreut, jemanden zu sehen. Er lächelte sie an und klopfte ihr auf die Schulter, dann wandte er sich Wintergreen zu.

»Wo liegt das Problem, Major?«

Wintergreen sah nun ängstlich aus und, falls möglich, noch wütender als zuvor. »Die Sache hier geht Sie nichts an, Scott! Ich werde diese junge Frau nicht ins Hinterland ziehen lassen.

Cottman ist kein Ort, an dem sich eine Frau allein herumtreiben sollte!«
»Woher wollen Sie das wissen, Major? Sie verlassen ja nie das Hauptquartier.«
»Warum sollte ich? Da draußen ist nichts, außer einer Bande rückständiger Eingeborener, die noch nicht einmal ...«
»Thelma, Ihre Vorurteile werden sichtbar.« Margaret konnte Scotts Tonfall kaum fassen. Er sprach mit Härte und Autorität, ganz anders als der freundliche und fast bescheidene Mann, den sie am Vortag kennengelernt hatte. »Sie sollten wirklich ein Versetzungsgesuch einreichen.«
»Stecken Sie die Nase nicht in meine Angelegenheiten, Scott!«
»Gern. Geben Sie ihr einfach die nötigen Papiere, und wir verschwinden.«
Etwas wie Bösartigkeit überschattete Wintergreens Züge. »Ich glaube, das werde ich nicht tun, Captain. Sie ist keine richtige Professorin, sondern nur Angestellte.«
»Sie ist voll ausgebildet, und sie war viele Jahre draußen auf mehr Planeten, als Sie je besucht haben. Und sie ist Wissenschaftlerin, keine Angestellte. Hören Sie mit diesem Benehmen auf – damit werden Sie keine Ehre einlegen.«
Margaret sah ihren Onkel an. Er mußte sich ihren Eintrag auf den Schirm geholt haben, nachdem sie sich gestern vor Meister Everards Haus verabschiedet hatten. Warme Dankbarkeit durchflutete sie.
»Wie können Sie es wagen!«
»Thelma, jeder im Hauptquartier weiß, daß Sie Darkover und die Darkovaner verabscheuen. Ich nehme an, selbst Leute, die Ihnen nie begegnet sind, wissen es. Sie sind die Falsche für diesen Job, und wenn das Eingang in Ihre Akte findet, können Sie eine Beförderung abschreiben. Und jetzt seien Sie ein

Lamm und lassen Sie Margaret mit ihrer Arbeit weitermachen.«

»Kommt nicht in Frage. Sie weiß nichts über …«

»Ich wurde auf Darkover geboren, Major.«

»Darüber ist nichts vermerkt.«

»Wenn Sie unter der richtigen Schreibweise A-L-T-O-N nachsehen, werden Sie feststellen, daß meine Nichte tatsächlich hier zur Welt kam«, mischte sich Rafe ein. Er sprach Margaret an. »Als ich mich einlogte, habe ich bemerkt, daß irgendein Idiot ein E statt eines A benutzt hat.«

Margaret zuckte die Achseln. »Das ist früher schon vorgekommen, aber ich dachte, ich hätte es richtiggestellt.« *Manchmal glaube ich, daß alle Terraner Legastheniker sind.*

Genau. »Und der Vorname ist Marguerida, Major Wintergeen«, fuhr Rafe trocken fort. Margaret hörte es kaum, so verblüfft war sie von dem kurzen mentalen Gedankenaustausch. Sie wußte, sie hatte ihn sich nicht eingebildet, sosehr sie es auch wünschte.

Wenn Blicke töten könnten, wäre Scott nun tot am Boden gelegen. So aber klinkte sich Wintergreen mürrisch in eine Datei ein und knurrte kurz, als sie den Eintrag auf dem Schirm las. »Sie glauben wohl, weil Sie die Tochter eines Senators sind, genießen Sie besondere Privilegien?« schnarrte sie.

»Eigentlich nicht. Ich habe den Einfluß meines Vaters noch nie ausgenutzt, das hatte ich nicht nötig.« Margaret war stolz auf die Wahrheit dieser Behauptung.

Major Wintergreen machte ein Gesicht, als hätte sie in eine reife Frucht gebissen und einen halben Wurm gefunden, dann gab sie einen Befehl ein und wartete. Ein Stapel Blätter sprang aus dem Drucker ihres Desktop, und sie warf sie Margaret hin. »Gehen Sie damit in Zimmer 411. Und geben Sie mir nicht die

Schuld, wenn Sie da draußen in den Bergen vergewaltigt und ermordet werden!«

»Wie? Ich soll Sie um das Vergnügen bringen, recht behalten zu haben? Ich verspreche, wenn mir etwas zustößt, komme ich als Geist zurück und verfolge Sie.«

Scott begleitete sie zu Zimmer 411. Er führte sie durch mehrere Flure, sie fuhren Aufzüge hinauf und gingen zwei Treppenfluchten hinab. »Allein hättest du den Weg niemals gefunden«, versicherte er ihr.

»Da hast du recht. Das hier ist ein schlimmeres Labyrinth als die *Comyn*-Burg. Warum war die Frau so feindselig?«

»Ich kenne nicht die ganze Geschichte, aber sie hat auf ihrem letzten Posten kläglich versagt, und das hat sie verbittert. Darkover ist nicht gerade der Dienstort, um den sich die Terraner reißen – in den letzten Jahren wurde es zu einer Art Degradierung, wenn man hierher muß.«

»Sind hier alle so wie sie?«

»Das nun nicht gerade. Wir haben eine Menge gute Leute hier, engagierte Leute, die das Beste für Darkover im Sinn haben. Jedenfalls, was sie für das Beste halten – terranischen Fortschritt nach Darkover bringen. Bedauerlicherweise ist das, was die Darkovaner wollen, und das, wovon die Terraner glauben, daß es gut für sie ist, nicht immer das gleiche. Ich habe einen Fuß in beiden Türen und bin, wie du, ein Bürger zweier Welten. Das ist nicht einfach. Die Terraner haben in der Vergangenheit ein paar fürchterliche Fehler gemacht und die Darkovaner nicht minder. Eines der Ziele deines Vaters war es, ein paar von diesen Wunden zu heilen, indem er Darkover vor der Föderation schützen, aber nicht von ihr ausschließen wollte.«

Obwohl es mittlerweile offensichtlich war, hatte Margaret den

Senator nie als einen Diener des Planeten angesehen, den er repräsentierte. Sie kam sich nicht nur unwissend vor, sondern dumm, weil sie seiner Arbeit so wenig Beachtung geschenkt hatte. Der Traum kam ihr wieder in den Sinn, und sie spürte, wie sich eine kalte Hand um ihr Herz schloß. Was, wenn er tot war?

Sie schüttelte den Kopf, um ihn freizubekommen, und ihr Haar löste sich im Nacken. Es war nur ein Traum! Ivors Tod hatte sie beunruhigt; er war wie ein Vater für sie gewesen, und es war eigentlich nicht überraschend, daß sein Ableben ihre Verlustängste zum Vorschein brachte. Abgesehen davon hatten Margaret und der Senator einander schon vor Jahren aufgegeben. Oder?

Zimmer 411 war anders als die engen Büros, in denen sie den Vormittag verbracht hatte. Es war mit bequemen Sofas mit Bezügen aus einheimischen Stoffen möbliert, und es roch nach Darkover. An den Wänden hingen ein paar schöne Masken, und Margaret sah sie stirnrunzelnd an. Eine vor allem störte sie – das Gesicht einer Frau, aus deren Schädel Flammen anstelle von Haaren aufstiegen. Margaret begann zu zittern und zwang sich wegzusehen. Sie wunderte sich über ihre Reaktion. Sie hatte schon früher Masken gesehen, doch sie hatten ihr nie eine Gänsehaut verursacht.

Ein Mann erhob sich von einem geschnitzten Tisch. Er blinzelte hinter einer Brille, die in ein Museum gehört hätte. Sein Haar war angegraut, und er trug einen Bart, der aussah, als sprieße er aufs Geratewohl um seine eingefallenen Wangen. Aber er lächelte, und das verlieh seinen bejahrten Zügen ein Feuer und eine Freundlichkeit, die die Unhöflichkeit von Major Wintergreen vergessen ließ.

»Sie sind also Margaret Alton! Wie schön, Sie kennenzulernen! Ich bin Brigham Conover, der Leiter der Ethnologie hier.«

»Professor Conover.« Margaret streckte die Hand aus. »Ich habe Ihre Arbeit über die Hochzeitsbräuche in den Trockenstädten gelesen. Sie gehörte zu den wenigen Dingen in den Archiven über Darkover, die nicht der Geheimhaltung unterlagen.« Sie schüttelten sich die Hände und grinsten sich an wie freche Kinder, die auf Unfug aus sind. Conover erinnerte sie an Ivor in jüngeren Jahren. Aus der Nähe betrachtet, funkelten seine blauen Augen lebhaft, und er hatte tiefe Lachfalten um sie herum.

Rafe räusperte sich. »Ich mache mich aus dem Staub, Marguerida, und komme etwa in einer Stunde zurück, wenn es recht ist, und bringe dir etwas zum Essen mit.«

»Danke, Rafe. Du bist wundervoll.«

»Setzen Sie sich, setzen Sie sich.« Conover deutete zu einem der Sofas. »Möchten Sie Tee?«

»Gern. Meine Kehle fühlt sich nach zehn Meilen staubiger Straße an. Die Luft hier im Gebäude ist so trocken.« Sie sah ihm zu, wie er geschäftig umhereilte, und spürte, wie ihre Anspannung nachließ. Vielleicht bekam sie jetzt ein paar klare Antworten. Er brachte zwei dampfende Tassen und reichte ihr eine.

»Also, was kann ich für Sie tun?«

»Ich habe vor, die Arbeit abzuschließen, derentwegen Professor Davidson und ich nach Darkover gekommen sind, aber ich renne auf Schritt und Tritt gegen Mauern. Jedenfalls kommt es mir so vor. Als man uns hierherschickte, konnte ich keine Daten aus den Zentraldateien bekommen, was sehr sonderbar ist. Warum ist das der Fall?«

»Sie wollen eine einfache Antwort auf eine komplizierte Frage.

Ich werde mein Bestes tun.« Conover machte eine Pause und schaute in den Dampf, der aus seiner Tasse aufstieg. »Sie wissen, daß Darkover ein geschützter Planet ist, weder ein volles Mitglied der Föderation, noch ganz von ihr getrennt. Die Geschichte, die dahintersteckt, fand vor meiner Zeit statt, aber ich kenne ein paar Fakten. Vor etwa zwanzig Jahren gab es hier eine Rebellion, bei der eine Anzahl von Leuten starb, bedeutende Leute. Ihr Vater war daran beteiligt. Er ging weg, um die Stimme des Planeten in der Föderation zu werden, und Regis Hastur brachte Darkover zu einer Art Vereinbarung mit der Föderation. Das ist nicht einfach. Die darkovanische Kultur widersetzt sich jeder Form von Veränderung. Und so kam es dazu, daß eine große Menge an Informationen über den Planeten, die normalerweise frei zugänglich wären, zur Geheimsache wurden.«

»Aber wieso? Darkover stellt doch gewiß keine Bedrohung für die Föderation dar.«

»Es läßt sich unmöglich vorhersagen, was als Bedrohung angesehen wird, Miss Alton.«

»Oh. Nennen Sie mich doch bitte Margaret.«

»Gern – wenn Sie mich Brigham nennen. Ich sehe Ihrem Gesichtsausdruck an, daß Sie nicht zufrieden sind. Das Problem ist, daß sehr vieles an Darkover uns hier im Hauptqurtier ein Rätsel bleibt, und Rätsel und Geheimnisse schaffen immer Mißtrauen zwischen Nationen. Also, die Föderation hat vieles, was über Darkover bekannt ist, für geheim erklärt und beschloß, auf Zeit zu spielen. Diejenigen, die solche Entscheidungen treffen – und ich kann Ihnen versichern, daß die meisten von ihnen nie hier waren –, glauben, Darkover wird schließlich kapitulieren, seine Türen öffnen, seine Geheimnisse offenbaren und ein ganz normales Mitglied der Föderation werden. Gleichzeitig bleiben die Darkovaner hartnäckig. Sie akzeptieren nichts, was von Terra kommt, und wollen ihre jahrtausendalte Lebensweise nicht aufgeben. Ich stehe dazwischen. Meine Aufgabe ist es, als Ethnologe zu arbeiten und Daten für den Gebrauch durch die Terranische Föderation zu sammeln.«

»Welche Art von ›Gebrauch‹?« Sie schlürfte ihren Tee und schmeckte den Honig darin. Margaret wußte nicht recht, was sie von der ganzen Sache halten sollte. Mit einer gewissen Verblüffung wurde ihr klar, daß ihr Vater wahrscheinlich all die Jahre die Föderation in Schach gehalten hatte, und sie machte sich Sorgen, was nun, nach seinem Rücktritt, passieren könnte. Was war sie nur für ein Idiot gewesen, weil sie nicht besser aufgepaßt und zu schätzen gewußt hatte, daß ihr Vater möglicherweise eine wertvolle Tätigkeit ausübte!

Conover antwortete nicht sofort. »Was sie wirklich wollen, ist, die Schwächen in der darkovanischen Kultur zu entdecken, die sich zum Vorteil der Föderation nutzen lassen. Ich gestehe, ich habe enorme Vorbehalte dagegen, sich im großen Stil in eine fremde Kultur einzumischen. Ich habe die Ergebnisse zu oft mit angesehen. Die Geschichte Terras ist die Geschichte von Kulturen, die durch Fortschritt und Arroganz zerstört wurden.«

»Und was machen Sie dann? Sie werden doch sicher keine Daten *unterdrücken?*« Der bloße Gedanke empörte die Wissenschaftlerin in ihr.

»Das ist die einzige Sünde, die ich bisher vermieden habe, Margaret.« Er lachte bellend und freudlos. »Nein, ich verstecke keine Informationen – ich bin nur sehr vorsichtig damit, was zum Gegenstand unserer Studien wird. Ich bin nämlich für die Bewilligung der Mittel zuständig, die Forschungen möglich machen. Und so beschäftigen wir uns mit darkovanischer Musik, mit Hochzeitsbräuchen und anderen eher harmlosen Angelegenheiten, aber wir graben nicht zu tief in die wesentlichen darkovanischen Geheimnisse.«

»Zum Beispiel?«

Conover dachte einen Moment nach. »Es gibt keine wissenschaftlichen Abhandlungen über die Alton-Gabe und andere besondere Fähigkeiten, die beobachtet wurden.«

»Ich verstehe immer noch nicht, wieso.« Sie war verblüfft. Er wußte von den Gaben. Wo sie auch hinkam, wußten die Leute anscheinend Dinge, die sie nicht wußte. Egal. Sie hatte nicht vor, sich in hiesige Angelegenheiten zu verstricken, und was ihre angebliche Gabe anging – zum Teufel damit. Wenn sie hin und wieder einen telepathischen Gedankenaustausch hatte, wie mit Rafe vorhin, dann sollte sie das nicht weiter stören. Sie würde sich heraushalten, wie immer.

»Es gibt Leute innerhalb der Föderation, die diese Talente ausbeuten würden, und ich glaube nicht, daß das im Interesse von Darkover wäre. Da schlägt man einen schwierigen Pfad ein.« Er seufzte leise.

»Aber wenn es ein so großes Geheimnis ist, wieso wissen Sie dann von der Alton-Gabe? Ich selbst habe bis gestern nie davon gehört.«

»Ihr Vater war so freundlich, mir mehrere Interviews zu geben, bevor ich hierherkam, und er gab seine anfängliche Zurückhaltung auf, nachdem er mich besser kennengelernt hatte. Deshalb habe ich Sie erkannt, als Sie hereinkamen – er hat ein Porträt von Ihnen in seinem Büro hängen.«

»Tatsächlich?« Ihr Kopf begann erneut zu schmerzen.

»Ja, und er ist sehr stolz auf Sie.«

Sie spitzte die Lippen. »Zu schade, daß er mir das nie gesagt hat.« Sie verbarg ihre Wut, so gut es ging. Lew vertraute sich Conover an, aber er dachte nicht daran, ihr Dinge über ihr Erbe zu erzählen, die sie wissen mußte. Traute er ihr nicht? Wie sollte er auch – sie kannten einander ja kaum.

Margaret holte tief Luft und versuchte, sich zu beruhigen.

»Sagen Sie mir, Brigham, wie stelle ich es am besten an, die Arbeit zu beenden, wegen der ich hier bin?«

»Sie brauchen einen Führer, da sie in die Kilghard-Berge reisen werden. Das ist eine rauhe Gegend, und die Menschen dort sind nicht alle freundlich. Ihr Vorteil ist, daß die Leute nach einem Blick erkennen, daß Sie auf Darkover geboren wurden. Aber das allein reicht noch nicht, fürchte ich.«

Margaret lachte. »Das kenne ich schon – als ich bei den Tuchhändlern war, haben die sich benommen, als wäre ich eine Majestät. Ich wäre beinahe verrückt geworden. Sie wollten mir hartnäckig statt einem Arbeitsgewand ein Ballkleid aufschwatzen, das ich in der Burg brauchen würde. Ich habe seit meinem Abschluß an der Universität kein Ballkleid mehr besessen, und ich verstand nicht, was sie meinten, genauso wie ich nicht verstand, warum sie mich ständig *Domna* nannten statt *Mestra*. Dann starb Ivor, und ich war zu sehr mit den Vorbereitungen auf die Beerdigung beschäftigt, um daran zu denken. Sie können sich meine Überraschung vorstellen, als ich gestern Rafe Scott über den Weg lief und herausfand, daß ich hier eine Art Erbin bin und überall Verwandte habe. Er brachte mich auf die *Comyn*-Burg, und ich lernte Lord und Lady Hastur kennen, die beide anscheinend auch mit mir verwandt sind. Und dann erwarteten sie, daß ich dort wohne, und waren ziemlich gekränkt, als ich darauf bestand, Ivors Arbeit zu Ende zu führen. Sie waren sehr liebenswürdig, aber ich dachte, ich würde ersticken.«

»Sie sind an die relative Freiheit gewöhnt, die Frauen in der Föderation genießen, Margaret. Darkovanische Frauen leben viel eingeengter, und, abgesehen von den Entsagenden, reisen sie nur selten.«

»Entsagende? Was sind das – Nonnen?«

Conover grinste, und seine Augen leuchteten. »Nein, keine Nonnen, jedenfalls nicht in dem Sinn, in dem Sie das Wort kennen. Die ›Gilde der Entsagenden‹ oder ›Freien Amazonen‹ sind eine Gruppe von Frauen, die beschlossen haben, den Einschränkungen der darkovanischen Zivilisation den Rücken zu kehren. Sie heiraten nicht, was hier beinahe undenkbar ist, und wenn sie ein Kind gebären, dann geben sie ihm nicht den Namen des Vaters. Sie begannen als Führerinnen und Begleiterinnen, dann haben sie ihre Rollen ausgeweitet bis hin zu Hebammen und Erzieherinnen. Sie wurden in den letzten fünfundzwanzig Jahren zum Hauptorgan für die Verbreitung terranischen Wissens auf Darkover. Bemerkenswerte Frauen.«

»Freie Amazonen? Nennen sie sich selbst so?«

»Sehr scharfsinnig von Ihnen. Nein, das ist ein Name, den man ihnen angeheftet hat – die meisten Frauen auf Darkover könnten eine Amazone nicht von einem Rabbithorn unterscheiden. Die Entsagenden sind eine Art kulturelle Anomalie, unabhängige Frauen in einer patriarchalischen Gesellschaft. Sie lernen lesen und schreiben, was auf Darkover immer noch unüblich ist, und sie beugen sich keinem Mann in irgendeiner Beziehung. Daher der Spitzname Amazonen. Sie studieren alles, von Kampfsport bis Heilkunde. Sogar mehrere Terranerinnen sind Entsagende geworden – sehr zum Verdruß von Leuten wie Major Wintergreen.«

»Sie meinen, sie leben wie die Eingeborenen?«

»Im wesentlichen. Darkover hat etwas an sich, das manche von uns anspricht – ich kann es nicht erklären, aber es passiert. Genetisch gesehen sind Darkovaner Menschen, aber sie sind noch mehr. Sie haben noch etwas zusätzlich, und das zieht einen entweder an, oder es stößt einen ab. Wenn man sich auf Darkover heimisch fühlt, ist es sehr wahrscheinlich, daß man hierbleiben will, und das macht Leute wie Thelma nervös.«

»Wie steht es mit Ihnen, Brigham?«

»Ich habe eine darkovanische Frau und zwei Kinder. Wenn ich ein bißchen jünger wäre, hätte ich wohl die Seite gewechselt. Statt dessen zog ich es vor, dem Beispiel von Magda Lorne und einigen anderen, wie Captain Scott, zu folgen, und versuche, eine Brücke zwischen unseren Welten zu werden. Es ist nicht leicht, aber es ist in vielerlei Hinsicht das Befriedigendste, was ich je getan habe. Aber kommen wir jetzt zur Arbeit!«

Bis Rafe zurückkam, war Margaret so hungrig, daß sie das geschmacklose Essen in der Cafeteria des Hauptquartiers ohne Murren zu sich nahm. Sie hatte eine Menge von Conover gelernt – wichtige Dinge über die Gefahr von Waldbränden in den Kilghard-Bergen und das anhaltende Problem der Räuberbanden. Er hatte ihr Kopien von Landkarten gegeben und die meisten ihrer Fragen beantwortet. Erst als sie sich in der Cafeteria an den Tisch setzte, wurde ihr bewußt, daß sie ihn nicht nach dem Telepathischen Rat oder nach Einzelheiten über die Alton-Gabe gefragt hatte. Es war, als nähme sie bereits teil an der lautlosen Verschwörung, die so viele Dinge auf Darkover umgab.

»Ich zeige dir den Weg zum Gildenhaus von Thendara«,

verkündete Rafe, als sie aufgegessen hatte. »Dort statten sie dich mit einer Führerin aus und helfen dir, die Ausrüstung zusammenzustellen, die du brauchst. Übrigens, kannst du ein Pferd reiten?«

»Das kann ich in der Tat. Ich bin auf Thetis mit einem Pferd aufgewachsen, und Reiten war der einzige Sport, dem ich an der Universität nachging. Es ist natürlich eine Weile her, aber ich glaube, ich schaffe es.« Beim Stichwort Pferde kam die Erinnerung an Ritte am Strand zurück, dem Wind im Gesicht und dem Geruch der salzigen Luft. »Die Pferde an der Universität waren ziemlich lahm, und ich konnte mir keinen besseren Gaul leisten.«

Rafe wirkte belustigt. »Hast du Dressur geritten?«

»Nein, ich habe ein bißchen Springreiten gemacht und viel Querfeldein. Ich liebe es, ein Pferd laufen zu lassen. Das ist wie Fliegen!«

»Stimmt. Aber probier das nicht in den Kilghards. Der Untergrund ist zu uneben für Wettrennen – obwohl es während meiner Kindheit in Armida zum Mittsommernachtsfest immer richtige Pferderennen gab. Die Pferde von Armida sind berühmt auf Darkover – und kosten ein Vermögen.«

Sie hörte ihm kaum zu. »Ich bin fertig. Gehen wir. Ich halte es hier keine Minute länger aus! Die Luft riecht komisch, und ich bekomme Halsweh.«

Das Gildenhaus war ein großes Gebäude, einige Straßen außerhalb der Grenzen des terranischen Sektors. Von außen sah es nicht besonders interessant aus, und gewiß nicht nach einer »kulturellen Anomalie«, wie sich Conover ausgedrückt hatte. Es sah ganz genauso aus wie die anderen Häuser in der Straße. Es war aus darkovanischem Stein und leuchtete in der

Nachmittagssonne, ein schlichtes, massives Gebäude, ohne Parterrefenster auf der Straßenseite. Nur die Tafel über der Türglocke wies darauf hin, daß es sich nicht um ein Privathaus handelte.

Rafe brachte sie bis vor die Tür, sagte ihr Lebwohl und tätschelte ihr die Schulter. Margaret sah ihm nach, als er davonging, und bemühte sich, kein Gefühl von Verlorenheit aufkommen zu lassen. Als er sich entfernte, spürte sie, daß er eine starke Empfindung verbarg, eine Art Verlangen, das sie verwirrte. Er wollte doch wohl nicht ausbrechen und ihr bei ihren Forschungen helfen! Sie riß sich aus ihren konfusen Überlegungen und läutete die Türglocke.

Beinahe augenblicklich öffnete eine fröhlich blickende junge Frau um die Zwanzig. Sie verbeugte sich nicht und machte keinen Knicks, wie die meisten Darkovaner, denen Margaret bisher begegnet war. Statt dessen schaute sie der Besucherin in die Augen und musterte mit einem raschen Blick ihre terranische Kleidung. Ihr Haar war kurz, anders als bei den Frauen, die Margaret bisher gesehen hatte. Sie hatte einen Lappen in der Hand und einen Staubfleck auf der Stirn. Sie sah glücklich und wohlgenährt aus und freundlich wie ein junger Hund. Der Eindruck ging nicht mit Margarets geistigem Bild von Menschen zusammen, die sich Entsagende nannten, worüber sie lächeln mußte. Sie stellte zu viele Mutmaßungen an – was Wissenschaftler auf keinen Fall tun durften.

»Ich bin hier, weil ich eine Führerin anheuern möchte«, sagte Margaret. Sie wünschte, Rafe hätte sich nicht so schnell davongemacht, dann ermahnte sie sich streng, daß sie auf sich allein gestellt war, weil sie es so wollte. Sie brauchte niemanden, oder?

»Kommen Sie herein«, antwortete das Mädchen. »Ich suche

Mestra Adriana für Sie – Hauptsache, ich muß nicht Staub wischen! Ich bin zu den Entsagenden gegangen, weil ich unabhängig sein wollte, aber ich mache immer noch Hausarbeit.«

»Das Problem mit dem Staub hat der technische Fortschritt auch nie gelöst«, sagte Margaret trocken.

»Sie meinen, die terranischen Frauen verrichten Hausarbeit? Ich dachte immer, sie hätten für alles Maschinen.«

»Nein, nicht für alles.«

»Ich setze Sie ins Empfangszimmer, bis ich Mutter gefunden habe. Ich soll eigentlich gar nicht an die Tür gehen, aber ich war gerade da, und es kam mir lächerlich vor, auf die anderen zu warten.« Sie schob Margaret in einen freundlichen Raum und eilte davon, während Margaret sich den Kopf darüber zerbrach, warum das Mädchen nicht die Tür aufmachen durfte.

Sie schaute sich im Zimmer um, während sie wartete. Es war hübsch eingerichtet, wenngleich ein wenig schäbig. Auf dem Steinboden lagen dicke Teppiche, es gab tiefe Sessel, Polster, und an der Wand hingen ein paar Plakate. Margaret betrachtete sie interessiert, denn sie waren eindeutig auf einer Druckerpresse mit beweglichen Lettern hergestellt worden. An manchen Stellen war die Tinte kräftiger aufgetragen als an anderen, und das Papier hatte nie das Innere eines Kartons gesehen. Neugierig betrachtete sie die Ankündigung eines Hebammenkurses und erkannte, wie sehr sie es für erwiesen ansah, daß Kinder gebären eine problemlose Angelegenheit war. Ein anderes Plakat fiel ihr auf. Es beschrieb die Geschichte der Brückengesellschaft, gegründet von Magda Lorne und Margali n'ha Ysabet. Sie erinnerte sich, daß Conover eine Magda Lorne erwähnt hatte, und fragte sich, ob die Frau noch

hier war. Vielleicht konnte sie einige von Margarets Fragen beantworten. Sie war so in ihre Lektüre vertieft, daß sie das leise Hüsteln hinter ihr fast nicht gehört hätte.
Eine Frau in den Vierzigern stand im Raum. Sie hatte dunkles Haar und grüne Augen und ein Kinn, das Entschlossenheit ausdrückte. Sie war in Dunkelgrün gekleidet und sah sowohl freundlich als auch imposant aus. »Willkommen im Gildenhaus Thendara. Ich bin Adriana n'ha Marguerida. Jillian sagt, sie möchten eine Führerin anheuern?« Sie sprach terranisch, als würde sie sich fast die Zunge dabei brechen.
Margaret antwortete in *Casta.* »Ich heiße Margaret Alton. Ja, ich suche eine Führerin, die mich in die Kilghards bringt. Ich habe alle nötigen Papiere und Genehmigungen, und …«
»Papiere! Pah! Was täten die Terraner wohl ohne ihre Genehmigungen? Sie glauben, ein Stück Papier bedeutet etwas, als könnte man eine Person danach bemessen. Welche Torheit! Sie müssen mich entschuldigen – ich habe wirklich die Nase voll von Formularen, Pässen und Genehmigungen. Und Takt gehört nicht zu meinen Tugenden. Meine arme Mutter hat das schon immer gesagt.«
Margaret war diese Frau auf Anhieb sympathisch. »Ich bin auch nicht sehr taktvoll. Ich habe soeben den ganzen Vormittag im Hauptquartier verbracht und mich durch einen Wust von Papieren gearbeitet, und ich teile Ihre Abneigung.«
Mestra Adriana nickte und lächelte. »Die Terraner scheinen nicht zu begreifen, daß Darkover jahrhundertelang ganz gut ohne Tausende von Angestellten auskam, die solchen Unsinn wie Genehmigungen produzieren. Aber nun setzen Sie sich und erzählen, warum Sie in die Kilghards wollen.« Sie wartete, bis sich Margaret gesetzt hatte. »Alton?« Sie musterte sie aufmerksam. »Sie sind keine Terranerin.«

»Nein. Ich wurde hier geboren, aber ich ging weg, als ich noch sehr klein war.« *Aber nicht so jung, daß ich mich nicht an die Gerüche und Farben von Darkover erinnern würde,* dachte sie bitter. Das Haus roch gut nach Holzfeuer und deftigem Eintopf. Es roch richtig, so wie es das Haus auf Thetis nie getan hatte. Selbst wenn Dio kochte, hatte es nie ganz so gut gerochen.

»Ich verstehe.« *Mestra* Adriana betrachtete sie erneut, und Margaret war überzeugt, daß diesen durchdringenden grünen Augen nur sehr wenig entging.

Sie unterdrückte einen Seufzer und bereitete sich auf eine weitere frustrierende Schilderung ihrer Abstammung vor. Aber *Mestra* Adriana stellte keine persönlichen Fragen und strafte so ihre Behauptung, taktlos zu sein, Lügen. »Sie sprechen unsere Sprache gut«, war alles, was sie sagte.

»Danke. Sie scheint mir in Schüben wieder einzufallen. Und manchmal verstehe ich trotzdem nicht die Hälfte von dem, was die Leute sagen.« Sie ließ sich in ihren Lehnstuhl sinken.

»Zu welchem Zweck wollen sie denn nun in die Kilghards?« *Alton! Geht sie nach Armida zurück? Was bin ich doch für eine neugierige alte Schachtel!*

Margaret hörte diese unausgesprochenen Gedanken ganz deutlich und fühlte sich erröten. Sie kam sich wie eine Schnüfflerin vor. Und was schlimmer war, sie hatte keine Kontrolle darüber. Ihr Magen zog sich um das fürchterliche Cafeteriamahl zusammen, und sie fürchtete, daß ihr übel werden könnte.

Armida. Rafe hatte erwähnt, daß es der Stammsitz der Altons war und sie die Erbin von Alton. Wahrscheinlich lag Armida mitten in einem Dorf, wo es massenhaft Altons gab, und alle sprachen in Rätseln. Selbst wenn sie die wunderbarsten Pferde in der gesamten zivilisierten Galaxis besaßen, würde sie nicht dorthin wollen!

»Die Universität hat mich nach Darkover geschickt, damit ich Forschungen betreibe und Musik sammle – Volkslieder und Balladen. Ich kam mit meinem Mentor, Professor Ivor Davidson, hierher, aber er verstarb unerwartet. Ich habe die Absicht, seine Arbeit zu vollenden. Wir hatten vor, einige Zeit in Thendara zu verbringen und dann ins Hinterland zu reisen. Nun habe ich mich aber dazu entschlossen, die Jahreszeit auszunutzen und die Arbeit in den ländlichen Gebieten zuerst zu erledigen. Wenn meine Informationen stimmen, wird das Reisen sehr viel schwieriger, wenn der Sommer vorbei ist. Im Hauptquartier hat man versucht, mir die Sache auszureden, und da war diese Major Wintergreen, die beschloß, daß es zu gefährlich sei. Aber ich habe dennoch bekommen, was ich brauchte.« *Dank Rafe! Habe ich ihm eigentlich gesagt, wie dankbar ich ihm bin?*

Adriana lachte in sich hinein. »Die gute alte Thelma! Das ist eine Zicke! Sie hat alles getan, um die Arbeit der Brückengesellschaft zu torpedieren. Ein äußerst unangenehmes Weib, soviel steht fest.«

Margaret zögerte einen Moment. »Sie kam mir jedenfalls nicht sehr liebenswürdig vor, allerdings hatten wir nur kurz miteinander zu tun.« Es war wohl gut gewesen, daß Rafe eingegriffen hatte, denn sie hätte wahrscheinlich die Geduld verloren.

»Es wird schlimmer, je besser man sie kennt, glauben Sie mir. Volksmusik? Seltsamer Grund, um sich in den Bergen herumzutreiben, *Domna* Alton.« Ihre Stimme hatte einen ungläubigen Tonfall, unterlegt von Mißtrauen und Wachsamkeit.

»Nicht für eine Musikwissenschaftlerin, *Mestra* Adriana. Für mich ist es die natürlichste Sache der Welt.«
»Haben Sie das früher schon gemacht?«
»Ja. Ich war mit meinem Mentor auf mehreren Planeten und habe die musikalischen Ausdrucksformen der Einheimischen studiert.«
»Äußerst merkwürdig. Ich glaube, ich werde solche Dinge nie verstehen. Wir hatten vor einiger Zeit eine Frau hier, die wollte für ein Buch, das sie angeblich schrieb, alles über die Entsagenden wissen. Sie behauptete, sie sei Anthropologin, aber meiner Ansicht nach hat sie nur nach Skandalgeschichten gesucht. Ich weiß nicht, ob sie ihr Buch jemals geschrieben hat. Nach einer Weile ging sie wieder, und ich habe nichts mehr von ihr gehört. Ich weiß einfach nicht, was für einen praktischen Nutzen das alles hat.«
»Ich bin Wissenschaftlerin, und es ist nun einmal mein Job, scheinbar nutzlose Fakten zu sammeln. Außerdem liebe ich die Musik, und ich liebe meine Arbeit.«
»Das müssen Sie wohl, wenn Sie den Drachen Wintergreen in seiner Höhle herausgefordert und überlebt haben. Wie haben Sie das gemacht?« Die grünen Augen funkelten lebhaft vor Neugier.
»Ich hatte Hilfe von Captain Rafael Scott, der ein Verwandter von mir ist.«
Ja, das stimmt. »Nun gut, dann wollen wir einmal sehen, ob mir eine passende Begleiterin für Sie einfällt.«
Margaret hörte den Gedanken und die gesprochenen Worte gleichzeitig. Liefen in Darkover alle Leute mit Ahnentafeln im Kopf umher? Sie stand auf, unruhig, weil sie zuviel Zeit im Sitzen verbracht hatte, und las weiter die Geschichte der Brückengesellschaft an der Wand, während *Mestra* Adriana

nachdachte. Margaret war ein wenig erstaunt, daß die Frau keine Liste zu Rate zog, und begriff, daß sich die hiesige Kultur trotz der Plakate weniger auf das geschriebene Wort als auf das Gedächtnis stützte.

»Ah! Rafaella ist genau die Richtige!« *Außerdem braucht sie die Arbeit. Vielleicht wird es sie ein bißchen beruhigen, wenn sie mit einem Trauerkloß wie dieser jungen Frau unterwegs ist.*

Margaret hörte die Untergedanken so deutlich, als wären sie gesprochen worden, und fragte sich, warum die unbekannte Frau beruhigt werden mußte. »Ist sie eine gute Führerin?«

»Selbstverständlich. Es würde ein schlechtes Licht auf die Gilde werfen, wenn ich Ihnen jemanden mitgäbe, der die Aufgabe nicht beherrscht. Ich habe aber Rafaella ausgewählt, weil sie recht gut singt und Ihre Arbeit vielleicht besser versteht als einige unserer anderen Mitarbeiterinnen. Und sie wurde in den Kilghards geboren und hat überall in den Bergen Verwandte.«

»Klingt gut«, antwortete Margaret. »Wo finde ich sie?«

»Gehen Sie morgen früh zum Pferdemarkt. Sie wird dort auf Sie warten.«

»Wie erkenne ich sie?« Margaret fühlte sich wieder unsicher, weil sie keine Ahnung hatte, wo der Pferdemarkt war. Na, sie fand bestimmt jemanden, der ihr den Weg zeigte. Vielleicht war der kleine Geremy froh, wenn er sich eine Weile davonstehlen konnte.

»Wir haben eine Box auf dem Pferdemarkt – fragen Sie einfach nach der Box der Gilde. Sie können Rafaella n'ha Liriel nicht übersehen. Sie ist unverwechselbar.«

9

Als Margaret Thendara House verließ, war sie müde, aber nicht so erschöpft wie in den Tagen zuvor. Sie beschloß, auf dem Rückweg zu Meister Everard einen Besuch in der Nähnadelstraße zu machen und zu sehen, ob Ethan oder Geremy sie am nächsten Morgen zum Pferdemarkt bringen konnten. Sie kannte sich mittlerweile im Zentrum von Thendara ganz gut aus und hatte keine Bedenken, daß sie den Weg zu den Tuchmachern nicht finden würde.

Aaron MacEwan stand mitten in seinem Geschäft und überwachte einen seiner Lehrlinge beim Zuschnitt eines Gewandes, und Manuella rollte gerade einen Stoffballen zusammen, als Margaret eintrat. Beide begrüßten sie eifrig, lächelten und boten ihr Tee an, und sie fühlte sich herzlich willkommen nach den kalten Fluren des terranischen Hauptquartiers. Sie erzählte ihnen, daß sie in die Kilghards reiste, und die beiden wechselten einen Blick, der Bände sprach.

»Dafür werdet Ihr warme Kleidung brauchen, *Domna.* Und das Kleid, das wir Euch geschickt haben, taugt nicht für die Berge. Ihr braucht einen Reitrock und eine schwere Jacke.« Er schaute mit einer gewissen Verachtung auf ihre terranische Kleidung.

Margaret war einigermaßen überrumpelt, denn sie hatte die ganze Sache noch gar nicht richtig durchdacht. Sie hatte vorgehabt, in ihrer scheußlichen Uniform zu reiten, verhaßt, wie sie ihr war. So aber wurde sie kurzerhand von Manuella in den Ankleideraum geschoben und bekam ein schönes Gewand anprobiert, das ihre Glieder bedeckte, ihr aber erlauben würde, rittlings auf dem Pferd zu sitzen. Das Kleid war dunkelbraun, sehr großzügig geschnitten, warm und äußerst bequem. Eine Jacke in einem helleren Braun wurde ihr übergestreift, und einmal mehr hatte sie das Gefühl von Richtigkeit, das sie schon beim Berühren der Erde von Ivors Grab empfunden hatte.

Sie beendete ihre Erledigungen und fragte, ob ihr einer der Jungen zeitig am folgenden Morgen den Weg zum Pferdemarkt zeigen konnte. Manuella versprach, daß Ethan bei Tagesanbruch zu Meister Everard kommen würde. Margaret packte ihre Einkäufe zusammen und machte sich auf den Weg in die Musikstraße, sehr zufrieden mit ihrem gelungenen Tagwerk.

Die Dunkelheit des leeren Raums wurde vom Wirbel des galaktischen Rads unterbrochen, einem Kreiseln von Sternen vor dem Hintergrund der Nacht. Sie schwebte mühelos zwischen den Sternen. So reiste man richtig, ohne Medikamente und übelriechende Raumschiffe! Eine Gestalt begann, sich zu formen, erst die Füße, dann die Beine und der Rumpf, Arme, Schultern und zuletzt ein Kopf. Lew Alton, gebildet aus Sonnen, funkelte sie aus dem leeren Raum an. Er streckte seine einzige Hand nach ihr aus und bewegte den Mund, als versuche er zu sprechen. Sie spürte, wie sie ihm die Hände entgegenstreckte, und wurde in einen eisigen Griff genommen. Es war so kalt, daß sie die Berührung nicht ertrug und sich losriß. Die Sterne flimmerten und erloschen, und sie war allein in der Schwärze und schrie in die Nacht hinaus.

Als das erste Morgenlicht Margarets Gesicht berührte, setzte sie sich auf und öffnete die Augen; die Reste des Traums verblaßten. Sie schüttelte sich und wechselte aus den warmen Bettdecken in die Kälte des Zimmers. Außer ihren Toilettenartikeln und der Kleidung, die sie tragen wollte, hatte sie alles bereits am Abend vorher gepackt. Sie putzte sich die Zähne und wusch sich das Gesicht. Dann schlüpfte sie hastig in ihre Kleider, weil sie es kaum erwarten konnte, aufzubrechen. Sie zog die rotbraune Jacke und das Reitkleid an. Sie bürstete ihr Haar, drehte es zu einem Knoten und hielt es mit der Schmetterlingsspange zusammen. In den Spiegel warf sie nur einen raschen Blick von der Seite, um sich zu vergewissern, daß sie einigermaßen ordentlich aussah. Sie biß sich vor Unbehagen auf die Unterlippe; sie konnte reflektierende Oberflächen wirklich nicht ausstehen.

Zufrieden mit ihrem Aussehen, legte sich Margaret den Gürtel um die schmale Taille. Sie nahm ihre Sachen und ging so eilig nach unten, wie es ihr Gepäck erlaubte. Erst im Erdgeschoß fiel ihr ein, daß sie diese Aufgabe Raimon oder einem der anderen Diener hätte überlassen sollen. Sie schüttelte den Kopf. Sie war es eben gewohnt, zu helfen, und nicht, daß man ihr half.

Anya war bereits auf, und das Haus roch nach Haferbrei. Sie traf die Haushälterin in der Küche zusammen mit Ethan an. Er verschlang mit konzentrierter Miene eine Riesenportion von den Flocken. Margaret vermutete, daß es bereits sein zweites Frühstück war, und dachte daran, daß sie früher einmal mit ebensolchem Appetit gegessen hatte.

Margaret setzte sich an den großen Tisch in der Küche, und Anya brachte ihr eine Tasse Tee und eine Schüssel Haferbrei. In der Tischmitte stand Honig und ein Krug mit fetter Sahne, und Margaret rührte beides hemmungslos in ihr Frühstück. Sie und Ethan lächelten sich an, während sie aßen, und sie

war dankbar für sein Schweigen. Sie haßte es, wenn Leute in aller Frühe schon drauflosplapperten, und war von seinem Feingefühl beeindruckt.
Als sie ihr Frühstück gerade beendeten, kam Meister Everard in die Küche. Seine weißen Locken waren unordentlich vom Schlaf; er sah aus wie eine alte Schildkröte, als er in das Morgenlicht blinzelte, das durch die schmalen Fenster fiel. Er setzte sich steif an den Tisch, und Anya brachte ihm eine Tasse Tee.
»Dann machen Sie sich also auf in die Berge, *Chiya.* Es ist lange her, seit ich dort herumgewandert bin – viele Jahre. Meine verstorbene Frau stammte aus den Kilghards. Ich habe sie bei einem Besuch dort kennengelernt. Sie war so hübsch.« Er seufzte. »Ich werde Sie vermissen – es war eine große Freude, Sie in meinem Haus zu haben. Mein Sohn ist dort oben, vielleicht begegnen Sie ihm auf Ihrer Reise. Er ist ein anständiger Kerl, aber er mag das Stadtleben nicht, und ich sehe ihn viel zu selten.«
Margaret war gerührt, weil Everard das Kosewort *Chiya* benutzt hatte.
»Ich werde Sie ebenfalls vermissen, Meister Everard. Ich habe mich sehr wohl gefühlt in Ihrem Haus und werde sicher noch einmal zurückkommen, bevor ich Darkover verlasse.«
»Sie wollen Darkover verlassen?«
»Aber ja. Wenn ich Ivors Arbeit zu Ende geführt habe, werde ich selbstverständlich zur Universität zurückkehren.« Sie sagte es, aber sie glaubte es nicht. Gleichzeitig konnte sich Margaret jedoch nicht vorstellen, für den Rest ihres Lebens auf diesem Planeten zu bleiben. Er mochte die Heimat ihres Herzens sein, aber sie war zu sehr Bürgerin der Föderation, um in einer beinahe primitiven Welt zu leben. Nicht, daß sie warme

Duschen und Computer *gebraucht* hätte, aber sie war an sie gewöhnt.

»Aber ich dachte … also, ich muß zugeben, daß ich nach Ihrem Besuch in der Burg annahm, daß …« Everard unterbrach sich, verlegen und verwirrt.

Margaret warf ihm einen langen Blick zu. Wußte denn jedermann in Thendara von ihrem Treffen mit Hastur? Sie hielt es zunächst für eine nicht hinnehmbare Einmischung in ihr geheiligtes Privatleben. Dann kam ihr jedoch zu Bewußtsein, was für eine kleine Gemeinde Thendara im Grunde war, wenn man es mit Städten auf anderen Welten verglich. Trotz Raumhafens und terranischem Sektor war es eher eine Kleinstadt als eine Metropole.

»Ich gehe in die Kilghards, um Ivors Arbeit zu vollenden – und ich weiß genau, daß er das gewollt hätte –, nicht, um irgendwelche Ansprüche auf die Domäne Alton zu erheben, egal, wer versucht, mir etwas anderes einzureden.« Ihre Antwort war so forsch, daß sie an Unhöflichkeit grenzte, und kaum hatte sie die Worte gesprochen, fühlte sie sich scheußlich. Andererseits kam es ihr ausgesprochen wichtig vor, sich von den verführerischen Einflüsterungen Darkovers zu distanzieren, wenn sie sich nicht in Angelegenheiten verwickeln lassen wollte, mit denen sie bestimmt nichts zu tun hatte. Das Erstickungsgefühl, das sie in der Burg erfahren hatte, kehrte zurück, und sie bemühte sich, tief zu atmen. Um ihr Unbehagen zu verbergen, überlegte sie, was sie Freundliches sagen könnte.

»Verstehe.« Meister Everard sah traurig aus. »Nun, jeder ist seines Glückes Schmied. Sie müssen Ihrem Herzen folgen, obwohl ich glaube, daß Sie vielleicht vor etwas davonlaufen, statt daß sie darauf zulaufen.«

»Da mögen Sie recht haben.« Margaret hatte das Gefühl, er hatte sie durchschaut und wußte, daß sie den größten Teil ihres Lebens vor etwas davongelaufen war. Sie war von Thetis geflohen, um dem Kummer ihres Vaters zu entgehen, ohne zu wissen, worin er bestand, und sie war Ivors Assistentin geworden, damit sie niemandem in ihrem Alter nahekommen mußte. Bei dem Gedanken an Heirat bekam sie eine Gänsehaut, und die Vorstellung von Kindern war zu schrecklich, um sie auch nur zu erwägen. Es gab eine tief vergrabene, aber mächtige Erinnerung, die sie vor Intimität oder körperlichem Kontakt zurückschrecken ließ.

Sie wußte nicht, warum das so war, aber es war eine Tatsache.

»Was soll ich mit dem Instrument Ihres Meisters machen?« fragte Everard.

»Ivors Gitarre?« Die hatte sie so gut wie vergessen, seit Meister Everard sie nach der Beerdigung nach Haus getragen hatte. Sollte sie sie zu Ida schicken lassen? Die Idee gefiel ihr irgendwie nicht. »Würden Sie sie vorläufig aufheben? Ich glaube, das würde Ivor gefallen. Und wenn es seiner Frau möglich ist, zu kommen und den Leichnam abzuholen, dann kann sie die Gitarre mit nach Hause nehmen. Ich will sie den Raumfahrtgesellschaften nicht ohne eine Begleitperson anvertrauen – dumm von mir.« Sie war nicht ganz bei der Sache, aber sie hatte auch nicht die Zeit, eine Nachricht zu schicken und auf die Antwort zu warten. Sie wollte weg von Thendara und von all den Leuten, die sie für etwas hielten, was sie nicht sein wollte.

Der alte Mann sah erfreut aus. »Es wird mir eine Ehre sein, sie aufzubewahren, denn es ist ein wundervolles Instrument. Glauben Sie, die *Mestra* Doevidson wird hierherkommen?«

»Das weiß ich nicht. Möglicherweise, aber es würde sehr teuer

werden. Danke für alles. Ich war so gerne hier.« Sie konnte ihre Ungeduld nun kaum noch zügeln.
»Wir haben es genossen, Sie hier zu haben, und – offengestanden – werde ich Sie vermissen. Dieses Haus braucht junge Leute, und Erald ist so selten daheim.«
Ein paar Minuten später sagte sie Anya und Meister Everard Lebewohl und brach mit einem satten und ziemlich kleinlauten Ethan auf. Der Bursche trug eine ihrer Taschen, und sie nahm ihre Harfe und die andere Tasche. Sie waren schon drei Straßen gegangen, als sie bemerkte, daß er ein unförmiges Bündel in der freien Hand trug.
»Was hast du da drin – dein Mittagsbrot?« fragte Margaret fröhlicher, als ihr zumute war.
»Nein.« Er grinste sie freundlich an und wiegte das Ding in der Hand. »Das wäre selbst für meinen Magen zuviel. Mutter sagt immer, ich esse für drei und daß ich sie noch arm mache, bevor ich groß bin. Aber dasselbe hat sie schon zu meinem älteren Bruder Jakob gesagt, deshalb mache ich mir nicht viel daraus. Wenn Mütter keinen Grund zum Schimpfen haben, dann erfinden sie einen, hab ich recht?«
Margaret dachte darüber nach, fand aber keine Erfahrung, die seine Frage beantwortet hätte. Dio hatte nie etwas zu ihren Essensgewohnheiten oder ihrer Kleidung gesagt. Nicht einmal zum Zustand ihres Zimmers, in dem es häufig aussah, als hätte einer von Thetis' heftigeren Wirbelstürmen darin gehaust. Es hatte nur zwei Gelegenheiten gegeben, bei denen sie geschimpft wurde: wenn sie sich ihr Haar hochsteckte, so daß der Nacken frei lag, oder wenn sie anderen – grob unhöflich, wie Dio sagte – direkt in die Augen sah. »Schon möglich«, antwortete sie gleichgültig. »Aber du hast mir noch immer nicht gesagt, was du in der Hand trägst. Falls es sich um ein

Geheimnis handelt, ist das natürlich etwas anderes. Ich achte die Geheimnisse von anderen Leuten.«

»Ich weiß. Sie haben Onkel Aaron kein Wort davon gesagt, daß ich Raumfahrer werden will.«

»Nein. Es geht mich nichts an, und ich dachte, er wäre kaum erfreut, von einer Fremden deine Ziele zu erfahren. Ich vermute, er wäre auch nicht einverstanden, wenn er es wüßte.«

»Nur zu wahr, *Domna!* Aaron glaubt, daß die Welt in der Nähnadelstraße beginnt und endet. Wußten Sie, daß er in seinem ganzen Leben nicht aus Thendara hinausgekommen ist?«

»Nein, das wußte ich nicht, aber es überrascht mich nicht. Er liebt seine Arbeit, so wie ich meine liebe, und ich verstehe, daß er sich nicht vorstellen kann, etwas anderes zu tun. Das ist oft so.«

»Wird es besser, wenn man älter wird?«

Während sie durch Straßen trotteten, die so eng waren, daß die Morgensonne sie noch nicht erwärmt hatte, dachte sie über Ethans Frage nach. Die kleine Harfe, die sie über eine Schulter gehängt hatte, stieß bei jedem Schritt gegen ihre Hüfte, und ihre Tasche wurde immer schwerer. Sie fragte sich, wie weit es wohl noch bis zum Pferdemarkt war.

»Das glaube ich eigentlich nicht. Egal, wie alt du wirst, es gibt immer noch ältere Leute, die meinen, sie wüßten alles besser.«

»Das habe ich mir gedacht. Meine Oma ist immer hinter meinem Vater her, weil der im Handel tätig ist, statt sich zu verbessern.«

Sie bogen auf einen großen Platz ein, wo der stechende Geruch von Pferdemist, Leder und feuchtem Stroh von den Steinen aufstieg. Dutzende von Stallboxen aus schwerer Leinwand erstreckten sich in Reihen über den offenen Platz. Selbst zu dieser Tageszeit herrschte schon reger Betrieb – überall wurde gehandelt und geschwatzt.

In der Mitte des Platzes bemerkte sie eine Freiluftküche. Als sie daran vorbeikamen, sah Margaret eine Frau, die in einem Kessel voll Öl frische Krapfen backte; mit einer hölzernen Zange zog sie das Gebäck heraus und legte es auf einem Tuch aus. Ein Mann, der die Hose in hochrote Stiefel gesteckt hatte und eine grellfarbige, gewobene Jacke trug, gab ihr eine Münze und bekam dafür zwei von den Krapfen. Margaret fiel der seltsame Hut des Mannes auf, ein turbanartiges Ding, und sie kam zu dem Schluß, daß er ein Trockenstädter sein mußte. Obwohl sie erst kurz zuvor vom Tisch aufgestanden war, lief ihr das Wasser im Mund zusammen. Sie erinnerte sich an eine blasse Hand, die ihr ein solches Gebäck angeboten hatte, und sah ihre eigene plumpe Hand sich um den Festschmaus schließen. Sie konnte die Süße schmecken, und ihr Hals schnürte sich zu bei dieser Erinnerung. Früher hatte sie den Namen des Gebäcks gewußt, aber nun wollte er ihr nicht einfallen.

Ethan führte sie zu einer Box auf der anderen Seite des Pferdemarktes. Mehrere Frauen in Hosen und Jacken kümmerten sich um die Pferde, die dort eingestellt waren. Sie hatten kurze Haare wie das Mädchen, das in Thendara House die Tür geöffnet hatte, und sie trugen Messer in ihren Gürteln. Ihre Gesichter waren von der Arbeit im Freien gebräunt, und sie sahen gleichermaßen tüchtig wie furchterregend aus.

»Welche ist Rafaella n'ha Liriel?« fragte Margaret leise. Offenbar nicht leise genug, denn eine Frau, die gerade den Huf eines Pferdes saubermachte, richtete sich auf und sah sie an. Sie hatte auffallend rotes Haar, als würde ihr Kopf in Flammen stehen, und schien ein paar Jahre jünger als Margaret zu sein.

Sie musterte Ethan und Margaret mit einem raschen Blick, der von einem eigensinnigen Wesen zeugte, und trat vor.
»Wie, zum Teufel, kommen Sie dazu, meine Bluse zu tragen?« fuhr sie Margaret an und deutete auf ihr Gewand.
»Ihre Bluse?« Einen Moment lang war Margaret verwirrt, doch dann fiel ihr ein, daß die Kleider, die sie bei ihrem ersten Besuch in der Nähnadelstraße gekauft hatte, ursprünglich für eine gewisse Rafaella angefertigt wurden. Es war ihr nicht in den Sinn gekommen, daß die Führerin, die man ihr ausgesucht hatte, dieselbe Rafaella sein könnte, denn sie wußte, daß der Name ziemlich gebräuchlich in Thendara war. »Man hat mir zu verstehen gegeben, daß sie Ihnen nicht gefallen hat, als sie fertig war.«
»Ich habe es mir anders überlegt!« Sie reckte das Kinn vor, so daß die Locken auf ihrem Kopf hin und her tanzten, und versuchte Margarets Blick zu brechen. Unglücklicherweise war sie ein bißchen kleiner als Margaret und mußte den Hals lang machen. »Ich mußte weg, und während ich unterwegs war, beschloß ich, daß mir das Gewand doch gefiel. Aber als ich zurückkam, erzählte mir MacEwan, daß er es verkauft hatte. Er brachte irgendeine Entschuldigung vor, daß er es sich nicht leisten könne, Sachen nur im Laden herumhängen zu haben – als wären meine Mutter und Großmutter nicht viele Jahre lang seine Kunden gewesen.«
Ethan machte ein finsteres Gesicht, und seine helle Haut rötete sich. »Sie können von meinem Onkel nicht erwarten, daß er Gedanken lesen kann. Er besitzt kein *Laran, Mestra* Hochnäsig. *Domna* Alton hat diese Kleider offen und ehrlich erstanden, also tun Sie nicht so vornehm.« Der Junge sprach entschlossen, obwohl seine heranwachsende Stimme mitten im Schimpfen leicht überschnappte. Unterhalb der Worte

spürte Margaret noch etwas, ein Gefühl, für das sie nicht sofort einen Begriff hatte. *Niemand spricht so mit meiner Domna!* Dann kam ihr das Wort Lehenstreue in den Sinn, und sie erkannte etwas Wesentliches der darkovanischen Kultur, das sie bis dahin nicht verstanden hatte. Sie hatte es bei Regis Hasturs Friedensmann Danilo gefühlt und dann wieder bei Rafe Scott. Es war keine blinde, gedankenlose Treue, wie sie zunächst gedacht hatte, sondern ein tiefer Stolz auf die Form von Herrschaft, die der *Comyn* und die Domänen repräsentierten. Kein Wunder, daß es den Terranern nicht gelungen war, Darkover in eine weitere Kolonie des Imperiums zu verwandeln. Aus bestimmten Gründen hatte das Terranische Imperium beschlossen, daß die partizipatorische Demokratie die einzig haltbare Form von Freiheit ist. Margaret wußte, daß es viele Regierungsformen in der Föderation gab und daß sie alle so gut funktionierten wie etwas, woran Millionen von Leuten beteiligt waren, eben funktionieren konnte. Dennoch versuchten die Terraner, ihre Ideen allen Mitgliedsplaneten aufzudrängen, oftmals mit bedauerlichen Resultaten. Den Darkovanern gefiel es offenbar so, wie es jetzt war, und sie sahen keinen Grund, etwas zu ändern.

Rafaella schien von dieser heftigen Verteidigung ebenso verblüfft zu sein wie Margaret. Sie funkelte den jungen Mann böse an. »Hüte deine Zunge, Ethan MacDoevid, oder ich kaufe meine Kleidung nächstes Mal beim alten Isaac. Dein Onkel wäre nicht erfreut, mich als Kundin zu verlieren.«

»Isaac«, schnaubte Ethan. »Der kann nicht einmal mit einem Lineal gerade schneiden. Sie würden aussehen, als hätte Sie ein ... *Cherrine* eingekleidet.«

Das Bild, das dabei in Margarets Kopf entstand, war äußerst seltsam, und Rafaella schien es ebenfalls belustigend zu finden, denn sie lachte unwillkürlich. Sie fuhr sich mit den Fingern durch die feuerroten Haare und sah sogar noch jünger aus als zuvor. Margaret fragte sich, ob sie überhaupt genügend Erfahrung hatte, um als Führerin zu arbeiten, und kam zu dem Schluß, daß die Reise weit weniger gefährlich sein mußte, als alle andeuteten, wenn man sie mit Rafaella losziehen ließ.

»In den letzten zehn Tagen ist alles schiefgegangen«, klagte Rafaella, wie um ihre Barschheit zu entschuldigen. »Mein Pferd wurde auf dem Weg nach Süden getötet, und das Ersatzpferd stellte sich lahmer Gaul heraus. Ich habe meinen Auftrag mit Verspätung ausgeführt, was mich teuer zu stehen kam, und bei meiner Rückkehr mußte ich feststellen, daß meine Kleider an eine Fremde verkauft waren. Ich habe das Muster der Stickereien selbst entworfen! Und kaum war ich wieder hier, hat *Mestra* Adriana gemeldet, daß sie mich an eine Terranerin vermietet hat.« Sie unterbrach die Aufzählung ihres Ungemachs und errötete leicht. »Denken Sie nicht, daß ich etwas dagegen habe, für die Terraner zu arbeiten, aber sie sind manchmal sehr schwer zufriedenzustellen.«

»Sie ist ebensowenig Terranerin wie Sie«, murmelte Ethan, der immer noch zornig war.

»Hm! Ich weiß nicht, ob es mir besser gefällt, für eine *Comynara* zu arbeiten als für eine Terranerin.« Sie sprach zu Ethan und schien sich nicht darum zu kümmern, ob sie ihre Arbeitgeberin beleidigte. »Was soll ich jetzt beim Fest anziehen?« *Und ich hatte nicht einmal die Gelegenheit,* ihn *zu sehen! Der Teufel soll Mutter Adriana holen, weil sie sich überall einmischen muß.*

Margaret hatte keine Ahnung, wer *er* sein könnte, aber offenbar schloß ein Leben als Entsagende Liebesabenteuer nicht aus, wie sie zunächst angenommen hatte. Sie begann zu verstehen, was *Mestra* Adriana gemeint hatte, als sie davon sprach, Rafaella müsse beruhigt werden. Sie hatte starke Zweifel, ob sie mit einer so hitzigen Frau in die Berge ziehen wollte. Das war genau das, was sie brauchte – eine leicht erregbare Führerin mit Liebeskummer!

»Es tut mir leid, wenn es Ärger gemacht hat, aber ich bin sicher, Meister MacEwan hat in gutem Glauben gehandelt.« Margaret sprach friedfertig, aber in ihrem Bauch rumorte es, und sie spürte, ohne es zu wollen, die heftigen Gefühlsregungen der Führerin.

Rafaella schnaubte frech. »Zweifellos zieht er eine *Comynara* als Kundin einer einfachen Entsagenden vor.« Sie schien entschlossen, so lange wie möglich daran festzuhalten, daß man ihr unrecht getan hatte. »Er hat auf jeden Fall gewußt, daß ich es bezahlen würde, oder die Gilde, falls mir etwas zustieße.«

Margaret hatte die ganze Sache plötzlich satt. Wenn noch jemand eine Bemerkung zu ihrem angeblichen Status machte, würde sie wahrscheinlich losbrüllen. »Ich bin keine *Comynara,* sondern Wissenschaftlerin. Abgesehen davon verstehe ich nicht, was das eine mit dem anderen zu tun hat.«

»Keine *Comynara* – so ist es recht! Sie stehen hier in meinen Kleidern, mit dem Gehabe einer *Leronis,* und Sie erwarten, daß ich Ihnen glaube! Oh, die Farbe steht Ihnen genauso gut wie mir, aber ich habe sie für eine ganz besondere Gelegenheit entworfen« – *damit mich eine ganz besondere Person darin sieht* – »und ich will nicht, daß es eine andere trägt! Das ist nicht fair – die Händler sind habgierig und ...«

»Und Sie sind eine sehr ungehobelte junge Frau. Vielleicht sollte ich lieber zum Gildenhaus zurückgehen und *Mestra* Adriana mitteilen, daß ich gerne eine andere Führerin hätte.«

Während sie sprach, kam ihr plötzlich Captain Scotts Gesicht in den Sinn, und ihre Augen weiteten sich ein wenig. Konnte es sein, daß Scott der »Er« war, den Rafaella nicht zu sehen bekam, während sie in Thendara war? Wie das, Rafe war beinahe alt genug, um ihr Vater zu sein! *Es geht mich nichts an! Aber als er sich am Gildenhaus von mir verabschiedete, benahm er sich ... liebeskrank! Na ja. Vielleicht war ihm aber auch nur von dem scheußlichen Mittagessen übel – manchmal fällt es mir schwer, den Unterschied festzustellen. Ich verstehe dieses Theater um die Liebe einfach nicht und werde es auch nie verstehen. Besser, ich bleibe für mich, lasse mich in nichts verwickeln und halte mich aus allem heraus.*

Der Gedanke war entmutigend und verwirrte Margaret. Trotz der Wärme des Pferdemarkts und ihrer angenehmen Kleidung fror sie am ganzen Leib.

Rafaella blinzelte und sah unglücklich aus. »Nein, tun Sie das nicht! Ich brauche die Arbeit wirklich. Nachdem ich das Pferd verloren habe, und ...«

Margaret fand, sie hatte sich genug Jammern und Klagen angehört. »Wenn Sie die Arbeit brauchen, dann fangen Sie an, sich wie ein Profi zu benehmen. Ich habe nicht die Absicht, eine verzogene Göre anzuheuern!« Ethan kicherte bei ihren Worten, und Margaret schaute zu ihm hinab. »Und gieß du nicht noch Öl ins Feuer.«

»Sie hat angefangen!«

»Das ist kein Grund für dich, sie zu provozieren, Ethan. Wenn du dich so gegenüber einem befehlshabenden Offizier benimmst, landest du im Bau, bevor du weißt, wie dir geschieht.«

Margaret war sich dessen nicht sicher, denn ihr Wissen über den Betrieb in einem Sternenschiff stammte größtenteils aus Videos, die sie gelegentlich sah, aber der Bursche mußte lernen, sein Temperament zu zügeln, wenn er Erfolg haben wollte. Und plötzlich wünschte sie dem kleinen Ethan, daß seine Träume wahr wurden.

»Oh!« Der Junge sank zusammen und preßte sein Bündel an die Brust. Dann schaute er voller Verehrung zu Margaret auf. »Es tut mir leid.«

Rafaella überging das kleine Schauspiel und sah Margaret beinahe unhöflich an. »Im Ernst, Sie sind keine *Comynara?*«

Margaret konnte sich nicht vorstellen, warum das so wichtig war für das Mädchen, aber sie wollte die Angelegenheit umgehend klären. »Wenn ich es richtig verstehe, war mein Vater in der Tat ein *Comyn.* Aber er hat Darkover vor Jahren verlassen. Ich kam hier zur Welt, verließ Darkover jedoch, bevor ich sechs war. Ich wurde weit weg von hier erzogen und habe, solange ich denken kann, auf Planeten des Imperiums gelebt. Verschiedene Leute haben mich mit jemand aus eurer Aristokratie verwechselt, aber ich bin ausschließlich als Musikwissenschaftlerin der Universität hier. Ich bin hier nicht aufgewachsen, und ich bin nicht daran interessiert, jemand anderer als ich selbst zu sein. Und wenn wir jetzt aufhören könnten, in aller Öffentlichkeit mein Privatleben zu diskutieren, dann schaffen wir es vielleicht noch, vor morgen aufzubrechen!«

Dergestalt zur Ordnung gerufen, sagte Rafaella: »Ich nehme an, Mutter Adriana hat mich ausgesucht, weil ich eine gute Sängerin bin. Eine laute, jedenfalls.« Sie grinste. »Ich war aber nicht gut genug, um in der Musikergilde für die Bühne ausgebildet zu werden, und es hätte mir ohnehin nicht gepaßt. Wenn ich unterwegs bin, singe ich manchmal in den Wirtshäusern für eine Runde Getränke.«

Margaret verbarg ihr Entsetzen. Eine Kneipensängerin war nicht gerade das, was sie sich erhofft hatte. »Sie haben eine kräftige Sprechstimme.«

»Und ich liebe ihren Klang«, antwortete Rafaella scharf. Ethan stieß ein heftiges Schnauben aus, dann hielt er sich die Hand vor den Mund und verwandelte es in ein Husten. »Und ich kenne in der Tat eine Menge Leute, die noch die alten Lieder singen.«

»Das ist ja wunderbar«, sagte Margaret mit mehr Wärme, als sie empfand. »Spielen Sie ein Instrument?«

»Ich kann mit einer Gitarre umgehen, und ich habe auf Reisen immer meine Flöte dabei. Spielen Sie Instrumente?« Rafaella schien ihre Feindseligkeit für einen Augenblick vergessen zu haben.

»Ich spiele viele Instrumente«, sagte Margaret, »aber keines davon so gut, daß ich in einem Orchester auftreten wollte. Ich bin mehr Wissenschaftlerin als Künstlerin.« Sie dachte an ihre Begegnung mit der *Ryll* bei Meister Everard und wie sie sie gespielt hatte, als hätte sie jahrelang geübt. Sie sagte nichts über ihren eigenen Gesang, denn in ihrer Kindheit hatte ihr Vater bei dem Klang immer finster geschaut. Für einen Moment erinnerte sie sich daran, wie sie sich in den kargen Verschlägen des Waisenhauses selbst ein Schlaflied gesungen hatte, um die Einsamkeit zu vertreiben. Sie war sich sicher, daß die rothaarige Mutter, an die sie sich kaum erinnerte, es ihr vorgesungen hatte, und nun wußte sie, warum es für den Senator schmerzlich gewesen sein mußte, ihr zuzuhören.

Unter Anstrengungen verscheuchte sie die Erinnerungen. »Es ist sicher sehr nützlich, jemanden dabei zu haben, der die Einheimischen kennt, Rafaella. Sollen wir aufbrechen?«

»Ich kümmere mich um die Pferde und das Maultier«, antwortete die Führerin.

»Domna«, erinnerte Ethan sie schüchtern an seine Anwesenheit.

»Ja, Ethan.«

»Das ist für Euch. Meine Tante hat es geschickt.« Er hielt ihr das Bündel entgegen und wurde rot. »Es ist ein Geschenk.«

»Das ist aber nett von ihr, Ethan.« Margaret ging in die Knie, so daß sie auf Augenhöhe mit dem Jungen war, ohne auf die entsetzten Mienen mehrerer Einheimischer zu achten, die sie interessiert beobachtet hatten.

»Nicht alle Kaufleute sind habgierig, egal, was die Katze sagt.« Er war entschlossen, die Ehre seiner Familie zu verteidigen.

»Das weiß ich, Ethan. Und dein Onkel ist ein Künstler, und wie jeder weiß, können Künstler nicht mit Geld umgehen, hab ich recht?«

Der Junge lachte kurz und sah sie dann eindringlich an. »Glaubt Ihr wirklich, ich kann zu den Sternen fahren?«

»Da ich keine Kristallkugel habe, kann ich nicht in die Zukunft sehen, Ethan, aber ich glaube, man kann alles tun, was man möchte, wenn man daran arbeitet. Aber es wird sehr schwer, und du wirst Dinge lernen müssen, die du dir noch nicht einmal vorstellen kannst.« Wo auf Darkover, fragte sich Margaret, kann ein Kaufmannssohn die Ausbildung erhalten, die er braucht, um in den Weltraum zu fliegen? Und hatte sie das Recht, sich in sein Leben einzumischen? Seiner Familie würde die Idee wahrscheinlich ganz und gar nicht gefallen. Sie erwarteten, daß er ein Leben führte, wie sie es getan hatten, nicht, daß er ins All aufbrach.

Ethan nickte, als wäre er ihrem Gedankengang gefolgt. »Ich fürchte mich nicht davor, hart zu arbeiten – das habe ich mein ganzes Leben lang getan. Aber wo kann ich lernen, was ich wissen muß?«

Margaret kaute einen Moment auf ihrer Unterlippe, dann stand sie auf. Ihre Schreibutensilien waren alle in ihren Taschen verstaut, aber auf dem Pferdemarkt sah sie eine Bude, in der ein öffentlicher Schreiber inmitten der Werkzeuge seines Gewerbes saß. »Komm mit«, sagte sie zu dem Jungen.

»Ich möchte einen Brief schreiben lassen«, eröffnete sie dem Schreiber.

»An wen ist er adressiert, *Domna?*«

Sie zuckte zusammen – schon wieder dieser Ehrentitel! Anscheinend konnte sie ihm nicht entgehen. »An Captain Rafael Scott, Terranisches Hauptquartier.«

Der Schreiber schaute zu ihr auf und sah nun neugierig aus. Er nahm ein Blatt Papier aus einer schönen Holzschachtel, und sie sah, daß es von besserer Qualität war als der Stapel auf dem Tisch. Dann griff er zum Federhalter, tauchte ihn in die Tinte und schrieb den Namen in der schnörkeligen Schrift Darkovers.

»Ich sende dir meine Grüße«, begann Margaret zu diktieren und war froh, daß ihre Beherrschung von *Casta* inzwischen so weit fortgeschritten war, daß sie Briefe schreiben konnte. »Der Überbringer dieses Briefes ist mein Freund Ethan MacDoevid. Es ist sein ernsthafter Wunsch, zwischen den Sternen zu reisen. Ich wäre dankbar, wenn Du ihn in seinem Vorhaben unterstützen und ihm helfen könntest, die nötige Ausbildung zu erlangen.« Sie hielt einen Moment inne und überlegte, ob sie noch etwas anfügen sollte, dann entschied sie sich dagegen. »Ich verbleibe achtungsvoll, Deine Nichte Marguerida Alton.« Da sie nicht die leiseste Ahnung hatte, was die richtige Form für ein solches Dokument auf Darkover war, machte sie es so, wie sie es auf der Universität gelernt hatte, und ging davon aus, daß Rafe es schon verstehen würde. Wozu hatte man Verwandte mit guten Beziehungen, wenn man keinen Vorteil daraus zog? Mit diesem kleinen Sophismus überzeugte sich Margaret selbst davon, daß sie das Richtige tat, und war ganz zufrieden mit sich.

Der Schreiber schien fast außer sich zu sein vor Interesse und blickte abwechselnd Margaret und den Jungen an. Er streute feinen Sand auf die Tinte, während Margaret in ihrem Beutel nach Münzen kramte. »Wieviel?« fragte sie.

»Drei Sekal, *Domna.*« Ethan war zur Abwechslung sprachlos vor Staunen, aber er machte große Augen, und um seine Mundwinkel begann ein Lächeln zu spielen.

»Ich gebe dir fünf, wenn du den Inhalt des Briefes nicht auf dem ganzen Markt verbreitest.«

Der Schreiber wurde rot und nickte. »Aber gewiß, *Domna.* Ich hoffe, ich kann Euch wieder einmal zu Diensten sein.«

»Das kannst du, wenn du die Nase nicht in meine Angelegenheiten steckst.« Sie gab dem Mann die Münzen, nahm den Brief, faltete ihn und griff nach der Feder des Schreibers. »Darf ich?«

Er schaute sie erstaunt an, und Margaret wurde klar, daß hier die meisten Frauen, auch die der Aristokratie, Analphabeten waren. Aber er nickte. Sie schrieb Rafes Namen und Rang auf den gefalteten Brief, fügte »persönlich« hinzu und schrieb ihren Namen in terranischer Schrift darunter. Sie tauchte ihren Daumen ins Tintenfaß und machte einen Abdruck neben ihrem Namen; falls irgendwelche Fragen auftauchten, würden die terranischen Behörden auf diese Weise wissen, daß der Brief authentisch war.

»So, Ethan, den bringst du jetzt zu einer der Wachen am

Raumhafen – eine, die dich kennt. Die suchen Captain Scott für dich, und der wird schauen, ob du gescheit genug für einen Raumfahrer bist.«

Der Junge unterdrückte ein paar unmännliche Tränen. »Danke, *vai Domna*.« Er rieb seine ziemlich schmutzige Hand an der Jacke ab und nahm den Brief, als wäre er aus Gold. Dann reichte er ihr sein Bündel. »Könnt Ihr es aufmachen, damit ich Tante Manuella sagen kann, ob es Euch gefällt?«

»Natürlich.« Sie wischte sich die Tinte mit einem Tuch des Schreibers vom Daumen und band die Schnüre auf, die das Ölpapier zusammenhielten. Aus der Verpackung schälte sich etwas, das wie ein Knäuel dunkelbraune Wolle aussah. Margaret hielt es hoch, und die Falten eines schweren Umhangs fielen gegen ihren Arm. Und noch etwas glitt heraus und fiel beinahe auf das Kopfsteinpflaster des Marktes. Ethan fing es grinsend auf. Es war das Ballkleid aus blaugrüner Spinnenseide, das Ethan ihr bei ihrem ersten Besuch aufdrängen wollte. Am Hals und an den Ärmeln waren silberne Stickereien in Blattform. »O Ethan, es ist einfach wunderschön – aber ich werde nie eine Gelegenheit haben, es zu tragen!«

»Tante sagt, Ihr könnt es vielleicht brauchen, wenn Ihr das nächste Mal auf die Burg geht.«

Margaret mußte lachen. »Gut, falls ich zur Burg gehe, werde ich es tragen.« Anscheinend war ganz Darkover an der Verschwörung beteiligt, sie zu dieser anderen Margaret zu machen, die sie Marguerida nannten und die die Erbin einer Domäne war, ob sie es wollte oder nicht. Sie legte das prächtige Gewand zusammen. Es war zu anstrengend, der Freundlichkeit der MacEwans zu widerstehen, und außerdem hatte sie immer ein heimliches Verlangen nach der Art von

Kleidung gehabt, die Dio bei Staatsbanketten und anderen offiziellen Anlässen trug.
Sie gingen zufrieden miteinander zu der Box zurück, wo Rafaella die Pferde versorgte. Ethan und sein Cousin Geremy waren Margarets erste Freunde auf Darkover geworden, und sie würde sie nie vergessen.
Es dauerte ein paar Minuten, bis eine Tasche geöffnet und das Kleid verstaut war. Den Umhang band Margaret hinter den Sattel. Das Pferd wartete geduldig, und als sie den dicken, warmen Stoff verschnürt hatte, ging sie zum Kopf des Pferdes, um seine Bekanntschaft zu machen. Der große Braune sah sie zuerst nervös an, verdrehte die Augen und tänzelte von einem Huf auf den anderen. Margaret summte dem Pferd etwas vor, wie sie es mit anderen Pferden auf Thetis oder an der Universität getan hatte, und ließ es ihren Geruch aufnehmen. Das Tier schnaubte feucht, als wäre es verwirrt von der Mischung aus darkovanischen Gerüchen und einem Schuß Exotik. Sie streichelte die Nüstern und sah, wie sich die Ohren aufstellten.
»Ich sehe, Sie können gut mit Pferden umgehen«, bemerkte Rafaella. »Da bin ich froh. Ich habe ein paar Aufträge angenommen, bei denen die Auftraggeber ein Pferdeende nicht vom anderen unterscheiden konnten – und sich keinen Deut darum scherten. Da war diese terranische Frau, die mit tausend Fragen ins Gildenhaus kam! Wir hielten sie alle für eine Närrin, aber wir wollten höflich sein. Na ja, eigentlich wollten wir gar nicht höflich sein, aber Mutter Adriana befahl es uns. Sie war Wissenschaftlerin wie Sie, aber es war offensichtlich, daß sie noch nie im Leben auf einem Pferd gesessen hatte. Sie schlang vor lauter Angst die Arme um den Hals des Pferdes und wollte nicht mehr loslassen! Wir mußte uns die Ärmel in den Mund stopfen, um nicht loszulachen.«

»Pferde sind auf Terra nicht allgemein üblich, Rafaella.«

»Wahrscheinlich fahren sie dort alle in Luftautos, oder?« Sie stieß ein Schnauben aus, das ihre Verachtung für motorisierte Fahrzeuge ausdrückte.

»Nicht alle, aber es gibt tatsächlich eine Menge Luftautos und Gleitsteige und andere Dinge.« Margaret wollte keine Diskussion darüber anfangen.

»So, wir sind bereit. Sollen wir losreiten?«

»Ja, bitte.«

Nachdem sie etwa eine Stunde lang auf einer gut instand gehaltenen, wenngleich ziemlich primitiven Straße geritten waren, ließen sie Thendara hinter sich und kamen in eine ländliche Gegend mit Obstgärten und Bauernhöfen. Die Luft war frisch, und überall roch es nach Wachstum. Margaret war noch dabei, ihre Reitkünste wiederzugewinnen, und lernte außerdem, mit dieser besonderen Stute umzugehen. Sie war einige Jahre nicht auf einem Pferd gesessen, aber sie schien sich recht schnell wieder daran zu gewöhnen. Ihre Beine begannen zu schmerzen, und ihre Knie teilten ihr bereits mit, daß sie ihnen Gewalt antat, doch über das alles sah sie hinweg. Sie war froh, endlich unterwegs zu sein. Wenn nur Ivor bei ihr wäre!

»Tut mir leid, wenn ich auf dem Markt grob war«, sagte Rafaella in Margarets düstere Gedanken hinein. »Es gibt ein altes Sprichwort, daß nicht jeder ein *Comyn* ist, der rote Haare hat. Mein Vater war ein *nedestro Comyn,* aber er hat mir nichts von *Dom* Rodrigos *Laran* vermacht. Das ist auch gut so, sonst wären wir bis zu den Ohren in *Leroni.*«

Margaret mußte Rafaellas Worte erst einmal entwirren. *Laran* und *Leroni* waren nicht auf der Diskette gewesen, die sie studiert hatte, aber sie kannte die Begriffe vage. Sie hatten etwas mit den Gaben zu tun, von denen Rafe und Lord Hastur gesprochen hatten, allerdings war ihr der Zusammenhang nicht klar. Warum hatte sie das Thema nicht weiterverfolgt, als Rafe es am Vortag zur Sprache brachte? Wieder hatte sie das Gefühl, daß sie nicht zu viele Fragen stellen durfte, und gleichzeitig den Eindruck, daß jemand in einem Winkel ihres Bewußtseins dieses Gefühl steuerte. *Nedestro* bedeutete »Bastard«, allerdings schien dem Wort kein negativer Beigeschmack anzuhaften. Zumindest war es der Führerin offenbar nicht peinlich, daß ihr Vater unehelich war. Schließlich fragte sie: »Dann wollten Sie dieses *Laran* also haben?«

»Früher, als ich noch jung und dumm war. Sie haben mich getestet, und ich habe keinen Tropfen davon. Unter uns gesagt, ich habe es nie vermißt. Es ist eine große Last, in die Zukunft zu sehen oder die Gedanken von anderen zu hören, ob man es will oder nicht. Und diese Krankheit! Igitt! Die ist mir erspart geblieben. Ich habe gesehen, wie meine kleine Schwester sie durchgemacht hat, und es war kein schöner Anblick. Ich bin froh, daß ich Köpfchen und eine gute Stimme von Vater geerbt habe und nicht Kräfte, die mich krank gemacht hätten.«

»Krankheit?«

»Wenn das *Laran* in einen erwacht, bringt es auch diese Krankheit mit sich. Manche Leute sterben daran. Man bekommt fürchterliche Kopfschmerzen und Ohnmachtsanfälle, und man kann kein Essen bei sich behalten, es sei denn, man nimmt Medikamente, die dazu führen, daß man phantasiert.«

»Klingt nicht sehr verlockend. Warum tut sich das jemand an?«

»Wenn man *Laran* besitzt, übersteht man entweder die

Schwellenkrankheit, oder man stirbt daran. Niemand sucht es sich aus – es ist angeboren, man hat es, oder man hat es nicht.«
»Wann tritt die Krankheit auf?«
»So mit zwölf oder dreizehn, manchmal ein bißchen später, aber nicht viel.«
Margaret war sehr erleichtert. Für dieses Problem war sie zu alt! Soviel zu Lord Hasturs beharrlicher Behauptung, sie besäße die Alton-Gabe! »Was wurde aus Ihrer Schwester?«
»Sie ging nach Neskaya hinauf und hat eine Weile eine Ausbildung als Matrix-Mechaniker gemacht, und dann kam sie zurück und hat geheiratet. Inzwischen hat sie eine ganze Horde Kinder, und sie scheint zufrieden zu sein.«
»Und Sie wurden eine Entsagende?«
»Ich wollte nicht an einen Mann oder ein Haus gebunden sein, niemals.« Rafaella schwieg einen Augenblick. »Inzwischen bin ich mir nicht mehr so sicher.«
Margaret »sah« im Geiste wieder Captain Rafe Scotts Augen aufblitzen. Es war ein starker Eindruck und keine Einbildung. Sie hatte richtig vermutet, aber es wäre ihr lieber gewesen, sie hätte sich geirrt. Welche Zukunft hatten die beiden wohl, wenn Rafaella als Reiseführerin auf ganz Darkover umherzog und ihr Onkel ans Hauptquartier gefesselt war. Und wenn sie darüber nachdachte, wären die zwei ohnehin ein sonderbares Paar. Rafe war so stabil und verläßlich, und Rafaella war, nun, ziemlich impulsiv.
»Kann man Entsagende sein und trotzdem heiraten?« fragte sie taktvoll.
»Man kann einen Gefährten haben, aber man nimmt seinen Namen nicht an, und die Kinder, die man bekommt, tragen ihn auch nicht. Und manche Leute rümpfen die Nase darüber. Meine Mutter war nicht allzu begeistert, als ich den Eid als

Entsagende ablegte, und es würde ihr überhaupt nicht gefallen … sei's drum.« Sie hielt inne und schaute ein wenig unsicher. »Wie kommen Sie auf Bergpfaden zurecht?«
Dieser abrupte Themenwechsel vermittelte Margaret, daß ihre Führerin nicht weiter ihr Privatleben erörtern wollte. »Ich weiß es nicht.« Sie schaute zum Horizont und sah hinter dem sanft gewellten Ackerland die Umrisse von Bergen und dahinter, gerade noch sichtbar, erhob sich ein schneebedecktes Gebirge. »Ich war noch nie auf einer Welt mit nennenswerten Bergen.«
»Wirklich? Das kann ich mir nur schwer vorstellen. Selbst draußen in den Trockenstädten gibt es eine Menge kleinerer Berge. Wie ist es auf Terra?«
»Oh, ich war nie auf Terra. Ich bin auf Thetis aufgewachsen, dort gibt es viele Inseln und große Ozeane. Es ist ziemlich flach. Ich bin immer am Strand entlanggeritten.«
»Wenn Sie Lieder suchen, werden wir wahrscheinlich in den Kilghards welche finden, aber die besten gibt es droben in den Hellers. Das sind die Berge, die man da hinten gerade noch sieht. Sie sind mehrere Tagesritte entfernt, obwohl sie ganz nah aussehen.« Rafaella zeigte zum Horizont. »Die Pfade dort oben sind schmal und schwierig, mit steilen Gefällen und Felswänden, ganz zu schweigen von der Gefahr wegen Banditen und Banshees.« *Und außerdem will ich nicht so lange von Thendara wegbleiben!*
»Ich bin nicht ganz schwindelfrei, ehrlich gesagt.« Margaret ignorierte den mitgehörten Gedanken.
»Es gibt Frauen in der Gilde, die noch Margali n'ha Ysabet, die Gründerin der Brückengesellschaft, kannten. Das war lange vor meiner Zeit. Es heißt, sie litt unter Höhenangst, aber sie hat dennoch einen großen Teil der Hellers kartographiert. Es heißt sogar, sie sei zum Wall um die Welt gereist, aber das

glaube ich eigentlich nicht. Margali n'ha Ysabet ist so etwas wie eine Legende in der Gilde.«

»Wieso?«

»Oh, weil sie tapfer war und bemerkenswerte Dinge tat, aber hauptsächlich, weil sie von ihrer letzten Reise nicht zurückkehrte«, sagte Rafaella lachend. »Sie ging in die Hellers und kam nie mehr wieder. Manche Leute glauben, sie fand einen Weg in … na, egal. Höchstwahrscheinlich ist sie von einer Felswand gestürzt und gestorben. Sie war wie Sie, wurde auf Darkover geboren, aber woanders erzogen.« Rafaella schien das Thema zu langweilen.

Margaret dachte an das Plakat, das sie im Gildenhaus von Thendara gelesen hatte. Darauf war von einer Frau namens Magda Lorne, auch Margali n'ha Ysabet genannt, als Gründerin der Brückengesellschaft die Rede. Margaret war sowohl neugierig als auch ein wenig ablehnend, als fände ein Teil von ihr die Leistungen von Magda Lorne nicht passend. Was war los mit ihr? Das waren niemals ihre Gedanken! Margaret fühlte sich, als wäre eine neue Persönlichkeit in ihr Denken eingetaucht, und eine äußerst unangenehme dazu. Sie schalt sich schweigend, weil sie so nervös war, und zwang sich, nicht mehr an Magda Lorne zu denken. »Ich möchte soviel Forschungsarbeit wie möglich leisten, aber ich glaube nicht, daß es meinen Beitrag zur Gelehrtheit wesentlich erhöht, wenn ich mir den Hals breche.«

Rafaella lachte so heftig, daß sie fast vom Pferd fiel. »Dann werden wir eine Reise planen, die für Sie nicht zu schwer wird«, sagte sie, nachdem sie wieder Luft bekam. *Und bei der ich bis zum Mittsommernachtsfest wieder in Thendara bin!* »Sie reiten ganz gut, aber bis zum Abend werden Sie wund sein.«

»Ein geringer Preis für eine Ballade«, antwortete Margaret, und ihre Worte brachten Rafaella erneut zum Lachen.
»Sie sagten, Sie kennen ein paar Lieder, Rafaella. Wie wär's, wenn ich meinen Recorder heraushole, und Sie singen unterwegs ein bißchen?« Die Führerin lächelte sie an und wurde vor Freude bis in die Haarspitzen rot.

Sie lagerten die erste Nacht im Freien, und Margaret war sehr froh über den warmen Umhang, den Manuella ihr geschenkt hatte. Sie benutzte ihn als zusätzliche Decke und fragte sich, wie der Winter hier sein mußte, wenn es im Sommer schon so kühl war. Ihr Schlaf wurde von einer weiteren Vision von Lew Alton gestört. Er schien sehr zornig auf sie zu sein, weil sie nach Darkover gekommen war, und in ihrem Traum war sie ebenfalls zornig.
Bei Sonnenuntergang des dritten Tages bogen sie von der gepflasterten Straße ab und begannen den Aufstieg in die Berge, in östlicher Richtung, soweit sie feststellen konnte. Margarets Lungen brannten, als sie in Höhen stiegen, die sie nicht gewohnt war. Sie ritten über eine Steinbrücke, die sich über einen schnell fließenden Fluß spannte, und Rafaella erzählte ihr, der Fluß heiße Kadarin. Der Name erschreckte sie, ebenso wie der Name Dyan Ardais ein paar Tage zuvor. Sie versuchte dahinterzukommen, wieso, und mußte erneut feststellen, daß sich ihr Geist einer Befragung widersetzte. Sie war beunruhigt, bis sie das Geräusch des Wassers hinter sich gelassen hatten. Dann löste sich die Spannung, und sie betrachtete einfach nur die Landschaft.
»Ich finde es gut, daß Sie hier heraufkommen und diese alten Balladen hören«, bemerkte Rafaella, als sie in einen verschlafenen Weiler ritten.

»Ja?« Es war das erste Mal, daß Margarets Führerin direkt Bezug auf ihre Arbeit nahm.

»Die alten Leute sterben weg, und manches von unserer Musik geht verloren. Wir haben keine Bibliotheken wie die Terraner, außer den *Cristoforos*-Archiven in Nevarsin. Ich habe früher nie darüber nachgedacht.«

Margaret fragte sich, was sonst noch auf Darkover verlorengegangen war. Die Leute, denen sie begegnet war, hatten durchaus intelligent gewirkt, aber es schien ihnen die Art von Neugier zu fehlen, die sie an der Universität angetroffen hatte. Bestand diese Tradition der mündlichen Überlieferung aufgrund eines Tabus, das sie nicht kannte, oder hatte sie andere Gründe? Es war nur ein weiteres Rätsel, das sie entmutigte – wie die Bruchstücke von Erinnerungen, die sie Tag und Nacht quälten.

»Ich denke, wir werden die Nacht hier verbringen. Wenn die alte Jerana nicht gestorben ist, wird sie mit Freuden für uns singen. Sie war einmal die beste Sängerin von Thendara und kennt viele Lieder. Aber sie hat einen Bauer geheiratet und ihre Musik aufgegeben, was sie meiner Ansicht nach bereut. Jetzt ist sie eine zahnlose alte Oma, aber als ich das letzte Mal hier war, hatte sie immer noch eine schöne Stimme.«

»Weiß die alte Dame viel über die Terraner?« fragte Margaret.

»Genug, um nicht zu glauben, daß sie Hörner und einen Schwanz haben wie manche Dämonen«, erwiderte Rafaella friedfertig. »Abgesehen davon würde Sie niemand für eine Terranerin halten.«

Margaret war erleichtert. Sie wollte nicht, daß man sie für einen Teufel hielt und daß ihre kostbare Ausrüstung als seelenraubende Geräte angesehen wurden. Sie selbst war noch nie in einer solchen Situation gewesen, aber in der Musikfakultät kursierten Horrorgeschichten von Wissenschaftlern, die aus purer Unwissenheit getötet wurden. *Ich bin hier zur Welt gekommen,* dachte Margaret, *und es ist ausgeschlossen, daß jemand Angst vor mir hat.*

Sie hielten ihre Pferde vor einer gut instand gehaltenen Hütte an, und eine hochbetagte Frau kam heraus. Sie war gebeugt und zahnlos, aber ihre Augen leuchteten, und ihre Sprechstimme war klar und kräftig. Sie begrüßte Rafaella warmherzig, dann sah sie Margaret mit lebhafter Neugier an.

Rafaella stellte Margaret der alten Jerana vor, und die Frau machte einen steifen Knicks, als sie den Namen hörte. »Eine Alton! Na so was, eine Alton war seit vielen Jahren nicht mehr hier. Ihr habt das Aussehen von dem Alten, diesem Kennard, und seinem Vater vorher. Armer Mann. Ging weg und starb irgendwo auf einem anderen Planeten. Ich weiß nicht. Mein Geist wird trübe in letzter Zeit. Ich wurde in dem Jahr geboren, in dem die Terraner nach Aldaran kamen.«

Margaret wußte, daß Darkover vor über hundert terranischen Jahren wiederentdeckt worden war – soviel hatte die Geschichtsdiskette widerwillig enthüllt. Sie betrachtete Jerana staunend, denn nur wenige Menschen in der Föderation wurden so alt, ohne lebensverlängernde Medikamente zu nehmen.

»*Domna* Alton möchte dich gern singen hören, Jerana, und eine Aufnahme von deinem Gesang machen.«

»Wirklich? Na so was, ich bin seit Jahrzehnten nicht mehr aufgetreten. Es ist dreißig Jahre her, seit ich in der Öffentlichkeit gesungen habe, aber es kommt mir vor wie gestern!« Sie schaute erfreut aus. »Kommt rein, Mädchen, kommt rein!« Sie rieb sich die knotigen Hände. »Alan! Alan, wo bist du, du Faulpelz! Mein Urenkel. Komm her und kümmere dich um diese schönen Pferde!« Sie führte die beiden Frauen in die Hütte und setzte sie neben die Feuerstelle, während sie in einem dampfenden Kessel rührte und eine Flut von Erinnerungen wachhielt.

Nach einem herzhaften Mahl aus Eintopf und Brot ließ sich Jerana auf einem Hocker nieder, während Margaret ihre Ausrüstung aufbaute. Die alte Frau war völlig entspannt, nachdem ihr die Geräte erklärt worden waren; sie grinste und zeigte ihr Zahnfleisch. Margaret merkte, daß sie freudig erregt war von der vielen Aufmerksamkeit, und freute sich, daß sie der Alten eine Freude bereiten konnte.

Rafaella nahm eine Gitarre von der Wand und stimmte ohne Schwierigkeiten die Saiten. Es war ein altes Instrument und gehörte eigentlich in ein Museum. Jerana kicherte. »Dieser junge Everard war mal hier vor 'ner Weile und wollte meine alte Freundin mit nach Thendara nehmen, um sie in die Sammlung von seinem Vater zu hängen. Ich habe ihm gesagt, seit mein Mann tot ist, ist sie der einzige Gefährte, den ich habe.«

Dann begann sie mit einer klaren, festen Stimme zu singen, die ihre Jahre Lügen strafte. Margaret versank derart in die Musik, daß sie nicht bemerkte, wie ihr Tränen über die Wangen liefen. Die Worte brachten ein Gefühl an die Oberfläche, namenlos und kostbar, und als das Lied vorüber war, empfand sie zum ersten Mal seit Tagen Frieden.

Als Jerana ihren Gesang beendete, war es schon spät, und Margaret hatte zwei Dutzend Stücke aufgenommen. Die alte Frau führte sie zu einem großen Bett im hinteren Teil der

Hütte, und Margaret verbarg ihr Unbehagen, es mit einer zweiten Person teilen zu müssen. Es spielte auch keine Rolle. Sie konnte kaum noch die Augen aufhalten. Rafaella gähnte ebenfalls. Sie zog ihre Stiefel aus, riß sich Jacke und Hose vom Leib und kroch unter die Bettdecke, also tat Margaret es ihr gleich.
Sie schlief beinahe augenblicklich ein, und ausnahmsweise hatte sie keine Träume.

10

Margaret erwachte beim ersten Tageslicht mit einem Gefühl der Beklemmung und einem Summen wie von Bienen in einem Ohr. Noch ganz benommen wollte sie sich umdrehen und stellte fest, daß Rafaella den Kopf an ihre Schulter gebettet hatte. Sie blickte auf das feuerrote Haupt hinab und mußte lächeln. Rafaella schnarchte ganz leise. Behutsam schob sie die Frau weg, und das leichte Erstickungsgefühl war vorbei. *Wie gut, daß ich nie geheiratet habe, wenn es mir so unangenehm ist, das Bett mit jemandem zu teilen.* Kaum hatte sie es gedacht, wußte Margaret, daß es nicht ganz stimmte. Es hatte sie nicht wirklich gestört, mit Rafaella im Bett zu liegen.

Aus dem Hauptraum der Hütte drangen Geräusche, und Margaret hörte Jerana mit lauter Stimme singen. Der gute, warme Geruch von Haferbrei wehte durch die kühle Morgenluft; sie spürte eine Mattigkeit in den Gliedern und genoß dieses Gefühl der Entspannung, als Rafaella ein plötzliches Schnauben ausstieß und zu schnarchen aufhörte. Einen Augenblick später setzte sie sich auf und zog gleichzeitig die Bettdecke weg.

»Ich rieche Frühstück«, verkündete sie.

Margaret mußte lachen. Rafaella hatte einen gesunden Appetit, und Margaret fragte sich, wie sie es fertigbrachte, so viel zu essen und ihre schlanke Figur zu behalten. »Ja. Ich höre Jerana schon.« Die kühle Luft ließ sie frösteln, und sie stand auf, zog ihre Kleider an und zupfte ihre Haare zurecht. Ihre Kleidung roch inzwischen nach Pferd, Schweiß und dem Weg,

und sie dachte sehnsüchtig an die riesige Badewanne im Haus von Meister Everard und mit Balsam parfümiertes Wasser, so heiß, daß sich ihre Haut rötete.
Beim Frühstück mit der alten Jerana und ihrem schweigsamen Urenkel Alan sann die betagte Sängerin laut über ihre Laufbahn nach, über die Unzulänglichkeit von heutigen Gesangskünstlern und die Skandale der Vergangenheit. Margaret bedauerte, daß sie ihren Recorder schon eingepackt hatte, denn es war faszinierend, alten Klatsch mit zungeschnalzender Freude erzählt zu bekommen.
Als sie fertig waren, gingen Rafaella und Alan hinaus, um sich um die Pferde zu kümmern, und Margaret blieb sitzen und trank ihren Morgentee aus. Sie hatte den Bauch voll heißem Haferbrei, und ihr Herz war federleicht. Sie war auf eine stille Weise glücklich, und ihr wurde klar, daß sie sich seit langer Zeit nicht mehr so gefühlt hatte.
»Ich glaube«, unterbrach Jerana ihre Gedanken, »im Dorf auf der anderen Seite des Berges könnte Ihnen Gavin nützlich sein.«
»Gavin?«
Jerana ließ ihr beängstigendes Gackern hören und nickte. »Gavin MacDougal war zu seiner Zeit ein guter Sänger, allerdings hat er sich nie der Gilde angeschlossen. Er ist ein bißchen streitsüchtig, aber er kennt sich mit Musik aus. Aber erzählen Sie ihm nicht, daß ich das gesagt habe, er ist schon eingebildet genug. Und ich muß Sie warnen, er mag Ihre Rafaella überhaupt nicht.«
»Wieso das?«
»Gavin findet, der Platz einer Frau ist am Herd, und er lehnt die Entsagenden ab. Als bräuchten sie seine Zustimmung! Er war ein hochnäsiger Jüngling, und nun ist er ein arroganter

alter Mann. Er wollte mich früher einmal heiraten – er ist erst neunzig, und damals fand ich ihn zu jung –, und er hat mir nie wirklich verziehen, daß ich statt dessen meinen Padric ausgesucht habe. Man sieht es mir jetzt nicht mehr an, aber früher waren die Männer alle hinter mir her. Ich war eine richtige Schönheit. Aber ich komme schon wieder vom Thema ab. Lassen Sie sich gesagt sein, Marguerida, das Alter ist ein Segen, aber es ist auch ein Fluch. An manchen Tagen kann man sich kaum an seinen Namen erinnern.«

Margaret dachte an Ivor, der vor ihren Augen immer schwächer geworden war, und nickte. »Ja, mein Lehrer war genauso. Er war voll auf der Höhe, wenn es um Musik ging, aber bei alltäglichen Dingen wurde sein Geist ... wie soll ich sagen? Trübe?«

»Genau das richtige Wort! Wo ist er jetzt, Ihr Lehrer?«

»Er ist letzte Woche gestorben, gleich nach unserer Ankunft.« Sie blinzelte rasch ein paar Tränen weg, die ihr in die Augen gestiegen waren.

»Wie schrecklich! Ich sehe, Sie vermissen ihn sehr. Schon gut, mein Lämmchen, weinen Sie, soviel Sie wollen. Weinen ist gesund!«

»Ich habe so viel geweint, daß es mir vorkommt, als müßte ich schon alle Tränen aufgebraucht haben.« Aber Margaret weinte dennoch erneut, weil die Güte der alten Frau ihren immer noch frischen Schmerz freisetzte. Nach einigen Minuten wischte sie sich das Gesicht mit dem Ärmel ab und schniefte lautstark. »Wir sind viele Jahren zusammen gereist und haben auf verschiedenen Planeten die einheimische Musik studiert. Er hat mir sehr viel bedeutet.«

»Der Tod ist ein Pfad, den wir alle eingeschlagen haben, auch wenn ich noch nicht an seinem Ende angekommen bin. Ich habe einen Mann, zwei Söhne, eine Tochter und drei Enkel überlebt. Jetzt ist Alan schon verheiratet, und wenn seine Frau ihr Kind bekommt, werde ich Ururgroßmutter und bin immer noch da. Manchmal denke ich, es ist unnatürlich, so lange zu leben.«

Margaret hielt es für unhöflich, zu erwähnen, daß Bürger der Föderation mit Hilfe von Medikamenten oft zweihundert Jahre lebten. Es kam ihr unfair vor, daß Ivor nicht zu ihnen gehörte. »Dieser Gavin ist also streitsüchtig?«

»Hm! Er ist ein boshafter alter Mann, andererseits war er auch ein boshafter junger Mann. Aber er kennt viele Lieder, das muß man ihm lassen. Und es gibt auch ein Rasthaus im Dorf, dort können Sie sich wie zu Hause fühlen.«

Margaret errötete und fragte sich, ob Jerana wußte, wie sehr sie sich nach einem Bad sehnte. »Ich kann Ihnen nicht genug für Ihre Gastfreundschaft danken, Jerana.«

»Ach was! Es war mir ein Vergnügen. Beim Singen gestern abend habe ich mich wieder wie siebzig gefühlt!«

Kurz darauf brachen Rafaella und Margaret auf, in ihrer Provianttasche steckte ein frischer Laib Brot, Käse und Pökelfleisch, das Abschiedsgeschenk von Jerana. Sie hatten das winzige Dorf ungefähr seit einer Stunde hinter sich gelassen, als es Margaret schlecht wurde. Ihr Magen revoltierte, und ihr Kopf schmerzte, aber sie sagte nichts zu ihrer Begleiterin.

Mittags machten sie an einem gurgelnden Wildbach Rast, und Margaret tauchte ihre Holztasse ins Wasser und trank gierig. Dann setzte sie sich auf einen Stein und bewegte sich minutenlang nicht; sie war müde, und alles tat ihr weh. Als sie sich mühsam wieder aufrichtete, wäre sie fast gestolpert.

»Sind Sie in Ordnung, Marguerida?«

»Ich glaube, die Höhe setzt mir zu. Ich habe fast mein ganzes Leben auf Meeresspiegelniveau verbracht, und obwohl die Berge hier nicht sehr hoch sind, reagiert mein Körper. Ich kriege irgendwie keine Luft.«

»Sie sehen blaß aus.«

»Machen Sie sich keine Sorgen. Wenn ich ein bißchen Brot und Käse gegessen habe, geht es mir wieder gut.«

Doch es kam anders. Sie waren noch keine Meile vom Bach entfernt, als ihr Magen endgültig rebellierte und das Mittagessen und einen großen Teil des Frühstücks wieder ausspuckte. Sie schaffte es gerade noch, abzusteigen, bevor es losging.

»Sie sind krank«, beharrte Rafaella und sah sehr besorgt aus.

»Nein, wirklich, alles ist wieder gut. Es ist nur die Höhe, oder vielleicht habe ich etwas gegessen, das mein Magen nicht verträgt.« Sie spülte sich den Mund mit frischem Wasser aus und zog sich wieder aufs Pferd. »Wie weit ist es bis zu diesem Dorf, in dem Gavin wohnt?«

»Noch mindestens drei Stunden. Vielleicht sollten wir stattdessen hier ein Lager aufschlagen.«

»Nein. Es geht mir schon besser.« Das stimmte. Sie war sehr durstig, aber irgendwie fühlte sie sich weniger schwach und außer Atem, seit ihr Magen leer war.

Der Pfad schlängelte sich höher und höher und wurde vorübergehend schmaler und unebener. Dann verbreiterte er sich wieder, und Margaret erkannte, daß sie auf dem Hügelkamm waren. Sie warf einen Blick zurück. Der Fluß Kadarin war ein silbern glitzerndes Band in der Ferne, tief unter ihnen. Der Anstieg war so allmählich vor sich gegangen, daß sie ihn gar nicht richtig bemerkt hatte.

Kurz vor Sonnenuntergang trafen sie im Dorf ein. Es war viel größer als das Dorf, in dem Jerana wohnte, und hatte mehrere geräumige Häuser aus Stein zwischen bescheideneren Holzhütten. Das Rasthaus war mit einem schaukelnden Schild gekennzeichnet, auf das ein hirschähnliches Tier gemalt war. Sie hielten ihre Pferde vor dem Gasthaus an, und ein Junge kam herausgerannt, um sie zu begrüßen.

»Hallo Rafaella. Schön, daß du wieder da bist!«

»Danke, Valentin. Du bist seit meinem letzten Besuch ein paar Zentimeter gewachsen.«

Der Junge streckte die Brust heraus und grinste. »Stimmt. Ich trage jetzt Tomas' abgelegte Kleider auf, aber seine alten Stiefel sind mir schon zu klein.«

»Und wie geht es deinen Eltern?«

»Der letzte Winter war schwer für Mama – ihre Gelenke taten fürchterlich weh. Aber als es wärmer wurde, ging es ihr wieder besser, wie immer. Und Papa ist Papa. Kommt herein. Ich bringe die Pferde in den Stall, und Mama hat gerade das vordere Schlafzimmer saubergemacht.«

Margaret stieg ab, ihr drehte sich der Kopf. Sie holte einige Male tief Luft und wartete, bis die Benommenheit vorüberging. Es war ihr in der letzten Stunde immer schlechter gegangen, aber sie hatte Rafaella nichts davon gesagt. Sie wollte die Nacht nicht unterwegs verbringen! Sie wollte ein Bad und ein Bett! Und Abendessen. Nein! Beim Gedanken an Essen wurde ihr erneut übel. Sie brauchte nur ein bißchen Schlaf, dann ging es ihr wieder besser.

In dem Gasthaus gab es eine Schankstube mit tiefen Balken. Mehrere Männer in groben Jacken tranken Bier aus Krügen und saßen leise redend an Tischen zusammen. Margaret hörte ihre Stimmen, aber ihr Dialekt war so ausgeprägt, daß sie ihnen nicht folgen konnte. Sie sahen sie mit nur mäßiger

Neugier an. Zwei oder drei grüßten Rafaella freundlich, und Margaret war froh, daß ihre Führerin hier wohlbekannt war. Die Stube war rauchig von dem großen Kamin, und der Geruch von brennendem Holz und Bier überwältigte Margaret beinahe. Sie zwang sich, gerade zu stehen und nicht auf das Schwindelgefühl zu achten. Sie hatte sich heute schon einmal blamiert, und sie beabsichtigte nicht, es ein zweites Mal zu tun. Sie war froh, als sie den Schankraum verließen und über eine schmale Treppe in das Obergeschoß stiegen, wo man sie zu einem großen, luftigen Zimmer führte.

Margaret sank aufs Bett. Entfernt hörte sie die Stimmen von Rafaella und einer anderen Frau, wahrscheinlich Valentins Mutter, aber sie war zu schwach, um dem Gespräch zu folgen. Kräftige Hände zerrten ihr die Stiefel von den Füßen, und sie spürte, wie ihr die Jacke über den Kopf gezogen wurde. Sie wollte protestieren, aber sie brachte die Worte nicht heraus.

»Ich brauche einfach nur Schlaf«, murmelte sie und schloß die Augen.

Eine verschneite Ebene erstreckte sich von Horizont zu Horizont, und der Himmel war weiß von Wolken. Der Geruch der Kälte schien ihre Glieder gefrieren zu lassen. Die Wolken teilten sich, und ein weißer Mond schien für einen Augenblick vom Himmel. Zwei Frauen kamen auf sie zu, sie waren sich ähnlich und gleichzeitig verschieden. Beide hatten rotes Haar, aber das der einen war heller als das der anderen. Sie bewegten sich wie eine Person, ihre schlanken Arme schwangen im Takt, ihre langen Beine bewegten sich mühelos über die schneebedeckte Landschaft. Ihre Gewänder waren weich und fließend und weiß wie der Schnee, und ihre Haare hingen ihnen lose über die Schultern.

Die Frauen sahen sie aus goldgesprenkelten, bernsteinfarbenen Augen an und streckten weiße Hände nach ihr aus. Sie schreckte vor ihrer Berührung zurück. »Kind«, sagte die eine. »Marja«, sprach die andere. Margaret wußte, sie waren Schwestern, und eine war ihre Mutter, aber ihr Äußeres war so ähnlich, daß sie nicht entscheiden konnte, wer wer war. Plötzlich erschien ein Mann zwischen ihnen, stark und dunkelhaarig. Er legte seine Hände auf die Schultern der Frauen und drückte sie auseinander. Dann schien er größer zu werden, bis sein Kopf an den Wolken am Himmel streifte. Margaret sah ihren Vater, wie sie ihn nie gekannt hatte, zweihändig und kraftvoll, ohne Narben, gutaussehend. »Ich habe versucht, dich zu warnen! Ich habe dir gesagt, daß ein wilder Telepath eine gefährliche Sache ist! Warum hast du nicht auf mich gehört? Steh auf! Hör auf, vor deiner Pflicht wegzulaufen! Versuche nicht weiter, deiner Gabe aus dem Weg zu gehen!«

Margaret setzte sich im Bett auf, in ihrem Kopf hämmerte es. Sie starrte auf die weißgetünchten Wände und die schweren Holzbalken über ihr. Dann erinnerte sie sich, daß sie in dem Gasthaus mit dem gemalten Hirsch über der Tür war und nicht in einer verschneiten Landschaft mit ihrer Mutter, ihrer Tante und einem wütenden Lew. Sie spürte eine große Erleichterung; ihre geballten Fäuste öffneten sich.
Sie schaute sich um und stellte fest, daß Rafaella auf einer Matratze neben dem Bett schlief. Eine große, graue Katze hatte sich in ihren Kniekehlen zusammengerollt; sie sah zu Margaret hinauf und gähnte. Die schiere Gewöhnlichkeit der Szene beruhigte sie. Sie schwang die Beine aus dem Bett und stellte fest, daß man sie vollständig entkleidet und ihr ein darkovanisches Nachtgewand angezogen hatte. Der stechende Geruch

des Wegs haftete jedoch noch an ihrer Haut, und sie sehnte sich nach einem Bad.

Rafaella öffnete schwerfällig ein Auge und musterte sie. »Zwei Türen weiter gibt es eine Badewanne, und *Mestra* Hannah hat Ihre Kleidung gewaschen. Sie müßte inzwischen trocken sein. Wie geht es Ihnen?«

»Danke, viel besser. Es muß die Höhe gewesen sein.«

»Da bin ich froh. Ich war sehr beunruhigt. Nehmen Sie ein Bad, ich schlafe noch ein wenig. Sie müssen fürchterliche Träume gehabt haben – Sie haben dauernd gewimmert, wenn Sie nicht geschrien haben.«

»Tut mir leid, wenn ich Ihren Schlaf gestört habe, Rafaella.«

»Meinen nicht – ich kann immer schlafen. Aber die Pferdehändler im Zimmer nebenan könnten Sie ein wenig Schlaf gekostet haben.« Sie grinste und entblößte dabei alle ihre Zähne. »Sie haben es aber verdient – wenn das Pferdehändler sind, bin ich ein Rabbithorn.« Mit dieser geheimnisvollen Bemerkung drehte sie sich um und schlief weiter.

Gebadet und in das Gewand gekleidet, das sie von MacEwan gekauft hatte, fühlte Margaret sich zum ersten Mal seit über zwanzig Stunden wie sie selbst. Ein latenter Kopfschmerz hielt an, aber ihr Magen schien wieder das verläßliche Organ zu sein, das er normalerweise war und das beinahe alles verdaute. Sie wollte es allerdings nicht übertreiben und nahm nur ein leichtes Frühstück und mehrere Tassen Tee zu sich.

Rafaella leistete ihr Gesellschaft, schlürfte ihren Tee und rieb sich den Schlaf aus den Augen. »Ich habe gestern abend in der Schänke mit dem alten Gavin gesprochen. Er erwartet uns heute vormittag«, verkündete sie. »Er hat sich nicht gefreut, mich zu sehen, aber ich habe ihm ein paar

Reis für sein Lied versprochen und erzählt, Sie seien Terranerin.«

»Warum haben Sie das getan?« Margaret war überrascht, denn sie hatte sich einige Mühe gemacht, um wie eine Darkovanerin zu erscheinen.

»Der Mann ist egozentrisch. Er wollte es bereits ablehnen, zu singen, als ich ihm erzählte, daß man seine Lieder an weit entfernten Orten hören würde. Das ist doch der Fall, oder? Ich möchte ihn ungern angelogen haben.«

»Natürlich. Meine Aufnahmen kommen in die Archive der Universität, wo sie Musikstudenten anhören werden. Und später, wer weiß ...?«

»Was soll das heißen?« fragte Rafaella und nahm sich eine Riesenschüssel Haferbrei.

»Vor ein paar Jahren haben ein paar Popmusiker einige Volkslieder aus Neu Hispaniola in die Finger bekommen und Schlager aus ihnen gemacht.«

»Schlager? Haben sie mit den Liedern Leute verprügelt?« Margaret wäre beinahe an ihrem Tee erstickt. Das darkovanische Wort, das sie benutzt hatte, bedeutete »Schlag« und nichts anderes. Sie hustete und schnappte nach Luft. Das würde sie lehren, Terranisch in Darkovanisch zu übersetzen, ohne vorher nachzudenken!

»Nein, so gewalttätig ist die Sache nicht. Ich meinte, daß die Lieder aufgenommen und mit viel Beifall begrüßt wurden – man spielte sie wieder und wieder, bis kein Mensch in der Föderation sie mehr hören konnte. Das nennen sie einen Schlager.«

»Ach so. Warum haben Sie das nicht gleich gesagt?«

Zur Mitte des Vormittags näherten sich die beiden Frauen der Hütte von Gavin MacDougal. Es war noch kühl, und die Straße war ein wenig schlammig, weil es in der Nacht geregnet hatte. Margaret transportierte ihre kostbare Ausrüstung in einer Schultertasche und sah sich interessiert um. Sie war am Vortag zu krank gewesen, um viel mitzubekommen.

MacDougals Hütte war eine ziemliche Bruchbude. Der kleine Garten neben dem Gebäude war voller Unkraut, mit ein paar Sträuchern, die die Zweige hängenließen, und der Weg zur Tür war mit Unrat übersät. Margaret sah einen kaputten Pflug, einen Sattel, der mehrere Winter im Freien gelegen hatte, und verschiedenes anderes Zeug.

Rafaella öffnete die schief in den Angeln hängende Tür und trat, ohne zu klopfen, ein. Drinnen war es dunkel, und es roch nach altem Mann, Holzfeuer, Kochen und schmutziger Kleidung. Margaret war entsetzt. Irgendwie hatte sie die Vorstellung gewonnen, daß alle darkovanischen Heime sauber waren und frisch und nach Balsam rochen. Wie konnte der alte Mann in diesem Dreck leben?

Eine Gestalt, die neben dem Kamin kauerte, rührte sich, und als sich Margarets Augen an das trübe Licht gewöhnt hatten, sah sie Gavin. Er war klein und verhutzelt, sein Kopf war vollkommen haarlos und sein Rücken vom Alter gebeugt. Er hustete und spuckte in den Kamin, und ein kurzes Zischen unterbrach die Stille.

»Willkommen«, murmelte er rauh. Er blickte die Frauen aus kurzsichtigen Augen an. »Hast du nicht gesagt, sie ist Terranerin?«

Rafaella trat von einem Bein aufs andere und war ein wenig verlegen. »Na ja, sie ist es und auch wieder nicht.«

»Versuch nicht, mich zu verscheißern. Ich bin vielleicht alt, aber ich bin nicht senil! Sie ist entweder das eine oder das andere.« Er kam näher, und Margaret roch alten Schweiß in seiner Kleidung und Bier in seinem sauren Atem. Er betrachtete sie aufmerksam.

Margaret fand es ärgerlich, daß die beiden über sie sprachen, als wäre sie unsichtbar. »In Wahrheit bin ich beides. Ich kam auf Darkover zur Welt, aber ich habe den größten Teil meines Lebens ...«

»Verzeiht mir, *Domna*«, unterbrach er. »Selbst meine alten Augen können sehen, daß Ihr *Comyn* seid. Ihr ehrt mein Haus.« Er funkelte Rafaella böse an. »Was führst du im Schilde, daß du versuchst, diese Frau vor mir als Terranerin auszugeben? Du bist ein böses Mädchen, und es wird ein schlimmes Ende mit dir nehmen. Und je früher, desto besser! Herumzurennen wie ein Wildfang, statt sich wie eine richtige Frau zu benehmen.«

Rafaella wollte gerade zu einer ihrer direkten und unachtsamen Antworten ansetzen, aber Margaret kam ihr zuvor. »Mein Vater war *Comyn, Mestru* MacDougal.«

»Ich wußte es! Denkt, sie kann mich zum Narren halten! Darf ich seinen Namen erfahren, meine Dame?« Er schaffte es, Bosheit und Unterwürfigkeit in einer Weise zu verbinden, die Margaret ausgesprochen widerlich fand. Sie verstand, warum Jerana ihn nicht hatte heiraten wollen, denn er war bestimmt ein äußerst unangenehmer junger Mann gewesen.

»Mein Vater ist Lewis Alton, der darkovanische Senator im imperialen Senat.« Sie sah Rafaellas verblüfften Gesichtsausdruck, und ihr wurde klar, daß sie den Namen ihres Vaters bisher nie erwähnt hatte. Es spielte keine große Rolle, daß er zurückgetreten war, denn er würde den Titel Senator für immer tragen. Abgesehen davon dachten diese Leute wahr-

scheinlich nie an den Senat oder die Terranische Föderation, jedenfalls nicht, wenn sie so waren wie die Hinterwäldler, denen Margaret auf anderen Planeten begegnet war.
Ein Ausdruck des Mißfallens trat auf Gavins Gesicht, und er schürzte seinen faltigen Mund. »Ich wünsche Euch nichts Schlechtes, *Domna,* aber an Eurer Stelle würde ich diese Abstammung hier in den Bergen nicht zu schnell laut werden lassen. Es gibt viele, die sich noch daran erinnern, wie Caer Donn niedergebrannt wurde, und manche haben noch alte Rechnungen zu begleichen.«
»Davon weiß ich nichts«, entgegnete sie hastig. Insgeheim verfluchte sie den Senator, weil er so ein mundfauler alter … sie schnitt den Gedanken ab. »Ich weiß nicht einmal, was Caer Donn ist.«
»War, *Domna,* war. Es war eine der ältesten Städte der Welt. Die Terraner kamen dorthin und bauten ihren ersten Raumhafen, nachdem sie Verträge mit den verdammten Aldarans geschlossen hatten. Ich war vor langer Zeit dort und habe meine Lieder gesungen, aber man war dort nie sehr großzügig. Diese Aldarans spendieren einem Mann kaum einen Trunk für sein Lied. Und vor ein paar Jahren wurde es dann zerstört.«
»Es tut mir leid, das zu hören, aber da ich damals noch nicht auf der Welt war, sehe ich nicht, was es mit mir zu tun haben könnte. Man kann mich nicht für etwas verantwortlich machen, was vor so langer Zeit geschah.«
Gavin MacDougal schnaubte. »Das ist eine typisch terranische Denkweise. Wir in den Bergen haben ein langes Gedächtnis, besonders, was diese Zeit angeht. Hier wird der Name Alton viele, die nicht daran erinnert werden wollen, an den Brand von Caer Donn und den Verbotenen Turms erinnern.«

»Du krächzt wie ein Unglücksrabe, alter Mann«, entgegnete Rafaella.
»Du bist zu jung und zu eigensinnig, um zu wissen, wovon du redest, also halte deine Zunge im Zaum. Euer Vater war mit ein Grund für die Zerstörung von Caer Donn, obwohl er erst ein Kind war, als die letzten Mitglieder des Verbotenen Turms abgeschlachtet wurden. Wir singen keine Lieder über diese Zeit, aber wir denken noch daran.«
Margaret versuchte sich vorzustellen, welche Rolle ihr Vater bei den Ereignissen gespielt haben könnte, von denen der alte Gavin sprach, aber es gelang ihr nicht. Die Nebel der darkovanischen Geschichte waren zu dicht, zu undurchdringlich für sie. Dann fiel ihr der Traum ein, und wie ihr Vater zwischen die beiden Frauen gekommen war und noch beide Hände hatte. Sie hielt nur mühsam ein Schaudern zurück.
»Ich bin hier, um Sie singen zu hören, *Mestru* MacDougal, nicht, um alte Geschichten zu hören.« Das stimmte nicht ganz, aber ihre kalte und distanzierte Hälfte bestand darauf, daß sie ihre Neugier unterdrückte. Es war ein unbefriedigendes Gefühl, weil sich die Fragen in ihrem Verstand formten, aber irgendwie nicht bis zu ihrem Mund gelangen konnten. Sie fühlte sich zum Schweigen verurteilt, wie als kleines Kind, und war wütend.
Margaret wurde bewußt, daß sie an dieser Geschichte sehr interessiert war, aber gleichzeitig wollte sie auch lieber nicht wissen, was geschehen war. Sie erinnerte sich, wie Lord Hastur und Brigham Conover auf schreckliche Ereignisse in der Vergangenheit angespielt hatten, und begriff nun, daß sie ihr nicht alles gesagt hatten, weil es sie nur beunruhigt hätte.
Ich werde diesen alten Mann aufnehmen, und dann kehren wir nach Thendara zurück! Rafaella wird sich freuen, und

ich entkomme dem … die Arbeit unvollendet lassen? Nein, das kann ich nicht tun. Ich muß weitermachen, um Ivors willen!

»Gut, wenn Ihr Lieder haben wollt, sollt Ihr Lieder haben.« Er watschelte zur Wand, nahm eine uralte, gebogene *Ryll* vom Haken und streichelte sie zärtlich. »Gehen wir hinaus ins Sonnenlicht.«

Sie setzten sich auf einige Steine vor der Hütte, und Gavin stimmte sein Instrument, während Margaret ihre Ausrüstung zusammenbaute. Gavins Stimme war inzwischen dünn, die Überreste eines guten Tenors, aber sein Gedächtnis war ausgezeichnet, und als die Sonne unterging, hatte er Margarets Vorrat an darkovanischer Musik beträchtlich vergrößert. Der Hintern tat ihr weh vom Sitzen auf dem Stein, und sie war froh, daß sie aufstehen und sich strecken konnte.

Sie dankte dem alten Mann und bot ihm eine Bezahlung an, aber er schüttelte den Kopf. »Bei einem Terraner würde ich sofort die Hand aufhalten, aber es geht mir gegen den Strich, mich von einer Alton bezahlen zu lassen. Paßt auf Euch auf, junge Frau, und laßt Euch von Rafaella nicht ins Unglück führen.« Dann ging er in seinen Schuppen zurück und schlug die Tür zu.

Margaret verstaute ihre Ausrüstung in der Tasche und trat mit ihrer Führerin den Rückweg zum Gasthaus an. »Erzählen Sie mir von diesem Verbotenen Turm«, sagte sie und achtete nicht auf ihre Müdigkeit und ein plötzliches Schwindelgefühl. Sie brachte die Frage gerade noch heraus, bevor ihr innerer Zensor ihr wieder zu schweigen gebot. Ihr Herz klopfte heftig, und das Blut toste in ihren Ohren. *Du wirst keine Fragen stellen!* Sie schluckte schwer, weil ihr Magen wieder rebellieren wollte.

Rafaella ging eine Weile schweigend neben ihr her. Dann sagte sie: »Es ist besser, nicht von diesen Zeiten zu sprechen, Marguerida.«
Margaret wollte trotzdem protestieren, aber sie hatte bereits gelernt, daß es nicht viel Sinn hatte, zu widersprechen, wenn Rafaella entschlossen war. Und von der Dringlichkeit, die sie wenige Minuten zuvor noch aufbringen konnte, war nichts mehr übrig. Die Begeisterung darüber, daß sie neue Lieder gehört hatte, ließ nach, und ihre Glieder begannen zu schmerzen. Sie war froh, als das Gasthaus in Sicht kam. Sie würde noch ein paar von den Liedern transkribieren und sich Notizen machen und dann ins Bett gehen. Am Morgen würden sie dann nach Thendara zurückkehren, und sie würde ihre Erschöpfung und das Gefühl der Beklemmung hinter sich lassen. Jemand anderer konnte die Arbeit zu Ende führen. Sie flog mit dem ersten Schiff, das sie bekam, zur sicheren Universität zurück!

Rund um sie waren Gebäude, die langweiligen, kastenförmigen Gebäude, die für die terranische Architektur typisch sind. Es war Nacht, und der Mond war aufgegangen. Es herrschte eine seltsame Ruhe. Dann begannen sich die Gebäude zu röten, und im Nu war überall Feuer.

Am Morgen fieberte sie, und in ihrem Kopf drehte sich alles wie ein Kreisel, als sie versuchte, sich aufzusetzen. Sie sank sofort wieder ins Kissen zurück und schluckte mühsam. Ihre Kehle war ausgedörrt und ihr Magen leer vom Erbrechen. Sie versuchte noch einmal aufzustehen, mußte aber feststellen, daß sie dazu nicht in der Lage war.
Rafaella beugte sich über sie und strich ihr das Haar aus dem

Gesicht. »Sie sind krank, Marguerida. Sie müssen heute im Bett bleiben.«

»Die Höhe«, murmelte sie. »Ich muß zurück nach Thendara.«

»Sie müssen heute nirgendwo hin. Sie bleiben liegen, und ich bringe Ihnen etwas Kühles zu trinken.«

Margaret war zu schwach, um sich zu streiten, deshalb blieb sie unter den Decken liegen und bemühte sich, langsam zu atmen, um ihren Körper zu entspannen. Sie schloß erschöpft die Augen, und das Gesicht von Danilo, dem Friedensmann, schwamm hinter ihren Lidern. Er blickte auf sie herab, und irgendwie wußte sie mit Bestimmtheit, daß er etwas mit ihrer Krankheit zu tun hatte. Dann wurde ihr klar, wie lächerlich das war. *Ich benehme mich wie eine abergläubische Idiotin. Als nächstes glaube ich noch, daß mich ein Mann verhext hat, der Hunderte von Meilen entfernt ist. Ich bleibe einfach ein paar Minuten hier liegen, und dann geht es mir wieder gut!*

Der Vormittag verstrich, aber es ging ihr noch immer nicht besser. Sie wurde immer heißer, bis es sich anfühlte, als würde ihre Haut schrumpfen. Die Bettdecke war unerträglich schwer, deshalb stieß sie sie weg, und dann lag sie bebend und erschöpft von der Anstrengung da. In ihrem Kopf war ein dumpfes Pochen, das jede Minute schlimmer zu werden schien. Sie versuchte zu trinken, was Rafaella ihr brachte, aber sie konnte es nicht bei sich behalten und übergab sich wiederholt. Sie spürte, wie ihr ein kaltes Tuch auf die Stirn gepreßt wurde, und verlor jedes Zeitgefühl.

Margaret begann zu zittern und krallte sich in die Bettdecke; ihre Hand war kalt und trocken. Sie stieß spitze Schreie aus. Jede Bewegung war eine Qual. Sie spürte, wie eine sanfte Hand ihre Wange berührte und wie sie zugedeckt wurde. »Dio –

Mutter!« Sie fiel in eine große Leere und schloß ihre schmerzenden Finger um die Laken.

Weiße Helligkeit! Sie hatte noch nie ein solch gleißendes Licht gesehen! Das Weiß hüllte sie vom Kopf bis zu den Zehen ein, und es war kalt, öde und erschreckend. Es enthielt nichts als Leere. Es schien gegen ihre Brust zu drücken, ihr den flachen Atem zu rauben und das Leben aus ihrem Körper zu saugen. Sie strampelte, um sich von dem Weiß zu befreien, und fiel noch ein wenig tiefer in die Kälte.

Dann war da etwas in dieser fürchterlichen Helligkeit – nein: jemand –, und sie wollte sich ganz klein machen und verschwinden. Jemand suchte nach ihr, und sie fürchtete sich. War es der silberne Mann? Oder die rotgelockte Thyra? Die Toten suchten nach ihr und wollten sie auf ihre Seite ziehen!

Ein Gesicht blickte auf sie hinab, wie sie noch nie eines gesehen hatte. Die Knochen standen im falschen Winkel zueinander, sie waren nicht menschlich. Die Haut des Wesens leuchtete vor dem weißen Hintergrund, und seine Augen sahen sie mit unendlichem Mitleid an. Sie war im Begriff zu sterben! Sie würde bald bei Ivor und Thyra und Marjorie Alton sein, und bei dem Großvater, den sie nie kennengelernt hatte. Das Gesicht war betrübt, als erriete es ihre Gedanken; ein leichtes Kopfschütteln schien zu verneinen, daß sie sterben mußte. Das Gesicht beugte sich immer tiefer herab, während sie ihm zu entkommen versuchte, und zuletzt spürte sie, wie sich dünne Lippen auf ihre Stirn drückten. Das Entsetzen verschwand, als hätte es nie existiert, und sie lag kalt und ruhig da und wartete auf das Ende.

Sie hatte keine Ahnung, wie lange sie wartete, aber nach einer

Weile sah sie den Senator auf sich zukommen. Er war alt, gebeugt und lahm, und er spähte wie eine Blinder in die weiße Helligkeit. Margaret wollte ihn rufen, aber ihre Stimme hatte jede Kraft verloren.
Schließlich sah er sie und wirkte verärgert. »Steh auf! Du darfst jetzt nicht krank sein! Ich lasse nicht zu, daß du stirbst! Ich habe schon zuviel verloren. Wage es nicht, mir wegzusterben, Marja! Steh auf!« In ihrer Brust schwoll etwas an, eine Blase voll Gefühl. Sie stieg in ihre Kehle und platzte.
»Ich sterbe, wann ich will!« Dann lachte sie ihm ins Gesicht.

Margaret war überrascht, als sie in ihrem Bett im Gasthaus aufwachte. Ihr Fieber hatte vorübergehend nachgelassen. Sie war unglaublich müde, aber ihr Geist war klar. Sie setzte sich langsam im Bett auf. Vorsichtig griff sie nach der Tasse mit Wasser, die neben dem Bett stand, und überlegte, wie spät es wohl war. Dann bemerkte sie, daß sie sich allein im Zimmer befand, und fragte sich, wo Rafaella sein mochte.
Sie fürchtete plötzlich, die Entsagende könnte sie allein in dem namenlosen Dorf zurückgelassen haben, aber dann hörte sie Rafaellas Stimme im Flur. Einen Augenblick später kam sie stirnrunzelnd herein. Als sie sah, daß Margaret wach war, glätteten sich ihre Sorgenfalten, und sie schien erleichtert aufzuatmen.
»Wie geht es dir, *Chiya?*«
Margaret hörte die Anrede in der Koseform und fühlte sich wieder wie ein Kind. Sie wollte beinahe protestieren, doch dann entschied sie, daß es eigentlich gar nicht so schlecht war.
»Gut, ehrlich. Ein bißchen schwach noch, aber etwas Suppe sollte dem abhelfen.« Bei der bloßen Erwähnung von Essen wurde ihr übel, und sie schluckte schwer.

»Bestimmt?«
»Natürlich.« Margaret wußte nichts mit Bestimmtheit, aber das brauchte Rafaella nicht zu erfahren. Sie war zu schwach, um aufzustehen, und sie konnte sich nicht vorstellen, wie sie so krank geworden war. Vor ihrer Abreise war sie gegen alle erdenklichen Gefahren geimpft worden. Es mußte die Höhe sein, unbedingt!
»Hm. Ich glaube nicht, daß du weißt, wie es dir geht. Du bist so weiß wie dein Nachthemd, und ich fürchte, du hast immer noch Fieber.«
»Vielleicht. Aber bestimmt habe ich mich bis morgen wieder völlig erholt. Es tut mir leid, wenn ich dir Sorgen gemacht habe – ich bin nicht absichtlich krank geworden!« Sie klang für ihre eigenen Ohren wie ein schlechtgelauntes Kind.
»Na, na, schon gut. Ich weiß, daß du nicht absichtlich krank geworden bist – was für eine dumme Bemerkung! Meinst du, du kannst aufstehen, damit ich die Laken wechseln kann? Du hast sie durchgeschwitzt.«
»Es tut mir leid!« Zu ihrer eigenen Überraschung brach Margaret in Tränen aus. Sie schluchzte heftig, und die Tränen kullerten ihr übers Gesicht. »Ich wollte keine Probleme machen«, jammerte sie, »ich habe versucht, stark zu sein, ehrlich.«
»Natürlich hast du das«, beruhigte sie Rafaella und runzelte erneut die Stirn. Sie legte die Arme um Margaret und zog sie an ihre Brust. »Alles ist gut, *Chiya.*« Sie strich ihr über das schweißnasse Haar, und Margaret fuhr fort, zu weinen und sich zu entschuldigen.
Die Tür ging auf, und die Besitzerin des Gasthofs kam herein, eine untersetzte Frau, die eine resolute Tüchtigkeit ausstrahlte. Sie hatte einen Stapel frischer Laken auf dem einen Arm und ein Nachthemd über dem anderen. Sie schüttelte den Kopf,

legte ihre Wäsche ab und trat ans Bett. Margaret gab sich Mühe, nicht mehr zu weinen, und es gelang ihr fast.
Mit vereinten Kräften schafften es Rafaella und die Gastwirtin, Margaret aus dem Bett zu hieven. Sie setzten sie auf einen Stuhl und bezogen das Bett neu. Margaret roch die Frische der neuen Laken, obwohl ihre Nase vom Weinen ganz verstopft war. Sie roch außerdem ihren eigenen Körper, der nach Schweiß und Krankheit stank, und sie erschrak. Sie brauchte ein Bad.
Dann zogen ihr die beiden Frauen sanft, aber schonungslos das Nachthemd aus. Sie wollte protestieren, weil es ihr peinlich war, sich nackt vor Fremden zu zeigen, aber sie achteten nicht auf sie. Rafaella brachte eine Schüssel warmes Wasser und einen Lappen und wusch Margarets Gesicht und Hände, wie man es bei einem kleinen Kind tut. Margarets Haut war wie Pergament, trocken und rissig. Die Wirtin bemerkte es, ging hinaus und kam mit einer Dose wohlriechender Salbe zurück. Sie massierte sie in Margarets schmerzende Muskeln, und es fühlte sich überraschend gut an. Die Salbe enthielt offenbar schmerzlindernde Kräuter. Dann zogen sie ihr ein frisches Nachthemd an und halfen ihr wieder ins Bett. Margaret sank in die Kissen, zu erschöpft, um sich zu rühren, und sie hörte die Stimmen der Frauen wie aus großer Entfernung.
»Ich sag dir, Rafaella, sie gefällt mir gar nicht. Sie ist nur Haut und Knochen, und sie bekommt noch mal Fieber, so wahr ich Hannah MacDanil heiße.«
»Ich weiß.«
»Wir brauchen eine Heilerin, aber wir haben hier keine mehr, seit die alte Grisilda letzten Winter gestorben ist.«
»Irgend jemand muß kommen!« Margaret hörte die Panik in Rafaellas Stimme, und sie hätte ihr sehr gerne versichert, daß

keine Heilerin nötig war. Das fehlte noch, daß sie mit einheimischen Kräutern kuriert wurde! Warum war sie überhaupt hierhergekommen? Wieso war Ivor gestorben?
In ihrem Schädel begann es wieder zu pochen, deshalb hörte sie auf nachzudenken. Es war einfacher, sich zurückzulehnen und die kühlen, sauberen Laken und ein frisches Nachthemd zu genießen.
»Ich glaube, du solltest lieber nach Ardais reiten und Hilfe holen. Ich würde ja den Jungen schicken, aber ich kann ihn im Augenblick wirklich nicht entbehren. Ich traue diesen Pferdehändlern nicht weiter, als mein Arm reicht, und ich will nicht ohne Mann im Haus sein.« Die Wirtin seufzte. »Wenn Emyn eine andere Sorte Ehemann wäre … aber wozu sich wünschen, was man nicht haben kann.«
Margaret hörte Hannahs Worte aus großer Entfernung, aber die Erwähnung des Namens Ardais ließ sie fast aus ihrer Schwäche auferstehen. Sie wollte protestieren, wollte Rafaella bitten, nicht wegzugehen, nicht zu den Ardais, aber sie war unfähig, die Worte zu formen.
»Ich breche am besten sofort auf. Es ist ein weiter Ritt, und ich will ihn nicht unbedingt im Dunkeln machen.«
»Gut. Ich kümmere mich um die *vai Domna*, bis du zurück bist.«

Stunden vergingen. Margaret verlor das Bewußtsein, kam wieder zu sich, schlief, träumte und erbrach sich. Sie versuchte, wach zu bleiben, um den Stimmen zu entgehen, die sie beunruhigten. Sie hörte den Senator, der sie drängte aufzustehen, und Ivor, der ihr sagte, daß er sie brauchte. Und es gab auch Frauenstimmen – streitende und schreiende. Doch der Schlaf überfiel sie immer wieder, weiß und quälend. Und

die Stimmen erhoben sich heulend und kreischend wie ein Sturm.
Irgendwann erwachte sie kurz und hörte, wie der Wind den Regen gegen die Fensterläden peitschte. Die Wirtin saß neben dem Bett und strickte im schwachen Schein der Kerze. »Wo ist Rafaella?« Ihre Stimme war ein Krächzen. »Ich bin so durstig.«
Hannah gab ihr eine Flüssigkeit, Wasser mit irgend etwas darin.
»Rafaella holt eine Heilerin.« Sie blickte zum Fenster. *Hoffentlich ist sie wohlbehalten nach Ardais gekommen. Die Stürme in unseren Bergen sind schrecklich.*
»Oh.« Margaret trank, und bevor sie wieder in ihre Träume glitt, schauderte sie. Sie wußte, sie hatte Hannahs Gedanken gehört, keine Worte waren gesprochen worden. Und sie wußte, daß etwas auf sie wartete, etwas, das sie nicht kennenlernen wollte. Sie spürte förmlich, wie es an ihren schmerzenden Muskeln zog.

Licht berührte ihr Gesicht. Es schmerzte! Sie hob die Hand, um ihre Augen abzuschirmen. Dann spürte sie eine Schaukelbewegung und wollte sich am Bettrahmen festhalten. Da war keiner, nur eine dicke Holzstange zu beiden Seiten ihres Körpers. Sie hörte Rufe und nahm den Geruch von Pferden wahr. Ihre Unterlage schwang hin und her, und sie spürte, wie ihr Magen wieder rebellierte.
Rafaellas Gesicht schwebte über ihr. »Marguerida!«
»Wo sind wir? Was ist los? Es tut so weh!«
»Ich weiß, *Chiya,* aber bald sind wir in Ardais und bringen dich wieder ins Bett, ich verspreche es.«
»Warum schaukelt das Bett?«

»Du bist auf einer Pferdetrage. Keine Angst. Es kann nichts passieren. Bald sind wir in Burg Ardais.«

»Das Licht tut meinen Augen weh!« Rafaellas Worte drangen in ihren Geist. »Ardais! Nein! Laßt mir nicht von Danilo weh tun!«

Sie hörte eine tiefe und besorgte männliche Stimme. »Wovon phantasiert sie?«

»Ich weiß nicht«, antwortete Rafaella. »Sie scheint sich vor etwas zu fürchten. Das geht schon die ganzen letzten Tage so.«

»Wir sollten sie lieber noch fester auf die Trage binden, *Mestra.* Sonst fällt sie noch herunter und verletzt sich.«

Nichts, was sie sagten, ergab einen Sinn. Sie konnte an nichts anderes denken als an den stillen Friedensmann von Regis Hastur und ihre irrationale Angst vor ihm. *Er wird mich in eine andere Person verwandeln!* Das war der letzte zusammenhängende Gedanke, den sie für lange Zeit hatte.

11

Das Rütteln und Stoßen der Pferdebahre änderte sich, und Margaret war gerade genügend bei Bewußtsein, um zu bemerken, daß sie von dem rauhen Untergrund auf einen ebeneren Boden gewechselt hatten. Sie hörte die Hufe auf Stein auftreffen, ein tiefer, voller Klang, und sie zwang sich, die Augen zu öffnen. Das grelle Licht war verblaßt, es war kurz vor Sonnenuntergang, und die Luft war kühl und frisch. Ein Vogel sang, und sie wünschte, sie könnte sich daran freuen. Die Geräusche der Stimmen und der Stiefel und Hufe auf dem Stein drangen schmerzhaft an ihr Ohr, und sie unterdrückte ein Stöhnen, als sie den Kopf drehte.

Sie befanden sich in einem geräumigen Hof, den ein großes Gebäude aus hellgrauem Stein wie die Arme einer Mutter umschloß. Es schien von einem Ende des Horizonts bis zum anderen zu reichen und nach oben bis in die Wolken zu wachsen. Flechte wuchs auf den Steinen, und die Fenster in den unteren Stockwerken waren kleiner als die in den oberen. Obwohl sie todmüde und leicht fiebrig war, ertappte sich Margaret dabei, wie sie im Geiste Notizen zur Architektur des Ortes machte. Die Gewohnheiten einer Wissenschaftlerin waren eben nicht leicht abzulegen. Das Gebäude war völlig anders als die *Comyn*-Burg, mehr wie eine Festung. Vor wem mußten sie sich wohl schützen? Räuberbanden? Erleichtert stellte sie fest, daß sie offenbar keine Erinnerung an Burg Ardais hatte, trotz ihrer starken Abneigung gegen den Namen, und entschied, daß ihre seltsamen Ängste einfach lächerlich waren.

Als die Männer die Bahre zwischen den Pferden heraushoben, schrie Margaret trotz der Vorsicht, die sie walten ließen, vor Schmerz auf. Sie trugen sie zum Eingang der Burg in eine Eingangshalle, die sich mehr als zwei Stockwerke hoch über ihr erhob. Auf der Bahre liegend, sah sie das Licht von den oberen Fenstern herabströmen und die Empfangshalle mit der schwindenden Helligkeit des Tages füllen. Es erinnerte sie ein wenig an die Kathedrale der Universität, nur daß man dort im Gegensatz zu hier keine schrillen Stimmen hörte. Sie hörte, wie Rafaella in der Nähe mit jemandem stritt, und sie wünschte, alle wären still. Es schienen mehrere Stimmen beteiligt zu sein, hauptsächlich weibliche, und ihre Tonhöhe schmerzte in Margarets Ohren.

Plötzlich durchschnitt eine entschlossen klingende Männerstimme das Gespräch. »Darf ich fragen, was das alles zu bedeuten hat?«

»Ich habe dieser Person gerade erklärt, daß Ardais keine öffentliche Einrichtung ist, wo man …«

»Das reicht! *Mestra* Rafaella und ihre Begleiterin waren angekündigt, Martha, und es steht dir nicht zu, das in Frage zu stellen. Wenn du nicht unten im Dorf bei deiner Tochter gewesen wärst, hättest du gewußt, daß wir die Ankunft dieser Leute freudig erwarten.« Er wirkte sehr ruhig und gebieterisch, und Margaret überlegte, ob es sich um den Hausherrn handelte.

»Sie war nahe vor ihrer Zeit, Julian, und ich konnte sie nicht einfach allein lassen.«

»Sie ist bei der Hebamme in guten Händen; bestimmt hat die Frau deine Einmischung nicht sehr begrüßt.«

»Einmischung! So ist es recht! Du bist nur ein Mann und verstehst von solchen Dingen nichts!« Wer immer diese

Martha war, sie hörte sich nicht so an, als wollte sie klein beigeben. Margaret bemerkte, wie sich das Gesicht eines Mannes zu ihr herabbeugte. »Ich heiße Euch auf Schloß Ardais willkommen.« Sie bemerkte einen verwirrten Ausdruck auf seinem Gesicht. »Ich bin Julian Monterey, der *Coridom* von Lady Marilla.«

Margaret zermarterte ihr müdes Hirn, um auf die Bedeutung dieses Ausdrucks zu kommen. Es war irgend etwas zwischen Haushofmeister und Vorarbeiter, aber die genaue Unterscheidung konnte sie in ihrem gegenwärtigen Zustand nicht ergründen. »Danke für den Empfang«, krächzte sie, »und verzeihen Sie, daß ich in einer so unordentlichen Weise komme. Ich hatte nicht die Absicht, krank zu werden.«

»Natürlich nicht«, antwortete er freundlich, als wären Besucher, die mit hohem Fieber auf einer Bahre eintrafen, ein alltägliches Vorkommnis.

»Was soll das Tuscheln in meiner Empfangshalle?« unterbrach ihn eine liebliche Stimme. »Und warum, wenn ich fragen darf, wartet unser Gast noch immer hier unten? Ich habe angeordnet, daß ein Schlafgemach vorbereitet wird. Ist das geschehen?« Trotz des weichen Tonfalls der Sprecherin vermutete Margaret, daß die Frau einen eisernen Willen besaß.

»*Domna* Marilla, man hat mich nicht davon unterrichtet, daß wir Gäste erwarten«, klagte Martha, »und ich wußte nicht, daß ein Zimmer vorbereitet werden sollte.«

»Von Ausreden kommt unser Besuch nicht ins Bett«, entgegnete Marilla. »Und *Mestra* Rafaella hat eine ermüdende Reise hinter sich, denn sie hat den Weg ohne Schlaf und mit nur wenig Essen dreimal zurückgelegt. Schluß jetzt also mit dem Herumtrödeln und an die Arbeit. Julian, ich möchte mit dir sprechen.«

Margaret hörte das Murmeln von Julians Unterhaltung mit seiner Herrin und das Rascheln von Röcken, als die verschiedenen Dienstboten zu ihren Pflichten eilten. Ihre beiden Bahrenträger warteten geduldig, ohne sie abzusetzen. Margaret sah den Rücken des einen vor sich. Rafaella beugte sich mit besorgter Miene über sie. Sie faßte zärtlich Margarets Hand.

»Wie geht es dir?«

»Furchtbar.« Sie bemerkte die dunklen Ringe unter den Augen der Führerin, und den harten Zug um ihren Mund, und hatte ein schlechtes Gewissen, weil sie jammerte. Rafaellas Locken waren verschmutzt und klebten am Kopf, als wären sie naß geworden. Hatte es geregnet? Sie konnte sich nicht erinnern. »Ich verliere ständig das Bewußtsein und habe diese schrecklichen Visionen. Mein Hals tut weh!«

»Das wundert mich nicht. Du hast den größten Teil des Wegs laut genug geschrien, um eine Todesfee zu erschrecken. Aber jetzt wird man sich um dich kümmern.«

»Ich habe dir Sorgen bereitet, oder?« Margaret war offenbar entschlossen, das Schlimmste aus einer üblen Situation zu machen. »Das macht keinen Spaß – du hast schließlich nicht als Pflegerin angeheuert. Es tut mir so leid, Rafaella.«

»Sei nicht albern. Das Ganze ist ja nicht deine Schuld. So etwas wie dein Fieber habe ich noch nie gesehen. Wenn du mir nicht versichert hättest, daß du keine *Leronis* bist, würde ich schwören, daß du die Schwellenkrankheit hast.«

»Dafür bin ich doch viel zu alt«, entgegnete Margaret. »Oder?« Eine kalte Angst packte sie. Was Rafaella ihr über die Schwellenkrankheit erzählt hatte, reichte, daß sie sich nun noch unwohler fühlte. Es war eine Kinderkrankheit, und sie war kein Kind, aber sie war nicht völlig überzeugt, daß ihr Alter sie immun machte. Und Margaret wußte inzwischen auch, daß die Krankheit das Einsetzen dieses geheimnisvollen *Laran* ankündigte. Sie wußte vage, was das bedeutete, und sie wollte nichts damit zu tun haben!

Eine Frau mit hellem Haar von etwa fünfzig Jahren trat an die andere Seite der Bahre. Sie hatte scharfe Gesichtszüge, die einmal schön gewesen sein mußten und von denen das Alter nur ein schmales Kinn und eine fuchsartige Nase übriggelassen hatte. »Willkommen auf Ardais. Ich bin Lady Marilla Lindir-Aillard.« Sie tätschelte Margarets Hand. »Rafaella – geh zu Bett. Du siehst aus, als würdest du gleich aus den Stiefeln kippen! Ich kümmere mich um deine Begleiterin. Wie heißt du, mein Kind? Rafaella hat uns nichts erzählt, nur daß ihre Begleiterin an einem unbekannten Fieber erkrankt ist.«

»Ich bin Marguerida Alton«, flüsterte sie so leise, daß sie sich selbst kaum hörte.

»Wie bitte? Sag es noch einmal, ich höre ein wenig schlecht.« Margaret erkannte an Marillas Gesichtsausdruck, daß sie sehr wohl verstanden hatte, aber ihren Ohren nicht traute.

»Das ist *Domna* Marguerida Alton, *Domna* Marilla«, antwortete Rafaella.

Die blonde Frau hob leicht den Kopf und sah die Führerin an. »Ich glaube, ich sagte, du sollst zu Bett gehen.« *Das ist also das Kind von Lewis! Es kann keine andere sein. Ich dachte, sie wäre während der Rebellion gestorben – nein, jetzt weiß ich es wieder, das war eine andere. Lew nahm sie mit, als er wegging. Ja, sie hat die Züge ihrer Familie – ich hoffe, ich tue das Richtige, sie hier zu haben, Zandru! Sie könnte Felicia Dariells Zwillingsschwester sein!* Als Lady Marilla das dachte, sah Margaret ein sanft gealtertes Gesicht, das ihr eigenes so genau widerspiegelte, daß sie erschauerte. Sie hatte keine

Ahnung, wer Felicia sein könnte, aber es war nicht zu leugnen, daß sie ihr sehr ähnlich sah.
Rafaella zögerte, es widerstrebte ihr deutlich, ihre Schutzbefohlene allein zu lassen, obwohl sie fast zitterte vor Erschöpfung. »Wie Ihr wünscht, *Domna*«, sagte sie schließlich. Widerwillig ließ sie Margarets Hand los und verschwand. *Sie sieht schrecklich aus – ich will sie nicht allein lassen, aber ich komme bald um vor Erschöpfung. Warum muß mir so etwas passieren? Sie ist inzwischen wie eine Schwester für mich, aber jetzt ist sie ja in guten Händen. Es hilft niemandem, wenn ich auch noch krank werde!*
Lady Marilla lächelte und zeigte eine scheinbar große Anzahl scharfer Zähne. »Rafaella ist eine gute Frau, aber sie nimmt nicht gern Befehle entgegen. So, jetzt bringen wir dich ins Bett und finden heraus, was mit dir nicht stimmt.«
»Es tut mir leid, daß ich soviel Ärger mache«, wimmerte Margaret. Ihr war wieder heiß, und sie hatte das Gefühl, als sei ihre Haut dünn wie Papier, als könnte das Licht, das durch die hohen Fenster fiel, durch sie hindurchscheinen, und sie hatte große Schmerzen.
»Unsinn. Du machst überhaupt keinen Ärger. Bringt die Dame ins Rosenzimmer, Burschen, und seid vorsichtig!« *Ärger! Die Altons machen seit Generationen nichts als Ärger. Armes Ding. Die Schwellenkrankheit, und sie muß mindestens sechsundzwanzig sein! Das geht über meine Begriffe. Ich weiß kaum, was ich tun soll, und ich weiß es sonst immer. Immer! Das habe ich nun von meinem Stolz. Ich werde mehr als eine Heilerin brauchen, und zwar schnell.*

Die Zeit verlor jede Bedeutung. Es gab Stimmen, mehrere verschiedene Frauen und gräßlich schmeckende Getränke, von denen sie würgen und spucken mußte. Kühlende Tücher wurden ihr auf die Stirn gepreßt, mit anderen wurden ihr Arme und Beine gewaschen. Die Hände, die die Tücher hielten, waren sanft, aber Margaret schrie dennoch bei jeder Berührung auf. Und alles überschatteten noch die Alpträume. Sie sah Lew und die beiden Schwestern, Marjorie und Thyra, und hinter ihnen Felicia, deren Züge sie offenbar geerbt hatte. Sie alle wollten anscheinend etwas von ihr, etwas, das sie nicht verstand. Das machte alle wütend, und sie versuchte, wach zu bleiben, um ihnen nicht zu begegnen, aber ihr Körper ließ sie ein ums andere Mal im Stich.

In ihren wenigen lichten Momenten sah sie die alte Hexe, die sie zwang, ein übel schmeckendes Gebräu zu trinken, und sie sah Rafaella und Marilla. Alle wirkten sehr ängstlich, und sie wollte ihnen sagen, daß sie in Ordnung war, aber ihre Kehle war so rauh, daß sie nur ein schreckliches Krächzen herausbrachte.

Zuletzt hörte sie deutlich eine Stimme. »Es tut mir leid, aber das übersteigt meine Fähigkeiten als Heilerin. Ihr werdet nach einer *Leronis* schicken müssen.«

»Das habe ich schon, Beltrana, aber sie wird heute nicht mehr eintreffen. Tu, was du kannst. Ein Jammer, daß sie hierhergekommen ist – es wäre alles viel einfacher, wenn sie in Armida gelandet wäre.« Lady Marillas Stimme klang müde und verbittert.

»Na, na, Mylady. Es hilft nichts, sich zu wünschen, was nicht ist. Das solltet Ihr inzwischen wissen – aber Ihr wart immer eine, die wollte, was sie nicht hatte.« Es ertönte ein heiseres Glucksen und überraschenderweise ein Lachen als Antwort.

»Ja, das bin ich. Immer noch, nach all den Jahren und allen

Enttäuschungen. Sie kommt zu sich. Ich glaube, du gibst ihr lieber noch eine Dosis.«

»Sehr wohl, aber es gefällt mir nicht.«

»Mir auch nicht, Beltrana, mir auch nicht.«

Der Tumult in Margarets Kopf ließ nach, und sie fand sich in einem breiten Bett wieder. Sie betrachtete die bestickten Vorhänge um das Bett herum und überlegte kurz, wo sie war und warum sie so fest zugedeckt war. Dann fiel ihr alles wieder ein, und gleichzeitig erinnerte sie sich an ihre schrecklichen Träume.

Margaret fühlte sich sehr schwach, aber ihr Kopf war zum ersten Mal seit Tagen klar. Jedenfalls glaubte sie, daß Tage vergangen waren, denn sie meinte, sich an Wechsel des Lichts hinter den Bettvorhängen zu erinnern, Tage, Nächte und wieder Tage. Vorsichtig zog sie sich in eine sitzende Position hoch und sah eine Frau, die in dem breiten Sessel am Fenster saß. Sie war sehr alt, und ihre Haut war wie Pergament, aber sie reagierte sofort auf die Bewegung im Bett.

»Guten Tag, *Domna*. Ich bin Beltrana, die Heilerin. Wie geht es Euch?«

Margaret antwortete nicht sofort, sondern lauschte dem unablässigen Prasseln des Regens am Fenster. Sie war so empfindlich, daß es ihren Ohren wie Kesselpauken klang, obwohl es ein ganz normales Geräusch war. Das war also die Frau, die ihr alle diese fürchterlich schmeckenden Säfte gegeben hatte, und sie nahm an, daß sie ihr gutgetan hatten. »Ich fühle mich wie zehn Meilen schlechte Straße, aber ich habe Hunger. Ist das gut?« Dann merkte sie, daß sie terranisch gesprochen hatte, nicht *Casta*. Sie leckte sich die gesprungenen Lippen und verzog das Gesicht. »Ich glaube, ich bin hungrig«, sagte sie langsam in *Casta.* »Ist das gut?«

Die Alte nickte und kicherte und sah erleichtert aus. »Es ist ein Zeichen von wiederkehrender Gesundheit. Das letzte Heilmittel, das ich probiert habe, scheint Euer Fieber gebrochen zu haben.«

»Heilmittel?« Margaret erinnerte sich deutlich an ihren Widerstand, als man ihr einen weiteren Trank einflößte. »Sie meinen das Zeug, das regelrecht verfault schmeckte?« Sie streckte die Zunge heraus und schnitt ein Gesicht. Es tat weh! Jeder Muskel in ihrem Körper schien zu schmerzen.

Beltrana nickte, und das weiße Haar, das ihr Haupt krönte, leuchtete wie ein Heiligenschein im Gegenlicht. Margaret senkte die Augen, denn von der Bewegung der Heilerin wurde ihr schwindlig. »Ja, auch wenn es noch niemand so beschrieben hat.«

»Wann darf ich aufstehen?«

»Noch eine ganze Weile nicht, *Domna.* Ihr hattet drei Tage und Nächte hohes Fieber, und ich wäre fast verzweifelt. Jetzt müßt Ihr ruhen und essen und wieder zu Kräften kommen.«

»Aber ich habe geruht!« Margaret wußte, daß sie sich ungehörig benahm, aber wenn sie als Kind krank war, hatte sie auch immer darauf bestanden, daß es ihr gutging und daß sie sofort aufstehen wollte. In Wahrheit hatte sie der bloße Akt des Aufsetzens bereits wieder erschöpft, aber das wollte sie nicht zugeben.

»*Chiya,* Ihr wart sehr krank, und Ihr könnt nicht einfach aus den Federn hüpfen. Ihr tut, was Beltrana Euch sagt, dann seid Ihr bald wieder gesund.« *Mir gefällt ihr Aussehen noch nicht. Ihre Farbe ist zu lebhaft, und sie bekommt neues Fieber, wenn wir nicht aufpassen – eigensinnig, wie sie ist! Sie ist noch nicht über den Berg – und ich will, daß es ihr bessergeht, wenn die Leronis kommt.*

Margaret hörte die unausgesprochenen Worte, und es lief ihr kalt über den Rücken. *Warum passiert mir das? Warum kann ich plötzlich Dinge hören, die nicht gesagt wurden? Ein bißchen war es vorher schon so, aber nun scheint es immer mehr zu werden. Verdammt! Es ist nicht richtig und nicht fair! Ich will nicht krank sein und keine Gedanken hören. Ich will keine* Leronis, *was immer das ist! Ich will zurück an die Universität, Hauptsache, weg von hier. Wenn Ivor nicht gestorben wäre ... Ich wünschte, ich wäre nie nach Darkover gekommen!*

Tränen stiegen ihr in die Augen und liefen ihr übers Gesicht. Ihre Haut war so empfindlich, daß die Tropfen auf ihr weh taten. Margaret sank ins Kissen zurück.

Beltrana erhob sich steif, kam ans Bett und deckte sie zu. »Ich weiß, ich weiß, meine Kleine. Aber Beltrana kümmert sich um Euch, und Ihr seid im Handumdrehen wieder gesund und munter.«

»Ich kümmere mich um Leute, nicht andersherum«, schluchzte sie. »Aber ich habe mich nicht um Ivor gekümmert, und er ist gestorben! Es ist alles meine Schuld!« Sie ballte eine Hand zur Faust und schlug kraftlos auf das Kissen.

Die alte Frau tätschelte ihr sanft den Arm, aber nicht so sanft, daß es nicht geschmerzt hätte, und Margaret zuckte zusammen. Es war zum Verrücktwerden – sie war krank und weinte wie ein kleines Kind. Aber sie konnte nicht aufhören, und dann versuchte sie es nicht einmal mehr.

»Rafaella, ich habe es total satt, krank zu sein«, beschwerte sich Margaret am nächsten Morgen. »Ich will aufstehen!«

Die Führerin lächelte sie an. »Wenn du so herrisch bist, dann muß es dir schon bessergehen. Du hast uns fürchterlich erschreckt, Marguerida. Lady Marilla war kurz davor, aus der Haut zu fahren – so vulgär es ist, das von einer *Comyn* zu sagen.« Rafaella sah ziemlich abgespannt aus, aber in ihren Augen blitzte der Schalk wie immer. Ihre Haare glänzten frisch gewaschen, und die Ringe unter ihren Augen waren nicht mehr so dunkel wie bei ihrer Ankunft.

Margaret rutschte unter den Decken umher, um eine bequeme Position zu finden, aber es gelang ihr nicht. Sie beneidete Rafaella um ihre Sauberkeit. Sie fühlte sich sehr schmuddelig, obwohl man sie mehrmals mit dem Schwamm gewaschen und ihr Nachthemd gewechselt hatte. Der Gedanke an ein Bad war äußerst verlockend, allerdings war sie so schwach, daß sie wahrscheinlich ertrinken würde, wenn sie versuchte, eines zu nehmen.

Sie wünschte, es läge ihr mehr, nichts zu tun und sich auszuruhen. Nach einer Weile war ihr bereits langweilig, und sie wurde unruhig. Wahrscheinlich gab es in diesem riesigen Haus nichts zu lesen, und sie wußte ohnehin nicht, ob sie dazu in der Lage gewesen wäre. Sie suchte nach einem Gesprächsthema und beschloß, daß sie mehr über ihre Gastgeberin erfahren wollte. Immerhin belegte sie ein Schlafzimmer und verursachte wahrscheinlich den Dienstboten viel Mühe. »Erzähl mir doch ein bißchen von ihr. Soweit ich mich erinnere, wirkte sie ziemlich furchteinflößend.«

»Das ist das richtige Wort. Sie mußte es wohl sein, um Lord Dyan Ardais zu ertragen. Sie liebten sich seltsamerweise. Er war ... nun ja, anders.« Rafaella schien sich äußerst unbehaglich zu fühlen, sie sprach leise und angespannt. »Er starb, bevor ich zur Welt kam, deshalb kenne ich nur einen Teil der

Geschichte. Die Leute reden nicht gern über ihn. Und es gehört sich nicht, in einem fremden Haus über die Bewohner zu klatschen.« Das Gesicht Rafaellas signalisierte Widersprüche, aber zumindest hörte Margaret nichts anderes, außer den Worten, und das erleichterte sie sehr. Vielleicht war sie doch nicht telepathisch veranlagt. Vielleicht hatte sie nur Dinge gehört, von denen sie glaubte, daß die Leute sie dachten. *Hör auf damit! Hör auf, dir einzureden, daß du dir alles nur einbildest! Sei die Wissenschaftlerin, für die du dich ausgibst, und akzeptiere die Tatsachen.*

Dann drangen Rafaellas Worte in ihr Bewußtsein, und sie zog sich in die Kissen zurück. Ihr Geist schreckte zurück, als versuchte er, vor sich selbst zu fliehen. Dyan Ardais. Sie kannte diesen Namen, und sie hatte eine Erinnerung. Sie sah einen Mann mit einem Raubvogelgesicht, schön und wild. Und der Name löste eine weitere Erinnerung aus, an ein kaltes Zimmer und … *»Du darfst dich nicht erinnern, und du darfst keine Fragen stellen. Ich lasse nicht zu, daß du mich zerstörst – du bist krank, aber bald wirst du nicht mehr krank sein. Du wirst frei sein von Schmerz und Angst, meine Kleine. Tu nur, was ich dir sage, und bald wird alles vorbei sein.«*

Margaret wußte nicht, wer in ihrem Geist gesprochen hatte, aber sie zitterte am ganzen Leib. Die Stimme war sonderbar, vertraut und dennoch fremd. Sie hatte etwas an sich, das sie an Spiegel und an ihre Abneigung gegen sie denken ließ. Dieser Dyan hatte sie abgeholt und an einen kalten Ort gebracht. Die Erinnerung machte ihr sogar noch mehr angst als die an den silberäugigen Mann, und sie wollte davonlaufen. Nur waren ihre Beine die Beine eines Kindes, zu kurz, um der Gefahr zu entrinnen.

Eine vertraute Vision entstand vor ihren Augen, eine, die sie schon oft gesehen hatte, und jedesmal war es ihr geglückt, sie tief in ihrem Bewußtsein zu vergraben. Margaret sah eine Schlacht, mit Licht und Schwertern, die bereits ewig dauerte, und doch war sie im Grunde sehr kurz. Ihr müdes Gehirn konnte mit den Widersprüchen nichts anfangen, und sie hörte mit dem Versuch auf, aus ihnen schlau werden zu wollen.

Die Ereignisse spulten sich selbsttätig ab, wie ein altertümliches Videodrama, und als alles vorbei war, lag der Mann namens Dyan Ardais tot am Boden. Sie war sich dessen sicher – sie war Zeugin seines Todes gewesen. Er sah harmlos aus in der Niederlage, nichts, wovor man sich fürchten mußte. Aber nun wußte Margaret, warum ihr so unbehaglich zumute gewesen war, als sie Danilo in der Comyn-Burg begegnete. Es lag nicht an dem schweigsamen Friedensmann selbst, sondern nur daran, daß er einen Namen trug, der sie beunruhigte.

Dyans toter Körper lag auf dem Boden, und neben ihm lag eine zweite Leiche. In ihrer Erinnerung war deren Gesicht abgewandt, aber das wilde rote Haar, das sich auf den Steinen ausbreitete, verriet ihr, daß es sich um Thyra handelte. Sie hatte ihre Mutter nicht sterben sehen, aber sie hatte sie tot gesehen, und einen Augenblick lang war sie wütend. Warum war sie nicht beschützt worden? Wo war Lew gewesen – sie war sich sicher, daß er ganz in der Nähe war, aber ihre Erinnerung sagte ihr nichts. Der tote Körper, der einmal Thyra gewesen war und sie zu Tode erschreckt hatte, sah tragisch aus – wie ein zerbrochenes Gefäß.

Sie hätte die Erinnerungen gern zurückgewiesen, aber sie wußte nun, daß es ihr nie mehr gelingen würde, sie auszumerzen. Es war völlig sinnlos, es auch nur zu versuchen. Sie seufzte und bemerkte, daß Rafaella sie besorgt beobachtete. Margaret zuckte die Achseln. »Alles in Ordnung. Ich habe mich nur gerade an etwas erinnert, das ich gern vergessen hätte.«

»Dein Gesicht ist so weiß geworden, wie ich es kaum für möglich gehalten hätte. Ich dachte, du wirst ohnmächtig.«

»Nein, ich werde nicht ohnmächtig – obwohl das im Augenblick fast eine Gnade wäre.«

Zum ersten Mal fragte sie sich, was sie sonst noch absichtlich vergessen hatte und warum. Sie war sehr klein und sehr verwundbar gewesen. Man hatte sie von einem Raum zum nächsten geschoben; niemand war grausam zu ihr gewesen, aber auch niemand freundlich. Es war fast, als hätte sie keine Bedeutung, außer als eine Art Faustpfand, damit ihr Vater etwas Bestimmtes tat. Er war damals noch nicht der Alte, sondern jünger als sie im Augenblick, doch bereits einhändig und wahrscheinlich so unsicher wie sie selbst.

Ihre Gedanken kehrten unwillig zu Dyan Ardais zurück, der so groß und ernst war. Er war ein sehr attraktiver Mann gewesen, aber auch sehr distanziert und kalt. Was hatte ihn so werden lassen? Sie erinnerte sich an seine Bewegungen, die nie hastig waren, und an seine Hände, die hart und kräftig waren, wenn er sie hochhob. Warum hatte er das getan? Da war etwas …

Er hatte sie an einen Ort gebracht, der gleichzeitig leer und besetzt war, ein enger Raum mit blauem Glas in den Wänden. Aber es war kein Glas, sondern Stein, und das Licht schien durch ihn hindurch. Und es waren auch nicht nur die Wände so. Die hohe Decke und der Boden waren aus demselben Material. Es war, als befände man sich im Innern eines blauen Diamanten – was natürlich völlig unmöglich war. Der Raum war unglaublich kalt, und sie hatte gezittert, weil sie nur ein Nachtgewand trug und weil sie Angst hatte.

In Margarets Kopf tauchten nun eher Eindrücke als richtige Erinnerungen auf. Der Raum schien leer zu sein, bis auf einen Stuhl mit hoher Rückenlehne, der aus grauem Stein gemeißelt war und in der Mitte stand. Er war wie ein Thron, dachte sie. Sie wollte wegsehen, aber ihre Augen schienen von dem freien Sitz angezogen zu werden. Sie konnte eine Erscheinung ausmachen, die Gestalt einer sehr kleinen Frau, die Licht und Klang fraß und vor allem Gefühle. Als das seltsame Wesen sie ansah, fühlte sie sich leer, nicht mehr wie Marja, sondern wie ein kleines Nichts ohne eigene Identität.

Der Name Ardais hatte einen Anflug von Erinnerung ausgelöst. Warum also hatte sie immer noch das Gefühl, daß an Danilo Syrtis-Ardais etwas gefährlich war? Lag es daran, daß er alles tun würde, um Regis Hastur zu beschützen? Das hatte eigentlich nichts mit ihr zu tun, oder? Vielleicht war er überhaupt keine Bedrohung, sondern einfach nur ein Mann, der sie an das erinnerte, woran sie nicht erinnert werden wollte. Seit sie auf Darkover war, hatten die Geräusche und vor allem die Gerüche all das heraufbeschworen, was sie in den Tiefen ihrer Seele verborgen hatte. Es war etwas geschehen, woran sie sich auf keinen Fall erinnern wollte, etwas, das mit dieser kleinen Frau zu tun hatte, die auf einem Sitz aus Stein schimmerte. Wo befand sich dieser Raum, dieser kristalline Ort? Sie wollte es nicht erfahren, und doch mußte sie es wissen!

Mit Schrecken wurde ihr klar, daß mehr dahintersteckte, als daß sie die Vergangenheit nicht lebendig werden lassen wollte. Diese Stimme! Die kalte Stimme, die ihr befahl, keine Fragen zu stellen, sich nicht zu erinnern. Das war nicht Dyan und auch nicht der silberne Mann, der sie in ihren Träumen verfolgte. Es war eine Frauenstimme, ganz sicher, und sie hing

mit dem blauen Kristallzimmer zusammen. Ihr schwindelte, wenn sie daran dachte.
»Was ist los, Marguerida?« Rafaella rüttelte ihren Arm.
»Ich glaube, es geht mir doch nicht so gut, wie ich dachte«, murmelte Margaret.
»Du hast die Augen in den Höhlen verdreht, *Chiya*. Ich dachte, du bekommst wieder einen Anfall.«
»Einen was?«
»Einen Anfall. Du hast unterwegs mehrere gehabt. Kleine nur, gewiß, aber sie waren trotzdem beängstigend.«
»Tatsächlich? Es tut mir leid, wenn ich dir angst gemacht habe.« Margaret sprach ruhig, ohne das Entsetzen laut werden zu lassen, das ihr Herz ergriffen hatte. Sie hatte nie Anzeichen von Epilepsie gezeigt, aber wer wußte, was diese seltsame Krankheit auslösen mochte. Nach einer Weile legte sich ihre Angst ein wenig, und sie dachte, daß sie ziemlich in der Patsche saß, weil sie so weit entfernt von terranischem, ärztlichem Beistand war. *Diesmal bin ich aber wirklich voll reingetappt, was?* »Fieber lösen manchmal eben Anfälle aus.«
»Ja?« Margarets offenkundige Zuversichtlichkeit schien Rafaella zu beruhigen. Die Falten auf ihrer Stirn glätteten sich. Margaret sah sie an und stellte fest, daß sie eine große Zuneigung zu ihrer Führerin empfand. Sie hatte nie viele Freunde in ihrem Alter gehabt. Ihre Mitstudenten an der Universität waren ganz nett gewesen, aber sie hatte immer eine gewisse Distanz zu ihnen gewahrt. Es war fast, als wollte sie niemandem zu nahe kommen. Die Davidsons waren mehr als Freunde gewesen, aber sie waren beide zwei Generationen älter als sie, und es war nicht das gleiche.
Margaret ließ sich in das Gefühl der Freundschaft fallen und hielt Rafaellas schwielige Hand umklammert. Es war eine neue

Erfahrung für sie, frisch wie Frühlingsblüten, und sie wollte sie auskosten. Irgendwie wußte sie, daß sie Rafaella in jeder Situation völlig vertrauen konnte.

Nein! Du wirst dich fernhalten!

Sie zuckte zusammen, als sie diese Worte, gesprochen von einer leisen, aber unnachgiebigen weiblichen Stimme, vernahm, die keiner Frau gehörte, die sie kannte. Es war weder Dio noch Thyra. Für einen kurzen Augenblick sah sie das gläserne Zimmer wieder und wußte, daß die unsichtbare Erscheinung, die den Thron einnahm, die Sprecherin war. Sie hatte keine Ahnung, wie die Frau diese Sperre gegen menschliche Nähe eingerichtet hatte, als Margaret noch zu klein war, um sich zu wehren. Aber sie wußte, daß genau das passiert war; sie bildete es sich nicht nur ein. Sie fühlte sich gegen ihren Willen zu dem leeren Thron hingezogen und hätte beinahe geschrien.

Dann war die Vision vorüber, und sie lag wieder im Bett, warm zugedeckt und vollkommen in Sicherheit. Solange sie sich nicht erinnerte und niemanden zu nahe kommen ließ, war sie in Sicherheit. Ihr Geist war voller verschlossener Räume, voller Türen, die nicht aufgesperrt werden durften. Aber mit jedem Augenblick, den sie länger auf Darkover blieb, wurde die Gefahr größer, daß sie sich erinnerte, woran sie sich nicht erinnern durfte. Sie konnte dieser schrecklichen Erscheinung nicht entfliehen, solange ihr Körper am Leben war. Das hatte die Vision gemeint, als sie sagte, sie würde bald frei sein.

Margaret fühlte Verzweiflung in sich aufsteigen. Sie würde lieber sterben, anstatt weiterhin eine Gefangene ihres eigenen Geistes zu sein, eine Gefangene flüchtiger Erinnerungen und dieses Wesens, das in ihr wohnte. Ein anderer Teil von ihr jedoch war wütend. Für einen Moment begriff sie, daß dieser

Teil für ihre vielen seltsamen Zornesausbrüche verantwortlich war. Und dieser Teil von ihr wollte nicht nur leben, er wollte Rache …

Sie war noch zu schwach, um mit diesen widerstreitenden Empfindungen umgehen zu können. Sie wollte schreien, weinen, aus dem Bett springen, zuschlagen, ohnmächtig werden und andere Dinge, für die ihr keine Wörter einfielen. Anstatt den Versuch zu unternehmen, mit ihrem inneren Aufruhr zurechtzukommen, sagte sie: »Ich glaube, ich schlafe lieber noch ein wenig. Obwohl es mir vorkommt, als hätte ich Ewigkeiten geschlafen.«

»Ja, das glaube ich auch. Dein Puls rast, und Beltrana zieht mir das Fell über die Ohren, wenn irgendwas passiert, während ich auf dich aufpasse.« Sie beugte sich vor und küßte Margaret sehr zärtlich auf die Wange.

Margaret war überrascht von dieser Zuneigung, überrascht und gerührt. Sie war verlegen. Linkisch erwiderte sie die Geste, dann drehte sie den Kopf weg, damit man ihr Erröten nicht sah.

Armes Ding. Was hätte sie wohl gemacht, wenn ich sie richtig umarmt hätte?

12

Am nächsten Morgen ging es Margaret ein wenig besser, aber ihr Puls raste, wenn sie aufzustehen versuchte. Sie mußte außerdem feststellen, daß sie in Panik geriet, sobald sie allein im Zimmer war.

Glücklicherweise schien Rafaella bereitwillig bei ihr zu bleiben, und sie konnte sich beinahe einreden, daß ihre Krankheit an den plötzlichen Angstanfällen schuld war. Sie hatte das Gefühl, daß sie sich am Vortag an etwas sehr, sehr Schlimmes erinnert hatte, aber nun war es ihr entfallen.

Damit die Zeit verging, bat sie Rafaella, von ihren früheren Reisen zu erzählen, und nachdem sich die Führerin ein wenig geziert hatte, verwöhnte sie Margaret mit Geschichten von Schneestürmen und gewaltigen Felswänden, von Räuberbanden und anderen Gefahren der Straße. Es war interessant, aber es vermittelte Margaret das Gefühl, daß ihr eigenes Leben vergleichsweise langweilig verlaufen war.

Ein leises Klopfen an der Tür unterbrach eine recht gute Geschichte über die Begegnung mit einem Banshee, und Rafaella erhob sich, um aufzumachen. Margaret hörte Gemurmel und dann das Geräusch von zwei Paar Stiefeln, die sich dem Bett näherten. Eine der Stimmen war männlich, und Margaret zog rasch die Decke bis zum Hals und steckte ihr zerzaustes Haar in den Kragen des Nachthemds.

»*Domna,* darf ich Euch Lord Dyan Ardais vorstellen«, sagte Rafaella mühsam beherrscht. *Pfui! Er weiß, daß es sich nicht gehört, in das Krankenzimmer einer alleinstehenden Frau zu platzen. Typisch Ardais, sich ein Recht herauszunehmen, das die guten Sitten verletzt!*

Beim Klang des Namens überlief sie ein Schauder, aber sie wußte, daß es sich nicht um den Mann aus ihren Erinnerungen handelte. Der war tot, oder? Sie hatte ihn tot gesehen! Sie fühlte nur einen Schimmer von Erinnerung am Rande ihres Bewußtseins und zwang ihn mit aller Kraft zurück. Der Mann hier mußte ein Sohn oder Enkel sein, oder sogar ein Verwandter von Danilo, aber niemand, den sie fürchten mußte. Wahrscheinlich liefen zehn Leute namens Dyan Ardais auf Darkover herum. Es war bestimmt ein sehr häufiger Name. Aber warum glaubte sie das nicht?

Trotz ihres Argwohns regte sich Margarets Neugier. Sie hatte Rafaellas Gedanken mit einiger Beunruhigung gehört. Da sie den ganzen Tag keine Gedanken mitgehört hatte, war sie fast schon überzeugt, daß die Sache nicht so wichtig war. Nun fragte sie sich, warum es kam und ging, warum es manchmal auftrat und dann wieder nicht. Wurde es von starken Gefühlen ausgelöst? Es mußte eine logische Erklärung geben, und sie wünschte, sie würde sie kennen. Doch so gern sie auch gefragt hätte, irgend etwas in ihr ließ sie zornerfüllt schweigen.

Beim Grübeln über dieses Problem setzten ihre Kopfschmerzen wieder ein, und so überlegte sie, was die Entsagende wohl gedacht hätte, wenn sie Margaret mit Ivor auf Relegan gesehen hätte, nur mit ein paar Federn und einigen großen Blüten bekleidet. Rafaella wäre wahrscheinlich schockiert gewesen, obwohl Ivor alt genug war, um Margarets Großvater zu sein. Sie war sich bei den darkovanischen Sitten noch nicht ganz sicher. Die Leute hier schienen ein paar sehr merkwürdige Vorstellungen über die Beziehungen zwischen den Geschlechtern zu haben, und sie verstand das alles noch nicht. Sie fühlte sich alt genug, um keine Anstandsdame zu brauchen, aber offensichtlich war Rafaella bereit, ihre Ehre zu verteidigen, und wenn Margaret nicht so schwach gewesen wäre, hätte sie laut aufgelacht.

Der Mann, der zwischen den Bettvorhängen auf sie herabschaute, war von mittlerer Größe, hellblond und überraschend gutaussehend. Er schien in ihrem Alter oder ein wenig jünger zu sein, und seine Augen waren so blaß, daß sie nahezu farblos wirkten. Er sah diesem anderen Dyan aus ihren Träumen nicht ähnlich, denn der hatte dunkle Haare gehabt, oder? Er schaute überstürzt weg, und Margaret fiel ein, daß es auf Darkover für sehr unhöflich gehalten wurde, Angehörigen des anderen Geschlechts direkt in die Augen zu sehen.

Für einen kurzen Augenblick sah sie das Gesicht des älteren Dyan Ardais das des jungen Mannes überlagern, und sie zitterte leicht. Sie waren sich im Knochenbau sehr ähnlich, aber ansonsten ähnelte der Besucher mehr Lady Marilla. Er hatte nichts von der energischen Art, an die sie sich bei dem anderen Dyan erinnerte. Dieser Mann hier strahlte eine Arroganz aus, an die er selbst nicht glaubte. Sein Kinn war schmal, wie das von Lady Marilla, und eher schwach ausgeprägt. Er zappelte unruhig neben dem Bett herum und betrachtete nervös die Wände und Vorhänge, als wäre er ungern in geschlossenen Räumen.

»*Dom* Dyan«, sagte Margaret ruhig. »Ich kann Euch und Eurer Mutter gar nicht genug dafür danken, daß Ihr Euch um mich kümmert.«

Er griff nach einem der Bettvorhänge und begann ihn zwischen den Fingern zu drehen. »Seid Ihr wirklich Marguerida Alton?« Die Frage platzte aus ihm heraus, als hätte er sich einfach nicht beherrschen können. *Sie hat das Aussehen einer*

Alton – eine zu große Nase, um schön zu sein. Ich wünschte, Mutter wäre weniger ehrgeizig. Wenn sie mir wieder etwas von einer vorteilhaften Verbindung erzählt, stürze ich mich in mein Schwert, dann habe ich es hinter mir!

»Soviel ich weiß, ja.« Margaret hätte diese höchst farbigen Untergedanken gern überhört, aufdringlich, wie sie waren. *Eine zu große Nase, um schön zu sein* – in der Tat! Nur gut, daß sie nicht eitel war. Dyan, fand Margaret, war ein sehr interessanter junger Mann, der noch unter der Fuchtel seiner Mutter stand.

»Und seid Ihr wirklich mit den großen Schiffen nach Terra geflogen?«

»Na ja, auf Terra selbst war ich nie, aber ich habe eine Reihe von Welten besucht, das stimmt.«

»Oh.« Er trat von einem Bein aufs andere. »Das hätte ich auch gerne getan, aber ich kann nicht, weil ich hierbleiben muß.«

»Das muß schwer für Euch sein.«

»So«, unterbrach Rafaella. »Ihr sagtet, Ihr wollt sehen, ob *Domna* Marguerida auf dem Weg der Besserung ist, nicht über Orte schnattern, die Ihr nicht besuchen könnt.«

»Ich … es tut mir leid. Ich hoffe, es geht Euch bald besser. Rafaella sagt, Ihr seid Musikerin, vielleicht könnt Ihr dann für uns singen, wenn Ihr wieder wohlauf seid. Mein Großvater war angeblich ein ausgezeichneter Sänger. Ich habe ihn nicht mehr gekannt, und anscheinend habe ich auch sein Talent nicht geerbt, aber ich höre sehr gern Musik.«

»Das reicht jetzt aber«, sagte Rafaella streng. »Ihr geht auf der Stelle! Sie ist noch zu schwach, um lange belästigt zu werden!«

Vor allem von einem wie dir!

Offenbar war es der junge Lord Ardais gewöhnt, Befehle von Frauen entgegenzunehmen, denn er machte eine leichte Verbeugung und trat eilends ab. »Was sollte das?« fragte Margaret, als er draußen war.

Rafaella rümpfte vielsagend die Nase. »Männer! Sie glauben, alle Frauen lechzen nur danach, zu heiraten und Kinder von ihnen zu bekommen – als wären wir zu sonst nichts gut auf dieser Welt!«

Margaret war höchst belustigt, hielt aber ihr Lächeln zurück. »Alle Männer oder nur dieser besondere?«

»Er! Er hat drei uneheliche Söhne, aber anscheinend findet er keine Frau. Vor ein paar Jahren hätte er fast eine der Lanart-Hastur-Zwillinge geheiratet, aber sie hatte *Laran* und ging statt dessen in einen Turm. Ich weiß nicht mehr, ob es Ariel oder Liriel war – ich kann sie nie auseinanderhalten, obwohl sie sich für Zwillinge so wenig gleichen wie Milch und Wein. Er ist der Pflegebruder von Mikhail Lanart-Hastur und mit den Mädchen aufgewachsen. Die *Comyn* sind seit der Sharra-Rebellion ein bißchen vorsichtig damit, einen Ardais zu heiraten.« Ihre Augen wurden schmal, als wäre ihr plötzlich bewußt geworden, daß sie zuviel gesagt hatte. »Das sind alte Klatschgeschichten. Es war ein langer Vormittag für dich. Wie wär's, wenn du ein kleines Nickerchen machst, und ich bringe dir dann bald ein bißchen Suppe.«

Der Ausdruck Pflegebruder brachte leise einen Ton in Margarets Gedächtnis zum Schwingen. Sie wußte vage, daß es in Darkover üblich war, seine Kinder bei einer anderen Familie in Pflege zu geben. Sie erinnerte sich, daß der Senator ein-, zweimal seinen eigenen Pflegebruder erwähnt hatte, und ihr wurde plötzlich bewußt, daß er Lord Regis Hastur gemeint haben mußte. Die Sitte, seine Kinder Verwandten oder Fremden zur Aufzucht zu geben, kam ihr sehr merkwürdig vor, aber sie wußte, daß es in anderen menschlichen Gesellschaften

eine durchaus übliche Praxis war. Die Idee dahinter war anscheinend, daß Fremde ein Kind im Teenageralter besser disziplinieren konnten, daß sie objektiver waren.
Rafaella hatte etwas gesagt, worüber Margaret nicht nachdenken wollte. Immer wenn sie sich darauf konzentrieren wollte, verweigerte ihr Gehirn die Zusammenarbeit. Es war ein Wort, ein einziges Wort, das ihr beständig entglitt, und das machte sie wütend. Es war schon schlimm genug, daß ihr Geist voller verschlossener Türen war, da mußten nicht auch noch einzelne Wörter ein inneres Unbehagen auslösen. Margaret dachte plötzlich an die alte Geschichte von Blaubart, der seine Frauen getötet hatte und seiner letzten Gemahlin die Schlüssel für die Burg mit der Ermahnung gegeben hatte, daß sie ein bestimmtes Zimmer nicht öffnen dürfe – was sie natürlich tat, weil sie wie alle Menschen neugierig war.
Wie hieß dieses Wort? Sie tastete in ihrem Geist umher. Ah, richtig – Sharra. Nein, das war es nicht. Es war ein anderes Wort, sehr ähnlich, aber ein völlig anderes Wort. Es hatte etwas mit dem riesigen Edelstein zu tun, von dem sie geträumt hatte – oder war es der Edelstein mit dem Stuhl im Innern? Sie zitterte am ganzen Körper, während sie Bruchstücke von Erinnerung festzuhalten versuchte.
Sie wünschte, sie wäre nie nach Darkover gekommen, aber dafür war es viel zu spät, und Margaret zwang sich, die Gegenwart hinzunehmen. Sie gefiel ihr nicht, aber sie mußte mit ihr zurechtkommen, was auch geschah. Wenn sie nur nicht krank geworden wäre. Ihr gefahrloses Dasein als Ivor Davidsons Mitarbeiterin verblaßte zu einer Art Traum, ein glückliches, einfaches Leben voller interessanter Rätsel und fremder Planeten und ohne familiäre Komplikationen.
Familie! Das Wort hatte auf Darkover eine große Bedeutung.

Zum ersten Mal hatte sie eine richtige Familie, und sie hatte nicht einmal von ihr gewußt, und zum ersten Mal sah sie den Senator und seine Frau als die Verbannten, die sie waren, abgeschnitten von der Kultur, in die sie geboren wurden, von den Zusammenhängen, die die Angehörigen des *Comyn* zu einem sowohl politischen wie auch sozialen Ganzen verbanden. Margaret hatte nie bedacht, daß ihre Eltern unglücklich sein könnten, daß Lew vielleicht soviel trank, weil er die Gerüche und Geräusche von Darkover vergessen wollte. Und Dio? Margaret hatte nie eine Klage von ihr gehört, aber manchmal war sie abends mit trauriger Miene vor dem Kamin gesessen, hatte im brennenden Holz gestochert und geschnieft, und Margaret wußte jetzt, daß sie sich nach dem angenehmen Duft des Balsamholzes gesehnt haben mußte, der von Gavins Bruchbude bis zur Burg der *Comyn* durch jedes darkovanische Heim zu wehen schien. Wenn sie selbst auf die erinnerten Düfte und Geräusche so stark ansprach, obwohl sie Darkover mit fünf oder sechs Jahren verlassen hatte, wie furchtbar mußte es dann für Dio und Lew gewesen sein, die so viele Jahre auf dem Planeten gelebt hatten?
Margaret verweilte ein wenig bei dem neu entdeckten Mitgefühl für ihre Eltern, aber dann mußte sie sich eingestehen, daß sie immer noch wütend war, weil man sie in Unkenntnis über ihr Erbe gehalten hatte. Es ergab einfach keinen Sinn! Ihr Vater hatte Darkover im Senat vertreten, aber zu Hause sprach er nie über den Planeten.
Lew, ich halte es nicht aus! Dios Stimme war so deutlich, als stünde sie in dem Schlafzimmer in Schloß Ardais. *Jedesmal, wenn ich Darkover erwähne, fängt Marja zu schreien an! Sie macht sich ganz klein und verdeckt ihre Augen, und ich habe Angst, daß sie Krämpfe oder etwas Ähnliches bekommt!*

Ich weiß, Liebling, ich weiß. Und es tut mir leid, daß du dich damit herumschlagen mußt. Es ging ihr gut bei unserer Abreise, sie war ein normales Kind, wenn auch ein bißchen aggressiv. Sie war noch zu klein, um zu wissen, wie man ein höflicher Telepath ist, stimmt's?

Das werde ich nie vergessen! Das kleine Biest hat jedesmal zugesehen, wenn wir uns liebten! Sie war mehr als unhöflich, sie war verdammt aufdringlich! Aber ich würde eine Menge dafür geben, wenn sie wieder so wäre, und nicht dieser distanzierte Erwachsene im Körper eines Kindes. Was ist nur mit ihr geschehen?

Die Reise war sicher ein Trauma für sie – ihre Allergie gegen die Reisemedikamente –, aber ich fürchte, es steckt mehr dahinter. Irgendwie wurden ihre Kanäle … manipuliert. Ich war nur Techniker, kein Bewahrer, aber es braucht keine Leronis, *um zu erkennen, daß Marja einen tiefen Schock erlitten hat. Aber sie wird ihn mit der Zeit wahrscheinlich überwinden. Kinder sind unverwüstlich.*

Das glaube ich nicht, Lew. Du verbringst nicht soviel Zeit mit ihr wie ich, deshalb kannst du das nicht so gut beurteilen …

Ich kann es nicht! Jedesmal, wenn ich sie ansehe, muß ich an Sharra denken, und wie klein Thyra aussah, als sie tot war, und wie weiß Regis' Haar war …

Ich finde, wir sollten sie nach Darkover zurückbringen, Lew.

Nein, Dio. Ich glaube, das würde sie umbringen! Auf jeden Fall würde es mich umbringen!

Margaret blinzelte. Hatte sie dieses Gespräch tatsächlich gehört, oder spielte ihre Phantasie ihr einen Streich? Ihr Vater hatte sie beschützen wollen, obwohl ihr Anblick ihm Qualen bereitete. Es mußte schlimmer geworden sein, als sie zur Frau wurde, denn wie sie nun wußte, hatte sie eine große Ähnlichkeit mit ihrer Mutter Thyra. Wie erleichtert mußte er gewesen sein, als sie zur Universität ging, aber wie hätte er wissen können, daß ihre Arbeit, die so harmlos und unbedeutend war, sie schließlich an den Ort zurückführte, der für sie gefährlicher als jede Krankheit war? Nun, er konnte es nicht wissen, es sei denn, er konnte in die Zukunft sehen, und das vermochte niemand. Oder doch?

Sharra! Das Wort hallte in ihrem Innern wie eine große Glocke, die das Ende der Welt verkündet. Ihr Vater hatte es im Gespräch mit Dio ebenfalls gebraucht. Brigham Conover hatte im Zusammenhang mit einer Rebellion davon gesprochen. Aber was war Sharra? Es klang wie ein Frauenname, aber das Wort war nicht mit der Erinnerung an eine Person verknüpft. Halt! Da war noch etwas, ein Wort, das sich davonstehlen wollte ... Schweiß perlte auf ihrer Stirn. Beinahe! Es hatte einen ähnlichen Klang. Sie war Musikerin und hatte mit Klängen zu tun, warum, zum Teufel, konnte sie also nicht ...

Ashara! Das war es. Es war ein Ort und eine Person gleichzeitig. Sie hätte fast aufgeschluchzt in ihrem Triumph.

Für einen kurzen Augenblick »sah« sie die verschwommene Gestalt, die in diesem schrecklichen, kalten Raum thronte. Dann zog sich ihr Magen zusammen, und ihr Herz stolperte. Margaret krallte ihre Finger in die Bettdecke, als klammerte sie sich auf diese Weise am Leben fest. Die Worte, die sie sich mit soviel Mühe ins Gedächtnis gerufen hatte, drangen in ihr Bewußtsein, und das Gefühl, daß eine Riesenfaust nach ihrem Herz griff, ging vorüber. *Ich hoffe, sie haben einen hübschen Ort für Geisteskranke hier,* war ihr letzter Gedanke, bevor sie in die Sicherheit der Ohnmacht glitt.

Am frühen Abend war Margaret beinahe schon wieder die alte. Rafaella hatte sie mit einer Schüssel Suppe und ein paar Scheiben Brot geweckt. Margaret hatte so gierig gegessen, daß ihr fast übel wurde, aber als sich das Essen gesetzt hatte, fühlte sie sich praktisch wieder normal. Die alte Kraft kehrte in ihre Glieder zurück, und sie wußte, sie würde losschreien, wenn sie noch eine Minute länger im Bett bleiben mußte.

»Ich stehe auf«, verkündete sie.

»Das sehe ich«, antwortete Rafaella mißbilligend, da Margaret bereits ihre Beine aus dem Bett schwang. »Bist du dir sicher?«

»Ich muß mich bewegen. Wenn ich noch viel länger im Bett bleibe, fange ich vor lauter Langeweile an, die Stiche in der Stickerei auf dem Vorhang zu zählen! Es gibt nicht einmal etwas zu lesen hier. Ich würde fast meine ungeborenen Kinder für einen Schundroman und eine Schachtel Pralinen verkaufen.«

Rafaella sah schockiert aus. »Wie kannst du so etwas sagen! Du meinst es nicht ernst, oder? Nur Leute aus den Trockenstädten verkaufen Kinder.«

»Natürlich meine ich es nicht wörtlich. Wo sind meine Kleider?«

»Ach so.« Rafaella wirkte erleichtert. »Ich hole sie. Terraner verkaufen keine Kinder, oder?«

»Nein, Rafaella. Sie verkaufen keine Kinder, und sie essen sie auch nicht. Jedenfalls nicht auf zivilisierten Welten. Ich habe allerdings von ein paar primitiven Planeten gehört, wo es vorkommt.«

»Wie schrecklich.« Rafaella klang ungläubig. Sie reichte Margaret die Kleidungsstücke, die sauber gewaschen und mit Balsam parfümiert waren. Margaret hielt die Jacke an ihre Nase und atmete tief ein. Dann bemerkte sie ihren eigenen

Geruch. Trotz der häufigen Reinigungen mit dem Schwamm roch sie ziemlich intensiv. »Ich brauche erst ein richtiges Bad.«

»Wie du meinst.« Rafaella klang äußerst zweifelnd. »Aber ich komme lieber mit, sonst ertrinkst du womöglich.«

Die Entsagende nahm die Kleidungsstücke wieder in Empfang, dann gab sie Margaret einen warmen Morgenmantel und bot ihr ihren Arm an. Bis sie das dampfende Badezimmer erreicht hatten, rauschte es in Margarets Ohren, und sie mußte sich ein wenig hinsetzen. Sie war nicht annähernd so gesund, wie sie gedacht hatte.

Rafaella half ihr aus dem Schlafgewand und in die große Badewanne. Sie schaute erschrocken und beugte sich vor, um Margaret mit einer Hand zu halten. Schließlich zuckte sie die Schultern, zog ihre eigene Kleidung aus und stieg ebenfalls in die Wanne.

»Aaah … ist das angenehm«, murmelte Margaret. Das heiße Wasser linderte ihre Schmerzen, aber sie war froh, daß Rafaella bei ihr in der Wanne war, denn von der Hitze wurde ihr ein wenig schwindlig.

»Allerdings. Soll ich dir den Rücken schrubben?«

»Das wäre schön.« Sie wurde mit jeder Minute entspannter, und nicht einmal die unmittelbare Nähe einer anderen Frau konnte sie stören. Immerhin hatten sie bereits ein Bett geteilt, warum sollten sie also nicht zusammen baden. Trotzdem war es ein klein wenig beunruhigend, einer anderen Person unbekleidet so nahe zu sein.

»Du hast vorhin etwas über Planeten gesagt, wo sie Kinder verkaufen.«

»Hab ich das?«

»Ja. Ich bin neugierig – es sei denn, du willst es nicht erzählen.«

Margaret zuckte die Achseln und spürte, wie ihr das warme Wasser über die Schultern floß. Rafaella nahm einen großen Schwamm vom Wannenrand und begann, sanft Margarets Rücken zu schrubben. Als sie fertig war, gab sie Margaret den eingeseiften Schwamm für den restlichen Körper. Margaret war so gelöst, daß sie kaum noch klar denken konnte. »Ich erzähle es dir gern, aber es ist schwer, es jemandem zu erklären, der noch nie in einer fremden Welt war. Alles – und ich meine wirklich alles –, was auf der einen Welt verboten ist, ist garantiert irgendwo anders üblich, wenn nicht sogar zwingend vorgeschrieben. Eines der Wunder des Terranischen Imperiums besteht darin, daß so viele Planeten miteinander auskommen, die so verschiedene Vorstellungen darüber haben, was es bedeutet, menschlich zu sein. Es gibt Orte – nicht viele –, wo ein Mann eine seiner Schwestern oder nahen weiblichen Verwandten heiraten muß, damit seine Kinder das Eigentum erben können. Und es gibt andere, wo eine Frau jemanden heiraten muß, der in keiner Weise mit ihr verwandt ist. Es gibt Wissenschaftler, die ein ganzes Leben damit verbringen, soziale Gebräuche zu erforschen und ihre Arbeiten über ihre Entdeckungen zu schreiben. Alle Leute gehen jedenfalls davon aus, daß das Benehmen, das bei ihnen zu Hause üblich ist, im ganzen Universum Gültigkeit hat.«
»Wie halten die Leute das nur aus?« Rafaella klang verwirrt und beunruhigt. »Die eigene Schwester heiraten – das ist ja fürchterlich.« Sie gab ein wenig Seife auf Margarets Haar und begann sanft, sie einzumassieren.
»Fürchterlicher, als *Laran* zu züchten?« Wo kam denn dieser Gedanke her, fragte sie sich. Ach ja, das Gespräch mit Lady Linnea auf der *Comyn*-Burg. Das alles schien einer anderen Margaret in einem anderen Leben widerfahren zu sein. Sie

schloß die Augen, atmete tief durch und fuhr fort. »Irgendein alter Wissenschaftler sagte, daß der Zweck der menschlichen Spezies in der Erhaltung von Zygoten besteht.« Sie benutzte das terranische Wort, weil ihr kein darkovanisches bekannt war. »Alles andere sei unwichtig. Er sagte, die Natur schere sich keinen Deut um Liebe oder Pflicht oder sonst etwas – nur die Erhaltung der Art zähle.«

Rafaella lachte nervös. »Er kann nicht von Darkover gewesen sein. Was ist eine Zygote?«

Margaret überlegte einen Augenblick. »Der Beginn eines Babys.«

»Ich verstehe – vielleicht war er doch ein wenig Darkovaner. Aber nicht sehr viel, denn Pflicht ist sehr wichtig. Und Liebe ebenfalls, wenn auch weniger.« Ihr Gesicht wurde von einer hellen Röte überzogen, und Margaret mußte keine Telepathin sein, um zu erraten, daß sie an »ihn« dachte, den sie vor ihrer Abreise aus Thendara nicht mehr hatte sehen können. Sie überlegte, ob sie es wagen durfte, Rafaella zu fragen, ob sie Rafe Scott kannte, entschied aber, daß sie das nun wirklich nichts anging.

Dann, als stünde er im Raum, hörte sie Lews Stimme, wütend und donnernd. *Ich habe meine Pflicht getan, mein ganzes Leben lang! Ich habe versucht, meinen Vater glücklich zu machen, und ich habe mich bemüht, Darkover vor der Dummheit und Gier der Föderation zu beschützen. Ich bin fast erstickt in Pflichten, und ich weiß nicht, ob ich noch mehr ertragen kann!*

Margaret konnte nicht sagen, ob sie sich an diese Worte erinnerte oder ob sie in diesem Augenblick gesprochen wurden. Aber sie schienen eine gewisse Unmittelbarkeit, eine Nähe auszustrahlen, und dieser Umstand brachte sie aus der Fassung. Sie fragte sich, ob sie sich je an diese Heimsuchungen gewöhnen würde oder ob sie wieder vergingen. Sie hoffte auf letzteres, aber sie wurde den Verdacht nicht los, daß sie eine schwere Enttäuschung erleben würde. »Ich glaube, wir steigen jetzt lieber aus der Wanne. Ich werde langsam ganz benebelt.«

»Laß mich erst noch die Seife ausspülen.« Rafaella goß warmes Wasser über Margarets Kopf. »So, ich steige zuerst heraus, dann helfe ich dir.« Rafaella stand tropfend vor der Wanne und zog ein riesiges Handtuch aus einem Regal. Sie warf es sich lässig über die Schulter, dann schob sie die Hände unter Margarets Achselhöhlen und hob sie halb aus der Wanne, während es Margaret schaffte, ein Bein über den Wannenrand zu schwingen und fast zu stehen. Für einen kurzen Augenblick lehnte sie an Rafaella, und zwischen ihnen war nichts als die Falten des Handtuchs. Sie spürte den Puls der anderen Frau, roch ihre reine Haut. Dann wickelte Rafaella das Handtuch um sie und griff nach einem neuen für sich selbst.

Margaret fühlte eine Kraft in sich, die nichts mit Muskeln und Knochen zu tun hatte. Sie war sich nicht einmal sicher, ob es ihre eigene Kraft war, denn sie hatte etwas Kaltes und Distanziertes an sich. Ihre Beine, die vor wenigen Augenblicken noch wie Pudding gewesen waren, schienen wieder stark und sicher zu sein. Sie atmete die erhitzte Luft des Badezimmers ein und bemerkte, daß sie den Atem angehalten hatte, als fürchtete sie sich vor zuviel Nähe zu einer anderen Person, als sei Berührung gefährlich.

»Ich kann mich selbst abtrocknen«, murmelte sie, vor dem Körperkontakt zurückschreckend. Rafaella schaute zweifelnd, nickte aber. Margaret rieb sich ab, und als sie fertig war, war auch der plötzliche Schub an Kraft vorüber, und sie war kurz davor, wieder umzukippen. Rafaella zog sich bereits an und bemerkte Margarets Notlage.

»Hier, setz dich hin.« Sie nahm Margaret am Arm und führte sie zu einem Stuhl an der Wand. »Dumme Gans«, fügte sie scherzhaft hinzu.

Margaret lächelte und begriff, daß sie Hilfe brauchte, auch wenn ihr nicht wohl dabei war. Sie ließ es zu, daß Rafaella ihr dabei half, ihre Unterwäsche anzuziehen. »Es tut mir leid, daß ich dir soviel Mühe mache.«

»Gegen Mühe habe ich nichts, aber gegen Sorgen.«

»Sorgen?«

»Marguerida, *Chiya*, ich war tagelang halb verrückt vor Sorge. Die anderen auch. Mühen habe ich mein ganzes Leben gehabt, damit kann ich umgehen. So – heb die Arme, damit ich dir die Jacke anziehen kann.«

»Ich komme mir vor wie ein Baby!«

»Ich weiß. Und du bist so unabhängig, daß es dir bestimmt mächtig gegen den Strich geht. Aber im Gildenhaus lernen wir unter anderem, daß es keine Schande ist, Hilfe zu brauchen – daß wir Schwestern sind, und Schwestern müssen einander helfen. Und glaub mir, das ist nicht immer leicht, denn die Sorte Frauen, die sich den Entsagenden anschließen, sind entweder gerupfte Hühner, die zu keinem eigenen Entschluß fähig sind, oder herrschsüchtige Gockel in Weiberröcken.«

Margaret mußte über diese Beschreibung lachen. »Und welcher Typus bist du?«

Rafaella schüttelte den Kopf und ließ ihr Haar fliegen. »Mich hat noch niemand gerupft!« *Ich würde es nicht zulassen, und jeder, der es versuchte, würde es bereuen. Aber mit dir komme*

ich mir vor wie eine brütende Henne mit nur einem Ei im Nest. Ein Hahnenei, du meine Güte!
»Das kann ich mir auch nicht vorstellen.« Margaret erhob sich mühsam, damit sie ihre Petticoats und den Rock leichter anziehen konnte. »Gefällt es dir, eine Entsagende zu sein? Ich meine, man scheint auf Darkover ja wirklich sehr viel Gewicht auf Ehe und Familie zu legen.«
»Ja, aber meine Schwestern sind meine Familie. Und Kinder sind im Gildenhaus so willkommen wie in jedem anderen. Ich brauche nur einfach keinen Mann, der mir sagt, was ich tun soll.« *Und bei »ihm« habe ich das Gefühl, daß er das nicht tun würde. Ach, ich hoffe, ich kann ihm trauen – Männer sind so sonderbare Wesen.* »So, und jetzt zurück ins Zimmer. Du mußt dich ein bißchen hinlegen. Falls du dich nachher stark genug fühlst, können wir das Abendessen bei Tisch einnehmen.«
»Das klingt wundervoll. Ich weiß schon gar nicht mehr, wie es ist, an einem Tisch zu essen. Und ich bin plötzlich sehr hungrig.«
»Das ist ein gutes Zeichen, und es beruhigt mich gewaltig.« Rafaella grinste. »Du warst eine gute Patientin, außer daß du alle paar Minuten unbedingt aufstehen wolltest.«

Zwei Stunden später stieg Margaret, auf Rafaellas Arm gestützt und mit der freien Hand das Geländer umklammernd, die lange Treppe hinab. Ihre Energie schien ohne erkennbares Muster ab- und zuzunehmen, so daß sie sich in einem Augenblick ganz gut fühlte und im nächsten schwach. Sie biß die Zähne zusammen und war froh über Rafaellas starken Arm.
Julian Monterey, der *Coridom*, wartete am Fuß der Treppe.

»Schön, daß Ihr wieder auf den Beinen seid, *Domna*«, sagte er zu Margaret. »Wir waren alle sehr besorgt.«

»Es tut mir leid, wenn ich jemandem Sorgen bereitet habe – ein schönes Benehmen für einen Gast!« Sie schnitt eine Grimasse und freute sich, als er leise lachte.

»Ich führe Euch zum Speisesaal.«

»Danke. Irgend etwas riecht hier ganz köstlich.« Nun, da sie die Treppe hinter sich hatten, ließ Rafaella Margarets Arm los, blieb aber neben ihr, um sie jederzeit stützen zu können. Ihre Gegenwart war tröstlich, und Margaret schenkte ihr einen dankenden Blick.

Julian führte sie in einen großen Saal, wo ein langer Tisch für das Abendmahl gedeckt war. An einer Längswand loderte ein angenehmes Kaminfeuer, und links und rechts davon hingen Wandteppiche. Einer zeigte einen Mann, der eine funkelnde Klinge hielt, und der andere eine Frau mit einem glitzernden Edelstein in der Hand. Ihre Gesichter waren Meisterwerke der Webkunst und blickten heiter aus den Fäden.

Vor dem Kamin standen zwei Männer und wärmten sich die Hände. Der eine war Lord Ardais junior, der in Margarets Schlafzimmer eingedrungen war, und der andere war ein Fremder. Beim Geräusch der Schritte drehten sie sich zu den Neuankömmlingen um und sahen sie von der Seite her an, um die Unhöflichkeit eines direkten Augenkontakts zu vermeiden.

Dyan Ardais trat auf sie zu und öffnete den Mund, um zu sprechen, aber Julian Monterey schnitt ihm das Wort ab. »Meine Damen, darf ich vorstellen: Lord Dyan Ardais und Mikhail Lanart-Hastur, sein Pflegebruder und Friedensmann. Meine Herren, das ist *Domna* Marguerida Alton. Sie kennen ihre Begleiterin, Rafaella n'ha Liriel, natürlich schon, *Dom*

Dyan, aber ich weiß nicht, ob Sie ihr je begegnet sind, *Dom* Mikhail.« Sein Tonfall ließ keinen Zweifel an seiner Erwartung, daß die Umgangsformen eingehalten wurden. Er wußte höchstwahrscheinlich von Dyans Eindringen in Margarets Gemach und mißbilligte es.

Dyan warf dem *Coridom* kurz einen maßvoll aufsässigen Blick zu, dann setzte er eine arrogante Miene auf, bei der Margaret zusammenzuckte. Er sah seinem Vater sehr ähnlich. »*Mestra* Rafaella und ich sind uns bereits begegnet, aber ich freue mich, Lady Alton auf Burg Ardais willkommen zu heißen.« Er machte eine leichte Verbeugung, und Margaret dachte, daß er zwar ein verzogener Balg sein mochte, aber vorzügliche Manieren besaß, wenn er nur wollte.

Sie beachtete ihn allerdings kaum. Es war der andere Mann, der ihre Aufmerksamkeit anzog, stärker, als ihr angenehm war. Sie starrte ihn beinahe an, nur mit Mühe konnte sie den Blick abwenden.

Mikhail Lanart-Hastur hatte eine gewisse Ähnlichkeit mit Lord Regis, aber er war größer, und sie schätzte ihn etwa auf ihr eigenes Alter. Er hatte blonde Haare, die sich über eine breite Stirn lockten, einen Mund, der zum Lachen geschaffen war, und bemerkenswert blaue Augen. Gleichzeitig wohnte seiner Haltung etwas Zögerndes inne, als wüßte er nicht genau, wo er stand. Dennoch gefiel er ihr auf Anhieb, denn er strahlte eine gewisse Ruhe und Zuverlässigkeit aus, ein Merkmal, das Dyan Ardais völlig fehlte.

»Ich freue mich, Sie kennenzulernen«, sagte er mit einer schönen Tenorstimme, er klang jedoch nicht allzu erfreut.

Margaret fühlte sich abgewiesen, und das erhöhte ihr Interesse. Dann schalt sie sich eine kindische Närrin. Was hatte er schon an sich? Er war nicht der erste gutaussehende Mann, den sie traf, denn an der Universität herrschte kein Mangel an attraktiven Jünglingen, und einige sahen noch sehr viel besser aus als Mikhail Lanart-Hastur. Sie schaute auf die Lippen, die voll und dennoch argwöhnisch waren, und in die Augen, in denen eine leise Traurigkeit stand. Er trat unruhig von einem Fuß auf den anderen. Das tat sie auch, wenn sie unsicher war.

Lady Marilla betrat in diesem Augenblick lächelnd den Raum und unterbrach Margarets Gedanken. »Wie schön, zu sehen, daß du wieder auf den Beinen bist, Marguerida. Ich hoffe, du bist einverstanden, daß ich so vertraulich zu dir spreche – es kommt mir albern vor, bei einem Familienessen förmliche Anreden und Titel zu gebrauchen. Wir sind nämlich ziemlich modern hier in Ardais. Ich habe meinen Sohn auf terranische Art erziehen lassen, und die Frauen in meinem Haushalt wurden von einem Mitglied aus Rafaellas Gilde im Lesen und Schreiben unterrichtet – jemand aus dem Gildenhaus von Neskaya. Nicht, daß es viel geholfen hätte! Sie sehen den Nutzen von Bildung noch nicht ein. Aber wir sind hier so abgeschieden, und ich dachte, es wäre gut, besser informiert zu sein. Lord Dyan – der Vater meines Sohnes – dreht sich wahrscheinlich im Grabe um. Er hat alles Terranische stets abgelehnt.« Sie plapperte weiter, während sie alle Anwesenden zum Tisch winkte. »Abgesehen davon bin ich so alt, daß ich deine Mutter sein könnte. Meine Güte, wie groß du bist. Das war mir gar nicht bewußt.« *Wie schade, daß sie eine Handspanne größer als Dyan ist!*

Margaret ignorierte diese nicht laut gesprochene Bemerkung. Sie hatte es aufgegeben, wegen ihrer Größe unglücklich zu sein, obwohl es als junges Mädchen eine fürchterliche Belastung für sie gewesen war. »Mein Vater ist groß gewachsen, vermutlich bin ich nach ihm geraten.« Sie hatte plötzlich Zweifel, ob sie ein komplettes Mahl mit derlei Höflichkeiten durchhalten würde. Ihr Mund war trocken, und sie bekam leichte Kopfschmerzen. Vielleicht war es doch keine so gute Idee gewesen, aufzustehen.

Margaret wurde zwischen Marilla, am Kopf der Tafel, und Mikhail zu ihrer Linken gesetzt. Rafaella saß ihr gegenüber, neben Dyan, was – ihren Mienen nach zu urteilen – keinem der beiden gefiel.

»Julian, lassen Sie bitte das Essen auftragen«, sagte Marilla.

Kurz darauf trug ein Diener eine Terrine mit Suppe herein, die er in die Höhe hielt, als würden sie ein bedeutendes Ereignis feiern. Er verdarb die Wirkung allerdings, weil er die Augen in Margarets Richtung verdrehte, als wäre er neugierig auf sie. Ein leises Räuspern von Julian brachte ihn wieder zur Besinnung, und er stellte die Terrine neben der Hausherrin ab. Ein zweiter Servierer erschien mit einem Tablett, auf dem weiße und blaue Keramikschüsseln standen, in die der erste Diener die Suppe schöpfte, bevor er sie mit ernster Miene vor die Speisenden stellte.

Der Dampf, der von der Suppe aufstieg, roch wundervoll, und nur mit Mühe beherrschte sich Margaret, bis Lady Marilla den Löffel zur Hand nahm und zu essen begann. Es schmeckte köstlich, und erst, als sie die Schale fast geleert hatte, fiel ihr das Porzellan selbst auf. Es war eine feine Arbeit, und Margaret wurde bewußt, daß sie zum ersten Mal auf Darkover Eßgeschirr sah, das nicht aus Holz war.

»Diese Schalen sind wunderschön, Lady Marilla. Ich habe auf Darkover noch nichts Vergleichbares gesehen.« Es war eine höfliche Bemerkung, und Margaret meinte auch, was sie sagte.

»Vielen Dank.« Die kleine Frau platzte beinahe vor Stolz.

»O nein«, murmelte Dyan. Margaret sah ihn überrascht an. »Jetzt dürfen wir uns wieder ...«

»Dieses Service wurde hier in Ardais, in unseren eigenen Brennöfen gefertigt«, unterbrach Marilla ihren Sohn, als hätte er gar nicht gesprochen.

»Ihr müßt meiner Mutter verzeihen. Sie ist besessen von Ton. So ein gewöhnlicher Stoff.« Er rümpfte die Nase, als wäre es ihm peinlich.

Margaret fand, daß der junge Lord Dyan an seinem Benehmen arbeiten müßte. Sie merkte, wie sich Mikhail neben ihr bewegte, und warf ihm einen raschen Blick zu. Seine Wangen waren von einer leichten Röte überzogen, und er sah Dyan streng an. »Im Gegenteil, Lord Dyan, auf manchen Planeten wird feines Porzellan höher als Juwelen oder Edelmetall geschätzt. Ich bin keine Expertin, aber diese Schalen sind sehr schön, und das Muster ist außergewöhnlich. Und originell.«

Marilla bemühte sich, ihre Freude zu verbergen, aber es gelang ihr nicht; ihr Gesicht glühte vor Vergnügen. »Es ist nur ein altes Schnitzmuster, aber es freut mich, daß es dir gefällt. Als Tochter des Senators hast du bestimmt von wesentlich besserem Geschirr gegessen.«

Margaret lachte und schüttelte den Kopf, so daß ein paar Haarsträhnen der Schmetterlingsspange in ihrem Nacken entschlüpften und sie nervtötend an ihrer Wange kitzelten. »Mein Vater vielleicht, aber ich habe meistens von unzerbrechlichen Scheußlichkeiten aus Plastik gespeist – wenn ich nicht auf irgendeiner komischen Welt von Blättern gegessen habe.« Sie legte ihren Löffel weg.

»Blätter?« Dyan starrte sie über den Tisch hinweg an, dann senkte er den Blick. »Ist das eine neue Mode im Imperium?«

»Nein«, antwortete Margaret ruhig. »Trotz der Stellung meines

Vaters habe ich mich nicht in den feineren Kreisen der Föderation bewegt. Das liegt daran, daß ich den größten Teil meines Erwachsenenlebens in Gegenden der Galaxie unterwegs war, wo man solche Dinge wie Porzellan noch nicht einmal erfunden hatte oder nicht erfinden wollte. Ein breites Blatt ist ein guter Teller, weil man nach dem Essen nicht abspülen muß.« Sie spürte die leichte Ungläubigkeit aller Anwesenden außer Rafaella, aber wenigstens hörte sie keine Gedanken, und darüber war sie froh.

Julian Monterey nahm neben Dyan Ardais Platz, als der nächste Gang hereingetragen wurde – frischer Fisch, leicht geklopft und meisterlich gebraten. Margaret war erleichtert, daß die Köpfe entfernt worden waren, denn sie haßte es, wenn ihr Essen sie ansah. Der Diener füllte gläserne Kelche mit Wein, und sie trank einen kleinen Schluck. Der Wein war angenehm trocken und paßte gut zum Fisch, und Margaret überlegte, wo es auf Darkover wohl warm genug war, daß man Reben züchten konnte.

Die Unterhaltung erstarb für einige Minuten, während sich alle darauf konzentrierten, die kleinen Gräten zu entfernen und dann das köstliche Fleisch zu essen. Margaret wurde ziemlich schnell satt; ihr Magen mußte während ihrer Krankheit geschrumpft sein, denn normalerweise hatte sie einen gesunden Appetit. Doch oft war sie so vertieft in ihre Arbeit, daß sie ein paar Mahlzeiten ausließ, die sie später dann jedoch wettmachte. Sie ließ ihre Gedanken in der Stille schweifen, und der Wein und die Wärme des Raums lösten ihre Anspannung.

Mikhail rutschte auf seinem Stuhl hin und her, und Margaret hob den Blick vom Essen, um ihn anzusehen. Er schaute sie beinahe feindselig aus schmalen Augen an, öffnete den Mund, schloß ihn und öffnete ihn erneut; offensichtlich hatte er sich durchgerungen, etwas zu tun, was er für falsch hielt. »Dann seid Ihr also hier, um meine betagten Eltern aus ihrem Heim zu werfen?«

Margaret war so verblüfft, daß sie fast ihre Gabel fallen ließ. »Wie bitte? Warum sollte ich das tun?« Sie spürte, daß er in einer Notlage war, in einem Konflikt, aber sie hatte keine Ahnung, was die Ursache dafür sein könnte. Sie haßte Auseinandersetzungen und gab normalerweise beim ersten Anzeichen für einen Streit nach, es sei denn, die terranische Bürokratie war daran beteiligt. Diesmal jedoch hatte sie ausnahmsweise nicht den Wunsch zurückzustecken. Tatsächlich *wollte* sie mit diesem Fremden streiten. Und aus unerfindlichen Gründen kam es ihr relativ gefahrlos vor, sich mit ihm auseinanderzusetzen. Es war ein faszinierendes Gefühl, so als wäre er kein Fremder, sondern fast ein Bekannter. Das war natürlich lächerlich. Sie wollte ihn mögen, und sie konnte sich nicht vorstellen, warum. *Du wirst für dich bleiben – unter allen Umständen!*

»Armida gehört rechtmäßig Euch, wenngleich mein Vater es seit vielen Jahren instand hält.«

Das plötzliche Eindringen in ihren Geist hatte Margaret so abgelenkt, daß sie nicht sofort antwortete. Sie fror am ganzen Leib und fühlte sich bedroht, allerdings konnte sie nicht entscheiden, ob es das Gefühl der fremden Macht in ihr war oder der zornige Mann neben ihr. Beides vielleicht. Sein Blick hatte etwas Einschüchterndes, denn gegen die Regeln des Anstands starrte er ihr direkt ins Gesicht. Sie senkte die Blicke, denn in seinen Augen lag etwas, das auf eine sehr befremdliche Weise an ihrem Herzen zerrte.

Aber nach einer Weile konnte sie nicht länger auf ihren Schoß starren. Wer war dieser Bursche, und wieso hatte sie das Gefühl, ihn zu kennen? Wie konnte er es wagen, so zu ihrem Herz zu sprechen – sie war viel zu alt, um sich von einem hübschen Profil und klaren, blauen Augen den Kopf verdrehen zu lassen.

»Euer Vater?« stotterte sie schließlich. »Verzeiht mir, Lord Mikhail, aber ich habe nicht die leiseste Ahnung, wovon Ihr sprecht. Oder soll ich Euch mit Lord Hastur-Lanart anreden?«

Ihre Antwort schien ihn ziemlich zu verwirren, als würde ihre Unwissenheit ihn wehrlos machen. *Verdammt! Sie hat die schönsten Augen, die ich je gesehen habe! Und dieses Kinn – ich hätte nie gedacht, daß ich ein kantiges Kinn an einer Frau so anziehend finden könnte. Sie hält mich wahrscheinlich für einen totalen Flegel – und ich kann es ihr nicht verübeln!*

»Ihr wißt wirklich nicht Bescheid, hab ich recht? Erstaunlich.« Er wandte den Blick ab, holte tief Luft und fuhr fort, als würde er eine Lektion aufsagen, die ihm verhaßt war. »Ich bin der jüngste Sohn von Gabriel Lanart-Alton, der mit Eurem Vater verwandt ist, und von Javanne Hastur, der älteren Schwester von Lord Regis Hastur. Ich habe zwei Brüder, Gabriel und Rafael, und man nennt uns drei die ›Lanart-Engel‹, weil wir die Namen dieser *Cristoforo*-Erzengel tragen.« Bei diesen Worten färbte eine gewisse Selbstironie seine Stimme. »Wir haben außerdem zwei Schwestern, Ariel und Liriel.« Er hielt inne und sah sie an, als erwarte er eine Antwort.

»Wie schön für Euch. Ich habe mir immer Brüder und Schwestern gewünscht. Sind Eure Schwestern auch Engel?« Kaum hatte sie es gesagt, kam sich Margaret wie ein Idiot vor, aber sie konnte sich immer noch keinen Reim auf seine Worte machen. Sie war sich Lady Marillas neben ihr bewußt, die mit zierlichen Bissen ihren Fisch verzehrte, und Dyans, der sie gedankenverloren beobachtete. Nur Rafaella schien etwas Ungewöhnliches zu bemerken, denn sie sah Margaret fragend an und lächelte ihr aufmunternd zu, als wollte sie sagen: »Keine Sorge.«

Mikhail kicherte, und sie spürte, wie seine Anspannung nachließ. »Na ja, meine Mutter würde sagen, daß keiner von uns im mindesten engelhaft ist.«

»Das tun Mütter fast immer«, warf Lady Marilla trocken ein. Sie sah ihren Sohn an, als sei sie unglücklich darüber, daß nicht er mit Margaret sprach, sondern Mikhail das Feld überließ.

»Ich verstehe immer noch nichts«, beschwerte sich Margaret, die anfing, ein bißchen müde zu werden und sich über ihre Tischgenossen zu ärgern. »Soll ich nun beeindruckt, ehrfürchtig oder schlicht demütig sein?«

»Alles auf einmal würde vollkommen genügen«, erwiderte Dyan schalkhaft.

Lady Marilla brachte ihren Sohn mit einem einzigen Blick zum Schweigen. »Mir war nicht bewußt, daß du so wenig über die Altons weißt, Marguerida.«

»Wenig? Das kommt mir eher übertrieben vor!« Sie wurde mit einem nachsichtigen Gelächter belohnt.

»Gib es zu, Mik, du hast ein totales Durcheinander angerichtet«, sagte Dyan, ohne auf seine Mutter zu achten.

»Das scheint mir auch so.«

»Warum beginnt Ihr dann nicht mit dem Anfang?« sagte Margaret, der Mikhail nun leid tat. Sie spürte seine Verlegenheit, und sie hatte nicht vergessen, daß ihm ihre Augen gefielen. Niemand hatte sie bisher bewundert, und sie stellte fest, daß es ihr Spaß machte, bewundert zu werden. Es war dennoch ein merkwürdiges Gefühl, und sie spürte, wie sich die kalte, fremde Persönlichkeit in ihr unruhig regte.

»Meine Güte! Der Anfang?« Mikhail hielt inne und sammelte seine Gedanken, während Margaret wartete. »Ich weiß wirklich nicht, wo ich anfangen soll.«

Sie spürte seinen inneren Konflikt, obwohl seine Gedanken nicht klar genug waren, um sich unmittelbar als Sinneseindruck bei ihr niederzuschlagen. »Ihr habt mich beschuldigt, daß ich die Absicht hätte, Eure armen Eltern vor die Tür zu setzen, wie ein Hauswirt in irgendeiner melodramatischen Geschichte. Dann tischt ihr Euren Stammbaum auf, als würde der alles erklären. Er erklärt aber nichts, weshalb ich immer noch nicht weiß, was Ihr mir eigentlich sagen wollt.« Sie bemühte sich, ruhig und vernünftig zu bleiben, aber entkräftet, wie sie war, konnte sie nicht verhindern, daß ihre Stimme schrill wurde. Rafaella warf ihr einen beunruhigten Blick zu und wollte etwas sagen.

Bevor sie dazu kam, fragte Mikhail: »Aber was habt Ihr denn nun vor mit Armida?« Als müßte sie darauf eine Antwort haben.

»Warum sollte ich mit Armida irgend etwas vorhaben? Und warum gehen alle Leute davon aus, ich würde Anspruch auf etwas erheben, das mir gar nicht gehört? Soviel ich weiß, ist mein Vater noch sehr lebendig, also ist Armida seine Angelegenheit, nicht meine.«

»Er hat seinen Anspruch aufgegeben, aber nicht Ihren«, unterbrach Mikhail.

»Ihr mögt Euch ja einen Engel nennen, aber Euer Benehmen ist wohl kaum engelhaft, Lord Mikhail. Was sollte ich mit Armida anfangen? Ich weiß so gut wie nichts von Ackerbau und Pferdezucht. Ich bin Wissenschaftlerin an der Universität, und nicht der Eindringling, als den mich hier alle zu erkennen glauben.« Sie spürte, wie ihr Gesicht vor Zorn glühte.

»Verzeiht mir, wenn ich Euch nicht glaube, *Damisela.« Ich will ihr ja glauben, aber wie kann ich das? Und Vater wird mir nicht dafür danken, daß ich auf seine Interessen achtgebe – ich kann nichts richtig machen! Sie kann einfach nicht so unwissend sein, wie sie vorgibt – das ist unmöglich!*

»Ihr könnt, verdammt noch mal, glauben, was Ihr wollt«, zischte Margaret. Sie fühlte, wie Lady Marillas Augen auf ihr ruhten und sie in einer Weise beobachteten, die eher argwöhnisch als besorgt wirkte. In ihrem Kopf begann es zu hämmern, und ihr Magen übersäuerte, allerdings konnte sie nicht sagen, ob das die Nachwirkungen ihrer seltsamen Krankheit waren oder ob der Versuch, mit Mikhail zu sprechen, daran schuld war. Wenn sie nicht so unsicher auf den Beinen gewesen wäre, dann wäre sie jetzt aufgestanden und gegangen und hätte sich mit den Folgen später beschäftigt.

Sie kochte vor Wut und versuchte, sich zu beruhigen. Sie stellte sich ihren Vater vor und versuchte, ihren Zorn auf ihn zu lenken, da sie ihn für den Urheber eines Großteils ihrer Probleme hielt, aber es gelang ihr nicht. Statt dessen sah sie Mikhails hübsches Gesicht, Mikhail, der sich aus irgendwelchen Gründen unmöglich benahm.

Bevor erneut jemand sprach, klopfte es heftig an die Eingangstür und Julian erhob sich ruhig. Nachdem er hinausgegangen war, sagte Lady Marilla fast ängstlich in die Stille hinein: »Glaubst du, für unser Porzellan ließe sich ein Absatzmarkt auf Welten finden, wo man von Blättern ißt, Marguerida?«

Ihrem Tonfall nach glaubte sie anscheinend, Margaret habe sie alle mit dieser Blättergeschichte nur auf den Arm genommen, und wollte mitspielen. Es war das erste Anzeichen für Humor, das Margaret bei ihrer Gastgeberin entdeckte.

»Es ist sehr schön und gut gearbeitet, und auf vielen Welten gibt es eine große Nachfrage nach solchen Dingen«, antwortete sie. Wie erleichternd, eine Frage zu verstehen und eine vernünftige Antwort geben zu können. Diese Leute hier waren wirklich sehr sonderbar.

Margaret hörte die Stimmen zweier Personen in der Eingangshalle, Julians und die einer Frau. Sie bemühte sich, nicht zu lauschen, aber sie konnte anscheinend nicht anders. Die Haut in ihrem Nacken begann zu prickeln, und sie war sich sicher, daß der Neuankömmling jemand war, dem sie gern aus dem Weg gegangen wäre.

Julian kehrte in Begleitung einer kleinen Frau zurück, die einen von der Reise schmutzigen Mantel und darunter ein karmesinrotes Gewand trug, das im Licht des Eßzimmers zu pulsieren schien. Trotz ihrer geringen Statur strahlte die Frau eine gewaltige Autorität aus. Ihre Augen überflogen den Raum und blieben auf Margaret ruhen. Ihre Blicke trafen sich kurz; Margaret zuckte zusammen.

»Mylady«, verkündete der *Coridom*. »Die *Leronis* Istvana Ridenow.«

13

Margaret warf einen Blick auf die kleine Frau. Etwas Unheimliches lag im ruhigen Blick der grauen Augen, eine gewisse Strenge in der Körperhaltung. Nur der zu breite Mund in dem ovalen Gesicht deutete Beweglichkeit an, denn die Falten um ihn herum verrieten, daß die Frau früher viel gelacht hatte.

Dann wiederholte sie im Geiste den Namen – Istvana Ridenow – und begann eine leichte Ähnlichkeit mit Dio, ihrer Stiefmutter, zu sehen. Dio war ein wenig größer, aber ebenso zartgliedrig. Das Haar über der hohen Stirn war mittlerweile silbern, aber mit jenem Gelbstich, das vormals blondes Haar im Alter bekommt, und es hatte dieselbe Struktur wie Dios Haar. Margaret hatte Dio lange nicht gesehen und besaß kein aktuelles Foto. Wahrscheinlich war sie inzwischen ebenfalls grau.

Ganz kurz blitzte ein Sinneseindruck von Dios Gesicht auf, schmerzgepeinigt und unglaublich müde. Sie sah alt aus, richtig alt. Margaret schauderte und klammerte sich mit eiskalten Fingern an die Tischkante.

Lady Marilla erhob sich von ihrem Platz am Ende der Tafel, wobei sie ihre Serviette zu Boden fallen ließ. Ein aufrichtiges Lächeln rundete ihre fuchsartigen Züge, und sie durchquerte den Raum, um den Neuankömmling zu begrüßen. »Isty! Ich habe dich erst morgen früh erwartet! Julian, nimm ihr den Mantel ab und laß noch ein Gedeck bringen. Du mußt erschöpft sein.«

»Mach nicht so einen Wirbel, Mari. Du weißt, daß ich niemals müde werde.« Die Stimme war tief, ein angenehmer Alt, kräftig und gebieterisch und daran gewöhnt, daß man ihr Folge leistete. »Lord Ardais, Lord Hastur.« Sie begrüßte die Männer knapp, aber ihr Blick konzentrierte sich auf Margaret und Rafaella.

»Ach, Isty. Immer noch die alte.« Marilla Aillard wirkte nicht im mindesten eingeschüchtert und schüttelte den Kopf, als wäre ihr ein angenehmes Erlebnis eingefallen. »Auch wenn du nicht müde bist nach deiner Reise, solltest du es sein. Pferde sind genauso ermüdend wie die Arbeit an den Relais.« Sie küßte die Frau leicht auf die Wange, und die Geste wurde anmutig erwidert.

»Ich kam, so schnell ich konnte. Deine Nachricht klang ziemlich dringend.« Istvana hörte sich an, als hegte sie den Verdacht, daß man sie ohne guten Grund aufgescheucht hatte, und als sei sie darauf vorbereitet, sich zu ärgern.

Marilla wirkte nun ein bißchen ängstlich. »Das war es auch, Isty.« *Wie schade, daß sie heute gekommen ist und nicht morgen, wie ich erwartet hatte.*

»Und nun ist es nicht mehr dringend?« In Istvanas Tonfall lag eine Anspannung, die ihre Behauptung Lügen strafte, sie sei von der Reise nicht müde.

»Das mußt du selbst beurteilen«, erwiderte Marilla vorsichtig. Sie war nervös und bei weitem nicht mehr die große Dame wie bisher. »Ich muß dich meinen anderen Gästen vorstellen, Istvana.« Sie zog die Frau zum Tisch, wo ein Diener einen sauberen Teller und Besteck zurechtlegte.

»Erzähl mir nicht, daß du noch dasselbe flatterhafte Mädchen bist, das du vor vielen Jahren in Neskaya warst, Mari.« Die *Leronis* sprach freundlich, und Margaret hörte die ruhige Zuneigung aus ihren Worten.

Margaret sah, daß sich Mikhail und Dyan anstrengen mußten, bei dieser Bemerkung nicht zu lachen; ihre Wangen röteten sich vor unterdrückter Heiterkeit. Sie konnte es ihnen kein bißchen verübeln. Flatterhaft war nicht unbedingt ein Ausdruck, den sie auf ihre Gastgeberin angewandt hätte.
Marilla ignorierte sowohl das Theater der beiden als auch die Bemerkung der *Leronis.* »Istvana, ich möchte dir *Domna* Marguerida Alton und ihre Begleiterin Rafaella n'ha Liriel vorstellen.«
Graue Augen glitten über die beiden Frauen, und Margaret hatte das Gefühl, sie sei ohne ein Wort geprüft und für mangelhaft befunden worden. Dann überlegte sie, ob die Frau sie und Rafaella überhaupt identifizieren konnte. Sie waren sich in Haarfarbe, Alter, Größe so ähnlich, daß man sie leicht verwechseln konnte. Nein, das kürzere Haar der Entsagenden würde Istvana vermutlich ins Bild setzen. Dann verscheuchte die *Leronis* ihre Frage. Sie sah Margaret direkt an und sagte: »Es ist mir eine Ehre, Sie kennenzulernen, Lady Alton. Das kommt … unerwartet. Sie waren krank?«
»Die Ehre ist ganz meinerseits«, antwortete Margaret steif. »Offenbar sind die Impfungen, die einem die Terraner verabreichen, nicht so wirkungsvoll, wie sie versprechen, und ich habe auf irgendeinen lokalen Organismus reagiert. Oder aber die Höhe ist mir nicht bekommen.« Sie glaubte selbst nicht, was sie sagte, und sie fühlte sich schwach und krank, aber sie war fest entschlossen, es nicht eine Sekunde zu zeigen. Ihr Kopf hämmerte, und sie hatte einen Geschmack im Mund, als hätte sie Eisenspäne gegessen und nicht eine vorzügliche Suppe und frischen Fisch.
Sie beobachtete, wie Istvana und Marilla einen vielsagenden Blick wechselten. Dabei lief es ihr kalt über den Rücken, und

sie blickte auf ihren Teller hinab. Die Reste des Fisches waren inzwischen kalt, und Margaret schauderte bei dem Gedanken, auch nur einen weiteren Bissen zu essen. Sie hatte das Bedürfnis, vom Tisch aufzustehen und auf ihr Zimmer zu gehen, und nur die Gewißheit, daß sie es ohne Hilfe nicht die Treppe hinaufschaffen würde, ließ sie sitzenbleiben. Sie faltete die Hände im Schoß und versuchte, sich unsichtbar zu machen, wie sie es als kleines Kind oft getan hatte.

Offensichtlich hatte Istvana beschlossen, daß Essen eine gute Idee war, denn sie nahm dort Platz, wo man für sie gedeckt hatte. Margaret versuchte, sie nicht anzusehen, aber ihr Blick wurde immer wieder von der Fremden angezogen. Man räumte die Reste ihres Fisches ab und stellte einen Teller mit Getreide, Gemüse und einer Scheibe Fleisch vor sie hin. Sie betrachtete ihn voller Entsetzen und biß sich auf die Lippen. Die *Leronis* aß in kleinen Happen, aber zügig, und Margaret fand es bemerkenswert, wie sie ihr Essen vertilgte. Wo tat sie das alles hin? Ein bedrückendes Schweigen erstickte jedes Gespräch bereits im Ansatz, und das Mahl zog sich endlos hin. Eine Atmosphäre der Wachsamkeit herrschte am Tisch, die Anwesenheit der Neuen hatte die lockere Stimmung und Margarets Kontroverse mit Mikhail unterbunden. Es war deutlich zu sehen, daß sich alle bemühten, so zu tun, als wäre die Ankunft der *Leronis* nichts Ungewöhnliches, aber Margaret hatte von Rafaella erfahren, daß Bewahrerinnen nur selten ihren Turm verließen, was immer das bedeutete. Sie wußte, die Anwesenheit der Frau hatte etwas mit ihr zu tun, und sie wußte, daß Istvana und Marilla sich berieten, ohne ein Wort zu sprechen.

Lord Dyan bemühte sich mannhaft, die Unterhaltung neu zu beleben. Er stellte Rafaella eine Frage über Pferde, und die

Entsagende antwortete ihm. Dann fiel Mikhail ein, und sie erörterten zu dritt einige berühmte Zuchtlinien. Margaret verstand kein Wort, aber sie war dankbar, daß sie sich nicht am Gespräch beteiligen mußte, denn das Atmen fiel ihr schwer genug, und an Reden war gar nicht zu denken. Sie revidierte ihre Ansicht, daß Dyan ein hilfloser Jüngling sei, und dann merkte sie, wie Mikhail neben ihr unruhig wurde. Sie warf ihm einen raschen Blick zu und blickte unerwartet in seine Augen, in denen ein Ausdruck lag, den sie nicht entschlüsseln konnte. Sie schaute rasch auf ihren Teller mit dem ekelhaften Zeug darauf, bei dessen Anblick ihr zunehmend übel wurde. In Mikhails Augen hatte fast so etwas wie Mitleid gelegen, und das ertrug sie nicht! Wie konnte er es wagen!

Margaret spürte, wie sich ihre Temperatur wieder erhöhte, und sie trank gierig ein Glas Wasser. Der Gedanke an Wein war widerlich. Sie sehnte sich nach ihrem Bett, nach Ruhe statt des Geklappers von Besteck auf Porzellan. Die Geräusche schienen direkt in ihr Gehirn zu schneiden wie Glasscherben. Hätte sie bloß nicht darauf bestanden, aufzustehen!

Istvana Ridenow legte abrupt ihre Serviette neben den Teller und stand auf. Alle schoben hastig die Stühle zurück und erhoben sich ebenfalls. Margaret bewegte sich als letzte und bemerkte, daß Mikhail sie besorgt ansah, was sie gleichzeitig rührte und ärgerte. Als sie stand, befiel sie eine Benommenheit, die sie schwanken ließ. Rafaella eilte erstaunlich behende um den Tisch herum und stützte sie. Dann funkelte die Entsagende alle Anwesenden vorwurfsvoll an, und Margaret fühlte sich von ihrer Kraft und ihrer Treue eingehüllt wie in eine warme Decke.

»Du kannst mein Wohnzimmer benutzen, Istvana«, verkündete Lady Marilla. »Es hat sich seit deinem letzten Besuch nicht verändert.« Margaret schaute von Istvana zu Marilla – ihre Gesichter waren sorgsam ausdruckslos. Sie war überzeugt, daß die beiden miteinander gesprochen hatten, obwohl sie sich immer wieder sagte, daß das unmöglich war. Sie selbst hatte keine Hinweise aufgeschnappt, wofür sie dankbar war. Nun konnte sie auf ihr Zimmer flüchten und wieder zu Bett gehen. Und sobald es ihr gut genug ging, würde sie nach Thendara zurückkehren und … ihr Kopfweh war zu stark, als daß sie weiter denken konnte.

Ihre Hoffnung wurde schnell zunichte gemacht. »Wenn Sie bitte mit mir kommen würden, *Domna*«, sagte Istvana ruhig. »Wir wollen sehen, ob wir die Ursache für Ihre Krankheit finden können.«

»Ich sagte doch, es ist nur …«

»Sie müssen mir vertrauen, *Chiya*. Ich weiß, was am besten ist.« Die *Leronis* sprach auf eine Weise, die keinen Widerspruch duldete, und Margaret fühlte sich ohnehin zu schwach dafür. *Warum glaubt hier jeder, zu wissen, was am besten für mich ist? Sie kennen mich nicht einmal! Und was noch schlimmer ist, ich kenne mich selbst nicht mehr. Ich wünschte, ich wäre nie hierhergekommen. Warum mußte ich krank werden? Und wer ist die Frau, daß sie alle Leute, einschließlich mir, herumkommandiert? Ich glaube, sie fürchten sich alle ein bißchen vor ihr – ich jedenfalls bestimmt. Aber wieso?*

Rafaella stützte Margaret, und sie folgten Istvana in ein bescheidenes Zimmer, wo ein Feuer beruhigend im Kamin knisterte. Der Raum enthielt ein weiches Sofa, mehrere Lehnstühle und einen Stickrahmen, auf den eine halbfertige Arbeit gespannt war. Das Zimmer war in weichen Blautönen und sahnigem Weiß gehalten und sehr gemütlich. Margaret hätte es genossen, wäre es ihr nicht so erbärmlich gegangen.

»Laß uns allein«, sagte Istvana zu Rafaella. Dann sah sie das Mädchen freundlich an. »Marguerida ist gut aufgehoben bei mir, ich verspreche es.«

»Ermüdet sie nicht, *vai Domna.* Sie ist heute zum ersten Mal aufgestanden.« Dann ging die Entsagende widerstrebend hinaus, und Margaret sank in einen der Sessel, erschöpft von dem kurzen Weg vom Eßzimmer hierher. *Was muß die Frau sich einmischen! Wenn sie Marguerida krank macht, dann* ... Der Gedanke blieb unvollendet, als wüßte sie nicht recht, was sie dann tun würde. Margaret fühlte sich allein ohne ihre Begleiterin und fürchtete sich.

Istvana Ridenow setzte sich gegenüber von Margaret hin und ordnete die Falten ihres Kleides. Schweigen breitete sich zwischen ihnen aus, unterbrochen von einem Diener, der ein Tablett mit einer Kanne Tee, Tassen und einer schlanken Flasche hereinbrachte, deren Inhalt wie Likör aussah. Die Flüssigkeit war verblüffend blau - oder aber das Glas -, und Margaret beäugte sie mißtrauisch. Sie wollte jetzt auf keinen Fall Alkohol trinken.

»Ich muß gestehen, ich hätte niemals damit gerechnet, Lew Altons Tochter anzutreffen, als ich hierherkam«, begann Istvana, während sie Tee in eine Tasse goß und ihn Margaret anbot.

Margaret nahm die Tasse, denn sie hatte höllischen Durst. »Sie und alle anderen«, brauste sie auf. »Seit ich aus dem Raumschiff gestiegen bin, verneigt man sich vor mir und versucht, mir Ballkleider aufzudrängen und ... ich weiß nicht. Es war sehr verwirrend. Und ich mag es nicht, wenn man mich verwirrt.«

»Das hört sich ziemlich vernünftig an«, entgegnete die *Leronis* überraschend sanft. »Ich kenne niemanden, der gern durcheinander ist. Vielleicht kann ich einige Ihrer Fragen beantworten.«

»Da wären Sie die erste«, antwortete Margaret verbittert. »Niemand auf Darkover scheint gewillt zu sein, mir eine ehrliche Antwort auf eine einfache Frage zu geben. Alle reden nur in vagen Begriffen und sagen, es sei besser, über ›solche Dinge‹ nicht zu sprechen. Oder sie gehen davon aus, daß ich bereits alles weiß, oder erklären mir, daß sie mit mir verwandt sind. Offen gestanden, könnte ich nur noch schreien, aber mein Hals läßt es nicht zu. Bin ich denn mit jedermann auf Darkover verwandt?«

Istvana lachte. »Im Grunde, ja. Jedenfalls sind Sie durch Abstammung oder Heirat mit allen Familien der Domänen verwandt, worauf es in Ihrem Fall ankommt.«

»Mir kommt es nicht darauf an«, widersprach Margaret. »Ich ziehe Rafaella all diesen ›neuen Verwandten‹ vor, wenn Sie es genau wissen wollen.«

»Verstehe. Dann sollte ich Ihnen lieber nicht erzählen, daß Diotima Ridenow eine Nichte von mir ist, oder?« Sie hatte ein Blitzen in den Augen, und Margarets Anspannung ließ ein wenig nach.

»Das ist nicht nötig – Sie sehen ihr sehr ähnlich. Heißt das, Sie sind meine Stieftante?«

»Ja. Ich hoffe, es stört Sie nicht allzu sehr.« Istvanas Tonfall war tadelnd, aber nicht unfreundlich.

»Es würde mir nichts nützen, wenn es so wäre. Aber es spielt sowieso keine Rolle, weil ich nach Thendara zurückkehre, sobald ich wieder reiten kann, und von dort zur Universität, wo ich hingehöre.«

»Marguerida, wissen Sie über die Gaben der Domänen Bescheid?«

»Ich weiß von ihrer Existenz – wenngleich ich es noch nicht recht glaube. Lord Regis Hastur und mein Onkel Rafe Scott sprachen von der Alton-Gabe, und Onkel Rafe erwähnte, sie sei der ›erzwungene Rapport‹, aber keiner der beiden machte sich die Mühe, mir die Sache richtig zu erklären.« *Ich habe ihnen allerdings auch nicht viel Gelegenheit dazu gegeben. Ich hatte Angst vor dem, was sie sagen könnten, und diese ... Person in mir ... Ich darf nicht daran denken! Für mich bleiben, das muß ich tun!*

Margaret hatte irgendwie das Gefühl, sie müsse verhindern, daß dieses Gespräch zu ernst wurde; jetzt, da sie die Gelegenheit hatte, Antworten auf einige ihrer Fragen zu erhalten, stellte sie fest, daß sie sie gar nicht hören wollte. Sie spürte, daß ihr Gefahr drohte, daß sie nicht mehr dieselbe sein würde, wenn sie Bescheid wußte.

»Die Gaben sind geistige Talente, die wir im Laufe der Jahrhunderte immer mehr verfeinert haben. Die Ridenow-Gabe ist die der Empathie, deshalb habe ich eine gewisse Vorstellung davon, wie es Ihnen geht. Ich kann nichts dagegen machen, haben Sie also bitte nicht das Gefühl, daß ich mich absichtlich einmische. Eines der Probleme in einer telepathischen Gesellschaft ist das der Privatsphäre, und wir geben uns sehr viel Mühe, unsere Nasen nicht in Dinge zu stecken, die uns nichts angehen.«

Eine telepathische Gesellschaft? Wie konnte diese Frau einfach hier sitzen und so tun, als spräche sie von der normalsten Sache der Welt? Empathie, Einfühlungsvermögen. Nun ja, Dio hatte eine Menge davon, allerdings glaubte Margaret nicht, daß sie es eine Gabe nennen würde. Ihr wurde nun bewußt, daß Dio versucht hatte, ihr zu helfen, sie zu erreichen, aber sie war die ganze Zeit zu wütend gewesen, und zu kalt.

Margaret fragte sich, was für ein Gefühl es wohl für einen Empathen war, mit einer aufbrausenden Heranwachsenden zusammenzuleben, und kam zu dem Schluß, daß es vermutlich fürchterlich war.

Istvana wartete geduldig, bis Margaret zu reden begann, und falls sie die Gedanken gehört hatte, die Margaret durch den Kopf gingen, ließ sie es sich nicht anmerken. »Ich glaube, soviel habe ich schon herausbekommen, auch wenn ich es eigentlich nicht geglaubt habe. Ich ›höre‹ ständig Bruchstücke von den Gedanken anderer Leute. Ich dachte, ich bin dabei, den Verstand zu verlieren. Anscheinend kann ich nichts dagegen tun.«

»Ist das auch schon passiert, bevor Sie nach Darkover kamen?«

»Gelegentlich, aber nicht in dem Ausmaß wie jetzt. Und ich habe mir immer eingeredet, daß ich nur phantasiere.«

»Und Lew hat Ihnen nie von den Gaben erzählt?«

Margaret trank ihre Tasse leer. »Das ist auch so eine Sache! Jedermann scheint anzunehmen, daß mir mein Vater alles erzählt hat … aber das hat er nicht getan! Wir haben kaum miteinander gesprochen, und ganz bestimmt führten wir keine vertraulichen Gespräche, weder auf einer mentalen Ebene noch anderweitig. Wenn er zu Hause war, haben wir nur versucht, uns aus dem Weg zu gehen.«

»Das muß sehr einsam für Sie gewesen sein.«

Margaret fuhr auf bei diesen Worten. Sie konnte es nicht ausstehen, wenn man sie bemitleidete! Dann holte sie tief Luft und befahl sich, nicht wütend zu werden. Die Frau wollte nur helfen, richtig? »Eigentlich nicht. Ich habe bereits gelernt, nicht einsam zu sein, da konnte ich kaum laufen. Im Waisenhaus. Und wenn ich schonungslos ehrlich bin, kann ich nicht behaupten, daß es schlimm gewesen wäre. All jene Dinge, die passierten, als ich klein war und über die heute keiner reden will, haben mich mißtrauisch gemacht.« *Ich bleibe für mich, und das kann ich sehr gut!*

»Ja, ich kann das fühlen bei Ihnen. Aber daß sie argwöhnisch sind gegenüber Menschen, bedeutet noch nicht, daß es Ihnen gefällt, allein zu sein. Sie wissen also, daß die Alton-Gabe der erzwungene Rapport ist. Aber haben Sie eine Vorstellung, was das bedeutet?«

»Die Fähigkeit, mit anderen in Kontakt zu treten, ob sie es wollen oder nicht? Das wäre keine Gabe, sondern ein Fluch, und ich bin sehr froh, daß ich sie nicht habe!«

»Unkontrolliert wäre es in der Tat ein Fluch. Wir haben im Lauf der Jahre gelernt, daß diese Talente – *alle* Talente – trainiert werden müssen. Es war sehr nachlässig von Ihrem Vater, daß er Sie nicht gelehrt hat, wie man …«

»Ich besitze keine Gabe!« schrie Margaret die *Leronis* an, die zusammenzuckte, als hätte man sie geschlagen. »Ich dulde es nicht! Ich will nicht wissen, was die Leute denken oder fühlen. Ich will nur von diesem verdammten Planeten verschwinden und irgendwo hingehen, wo ich keine Verwandten habe, die mich …«

»*Chiya*, sie ist bereits erwacht. Sie können nicht mehr zurück. Entweder Sie lernen, mit Ihrer Gabe umzugehen, oder Sie werden in der Tat verrückt. Wir müssen Sie testen, um die Stärke Ihres Talents zu bestimmen, aber Sie können sich nicht abwenden. Ich fürchte, dafür ist es bereits zu spät.«

»Das können Sie nicht wissen!« Verzweiflung schnürte ihr die Kehle zu.

»Doch, das kann ich. Ich weiß es. Ich spürte die Alton-Gabe, so wie Sie jetzt da sitzen, geschwächt vom schlimmsten Anfall von Schwellenkrankheit, der mir je untergekommen ist. Normalerweise passiert das, wenn man jünger ist, in der Pubertät. Können Sie sich aus Ihrer Teenagerzeit an etwas Ähnliches erinnern?«

»Nein. Ich war ein völlig normales Kind, und ich habe nie … Als ich noch sehr klein war, da war etwas. Ich weiß es nicht mehr.« *Sie hat mir verboten, mich zu erinnern!*

Wer hat dir verboten, dich zu erinnern, Marguerida?

Der mentale Austausch dauerte eine Sekunde, und Margaret spürte einen heftigen Stich auf der Stirn. Sie kniff die Augen zusammen. Ihr Atem ging stoßweise, als wäre sie gelaufen, ihr war heiß, und sie schwitzte. Sie hatte schreckliche Angst, nicht vor der kleinen Frau ihr gegenüber, sondern vor etwas anderem.

Istvana Ridenow griff unter ihre Robe und zog einen kleinen Beutel an einer Schnur hervor. Margaret warf einen Blick darauf und schreckte zurück. Sie sah eine kleine Hand, eine Kinderhand, die nach einem anderen seidenen Beutel wie diesem griff, und hörte eine Stimme, die ihr verbot, ihn zu berühren. Sie wußte, der Beutel enthielt etwas, das gefährlicher war als Gift.

Die *Leronis* holte einen glänzenden Stein aus dem Beutel. Er war blau und facettiert und reflektierte die Flammen, die im Kamin züngelten, auf seinen funkelnden Flächen. Istvana hielt ihn in den gewölbten Händen, so daß die Flammen ihre Haut in orangefarbenes Licht tauchten. Margaret schaute in ihren Schoß, faltete die Hände und bohrte die Fingernägel tief in die Handfläche.

»Hab keine Angst, *Chiya*. Heb deine Augen und schau in den Kristall. Versuche, ihn nicht zu berühren – schau einfach nur hinein.«

Istvanas Stimme war leise und zwingend, aber Margaret

rührte sich nicht. Sie schaute auf ihre Hände, wo eine Blutspur unter ihren Nägeln hervorkroch, während es in ihrem Schädel hämmerte. Sie verengte ihre Wahrnehmung auf ihre Nägel, die sich in die Handflächen bohrte.

Augenblicke vergingen. Margaret hörte das schwache Knistern des Kamins, das leise Prasseln des Regens am Fenster und das Rascheln der Bäume davor. Sie roch das Feuer, die Kleider auf ihrer Haut, die alten Steine von Burg Ardais und das Parfüm der schweigenden Frau ihr gegenüber, die mit unendlicher Geduld darauf wartete, daß sie in den Kristall blickte.

Sie bemühte sich, nicht an den Kristall zu denken, indem sie sich auf die Noten eines extrem komplizierten Musikstücks konzentrierte, aber trotz aller Anstrengungen wanderte ihr Geist in einen kalten Saal mit einem Thron und kristallfarbenen Wänden. Die furchtbare Erscheinung auf dem Thron wartete und griff dann mit beinahe unsichtbaren Händen nach ihr. Winzigen, aber furchterregenden Händen. *Du wirst für dich bleiben!*

Margaret fühlte die Stimme mehr, als daß sie sie hörte. Sie war wie ein Zusammenklang von Quarz und Metall, ein so mächtiger Klang, daß Margaret sich gern davongestohlen hätte. Aber das konnte sie nicht – die Stimme war in ihr! Wenn sie nur diesen Raum nicht mehr sehen müßte, wenn sie der Stimme entfliehen könnte, die in ihren Eingeweiden widerhallte! Aber es war zu spät.

»Leg dein Spielzeug weg, bevor ich es vernichte und dich mit ihm!« Margaret sagte die Worte laut, doch es war nicht ihre Stimme, die den Befehl gab, sondern die einer Fremden.

Sie spürte, wie eine kaum wahrnehmbare Veränderung mit dem Raum vor sich ging. Das Feuer war das gleiche, auch der

Regen und die Bäume, aber die Energie im Raum war nun mit einer Kraft aufgeladen, als wäre ein steinerner Turm um die *Leronis* herum in die Höhe gewachsen. Margaret hatte das Gefühl, als wäre sie zwischen zwei gleich starke Kräfte geraten, die sich darum stritten, wem ihr schmerzender Körper gehörte.

»Aufhören! Ich will nicht ein Knochen zwischen zwei Hunden sein!« Sie sprach nun mit ihrer eigenen Stimme, aber sie war dünn und schrill wie die eines Kindes. Dafür hatte sie eine erstaunliche Kraft, und der feste Knoten in ihrer Brust lockerte sich ein wenig. Sie schluckte und atmete einige Male durch. Die Luft schien ihre Lungen zu versengen. »Ich glaube, Sie legen das Ding lieber weg, denn ich glaube, wenn ich es ansehe, wird es zerspringen.« Die kindliche Margaret war verschwunden, sie sprach statt dessen mit der Stimme, mit der sie die Kursteilnehmer an der Universität anredete. An diese Stimme war sie gewöhnt, und sie war erleichtert, daß sie wieder normal klang und nicht mehr wie eine Fremde oder ein Kind.

Sie hörte das Rascheln von Stoff ihr gegenüber. »Ich habe meine Matrix versteckt, Marguerida. Jetzt sieh mich bitte an. Sag mir, wenn du es kannst, was du gefühlt oder gesehen hast und wer durch deinen Mund sprach.«

»Ich weiß es nicht.« Margaret griff mit zitternden Händen nach ihrer Teetasse. Sie starrte dumpf in deren leere Tiefen, dann goß sie sich nach und trank einen Schluck. »Oder besser, ich weiß es, bin aber nicht in der Lage, es zu sagen.« Sie spürte, wie sich etwas löste, eine Art Spannung, die sie ihr ganzes Leben in sich gehabt hatte, aber sie war einfach zu müde, um der Sache viel Beachtung zu schenken.

»Hast du es immer gewußt?«

»In gewisser Weise. Ich war immer sehr hektisch, eine Art Träumerin, aber wenn ich krank war, wurde ich sehr viel klarer.« Sie runzelte die Stirn. »Ich glaube, Dio weiß darüber Bescheid, jedenfalls war sie über mich beunruhigt, als ich noch klein war. Sie hat es meinem Vater erzählt, und ich erinnere mich, daß er etwas von ›Kanälen‹ sagte, was immer es damit auf sich hat. Wenn ich krank war, hörte ich die beiden miteinander sprechen, vermutlich in meiner Einbildung. Ich erinnere mich nicht an viel, aber irgend etwas ist mit mir geschehen, nachdem wir Darkover verlassen haben.« Ein Teil von Margaret wollte nicht sprechen, aber ein anderer Teil fühlte sich dazu gedrängt, die Geheimnisse in ihrem Innern zu entdecken, koste es, was es wolle. Istvana Ridenow war im Grunde nicht die Person, die sie sich ausgesucht hätte, um ihre Geheimnisse vor ihr zu offenbaren, aber ein Gefühl tief in ihr vertraute der kleinen Frau, und sie wußte, eine bessere Gelegenheit als die hier kam nicht mehr. Der feste Knoten in ihr geriet erneut in Bewegung, es war eine Art Abspulen, und Margaret entschied, daß sie offenbar das Richtige tat, denn sie wollte herausfinden, was in ihrem Innern verschüttet lag. In diesem Augenblick war das die wichtigste Sache der Welt.

»Dein Vater wußte, daß deine Kanäle manipuliert waren, und hat nichts unternommen?« Istvana klang nun äußerst aufgebracht, ihre Wut wärmte Margaret und gab ihr das Gefühl, beschützt zu werden.

»Er dachte, ich würde aus allem herauswachsen.«

»Dann ist er ein noch größerer Narr, als ich annahm! Aus so etwas wächst man nicht heraus – es muß geheilt werden, gepflegt.« Sie hielt inne. »Ich glaube, die beste Lösung wäre, wenn du für einige Zeit mit mir nach Neskaya kämst.«

Margaret fing das Bild eines hohen steinernen Turms auf, der sich leuchtend vor dem Nachthimmel abhob. In seinem Innern gingen Leute umher, und sie sah große Kristalle mit funkelnden Facetten, die in langen Reihen angeordnet waren. Sie begann, heftig zu zittern. Auch dieser Raum war aus Glas, war eine Falle aus Kristall. Ihre Hand zitterte, heißer Tee benetzte die Wunden in ihrer Handfläche, und sie schrie vor Schmerz auf.

Nein! Zwing mich nicht, in den Spiegel zurückzugehen! Ich will nicht dort sterben!

Istvana Ridenow zuckte, als hätte man sie ins Gesicht geschlagen. Sie rieb sich die Stirn und bewegte ihre schmalen Schultern, wie um eine Last abzuschütteln. »Kannst du mir von dem *Spiegel* erzählen, Marguerida?« fragte die *Leronis* schließlich.

»Spiegel?« Margaret blickte sich benommen im Zimmer um, dann stellte sie ihre Tasse hin und wischte sich die Hand am Rock ab, wobei sie Tee und Blut über das rotbraune Gewebe verschmierte. »Hier drin ist kein Spiegel, oder?«

»Nein, hier nicht. Aber es gibt einen Ort in deinem Geist, einen Ort voller Spiegel oder Glas, und er macht dir entsetzliche Angst. Hab ich recht?«

»Ja.«

»Und mein Matrix-Kristall erinnert dich daran?«

»Vermutlich.« Sie war so müde. Warum konnte man sie nicht in Ruhe lassen?

Weil du eine Gefahr für dich und alle anderen bist, solange diese Sache nicht geklärt ist. Das war mit Strenge geäußert, aber nicht unfreundlich.

»Erzähl mir, woran du dich erinnerst, und hör auf, wenn du dich bedroht fühlst.«

»Ich fühle mich die ganze Zeit bedroht, aber es gibt Worte,

bestimmte Worte, da ist es ganz besonders schlimm. Und meistens kann ich mich an die Worte nicht erinnern, sondern nur um sie herumgehen wie um Absperrungen. Rafaella hat heute etwas erwähnt … über eine Rebellion, und das hat es ausgelöst. Einen kurzen Augenblick konnte ich mich fast erinnern, aber dann … befahl *sie* mir aufzuhören. Nicht Rafaella, sondern jemand in meinem Kopf.« *Es ist so kalt im Spiegel, so kalt.*

»Du bist sehr stark, Marguerida, und dafür können wir dankbar sein. Wenn du weniger stark wärst, hättest du schon längst den Verstand verloren. Aber dieselbe Kraft verletzt dich jetzt, und wir müssen Mittel finden, die dir helfen, dich selbst zu heilen. Was hat Rafaella genau gesagt?«

»Ich weiß es nicht mehr, aber es war etwas über die Familie Ardais – Dyan kam zu mir herauf und hat mit mir gesprochen, als ich noch im Bett lag, was Rafaella rasend gemacht hat. Ich glaube, seine Mutter will, daß er mich heiratet oder so. Und als er wieder weg war, sagte Rafaella, daß alle *Comyn* seit dieser Rebellion vor den Ardais auf der Hut seien, und dann meinte sie, es sei besser, nicht darüber zu sprechen.«

»Sehr gut!« Istvana klang ausgesprochen erfreut. »Ich hatte schon vermutet, daß sie die Sharra-Rebellion meinte, aber jetzt weiß ich es mit Bestimmtheit. Ich war damals eine junge Frau, aber alt genug, um dies und jenes zu hören. Es war eine schreckliche Zeit für Darkover. Aber ich wußte nicht, daß du darin verstrickt warst – du kannst damals nicht älter als vier Jahre gewesen sein.«

»Ich war fünf, beinahe sechs, glaube ich, als wir Darkover verließen. Es hängt davon ab, wessen Kalender man benutzt.« Irgend etwas kämpfte sich aus den Tiefen ihrer Seele nach oben, etwas, das so furchtbar war, daß sie es nicht wissen wollte. Margaret versuchte, Widerstand zu leisten, aber es war zu stark für sie. *Sharra hat meine Mutter und den silbernen Mann getötet. Warum hat sie mich nie geliebt? Warum hat sie mich ins Waisenhaus gesteckt?*

»Ja, deine Mutter starb am Ende der Rebellion, *Chiya.*« Istvana klang sehr traurig, als sie das sagte. Dann schien sie sich wieder zu fangen und setzte sich energisch gerade hin. »Als ich das Wort ›Sharra‹ sagte, hat dein Körper reagiert, wie er es jetzt auch tut. Und als du es vor einem Augenblick dachtest, haben sich alle deine Halsmuskeln zusammengezogen, und ich spürte, wie deine Stimme erstickt wurde. Laß dir sagen, daß es für einen Empathen kein angenehmes Erlebnis ist, gewürgt zu werden!« Istvana wischte sich mit dem Ärmel über die Stirn, und Margaret bemerkte, daß sie beide schwitzten, obwohl es im Zimmer nicht übermäßig warm war. Die Geste war so normal, so einfach und menschlich. *Ich glaube, Telepathen sind auch keine Übermenschen, wenn sie immer noch ins Schwitzen geraten.* Es war ein tröstlicher Gedanke, und Trost war das, was sie im Augenblick am nötigsten hatte.

Dann wurde ihr bewußt, daß sie diesen Gedanken beinahe hinausgeschrien hatte. Sie fühlte mittlerweile den Unterschied zwischen den endlosen Selbstgesprächen ihres Geistes und jenen anderen Gedanken, die sich auf irgendeine Weise gewissen Leuten hier mitteilten. Wie hielten die das nur aus? »Es tut mir leid, ich wollte nicht so laut denken.«

Die Ältere lachte. »Dafür kannst du wirklich nichts, wenn du die Alton-Gabe besitzt, und überhaupt hast du für einen nicht ausgebildeten Telepathen deine Aussendungen erstaunlich gut im Griff. Bist du dir sicher, daß dein Vater dir nie das richtige Benehmen beigebracht hat?«

»Ich glaube, als ich noch ganz klein war und in ihre Privatsphäre eingedrungen bin, haben sie gesagt, ich soll das nicht tun. Richtig. Dio hat sich beschwert, daß ich ... Sie wissen schon ... wenn sie sich geliebt haben.« Sie wurde rot vor Verlegenheit. Istvana Ridenow hatte eine irgendwie jungfräuliche Ausstrahlung, und Margaret war überzeugt, daß sie ein ihr unbekanntes Tabu verletzt hatte.

»Die Energie der Leidenschaft, *Chiya*, ist für den Telepathen wie Nektar für die Bienen. Vor allem, wenn die Leute sich lieben. Aber laß mich schauen, ob ich alles richtig verstanden habe – du warst fünf, als du von Darkover weggingst, und konntest bereits die Gedanken der Leute um dich herum ›hören‹. Und später hast du diese Fähigkeit irgendwie verloren?«

»Das kommt der Sache ziemlich nahe. Der Senator dachte vielleicht, die Medikamente gegen Raumkrankheit seien schuld – er ist allergisch dagegen, und ich bin es auch.«

»Was für eine oberflächliche Erklärung«, bemerkte Istvana trocken. »Typisch Mann, eine simple Ursache anzunehmen, ohne alle Fakten zu prüfen.«

»Ich glaube, es hat ihm weh getan, sich zu erinnern, *vai Domna*.«

»Das tat es bestimmt, und tut es noch, aber das ist keine Entschuldigung dafür, sein Gehirn in einen Sack zu stecken! Dein Vater ist ein bedeutender Mann und hat Darkover im Senat des Imperiums gut gedient, was jedoch nichts an der traurigen Tatsache ändert, daß er in persönlichen Dingen nie die Klugheit besaß, erst zu denken und dann zu handeln. Ich würde ihm liebend gern ein paar hinter die Ohren geben, wenn sie in Reichweite wären.«

»Hm. Dasselbe hat Dio auch oft gesagt. Er kann einen zum

Wahnsinn treiben, nicht wahr? Ich dachte immer, es liegt nur an mir, ich hätte etwas getan, was ihn so werden ließ, wie er ist.«

»Lewis Alton war bereits ein Mensch mit vielen Sorgen, bevor du zur Welt kamst, Marguerida. Ich habe ihn nie kennengelernt, aber ich weiß, was er getan hat. Die Begeisterung in der Familie hielt sich in Grenzen, als Diotima beschloß, ihn zu heiraten, aber sie ist immer ihrem Herzen gefolgt. Ist sie glücklich?«

Margarets Augen füllten sich mit Tränen. »Ich weiß es nicht. Sie hat es sicher versucht, aber ich weiß nicht, ob man mit meinem Vater glücklich sein kann. Ich wollte immer, daß sie es sind. Auf Thetis gab es einige Nachbarsfamilien, die ich besuchte, wenn meine Eltern nicht auf dem Planeten waren, die kamen mir immer so … heiter vor. Diese Leute waren sehr nett zu mir, und ich wünschte mir oft, der Senator und Dio könnten sein wie sie.«

»Du nennst ihn nie mit Namen, hab ich recht?«

»Selten. Dazu muß man jemanden kennen, und ich kenne meinen Vater nicht.«

»Ich glaube, du kennst ihn besser, als du denkst, vielleicht besser als irgend jemand sonst, aber ich glaube, das, was du kennst, gefällt dir nicht.«

»So könnte es auch sein«, antwortete Margaret und spürte, wie die Erschöpfung von ihr Besitz ergriff. Doch da war noch etwas anderes als Müdigkeit, eine Art Trost und Friede. Sie überlegte eine Weile und erkannte, daß Istvana ihre Abwehrhaltung Schritt für Schritt aufbrach, daß ihre Freundlichkeit, ihr Verständnis und ihre Ähnlichkeit mit Dio unendlich beruhigend und wohltuend wirkten. Sie fing an, der *Leronis* zu trauen, und das war sehr beängstigend.

Ich habe Ivor auch vertraut, und dann ist er gestorben!
»Ich kenne das Gefühl«, sagte Istvana.
»Wie bitte?«
»Jemandem zu trauen und ihn dann sterben zu sehen. Mein Vater, Kester Ridenow, ist seit fast zwanzig Jahren tot, und manchmal werde ich immer noch wütend, weil er mich verlassen hat. Und es war nicht einmal seine Schuld – er wurde ermordet. Aber manchmal, wenn ich niedergeschlagen bin, glaube ich dennoch, er hätte die Sache besser organisieren können.«
Darüber mußte Margaret lachen, wurde aber sofort wieder ernst. »Finden Sie mich schwierig? Ich meine, Sie haben einen weiten Weg gemacht, um mich zu treffen, und ich habe das Gefühl, als wäre ich nicht sehr kooperativ. Mir ist so viel zugestoßen, seit ich hier bin, daß ich mich völlig verloren fühle, und wenn ich mich verloren fühle, dann werde ich sehr störrisch. Es ist, als würde ich ein Picknick machen, und es beginnt zu regnen, und ich setze mich auf einen Stein und rühre mich nicht vom Fleck, bis die Sonne wieder herauskommt. Es ist mir egal, wie naß ich werde und ob ich eine Lungenentzündung riskiere – ich bewege mich nicht, bevor alles so läuft, wie ich es will.«
Istvana lächelte und nickte. »Du bist nicht schwierig, nur sehr starr und unbeweglich. Du hast deine Talente gebändigt, so gut du konntest, indem du eigensinnig und sehr entschlossen geworden bist. Das ist eine gute Eigenschaft, aber sie kann dir auch im Weg stehen. Eine Festung ist nur dann nützlich, wenn du sie auch verlassen kannst, falls du es willst. Und deine Barrieren hast du nicht selbst aufgebaut, sondern sie stammen von jenem Ort mit den vielen Spiegeln, an den du dich nicht erinnern willst.«

»Aber was kann ich tun? Sie wollten mich zu diesem Turm bringen, aber ich glaube, das wäre ein Fehler.« Sie schauderte leicht. Die Idee, eingesperrt zu sein, war ihr unerträglich – und bei Turm dachte sie unwillkürlich an ein Gefängnis.
»Jetzt, da ich mehr über dich weiß, bin ich auch dieser Ansicht. Es wäre äußerst störend und auch gefährlich.«
»Gefährlich?«
»Nicht für dich, aber für andere. Eine wirklich schwierige Situation! Ich kann dir nicht erlauben, halb erwacht, als nicht ausgebildeter Telepath auf Darkover herumzuspazieren, denn das wäre unverantwortlich. Wenn du Darkover verläßt, wäre das Problem auch nicht gelöst. Aber wenn du meinst, du kannst mir vertrauen, können wir möglicherweise etwas tun, um dich von diesem Zimmer zu befreien, das du fürchtest.«
»Keine Kristalle!« Sie konnte den Edelstein, der unter Istvanas Gewand verborgen war, immer noch fühlen.
»Nein, keine Matrizen. Was immer dir widerfahren ist, es hat dich sehr empfindlich gegen Glas, Spiegel und Matrizen gemacht. Ich glaube – aber das ist nur eine Vermutung –, daß du einmal im Innern einer Matrix eingeschlossen wurdest, wenngleich ich keine Ahnung habe, wie es dazu kam. Matrixfallen sind in unserer Geschichte nicht unbekannt, aber seit Jahrzehnten hat sie niemand mehr angewandt.« Istvana verzog das Gesicht, als würde sie etwas Verdorbenes riechen. »Ich gestehe, ich wittere hier eine Spur. Ich habe noch nie erlebt, daß jemand so auf eine Matrix reagiert hat wie du eben.«
»Erzählen Sie mir, was diese Matrixen sind, ja?«
Istvana betrachtete sie einige Augenblicke. »Wir haben über die Jahre herausgefunden, daß wir mit Hilfe bestimmter Kristalle unseren Geist konzentrieren, unsere angeborenen

Talente verstärken und die Reichweite unserer Gaben erhöhen können. Eine Matrix ist nicht unbedingt notwendig, aber äußerst nützlich. Die Matrix ist ein Werkzeug und jeweils auf die einzelne Person abgestimmt.«

Margaret wußte nicht recht, was sie mit dieser Erklärung anfangen sollte, gab sich jedoch für den Augenblick damit zufrieden. Im Grunde war es noch leichter, an Kristalle zu glauben, als sich mit Telepathie abzufinden. Nur daß die Vorstellung von Telepathie sie zwar erschreckte, nicht aber eine solche Gänsehaut hervorrief, wie es der Anblick von Istvanas Matrix getan hatte. »Was kann ich dann tun – wenn ich nicht in einen Turm gehen kann, ohne Probleme zu verursachen, und wenn Sie Ihre Matrix nicht benutzen können, ohne daß ... dieses Ding in mir den Kopf herausstreckt? Hier sitzen und darauf warten, daß mir der nächste Anfall dieser Schwellenkrankheit den Rest gibt? Ich meine, ich sage das nicht nur so – ein paarmal wäre ich letzte Woche wirklich beinahe gestorben, und noch öfter habe ich mir aufrichtig gewünscht, ich könnte sterben!«

Istvana schürzte die Lippen, während sie etwas überlegte, das ihr ganz offensichtlich nicht gefiel. Sie sah die Flasche mit dem blauen Zeug an, die auf dem Tablett stand. »Wir haben noch andere Mittel. Im Laufe der Jahrhunderte haben wir gewisse Substanzen entwickelt, die mentale Barrieren abzubauen helfen. Sie bergen durchaus ihre eigenen Gefahren, aber mir fällt kein anderer Weg ein, um herauszufinden, was deine Gabe blockiert. Kannst du dir vorstellen, daß wir diesen Weg versuchen?«

»Sie meinen Drogen?« Margaret runzelte die Stirn. »Ich habe in meinem ersten Jahr an der Universität ein paar Sachen ausprobiert, und es war nicht sehr lustig. Ich hatte Visionen, nach denen ich mich sehr … verletzlich fühlte. Ich habe seit einer Ewigkeit nicht mehr daran gedacht, aber ich glaube jetzt, daß ich mich damals unter Drogeneinfluß an etwas erinnerte, an das ich mich nicht erinnern sollte. Später habe ich nie mehr mit solchen Dingen experimentiert.«

»Du bist eine sehr vernünftige junge Frau.«

So verzweifelt Margaret auch Istvanas Beifall nötig hatte, sie konnte ihr nicht zustimmen. »Bin ich das? Ich komme mir nicht vernünftig vor, nur störrisch und ziemlich dumm.«

»Wir werden unseren eigenen, unmöglichen Ansprüchen nie gerecht. So, was ich vorschlagen würde, ist, daß du dich jetzt richtig ausschläfst, und morgen früh probieren wir ein wenig *Kirian* und schauen, ob wir ein paar von deinen Kanälen freiräumen können.« Das klang alles sehr einfach und praktisch, aber Margaret spürte die Anspannung bei Istvana und hatte das Gefühl, daß alles viel komplizierter war, als es aussah.

Sie dachte lange über Istvanas Vorschlag nach. »Ich traue mich nicht, zu warten. Ich habe Angst, daß ich in den Spiegel eingeschlossen werde, wenn ich schlafe. Dieser Teil von mir – der vorhin gesprochen und Sie bedroht hat – kommt immer näher, es ist, als warte er darauf, herauszuspringen und mich zu verschlingen. Ich kann ihn ruhigstellen, solange ich bei Bewußtsein bin, aber ich bin mir nicht sicher, ob ich ihn noch einmal kontrollieren kann, wenn ich einschlafe.«

»Du bist eine sehr tapfere Frau, Marguerida Alton. Zu einer anderen Zeit hätten sie Lieder über dich geschrieben und diese über Generationen hinweg gesungen.«

»Tapfer?« Margaret lachte nervös. »Ich will die Sache nur hinter mich bringen, damit ich mit meinem normalen Leben weitermachen kann.« Sie dachte an einige der Balladen, die

sie gehört hatte, und fragte sich, ob sie wirklich ein Lied wert wäre.
»Du bist eindeutig die Tochter deines Vaters. Also gut. Wir versuchen den *Kirian,* eine ganz kleine Dosis, und schauen, was passiert. Einen Moment noch.« Sie schloß die Augen und lehnte sich im Sessel zurück. »So. Ich habe Marilla gebeten, uns zu überwachen. Sie konnte das ganz gut, als sie im Turm war, und sie war einverstanden.«
Margaret schaute zur Tür, weil sie erwartete, daß Lady Marilla hereinkommen würde. Als niemand kam, runzelte sie die Stirn und sah Istvana Ridenow an. »Wo ist sie?«
»Nebenan. Sie muß nicht körperlich anwesend sein. Ich finde es besser, wenn wir allein bleiben.«
»Danke. Sie sind sehr nett.«
»Vielleicht.« Sie beugte sich vor, nahm die Flasche vom Teetablett und goß eine winzige Menge in eine Tasse, die so klein war, daß sie wie eine Spielzeugtasse aussah. Die Flüssigkeit war bemerkenswert blau und besaß einen leichten Duft, der sich mit dem Geruch von Feuer und Regen vermischte. Dann gab sie Margaret die Tasse. »Versuche jetzt, dich zu sammeln, und verbanne deine Ängste. Atme langsam und tief, und wenn du das Gefühl hast, ruhig zu sein, dann trinke. Laß dir Zeit.«
»Was ist das?«
»Das ist ein pflanzliches Destillat, das wir seit Generationen benutzen, um den Griff des Bewußtseins zu lösen.«
»Genau das wollte ich vermeiden.« Sie spürte ihre Ängste aufsteigen und verbannte sie gewaltsam, so gut sie konnte. Ihr Wille kam ihr wie ein zartes Schilfrohr vor, so zerbrechlich, daß ein Hauch ihn zerstören konnte. »Nun gut. Wer nicht wagt, der nicht gewinnt.« Sie klang zuversichtlicher, als sie war. »Was wird passieren?«

»Das kann ich nicht genau vorhersagen – die Reaktion ist bei jedem anders. Bei der Dosis, die ich dir gegeben habe, solltest du in eine leichte Trance fallen. Du siehst vielleicht Orte, die dir komisch erscheinen, aber du bist in Sicherheit. Es wird ein Wachtraum sein.«

In Sicherheit? Das klang wunderbar, aber Margaret bezweifelte, daß es so kommen würde. »Nun gut. Davon hatte ich schon ein paar, ich weiß also, was mich erwartet.« Sie schloß die Augen und versuchte, an etwas Beruhigendes zu denken. Das knisternde Feuer störte sie, und sie bemühte sich, es auszublenden. Ein Teil von Margaret wollte herausfinden, warum das Geräusch des Feuers sie störte, aber sie erstickte die Frage bereits im Keim. Das gleichmäßige Prasseln des Regens an den steinernen Wänden von Burg Ardais war angenehm, sie lauschte ihm und begann, tief zu atmen. Sie stellte sich vor, daß sie sich zum Singen aufwärmte. Dann wurde ihr ein wenig schwindlig, und sie bemerkte, wie flach sie geatmet hatte. Ihre Kehle entspannte und öffnete sich, und sie dachte an die Worte einer lieblichen Serenade, die Ivor sehr gemocht hatte.

Nach einer Weile erschlafften ihre Muskeln, und ihr Geist war nur auf das Geräusch des Regens und auf die Musik, die darin mitschwang, konzentriert. Aus dem Regen drangen Worte … nein, sie durfte sich nicht ablenken lassen. Mit enormer Anstrengung hob sie die winzige Tasse an die Lippen und trank. Die Flüssigkeit schmeckte nach Blumen und Sonnenlicht.

Die Zeit verlangsamte sich, Momente dehnten sich zu Ewigkeiten, so daß sie jeden einzelnen Regentropfen fallen hörte. Sie ging einen Flur entlang, an Türen vorbei, jeder Schritt war langsamer als der vorhergehende, bis sie zu einer Wendeltrep-

pe kam, die sich endlos nach oben krümmte. Lange stand sie regungslos vor der Treppe, dann setzte sie ihren Fuß auf die uralten Steine.
Ein Schritt, noch einer, und plötzlich sauste sie nach oben, ohne daß ihre Füße Bodenkontakt hatten. Sie flog, und es war wundervoll. Sie wollte nicht mehr aufhören, aber irgend etwas hielt sie sanft und zärtlich zurück. Sie blickte hinab und sah, daß eine geisterhafte, schimmernde Hand in ihre Hand verschränkt war. Als sie die Hand betrachtete, verschwand die Angst, sie könnte ins Nichts davonfliegen, eine Angst, die ihr gar nicht bewußt gewesen war.
Dann kam sie zu einer konturlosen Ebene, gewaltig dehnte sich die Leere um sie herum aus, und sie hielt an. Sie schien auf einer unsichtbaren Plattform zu stehen, von der man in alle Richtungen schauen konnte, und es war kalt. Sie begann zu zittern, und dann drang eine Wärme in ihre Glieder, und sie schaute sich noch einmal um. Die Ebene war nicht leer, wie sie zunächst gedacht hatte, sondern voller hoher Gebilde aus Sternenlicht – Leuchttürme in der Nacht.
Einer zog ihren Blick an. Er war alt, und die Sternensteine, aus denen er gebaut war, zerbröckelten bereits und wurden kaum noch vom Mörtel zusammengehalten. Aber trotz seines äußerlichen Zerfalls, war er voller Energie und Kraft. Er lockte sie und machte ihr gleichzeitig angst, und sie zwang sich, stillzustehen, obwohl es sie verlangte, zu dem Turm hinzustürzen. Er beherbergte eine Erscheinung, *die sie spüren konnte, alt und schwach, aber immer noch stark genug, um ihr gefährlich zu werden. Und als wüßte der Turm, daß sie ihn betrachtete, schien er aufzuleben. Die Steine wurden größer, und der Mörtel verdickte sich.*
»Komm!«

Der Befehl klang streng und gebieterisch in ihrer Seele nach, und sie kämpfte mit aller Kraft, damit sie blieb, wo sie war. Doch obwohl sie sich nicht rührte, bewegte sich das ferne Gebäude auf sie zu, seine Steine sandten ein unheimliches Licht aus, das ihren Augen schmerzte. Sie waren wie Spiegel! Ihr Herz geriet ins Straucheln, und ihre Kehle wurde eng. Polternd kam der Turm näher und näher durch die endlosen Weiten von Raum und Zeit.

Dann war er neben ihr, überragte sie drohend, zog sie zu den leuchtenden Steinen hin. Seine Kraft pulsierte durch ihre Adern, hielt ihren Herzschlag an und schnürte ihr die Luft ab, und es schien eine Ewigkeit zu dauern. Er würde sie vernichten! Sie war so klein und der Turm so gewaltig.

Sie spürte, wie ihre rechte Hand fester umschlossen wurde, und die Todesangst ebbte für einen Augenblick ab. Sie wartete. Es erforderte ihre ganze Willenskraft, sich nicht zu bewegen, und sie spürte, wie sie die Zähne vor Anstrengung zusammenbiß. Der Turm begann sich zu ihr hinabzubeugen, er bog sich wie eine Schlange.

»Komm!«

»Nein!« Es schien ewig zu dauern, bis sie die Weigerung herausbrachte, und es war eine Kinderstimme, die sie aussprach. Zu ihrer Verwunderung erstarrte der Turm. »Du existierst nicht!«

»Schau in den Spiegel, Marja!«

Die Steine des Turms reflektierten, und sie sah tausendfach ihr Spiegelbild. So viele Marjas blickten auf sie herab, daß sie sich zwischen ihnen verloren vorkam. Sie wünschte, sie könnte die Augen schließen und die endlose Vervielfältigung ihres Bildes aussperren. Es mußte noch etwas anderes zu sehen geben als sie selbst!

Was war mit diesem Turm, und wer oder was hielt ihn besetzt? Er war so alt und existierte vermutlich länger als alles andere in diesem seltsamen Reich. Sie konnte das Alter dieser Steine spüren und wußte, sie besaßen etwas, das der Stimme, die ihr befehlen wollte, Macht verlieh. Das Geheimnis liegt in den Steinen, flüsterte es in ihrem Geist.

Das Flüstern verschwand, bevor sie darüber nachdenken konnte, so daß sie es beinahe für Einbildung hielt. Sie spürte Panik in einem Teil von ihr aufsteigen, und eine kalte Ruhe in einem anderen, als hätte sie sich in zwei Personen aufgespalten. Der ängstliche Teil war nahe dran, die Kontrolle zu übernehmen, und sie hielt ihn mit Mühe in Schach. Der andere Teil, der kalte, suchte wie verrückt nach einem Schlüssel zu den Steinen selbst.

Als sie schließlich den einen Stein fand, der in seinen Facetten nicht ihr Gesicht zeigte, war sie erstaunt und fürchtete sich mehr, als sie für möglich gehalten hätte. Ein Antlitz leuchtete auf seiner Oberfläche, ein kleines rundes Mondgesicht mit Augen wie leere Brunnen. Abgesehen von den Augen, hatte das Gesicht nichts Auffälliges oder gar Erschreckendes an sich, aber Margaret hätte dennoch am liebsten geschrien vor Angst. Sie versuchte, ihre Augen von dem Gesicht abzuwenden, von dem rötlichen Haar, das es umgab, und dem kleinen Mund, der sie angrinste. Dieses Lächeln enthielt keine Wärme und nichts Menschliches. Kleine Hände streckten sich Margaret entgegen, alte Hände, die wie Klauen waren.

»Jetzt habe ich dich! Nun werde ich wieder leben!«

»Wieder leben? Wer bist du?«

»Ich bin Ashara, und ich habe dein Kommen vorausgesehen. Du kannst mich nicht zerstören. Ich werde zurückkehren und

meine Macht wiedererlangen!« Der Hunger in diesen Worten schien sie verschlingen zu wollen, und die leeren grauen Augen wurden größer und größer.

»Laß mich los!«

Margaret entzog sich dem Griff, den Augen, die wie dunkle Spiegel waren und sie einschließen wollten, und spürte, wie die Klauen ihre Arme losließen. Ihr Abbild in den übrigen Steinen schrumpfte, und das Ding namens Ashara wurde unscharf und war weniger präsent. Das Geheimnis lag in den Steinen und in den Augen! Wenn sie nur wüßte, was sie tun konnte! Sie keuchte, und kalter Schweiß lief an ihr hinab. Sie blickte über die Ebene auf die anderen Türme in der Ferne. Die Zeit verlangsamte sich, blieb fast stehen. Sie bewegte sich nicht, und sie spürte, daß jemand neben ihr war, sie beschützte und ihr Kraft einflößte.

Langsam, widerwillig schaute sie ein weiteres Mal in den Spiegelturm und sah sich selbst, blaß und zitternd, viele Male. Die kleine Frau starrte sie aus einem einzigen Spiegel in der Frontseite des Gebäudes an, ihre grauen Augen waren hungrig, und ihre Hände griffen umher, als wäre sie ebenfalls eingeschlossen in den Myriaden von Spiegelungen. Margaret bewegte abwehrend die Hände und stellte fest, daß ihre rechte in einem geisterhaften Griff festgehalten wurde. Mit quälender Langsamkeit hob sie die linke Hand und streckte sie nach den Spiegeln aus.

Sie griff ins Leere und streckte sich vor, bis sie spürte, daß sich ihre Finger um den einzelnen Stein mit dem Abbild Asharas schlossen. Margaret drückte die Handfläche auf das Gesicht und grub ihre Geisterfinger in die leeren Augenhöhlen und den Daumen in den scheußlichen Mund. Sie spürte Widerstand, fühlte aber weder Fleisch noch Knochen.

Es gab ein Geräusch, einen blassen Schrei, als sich ihre Finger fest um den einzelnen Stein schlossen und ihn zusammendrückten. Sie spürte nichts in ihrer Hand, und doch wußte Margaret, daß sie etwas festhielt und nicht loslassen durfte.

Und nun? Sie konnte nicht einfach ewig den Stein festhalten. Sie war sehr müde und spürte, wie ihre Finger langsam erschlafften, und sie nahm ein triumphierendes Schnurren unter ihrer Handfläche wahr. Ihr eigenes Gesicht, das sich blaß und schwitzend überall spiegelte, schien sich über sie lustig zu machen.

Sie bot ihre ganze Kraft auf und begann an dem Stein zu ziehen. Er widerstand, und sie wußte, sie konnte ihn nicht allein herausziehen. Sie war allein, und sie würde von dem schrecklichen Ding aufgefressen werden, wie andere vor ihr – wie ihr plötzlich bewußt wurde. Verzweiflung nagte an ihr und entzog ihr Energie. Der Stein schrie in ihrer Hand.

Dann spürte Margaret einen plötzlichen Zuwachs von Kraft. Es war ein sehr merkwürdiges Gefühl, fremdartig, ganz anders als Istvanas Anwesenheit. Etwas Männliches lag in dieser Erscheinung, härtete ihre Muskeln, wärmte ihre Hände und eiskalten Glieder.

»Zieh, verdammt noch mal, zieh!« Sie erkannte die Stimme nicht, aber es war nicht Istvanas.

Sie zerrte an dem Stein in ihrer Hand und bemerkte, daß er ein klein wenig nachgab. Der Schrei in ihrem Innern schwoll an, während sie den Stein aus der Wand des Spiegelturms zog. Sie hatte entsetzliche Angst, daß sie nicht durchhalten könnte, und beschloß, daß sie es mußte. Es war, als würde sie etwas durch eine dichte Flüssigkeit ziehen, etwas, das schwer wie ein Berg war.

NEIN! NEIN!

Schmerz fuhr in ihre Hand, den Arm hinauf, in ihre Brust. Ihr Herz tat weh, und sie wollte loslassen. Der Schmerz war wie ein kaltes Messer, in ihrer Handfläche und in ihrem Herz. Ihr Mund öffnete sich zu einem Schrei, der das verspiegelte Gebäude und die dunstige Ebene zu erschüttern schien. Dann löste sich der Stein in ihrer Hand plötzlich, und sie taumelte nach hinten.

»Halt! Halt! Ich bin A … Ash … ar … ah.«

Sie taumelte rückwärts, und plötzlich war sie nicht mehr bei dem Spiegelturm, sondern auf der Plattform und hielt den Stein mit einer Hand umklammert, während die andere von einer Geisterhand festgehalten wurde. Sie war schwach und erschöpft, aber sie wagte weder den Stein noch die Hand loszulassen.

»Du existierst nicht!« *Die Worte flossen wie ein mächtiger Wind von ihren zerbissenen Lippen, und der Stein brannte sich kalt in ihr Fleisch. Sie war verzweifelt und zu Tode erschrocken, sie keuchte und zitterte. Sie drückte den Stein mit aller verbliebener Kraft zusammen. Er schien nicht nachgeben zu wollen, aber nach einer Ewigkeit brach sein Widerstand, und er zersprang. In diesem Augenblick erhob sich ein Getöse, ein grelles Licht blitzte auf, und der Rest des funkelnden Turms schoß hinauf in den leeren Raum, wo er in einer Explosion von Weiß zerbarst, die Margarets Augen blendete. Und irgendwo weit weg, an einem Ort, den sie nicht benennen konnte, erbebte ein anderer Turm in seinen Fundamenten.*

Margaret stürzte abwärts, weg von der Ruine dieses seltsamen Turms, von einer Geisterhand festgehalten. »Braves Mädchen!« dröhnte die unbekannte männliche Stimme in ihr, und dann war auch die verschwunden.

Sie befand sich wieder in Lady Marillas Zimmer; sie war schweißgebadet, Tränen liefen ihr über die Wangen, und jeder Muskel ihres erschöpften Körpers zitterte. Istvana Ridenow war ihr gegenüber zusammengesackt und schien kaum zu atmen, das silberne Haar klebte ihr an der Stirn.
Die Tür ging auf, und Lady Marilla stürzte herein, Entsetzen im Blick, stoßweise atmend. Sie beugte sich vorsichtig über die *Leronis,* ohne sie zu berühren. »Ich hätte niemals zulassen dürfen, daß sie das tut!« Sie starrte Margaret für einen Moment zornig an, dann wurde ihr Blick weicher.
Margaret hätte sich am liebsten vor diesem Blick verkrochen, aber sie war so müde, daß sie sich kaum rühren, geschweige denn ihre Unschuld beteuern konnte. Sie hatte das Gefühl, daß ihr Kopf gequetscht war und ihre Gedanken im Kreis wirbelten. Dessen ungeachtet hatte sie tausend Fragen. *Wahrscheinlich würden sie mir ohnehin keine Antworten geben. Und wer war dieser Mann in mir?*
Nicht heute abend, Chiya. *Hab noch ein wenig Geduld.*
»Was hättest du mich nicht tun lassen dürfen, Mari?« Istvanas Stimme war dünn, aber erstaunlich fest. »Besorg mir was zu essen!«
Lady Marilla schaute von einer zur anderen, schüttelte den Kopf und rief: »Julian, weck den Koch auf! Sofort!«
Die *Leronis* strich sich das Haar aus der breiten Stirn und holte einige Male tief Luft. »Bei allen Göttern, mir tut jeder leid, der heute nacht in der Oberwelt war.«
»Was ist geschehen?« fragte Margaret kraftlos.
»Du hast den Spiegel zerbrochen, *Chiya*, du hast den Spiegel zerbrochen.« Istvana und Marilla sahen sie an, Fassungslosigkeit und Erschöpfung standen in ihren Gesichtern. Warum?

Margaret sah auf ihre Hände hinab und fand sie so, wie sie ihr ganzes Leben lang gewesen waren. In ihrer rechten Handfläche waren noch die Kratzer zu sehen, die sie sich mit den Fingernägeln beigebracht hatte, aber die linke war glatt, als hätte irgend etwas die Wunden weggeätzt. Sie hob die Hand gegen das Feuer, damit sie besser sehen konnte, und entdeckte die Umrisse eines facettenreichen Steins, die in ihre Haut gemeißelt waren.

14

Margaret erinnerte sich nicht daran, wie sie ins Bett gekommen war. Sie konnte nur ein paar Bruchstücke rekapitulieren: starke Männerarme, die sie hochhoben, Stimmen, viele Stimmen, von denen sie keine erkannte. Sie war zutiefst erschöpft und fühlte sich verkatert, ohne getrunken zu haben.

Sie glitt abwechselnd aus ihrem normalen Bewußtsein in einen schlaflosen Zustand, wie sie ihn nie zuvor erlebt hatte, und wieder zurück. Wenn sie »wach« war, hatte sie physische Schmerzen, als würde jede Zelle ihres Körpers sich gegen etwas auflehnen. Das hätte sie ausgehalten, wenn die schreckliche Angst nicht gewesen wäre. Sie fürchtete sich vor etwas, das sie nicht benennen konnte.

Zeit wurde bedeutungslos, und nichts als Angst und Qual blieb zurück. Es gab einige lichte Momente, in denen ihr Geist klar zu sein schien und die Ängste wichen. In diesen Augenblicken wußte sie, daß sie Fieber und Schüttelfrost hatte und sich erneut im Griff der Schwellenkrankheit befand und daß die Leute um sie herum ihr zu helfen versuchten. Sie bemühte sich, mitzuhelfen, aber das widerliche Gebräu, das sie ihr einflößten, kam ihr immer wieder hoch, und sie spürte die Angst der Umstehenden, die ihre eigene Angst nährte. Sie wußte, sie hatte neue Anfälle, die alle Anwesenden beunruhigten, und sie war nicht fähig, ihnen mitzuteilen, daß die Anfälle ein kleiner Segen waren, denn wenn sie stattfanden, existierte keine Angst und kein Schmerz, nur Leere – ihr Körper schien dann auszuruhen.

Wenn sie im Zustand des beinahe Wachseins war, tat ihr alles weh, und sie vergrub sich in die durchnäßten Kissen. Manchmal wußte sie, daß sie sich im rosa Zimmer in der Burg Ardais auf Darkover befand, dann wieder war sie überzeugt, zu Hause auf Thetis zu sein oder gar in ihrem Kinderbett im Waisenhaus. Doch wo immer Margaret zu sein glaubte, ihre schreckliche Angst und das Wesen, das sie erzeugte, waren nicht fern.

Die sanfte Berührung einer Hand war eine Qual, und die Nähe mehrerer Frauen war eher bedrohlich als tröstend. Allmählich erkannte sie, daß sie nicht alle Frauen als Bedrohung empfand, sondern nur Istvana, die *Leronis.* Etwas an ihr erinnerte Margaret an die andere, an Ashara, obwohl sie wußte, wie lächerlich das war.

In ihren wenigen klaren Augenblicken war sie überzeugt, daß sie sterben würde so wie Ivor. Es war eine verlockende Aussicht, dem Leiden ihres Körpers zu entfliehen, aber ein Teil von ihr lehnte sich erbost dagegen auf. *Ich habe das nicht alles durchgemacht, damit ich am Ende sterbe! Kommt nicht in Frage. Zum Teufel mit diesem Ashara-Ding!*

Ihr Zorn wirkte reinigend, beinahe erfrischend, obwohl sie dann noch erschöpfter war. Und das Fieber folgte ihren Zornausbrüchen, als wäre es eine Art besonderer Musik, die ihre Aufmerksamkeit forderte. Sie war überzeugt, das Fieber würde sie in Ruhe lassen, wenn sie aufhören könnte, wütend zu werden.

Es schien jedoch sehr vieles zu geben, worüber sie wütend werden konnte, als hätte sie sich allen Zorn ihres Lebens bis jetzt aufgehoben. Gelegentlich hörte sie, wie die *Leronis* ihr in Gedanken recht gab, was zugleich tröstend und beängstigend war. Sie wollte niemanden in ihrem Geist haben, nie wieder! Margaret schrie sie jedesmal an, wenn es passierte,

allerdings konnte sie nie sagen, ob sie aus ihrer wunden Kehle oder in ihrem gequälten Geist schrie.
Manchmal listete sie alle Leute auf, denen sie böse war; das schien die Angst fernzuhalten. Da war ihr Vater, und bei dem geriet sie ins Grübeln. Sie wollte ihm verschiedene Dinge sagen, falls sie ihn je wiedersah, die alle weder freundlich noch respektvoll waren. Seltsamerweise war sie jedoch auf Lew Alton weniger wütend als auf andere – auf Thyra, auf den silberäugigen Mann, dessen Namen sie nicht kannte, auf diesen Dyan Ardais, der sie an Ashara, ihre Peinigerin, ausgeliefert hatte, und am meisten auf Ivor, weil er gestorben war und sie allein gelassen hatte. Sie haßte es, auf Ivor wütend zu sein, auch wenn ihr Zorn ihn nicht mehr verletzen konnte, aber offenbar war sie machtlos dagegen.
Es war unmöglich, die Wut aufrechtzuerhalten, und als sie vorbei war, hatte Margaret wieder Angst. Es war ein endloser Kreislauf, den sie anscheinend nicht durchbrechen konnte. Trotz Istvanas gegenteiligen Beteuerungen war sie überzeugt, daß das Ashara-Ding zurückkommen und sie wieder einschließen würde. Sie stemmte sich mit ihrem ganzen Willen gegen den Schlaf, denn Schlaf bedeutete Träume, und sie wollte nicht träumen. Was ihrem aufgewühlten Verstand an Logik geblieben war, sagte ihr, daß sie das Wesen im Spiegelturm vernichtet hatte, aber der Rest von ihr stimmte nicht zu. Wie konnte man etwas zerstören, das nur an jenem anderen Ort, in der Oberwelt, existierte? Krank, wie sie war, wollte sie nur das Schlimmste glauben.
Selbst Klang, ihr alter Verbündeter, wurde zum Feind, denn das leiseste Geräusch ließ sie winseln. Das Flüstern des Regens am Fenster, sonst ein angenehmes Geräusch, das sie mochte, erinnerte sie an die Stimme Asharas in ihrem Geist. Die

gedämpften Stimmen von Istvana oder Rafaella im Zimmer machten sie rasend vor Angst, bis sie es schließlich aufgaben, zu flüstern, und in normaler Lautstärke sprachen. Seltsamerweise half das.

»Bitte, Marguerida, versuch zu schlafen.«

»Laßt nicht zu, daß sie mich holt!«

»Es gibt keinen Grund, sich zu fürchten.«

»Sie wird wiederkommen und mir weh tun.«

»Nein, *Chiya,* nein, sie ist weg, für immer.«

»Das glaube ich dir nicht. Mach, daß es nicht mehr weh tut.«

»Du tust dir selbst weh mit deiner Angst. Ruh dich aus. Versuch zu schlafen.«

»Wenn ich schlafe, holt sie mich.«

Es gab eine Reihe solcher Gespräche. Während ihrer seltenen ruhigen Phasen sah Margaret ein, daß die alte Beltrana und Istvana recht hatten. Aber sie konnte die Flut der Angst nicht eindämmen, die sie jedesmal überrollte, wenn sie sich nur im mindesten entspannte. Fast kam es ihr so vor, als sei das alles ein letzter Trick Asharas – wenn sie Margaret nicht beherrschen konnte, würde sie sie eben töten.

Was geht da vor sich, Isty? Ich habe einige Anfälle von Schwellenkrankheit gesehen, aber noch nie so etwas wie das hier.

Ich auch nicht, Mari. Ich weiß nicht genau, was geschieht, aber was es auch ist, ich fühle, *daß es normal ist.*

Normal? Sie hat seit drei Tagen nicht geschlafen. Sie hatte Anfälle, die jede andere umgebracht hätten. Ich weiß, du bist eine Empathin, aber das hier kann unmöglich normal sein!

Ja, ich weiß. Aber wir haben es mit einer unglaublichen Situation zu tun. Sie ist eine Erwachsene, die etwas durch-

macht, was sonst nur Jugendliche durchmachen. Wir wissen einfach nicht, wie der Körper darauf reagiert.

Sie ist ausgetrocknet und am Verhungern! In diesen Worten lag viel Empörung, und trotz ihrer Schmerzen stimmte Margaret lautlos zu, daß es empörend war. Sie fing an, Lady Marilla sympathisch zu finden, doch dann erinnerte sie sich daran, daß sie für sich bleiben mußte, daß die Leute starben, die sie zu nahe kommen ließ. Dieser Gedanke löste neues Entsetzen aus, und sie versuchte, ihn zu vertreiben. Lieber lauschte sie wieder, obwohl sie dabei leichte Schuldgefühle hatte und sich ein bißchen wie ein Schnüffler vorkam. *Wie kannst du von normal reden? Also wirklich, Isty! Manchmal kannst du einen rasend machen. Können wir denn gar nichts tun?*

Sie hat schreckliche Angst – und ich kann es ihr nicht verübeln. Ich habe Ashara nur durch ihre Augen gesehen und bin zu Tode erschrocken. Und sie läuft seit zwanzig Jahren mit dieser fremden Erscheinung in ihrem Kopf herum! Kannst du dir vorstellen, wie es ist, ein fünf- oder sechsjähriges Mädchen zu sein und vom Willen einer toten Leronis beherrscht zu werden? Wenn wir nur den Kreislauf des Schreckens durchbrechen könnten, ich glaube, dann würde sie zu genesen anfangen.

Nichts von dem, was wir ihr verabreicht haben, bleibt so lange in ihr, daß es wirken könnte! Und ich glaube nicht, daß ihr armer Körper das noch lange mitmacht, sie hat viel Gewicht verloren.

Ich weiß, daß wir etwas unternehmen müssen, ich weiß nur nicht, was. Eine Möglichkeit gäbe es schon … An ihren Kanälen wurde herumgepfuscht, als sie noch sehr klein war. Wir haben immer die Theorie vertreten, daß während der

Schwellenkrankheit die Kanäle irgendwie in den Geist eingeprägt werden. Ich vermute am ehesten, daß wir gerade die Schaffung neuer Kanäle miterleben, die vorher nicht existiert haben. Es hat etwas mit den merkwürdigen Spuren auf ihrer Hand zu tun.

Neue Kanäle? Du weißt genau, daß das unmöglich ist!

Nichts ist unmöglich! Ich hätte nie gedacht, daß der Geist einer längst verstorbenen Bewahrerin durch die Jahrhunderte reichen könnte, um den Willen einer jungen Frau aus ihrem Geschlecht zu beugen, aber genau das ist passiert. Mari – du bist erschöpft. Und du bist mir keine Hilfe, wenn du nur halb bei Sinnen bist. Schick mir Rafaella, und dann leg dich hin.

Aber Rafaella kann nicht überwachen! Ich würde ja Mikhail fragen – er ist der einzige im Haus, der die nötige Ausbildung hat, aber das wäre nicht schicklich!

Gelächter. *Das dürfte wohl kaum der passende Moment sein, um sich über Klatsch den Kopf zu zerbrechen, liebe Freundin. Laß Rafaella kommen. Ich habe bemerkt, daß Marguerida in ihrer Gegenwart ruhiger ist, und ich glaube, sie vertraut ihr auf eine Weise, wie sie uns nicht vertrauen kann. Sie waren zusammen auf dem Pfad, und das schmiedet ein Band, das fast so stark ist, wie wir es in den Türmen erfahren.*

Margaret hörte ihre »Diskussion« und wünschte, sie hätte die Kraft, ihnen zu sagen, daß sie Rafaella sehr gern in der Nähe hätte. Ihre Lippen waren zu geschwollen und rissig, um verständliche Laute formen zu können, und ihre Kehle schmerzte. Ihr Geist jedoch war im Augenblick klar und ohne Wut oder Angst, und sie kostete es aus.

Da war noch etwas: Wenn sie ihr Gehirn nur dazu bringen könnte, sich zu erinnern. Es betraf ihr Gepäck. Sie spürte ein nasses Tuch auf ihrem Gesicht, die Feuchtigkeit auf ihrem

Mund war wundervoll. Es tat nicht annähernd so weh, wie sie erwartet hatte. Sie spürte, wie ihre Lider ganz sanft gewaschen wurden, und brachte es tatsächlich fertig, die Augen zu öffnen.

Das Licht schmerzte, und fast hätte sie die Augen sofort wieder geschlossen. Nur der Anblick von Rafaellas Gesicht bewog sie, es nicht zu tun. Rafaella sah erschöpft aus und hatte tiefe Furchen auf der Stirn, und sie wollte nicht, daß ihre Begleiterin sich Sorgen machte.

»Ich gebe jetzt eine Salbe auf deine Lippen, *Chiya*, und es könnte ein bißchen weh tun. Aber sie hilft, damit die Risse heilen und die Schwellung zurückgeht. Ich werde versuchen, dir nicht weh zu tun, versprochen.«

»Gut.« Es schmerzte, das Wort zu sagen, aber Margaret war alles egal. Wenn ihr irgendeine Stelle weniger weh täte, wäre sie froh. Sie zuckte zusammen, als Rafaella die Salbe vorsichtig mit der Fingerspitze auf ihren Lippen verteilte, die fast im selben Augenblick nicht mehr so sehr schmerzten. »Was ist das?«

»Na ja, wenn ich ganz ehrlich bin, benutzen wir es bei Pferden, gegen Schwellungen und Quetschungen, ich habe es nur etwas anders gemischt.«

»Gut. Für überall?«

»Ich weiß nicht recht. Es enthält Taubnessel. Schleck dir nicht über die Lippen, sonst schläft dir die Zunge ein.«

Taubnessel. Margarets müdes Hirn hielt sich an dem Wort fest, und ihr fiel wieder ein, daß sie sich an etwas aus ihrem Gepäck erinnern wollte. »Medizinkoffer«, lallte sie plötzlich.

»Was?«

Margaret hatte sich, durstig wie sie war, die Lippen geleckt, und plötzlich war ihre Zunge weg, als wäre sie aus dem Mund verschwunden. Sie gab sich die größte Mühe, die Worte herauszubringen. »Gepäck. Medizinkoffer. P'laster.« Sie klang für ihre eigenen Ohren wie eine Betrunkene, aber Rafaella verstand offenbar, denn sie stand auf und verschwand außer Sichtweite.

Margaret schloß die brennenden Augen, aber sie hörte, wie am anderen Ende des Zimmers geredet wurde. Direkt vor dem Fenster schien sich eine große Anzahl Vögel aufzuhalten, und alle zwitscherten, so laut sie konnten. Sie wollte ihnen sagen, sie sollten still sein, aber sie brachte nicht die Energie dazu auf.

Nach einer Weile öffnete sie die Augen wieder und sah, daß Istvana und Rafaella über sie gebeugt waren; sie schwebten über ihr wie ängstliche Engel. Sie hatte keine Ahnung, wie lange die beiden schon hier waren, denn sie hatte sich bemüht, weder die Vögel zu hören noch das Pfeifen des Windes um die Mauern der Burg, das ihr unheimlich war.

»Wir haben deinen Medizinkoffer gefunden«, sagte Rafaella.

»Pflaster«, wiederholte sie. Ihre Zunge schien nicht mehr ganz so schwer zu sein, und sie vermutete, daß die Wirkung der Taubnessel nachließ.

»Was meint sie?« fragte die Führerin Istvana. »Da sind keine Stoffflicken. Es sei denn, sie meint diese Mulldinger.«

Marguerida! Sag mir, was du meinst! Sie spürte die Dringlichkeit in Istvanas Worten, aber sie schreckte vor dem Kontakt zurück.

Raus aus meinem Geist!

Ich lasse dich in Ruhe, sobald du mir gesagt hast, was du aus diesem Koffer haben willst!

Margaret stellte sich den vertrauten Inhalt des Medizinkoffers vor. Es war die Standardausgabe für alle Terraner auf Reisen.

Sie hatte ihn völlig vergessen – dummerweise, denn er enthielt eine Auswahl an Antibiotika, Verbänden und sogar eine Schaumstoff-Schiene, mit der man ein gebrochenes Glied ruhigstellen konnte. Sie spürte, wie Istvana die Bilder in ihrem Geist betrachtete, ohne wirklich einzudringen. Es war fast, als stünde die *Leronis* in einiger Entfernung und beobachte von dort ihren Geist, so daß Margaret nicht von neuem Entsetzen gepackt wurde.

Die meisten Arzneimittel hatten die Form kleiner Vierecke, die man auf die Haut klebte, so wie Hyperdrom bei Raumflügen. Eines davon war ein Euphorikum, das den Schmerz linderte und zu einem tiefen, traumlosen Schlaf führte. Sie wollte nicht schlafen, aber sie wußte, sie würde sterben, wenn sie es nicht bald tat. Und so stellte sie sich das Pflaster und die Beschriftung darauf vor und zeigte, wie man es auf dem Arm anbrachte. Die geistige Konzentration erschöpfte sie, und Schweißperlen traten auf ihre Stirn, aber sie fand, es war die Anstrengung wert.

Sie hörte, wie im Inhalt des Medizinkoffers gewühlt wurde, gelegentlich murmelte Istvana etwas, oder Rafaella stellte eine Frage. Margaret vermochte der Unterhaltung nicht zu folgen, denn die panische Angst kroch wieder in sie, und es fehlte nicht viel, und sie hätte geschrien und um sich geschlagen. Sie zwang sich, ruhig zu bleiben, und sagte sich, daß es ihr bald zumindest anders gehen würde, wenn schon nicht besser.

»Ah, hier ist es. Ich bedauere zum ersten Mal, daß ich die terranische Schrift nicht lesen kann, aber das hier hat sie abgebildet.«

»Aber *Domna*, sie ist so verwirrt! Was, wenn es etwas Tödliches ist, ein Gift?«

»Das Bild ist sehr klar, Rafaella. So, was mache ich nun damit? Ah, ich verstehe – wie raffiniert.«
»Was ist das?«
»Wenn ich Marguerida richtig verstanden habe, enthält dieses kleine Ding eine Art Droge, die über die Haut ins Blut gelangt – was sehr nützlich ist, wenn man nichts unten behalten kann. Siehst du, es ist auf einer Seite klebrig, mit der kommt es auf den Arm – so.« Istvana klang äußerst zufrieden und ebenso erleichtert.
Margaret spürte, wie das Pflaster sanft auf ihre Haut gedrückt wurde, und zuckte leicht zusammen. Dann wartete sie. Zuerst schien ihr Arm taub zu werden, dann ihre Hände und Schultern, und nach einer Ewigkeit, wie ihr schien, der restliche Körper. Die allgegenwärtige panische Angst begann zu verblassen, und sie sank in einen weichen, gesegneten Schlaf.

Das Erwachen kam plötzlich. Im einen Augenblick schwebte sie noch im endlosen Nichts, im nächsten lag sie in ihrem Bett. Margaret öffnete die Augen und starrte auf die Bettvorhänge. Es war sehr still im Zimmer, nur der Kamin knisterte leise und freundlich. Ihr erster Gedanke war, daß ihr nichts weh tat, und ihr zweiter, daß sie großen Durst hatte.
Im Zimmer war es düster; es mußte Nacht sein. Welche Nacht, konnte sie nicht sagen, denn sie hatte kein Gefühl dafür, wieviel Zeit während ihrer Krankheit vergangen war. Es kam ihr nicht sehr wichtig vor. Nichts war wichtig, außer daß sie keine geballte Ladung Schmerz mehr war und keine Angst hatte.
Bei diesem Gedanken stieß sie einen Schrei aus, und sofort näherten sich Schritte. Istvana Ridenow tauchte aus dem

Dunkel auf, sie sah erschöpft aus. In dem düsteren Licht wirkte ihre Ähnlichkeit mit Diotima viel stärker, und Margarets Herz machte einen Satz. Bis zu diesem Augenblick war ihr nicht bewußt gewesen, wie sehr sie ihre Stiefmutter vermißte.

»Durst«, war alles, was sie sagte. Sie wollte mehr sagen, aber ihre Kehle war zu trocken.

Istvana legte ihre kleine Hand auf Margarets Stirn, eine Geste, die sie so an Dio erinnerte, daß sie am liebsten geweint hätte. Tatsächlich füllten sich ihre Augen mit Tränen, als sich die *Leronis* zu ihr herabbeugte und ihr half, sich aufzusetzen. Dann hielt Istvana eine Tasse an Margarets Lippen. Sie trank einen Schluck und noch einen.

»Nicht zuviel für den Anfang. Ja, ja, ich weiß, du würdest am liebsten den Kadarin leer trinken. Was ist los? Warum zitterst du?«

Kadarin!

Istvana zuckte unwillkürlich zusammen. »Du brauchst nicht zu schreien, *Chiya*. Und es war nicht sehr nett von mir, den Namen dieses Flusses zu sagen. Ich gebe zu, ich bin nicht in der allerbesten Verfassung. So, lehn dich zurück, ich gebe dir in ein paar Minuten noch mehr Wasser, wenn wir sicher wissen, daß es diesmal in deinem Bauch bleibt. Dein Fieber ist weg, Gott sei Dank, und deine Augen sind klar. Du hast es uns ganz schön schwer gemacht.«

»Tut mir leid.« Sie war nicht in der Lage, lange Sätze zu bilden, obwohl sie Istvana einwandfrei verstand.

»Es muß dir nicht leid tun, da du die ganze Geschichte sicher nicht veranstaltet hast, um uns Scherereien zu machen. Ich denke, du hast das Schlimmste hinter dir, auch wenn du vielleicht noch einen kleinen Rückfall bekommst, bevor alles vorbei ist.«

»Nein!«

»Du bist so eigensinnig wie dein Vater, und das ist gut. Ich glaube, andernfalls wärst du gestorben.« Sie tätschelte Margarets Hand. »Ich kann dir gar nicht sagen, wie dankbar ich bin, daß dir dein Medizinkoffer eingefallen ist. Dieses Pflaster hat das Blatt gewendet. Ich glaube, noch ein bißchen mehr Flüssigkeit kannst du jetzt vertragen.«

Margaret merkte, wie schwach sie war, als die Anstrengung des Schluckens sie bereits ermüdete. Aber sie spürte, wie das Wasser ihrem wunden Hals guttat, und ihr Körper schien es zu genießen. Sie glaubte zu spüren, wie jede einzelne Körperzelle die Flüssigkeit aufnahm.

Istvana plauderte munter weiter, während sie Margaret Wasser einflößte, bis ihr Durst gestillt war. Sie hörte kaum, was die *Leronis* sagte, weil sie sich auf ihren Körper konzentrierte. Sie spürte, daß der Schrecken noch im Hintergrund lauerte, bereit, hervorzuspringen und sie anzufallen. Wenn sie nur nicht so schwach wäre. Wie sollte sie nun gegen ihre Ängste ankämpfen? »Ashara!«

Istvana sah sie lange an. »Sie ist weg.«

»Ich habe Angst.«

»Ja, und du wirst noch einige Zeit Angst haben, ich will dir nichts vormachen. Aber im Augenblick mußt du vor allem deine Kraft zurückgewinnen. Ich habe einen starken Hühnertee, von dem hole ich dir jetzt eine Tasse.«

Aus einem Huhn kann man doch keinen Tee machen!

Erzähl das dem Huhn.

Margaret erinnerte sich nicht, eingeschlafen zu sein, als sie erfrischt und unbeschwert aufwachte. Es war Nachmittag, dem schrägen Einfall der Sonnenstrahlen nach zu schließen.

Sie ärgerte sich, weil sie es kaum erwarten konnte, aufzustehen, aber zu schwach war, um es zu tun.
Rafaella saß auf einem Stuhl neben dem Bett. Sie sah müde aus, lächelte Margaret jedoch an. »Na, du Faulenzerin, wie geht's?«
»Ich glaube, ich habe Hunger.«
»Das hat Istvana schon prophezeit. Ach, Marguerida! Du hast mir einen solchen Schrecken eingejagt. Ich habe mich in meinem ganzen Leben noch nie so hilflos gefühlt.« Tiefe Furchen durchzogen die Stirn der Entsagenden, und ihre Mundwinkel zeigten nach unten.
»Ich auch nicht«, antwortete Margaret. »Aber jetzt geht es mir wieder gut. Hör auf, die Stirn zu runzeln! Du siehst aus wie eine vertrocknete Frucht, und Rafe ...« Sie hielt abrupt inne und spürte, wie ihre Wangen vor Verlegenheit glühten.
Rafaellas feuerrotes Gesicht spiegelte ihr eigenes wider. »Was weißt du von ihm?«
»Ich wollte nicht spionieren, ehrlich. Ich habe nur ein paarmal gewissermaßen gehört, wie du an ihn gedacht hast, und da er mein Onkel ist, wußte ich, an wen du denkst.«
»Dein Onkel! Aber natürlich. Warum bin ich nicht von allein draufgekommen?« Sie sprang beinahe von ihrem Stuhl auf und eilte fröhlich vor sich hin murmelnd davon. Kurz darauf kam sie mit einer Schale Suppe und einer Scheibe Brot auf einem Tablett zurück. »Ich versuche, nicht zuviel an ihn zu denken, aber es gelingt mir anscheinend nicht besonders gut.« Sie stellte das Tablett auf Margarets Schoß und begann sie zu füttern wie ein Baby. Margarets Ansatz eines Protests wurde mit dem ersten Mundvoll erstickt, und sie sah ein, daß sie noch nicht in der Lage war, allein zu essen. »Es spielt keine

Rolle, weil wahrscheinlich nichts bei der Sache herauskommt.«

Margaret schluckte. »Wieso nicht? Wenn du ihn magst, und er mag dich – wo ist das Problem? Ihr dürft Lebensgefährten sein, oder?«

»Ich weiß nicht. Soweit sind wir noch nicht«, erwiderte Rafaella zweifelnd.

Die Tür ging auf, und sie erschraken beide, als wären sie bei etwas Ungehörigem gestört worden. Rafaellas Gesichtsausdruck war so komisch, daß Margaret beinahe an ihrer Suppe erstickte vor Lachen.

Istvana Ridenow trat ans Bett, ihr Gesicht war heiter und ausgeruht. Sie lächelte und beugte sich über Margarets Bett, sah ihr in die Augen und strich ihr sanft über die Stirn. »So, du bist also wieder wach, *Chiya.* Wie geht es dir?«

»Ganz gut, alles in allem. Ich möchte so schnell wie möglich baden. Sauber würde ich mich bestimmt viel besser fühlen!«

»Wir werden sehen«, antwortete die *Leronis.* Als sie Margarets düsteren Blick bemerkte, fügte sie hinzu: »Vielleicht am späten Nachmittag. Ich will nicht, daß du einen Rückfall erleidest, weil du dich überanstrengst. Du warst viel kränker, als du dir vorstellen kannst.«

»Vielleicht. Es ist nur so, daß ich es noch nie gut ausgehalten habe, untätig zu sein. Und ich glaube, ich habe so viel geschlafen, daß ich jetzt wochenlang wach bleiben könnte.« *Eigentlich will ich immer noch nicht schlafen. Wer war Ashara?*

»Rafaella, ich übernehme hier. Leg du dich ein wenig hin.«

»Ja, *Domna.*«

»Ich glaube, ich kann im Augenblick nichts mehr essen«, sagte

Margaret zu Rafaella. Die Führerin nahm das Tablett mit und ging hinaus.

Als sie draußen war, setzte sich Istvana ans Bett und sah Margaret lange an. »Du hast eine Menge Fragen, von denen ich einige beantworten kann und viele nicht. Aber ich denke, du mußt soviel erfahren wie möglich.«

»Das wird hoffentlich nicht wieder so eine Gelegenheit, bei der ich diesen und jenen Happen vorgeworfen bekomme und keine richtigen Informationen, oder? Denn falls du das vorhast, bekomme ich vermutlich sofort wieder hohes Fieber!«

»Aha, Drohungen. Ein sicheres Zeichen für Erholung.« Die *Leronis* wirkte beinahe erfreut. »Ich werde mich bemühen, deine Fragen zu beantworten, aber das Problem ist, daß ich möglicherweise nicht alle Antworten kenne. Du mußt wissen, daß es in der Geschichte Darkovers eine Zeit gab, die unsere Historiker zu Recht das ›Zeitalter des Chaos‹ nennen. Viele Aufzeichnungen aus jener Zeit sind verlorengegangen, und manche Berichte, die wir besitzen, sind eher Legende als Geschichte. Es ist jedenfalls schwer auseinanderzuhalten.«

»Das ist auf vielen Planeten so, Istvana. Ich habe auf meinen Reisen eine Menge Geschichten gehört, zum Beispiel wurde ein völlig normaler Mensch zum Sonnengott erklärt, nur weil er ein paar bemerkenswerte Dinge vollbracht hat, Dinge, die für einen gewöhnlichen Sterblichen unmöglich erschienen.«

»Verzeih mir. Ich vergesse ständig, daß du auf eine Weise gebildet bist, die ich nicht begreifen kann. Nun gut. Ich erzähle dir jetzt, was ich über Ashara Alton weiß – viel ist es nicht!«

»Alton? Du meinst, sie war eine Art Vorfahrin von mir?« Irgendwie gefiel Margaret der Gedanke gar nicht.

»Du stammst sicherlich von Mitgliedern ihrer Familie ab, aber da Ashara eine Bewahrerin war, bist du nicht direkt mit ihr verwandt.«

»Wieso nicht?«

»Zu ihren Lebzeiten haben Bewahrerinnen nicht geheiratet und keine Kinder bekommen. Man glaubte, daß für diese Aufgabe Jungfräulichkeit nötig sei. Diese Ansicht wurde erst kürzlich widerlegt, und ihre Widerlegung war eine schmerzhafte Episode unserer Geschichte.« Die Erinnerung an diese Zeit schien Istvana aufzuwühlen.

»Aber ich dachte, damit diese Gaben erhalten blieben, mußten die Frauen heiraten und Kinder bekommen, oder zumindest Kinder haben.«

»Das war sicherlich die Regel, aber Bewahrerinnen waren die Ausnahme davon.« Istvana räusperte sich. »Ashara war die Bewahrerin zu Hali, damals der wichtigste Turm von Darkover, und dem Vernehmen nach war sie die mächtigste *Leronis* ihrer Zeit oder aller Zeiten. Nun bleibt eine Bewahrerin unter normalen Umständen ihr Leben lang im Turm. Selbst wenn sie alt und nicht mehr recht bei Verstand ist, bleibt sie im Bereich des Turms. Aber Ashara blieb nicht in Hali. Ich kenne die Einzelheiten nicht, niemand kennt sie. Aber sie wurde aus Hali vertrieben.«

»Moment mal! Wie sind sie Ashara losgeworden, wenn sie so mächtig war?«

»Das weiß ich nicht, Marguerida. Ich vermute, daß sie durch die konzentrierten Anstrengungen mehrerer Telepathen verjagt wurde – aber das ist nur eine Vermutung. Was an Aufzeichnungen existierte, wurde vernichtet, und alles, was wir besitzen, sind ein paar Geschichten und Bruchstücke davon. Sicher ist, daß man sie nicht getötet hat, denn wir wissen, daß sie sich nach Thendara zurückgezogen hat

und als Einsiedlerin in einem Turm lebte, den sie selbst erbaut hat. Das war zu der Zeit, als gerade mit dem Bau der *Comyn*-Burg begonnen wurde – nicht das Gebäude, das du besucht hast, sondern ein früheres, das in dem heutigen enthalten ist.«
»Das Labyrinth!«
»Wie?« Istvana sah verblüfft aus.
»Als Captain Scott mich zu Regis Hastur brachte und wir in den Hof der *Comyn*-Burg kamen, da war mir, als ›sähe‹ ich ein Muster aus … Licht, das innerhalb des Gebäudes verläuft. An manchen Stellen lief es einfach mitten durch eine Mauer. Damals hielt ich mich für verrückt. Und auf einer Seite war dieser hohe Turm, der mir unheimlich war, und das Licht schien von ihm auszugehen. Mit Sicherheit kann ich nur sagen, daß ich in diesem Augenblick mit verbundenen Augen durch die Burg gefunden hätte – vorausgesetzt, ich könnte durch Wände laufen.«
»Verstehe. Es gibt tatsächlich die Legende, daß in der *Comyn*-Burg ein Labyrinth existiert, allerdings habe ich noch nie von jemandem gehört, der wüßte, wie es aussieht.«
»Wenn diese … Vorfahrin von mir dabei war, als die erste Burg gebaut wurde, und wenn sie so mächtig war, wie du sagst, dann … könnte sie die Architekten beeinflußt haben?« Margaret spürte zwar ihre panische Angst, aber nur in weiter Ferne, denn sie war brennend an der Geschichte interessiert. Das alles lag in der Vergangenheit, und die Vergangenheit war ungefährlich. Nein, war sie nicht! Sie wurde erneut von heftiger Unruhe erfaßt und schluckte schwer.
Istvana lachte, doch es war ein freudloses, unbehagliches Lachen. »Wenn man die Alton-Gabe besitzt, *Chiya*, ist es nicht schwierig, andere zu beeinflussen. Es ist das Wesen des

erzwungenen Rapports, daß man dazu in der Lage ist. Und über Ashara Alton wissen wir zumindest so viel, daß sie nicht gezögert hätte, die Gabe einzusetzen, wenn es ihr beliebte.«

»Was ist aus ihr geworden?«

»Da sie sterblich war, ist sie schließlich gestorben. Ihr Körper jedenfalls. Der Rest von ihr verblieb in ihrem Turm in Thendara, und wir wissen, daß sie mehrere Bewahrerinnen von Zeit zu Zeit überschattet hat.«

»Überschattet? Ich habe das Wort nun schon einige Male gehört, aber ich weiß nicht genau, was es bedeutet.« Das stimmte nicht ganz, denn Margaret hatte eine ziemlich genaue Vorstellung davon, was gemeint war, und es gefiel ihr nicht. Aber die Wissenschaftlerin in ihr hatte nun die Oberhand gewonnen, und sie wollte Fakten hören, harte Fakten, falls sie welche bekommen konnte.

»Es ist schwer zu beschreiben, aber es bedeutet, daß die Persönlichkeit eines Menschen beiseite gedrängt, unterdrückt und von einer anderen Persönlichkeit dominiert wird.«

»Und das hat sie mit mir gemacht?«

»Ja, nur kann ich mir nicht vorstellen, wieso. Du warst noch ein Kind!«

»Wie bösartig! Ich bin froh, daß ich sie ... getötet habe!« Margarets Atem ging stoßweise, und Istvana wirkte besorgt. Sie berührte Margarets rechte Hand, was sie wieder ruhig werden ließ. Dio hatte das auch manchmal getan, sie einfach berührt und ihre Ängste zum Schweigen gebracht. Es mußte eine Fähigkeit von Empathen sein. »Können Bewahrerinnen in die Zukunft sehen?«

»Was für eine sonderbare Frage. Es gibt welche, die es können, aber es ist keine Eigenschaft der Altons. Wieso fragst du?«

»Vielleicht hat es nichts zu bedeuten, aber ich hatte einen

Traum, und ich könnte schwören, daß ich ihre Stimme gehört habe, und sie sagte, sie wird nicht zulassen, daß ich sie vernichte – als wüßte sie, daß ich komme oder so. Wahrscheinlich bilde ich es mir nur wieder ein. Ich meine, das ist lange her, oder?«

»Hunderte von Jahren.« Istvana dachte einen Augenblick nach. »Es wird eine Dienerin erwähnt, die von Hali mit ihr gekommen ist und aus der Aldaran-Linie stammt, und deren Gabe ist es, die Zukunft vorhersagen zu können.«

»Aber sie ist jetzt für immer tot, oder?« Margaret brauchte dringend eine nochmalige Versicherung. Sie hatte Angst, Ashara könnte irgendwie zurückkehren und erneut von ihr Besitz ergreifen.

»Sie existiert seit Jahrhunderten nicht mehr in der stofflichen Welt, Marguerida, sondern nur in der Oberwelt. Und als du dort den Stein aus ihrem Turm gezogen hast, hast du den Ort zerstört, an dem ihr Geist weilte. Sie kann dir nicht mehr weh tun. Ich frage mich jedoch, wieviel von ihren Erinnerungen dir bleiben.«

»Ich wünschte, ich könnte dir glauben, daß sie für immer weg ist. Und was das andere angeht, das kann ich nicht sagen. Ich habe keine Möglichkeit, meine Erinnerungen von den ihren zu trennen. Aber da ist noch etwas. Als du den Kadarin erwähnt hast – das ist ein Fluß, oder? –, bekam ich große Angst. Es war eine andere Art Angst als vor Ashara. Woher kommt das?«

»Robert Kadarin war an der Sharra-Rebellion beteiligt, und er war der Liebhaber deiner Mutter«, antwortete Istvana.

»Wie sah er aus?«

»Er war ziemlich groß, soviel ich weiß, und hatte silbernes Haar und glänzende Augen.«

»Aha – so ist das!« Sie war erleichtert. »Er ist tot, nicht wahr?« Margaret hoffte es.
»Ja. Aber warum wühlt dich das so auf?«
»Er war immer in meinen Träumen, zusammen mit ihr, mit Thyra, und er hatte etwas Unnatürliches an sich. Er war wie ein Alptraum, denn er schien freundlich zu mir zu sein, als bedeutete ich ihm etwas, aber er hat mich in gewisser Weise auch benutzt! Er hat mich ins Waisenhaus gebracht …«
»Halt! Du regst dich zu sehr auf, und das darfst du nicht.«
Margaret sank ins Kissen zurück und sah ein, daß Istvana recht hatte. Dann blickte sie ihre linke Hand an und bemerkte die blauen Linien auf ihrer Haut. Die Hand steckte in einem weichen Verband, aber der war verrutscht, und die seltsamen Linien waren zu sehen. Sie hielt sie Margaret vors Gesicht. »Was ist das?«
»Das ist ein Rätsel, das bis zum nächsten Mal warten muß, *Chiya.* Ich denke, für den Augenblick hast du genug geredet und vielleicht mehr erfahren, als gut für dich ist.«
Margaret streifte den Verband ab, drehte die Hand um und starrte gebannt auf die Linien. Ihr wurde schwindlig, und alle Kraft begann aus ihren Gliedern zu weichen, als würde sie in das Muster auf ihrer Haut gesaugt. Die Linien fühlten sich heiß und lebendig an. Sie wollte wegsehen und brachte es nicht fertig.
Istvana rüttelte sie an der Schulter, aber Margaret starrte weiterhin ihre Hand an und wurde mit jedem Augenblick schwächer. Schließlich packte die *Leronis* ein feuchtes Handtuch, das auf dem Nachttisch lag, und warf es Margaret über den Kopf. Als das nasse Tuch auf ihre Wangen klatschte, kehrte die Energie in ihren Körper zurück.
Sie vergrub die linke Hand in der Bettdecke, dann zog sie mit

der anderen das Handtuch von ihrem Gesicht. Istvana stand neben dem Bett, angespannt und nervös. Sie beugte sich zu ihr hinab. »Wir müssen dich so schnell wie möglich in einen Turm bringen. Mit dieser Sache werde ich allein nicht fertig, das übersteigt meine Fähigkeiten.«

»Nein, das glaube ich nicht. Besorge mir nur einen Handschuh, den ich über die Hand ziehen kann, dann komme ich schon zurecht. Was immer das ist auf meiner Hand – es besitzt Macht, aber nur, wenn man ihm Beachtung schenkt. Ich glaube, es ist ihre letzte Falle, und ich will verdammt sein, wenn ich sie gewinnen lasse!«

15

Einige Tage später war Margaret wieder auf den Beinen und wurde es gründlich leid, daß man soviel Aufhebens um sie machte. Sie konnte allein essen und sich ankleiden, und sie konnte Treppen steigen, ohne danach erschöpft zu sein. Aber jedermann behandelte sie wie einen Invaliden, bis sie sich vorkam wie ein Küken, dem ein ganzer Trupp Hennen gluckend hinterherrennt. Sie wollte ungestört sein, völlig ungestört. Es war bemerkenswert, wie schwer sich das in einem so großen Gebäude wie der Burg Ardais erreichen ließ.

Sie hatte das Erdgeschoß der Burg erkundet und ein Schlupfloch gesucht, wo sie allein sein konnte, und war dabei auf den Raum gestoßen, der als Bibliothek diente. Sie freute sich außerordentlich, daß eine solche auf Burg Ardais existierte, denn Bücher waren ihr immer noch die liebsten Gefährten. Zwar las sie an der Universität hauptsächlich am Computer, aber sie war mit gebundenen Büchern aufgewachsen. Die Thetaner stellten aus Seetang ein feines Papier her; eine kleine Industrie widmete sich der Produktion wunderschöner Bücher für Sammler solcher Dinge. Margaret hatte das Gefühl, ein Buch in der Hand zu halten, stets genossen, denn im Gegensatz zu Menschen waren Bücher zuverlässig.

Verglichen mit anderen Bibliotheken, war die hier eher kläglich, aber Margaret freute sich über die Ruhe in dem kleinen Raum und den leicht staubigen Geruch der Bücher und Lederrücken. Es war ein Gefühl von Behaglichkeit, Sicherheit und Vertrautheit, und sie stellte fest, daß sie dort ihren eigenen

Gedanken nachhängen konnte und nicht an die Oberwelt und die Schrecken, die sie immer noch bereithielt, dachte.

An einer Wand flackerte ein Feuer in einem kleinen Kamin. Ein einzelnes Bücherregal stand an der Wand gegenüber und ein kleineres neben der Feuerstelle. Von den Regalen abgesehen, war der Raum nur spärlich möbliert, was nahelegte, daß ihn die Bewohner der Burg nicht viel benutzten. Es gab einen großen und bequemen Sessel, in dem Margaret nun mit einer Decke über den Knien saß. Der einzige andere Sitzplatz war eine gepolsterte Bank in der Fensternische. Das Fenster ging auf die Rückseite der Burg hinaus, auf einen kleinen Garten mit Blumen und einigen lärmenden Vögeln. Es tat Margaret gut, wieder Vogelgesang hören zu können, ohne daß sie sich unwohl fühlte, und sie verbrachte viele angenehme Stunden auf der Fensterbank, während sie die Blumen betrachtete und an nichts Bestimmtes dachte. Die Wände der Bibliothek waren nackt, bis auf eine mottenzerfressene Stickerei, die über dem Kamin hing und so dunkel vor Ruß war, daß man ihr Motiv kaum mehr erkannte.

Aus der Staubmenge auf den Regalen und den etwas über vierzig Bänden, die sich in ihnen verloren, schloß Margaret, daß die Ardais keine großen Leser waren. Dennoch freute sie sich, überhaupt etwas zum Lesen zu finden, denn es waren die ersten Bücher, die sie seit ihrer Ankunft auf Darkover zu sehen bekam. Als sie die Titel studierte, wurde ihr klar, warum die Bücher nicht viel benutzt wurden. Die meisten waren Übersetzungen terranischer Lehrbücher von technischen Themen. Hier handelte es sich eindeutig um eine Arbeitsbibliothek, nicht um eine, die dem Zeitvertreib diente. Sie versuchte sich vorzustellen, wie sich der junge Dyan Ardais mit *Stickstoffdüngung in gemäßigten Klimaten* von C. J. Bandarjee vergnügte oder wie Lady Marilla die vierhundert Seiten von *Geburtshilfe: Ein Überblick* las, und lächelte. Allein der Anblick der Bücher machte sie schläfrig. Aber sie fand eine Art Erinnerungsbuch und beschloß, daß das eine gute Lektüre war.

Was sie jedoch wirklich brauchte, war eine kurze Geschichte Darkovers – oder noch besser ein mehrbändiges Werk mit vielen Fußnoten. Sie verstand nicht recht, warum so etwas nicht existierte; andernfalls hätte es ihr Istvana mit Sicherheit gesagt. Es war nicht so, daß die Darkovaner kein Geschichtsbewußtsein hatten – das besaßen sie eindeutig, sie hatten nur noch nichts aufgeschrieben. Oder vielleicht gab es Aufzeichnungen in diesem Kloster, St.-Valentin-im-Schnee, von dem sie ein paarmal hatte reden hören. Wo lag es gleich wieder? Richtig, in Nevarsin, wo immer das sein mochte. In ihrer Tasche hatte sie Karten, aber sie war zu müde, sie anzusehen. Immerhin ermahnte sie sich, daß sie die Karten demnächst studieren mußte.

Margaret beugte und streckte ihre linke Hand, die nun von dem weichen Lederhandschuh bedeckt war, den Rafaella ihr gegeben hatte, und spürte die Linien auf ihrer Haut. Sowohl Istvana als auch Lady Marilla schienen diese Linien faszinierend zu finden, aber auch beunruhigend. Beide stimmten überein, daß sie das seltsame Muster bedecken sollte und daß die Linien mit ihren Matrixkristallen verwandt waren, aber keine von ihnen wagte eine Vermutung, was das alles zu bedeuten hatte.

Sie wollte nicht an die Linien auf ihrer Hand denken, aber es fiel ihr sehr schwer, sich auf irgend etwas anderes zu konzentrieren. Sie blickte in ihren Schoß, und für einen Moment »sah« sie die Linien durch das weiche Leder hindurch. Das war beängstigend, und sie überlegte, ob es vielleicht ein Material gab, bei dem das nicht passierte. Leder war nicht passend, auch wenn es ihr erlaubte, Dinge ohne Störung zu berühren. Ihre Handfläche war heiß und juckte, und ihre Haut war immer noch sehr empfindlich.

Margaret zwang sich, ihre Hand zu ignorieren, und schaute in das Buch, das sie schließlich ausgewählt hatte. Es hieß *Memoiren einer fahrenden Gelehrten* von Paula Lazarus und hatte vielversprechend ausgesehen. Es erwies sich jedoch als so steif und langweilig, daß sie nach knapp einer Stunde erst auf Seite sieben angekommen war. Sie starrte auf einen Absatz, den sie bereits mehrfach ohne Vergnügen oder Verständnis gelesen hatte, dann wanderten ihre Augen zu den Flammen in dem kleinen Kamin, und sie ließ das Buch in den Schoß sinken. Ihre Augen brannten, trotz des vielen Schlafes, den sie in den letzten Tagen bekommen hatte, und sie schloß sie träge. Sie fragte sich, ob sie je wieder das Gefühl haben würde, ausgeruht zu sein. Dann döste sie ein.

Schwere Schritte hallten durch den Flur und weckten sie abrupt. Sie saß mit dem Rücken zur Tür und beugte sich aus dem Sessel, um zu sehen, wer kam. Ein kalter Luftzug wehte herein, als die Tür geöffnet wurde. Sie rechnete mit Dyan oder vielleicht Mikhail, denn beide besuchten sie gelegentlich in der kleinen Bibliothek, oder auch Julian Monterey, wenngleich dessen Schritte nie so schwer klangen.

Drei Männer betraten den Raum, zwei in grünen und grauen Uniformen. Sie sahen von Kopf bis Fuß wie Polizisten aus, ihre Augen wanderten in die Zimmerecken, und ihre Rücken waren steif vor Entschlußkraft und Wachsamkeit. Der dritte Mann war untersetzt, breitschultrig und muskulös und hatte das kantige Kinn eines Mannes, der es gewöhnt war, allem und jedem seinen Willen aufzuzwingen. Noch nicht ganz wach, überlegte Margaret, ob die Polizei sie verhaften wollte, weil sie ohne Genehmigung Telepathie ausübte oder weil sie ein Durcheinander in der Oberwelt verursacht hatte. Die Ernsthaftigkeit der drei Männer hielt sie jedoch davon ab, sich über ihre eigenen schrulligen Einfälle zu amüsieren.

Der Untersetzte baute sich vor ihr auf und betrachtete sie einen Augenblick. Er hatte rotbraunes Haar, das an den Schläfen grau wurde, und einen gepflegten Bart. Seine Augen waren blau, kalt und durchdringend. Er musterte sie sehr offen, in einer Weise, die nach darkovanischen Begriffen unhöflich war, und Margaret mußte dem Impuls widerstehen, ihn auf Anhieb unsympathisch zu finden. Sie erwiderte seinen Blick nicht, sondern schaute statt dessen auf die Stickerei an ihrem Ärmelaufschlag.

»Domna.« Er machte widerwillig eine halbe Verbeugung. *Schau sie dir an, die arrogante Göre. Genau wie ihr Vater! Sie trieft förmlich vor Laran, und sie weiß es ganz genau!*

Arrogant? Sie verstand nicht, warum er das von ihr dachte, aber offenbar lag der Vergleich mit ihrem Vater dieser Annahme zugrunde. Komisch. Sie unterstellte Lewis Alton viele wenig freundliche Dinge, aber Arroganz gehörte nicht dazu.

»Vai Dom«, entgegnete sie so sanft wie möglich, wobei sie das Benehmen von Lady Marilla nachäffte, während sie sich bemühte, die erregten Gedanken des Mannes zu ignorieren. Sie spürte, daß er ein wenig Angst vor ihr hatte und ihr feindlich gesinnt war, ohne daß sie sich vorstellen konnte, weshalb. Und was noch schlimmer war: Sie hegte den Verdacht, daß ihm Lachen fremd war.

»Dein Vater ist nicht hier? Hat er dich an seiner Stelle

geschickt?« *Ich lasse es nicht zu! Ich sitze seit zwanzig Jahren auf Armida, und ich lasse mich nicht von so einem jungen Ding vertreiben, egal, wer sie ist!*

Wie häufig, wenn sie sich bedroht fühlte, zog sich Margaret auf Ironie zurück. »Er versteckt sich jedenfalls nicht unter meinen Röcken«, antwortete sie und freute sich über den schockierten Blick eines der Uniformierten. Sie gestikulierte in Richtung Bücherregal. »Sie können ihn zwischen diesen verstaubten Bänden suchen, wenn Sie wollen.«

»Hat er dich geschickt, damit du seinen Platz einnimmst?«

»Ich kann mir niemanden vorstellen, der den Platz meines Vaters einnimmt.« Sie war nun hellwach und wurde mit jedem Augenblick ärgerlicher.

Arrogant und redegewandt. Warum hat Javanne mich nur auf diese Idiotentour geschickt? Zum Teufel mit den Weibern!

»Ich bin dein Onkel – dein einziger lebender Onkel – Gabriel Lanart-Hastur, und ich will wissen, was du mit Armida vorhast!« Er redete angestrengt, von mächtigen Gefühlen geplagt, und Margaret schloß, daß er ein Mann der Tat und nicht der Worte war und die Situation genauso unangenehm fand wie sie selbst.

Aha, das war also Mikhails Vater, der alte Knabe, den Margaret nach Mikhails Vermutung in den Schnee hinaufwerfen wollte. Er war offenkundig weder alt noch im mindesten schwach. Wieso hatte sie den Eindruck gewonnen, daß Mikhails Eltern alt waren? Sie mochte ihn immer weniger.

»Wie schön für Sie, allerdings glaube ich, daß Rafael Scott Ihre Behauptung, mein einziger lebender Onkel zu sein, bezweifeln würde.«

»Der zählt nicht«, schnaubte Gabriel. »Er ist Terraner.« *Sie versucht mich zu verwirren – die Sache läuft nicht wie geplant! Sie ist wahrscheinlich so gerissen wie ihr Vater, und das war ich nie.*

»Ach ja? Als Bruder meiner Mutter zählt er für mich sehr wohl. Und was Armida angeht – warum sollte ich irgend etwas damit vorhaben? Aus unerfindlichen Gründen vermutet jeder zweite, den ich treffe, daß ich sofort dorthin stürze – wo immer es liegt – und die Schlüssel für die Speisekammer fordere.« Hinter Gabriel hatte einer der Gardisten erhebliche Mühe, ein ernstes Gesicht zu wahren.

»Warum sonst solltest du nach Darkover kommen? Und was, zum Teufel, machst du eigentlich hier in Ardais?« Gabriel hatte den gequälten Gesichtsausdruck eines Mannes, der von Dingen, die er nicht beeinflussen kann, bis an den Rand seiner Leidensfähigkeit getrieben wird. *Javanne ißt meine Leber zu Mittag, wenn sie Dyan Ardais heiratet!*

»Ich bin als Wissenschaftlerin der Universität nach Darkover gekommen, um Volksmusik zu sammeln, und ich hatte keine Ahnung, daß ich hier eine Art Erbin bin. Und was meine Anwesenheit auf Burg Ardais betrifft, würde ich meinen, daß Sie das nichts angeht.« Margaret fing an, diesen neuen Onkel abzuschätzen, und vermutete, daß er kein rücksichtsvoller Mensch war, sondern einer, der sich seinen Weg mit den Ellenbogen bahnte. Sie glaubte außerdem, daß er einen Groll gegen ihren Vater hegte, auch wenn sie sich nicht vorstellen konnte, wieso.

Gabriel wurde rot im Gesicht, und seine Augen traten vor kaum unterdrückter Frustration aus den Höhlen. *Nicht gewußt, daß du eine Erbin bist, das glaube ich, wenn Zandrus Höllen schmelzen! Was führt Lew im Schilde? Er hatte immer irgendwelchen Unfug im Sinn, schon als wir junge Bur-*

schen und Freunde waren. Warum ist er nicht selbst gekommen? »Als dein Verwandter geht mich alles an, was du tust. Ich kann nicht zulassen, daß du in den Hellers herumsaust und …«

»Ich bin wohl kaum irgendwo herumgesaust, *Dom* Gabriel. Ich bin auf Burg Ardais gekommen, weil ich krank war und medizinische Betreuung brauchte. Lady Marilla hat sich in hervorragender Weise um mich gekümmert, und ich stehe tief in ihrer Schuld.«

Darauf würde ich wetten, und die ganze Zeit ihren Waschlappen von Sohn in den Vordergrund geschoben. Es gibt keine Mutter in den Domänen, die das Mädchen hier nicht gern als Schwiegertochter hätte, egal, unter welchem schlechten Stern sie geboren wurde. Wenn ich nur nicht wegen diesem Fieber außer Gefecht gewesen wäre, dann hätte sich das alles vielleicht vermeiden lassen. »Ich bin hier, um dich unverzüglich nach Armida zu bringen.«

»*Dom* Gabriel«, begann Margaret, bemüht, versöhnlich zu klingen. Der Mann sah aus, als würde ihn der Schlag treffen, wenn er noch wütender wurde. »Ich sehe schon, daß Sie es gewohnt sind, Befehle zu geben, und daß man sie normalerweise befolgt, aber mich können Sie nicht herumkommandieren. Ich hatte nicht vor, Armida zu besuchen, und ich sehe keine Veranlassung, meine Pläne zu ändern.« Die Vorstellung, auf ein Pferd zu steigen und loszureiten, war beinahe unerträglich, denn ihr taten immer noch alle Glieder weh. Der Gardist hinter Gabriel machte sich fast in die Hosen. *Ich habe noch nie jemanden außer Lady Javanne gesehen, der dem Dom Paroli bieten konnte. Wenn ich das zu Hause erzähle, glaubt es mir keiner.*

»Hör mal zu, junge Frau. Du bist hier, und dein Vater ist nicht hier, und das bedeutet, daß du genau das tust, was ich sage, und zwar ohne Widerrede. Ich bin dein rechtmäßiger Beschützer in Lew Altons Abwesenheit.«

Sie funkelten sich einen Augenblick zornig an. »Wie genau sind wir miteinander verwandt?« fragte sie nachsichtig.

»Meine Mutter war die Schwester deines Großvaters Kennard Alton. Aber was hat das damit zu tun?«

»Ich war nur neugierig. Seit meiner Ankunft auf Darkover treffe ich Verwandte, von deren Existenz ich nichts wußte, eine ganze Familie, die ich mir nie hätte träumen lassen. Aber ich bezweifle sehr, daß Sie mein Beschützer sind, rechtmäßig oder nicht. Lord Hastur hat bei unserer Begegnung nichts davon erwähnt, deshalb glaube ich, Sie maßen sich etwas an, worauf Sie kein Recht haben.«

»Ich bin der Inhaber der Domäne Alton, und das gibt mir das Recht.«

»Sie kommen hier herein und fordern Auskunft, ob ich Anspruch auf Armida erhebe und Sie aus Ihrem Heim werfe, was Sie verständlicherweise nicht wollen. Sie glauben mir aber nicht, wenn ich Ihnen sage, daß ich nicht beabsichtige, irgendwelche Ansprüche geltend zu machen. Dann wollen Sie, daß ich Sie nach Armida begleite, obwohl Sie mich dort überhaupt nicht haben wollen. Kurz gesagt, Sie benehmen sich sehr schlecht, und wir geraten in eine ...«

»Hüte deine Zunge!« Er schwoll erneut an, und Margaret versuchte, Mitleid mit ihm zu empfinden, doch es gelang ihr nicht.

»Ich bin weder ein Kind noch Ihre Leibeigene. Vielleicht können Sie Ihre Frau und Ihre Tochter so herumkommandieren, aber ich bin weder die eine noch die andere.« Sie spürte, wie sie sich vor verschluckter Wut verspannte. Der Mann konnte einen wahnsinnig machen, und sie wunderte sich, wie es diese Javanne mit ihm aushielt.

Sie ist genau wie Kennard, störrisch wie ein Esel. Und dazu kommt noch das, was sie von ihrer verdammten Mutter hat. Warum mußte sie zurückkommen? »Da du meine Nichte bist, könntest du genausogut meine Tochter sein. Ich werde deine Unhöflichkeit entschuldigen, weil ich sehe, daß du unsere Sitten nicht kennst. Hier auf Darkover wirst du noch als Kind angesehen, weil du nicht verheiratet bist, und du bist insofern mein Kind, als ich der Domäne vorstehe.«

»Unsinn! Entweder bin ich eine Erbin, und die Domäne Alton gehört rechtmäßig mir, oder ich bin es nicht, aber eine Abhängige von Ihnen werde ich niemals sein. Und nun gehen Sie. Sie sind offensichtlich eben erst eingetroffen und wahrscheinlich müde, wie ich auch. Ich denke, wir sollten diese Angelegenheit zu einem späteren Zeitpunkt weiterverfolgen, finden Sie nicht?« Margaret war überrascht, mit welcher Entschlossenheit sie sprach. Es schien nicht ihre eigene Stimme zu sein, sondern die von jemand anderem, und sie schauderte. Sie hoffte, sie bildete sich das nur ein und es waren keine Überreste von Ashara, denn sie wollte nicht, daß etwas von dieser furchtbaren Frau in ihr blieb.

Zu ihrer Überraschung mäßigte er seinen Ton ein wenig. »Du kannst nicht hier auf Ardais bleiben.«

»Sobald ich in der Lage bin, zu reisen, kehre ich nach Thendara zurück und verlasse Darkover.« Das war eine glatte Lüge, aber sie kümmerte sich nicht mehr darum.

»Darkover verlassen? Das darfst du nicht!« *Es würde zwar meine Probleme für den Augenblick lösen, aber es wäre falsch. Der Teufel soll Lew Alton holen, weil er diesen Saustall verursacht hat, den ich nun saubermachen darf! Wo steckt er?*

Er ist von seinem Posten zurückgetreten, ohne auch nur zu fragen und ...

»Sie werden ja sehen«, entgegnete Margaret heftig.

Gabriel sammelte sich; er atmete schwer und straffte seine breiten Schultern. »Du verstehst nicht. Du mußt nach Armida mitkommen. Dort sind Leute, die du treffen mußt.« *Ich habe die Sache ganz schön verpfuscht. Javanne und Jeff werden wütend sein. Warum konnte sie nicht ein süßes kleines Mädchen sein anstatt so einer roten Hexe!*

»Ich muß?«

Dom Gabriel machte kehrt und stürmte aus der Bibliothek, wobei er die Tür krachend zuschlug. Er hatte seine Begleiter zurückgelassen, und einer von ihnen öffnete sie und folgte seinem Herrn, während der andere Margaret einen kurzen Blick zuwarf und dabei so heftig grinste, daß er sich fast den Kiefer ausrenkte. Dann ging auch er und ließ sie erschöpft zurück.

Etwa eine Stunde später klopfte es an der Tür. »Herein«, sagte Margaret, die Rafaella oder Lady Marilla erwartete, statt dessen betrat Mikhail Lanart-Hastur den Raum. Er sah gehetzt aus. Ihr Herz machte einen unerwarteten Sprung, als sie ihn sah, und sie tadelte sich dafür.

»Wie ich höre, ist mein Alter eingetroffen, um dich nach Armida zu schleppen«, begann er überstürzt.

Margaret blinzelte benommen. »Alter? Ach, du meinst *Dom* Gabriel? Komisch. Ich nenne meinen Vater auch den Alten. Natürlich rede ich ihn nicht so an.«

Mikhail lachte, und der gehetzte Ausdruck auf seinem Gesicht schwand. Das war ein Jammer, denn wenn er lachte, war er noch hübscher, und Margaret fühlte sich zu ihm hingezogen.

Sie hatte das Gefühl, ihn bereits zu kennen, obwohl sie wußte, daß das unmöglich war. Sie spürte die vertraute Kälte in sich, das Verlangen, niemandem zu nahe zu kommen, für sich zu bleiben. Istvana hatte ihr erklärt, daß das zu dem Zauber gehörte, den Ashara Alton ihr auferlegt hatte, als sie das Kind Margaret überschattete, und sie biß sich auf die Lippen, denn sie haßte das Gefühl des Getrenntseins. Gleichzeitig war es gefahrlos, und sie war inzwischen daran gewöhnt. Doch Mikhail gelang es prächtig, ihre Seelenruhe zu stören, ohne daß er ihre Gefühle ahnte.

»Nein, ich rede ihn auch nicht so an. Mein Vater wird nur sehr widerwillig älter. Früher konnte er drei Tage ohne Unterbrechung reiten, ohne zu essen oder zu schlafen – falls man seinen Geschichten glauben kann. Jetzt ist er nach einem Tag im Sattel müde und gereizt. Und außerdem war er krank, und da er sonst nie krank wird, ist er einfach wütend, weil sein Körper ihm nicht mehr gehorcht. Andernfalls wäre er schon seit Tagen hier.«

»Das erklärt sein Benehmen. Und ich muß sagen, ich bin dankbar, daß er nicht früher gekommen ist, denn vermutlich wäre er in mein Schlafzimmer geplatzt und hätte verlangt, daß ich aufstehe und ihm wie ein braves kleines Mädchen nach Armida folge.«

Mikhail seufzte, dann schüttelte er betrübt den Kopf. »War er sehr grob?«

»Nun ja, er wirkte jedenfalls so, als sei er es gewöhnt, daß alles nach seinem Kopf geht.«

»Er ist immer so, egal, ob er eine Reise hinter sich hat oder nicht.« Mikhail verschränkte die Hände auf dem Rücken und schaute ins Feuer. *Ich muß daran arbeiten, sie nicht immer anzusehen! Das ist unerträglich. In meinem ganzen Leben habe ich mich noch nie so zu jemandem hingezogen gefühlt. Sie hat mich mit einem Blick gefangengenommen, und ich bin ihr bis zu diesem Ort gefolgt.* »Er war bis letztes Jahr Captain der Garde und hat sich diesen Befehlston angewöhnt. Oder vielleicht war er auch immer so. Wir stehen uns nicht sehr nahe, weil ich lange Zeit der Erbe von Regis Hastur war. Ich wurde in der Burg der *Comyn* erzogen und habe viele Jahre dort verbracht. Als Lady Linnea ihren Sohn bekommen hatte, den kleinen Danilo, war ich nicht mehr Erster in der Erbfolge und kehrte nach Armida zurück. Aber da man mich zu Dyans Friedensmann gemacht hat, halte ich mich nicht viel dort auf. Ich meine, auf seine Weise liebt er mich sicher, nehme ich an.« *Falls er es tut, weiß ich es nicht. Er sieht mich immer an, als würde er mich am liebsten erwürgen.* »Also, wann reist du ab?«

Margaret war so damit beschäftigt, die Gedanken zu ordnen, die ihr ungebeten zugeflogen waren, daß sie nicht sofort antwortete. Als sie es tat, sagte sie nur: »Ich reise nicht ab.«

»Wie bitte?« Mikhail sah sie einen Moment direkt an, dann senkte er den Blick. Seine Augen ließen sie vor Verlangen erbeben, was sie bisher nicht gekannt hatte. »Du meinst, du hast dich ihm tatsächlich widersetzt? Dann muß er jetzt aber eine nette Laune haben.«

»Er hat die Tür so fest zugeschlagen, daß sie fast aus den Angeln gebrochen wäre. Anscheinend nahm er an, ich würde automatisch tun, was er sagt. Er hat mir irgendein Märchen erzählt, daß er in Abwesenheit meines Vaters mein rechtmäßiger Beschützer sei. Ich habe versucht, ihn darauf hinzuweisen, daß ich kein Kind mehr bin, aber er hat nicht zugehört.«

»Vater ist ein braver Mann, aber er kann nicht sehr gut zuhören. Er faßt einfach einen Beschluß und bahnt sich seinen Weg. Es tut mir leid.«

»Das sollte es nicht. Wir können nichts für das Benehmen unserer Eltern. Sag mir bitte, wenn du kannst, warum er will, daß ich nach Armida komme. Ich meine, er befürchtet, daß ich Anspruch darauf erhebe oder so, warum will er mich dann dort haben? Und wer ist Jeff? Und Javanne? Ich komme mir vor, als wäre ich mitten in einen russischen Roman spaziert.«

»Was ist das?«

»Ein russischer Roman? Eine Geschichte, in der tausend Personen vorkommen, und alle haben mindestens vier verschiedene Namen.«

Mikhail lachte wieder. »Klingt sehr verwirrend.«

»Glaub mir, es ist nicht verwirrender, als wenn man versucht, darkovanische Verwandtschaftsverhältnisse nachzuzeichnen.«

»Mit denen bin ich groß geworden, deshalb kommen sie mir nicht verwirrend vor. Aber ich verstehe, daß es für dich schwierig sein kann. Javanne ist meine Mutter, Javanne Hastur, Schwester von Lord Regis.«

»Aha, das erklärt einiges. Ich meine, ich wußte, sie ist deine Mutter, aber irgendwie habe ich vergessen, daß sie die Schwester von Lord Regis ist. Du hast mir bei diesem Abendessen, das ich nie zu Ende brachte, den Eindruck vermittelt, sie sei alt und dein Vater ebenso. Das ist Tage her, oder? Mein Gehirn ist immer noch ein bißchen benebelt, und die vielen Verwandten, von denen ich vorher nie gehört hatte, machen es nicht besser.« Eine schwache Erinnerung kam ihr in den Sinn. »Ich glaube, mein Vater hat sogar einmal von ihr gesprochen – es ging um ein Fest und daß sie ihn gekratzt hat. Nein, nicht gekratzt, gebissen! Er hat eine kleine Narbe an einem Arm, und als ich ihn fragte, woher sie stammt, sagte er, Javanne habe ihn gebissen. Ist das die gleiche Javanne?«

Mikhail lachte wieder. »Mutter liebt es, diese Geschichte zu erzählen. Sie war damals ungefähr neun und hatte bereits ein hitziges Temperament. Sie und Lew gerieten in einen Streit unter Kindern, und sie wollte unbedingt, daß er zurücknahm, was er gesagt hatte, und als er das nicht tat, warf sie ihn zu Boden, setzte sich auf ihn und biß ihn in den Arm. Das war nicht sehr damenhaft, aber Mutter war ein ziemlicher Wildfang, wenn Onkel Regis' Darstellung zutrifft. Er sagte sogar einmal, es sei ein Jammer, daß sie als Frau zur Welt gekommen war und er als Mann. Aber da war er ein bißchen beschwipst, deshalb habe ich es nicht so ernst genommen.«

»Hört sich an, als wäre deine Mutter ziemlich furchteinflößend. Oder haben die Jahre sie sanfter gemacht?«

Mikhail grinste breit. »Davon merkt man nichts. Sie ist großartig, aber sehr energisch.«

»Das glaube ich. Und da dein Vater ziemlich halsstarrig ist, nehme ich an, sie kommen wunderbar miteinander aus.«

»Wenn es ein Zeichen für Liebe und Harmonie ist, sich anzubrüllen und auf den Tisch zu hauen, dann tun sie es.«

Margaret war überrascht, wie wohl sie sich in Mikhails Gegenwart fühlte, so als könnte sie ihm alles sagen. Es war eine neue Erfahrung für sie, und sie wurde gelöster. Und dann war die Kälte wieder da, dieses Gefühl, daß sie für sich bleiben müsse, daß sie niemanden zu nahe kommen lassen durfte. Sie hatte Ivor und Ida Davidson immer alles sagen können, aber das war etwas anderes. Hier hatte sie es nun mit einem attraktiven jungen Mann in ihrem Alter zu tun, und unter solchen Umständen hatte sie sich noch nie wohl gefühlt.

Dann spürte sie ein korrespondierendes Gefühl bei Mikhail, als fühlte auch er sich so wohl mit ihr wie mit niemandem zuvor. Es war eine wunderbare Empfindung, aber für beide

auch sehr beunruhigend. *Er könnte mein Freund sein! Ich hatte noch nie einen männlichen Freund außer Ivor, und das war etwas anderes. Aber ich darf nicht. Etwas Schreckliches wird geschehen, wenn ich dem Gefühl nachgebe.*
Sie wurde für einen Moment angespannt und wartete auf etwas. Dann wurde ihr bewußt, daß die Stimme in ihrem Kopf, die sie immer von anderen Menschen ferngehalten hatte, nicht mehr da war, und sie begriff die volle Tragweite ihrer Arbeit mit Istvana Ridenow während ihrer langsamen Genesung.
Um sich von diesen Gedanken abzulenken, fragte sie: »Und wer ist Jeff?«
Mikhail begann vor dem Feuer auf und ab zu gehen. »Jeff ist Lord Damon Ridenow«, begann er, als erklärte das alles.
»Ridenow? Etwa noch ein Onkel!«
»Ich fürchte, ja. Aber wir neigen dazu, nur Angehörige der vorhergehenden Generation als Onkel und Tanten zu bezeichnen, und Jeff stammt noch aus einer Generation davor. Er ist zweimal mit dir verwandt, denn er stammt von Ellemir Lanart aus der Alton-Linie und von Arnad Ridenow, der mit der Frau deines Vaters verwandt ist, ab.«
»Langsam bedauere ich, daß ich nicht zu den Leuten gehöre, die ständig hysterische Anfälle bekommen. All diese neuen Verwandten machen mich wahnsinnig. Aber wenn er Lord Damon ist, warum wird er dann Jeff genannt?« Trotz ihrer Verwirrung war Margaret auch äußerst neugierig. Und sie wollte, daß Mikhail weitererzählte, damit sie noch eine Weile in seiner Nähe bleiben konnte.
»Hat dir einmal jemand von dem Verbotenen Turm erzählt?«
»Kann sein, daß Istvana etwas gesagt hat, als sie meine Fragen beantwortete.«
»Was hat sie dir erzählt?«

»Laß mich nachdenken. Es ist siebzig oder fünfundsiebzig Jahre her, richtig? Dabei habe ich den Namen Damon Ridenow schon gehört! Ich wußte, ich kenne ihn. Aber das kann nicht derselbe Jeff sein – dann wäre er ja über hundert Jahre alt!«
»Nein, es ist nicht derselbe. Verdammt! Das ist eine alte Geschichte und keine sehr glückliche.« Er seufzte. »Jahrhundertelang waren alle Bewahrer weiblich und unverheiratet. Damon Ridenow war der erste männliche Bewahrer seit dem Zeitalter des Chaos. Er war mit Ellemir Lanart verheiratet, hatte aber eine Tochter mit einer anderen Frau, Jaelle n'ha Melora.«
»N'ha Melora? Du meinst, sie war eine Entsagende wie Rafaella?«
»Ja, aber bitte unterbrich mich nicht, die Geschichte ist sowieso schon kompliziert genug.«
»Es tut mir leid.« Es tat ihr eigentlich nicht leid, denn er war kein bißchen ärgerlich mit ihr, was sie insgeheim froh machte.
»Leonie Hastur, die *Leronis* im Arilinn-Turm, war sehr betrübt, denn sie und Damon standen sich nahe, und sie fühlte sich betrogen, sowohl dadurch, daß er Bewahrer wurde, als auch, weil er Kinder in die Welt setzte. Die Bewahrerinnen übten eine enorme Macht aus, so ziemlich die einzige Macht, die Frauen zu jener Zeit hatten, und sie wachten eifersüchtig darüber.«
»Das kann ich gut verstehen, wenn man bedenkt, daß Frauen hier in sehr jungen Jahren zur Ehe gedrängt werden.«
Mikhail grinste, dann drohte er mit dem Zeigefinger wie ein Schullehrer, der einen aufsässigen Schüler tadelt. »Ich will nicht mit dir darüber streiten, wie wir unsere Frauen behandeln, Marguerida.«
Sie fand, ihr Name hatte noch nie so hübsch geklungen wie

aus seinem Mund. »Nein, natürlich nicht. Ich hatte nicht die Absicht zu kritisieren.« *Nach allem, was mir Rafaella unterwegs erzählt hat, gäbe es eine Menge zu kritisieren, aber das ist nicht meine Sache. Mich wird niemand in eine Ehe drängen!*

»Jedenfalls errichtete jener Damon Ridenow auf Armida einen funktionstüchtigen Turm mit Hilfe seiner Frau, deren Zwillingsschwester Callista und einer Terranerin namens Ann'dra Carr. Das behagte niemandem, aber man konnte ohne ein größeres Blutvergießen nicht viel dagegen unternehmen. Die Tochter von Damon und Jaelle hieß Cleindori, und sie war angeblich eine der schönsten Frauen, die je über den Planeten gewandelt ist. Dem einzigen Gemälde nach zu urteilen, das von ihr existiert, stimmt diese Einschätzung. Sie ging nach Arilinn, wurde eine *Leronis* und begann eine exakte Wissenschaft über den Gebrauch von Matrizen zu gründen, die uns seit Jahrhunderten gefehlt hatte.« Er seufzte. »Im Zeitalter des Chaos ist uns eine Menge Wissen verlorengegangen, und wir haben es immer noch nicht vollständig wiedergewonnen.«

»Wieso? Ich meine, ich verstehe diese Matrizen sowieso nicht, auch wenn ich weiß, daß sie wie Brennpunkte funktionieren. Aber man sollte meinen, daß die Darkovaner schon längst eine exakte Wissenschaft dazu entwickelt haben, wenn sie seit Jahrhunderten welche benutzen.«

»Du hast völlig recht, aber die Zerstörungen während des Zeitalters des Chaos haben uns sehr argwöhnisch gemacht – es gab sehr viel Mißbrauch, und wir trauten uns nicht, zu den Methoden unserer Vorfahren zurückzukehren.«

»Was wurde nun aus Cleindori?«

»Sie hat die Regeln verletzt. Ich vermute, sie war nach ihrem Vater geraten. Sie heiratete Arnad Ridenow, was unerhört war, denn Bewahrerinnen heiraten nicht. Das war schon schlimm genug, aber sie behielt auch noch ihr *Laran!* Und das wurde nicht hingenommen, denn es war seit Jahren so eingerichtet, daß nur Jungfrauen das *Laran* einer Bewahrerin haben durften. Sie war genauso mächtig wie vorher, was alles durcheinanderbrachte.«

»Ich merke, daß es dir unangenehm ist, darüber zu sprechen, und ich weiß nicht recht, wieso.«

»Na ja, ich habe noch nie mit einer Frau meines Alters über Jungfräulichkeit gesprochen, und es ist ein komisches Gefühl. Ist es dir nicht peinlich?«

»Sollte es das? Es ist nicht so, als wüßte ich nicht über Sex Bescheid, Mikhail. Ich meine, ich war auf der Universität«, fügte sie scherzhaft an.

Er lachte, wobei er den Kopf zurückwarf, so daß das Feuer sein goldenes Haar beschien. »Natürlich! Du bist eine kultivierte Frau, und ich bin ein rückständiger Bauerntrampel.«

»Sei nicht albern! Du bist eindeutig intelligent, und nur das zählt.«

Er lächelte und seufzte leise. »Ja, ich bin der Schlaukopf in der Familie, was vielleicht der Grund dafür ist, daß mein Vater und ich nicht miteinander auskommen. Der Alte ist sehr mißtrauisch gegenüber gescheiten Menschen.«

»Menschen wie meinen Vater, meinst du?«

»Genau!«

»Aber wieso? Ich habe den Eindruck, daß dein Vater und meiner vor langer Zeit Freunde waren.«

»Das waren sie in der Tat, aber mein Vater stand immer im Schatten von Lew Alton, und das verabscheute er. Das ist meine persönliche Vermutung, nicht etwas, das ich mit Bestimmtheit wüßte. Mein Vater hatte nie damit gerechnet, daß er die Domäne Alton erhalten würde, und er hat sie nur bekommen, weil dein Vater Darkover verließ, und deshalb hatte er immer das Gefühl, daß er nur an zweiter Stelle kam, was ja auch stimmte. Und daß du zurückgekommen bist, hat ihn ein bißchen aus der Fassung gebracht. Bitte versuche, Geduld mit ihm zu haben. Er ist ein anständiger Mensch, aber er ist sehr unbeweglich in seinen Ansichten.«

Margaret war sich nicht ganz sicher, was er damit meinte, aber sie entdeckte, daß sie Mikhail gefallen wollte. Das war ein überraschendes Gefühl, denn außerhalb ihres Berufs hatte sie nie jemandem gefallen wollen, nicht mehr, seit sie ein Kind war und sich zu Hause zurückgewiesen fühlte. »Ich werde mein möglichstes tun. Aber du hast noch nicht zu Ende erklärt, was es mit diesem Jeff auf sich hat, der mein Onkel oder mein Cousin oder beides ist. Sind alle darkovanischen Familien so kompliziert?«

»Größtenteils ja. Du darfst nicht vergessen, daß wir seit Generationen untereinander heiraten, so daß alle Domänen durch Blutsbande und zusätzlich durch Treuepflichten miteinander verknüpft sind. Danke, daß du Geduld mit meinem Vater haben willst. Ich weiß, wie anstrengend er ist, aber er ist Darkovaner mit Leib und Seele, und das macht ihn manchmal engstirnig.« Er grinste sie breit an, als wären sie Partner. »Wo war ich stehengeblieben?«

»Du bist bis Cleindori und Arnad gekommen.«

»Sie hatten ein Kind, nach seinem Großvater ebenfalls Damon Ridenow genannt. Cleindori und Arnad wurden von Fanatikern ermordet, die nicht einsehen wollten, daß es keine Rolle spielt, ob eine Bewahrerin Jungfrau ist oder nicht. Der Junge wurde adoptiert und nach Terra gebracht, wo man ihn Jeff Kerwin jr. nannte.«

»Wie traurig.«

»Schlimmer als das! Es war dumm und eine Tragödie!« Er war aufgebracht, als wäre die Tat eben erst geschehen.

»Ja, das verstehe ich.«

»Einige Jahre später kehrte Jeff nach Darkover zurück und entdeckte, wer er war. Er stellte fest, daß er ein sehr starkes *Laran* besaß, und ging nach Arilinn, um sich ausbilden zu lassen, aber er behielt den Namen, mit dem er aufgewachsen war. Wegen seiner Abstammung von dem früheren Damon war er der rechtmäßige Erbe der Domäne Alton. Er verzichtete zugunsten deines Vaters auf diesen Anspruch, weil er in Arilinn bleiben wollte. Als dein Vater nach der Sharra-Rebellion Darkover verließ, um unser Senator zu werden, verzichtete er ebenfalls auf die Domäne, weil unsere Gesetze festlegen, daß das Oberhaupt einer Domäne seinen Wohnsitz auf Darkover haben muß. Und auf diese Weise landete mein Vater auf Armida. Und er war ein guter Verwalter der Domäne und liebt sie, weshalb ihn deine Rückkehr sehr beunruhigt. Theoretisch könnte Jeff seinen Anspruch wieder geltend machen, aber das wird er nicht tun. Kurz gesagt, es ist alles ein fürchterliches Durcheinander, und deine Anwesenheit hier macht alles noch schlimmer.«

»Ich glaube, die ganze Sache hat mir besser gefallen, bevor du sie erklärt hast. Es hört sich an, als gäbe es zu viele Leute mit einem Anspruch auf die Domäne Alton. Ich bin ganz wirr im Kopf.« Sie runzelte die Stirn. »Wo kommt der Name Lanart eigentlich her?« Margaret versuchte, aus dieser Ahnentafel schlau zu werden.

»Die Lanarts sind eine jüngere Linie der Altons.«

»Deshalb ist dein Vater also ein Lanart-Alton?«

»Ja.«

»Aber es hört sich so an, als wäre dieser Jeff eigentlich gar nicht mit uns verwandt – er ist der Enkel dieser Jaelle und des älteren Damon Ridenow. Ist das richtig?«

»Soweit, ja. Aber Marcella Ridenow heiratete Esteban Lanart, und ihre Töchter waren Callista und Ellemir und ...«

»Stop!« protestierte Margaret, die plötzlich sehr müde war. »Mein Gehirn nimmt keine Informationen mehr auf! Ich akzeptiere einfach, daß dieser Jeff – Lord Damon Ridenow – eine Art Onkel von mir ist. Wenn ich nicht einige Verwandtschaftsstrukturen in anderen Kulturen kennen würde, ich würde euch alle für verrückt halten!«

»Mir war gar nicht bewußt, wie kompliziert sie sind, bevor ich sie dir zu erklären versuchte.« Mikhail hielt inne. »Schade, daß es hier nur einen Sessel gibt. Meine Beine werden müde.« *Bei jemand anderem würde ich mich einfach auf den Boden setzen. Aber das wäre kein gutes Benehmen. Komisch. Ich habe sie vor zehn Tagen zum ersten Mal gesehen, aber ich habe das Gefühl, als würde ich sie schon ewig kennen.*

»Ich weiß. Der Raum ist eigenartig, nicht wahr – so wenig Möbel. Ich verstehe aber immer noch nicht, warum dein Vater glaubt, ich müsse Lord Damon treffen. Was das betrifft, verstehe ich nicht die Hälfte von dem, was seit meiner Ankunft auf Darkover passiert ist.« Sie überging die einsickernden Gedanken, die ebenso verwirrend waren wie seine Erklärungen der verschlungenen Verwandtschaftsverhältnisse. Warum sollte er nicht auf dem Boden sitzen?

»Mein Alter nimmt es sehr genau mit Protokollfragen, wenn es ihm gelegen kommt. Deshalb hat er Jeff vermutlich dazu eingeladen, aus Arilinn zu kommen, damit alle Anstandsregeln gewahrt sind und um seine wahren Absichten zu verschleiern.«

»Und die wären?«

»Dich so schnell wie möglich mit einem meiner Brüder zu verheiraten.«

»Mit deinen Brüdern? Nicht mit dir?«

»Mein Vater versucht, möglichst nicht an mich zu denken, außer wenn er mir etwas befiehlt, das mir nicht gefällt. Wie gesagt, wir stehen uns nicht mehr sehr nahe, seit Lord Regis mich zu seinem Erben gemacht hat. Deshalb hätten er und Mutter dich gern für Gabriel oder Rafael.« *Ich werde nicht einmal in Erwägung gezogen – ich bin der Außenseiter. Hätte Regis mich nicht erziehen lassen, wäre es vielleicht anders. Der Alte traut mir nicht. Verdammt!*

»Wieso?« Margaret verstand die Logik, nach der Regis Hastur einen der Söhne seiner Schwester zu seinem Erben machte, bis er eigene Kinder hatte. Bei der Besessenheit, mit der die Darkovaner bestrebt waren, die Domänen intakt zu halten, wäre alles andere als Wahnsinn angesehen worden.

»Ich bin der Jüngste.«

»Aber du bist ungefähr in meinem Alter! Dann sind deine Brüder älter und noch nicht verheiratet. Ist das nicht ziemlich ungewöhnlich?«

Mikhail machte ein finsteres Gesicht, was ihn stark und interessant aussehen ließ. »Es ist praktisch ein Skandal, wenn du es unbedingt wissen willst. Jedesmal, wenn ich nach Thendara komme, hat Lady Linnea ein süßes Mädchen aus gutem Hause für mich, das förmlich danach lechzt, mich kennenzulernen, oder Regis deutet taktvoll an, ich könnte dieses oder jenes Mädchen kennenlernen wollen. Ich wurde mein halbes Leben lang von Frauen verfolgt, und das wegen meiner Stellung als Erbe von Regis, was dazu geführt hat, daß ich eine sehr schlechte Meinung von Frauen habe, weil ich nie weiß, ob sie mich um meiner selbst willen begehren oder wegen meiner Beziehungen. Und wenn Gabriel und Rafael etwas zugestoßen wäre, hätte ich die Domäne Alton ebenfalls geerbt. Jetzt, wo du hier bist, hat sich alles geändert.«

»Willst du die Domäne?«

Er zuckte die Achseln. »Ich weiß, es ist schwer zu verstehen für dich, weil unsere Sitten sehr kompliziert sind – selbst für mich, und ich kenne alle diese Geschichten von Kindesbeinen an. Regis hat geschworen, seine Regentschaft an ein Kind von Javanne abzugeben, und ich wurde meinen älteren Brüdern vorgezogen. Onkel Regis hat mich in Staatskunst und vielem mehr ausgebildet.«

»Was meinst du mit ›vielem mehr‹?«

»Regis wurde mehr oder weniger durch Zufall Regent. Es gab eine Reihe von Ereignissen, die niemand vorausgesehen hatte, und als sich der Staub legte, war außer Regis keiner mehr übrig. Er wurde also nie für diese Aufgabe ausgebildet, und er wollte nicht, daß mir das gleiche widerfuhr. Mein Vater war nicht besonders erfreut, denn Regis ließ mich viele Dinge lernen, die nicht darkovanisch sind. Ich habe eine Menge terranische Geschichte und Philosophie gelesen, weil Regis es für wichtig hielt. Mein Vater hielt alles für einen Haufen Unsinn.«

»Aber es hat nicht geklappt mit dem Erbe.«

Mikhail schüttelte den Kopf und trat von einem Fuß auf den anderen. »Regis fand Linnea, und sie bekamen Kinder. Theoretisch bin ich zwar noch der Erbe, weil Onkel Regis seinen ältesten Sohn Danilo noch nicht offiziell zum Erben gemacht hat. Die nackte Wahrheit ist jedoch, daß ich ein Mann bin, der zum Herrscher ausgebildet wurde, aber kein Königreich hat. Und meine bloße Existenz ist lästig. In meinen Händen liegt zuviel potentielle Macht, und das macht die Leute – nicht nur meinen Vater – nervös.«

»Aber warum hat Regis Hastur noch nicht alles geregelt und seinen Sohn zum Erben erklärt? Das kommt mir ziemlich unordentlich vor!«

Mikhail kicherte. »Das ist das richtige Wort dafür. Ich weiß nicht, warum Regis Dani noch nicht zum Erben gemacht hat. Er hat mich nicht zu Rate gezogen, und es wäre sehr unhöflich, ihn danach zu fragen. Mein Onkel ist kein Mann schneller Entschlüsse. Aber sollte ihm etwas zustoßen, wäre ich der designierte Regent, und falls meinem Vater und meinen Brüdern etwas zustößt, hätte ich legalen Anspruch auf die Domäne Alton. Das heißt, ich hätte ihn gehabt, bevor du aufgetaucht bist. Es geht um das Gleichgewicht der Macht, Marguerida. Ich will die Regentschaft nicht mehr haben, und ich denke nie an die Domäne Alton, weil diese Möglichkeit zu unwahrscheinlich ist. Aber niemand glaubt mir das, am wenigsten mein Vater. Sie bilden sich ein, ich kann es kaum erwarten, auf den Thron oder in die Domäne gesetzt zu werden. Sie haben keine Ahnung, was ich wirklich will.«

Margaret beobachtete ihn. Ihr gefiel seine Offenheit und sein Humor und die Art, wie er seine Gedanken für sich behielt, außer wenn etwas durchsickerte. Und sie spürte seine Leidenschaft für Darkover. Sie kam zu dem Schluß, daß er ein disziplinierter und bewundernswerter Mann war, anders als alle Männer, die sie bisher kennengelernt hatte. »Und was wäre das?«

»Den Planeten verlassen und andere Welten kennenlernen. Regis hat mir versprochen, es zu arrangieren, nachdem der kleine Danilo offiziell zum Erben erklärt wurde. Er hat mich verstanden, weil er auch immer zu den Sternen reisen wollte, aber er konnte es nicht. Ich will nicht hierbleiben, ein nettes Mädchen heiraten und ein Rudel Kinder zeugen – auch wenn ich weiß, daß es meine Pflicht ist. Ich komme mir dabei vor wie ein …«

»Wie ein Zuchthengst?«

Mikhail errötete, und Margaret erkannte, daß sie ins Schwarze getroffen hatte. »Ja, das faßt es ganz gut zusammen. Ich habe ein paar terranische Romane gelesen und kenne mich mit Liebesgeschichten aus. Laß dir sagen, es gibt auf Darkover keine Liebesgeschichten, jedenfalls nicht zwischen den Familien der Domänen. Wir heiraten nicht aus Liebe, und häufig begegnen wir unseren Ehegatten zum ersten Mal bei der Hochzeit. Es gibt natürlich Ausnahmen, aber die machen alles nur schlimmer, weil sie oft ein heilloses Durcheinander anrichten. Dein Vater und Marjorie Scott werden gern als schlechtes Beispiel dafür angeführt, was passiert, wenn man es versäumt, seine Pflicht zu tun.«

»Oh. War die Geschichte romantisch? Ich weiß nämlich nichts darüber. Mein Vater spricht nie davon, und meine Stiefmutter ebensowenig.«

»Ich weiß es nicht genau, aber die Sache scheint ziemlich dramatisch gewesen zu sein. Der übliche Weg ist bis heute, daß die Eltern eine passende Heirat einfädeln, und das war's dann. Mutter hat Vater geheiratet, als sie fünfzehn war, und sie hatte ihn nur zweimal vorher gesehen! Und sie hatte kein Wort mitzureden dabei. Manchmal kommt es zur Liebe – ich weiß, daß Jeff seine Frau Elorie wirklich geliebt hat. Sie ist gestorben, und keines ihrer Kinder lebt mehr. Die Vorstellung von romantischer Liebe wird hier als … ziemlich sonderbar angesehen. Was hauptsächlich zählt, sind Kinder.«

»Das klingt alles sehr unpersönlich. Nicht, daß ich ein großer

Freund von Liebesgeschichten wäre – ich habe ein paar Romane gelesen und fand sie ziemlich albern. Darkover ist nicht so verschieden von vielen anderen Welten, denn arrangierte Ehen sind in einigen Himmelsgegenden üblich. Allerdings nicht wegen Kindern, soviel ich weiß, sondern wegen Macht und Besitz.«

»Das auch. Die Domänen herrschen seit Generationen über Darkover und sehen keinen Grund, etwas zu ändern.«

Margaret schwieg einen Augenblick. »Würde ich deine Brüder mögen?«

»Gabriel ist ganz wie der Alte, stur und direkt und sehr selbstsicher.« Mikhail verzog das Gesicht. »Wir gehen uns möglichst aus dem Weg.«

»Und Rafael?«

»Er liebt die Jagd und ist begeisterter Pferdezüchter.«

»Das hört sich nicht so an, als würden sie zu mir passen.«

»Du willst doch nicht sagen, daß du ernsthaft in Erwägung ziehst …«

»Was kümmert es dich, so oder so?«

Mikhail bedachte ihre Frage, er sah nachdenklich und ein bißchen beunruhigt aus. »Ich glaube, ich will nicht, daß du unglücklich wirst. Du scheinst eine … ich habe noch nie jemanden wie dich getroffen. Du bist klug, und du versteckst es nicht. Du bist gebildet und weißt über russische Romane Bescheid und über Familienstrukturen in Gegenden, von denen ich noch nie gehört habe. Ich glaube, mit Gabriel oder Rafe verheiratet zu sein, wäre ein ziemliches Elend für dich. Gabriel könnte es nicht ertragen, eine Frau zu haben, die intelligenter ist als er, und Rafael redet nicht viel.« *Und du bist zu selbständig, zu sehr wie ich. Warum kannst du nicht dumm und häßlich sein? Es würde alles viel leichter machen!*

Margaret stach der Hafer. »Wie wäre es dann mit dir?«
Bevor ihm eine Antwort einfiel, zuckten beide zusammen, als hätte ein Geist die Bibliothek betreten. Margaret spürte eine Bewegung; doch sie fand nicht in diesem Raum statt, sondern irgendwo nicht weit von ihnen in der Burg. Die Wände verhinderten, daß sie Stimmen hörte, aber sie wußte, daß ein sehr heftiger Streit im Gang war.
»Verdammt!«
»Was ist?« fragte Margaret.
»Ich glaube, der Alte und die *Leronis* haben gerade eine lautstarke Auseinandersetzung. Ich frage mich, wieso.« *Der alte Narr. Wozu fängt er einen Streit mit Istvana an?*
»Ich fürchte, ich bin der Grund, Mikhail.« Sie seufzte schwer. »Dein Vater will, daß ich nach Armida gehe, und Istvana will, daß ich zur Ausbildung in ihren Turm komme – und keinen von beiden interessiert, was ich will!«
»Und was willst du, Cousine?«
Sie spürte, daß er sich von ihr entfernte, und fühlte sich einsam wie noch nie zuvor. »Ich weiß es nicht mehr. Alles ist so verworren. Ein Teil von mir will sofort weg, aber ein anderer Teil möchte auf Darkover bleiben. Ich habe nichts gelernt, was ich für ein Leben hier brauchen könnte. Was soll ich tun – Bäuerin werden oder Gastwirtin? Niemand auf Darkover braucht eine Musikwissenschaftlerin, oder? Und ich möchte nicht unbedingt heiraten, was hier anscheinend die Hauptbeschäftigung von Frauen ist, außer sie werden Entsagende.«
»Du könntest es mit Pilzzucht versuchen«, antwortete er, und sie fing ein schalkhaftes Blitzen in seinen blauen Augen auf. »Ich glaube nicht, daß das irgendwelche besonderen Fähigkeiten erfordert.«

»Na, das ist doch eine Idee«, antwortete sie, begierig, in das Thema einzusteigen, um ernsteren aus dem Weg zu gehen. »Ein wunderbarer Einfall! Aber ich habe kein Händchen für Pflanzen. Ich muß gestehen, ich habe noch nie einen Gedanken an Pilze verschwendet – wo sie herkommen und so. Ich esse sie einfach, wann immer ich die Gelegenheit dazu habe, ich bin sogar ziemlich gierig auf Pilze. Aber ich dachte immer, sie wachsen einfach, wie ... na ja, wie Pilze eben.« Sie plapperte drauflos, weil sie das Gespräch nicht beenden wollte; sie wollte zu ihrer ursprünglichen Kameradschaft zurückkehren. Der ferne Streit lenkte ihn ab, aber er hatte sich auch ein bißchen in sich selbst zurückgezogen.

»Es gibt mehrere Pilzfarmen in den Kilghards. Ich könnte wahrscheinlich eine für dich finden, die aufgegeben wurde. Ich glaube, es ist ziemlich einfach – du suchst dir einen abgestorbenen Baum, und sammelst die Pilze ein, wann du Lust hast. Ich meine, ich habe noch nie gehört, daß sie jemand angepflanzt hätte, also nehme ich an, sie kommen einfach so vor. Man wartet, bis sie reif sind – oder wie man das bei Pilzen nennt –, erntet sie, und das war's. Keine Aussaat, kein Vögelverjagen.«

In seiner Stimme lag ein schneidender, sarkastischer Ton, als läge er mit sich selbst über irgend etwas im Streit. Sie war versucht, ihr neu entdecktes *Laran* einzusetzen, um den Grund dafür herauszufinden, aber sie beherrschte sich. Das führte sie zu der Frage, wie es die Darkovaner fertigbrachten, sich aus den Gedanken ihrer Mitmenschen herauszuhalten. Sie durfte nicht vergessen, Istvana danach zu fragen.

»Und man muß auch nicht mitten in der Nacht in den Stall rennen, um ein Fohlen auf die Welt zu bringen.«

»Genau! Du brauchst nur ein scharfes Messer, ein paar Körbe

und …« Sie begannen beide so heftig zu lachen, daß ihnen Tränen in die Augen traten.
Die Tür der Bibliothek ging auf. Gabriel Lanart-Alton und Istvana Ridenow kamen herein, beide hochrot im Gesicht, und sahen sie an. Margaret fühlte sich, als hätte man sie bei etwas Unanständigem ertappt, und Mikhail wurde bis in die Haarspitzen rot. Sie wechselten einen raschen Blick, was ein Fehler war, denn sie brachen beinahe erneut in Gelächter aus.
»Was tust du hier?« fuhr Gabriel seinen jüngsten Sohn an.
»Ich habe meiner Cousine gerade die Vorzüge von Armida geschildert«, antwortete Mikhail steif; von seiner guten Laune war nichts mehr übrig.
»Das kannst du dir sparen! Was sie wissen muß, erfährt sie von mir! Jetzt pack dich!«
Mikhail straffte die Schultern bei dieser barschen Entlassung, sah seinen Vater ohne jede Regung an und verließ die Bibliothek. *Ich werde nicht mit ihm streiten! Und wenn es mich umbringt!*
Margaret hörte den Gedanken und spürte die kochende Wut. Sie wollte etwas unternehmen, Mikhail zu Hilfe eilen und dem alten Tyrannen ein paar wüste Beschimpfungen an den Kopf werfen. Die Heftigkeit ihrer Gefühle überraschte sie. Es war fast so, als wären Mikhail und sie Verbündete. Sie biß sich auf die Unterlippe und funkelte ihren Onkel wütend an. Dabei saß sie still in ihrem Sessel, die Fäuste im Schoß geballt, bis sich Gabriel vor Unbehagen krümmte.
»Ich möchte, daß du mit nach Armida kommst, Marguerida, und zwar so schnell wie möglich.« Gabriel hatte mit ruhiger Stimme begonnen, die sich jedoch rasch in einen bellenden Kommandoton verwandelte.
»Ich glaube, das wäre eine sehr schlechte Idee«, sagte Istvana.

»Du mußt auf jeden Fall zum Turm kommen und lernen, mit deinen Talenten umzugehen. Es stimmt zwar, daß wir das hauptsächliche Hindernis für deine Gabe entfernt haben, aber ohne Ausbildung bist du immer noch hilflos wie ein Neugeborenes. Und gefährlich obendrein. Ich habe dir das erklärt, und ich dachte, du hast es verstanden, aber nun teilt mir *Dom* Alton mit, daß du auf der Stelle nach Armida umziehst, und ...«

Margaret schaute beide an. Sie mochte die *Leronis*, und, was noch wichtiger war, nach den gemeinsamen Tagen und Nächten vertraute sie ihr. Sie fühlte sich fast sicher in Istvanas Nähe, so wie bei Dio früher. *Dom* Gabriel mochte sie kein bißchen, auch wenn möglicherweise irgendwelche verborgenen Tugenden in seiner mächtigen Brust schlummerten. Sie war geneigt, Istvanas Vorschlag zu favorisieren, aber nur, um ihrem selbstherrlichen Verwandten eins auszuwischen. Gleichzeitig wußte sie, daß das äußerst dumm wäre, denn sie spürte eine ruhige, innere Gewißheit, daß ihr Weg sie nicht nach Neskaya führte. Wenn sie nur mit jemandem reden könnte, der unparteiisch war. Wenn Ivor noch lebte! Was würde ihr geliebter Mentor von der ganzen Sache halten?

Sie überlegte, ob sie ihr Problem mit Rafaella besprechen sollte, denn sie traute der Entsagenden und schätzte ihre Gesellschaft. Sie wußte intuitiv, daß Rafaella ihr bis ans Ende Darkovers folgen würde, aber sie war sich auch der Tatsache bewußt, daß ihre Freundin jung und eigensinnig war. *Fast so eigensinnig wie ich,* dachte sie bitter.

»Es ist nicht notwendig, daß Marguerida zum Turm von Neskaya geht«, klärte Gabriel die *Leronis* auf, und erneut schwoll ihm der Kamm, weil man es wagte, sich gegen seinen Willen zu stellen. »Meine Tochter Liriel und mein Verwandter

Lord Damon Ridenow können sich um sie kümmern. Sie hat die Schwellenkrankheit inzwischen hinter sich, und ich sehe keinen Grund, sie zu verhätscheln wie eine …«

»Ich habe den höchsten Respekt vor *unserem* Verwandten«, unterbrach ihn Istvana, ihre eigene Verwandtschaft mit Lord Damon betonend, »aber er allein ist kein vollständiger Turm-*Zirkel* und Liriel ebensowenig, auch wenn sie eine vorzügliche Matrix-Technikerin ist. Ihr könnt euch nicht vorstellen, was Margaret durchgemacht hat, noch wißt Ihr, welche Pflege und Ausbildung sie braucht.« Sie sah Margaret mütterlich an und lächelte. »Bestimmt seht selbst Ihr ein, daß es sinnvoll ist, wenn sie nach Neskaya kommt, Lord Lanart.«

Margaret bemerkte die verhaltene Beleidigung, die darin lag, daß Istvana ihn nicht mit *Dom* Alton sondern mit einem geringeren Titel anredete und ihn so in seine Schranken verwies. »Marguerida gehört zu ihrer Familie! Sie muß unsere Gebräuche lernen und ihre Pflicht als eine Alton tun!«

»Ihr zwei plant hier meine Zukunft, als spielte es für euch überhaupt keine Rolle, was ich will«, sagte Margaret ruhig, und beide sahen sie an, als wäre ihr plötzlich ein zweiter Kopf gewachsen. »Es scheint keinem von euch in den Sinn zu kommen, daß ich mein eigenes Leben lebe, mit meinen eigenen Plänen und Zielen, in denen möglicherweise weder Armida noch Neskaya vorkommen.«

»Nicht schon wieder dieser verdammte Blödsinn, daß du Darkover verlassen willst! Ich lasse es nicht zu! Du gehörst hierher, und du wirst hier bleiben!« *Ich lasse sie von meinen Männern in Gewahrsam nehmen, wenn es sein muß. Ich will nicht, daß sie mit dieser Hexe geht – Laran ist ein Fluch! –, und ich wage es nicht, sie hierzulassen.*

Margaret begriff, daß ihr Verwandter tat, was er für das beste hielt, und daß er wirklich nicht verstand, warum sie sich widersetzte. Er war nicht dumm, nur sehr entschlossen, das für ihn Richtige zu tun.

Die *Leronis* ihrerseits machte sich Sorgen, daß Margaret nun, da ihr Potential frei war, durch ihre eigene, große Unwissenheit zu Schaden kommen könnte. Der arme Gabriel glaubte aufrichtig, daß sie nach Armida gehörte, wo sie einen seiner Söhne heiraten und möglichst viele Kinder bekommen sollte. Er kannte keine andere Lebensweise für eine Frau, und sie spürte, daß er alles außer Ehe und Mutterschaft für unnatürlich hielt.

Aber was wollte sie selbst? Mikhail hatte ihr diese Frage gestellt, und ihr war klar, daß es eine wichtige Frage war. Sie hatte so gut wie keine Vorstellung vom Leben in einem Turm, aber es klang alles andere als verlockend. Sie wußte, daß es den Gebrauch von Matrizen einschloß, und sie fand allein den Gedanken daran entmutigend.

Die Entsagenden waren eine Alternative, aber sie wußte, sie war keine Magda Lorne, und das eingeschränkte Leben einer Freien Amazone zu führen war kein Weg für sie. Und was Heirat und Kinder anging, so hatte sie bisher nie ernsthaft darüber nachgedacht, glaubte aber nicht, daß sie dafür geeignet war. Mit dem richtigen Menschen mochte es ja in Ordnung sein, aber bis jetzt war ihr niemand begegnet, der zu passen schien. Es müßte jemand sein, der so gebildet wie Ivor und so stark wie ihr Vater war, aber auch jemand, der gerne lachte. Stark und verspielt, das war eine ziemlich unwahrscheinliche Kombination. Außerdem war sie weit gereist und konnte sich nicht vorstellen, nur auf Darkover zu leben.

Marja!

Ihr Spitzname schien in ihrem Geist nachzuhallen, und einen

Moment lang glaubte sie, Gabriel oder Istvana hätten ihren Namen gedacht. Dann wurde ihr klar, daß keiner von beiden sie so nennen würde. Dio hatte sie immer so gerufen und – wenn auch seltener – der Senator. Es war jedoch keine Frauenstimme gewesen, die sie gehört hatte.

Zum ersten Mal seit Jahren verlangte es Margaret nach ihrem Vater. Sie mußte unwillkürlich an einen Augenblick denken, als sie noch sehr klein war und auf seinem Schoß saß. Sie hatte den Kopf an seine Brust gelegt und mit unendlichem Vertrauen dem gleichmäßigen Pochen seines Herzens gelauscht. Er hatte einen bestimmten Geruch an sich gehabt, der sie tröstete.

In ihrem Innern war eine große Leere, die danach verlangte, gefüllt zu werden. Nicht von dem Mann, den sie auf Thetis gekannt hatte, sondern von jenem anderen Lew Alton ihrer frühen Kindheit. Sie wußte, sie konnte nie mehr das kleine Mädchen sein, das sich in seine Arme kuschelte, aber das hielt sie nicht davon ab, es sich zu wünschen. Sie wünschte, er wäre hier und nicht Lichtjahre entfernt. Obwohl sie seine Kraft und Klugheit persönlich nie erfahren hatte, war sie überzeugt, er könnte ihr sagen, was sie tun sollte.

Die Zeit schien stillzustehen, Margaret vergaß, daß ihr Onkel und die *Leronis* mit ihr in der Bibliothek waren. Statt dessen dachte sie daran, daß sie während ihrer Krankheit einmal das Gefühl gehabt hatte, ihr Vater würde sich im Raum befinden und mit ihr sprechen. Sie hatte es für einen Fiebertraum gehalten, aber nun war sie sich nicht mehr sicher. Vielleicht war er gar nicht irgendwo am anderen Ende der Galaxis.

Margaret fiel ein, daß sich mehrere Leute überrascht gezeigt hatten, weil Lew nicht auf Darkover war, als würde man ihn jeden Augenblick erwarten. Es gingen Dinge vor sich, von denen sie nichts wußte. Und das Gefühl seiner Nähe war sehr stark. Sie brauchte kein *Laran,* um es zu spüren. Sie konnte ihn beinahe riechen.

Marja! Geh nach Armida! Es wird alles gut, Chiya, endlich wird alles gut!

Die Wirkung dieser Worte war geradezu überwältigend, denn sie wurden von einer so mächtigen Woge aus Gefühlen, Sehnsucht und Zuneigung begleitet, daß es Margaret schier das Herz brach. Sie glaubte nicht, daß die Gedanken des Senators von weit her kamen. Die Logik, ihr treuer Diener, verriet ihr, daß er bereits auf Darkover war, aber das wüßten Gabriel und Istvana doch sicherlich.

Egal. Sie war überzeugt, Lew Altons Stimme gehört zu haben. Sie hatte nach Führung verlangt, und er hatte sie geführt. Für einen Augenblick widerstrebte es ihr, daß sie schon wieder gesagt bekam, was sie tun sollte, daß wieder jemand anderer entschied, was das beste für sie war. Er hatte gewollt, daß sie von zu Hause wegging, weil er es kaum ertrug, sie anzusehen, als sie zur Frau heranwuchs, und nun wollte er, daß sie nach Armida ging. Doch auf eine verrückte Weise schien alles einen Sinn zu ergeben. Sie hatte keine Worte, um das Gefühl von Richtigkeit zu beschreiben, das sie in diesem Moment empfand.

Gabriel Lanart setzte gerade zu einer neuerlichen Befehlsorgie an, und Istvana hielt ihre offenkundige Verärgerung über den polternden Mann zurück. Doch bevor er etwas sagen konnte, nickte Margaret.

»Ich komme nach Armida. Rafaella kann mich bestimmt begleiten.«

»Unsinn! Du kommst mit mir.«

»Ich komme, wann ich will, Onkel.«

»Aber … also gut.« Offenbar wollte er das Beste aus der Lage machen, und Margaret war froh, daß er keine hämische Freude über seinen augenscheinlichen Sieg zeigte. »Ich freue mich, daß du doch so vernünftig bist und tust, was man dir sagt, anstatt davon zu faseln, daß du Darkover verläßt oder in einen Turm gehst oder was du sonst noch an törichten Einfällen im Kopf haben magst.« Sein stämmiger Körper entspannte sich, und Margaret bemerkte zum ersten Mal seine Ähnlichkeit mit Mikhail. Er mußte sehr gut ausgesehen haben, als er noch jung war. »Bis zur Wintersonnenwende bist du verheiratet.«

Margaret schenkte ihm ein halbes Lächeln. »Ich mache das nicht um Ihretwillen, *Dom* Gabriel, und ich bezweifle, daß Sie mich je verheiratet erleben werden, weder zur Wintersonnenwende noch sonst irgendwann. Sie sind keine Autorität mir gegenüber, und ich hoffe, Sie schlagen sich den Gedanken aus dem Kopf, Sie wären es.«

»Wir treiben dir deine verrückten terranischen Einfälle schon aus, und dann wirst du tun, was man dir sagt.«

»Bitte, lassen Sie mich meinen Beschluß nicht bereuen«, sagte sie zurückhaltender, als ihr zumute war. Sie war plötzlich zu müde, um sich noch länger zu streiten. »Sie können glauben, was Sie wollen. Ich werde jedenfalls tun, was ich will.«

Gabriel Lanart tobte innerlich einen Moment lang, dann stürmte er zum zweiten Mal aus der Bibliothek. Istvana sah Margaret an. »Sei vorsichtig. Gabriel mag wie ein verstaubter alter Narr aussehen, aber er ist gerissen und mächtig, Marguerida.«

»Ich weiß, aber es macht mich einfach wütend, wie er sich benimmt. Ich bin es nicht gewöhnt, mir alles gefallen zu lassen und zu tun, was man mir sagt, so wie er es offensichtlich von mir erwartet.«

Istvana lachte leise und nickte. »Dom Gabriel ist noch vom alten Schlag, und er weigert sich zu sehen, wie sehr sich Darkover verändert hat, seit dein Vater wegging. Mir ist auch nicht ganz wohl bei diesen Veränderungen, aber ich weiß, daß sie unausweichlich sind, und wenn wir uns noch so sehr etwas anderes wünschen. Und glaube mir, ich wünsche mir oft etwas anderes.«

»Wieso?«

»Die Hälfte der jungen Leute, die zur Ausbildung kommen, hat nichts anderes im Sinn, als Darkover zu verlassen, und die andere Hälfte wünscht sich eine Rückkehr zur Vergangenheit. Das macht es für uns alle sehr schwer.«

»Das verstehe ich. Glaubst du, ich habe die richtige Wahl getroffen?«

Istvana zögerte. »Ich habe ihn ebenfalls gehört«, antwortete sie. »Vermutlich hat ihn jede zweite *Leronis* auf Darkover gehört.« Sie rieb sich die Stirn, als wollte sie einen Kopfschmerz vertreiben. »Ich mache mir Sorgen, aber ich denke, du tust das Richtige. Jeff wird schon dafür sorgen, daß du nicht zu Schaden kommst. Du kannst dich auf ihn verlassen.«

»Danke, für alles.«

»Ich habe mein Bestes getan, meine Pflicht, aber ich gestehe, daß ich es sehr genossen habe. Wenn ich alt und senil bin, werde ich die jungen Leute ohne Frage mit meiner Geschichte von Marguerida Alton und dem Spiegelturm langweilen.« Sie schauderte leicht. »Und bis dahin werde ich wahrscheinlich brauchen, bis ich mich von diesem Erlebnis erholt habe!« Dann kicherte sie und sah um Jahre jünger aus. »Ich wünsche dir alles Gute, *Chiya*. Du verdienst es.«

16

Margaret entschied, daß es ihrer Verdauung nicht förderlich wäre, wenn sie mit *Dom* Gabriel Alton und Istvana Ridenow bei Tisch säße und zusah, wie sich die beiden mit Blicken durchbohrten. Sie machte Erschöpfung geltend und zog sich auf ihr Zimmer zurück, wohin ihr ein Diener ein Tablett mit Essen brachte. Der Lederhandschuh war ihr bei der Mahlzeit hinderlich, und sie zog ihn aus. Sie hörte zwar keine Stimmen aus dem unteren Stockwerk, aber sie spürte zwei widerstreitende Energien und war froh, daß sie die Einsamkeit der Gesellschaft vorgezogen hatte. Außerdem mußte sie noch über vieles nachdenken.

Ihre ersten Gedanken gingen zu Mikhail, und sie tadelte sich, weil sie sich wie eine Idiotin benahm. Anscheinend war sie machtlos. Der Mann durchbrach mühelos ihren Schutzschild, und er war charmant und intelligent. Es war offenkundig, daß er ihr ähnliche Gefühle entgegenbrachte, denen er aber aus irgendeinem Grund nicht nachgeben durfte.

Was hatte er gesagt? Etwas über das Gleichgewicht der Macht? Natürlich! Wenn sie die Erbin der Domäne Alton und er noch immer an der Reihe war, Regis' Platz einzunehmen, dann wären sie gemeinsam in einer netten Position. Sie schwelgte einen Augenblick in der Phantasie, wie sie Darkover regieren und Schulen, Krankenhäuser und andere terranische Errungenschaften einrichten würde. Das einzige Problem war, daß sie ein solches Leben nicht führen wollte.

Was würde passieren, wenn sie einfach auf ihren Anspruch verzichtete? Das würde *Dom* Gabriel gefallen. Und Lady

Javanne wahrscheinlich ebenfalls, so wie sie Mikhail verstanden hatte. Noch etwas nagte an ihr. Etwas, das Mikhail gesagt hatte … nein, es war ein wandernder Gedanke gewesen. Margaret hatte große Schwierigkeiten, auseinanderzuhalten, was sie mit ihren Ohren und was sie im Geiste gehört hatte … Etwas darüber, daß er ihr gefolgt war. Was meinte er?
Dann fielen ihr die letzten Augenblicke in der Oberwelt ein, als sie mit dem Stein gerungen hatte, dessen Linien nun ihre Hand zierten. Da war noch jemand gewesen, außer Istvana und dieser Ashara – ein Mann. Konnte das Mikhail gewesen sein? Sie hätte ihn gern gefragt, aber das würde bedeuten, daß sie hinuntergehen mußte. Es war auch nicht sehr wahrscheinlich, daß er ihr geholfen hatte – warum sollte er das tun, und wie war er in die Oberwelt gekommen? Es war alles zu verwirrend, und eigentlich war es auch gar nicht wichtig, oder?
Widerstrebend zwang sie sich, nicht mehr an Mikhail zu denken. Er war ein netter Mensch, aber wahrscheinlich hatte er ein paar schlechte Angewohnheiten, die sie unerträglich finden würde, wenn sie ihn besser kannte. Aber weshalb hatte sie dann dieses komische Stechen in der Brust? *Schluß damit!*
Margaret lenkte ihren Geist zu der Nachricht, die sie von ihrem Vater erhalten hatte. Sie war immer noch ein bißchen argwöhnisch. Warum wollte er, daß sie nach Armida ging? In seinen Worten hatte eine gewisse Dringlichkeit gelegen und dahinter eine Anspannung und Angestrengtheit, die sie beunruhigte.
Sie wollte mehr über die Gaben wissen, über ihre eigene und die der anderen. Margaret wußte, die Alton-Gabe war der erzwungene Rapport, aber das waren nur Worte. Was bedeu-

tete es in Wirklichkeit? Sie wußte inzwischen auch, daß die Gabe der Ardais die Katalysator-Telepathie war. Das war die Fähigkeit, eine andere Person dazu zu bringen, daß sie zu ihren eigenen telepathischen Fähigkeiten erwachte. Aber Dyan Ardais junior hatte die Gabe nicht, soweit sie feststellen konnte, und Lady Marilla war eine Aillard, keine Ardais. Istvana hatte erklärt, daß Margarets Unbehagen in der Gegenwart von Danilo Syrtis-Ardais höchstwahrscheinlich mit seiner Fähigkeit zu tun hatte, noch nicht erwachte Talente zu beschleunigen. Sie hatte gesagt, Danilo sei der mächtigste Katalysator-Telepath auf Darkover.

Und die Gabe der Ridenows war Einfühlungsvermögen, wie sie während ihrer Genesung unter dem wachsamen Auge der *Leronis* gut beobachten konnte. Sie verstand nun ein wenig besser, warum es für sie und Dio so schwierig gewesen war, für längere Zeit in engem Kontakt zu bleiben. Es mußte anstrengend für Dio gewesen sein, sich in der Nähe eines zornigen Mädchens aufzuhalten, das durch eine geistige Sperre kalt und feindselig war.

Morgen würde sie Istvana nach den Gaben fragen. Nach diesem Entschluß ging es Margaret besser, sie beendete ihr Abendessen und gähnte. Und sie würde morgen Mikhail suchen und wieder mit ihm reden!

Aus ihren schönen Plänen wurde nichts. Zunächst schlief sie, erschöpft vom Vortag, sehr lange, und als sie schließlich aufgestanden, gebadet und angekleidet war und die Treppe hinunterging, war die Eingangshalle voller Gepäck, und es herrschte reges Treiben. Sowohl Istvana als auch Gabriel machten sich zur Abreise bereit.

Die *Leronis* kam freundlich lächelnd auf sie zu. »Ich muß

nach Neskaya und zu meinen Pflichten dort zurückkehren, *Chiya*, aber ich bin froh, daß du aufgewacht bist, bevor ich gehe.«

»Du meinst, du wärst abgereist, ohne dich zu verabschieden?« Margaret war verwundert und ein wenig gekränkt.

Istvana zuckte die Achseln. »Wir haben uns alles gesagt, was zu sagen war.« Ihre Stimme bebte leicht, als wäre sie nicht glücklich darüber, daß sie Ardais verließ. *Als hätte ich meinen Einfluß auf sie ausgenutzt! Zum Teufel mit Dom Gabriel, weil er so ein mißtrauischer alter Kerl ist. Aber er hätte sie davongeschleift, wenn ich nicht abgereist wäre. Ich kenne ihn. Er respektiert keine andere Meinung als seine eigene. Ich muß darauf vertrauen, daß Mari sich um sie kümmert, und beten, daß keine neuen Probleme auftreten.*

Das erklärte alles; Margaret warf einen zornigen Blick auf *Dom* Gabriels breiten Rücken. Sie fühlte sich von Istvana im Stich gelassen und war enttäuscht, daß ihr die Stärke gefehlt hatte, sich gegen ihren Onkel zu behaupten. Doch sie verstand sie irgendwie auch. Und sie hatte immer noch Rafaella, Mikhail und den jungen Dyan und war also nicht ganz allein. Warum war ihr dann nach Weinen zumute?

»Aber ich habe noch so viele Fragen«, protestierte Margaret.

»Sie werden warten müssen, *Chiya*.« Istvana drehte sich weg und leerte anscheinend ihren Kopf von Gedanken.

Margaret mußte sich sehr bewußt anstrengen, um nicht außer Fassung zu geraten. Sie wurde weggeschoben, genau wie damals, als man sie im Waisenhaus zurückließ. Sie war nur ein Werkzeug, eine Schachfigur bei den Intrigen anderer Leute, eine Person, die nicht im geringsten wichtig war, egal, wie viele Domänen sie erben mochte. Es war immer das gleiche: »Geh hierhin, geh dorthin, tu dies, tu das.« Es würde

ihnen allen recht geschehen, wenn sie nach Thendara zurückginge und das erstbeste Raumschiff irgendwohin nähme.
Wütend und frustriert drehte sie sich um und wollte in ihr Zimmer zurückgehen. Doch bevor sie fliehen konnte, trat ihr *Dom* Gabriel in den Weg. Seine blauen Augen begegneten ihren goldenen. »Du siehst heute viel besser aus, Marguerida. Vielleicht verschiebe ich meine Rückkehr nach Armida und begleite dich morgen selbst.«
»Ich bezweifle, daß ich morgen in der Lage sein werde, zu reisen, *Dom* Gabriel. Ich ermüde immer noch sehr schnell.«
»Aber ich bin überzeugt, wenn du nur ...«
Geh zurück nach Armida, du lästiger alter Mann! Ich will deine Begleitung nicht! Laß mich in Frieden! Sie drängte sich an ihm vorbei, ignorierte sein Entsetzen und stieg polternd die Treppe hinauf. Ihr Mund schmeckte nach Eisen, so zornig war sie. Am Ende der Treppe drehte sie sich um und schaute nach unten.
Gabriel und Istvana starrten zu ihr herauf, ihre Gesichter waren blaß. Sie haßte sie in diesem Augenblick beide. Nein, sie würde nicht nach Thendara zurückkehren. Sie würde stattdessen nach Armida reisen und Gabriel und Javanne hinauswerfen – nur schade, daß es Sommer war und nicht Winter, denn sie wünschte sich, daß es schneite, wenn sich diese Szene abspielte. Aber Mikhail würde ihr das nie verzeihen, und sie wußte tief in ihrem Innern, daß sie zu einer so rüden Tat nicht fähig war. Sie wäre es allerdings gern gewesen, denn sie hatte es wirklich satt, herumgestoßen zu werden.
Am Nachmittag, als sich Margaret ein wenig von ihrem Groll erholt hatte, ging sie wieder nach unten und suchte nach Mikhail. Sie sah in dem leeren Speisesaal nach, in der großen Eingangshalle, der Bibliothek und mehreren Räumen, deren

Zweck sie nicht kannte. Schließlich kam sie an die Tür des Salons, wo sie vor über einer Woche ihren Körper verlassen hatte und in die Oberwelt aufgefahren war, um mit einer längst verstorbenen Bewahrerin zu kämpfen.
Margaret spürte, daß jemand in dem Zimmer war, und klopfte an die Tür. Eine sanfte Stimme sagte: »Herein.«
Lady Marilla saß über einen Stickrahmen gebeugt und lächelte, als sie Margaret sah. »Marguerida, das ist aber eine angenehme Störung. Komm nur herein.«
»Ich bin auf der Suche nach Mikhail. Ich wollte ihn bitten, mir mehr über Armida zu erzählen.« Das stimmte nicht ganz, aber es mußte reichen.
»Er ist fort, fürchte ich.«
»Fort? Wohin?«
»Ich habe keine Ahnung. Er ist gestern vor dem Abendessen plötzlich abgereist. Ich glaube, er wollte weitere Zusammenstöße mit seinem Vater vermeiden.« Marilla seufzte und legte ihre Nadel beiseite. »Die beiden können kaum fünf Minuten im selben Raum sein, ohne daß sie sich wütend anstarren, deshalb war ich, ehrlich gesagt, erleichtert. Ein Essen ist viel bekömmlicher ohne so ein Theater, hab ich recht?«
»Er ist einfach abgereist? Er hat nicht gesagt, wohin er will und wann er zurückkommt?« Sie bemühte sich, das erneute Verlustgefühl so kurz nach Istvanas Abreise zu unterdrücken – und die Wut, die es stets begleitete.
»Möglicherweise hat er Dyan seine Pläne verraten, aber Dyan ist zu einigen der äußeren Weiden geritten. Wir haben ein kleines Problem mit Wildkatzen, die das Vieh anfallen.«
»Im Sommer?« Margaret konnte den Zweifel in ihrer Stimme nicht verhehlen. »Ich dachte, Wildkatzen machen sich nur im Winter über das Vieh her, wenn es wenig Rabbithorns und

Cherrines mehr gibt.« Wo hatte sie das bloß aufgeschnappt? Ach ja, von Rafaella. Sie traute sich fast nicht, zu fragen, wo die Entsagende geblieben war, aus Angst, auch sie könnte ohne ein Wort des Abschieds abgereist sein. Doch nein – sie spürte ihre Begleiterin ganz in der Nähe, draußen bei den Ställen, wo sie mit den Pferden sprach. Dieser Umstand beruhigte sie mehr, als sie für möglich gehalten hätte.

Lady Marilla zuckte die Achseln, als wüßte sie, daß sie bei einer Flunkerei ertappt worden war, machte sich aber nichts daraus. »Wir werden eben miteinander vorliebnehmen müssen, *Chiya*. Setz dich. Du warst ständig krank, seit du hier bist, daß ich dich kaum kennengelernt habe.«

»Ich wünschte, daß nicht alle Leute schon immer in der Früh davonstürzen würden«, sagte sie heftiger als beabsichtigt. Dann setzte sie sich auf ein kleines Sofa, nicht in den Sessel, in dem sie Ashara begegnet war. Keine Macht der Welt würde sie dazu bringen, sich noch einmal dort hinzusetzen! »Habe ich Euch schon für Eure Gastfreundschaft gedankt?« fragte sie und versuchte, ihren Wutausbruch wiedergutzumachen.

»Mehrmals, Marguerida. Meine Güte, du bist aber vorsichtig. Ist dir bewußt, daß du alles mit einem Mißtrauen betrachtest, als könnte es beißen?«

»Es war mir nicht bewußt, aber ich meine, ich habe allen Grund dazu. Ich fand immer schon, daß Wachsamkeit das Überleben erleichtert. Und sie hat mir ein paarmal sehr geholfen, zum Beispiel auf Relegan. Dort wären Ivor und ich mitten in einen Stammeskrieg gelaufen, wenn ich nicht auf der Hut gewesen wäre.«

»Es ist für mich schwer nachvollziehbar, wie dein Vater dir erlauben konnte, dich in solche Gefahren zu begeben, Marguerida. Ein Sohn kann so etwas vielleicht tun, aber eine

Tochter muß beschützt und von Schaden ferngehalten werden.« Sie biß mit ihren kleinen Zähnen ein Stück Faden ab und begann, es in die Nadel einzufädeln.

»Niemand denkt bei einer Musikwissenschaftlerin daran, daß ihre Arbeit gefährlich sein könnte. Es hört sich nach einer sehr harmlosen Beschäftigung an, und das ist sie auch, solange man keine Feldforschung betreibt. Aber ich liebe Feldforschung, und mein Vater hat sich nie eingemischt.« *Ich hätte es ihm sowieso nicht erlaubt!*

»Na ja, wenn du erst hier auf Darkover verheiratet bist, hast du nichts mehr zu befürchten.«

Margaret entschied, daß sie jetzt nicht streiten wollte.

»Könnt Ihr einige meiner Fragen beantworten – Istvana kam nicht mehr dazu?«

Augenblicklich sah Lady Marilla mißtrauisch und ängstlich aus. »Vielleicht.«

»Ich weiß ein wenig über die Gaben Bescheid – über die Gaben der Altons, der Ardais und der Ridenows – ach ja, und die Aldarans können die Zukunft vorhersagen, richtig? Aber ich würde gern mehr wissen. Gibt es vielleicht ein Buch, das ich lesen könnte.«

»Es gibt schriftliche Aufzeichnungen, aber die werden in den Türmen aufbewahrt. Es ist nicht die Sorte Lektüre, die man einfach so herumliegen lassen kann, verstehst du.«

»Wieso nicht?«

»Wenn den Terranern das tatsächliche Ausmaß unserer Kräfte bekannt wäre …«

»Dann würden sie bestimmt versuchen, sie auszubeuten. Das leuchtet mir ein. Was ist das Wesen der Hastur-Gabe?«

»Wenn sie völlig ausgeschöpft wird, können die Hasturs ohne Matrix arbeiten, als wäre ihr Fleisch alles, was sie brauchen.«

»Ihr meint, wie dieses … dieses Ding auf meiner Hand?«
»Nein, das ist etwas völlig Neues und geht über unser Wissen. Weder Istvana noch ich wissen, was wir davon halten sollen.«
Marilla wurde mit jedem Augenblick aufgeregter, und Margaret fing ihr Unbehagen auf. Ihre Gastgeberin tat ihr leid. Es mußte die Hölle sein, einen Gast mit einer unbekannten und nicht ausgebildeten Fähigkeit im Haus zu haben.
Margaret wollte Informationen haben und nicht ihre Gastgeberin beunruhigen, deshalb kam sie auf ihr vorhergehendes Thema zurück. »Beinhaltet die Hastur-Gabe noch mehr?«
Marilla sah sehr erleichtert aus. »Sie können in einigen Fällen Menschen manipulieren – was natürlich sehr unmoralisch ist. Sie ist in mancher Beziehung mit der Alton-Gabe verwandt und in anderen wieder völlig verschieden von ihr. Und da ich weder die eine noch die andere besitze, kann ich dir eigentlich nicht mehr darüber sagen.«
Margaret dachte an ihr Unbehagen, als sie im Garten der *Comyn*-Burg mit Lord Regis Hastur spazierengegangen war. Sie erinnerte sich, das Gefühl gehabt zu haben, daß sie sehr vorsichtig sein müsse, weil er sie zu beeinflussen versuchte. Hatte er es tatsächlich versucht, oder war sie nur übervorsichtig gewesen? Sie seufzte leise und ließ das Thema fallen. »Was ist mit den Aldarans? Jedesmal, wenn ich sie erwähne, reagieren die Leute, als hätte ich gerade etwas … Schmutziges gesagt.«
»Das ist ein gutes Wort dafür. Man kann ihnen nicht trauen, keinem von ihnen!«
»Aber sind sie nicht eine der Domänen?«
»Nicht mehr! Was uns angeht, können sie da oben hocken und verfaulen!« *Was soll ich bloß sagen? Warum mußte Istvana abreisen und mich mit dieser ungewöhnlichen Frau allein*

lassen? Sie macht mir angst, und ich mag es nicht, wenn man mir angst macht! Ich weiß nicht, was ich ihr erzählen darf und was nicht. Isty hat recht – ich bin eine flatterhafte Frau, wenn man bedenkt, daß ich Ardais so gut verwalte wie jeder Mann. Aber es macht mich nervös, wenn ich an die Aldarans denke, und sie ist mütterlicherseits eine Aldaran. Ach du meine Güte!
Margaret strengte sich sehr an, nicht auf die Gedanken zu achten, die sie hörte. Sie wußte, sie hatte Lady Marilla unabsichtlich wütend gemacht, und sie mochte ihre kleine Gastgeberin, die normalerweise sehr ruhig war. Hinter all dem Aufruhr empfing Margaret den verschwommenen Eindruck einer wuchtigen Burg und schneebedeckter Gipfel und kräftiger, rothaariger Männer und Frauen. Das Thema war, wie viele andere, offenbar heikel. Sie zwang sich, über Marillas Unaufrichtigkeit keine Enttäuschung zu empfinden, und bedauerte einmal mehr Mikhails unerklärte Abwesenheit. Er würde ihre Fragen vermutlich besser und unter weniger Qualen beantworten.
Margaret lehnte sich auf dem Sofa zurück. Wie, fragte sie sich, war sie mit den Aldarans verwandt, und warum wurden alle Leute bei der bloßen Erwähnung des Namens feindselig? Wenn man bedachte, wie zwischen den Domänen geheiratet wurde, war sie wahrscheinlich mit allen sieben irgendwie verwandt, und es spielt eigentlich auch keine Rolle.
»Ich wollte Euch nicht aufregen, Lady Marilla. Bitte versteht, daß ich ausgebildete Wissenschaftlerin bin und daß es mein Beruf ist, Fragen zu stellen.«
»Ja, natürlich. Und deine Neugier ist sicher kaum zufriedengestellt.« Lady Marilla gewann ihre Ruhe zurück, als spürte sie, daß die Gefahr vorüber war. »Aber du wirst noch eine Weile auf Antworten warten müssen. Vielleicht wird dir Lord

Damon alles erklären, wenn du nach Armida kommst.« *Und je früher, desto besser! Ich habe mich in meinem ganzen Leben nicht so unwohl gefühlt mit einem Gast!*

Zwei weitere Tage vergingen, von denen jeder ein wenig länger zu sein schien als der vorherige. Margaret aß und schlief und gewann einen Teil des Gewichts zurück, das sie verloren hatte. Sie unternahm mit Rafaella kurze Spaziergänge im Garten, besuchte die Pferde in den Ställen und begleitete Lady Marilla in die Porzellanmanufaktur, die sie aufgebaut hatte. Sie wurde immer noch schnell müde, aber sie schlief ruhig und hatte keine neuen Anfälle der Schwellenkrankheit.

Am dritten Abend kam Dyan junior zurück, und es gab ein festliches Mahl, als wäre er einen Monat weg gewesen und nicht drei Tage. Lady Marilla liebte ihn offenbar abgöttisch. Nach dem Mahl wurde Margaret von ihrer Gastgeberin gebeten, etwas zu singen. Ihre Kehle fühlte sich nicht mehr an wie Schleifpapier, und sie willigte ein, froh, sich auf diese Weise für die Gastfreundschaft erkenntlich zeigen zu können.

Auf dem Weg in die große Halle ging Margaret im Geiste die Musik durch, die sie kannte. Sie wählte eine der Balladen aus, die Jerana gesungen hatte – Margaret hatte sich die Aufnahme davon am Nachmittag angehört und das Lied noch im Gedächtnis. Dyan brachte eine wundervolle Gitarre, die Kyril-Valentin Ardais, seinem Großvater, gehört hatte, und Margaret begann, sie mißtrauisch zu stimmen, weil sie an die *Ryll* dachte. Das Instrument war jedoch nicht verwunschen, es war nur eine gute Gitarre, die gespielt werden mußte. Rafaella holte ihre eigene Gitarre und begleitete Margaret gekonnt. Als die Entsagende gebeten wurde zu singen, tat sie es mit einem guten, klaren Mezzosopran, nicht ausgebildet, aber kräftig. Darauf gab Dyan ein ziemlich unanständiges Lied zum besten, sehr zum Verdruß seiner Mutter, und schließlich sang Julian Monterey, der *Coridom*, mit einem polternden, tiefen Baß eine Art Klagelied. Der Abend verging zwar auf diese Weise, aber Margaret vermißte Mikhail, denn sie war überzeugt, er hätte mit ihnen musiziert.

Am nächsten Morgen erklärte sie sich reisefähig. Rafaella seufzte erleichtert. »Wir sind hier schon lange nicht mehr erwünscht, Marguerida, auch wenn Lady Marilla sich eher die Zunge abbeißen würde, als es zuzugeben.«

»Ja, ich weiß. Sie ist froh, wenn sie uns von hinten sieht. Und ehrlich gesagt, so dankbar ich für ihre Gastfreundschaft bin, ich glaube, ich würde lieber unter den Sternen schlafen, oder selbst unter den Wolken, als noch eine Nacht in diesem Zimmer. Ich finde, Rosa ist eine niederschmetternde Farbe.«

Rafaella ging, um sich um das Gepäck und die Pferde zu kümmern, während Margaret Lady Marilla aufsuchte und sie von ihrem Entschluß unterrichtete. Marilla nahm es mit kaum verhüllter Erleichterung auf und erbot sich, beim Packen zu helfen. Margaret dankte ihr und sagte, sie habe nicht viel Gepäck, dann zog sie mit einer Freude, die sie nicht für möglich gehalten hätte, ihre saubere Reisekleidung an.

Als Margaret zum letzten Mal die breite Treppe hinabging, sah sie Mikhail zum Eingang hereinkommen. Seinem Rock sah man von weitem an, wie schmutzig und verknittert er war, und er selbst machte den Eindruck, als hätte er seit Tagen nicht geschlafen. Als sie bei ihm war, wehte ihr der Geruch von Bier aus seiner Kleidung und seiner Haut entgegen, und sie rümpfte die Nase.

»Puh! Was hast du denn angestellt?«

»Wie? Ach ja, ich sehe wohl ziemlich heruntergekommen aus. Ich mußte weg, bevor ich dem Alten etwas Unverzeihliches angetan hätte, und irgendwie habe ich nicht auf die Zeit geachtet.«

»Wo warst du?« Margaret hätte am liebsten mit ihm geschimpft, beschloß aber, daß sie kein Recht dazu hatte.

»Ach, es gibt da eine Wirtschaft, einen Morgenritt entfernt.«

»Ist noch Bier für ihre Stammgäste übriggeblieben?«

Mikhail grinste, und Margarets Herz machte ungewöhnliche Dinge. »Nicht viel, und Wein auch nicht. Dyan sagt, der Alte hat dich so verzaubert, daß du nach Armida gehst?« Er strich sich mit einer Geste, die beiläufig gewirkt hätte, wenn er nicht so offensichtlich erregt gewesen wäre, eine Locke aus der Stirn.

Sie wechselten einen lodernden Blick. »*Dom* Gabriel hat mich zu gar nichts verzaubert«, erwiderte sie streng. »Etwas völlig anderes hat zu meinem Entschluß geführt.«

»Es spielt auch kaum eine Rolle«, sagte er schmollend. »Am Ende tust du, was er will. Er gewinnt immer.«

»Unsinn! Niemand gewinnt immer.« Sie war wütend auf ihn, weil er davongelaufen war und sich betrunken hatte, denn das erinnerte sie zu sehr an ihren Vater. Gleichzeitig ertrug sie es kaum, ihn so mutlos zu sehen.

»Du kennst ihn nicht so gut wie ich.«

»Dafür bin ich äußerst dankbar, Mikhail, denn ich kann mir nicht vorstellen, daß wir länger als zehn Sekunden im selben Raum verbringen können, ohne einander rasend zu machen. Ich werde deinen Vater mit der Zeit zu respektieren lernen, aber ich werde ihn nie mögen.«

Ihre Bemerkung schien Mikhail ein wenig aufzurichten. »Er ist wirklich unmöglich, oder?«

»Ich glaube, Eltern sind immer unmöglich, selbst die besten.«

»Ich warne dich. Wenn er dich nicht seinem Willen unterwirft, dann tut es meine Mutter. Die setzt auch immer ihren Kopf durch.«

»Glaubst du immer noch, sie werden mich mit einem deiner Brüder verheiraten?«

»Meine Mutter tut nichts lieber, außer Ariels Nachkommenschaft zu verderben. Sie sagt oft, sie ist sehr glücklich darüber, mit meinem Vater verheiratet zu sein, obwohl man es nicht glauben möchte, wenn die beiden einander anschreien.«

»Ich nehme an, daß du nicht regelmäßig versuchst, ein Wirtshaus leer zu trinken?«

»Nein, eigentlich lebe ich ziemlich enthaltsam. Du wirst es mir nicht glauben, aber das war das erste richtige Besäufnis in meinem Leben.«

»Ich bin froh, das zu hören. Erzähl mir doch noch ein wenig von deiner Mutter, bevor ich aufbreche.«

»Mit ihr muß man auf jeden Fall rechnen.« Er blickte auf seine abgestoßenen Stiefel hinunter. »Falls mein Vater dich nicht überredet, dann tut sie es, denn sie läßt niemals zu, daß ihre Pläne durchkreuzt werden. Sie ist sehr umtriebig, und es ist ein Wunder, daß von allen meinen Geschwistern nur Ariel verheiratet ist und Kinder hat.«

»Wie sind deine Schwestern?«

»Das kann ich kaum sagen, denn ich kenne sie nicht mehr gut. Sie brachte Ariel unter die Haube, sobald sie Röcke trug, und als Ari sich beschwerte, sie könne keinen Mann heiraten, den sie nicht kenne, sagte Mutter nur: ›Du wirst ihn früh genug kennenlernen.‹ Aber sie hat wohl genau gewußt, was sie tut, denn Ariel ist mit Piedro so glücklich, als hätte sie ihn selbst ausgesucht.« Er seufzte, und Margaret spürte, daß er Ariel über alles liebte, obwohl er vorgab, sie kaum zu kennen. »Aber Ariel ist ziemlich nervös und läßt lieber andere Leute Entscheidungen für sie treffen. Sie besitzt nur ansatzweise *Laran,* noch weniger als Gabriel, und das will etwas heißen.«

»Und Liriel?«

»Ach ja, Liriel. Sie ist in vielerlei Hinsicht wie meine Mutter. Ariel habe ich früher gelegentlich einen Streich gespielt, aber bei Liriel habe ich mich nie getraut. Mutter wollte sie ebenfalls verheiraten, aber sie ist sehr eigensinnig und bestand darauf, statt dessen zum Turm von Tramontana zu gehen. Sie ist, glaube ich, mehr wie du, fällt mir gerade auf. Aber glaub mir, Javanne hat dir Fesseln angelegt, bevor du …«

Margaret schüttelte den Kopf. »Wenn sie versucht, mich unter die Haube zu bringen, werde ich ihr leider mitteilen müssen, daß ich nicht die Absicht habe, zu heiraten. Ich bin nicht mehr fünfzehn, sondern erwachsen. Außerdem dürfte sie es ohnehin schwer haben, jemanden zu finden, der eine so alte Frau haben will.« Sie glaubte nicht wirklich, was sie sagte, aber sie wollte ihn aufmuntern, wieder lächeln sehen.

Er belohnte ihre Bemühungen mit einem matten Grinsen. »Ach, ich weiß nicht. Ich kann mir durchaus ein paar Männer vorstellen. Und mit Armida als Mitgift werden viele bereit sein, über dein Alter hinwegzusehen – und über die Art, wie du die Leute direkt anschaust.« *Ihre Augen sind wie die eines Adlers, und sie dringen mir mitten ins Herz!*

»Ich weiß! Ich bin nicht absichtlich unhöflich, aber es ist schwer, so eine Gewohnheit abzustellen.« Margaret gab sich Mühe, seine Gedanken außer acht zu lassen, aber das war nicht leicht.

»Mich stört es nicht. Ich finde es erfrischend nach allen diesen Mädchen aus gutem Hause, die nur mit gesenktem Kopf dasitzen, wenn wir uns treffen. Aber vielen Leuten ist es sicher unangenehm, also sei lieber vorsichtig. Sie werden glauben, du versuchst, ihre Gedanken zu lesen, auch wenn du völlig unschuldig bist.«

»Ich werde mir Mühe geben«, antwortete Margaret und unterdrückte das plötzliche Bedürfnis zu lachen. Sie konnte es sich nicht erklären, aber sie hatte diesen Drang jedesmal, wenn sie mit Mikhail zusammen war.

»Wenn ich mich nicht irre, haben sie dich für meinen Bruder Gabriel vorgesehen.« Er legte die Stirn leicht in Falten.

»Nach dem, was du mir in der Bibliothek erzählt hast, glaube ich nicht, daß wir zusammenpassen würden!«

»Stimmt, spielt aber keine Rolle, Cousine. Übereinstimmung kommt in der ganzen Gleichung gar nicht vor. Aber wenn du Armida wirklich willst ...«

»Aber ich will es nicht!« sagte Margaret rasch. »Selbst mit den gesamten Kilghard-Bergen als Dreingabe würde ich es nicht haben wollen. Und wieso gehst du davon aus, daß deine Eltern mich an einen deiner Brüder verheiraten wollen? Wieso nicht an dich?«

»Ich mag solche Scherze nicht.«

Er war so ernst, so entschieden bedrückt, daß sie nicht anders konnte, als ihn zu necken. »Warum sollte ich scherzen?«

Mikhail straffte sich. »Ich komme nicht in Betracht, *Domna*. Ausgeschlossen.« Sie spürte seine Gefühle, und sie waren heftig und konfus. »Falls du Armida haben willst ...« begann er erneut.

»Warum geht es nicht in deinen Dickschädel, daß ich Armida nicht haben will?« Margaret verstand nicht, warum der Mann absichtlich so begriffsstutzig war.

»... nimmst du am besten den alten Damon«, fuhr Mikhail

fort, als hätte sie nichts gesagt. »Er hat nach Elories Tod nicht mehr geheiratet, aber er ist nicht zu alt, um noch ein paar Kinder zu zeugen. Das würde den Alten wirklich wütend machen«, fügte er mit grimmiger Befriedigung an. »Damon hat zwar seinen Anspruch auf die Domäne aufgegeben, aber ich denke, das ließe sich rückgängig machen.«

»Mag sein, aber es hört sich nicht so an, als wolle er eine Frau. Du nennst ihn alt – wie alt ist er?«

»Alt genug, daß er dein Vater sein könnte. Ach was – dein Großvater!« sagte Mikhail wütend. *Allein der Gedanke ist widerlich! Aber nicht so widerlich wie Rafael oder Gabriel!*

Margaret verstand seine Wut nicht, fühlte aber, daß dieser Bereich tabu war. Die Erfahrung hatte sie gelehrt, daß Sitten und Gebräuche von Einheimischen selten einen Sinn für Leute ergaben, die nicht damit aufgewachsen waren. »Warum hast du es so eilig, mich zu verheiraten?«

»Irgendwen mußt du heiraten! Du hast keine andere Wahl.«

Sie konnte die mächtigen Gefühlsregungen, die er durchmachte, kaum aushalten. »Mikhail«, sagte sie. »Ich habe mir den alten Jeff, oder Damon, noch gar nicht angesehen. Aber ich kann dir versichern, daß ich ihn nicht einmal dann heiraten würde, wenn er der letzte unverheiratete Mann des zivilisierten Universums wäre. Selbst wenn er reich wie Krösus ist, oder wie man auf Darkover für den reichsten Mann weit und breit sagt.«

»Bei uns heißt es: ›Reich wie der Herr von Carthon‹«, antwortete er. »Wenn du Jeff nicht haben willst, dann solltest du dich lieber einem meiner Brüder hingeben.«

»Ich werde mich nichts und niemandem hingeben!«

Ein kleiner Funke, wie von Hoffnung, blitzte in seinen blauen Augen auf. »Dann versprich mir, daß du dich nicht von meinem Vater oder meiner Mutter verheiraten läßt.«
»Nichts leichter als das. Ich habe meine eigenen Gründe für den Besuch in Armida und denke nicht im entferntesten an Heirat.«
»Es ist mir egal, woran du denkst«, sagte Mikhail seltsam trocken. *Hauptsache, du tust es nicht.*

17

Nach einem stetigen, aber gemächlichen Ritt von vier Tagen kamen Margaret und Rafaella in das Gebiet der Domäne Alton. Margaret bemerkte nicht, daß sie eine unsichtbare Grenze überquert hatten, denn die Gegend sah genauso aus wie in den Tagen zuvor. Es gab kleine Dörfer, wo die Kinder aus den Häusern rannten und die Fremden anstarrten, bis ihre Mütter sie wieder hineinscheuchten. Es gab größere Gemeinden mit Wirtshäusern für die Reisenden oder abgelegene Bauernhöfe, wo Hühner im Hof scharrten und Kühe grasten. Aber als Rafaella ihr sagte, daß sie nun auf dem Land der Altons seien, sah sie sich mit neuem Interesse um.

Das Land war hügelig und dicht bewachsen. Zur Zeit war es grün, aber Rafaella sagte, im Hochsommer würde es trocken wie Zunder sein. Es gab Felder und Baumgruppen, die nicht wild gewachsen, sondern mit Bedacht gepflanzt zu sein schienen. Margaret hatte zwar keine Ahnung von Landwirtschaft, sah aber, daß man die unteren Äste der Bäume zurechtgestutzt und den Boden von Gestrüpp gesäubert hatte. Ihr Onkel Gabriel mochte ein alter Wichtigtuer sein, aber offenbar war er ein guter Verwalter. Sie war auf Welten mit ähnlichen Gesellschaftssystemen wie auf Darkover gewesen, wo die Landbesitzer jedoch nicht sorgsam mit den Reichtümern des Landes umgegangen waren, sondern die Bauernschaft besteuerten und Maßnahmen unterließen, die das Land erhielten, und sie war insgeheim froh, weil der Familienbesitz in gutem Zustand war. Sie konnte das Land freilich nicht als ihr eigenes betrachten, egal, wie sehr man ihr diese Sichtweise nahelegte.

»Schau! Dort ist Armida«, verkündete Rafaella, richtete sich im Sattel auf und zeigte in die Ferne.

Margaret blinzelte ins Sonnenlicht. Sie sah ein großes Gebäude aus Holz und grauem Feldstein, das zwischen zwei Ausläufern der Kilghard-Berge lag wie ein Ei im Nest. Es war viel kleiner als Burg Ardais, kleiner und schlichter und völlig anspruchslos. Pferdegehege umgaben das Gebäude. Margaret zählte etwa zwanzig Tiere, Stuten mit Fohlen, und einige ältere Pferde, die nur zum Weiden im Freien waren oder darauf warteten, geritten zu werden. Sie ritt mit Rafaella den breiten Feldweg entlang, der zwischen den Zäunen hindurchführte, und schaute zu, wie die jüngeren Pferde umherrannten und mit den Hinterbeinen ausschlugen.

Es war sehr schön, und zunächst empfand sie nichts als Neugier und Interesse. Soviel sie wußte, war sie nie hier gewesen, und keine Erinnerungen quälten sie. Aber die Form des Hauses kam ihr vertraut vor, und sie vermutete, daß sie Eindrücke davon von ihrem Vater aufgeschnappt hatte, als sie noch sehr klein war. Er hatte diesen Ort geliebt, und einige seiner Gefühle aus alter Zeit wühlten sie auf. Ein leichtes Prickeln in den Augen verriet ihr, daß sie bewegter war, als sie gedacht hätte, und sie wandte den Blick vom Haus ab, weil sie sich dem Umgang mit heftigen Gefühlen noch nicht gewachsen fühlte.

Statt dessen schaute sie den Pferden zu, die auf einer Seite des Weges auf ihrer Weide herumtollten. Eine Stute, ein großes, graues Tier, dessen Nüstern mit den Jahren weiß geworden war, stieß ihren keilförmigen Kopf über den Zaun und sah zu den Frauen hin. Margaret schaute zurück, und das

Pferd wieherte ihr zu. Margaret beugte sich ein wenig aus dem Sattel und streckte die Hand aus, und das Pferd schnaubte. Dann drehte es sich um und galoppierte in einer Art über die Weide, die sein Alter Lügen strafte. »Ich muß wohl irgendwie den falschen Geruch haben oder so«, sagte Margaret zu Rafaella.

Die Entsagende lachte leise. »Nein, Marguerida, ich glaube, du hast den *richtigen*. Ich glaube, der alte Wallach freut sich, dich zu sehen. Sieh ihn dir nur an!«

Aber Margaret wurde abgelenkt. Am hinteren Ende des Zauns sah sie eine anmutige Stute mit zinnfarbenem Fell, Mähne und Schwanz waren schwarz wie die Nacht. Es war ein mittelgroßes Pferd und sehr zierlich. Seine Hufe tanzten beinahe über die Weide, und es kam an den Zaun und spitzte die Ohren in Richtung Margaret. Die hatte noch nie ein so schönes Pferd gesehen und fragte sich, wem es wohl gehörte, und wollte die kleine Stute sofort reiten. Bestimmt würde sie galoppieren wie der Wind, und ihre Hufe würden kaum den Boden berühren. Wie kindisch. Für ein so leidenschaftliches Verlangen nach einem Pferd war sie nun wirklich zu alt.

Plötzlich kam Margaret zu Bewußtsein, daß ihr das Pferd gehörte, da sie die Erbin der Domäne Alton war. Für einen kurzen Moment erwog sie tatsächlich, die Domäne anzunehmen, nur um das Pferd zu bekommen, dann lachte sie sich selbst aus.

»Was ist so lustig?« fragte Rafaella.

»Ich habe mich gerade in dieses Pferd verliebt. Lächerlich, nicht wahr?« Margaret zeigte auf das dunkelgraue Pferd, und es wieherte. »Tut mir leid, Schatz, mir sind gerade die Karotten ausgegangen.«

Rafaella nickte. »Alle Leute sind verrückt nach den Pferden

der Altons, *Domna.* Sie sind die besten der Domänen, außer vielleicht denen aus Serrais.«

Margaret sah ihre Begleiterin liebevoll an. Serrais? Istvana hatte es erwähnt – das war die Gegend, in der die Ridenows ihre Domäne hatten. »Was war das? Ich dachte, wir waren uns einig, daß du mich Marguerida nennst.«

Die Entsagende verzog das Gesicht. »Ich glaube nicht, daß es Lady Javanne gefallen würde, wenn ich …«

»Rafaella, ich werde die darkovanischen Sitten beachten, so gut ich kann, aber wenn du anfängst, vor mir Kotau zu machen, bin ich ernsthaft gekränkt. Ehrlich gesagt, ist es mir egal, was Lady Javanne oder sonst irgend jemand denkt. Sie klingt wie eine, die sich überall einmischt, und solche Leute kann ich nicht ausstehen! Ich stecke meine Nase nicht in fremde Dinge und erwarte die gleiche Höflichkeit von anderen.«

Rafaella lächelte. »Ich weiß. Aber du sollst dich lieber auf Verdruß einstellen, denn ich fürchte, daß alle Leute in diesem Haus versuchen werden, ihre Nase in deine Angelegenheiten zu stecken, ob es dir paßt oder nicht. Sie halten es für ihr Recht.«

»Das befürchte ich auch. Aber gefallen muß es mir nicht, oder?«

»Nein.« *Arme Marguerida. Sie hat keine Ahnung, wie man sich als große Dame benimmt, aber man wird es von ihr erwarten!*

Sie kamen im Vorhof des Hauses an und saßen ab. Zwei junge Burschen eilten herbei, um die Pferde in Empfang zu nehmen und ihnen dabei zu helfen, das Gepäck vom Maulesel zu laden. Sie grinsten bei der Arbeit. Margaret warf einen zweiten Blick auf das Haus, in dem ihr Vater zur Welt kam und seine Jugend verbracht hatte. Jetzt, aus der Nähe, sah sie, daß einige der Steine in den Mauern durchsichtig waren, von einer wundervoll klaren, fast silbernen Farbe.

Als die Burschen gerade die Pferde wegführten, kam ein untersetzter Mann die Eingangstreppe herab. Er hatte dunkle Haare, war ansonsten aber eine jüngere Ausgabe von Gabriel Lanart. Margaret schätzte ihn auf Mitte Dreißig und vermutete, daß es sich um einen ihrer Cousins handelte, den Bruder von Mikhail und einen der Lanart-Engel. Wenn er ein Engel war, dann ein ziemlich finsterer, und sie vermutete, daß Mikhail seine helle Gesichtsfarbe von seiner Mutter hatte. Er wirkte wie ein sehr nüchterner und ernster Mensch, als er Margaret entgegenschritt.

»Willkommen auf Armida«, begann er, und Margaret fand, er hatte eine angenehme Stimme, tief und volltönend. »Ich bin Rafael Lanart, und du mußt meine Cousine Marguerida sein.« Er verbeugte sich vor ihr und übersah Rafaella, aber die schien es gar nicht zu bemerken. »Vater hat dich schon angekündigt.«

»Danke für den Empfang«, antwortete sie förmlich.

»Wir freuen uns, dich zu sehen. Mein Bruder Gabriel ist draußen und reitet die Weidegrenze ab, doch er müßte bald zurück sein. Du wirst ihn heute abend kennenlernen. Und Mikhail hat den Auftrag – aber du hast ihn ja schon kennengelernt, richtig? Auf Ardais?«

»Ja.« Margaret hielt es für kein gutes Benehmen, ihm zu erzählen, daß Mikhail nicht kommen würde. »Er war so freundlich und hat versucht, mir die Verzweigungen der Alton-Familie zu erklären, aber ich bin mir nicht sicher, ob ich alles verstanden habe.«

»Tatsächlich? Ich wußte gar nicht, daß sich Mikhail für solche Dinge interessiert.« *Wahrscheinlich, um mir und Gabriel zu-*

vorzukommen! Egal. Vater wird es nicht dulden! Er bemerkte endlich, daß er Rafaella übersehen hatte, und machte ungelenk eine halbe Verbeugung. »Willkommen auf Armida, *Maestra*. Ihr seid sicher froh, Marguerida im Schoß ihrer Familie zu wissen und von der Verantwortung für ihren Schutz entbunden zu sein.«

Margaret war zunächst entrüstet über diese quasi Entlassung ihrer Freundin und Begleiterin, dann erheiterte sie die Selbstherrlichkeit ihres Cousins. Er war nicht so grob wie sein Vater, aber eindeutig aus demselben Holz geschnitzt. »Mich beschützen? Wovor?« fragte sie lachend. »Rafaella hat mich geführt und mich gepflegt, als ich krank war.« Trotz ihres Lachens machte sie deutlich, daß sie Rafaels Einmischung nicht begrüßte.

Die Entsagende verfolgte den Wortwechsel mit leuchtenden Augen und unterdrückte mit Mühe ein Grinsen. Sie genoß es vermutlich, Rafael Lanart in seine Schranken verwiesen zu sehen, war aber viel zu wohlerzogen, um es offen zu zeigen. Dann blinzelte sie Margaret kurz zu. *Sei vorsichtig, Marguerida! Drachen lächeln oft, bevor sie speien!*

Margaret hielt sich steif, um ihre Überraschung zu verbergen. Zum ersten Mal hatte Rafaella absichtlich in Gedanken zu ihr gesprochen, in einem liebevollen und treuen Ton, der sie tief rührte.

Rettung vor Rafael erschien in Gestalt einer gutaussehenden Frau mittleren Alters. Sie war nicht groß, bewegte sich jedoch mit der Ausstrahlung eines Menschen, der zu herrschen gewohnt ist. Ihr früher dunkles Haar war zu einem matten Rotbraun verblaßt und aufwendig frisiert, als hätte sie sich große Mühe damit gemacht. Ihr Kleid hatte eine Halskrause, so daß man ihr eckiges Kinn, das auf eine starke Persönlichkeit schließen ließ, nicht sofort sah. Sie streckte Margaret eine blasse Hand mit sechs Fingern entgegen.

Die Ähnlichkeit mit Regis Hastur war unübersehbar, und Margaret nahm an, sie hätte Javanne Hastur Lanart-Alton überall als seine Schwester erkannt. Entschlossene, graue Augen begegneten ihrem Blick, und dann fand sich Margaret in einer duftenden Umarmung wieder, und ein zarter Kuß streifte ihre Wange. Der Duft des Parfüms war berauschend, beinahe überwältigend.

Die Frau löste die Umarmung, hielt Margaret aber noch auf Armeslänge vor sich und musterte sie von oben bis unten, wie man ein Stück Pferdefleisch prüfen mochte, bevor man es kaufte. »Willkommen auf Armida, Nichte. Ich bin Javanne. Mein Gabriel hat mir schon viel von dir erzählt.«

Darauf würde ich wetten. Und garantiert nichts Gutes. Sie betrachtete ihre Tante, bevor sie sprach, und bemerkte, daß Rafael ihre gute Statur geerbt hatte, aber die Schweinchenaugen seines Vaters. »Ich bedanke mich für die Einladung.«

»Na, na. Nicht so steif. Du bist jetzt bei deiner Familie, wo du hingehörst. Ich kann es kaum erwarten, dir meine Töchter vorzustellen – sie sind ungefähr in deinem Alter. Das wird eine Freude.« In ihrer Stimme lag weder Wärme noch Begeisterung, und Margaret hatte den Verdacht, daß Javanne nicht sonderlich erfreut war, sie im Haus zu haben. Sie unterdrückte ihren inneren Zwiespalt zwar einigermaßen, aber es sickerte genug nach außen, daß Margaret argwöhnisch wurde. Die Gelöstheit, die sie unterwegs empfunden hatte, löste sich in nichts auf, und die Spannung kehrte zurück. »Komm herein. Du mußt müde von der Reise sein. Rafael, steh nicht herum wie ein Ölgötze. Trag Margueridas Sachen ins Haus.«

Margaret wollte eben protestieren, doch dann sah sie, daß sich

Rafaella ihre kostbare Harfe über die Schulter gehängt und die Tasche mit der Aufnahmeausrüstung genommen hatte und dem unglücklichen mittleren Sohn den Rest des Gepäcks überließ. Sie grinste der Führerin hinter Javannes Rücken zu, und die nickte zurück.

Hinter der Tür lag eine geräumige Eingangshalle mit Bänken an den Seiten. Javanne führte sie durch die Halle in einen großen, behaglichen Raum, in dem ein Feuer loderte. An den Wänden standen mehrere Sofas, dunkelgrün und grau gepolstert. Margarets Blick fiel auf die Wandteppiche, und sie wünschte, sie hätte Lady Marilla nach den beiden in ihrem Eßzimmer gefragt. Sie bemerkte noch fünf oder sechs Polstersessel und die Beine einer Person, die einen davon besetzt hielt. Die Person hatte die Füße zum Feuer gestreckt, und ihr Körper wurde von der Lehne des Sessels verdeckt.

Margaret sah, wie die Beine angezogen wurden; starke Hände stützten sich auf die Armlehnen des Sessels. Einen Augenblick später sah sich Margaret einem auffallend großen, kräftigen Mann gegenüber. Sein einstmals rotes Haar war fast grau, aber seine wachen Augen leuchteten. Er bewegte sich langsam, obwohl er nicht älter als sechzig sein konnte.

Er gab ihr freundlich die Hand. Sie standen da und sahen einander an, und Margaret spürte eine Flut von Eindrücken bei seiner Berührung. Etwas an dem Mann erinnerte sie an ihren Vater, nicht sein Äußeres, sondern eine Eigenart, die sie nicht benennen konnte, und Margaret spürte, wie das unterdrückte Verlangen nach dem Alten in ihrer Kehle aufstieg. Sie schluckte heftig und ermahnte sich, nicht töricht zu sein. Es ging ihr nahe, daß sie im Haus ihres Vaters war.

Es war ein Gefühl der Verwandtschaft, wie sie es bei Mikhail gefunden hatte, doch von einer ganz anderen Natur. Bei dieser

Berührung zerrte nichts an ihrem Herzen, sie hatte nur das Gefühl von Stärke und äußerster Vertrauenswürdigkeit.

»Wie geht's? Ich bin dein Verwandter Jeff Kerwin – oder Damon Ridenow, wenn dir das lieber ist. Willkommen in Armida, Marguerida Alton.« Er betrachtete sie eingehend, als suchte er nach einer Ähnlichkeit mit ihrem Vater. »Du hast denselben Haaransatz wie Lew, aber ansonsten siehst du ihm nicht sehr ähnlich. Und deine Mutter habe ich nie kennengelernt, deshalb weiß ich nicht, ob du ihr ähnelst.«

»Ich versuche, mir selbst ähnlich zu sein«, erwiderte Margaret schärfer als beabsichtigt, da sie immer noch aufgewühlt war. Dann lächelte sie Jeff schüchtern an. »Lady Marilla meinte, ich würde meiner Großmutter Felicia Dariell ähneln, aber das kann ich nicht sagen. Ich habe nie ein Bild meiner Mutter gesehen, und auf die Erinnerung kann man sich nicht immer verlassen.«

Jeff nickte und seufzte. »Da hast du recht. Leute, die ich als groß in Erinnerung habe, sind oft viel kleiner, wenn ich sie wiedersehe!« *Und Elorie wird mit jedem Jahr schöner, das sie tot ist.* »Lew ist nicht mit dir zurückgekommen, oder?«

Margaret hatte es inzwischen satt, daß man glaubte, sie habe ihren Vater in eine ihrer Taschen gestopft. Aber da sie auf Burg Ardais im Geiste seine Stimme gehört hatte, begann sie selbst, seine Anwesenheit zu erwarten. Es war ärgerlich, daß er nicht da war. Wo, zum Teufel, steckte er? Er schien so nahe gewesen zu sein, als er ihr geraten hatte, nach Armida zu gehen, doch niemand wußte, wo er sich aufhielt. Und sie wollte verdammt sein, wenn sie irgend jemandem zeigte, daß er ihr wichtig war. »Oh, ich hatte ihn in der Tasche, aber er fiel heraus, als wir den Fluß überquerten, und ich habe keine Ahnung, wo er jetzt ist.«

Der alte Mann lachte, während Lady Javanne leicht schockiert aussah. »Du bist eine respektlose Hexe«, sagte er auf terranisch, »und ganz wie dein Vater.« Dann faßte er ihr mit einem Finger zärtlich unters Kinn.
Margaret gefiel der Klang seines Lachens, und sie wünschte sich, ihr Vater wäre weniger ernst gewesen. Sie hätte gern jemanden wie Jeff zum Vater gehabt. Er wirkte wie ein Mann, mit dem man reden konnte, was ihr mit dem Senator nie gelungen war.
Sie ignorierte den leichten Aufruhr, den sie von Javannes Seite empfing, und fühlte statt dessen Rafaellas ruhige Sicherheit. Es war beruhigend, wenigstens eine Person in der Nähe zu haben, der sie vertrauen konnte, und mit diesem neuen Verwandten vielleicht eine zweite. Margaret war unsicher, wie sie es in Ardais nicht gewesen war. Hier gab es Unterströmungen, die sie nicht begriff und die ihrer Ausbildung Hohn sprachen. Sie wußte nicht nur nichts, sie kannte nicht einmal die richtigen Fragen!
Ja, du kannst mit mir reden, wenn du willst. Laut sagte Jeff auf terranisch statt auf *casta*: »Sei nicht zu streng mit deinem Vater. Er war nie besonders gut darin, sich mit anderen zu beraten, am wenigsten mit Frauen.« *Ich bin überzeugt, du bist eine gute Tochter – wenn eine von meinen Töchtern überlebt hätte, dann hätte ich mir gewünscht, daß sie so stark und unabhängig ist, wie du es vermutlich bist.* Es lag viel Trauer in diesem Gedanken, und viel Zärtlichkeit. Margaret wurde heiß vor Verlegenheit; sie hatte das Gefühl, soviel Zuneigung nicht verdient zu haben.
Dann hörte sie, wie Javanne sich räusperte, und erkannte, daß es sehr unhöflich war, weiter terranisch zu sprechen, auch wenn sie vermutete, daß ihre Tante sehr wohl folgen konnte.

Es tat Margaret sehr gut, terranisch zu sprechen und sich keine Sorgen machen zu müssen, daß sie versehentlich eine Grobheit sagte. Ihr *Casta* war inzwischen zwar recht fließend, aber es gab Feinheiten, die sie nicht beherrschte, und sie fragte sich, ob sie jemals in der Lage sein würde, zu reden, ohne gleichzeitig aufpassen zu müssen, was sie sagte.

Margaret spürte die alte Ambivalenz wieder. Ein Teil von ihr wollte mit ihren neugewonnenen Verwandten auf gutem Fuße stehen, und ein anderer Teil wollte nichts von Formalitäten wissen und wieder die Frau sein, die vor Wochen mit Ivor hier eingetroffen war. Sie wußte, das war unmöglich, aber das hinderte sie nicht daran, sich nach der Unkompliziertheit zu sehnen, die sie mit ihrem Freund und Mentor genossen hatte.

»Ich weiß, wir sind verwandt, aber bist du mein Onkel oder ein Cousin? Mikhail hat versucht, es mir zu erläutern, aber ehrlich gesagt, ergab es nicht viel Sinn.« Sie fühlte, wie sich die Stimmung ihrer Tante beim Namen ihres jüngsten Sohnes verdüsterte, vermischt mit tiefer Zuneigung, so daß alles sehr verwirrend war. Was war los mit Mikhail, daß seine Eltern beide böse wurden, wenn man ihn erwähnte?

»Strenggenommen bin ich dein Cousin.« Er ging höflich auf ihre Frage ein, und Margaret spürte, wie sich Javanne hinter ihr beruhigte. »Wir stammen beide von Estaban Lanart ab, einem Ururgroßvater von Lew. Aber wir sind beinahe zwei Generationen auseinander, was mich mehr zu einem Onkel macht.«

»Wieso das?«

»Cousins und Cousinen können auf Darkover heiraten; Onkel und Nichten tun es im allgemeinen nicht.«

»Und ich hielt die arkturianischen Familienstrukturen für kompliziert!«

»Warst du dort?« Er wirkte aufrichtig interessiert und völlig unberührt von Javannes zunehmender Unruhe.

»Nein, aber ich habe wissenschaftliche Arbeiten darüber gelesen.« *Ich frage mich, warum Onkel und Nichten hier nicht heiraten?*

Es gab einmal eine Zeit, Chiya, *da konnte jeder Mann, der alt genug war, dein Vater zu sein, tatsächlich dein Vater sein!*

Diese Antwort war verwirrend, denn Margaret hatte den Eindruck, daß Frauen auf Darkover sorgsam gehütet wurden und daß die Besessenheit von den Blutlinien eine sexuelle Zügellosigkeit, wie Jeff sie gerade angedeutet hatte, fast undenkbar machte. Früher, hatte er gesagt, und das erklärte es wohl. Sie erinnerte sich daran, was Mikhail über den Verbotenen Turm gesagt hatte, und begriff, daß nicht alles so organisiert war, wie sie es sich vorgestellt hatte. Sex zwischen den Generationen war tabu. Sie glaubte nun zu wissen, warum Mikhail so heftig reagiert hatte, als sie scherzhaft vorschlug, das Problem mit der Domäne dadurch zu lösen, daß sie den großen Mann heiraten würde, der nun vor ihr stand. Aber es steckte noch mehr dahinter. Mikhail fand sie attraktiv, und aus irgendeinem unverständlichen Grund wollte er dieses Gefühl nicht zulassen. Dabei benahm er sich fast, als sei er eifersüchtig. Margaret hatte keine Erfahrung mit Eifersucht und war sich deshalb nicht sicher. Und sie konnte ohnehin nichts dagegen tun.

Sie zwang ihre Gedanken weg von Mikhail, von dem Rätsel ihrer gegenseitigen Anziehung. Es war keine gute Idee, sich in einem Raum voller Telepathen solchen Überlegungen hinzugeben. Javanne war bereits feindselig und suchte Streit. Sie wäre sicher sehr ungehalten, wenn sie Margaret bei zärtlichen Gedanken an ihren Jüngsten ertappte. Und Margaret war sich der Tatsache bewußt, daß sie keine genaue Vorstellung davon hatte, wieviel von ihren Gedanken für andere hörbar war, auch wenn Istvana gesagt hatte, sie würde nicht viel aussenden.

Sie mußte einfach hoffen, daß sie ihren Geist genügend bedeckt hielt, um ihre Privatsphäre zu wahren. Ausnahmsweise schien ihre lebenslange Gewohnheit, für sich zu bleiben, nun von Vorteil zu sein. Unnötige Aufregung nutzte ohnehin nichts. Statt dessen bemühte sie sich, das Gefühl der Sicherheit, das sie in Jeffs Nähe empfand, zu genießen. Sie fühlte sich bei ihm so gut aufgehoben wie bei Ivor Davidson. »Ich darf dich nicht allein in Beschlag nehmen, Marguerida. Javanne möchte dich erst versorgt sehen.« Er ließ ihre Hand ein wenig widerwillig los.

Jede Wette, daß sie das tut – versorgt mit einem ihrer Söhne! Margaret war sich ziemlich sicher, daß ihre Tante das hören konnte, aber sie war plötzlich so müde, daß es sie nicht interessierte. Sie würde sich nicht herumschubsen lassen, wenn sie es verhindern konnte. »Natürlich. Wir werden später noch genügend Zeit zum Reden haben.«

Jeff beugte sich vor und küßte sie auf die Wange. Sie roch seine reine Haut. »Und bis dein Vater eintrifft, werde ich wie ein Vater für dich sein, und du kannst mit jeder Frage zu mir kommen. Abgemacht?« Er sprach leise in ihr Ohr.

Margaret war so überrascht von seinen Worten, daß sie nur stumm nicken konnte. Sie spürte Javannes Verärgerung und hörte sie denken: *Lästiger alter Mann! Gabriel war ein Narr, ihn einzuladen! Ich hätte es ohne ihn viel leichter gehabt, denn er wird für sie Partei ergreifen.* »Es ist mir eine Freude, wenn du den Senator vertrittst. Ich bin sicher, er würde es ebenfalls so wollen.«

Warum hat der Alte mich hierhergeschickt? Was ist hier los? Das alles ist so ein Durcheinander. Wieso bin ich nur auf diesen verrückten Planeten gekommen? Gott, ich bin so müde!
Margaret drehte sich um und folgte Javanne Hastur in Richtung Treppe. Sie mußte keine Telepathin sein, um zu wissen, daß ihre Gastgeberin innerlich kochte. Ein Blick auf Javannes verkrampfte Haltung sagte alles. Während sie die Treppe hinter ihr hinaufstieg, kam ihr zu Bewußtsein, daß sie sich der Kontrolle von Gabriel Lanart wirkungsvoll entzogen hatte, indem sie eine Vater-Kind-Beziehung mit dem alten Jeff einging, dessen Anspruch auf die Domäne Alton ebenso gültig war wie ihr eigener. So hatte Javanne sich das nicht vorgestellt. Ihre neue Tante führte etwas im Schilde – oder nicht? Margaret versuchte sich einzureden, daß sie grundlos überall Feinde witterte und daß ihre Verwandten nur das Beste für sie wollten, aber sie glaubte es nicht ganz.
Inzwischen waren sie an der Schlafzimmertür angekommen, und Javanne hatte sich so weit beruhigt, daß sie den Versuch machen konnte, freundlich zu sein. »Ich hoffe, es stört dich nicht, das Zimmer zu teilen«, begann sie. »Ich weiß, daß es die Terraner gewöhnt sind, ganz allein in kleinen Zimmern zu wohnen, was ich äußerst seltsam finde.«
Margaret sah sich in dem großen Gemach um. Es enthielt ein Bett, das für vier Leute gereicht hätte, einen Kleiderschrank und einen Waschtisch. Zwei Stühle mit geraden Rückenlehnen standen an der Wand und zwei rote Lehnstühle vor dem kleinen Kamin. Die roten Sessel paßten nicht in das ansonsten blau gehaltene Zimmer, und Margaret überlegte, ob sie aus einem anderen Raum geholt worden waren.
Das Bett hatte blaue Leinenvorhänge, die mit stilisierten Bergen bestickt waren, es gab mehrere Decken und eine

Tagesdecke mit einem silbernen Laubmuster. Ein großes Fenster blickte auf die Weiden vor dem Haus. Alles in allem war es ein angenehmes Zimmer, aber Margaret fragte sich, ob Rafaella sich wieder das Bett mit ihr teilen würde. Sie selbst war im Zwiespalt. Sie hatte es nicht unangenehm gefunden, in Jeranas Haus in einem Bett mit der Entsagenden zu schlafen, und das Bett hier war sicher groß genug.
Sie war erleichtert, als Rafaella sich bückte und ein Rollbett unter dem Himmelbett hervorzog, auf das sie Margarets Aufnahmeausrüstung stellte. Die Entsagende war wie eine Schwester für sie geworden, die Schwester, die sie nie besessen und sich immer gewünscht hatte. Aber sie war immer noch in einer Verfassung, in der sie viel Ruhe brauchte, und körperliche oder sonstige Nähe zu anderen war ihr weiterhin unangenehm. Auch das gehörte zum Vermächtnis Asharas, wie ihr Istvana erklärt hatte, und obwohl sie es wußte, blieb der starke Impuls bestehen, sich von Menschen fernzuhalten, selbst von solchen, die sie liebte und denen sie vertraute.
»Rafaella und ich schlafen nun schon einige Zeit im selben Raum, und wir sind aneinander gewöhnt. Auf Relegan und mehreren anderen Planeten habe ich mit meinem Mentor Ivor Davidson Unterkünfte geteilt, die sehr viel unbequemer waren als diese hier.«
Kaum waren ihr die Worte über die Lippen gekommen, wußte Margaret, daß sie etwas Anstößiges gesagt hatte. Javanne errötete, und Rafaella beschäftigte sich eifrig mit dem Gepäck. Die Hausangestellte, die die Taschen nach oben getragen hatte, eine dicke Frau in den Sechzigern, schaute äußerst interessiert, und Margaret hegte nicht den geringsten Zweifel, daß man binnen einer Stunde im Kreise der Dienstboten über sie klatschen würde.

»Welche Art Unterkünfte, Marja?« Javannes Neugier siegte über ihre Empörung. Sie war nicht gerade an Details interessiert, aber sie wollte eindeutig mehr wissen. Wahrscheinlich fragte sie sich, ob Ivor nicht nur Margarets Mentor, sondern auch ihr Liebhaber gewesen war. So wie die Dinge lagen, konnten die Leute auf Darkover nicht begreifen, daß eine junge Frau ungeniert mit einem Mann durch die Föderation sauste.

Margaret war kurz irritiert, weil Javanne ihren Kindheitsnamen gebraucht hatte, dann fragte sie sich, ob sie die Wahrheit sagen oder heucheln sollte. »Ach, Grashütten, die nur aus einem Raum bestehen, und so«, antwortete sie schließlich, nachdem sie sich zur Provokation entschlossen hatte. Wenn sie sich völlig unmöglich machte, würde Javanne vielleicht ihr Vorhaben aufgeben, sie an einen ihrer Söhne zu verheiraten, und der ganze Besuch verlief weniger unangenehm.

Der Dienstmagd entfuhr ein Schreckenslaut, und Javanne fiel wütend über sie her. »Stell das Zeug ab und mach, daß du wieder an deine Arbeit kommst! Und wehe, du tratschst! Ich dulde nicht, daß über die *Domna* geredet wird!« Dann fixierte sie Margaret mit einem stahlharten Blick. »Ich weiß nicht, wie du dich auf anderen Planeten aufgeführt hast, aber ich erwarte, daß du dich deiner Stellung erinnerst und dich wie eine Dame benimmst, solange du unter meinem Dach wohnst.«

»Ivor war ein alter Mann, schon über neunzig und schwerlich …«

»Genug! Ich kann dein Auftreten entschuldigen, weil du unsere Sitten noch nicht kennst, aber das wird sich auf der Stelle ändern! Hast du mich verstanden?«

Margaret war müde, und ihre Nerven lagen blank. Dieser

Befehl war mehr, als sie ertragen konnte. »Sag mir, Tante, haben eigentlich alle Leute auf Darkover so schmutzige Gedanken?«

Lady Javanne wurde feuerrot und begann am ganzen Leib zu zittern, dann stürmte sie aus dem Raum und knallte die Tür hinter sich zu. *Verdammter Fratz! Kommt hierher und benimmt sich wie eine gewöhnliche Hure!*

»Ein Wunder, daß noch nicht alle Türen in Armida aus den Angeln gebrochen sind, wenn sowohl *Dom* Gabriel als auch *Domna* Javanne dazu neigen, sie zuzuknallen«, bemerkte sie und freute sich über ihren kindischen Sieg.

Rafaella brüllte vor Lachen, was sie vergeblich mit dem Ärmel zu ersticken versuchte. Tränen liefen über ihre Wangen. »Es war sehr ungehörig von dir, sie so zu reizen«, sagte sie, als sie wieder Luft bekam.

»Da steckt sie mich in einen Raum mit einem Bett, das groß genug für eine Orgie ist, und erwartet, daß ich nicht an Sex denke. Das ergibt keinen Sinn.«

»Sie ist sehr schicklich, Marguerida, und sie will nicht, daß die Leute reden. Und früher ...«

»Halt! Wenn du mir erzählst, es ist etwas, worüber man nicht sprechen sollte, fange ich an zu schreien. Warum ist sie so empfindlich?«

Rafaella seufzte lange und zuckte die Achseln. »Als der Verbotene Turm noch hier in Armida stand, gingen einige sehr schockierende Dinge vor sich.«

»Du meinst, daß zum Beispiel Damon Ridenow einer anderen Frau als seiner eigenen ein Kind gemacht hat? Mikhail hat mir alles erzählt. Was ist daran so furchtbar – Männer haben seit undenklichen Zeiten Kinder mit ihren Mätressen. Selbst brave Männer, anständige Männer.« *Selbst mein Vater.*

»Ja, aber verstehst du, das ist ein sehr wunder Punkt bei ihr.«
»Wieso? Sag es mir, damit ich nicht noch größere Fehler mache, als ich schon gemacht habe.«
Die Entsagende dachte einen Moment nach; sie sah unschlüssig aus. »Also gut. Du mußt wissen, *Dom* Gabriel stammt von Ellemir Lanart ab, der Frau des alten Damon Ridenow, und von Ann'dra Carr, dem Terraner, der zum Verbotenen Turm gehörte. Das ist sehr unschicklich!«
»Wieso? Weil Gabriels Vater unehelich war oder weil er ein halber Terraner ist?« Sie dachte an die unausgesprochene Feindseligkeit ihres Onkels gegenüber Terranern und fragte sich, ob das der Grund dafür war. Es würde jedenfalls eine Menge erklären.
»Beides, glaube ich. Aber Lady Javanne ist sich bestimmt sehr wohl darüber im klaren, daß äußerst schockierende Dinge auf Armida vor sich gehen, verstehst du?«
»Nein, eigentlich nicht. Das war vor ewigen Zeiten. *Dom* Gabriel ist ein legitimer Nachfahre der Lanarts, oder zumindest ein so legitimer wie ich. Haben hier alle Angst, daß irgendein hinterlistiges Gen für sexuelles Fehlverhalten auf der Lauer liegt?«
Die Entsagende öffnete eine ihrer Taschen und begann ihre Kleidung auszupacken. »Nein, aber ... es ist sehr schwer zu erklären. Es dreht sich im Grunde alles um *Laran.* Viele hundert Jahre lang gab es *Laran* nur in den Familien der *Comyn.* Das war schön für die *Comyn* und kein Problem für alle anderen. Also haben die *Comyn* untereinander geheiratet, um das *Laran* stark zu erhalten und die Gaben der sieben Domänen zu bewahren. Einige dieser Sitten haben sich ein wenig verändert, seit die Terraner vor etwa hundert Jahren kamen. Aber es ist immer noch nicht schicklich, daß eine

verheiratete Frau ein Kind von jemand anderem als ihrem Mann bekommt. Das ist … sehr ungehörig.«

»Ich glaube, das verstehe ich. Aber wenn sich Herren der *Comyn* herumtrieben und mit dieser und jener Frau uneheliche Kinder zeugten, dann war es doch unvermeidlich, daß das *Laran* sich in der normalen Bevölkerung ausbreitete. Wie bei deiner Schwester.«

»Ja, aber es wird immer noch nicht für richtig gehalten.«

»Richtig? Es hört sich verdammt bequem für den Mann und absolut fürchterlich für die Frau an.«

Rafaella zuckte die Achseln, wie um zu sagen, daß es nun einmal so sei, trat ans Fenster und sah nach unten. »Da kommt Gabriel junior und reitet sein Pferd zu hart. Und Mikhail ist bei ihm.«

»Was?« Margaret stürzte ans Fenster und spähte hinaus. Wie das? Er mußte am gleichen Tag wie sie aufgebrochen sein oder aber schärfer geritten. Wahrscheinlich letzteres, denn sie und Rafaella hatten sich Zeit gelassen, da sie immer noch schnell ermüdete. Sie blickte hinab auf die goldene Lockenpracht, die breiten Schultern, die Art, wie er auf seinem Pferd saß. *Er hat einen guten Sitz.* Dann errötete sie, weil sie bemerkte, daß sie sich Mikhail gar nicht rittlings auf einem Pferd vorstellte.

Bei ihrem Abschied in Burg Ardais hatte er zu ihr gesagt, er würde nicht nach Armida kommen, doch nun war er hier. Margaret erinnerte sich, daß Rafael gesagt hatte, Mikhail sei wegen irgend etwas weggeschickt worden, und war leicht enttäuscht. Vielleicht war er doch nicht der Mann, für den sie ihn hielt, wenn er auf Befehl gekommen war. Er mußte mehr unter der Fuchtel seines Vaters stehen, als er zugab.

Sie sagte sich, daß sie kein vorschnelles Urteil über ihn fällen durfte, und stellte fest, daß sie sich sehr freute, ihn hier zu

sehen. Sie erlaubte sich die flüchtige Spekulation, daß seine Anwesenheit vielleicht gar nichts mit Gehorsam oder Pflicht zu tun habe, vielleicht hielt er es einfach nicht ohne sie aus. Der Gedanke schockierte sie, und sie schüttelte den Kopf, andererseits gefiel ihr die Idee durchaus.
Eigentlich war es auch egal, oder? Sie machte lediglich einen Höflichkeitsbesuch auf ihrem Familiensitz, und das auch nur, weil der Senator es befohlen hatte. Sie war nicht aus eigenem Antrieb hier, oder? Unterdessen sah sie, wie das zinngraue Pferd über die Weide galoppierte und so laut wieherte, daß sie es bis hier oben hören konnte. Die Stute bäumte sich auf, als sie am Zaun ankam, und Mikhail winkte ihr zu. Es mußte also sein Pferd sein, oder aber es begrüßte jeden Ankömmling.
Die beiden Reiter verschwanden seitlich um das Haus, und Margaret ließ sich aufs Bett plumpsen. Zum Teufel mit dem Alten und Mikhail und allen anderen Männern, dachte sie.

Als Margaret und Rafaella zur Essenszeit nach unten kamen, war der größte Teil der Familie in dem geräumigen Zimmer versammelt, in dem sie am Nachmittag Jeff Kerwin begegnet waren. Javanne hatte sich umgezogen und war nun weniger bescheiden gekleidet. Ihren Hals bedeckte immer noch eine Krause, und Margaret fand, daß ihre Tante sehr eitel war. Doch dann tadelte sie sich, weil ihr bewußt wurde, daß sie Javanne unsympathisch finden *wollte*. Das war ein unschönes Eingeständnis, und es ging ihr nicht gut dabei.
Javanne erhob sich, als sie eintraten, lächelte eine Spur zu strahlend und betrachtete Margaret aus stahlharten Augen. »Ich hoffe, du bist erfrischt und ausgeruht, Marja. Hast du alles, was du brauchst?«
Margaret hatte gebadet und das Gewand angezogen, das sie

bei MacEwan kaufte, und sie fühlte sich wohler als bei ihrer Ankunft, doch immer noch war sie beinahe allen Anwesenden gegenüber äußerst mißtrauisch. Jeff Kerwin döste neben dem Kamin, und Mikhail unterhielt sich eingehend mit Rafael. Sie merkte, daß er sich bemühte, sie nicht anzusehen, und sich verzweifelt auf seinen Bruder konzentrierte. Nun gut – dieses Spiel beherrschte sie auch.

Dom Gabriel stand bei seinem ältesten Sohn, der ihm zum Verwechseln ähnlich sah, sie unterhielten sich jedoch nicht. Sie sahen aus, als fühlten sie sich unwohl und als wäre ihnen ihre ziemlich formelle Kleidung zu eng. Auf einem der Sofas saß eine kleine, schlanke Frau, umringt von einer ganzen Herde Kinder, die alle ihre Aufmerksamkeit forderten. Sie mochte früher ganz hübsch gewesen sein, aber nun sah sie abgezehrt aus, ihre Haut war trocken und blaß und ihr Haar von einem glanzlosen Rot. Margaret schätzte die Frau etwa auf ihr eigenes Alter, aber sie sah eher wie fünfzig aus.

Eine zweite Frau erhob sich aus einem Sessel. Sie trug ein grünes Kleid, das sich wie ein Zelt um sie wölbte. Sie war so groß wie Margaret und kräftig gebaut. Sie strahlte Größe, Stärke und Würde aus. Nach Margarets Schätzung hatte sie zwanzig Kilo Übergewicht, aber es stand ihr. Kluge Augen leuchteten aus dem runden Gesicht und drückten Interesse und etwas von dem Humor aus, den sie bei Mikhail wahrgenommen hatte. Ihr rotes Haar war kräftig, nicht so dünn wie Margarets, und wurde im Nacken von einer schweren Spange in Schmetterlingsform zusammengehalten.

Javanne folgte ihrem Blick. »Marguerida, ich möchte dir deine Cousins und Cousinen vorstellen. Mikhail bist du ja schon begegnet und meinem Sohn Rafael ebenfalls.« Sie zog Margaret in Richtung Sofa. »Das sind meine Tochter Ariel und meine Enkel. Ariel, hör auf, Kennard zu bemuttern, und begrüße deine Cousine.«

Widerwillig wandte sich Ariel von ihren Kindern ab und gab Margaret die Hand. Sie warf ihr nur einen raschen Blick aus glanzlosen Augen zu, dann drehte sie sich wieder zu ihren Kleinen um, die quengelten und zappelten und einander herumschubsten. Ihre Hand war schlaff und trocken, und Margaret spürte bei der Berührung ein so überwältigendes Angstgefühl, daß ihr fast die Luft wegblieb. »Willkommen auf Armida«, flüsterte Ariel, bevor sie sich wieder ihren unruhigen Kindern widmete.

Im Halbdunkel hinter dem Sofa stand ein Mann, der so dunkel gekleidet war, daß man ihn fast nicht sah. Auch er wachte mit einem unruhigen Blick über die Kinder, als befürchtete er, daß sie eines stehlen könnte. »Das ist mein Schwiegersohn, Piedro Alar.« Der Mann verbeugte sich steif, machte aber keine Anstalten zu einer weitergehenden Begrüßung. Margaret konnte sich die Überlegung nicht verkneifen, wie es zwei so ängstliche Menschen überhaupt fertigbrachten, morgens aufzustehen, aber sie hütete ihre Zunge. Es war unklug, nur nach dem Äußeren zu urteilen, und wahrscheinlich waren sie außerhalb Javannes Einflußsphäre fröhlicher.

»Und das, Marguerida«, sagte Javanne und zog sie von dem deprimierenden Paar weg, »ist deine Cousine Liriel. Sie und Ariel sind Zwillinge, auch wenn man es nicht glauben möchte.«

»Du bist also Marguerida Alton.« Die große Frau lächelte, und ihr Gesicht heiterte sich auf. »Wo hat Mutter dich hingesteckt? Hoffentlich nicht ins blaue Schlafzimmer – das Dach hat ein Loch, falls es seit meinem letzten Besuch nicht repariert

wurde. Mutter bringt Leute dort unter, wenn sie nicht will, daß sie lange bleiben.«
Javanne funkelte ihre Tochter wütend an, und Margaret wußte sofort, daß die beiden nicht gut miteinander auskamen. Mikhail hatte diese Schwester als die beherztere beschrieben, diejenige, die nicht heiraten wollte. Allein aus diesem Grund fühlte sich Margaret zu ihr hingezogen. Sie wirkte so heiter im Vergleich zu ihrer Schwester, und freundlich obendrein.
»Ich weiß nicht, welches Zimmer es ist, aber es wirkt sehr gemütlich«, antwortete Margaret höflich. Der Raum hatte in der Tat blaue Wände, fiel ihr ein, und die Bettvorhänge waren ebenfalls blau. Sie sah Javanne an, genau wie Liriel, und ihre Gastgeberin errötete unpassenderweise. »Ich hatte keine Ahnung, daß Armida so groß ist.«
»Ach, hat man dich schon herumgeführt?« fragte Liriel. »Ich hatte den Eindruck, daß du direkt nach deiner Ankunft auf dein Zimmer gegangen bist.«
»Stimmt, aber es sah von außen ziemlich groß aus.« Sie fühlte sich zu dieser neuen Cousine hingezogen, und sie wechselten einen amüsierten Blick. Liriels blaue Augen wirkten klug, aber auch schalkhaft.
Sie verzog ihren üppigen Mund, als hielte sie insgeheim einen Scherz zurück. »Die äußere Erscheinung täuscht häufig«, sagte sie mit sibyllinischer Feierlichkeit, bevor Javanne Margaret fast gewaltsam von ihrer Tochter wegschleifte.
»Marguerida, das ist mein Sohn Gabriel«, sagte Javanne, und der Mann, der neben *Dom* Gabriel stand, verbeugte sich steif. Javanne hat stolz geklungen, und Margaret war überzeugt, daß ihr ältestes Kind ihr Augapfel war. Er war untersetzt wie sein Vater und hatte die gleichen hervorquellenden

Augen, und sie vermutete, daß er ähnlich cholerisch veranlagt war.

»Willkommen in meinem Haus«, sagte er barsch.

»Sei gegrüßt, Cousin Gabriel. Ich bin froh, dich endlich kennenzulernen.« Margaret war sich darüber im klaren, daß sie nicht im geringsten erfreut klang, aber sie hoffte, niemand würde es bemerken.

Javanne war von ihren Pflichten als Gastgeberin offenbar erschöpft. Sie wandte sich ab und ließ die beiden stehen, die einander anstarrten, während Margaret ein Gesprächsthema überlegte, das sie beide interessieren könnte; es fiel ihr jedoch nichts ein. *Dom* Gabriel sah von einem zum andern und wartete darauf, daß sie Konversation machten, und als das Schweigen anhielt, knurrte er.

»Ich habe im Anschluß an das Essen ein paar Sänger eingeladen«, verkündete er mit der Miene eines Mannes, der eine ungeheure Gunst gewährt.

»Das wird sicherlich reizend«, antwortete Margaret und fragte sich, ob sie in der Lage war, einen ganzen Abend höflicher Nichtkonversation durchzuhalten. Sie wünschte, sie hätte den Mut, plötzliche Kopfschmerzen geltend zu machen und sich zurückzuziehen. Mikhail tauchte neben ihr auf und lächelte freundlich. »Na, Cousine, wie findest du Armida?«

Dankbar für die Errettung vor den beiden Gabriels, drehte sie sich zu ihm um. »Was ich gesehen habe, war sehr hübsch. Die Pferde sind wundervoll. Ich war sehr angetan von dem mit dem dunkelgrauen Fell.«

»Das ist Dorilys. Sie ist eine prächtige Stute, wenn auch ein bißchen zu lebhaft.«

»Was für ein hübscher Name.« Margaret fürchtete, die Zunge würde ihr am Gaumen festkleben, wenn sie weiterhin so unsinnige Laute formen mußte. Hatte Dio solche Situationen bei Staatsbanketten zu erdulden gehabt? Ihre Bewunderung für ihre Stiefmutter stieg erneut.

»Sie wurde während der Mutter aller Gewitterstürme geboren«, entgegnete Mikhail. »Ich weiß das noch, weil ich bei ihrer Geburt in der Scheune draußen war. Der Name paßt nicht ganz, denn er bedeutet ›golden‹, aber es gab vor langer Zeit eine Frau namens Dorilys, von der es heißt, sie konnte Gewitter herbeirufen. Und da ich der Geburtshelfer des Fohlens war, hatte ich das Vorrecht, sie zu taufen, und also heißt sie Dorilys. Ich freue mich, daß sie dir gefällt.«

»Gefallen ist gar kein Ausdruck. Ich glaube, ich habe mich in sie verliebt. Meinst du, es ist möglich, daß ich sie reite, während ich hier bin?«

»Dorilys ist kein Pferd für eine junge Frau«, brummte *Dom* Gabriel.

»Aber Onkel«, antwortete Margaret so einschmeichelnd, wie sie konnte, »ich bin keine junge Frau. Und ich reite seit Jahren.«

Zum Glück rief der *Coridom* zum Abendessen, und alle zogen sich in einen Speisesaal zurück, der aussah, als könnte man darin eine ganze Armee verköstigen. Margaret zögerte, weil sie nicht wußte, wo sie sitzen sollte, und sie sah, daß Javanne und *Dom* Gabriel ebenfalls unsicher waren. Üblicherweise saßen sie am Kopf- und Fußende der Tafel, aber mit Jeff Kerwin war das älteste Mitglied des Alton-Clans anwesend, und deshalb war alles anders als sonst. Bevor das Fleisch kalt wurde, weil sich niemand entscheiden konnte, löste der alte Mann das Problem, indem er Margaret sanft am Ellenbogen faßte und zum Kopf der Tafel führte.«

»Das ist dein Platz, *Chiya*.«

»Aber sicher wird Lady Javanne …«

»… weichen müssen.«

Margaret verschluckte ein Kichern. »Ich kann mir nicht vorstellen, daß sie das tun wird, Onkel Jeff«, flüsterte sie hastig.

»Dann wird es höchste Zeit, daß sie es lernt. Jeder Mensch muß von Zeit zu Zeit Platz machen. Das ist nie angenehm, aber es ist eine notwendige Lektion im Leben.« Er rückte ihr den Stuhl zurecht und nahm neben ihr Platz, während der Rest der Familie in einer Art fasziniertem Erschrecken zusah. Dann gab es ein großes Stühlerücken, und alle setzten sich. Das Essen wurde gebracht.

Die Anwesenheit der Alar-Kinder führte zu einem sehr lautstarken Mahl. Das Essen war gut und einfach, und es ging weniger formell zu als bei den Mahlzeiten in Ardais. Nach der Stille auf der Reise kam Margaret das Klappern von Besteck und Geschirr wie ein fürchterliches Getöse vor, und sie wechselte einen Blick mit Rafaella. Die Entsagende nickte ihr zu und widmete sich dann wieder ihrer Unterhaltung mit Liriel Lanart.

Schließlich war alles vorbei und der Tisch abgeräumt. Ariel sammelte ihre Kinderschar ein und brachte sie zu Bett, und Piedro folgte ihr mit bedrückter, ängstlicher Miene. Ihr Abgang hob die allgemeine Stimmung, und wenig später trafen die Sänger ein, vier Schwestern, die sich so ähnlich waren, daß sie Vierlinge hätten sein können, und ein Bruder, der hinkte.

Sie stimmten ihre Instrumente – eine *Ryll* und ein Zupfinstrument, das wie eine Kreuzung aus Harfe und Gitarre aussah – und begannen zu singen. Einige der Lieder waren Margaret inzwischen bekannt, andere hingegen nicht, und es tat ihr leid, daß sie ihre Aufnahmeausrüstung nicht mit nach unten gebracht hatte. Dann wurde ihr klar, welche Empörung sie damit ausgelöst hätte, und sie lächelte vor sich hin. Sie mochte eine Erbin sein, aber sie würde nie die Angewohnheiten ablegen können, die sie als Wissenschaftlerin an der Universität erworben hatte.

In diesem Augenblick begannen die Musiker ein neues Lied, und Margaret lief es beim Zuhören eiskalt über den Rücken.

»Wie kommt dieses Blut an deine Hand, sag es mir, Bruder, sag …« Sie hatte es selbst gesungen, an ihrem ersten Tag auf Darkover; sie hatte es aus der verwunschenen *Ryll* erweckt, das einst ihrer Mutter gehörte, die sie nie kennengelernt hatte, und ihr wurde sehr unbehaglich zumute, während sie lauschte.

»Das ist wohl kaum ein geeignetes Lied, wenn Brüder und Schwestern anwesend sind«, brummte *Dom* Gabriel, der offenbar froh war, seine wachsende Frustration irgendwo abladen zu können. »Es ist kein glücklich gewähltes Stück.«

»Wir sind nicht abergläubisch, Vater«, antwortete Liriel. »Ich jedenfalls nicht, und Ariel ist nicht mehr im Raum.«

Eine der Schwestern zuckte die Achseln, und der Bruder sagte: »Wenn Ihr es wünscht, singen wir ein anderes Lied, *vai Dom.*«

Margaret sah Liriel an. »Ich habe das Lied schon gehört – es sogar gesungen. Ist eine bestimmte Geschichte damit verbunden?« Ihr Gelehrteninstinkt war erwacht, und sie kümmerte sich nicht um den Blick, den ihr Javanne wegen dieser Frage zuwarf.

Liriel Lanart lachte, ein gesundes Lachen aus dem Bauch heraus. »Es erzählt von einem Familienfluch, hier in den Kilghard-Bergen. Manche sagen, es bringt Unglück, wenn eine Schwester es in Hörweite ihres Bruders singt. In den Bergen gibt es viel Aberglauben. Aber wo hast du es gelernt? In Ardais singen sie es mit Sicherheit nicht.«

Margaret runzelte die Stirn. »Als ich im Haus von Meister Everard in Thendara war, zeigte er mir eine alte *Ryll*, von der er behauptete, niemand könne sie spielen. Es war ein wunderschönes Instrument, das wohl von einem berühmten Lautenmacher stammte, und neugierig, wie ich bin, nahm ich es in die Hand. Das Lied kam einfach heraus, als wäre es von der letzten Person, die das Instrument benutzt hatte, in den Saiten zurückgelassen worden.« Sie stockte kurz. »Später fand ich heraus, daß die *Ryll* Thyra Dariell, meiner Mutter, gehört hatte.«

Dom Gabriel schaute finster drein, und Lady Javanne wütend, während Jeff nachdenklich aussah. Eine gräßliche Stille breitete sich aus.

»Ich werde ein noch verboteneres Lied singen«, sagte Mikhail in die Stille hinein und stand auf. »Auf Darkover wurde schon aus nichtigeren Gründen Krieg geführt, aber ich bin nicht abergläubisch.«

Er holte tief Luft, straffte die Schultern und begann zu singen.

Mein Vater war Bewahrer im Turm von Arilinn
Ein Chieri zu verführen, danach stand ihm der Sinn
Aus ihrer Verbindung ergaben sich
Zwei Comyn, *und dazu noch ich …*

Er hatte eine gute Stimme, nicht ausgebildet, aber kräftig und dunkel, und Margaret war ihm dankbar, weil er von der Erwähnung ihrer Mutter ablenkte. Javannes Gesichtsausdruck ließ keinen Zweifel daran aufkommen, daß über dieses Thema nicht geredet wurde! Das war Margaret ganz recht, denn sie hatte ebenfalls nicht das Bedürfnis, über Thyra zu sprechen. Wieso hatte sie die verwunschene *Ryll* überhaupt erwähnt?

Liriel lachte leise. »Du bist nicht ganz auf dem laufenden, Bruder. Das Lied ist nicht verboten, sondern nur fürchterlich geschmacklos. Ich habe es in den Mauern von Arilinn selbst gelernt, als ich dort ausgebildet wurde.« Sie sah Jeff an. »Ich nehme an, du auch, Cousin.«

»Natürlich! Wir haben gelernt, über uns selbst zu lachen, und das ist sehr gesund.«

»Hat dein Vater dir das Lied vorgesungen, Marguerida? Er gilt in Arilinn immer noch als einer der besten Techniker, die je dort waren – leider.« Sie verzog das Gesicht. »Es ist niederschmetternd, wenn man ständig mit jemandem verglichen wird, den man nicht einmal kennt.«

»Nein, keinen Ton davon. Der Senator war immer zu sehr von seinen Pflichten in Anspruch genommen, um mir irgend etwas zu erzählen«, sagte sie, ohne sich etwas anmerken zu lassen. Der bloße Gedanke an einen Turm jagte ihr nach ihrem Abenteuer mit dem Spiegelturm eine Gänsehaut über den Rücken.

»Tatsächlich habe ich erst vor kurzem erfahren, daß er in einem Turm ausgebildet wurde.« *Er hat mich über eine Reihe von Dingen nicht aufgeklärt, und ich freue mich schon darauf, ihn in die Pflicht zu nehmen – bald, hoffentlich!*

»Er hat dir nie etwas gesagt ...?« Liriel sah schockiert und wütend aus, ganz wie Istvana Ridenow seinerzeit. »Willst du damit sagen, du bist all die Jahre mit der Alton-Gabe herumgelaufen, daß dir das *Laran* fast zu den Ohren herauskam, wenn ich so sagen darf, und ...«

»Ich will dir überhaupt nichts sagen!« fuhr Margaret sie an. Sie selbst hatte das Recht, Lew Alton zu kritisieren, Leute, die ihn nicht einmal kannten, hatten es nicht! Ihre Reaktion überraschte sie, denn bis zu diesem Augenblick war ihr nicht

bewußt gewesen, daß sie trotz der Zurückweisungen, trotz des Gefühls, im Stich gelassen worden zu sein, eine tiefe und beständige Treue ihrem Vater gegenüber empfand.
»Verzeih mir, Cousine. Ich habe das mangelnde Taktgefühl der Altons«, sagte Liriel, und Margaret wußte, sie meinte es aufrichtig. Sie mochte Liriel nur um so mehr, weil sie einen Fehler zugeben konnte. Wahrscheinlich fehlte es in Armida allgemein an Taktgefühl, und man bediente sich dieser steifen Höflichkeit, weil alle Bewohner launisch und unverblümt waren. Sowohl *Dom* Gabriel als auch Javanne wirkten wie Menschen, die sagten, was sie dachten, auch wenn sie dadurch jemanden verletzten.
»Es ist ein bißchen stickig hier drinnen, nicht wahr?« verkündete Javanne plötzlich, als wollte sie das Gespräch schnell von Lew Alton weglenken. »Du siehst ein wenig erhitzt aus, Marja. Rafael, warum zeigst du deiner Cousine nicht den Duftgarten?«
Diesen Vorschlag erwiderte der mittlere Sohn mit einem mürrischen Blick, während Mikhails Augen zornig funkelten.
»Natürlich, Mutter. Du wirst ein Tuch brauchen, Marguerida, es ist ziemlich kühl draußen.«
Margaret stand so rasch auf, daß Jeff keine Zeit hatte, ihr aus dem Stuhl zu helfen. »Das klingt wundervoll.« Sie wollte raus hier, ob mit oder ohne Schal. Rafaella grinste sie an, und Margaret nickte zurück. Sie konnte sich immer darauf verlassen, daß Rafaella sie bei Laune hielt.
Ein Diener brachte ein schönes besticktes Umhängetuch, und Rafael führte sie hinaus in die wolkenverhangene Nacht. Der Geruch von Regen lag in der Luft und dazu ein Duft, der die Sinne förmlich überwältigte.
»Ich bin es so gewohnt, die Sterne zu sehen«, sagte sie in der

Dunkelheit in Richtung ihres Cousins, »daß ich nicht weiß, ob ich mich an so viele Wolken gewöhnen könnte.«

»Das haben andere Terraner auch schon gesagt. Wie soll ich dich nennen – Cousine oder Marguerida oder Marja?«

»Wie du willst, aber ich glaube, für Marja bin ich schon ein bißchen zu alt. Cousine klingt unverfänglich, oder?«

»Sehr wohl.« Er schien um Worte verlegen.

»Was ist das für ein hinreißender Duft?« Margaret hüllte sich in das Tuch.

»Das ist Mutters Duftgarten. Vor vielen Jahren, bevor die Terraner nach Darkover kamen, gab es eine blinde Bewahrerin in Arilinn. Sie legte einen Garten mit allem an, was lieblich duftete, und zwar sowohl bei Tag als auch bei Nacht, denn für Fiora war immer Nacht, und Mutter gefiel die Idee so gut, als sie ausgebildet wurde, daß sie selbst einen anlegte.«

»Es ist wundervoll.« Die Wolken teilten sich, und einer der Monde leuchtete. »Ich würde gerne einmal alle vier Monde gleichzeitig am Himmel sehen.« Eine schwache Erinnerung wurde wach, und sie hörte ihren Vater und Dio über Dinge lachen, die sich unter vier Monden zutrugen. Wahrscheinlich hatte sie also wieder etwas Ungehöriges gesagt, und um ihr Unbehagen zu überspielen, fuhr sie fort: »Vermutlich ist es ein seltenes astronomisches Ereignis.«

»Ja.« Er schaukelte vor und zurück. »Wir auf Darkover reden nicht darüber ... verdammt! Wir sind nicht hier herausgekommen, um über das Wetter oder die Monde zu reden!«

»Ja, ich weiß.« Margaret fühlte sein Unbehagen, aber sie wußte nicht, was sie dagegen tun konnte.

Rafael holte tief Luft und atmete laut aus, als ruhte eine schwere Last auf ihm. »Mutter ist nicht besonders feinfühlig, stimmt's?«

»Nein, aber ich hätte gedacht ...«

»Cousine, ich bin unverheiratet und gesund«, unterbrach Rafael, als müßte er einfach weiterreden. »Deshalb bin ich frei und würde mich sehr geehrt fühlen, wenn du die Zweige unserer Familien wiedervereinigen würdest, indem du mich heiratest.«

Margaret starrte ihn an. »Das kann nicht dein Ernst sein«, sagte sie. »Wir haben uns heute nachmittag zum ersten Mal gesehen.«

»Das ist auf Darkover nicht wichtig. Mutter und Vater haben einen Tag, nachdem sie sich kennenlernten, geheiratet. Es wäre eine gute Sache und ...« Seine Stimme versagte.

Margaret sagte rundheraus: »Ich denke gar nicht daran, dich zu heiraten. Es ist mir egal, wie die Sitten hier sind. Eine Heirat ist eine sehr wichtige Entscheidung und sollte nur von den beiden getroffen werden, die heiraten wollen, und nicht von anderen Leuten.« *Und die Art und Weise, wie deine Eltern die Türen im Haus mißhandeln, spricht nicht dafür, sich erst einen Tag vor der Hochzeit kennenzulernen!*

Allerdings nicht! Rafael lachte unsicher und sagte: »Ich danke dir vielmals. Ich habe Mutter versprochen, daß ich es versuche. Ich glaube nicht, daß es so schrecklich wäre, aber du bist ... energisch wie meine Mutter, und ich habe den Verdacht, das würde nicht zu mir passen. Können wir Freunde sein?«

»Deine Mutter ist eine sehr aufdringliche Person«, antwortete Margaret streng. Sie mochte Rafael für seine Aufrichtigkeit und ärgerte sich über ihre neue Tante mit jeder Sekunde mehr.

»Vielleicht. Aus ihrer Sicht tut sie ihre Pflicht. Und sie will die Altons wieder als eine Familie sehen.«

»Sie wird das ohne mich zustande bringen müssen. Es wird

kalt. Gehen wir wieder hinein – oder willst du dich aus dem Staub machen und dir das Theater ersparen?«

»Das spielt keine Rolle. Sie braucht dich nur anzusehen und weiß, daß du mich abgelehnt hast.«

»Dann gehe ich besser direkt in mein Zimmer. Ich habe wirklich nicht die Energie, noch eine Stunde aufzupassen, was ich sage und wie ich schaue!«

»Wie du willst, Cousine.«

18

Margaret erwachte beim ersten Morgenlicht und drehte sich in dem großen Bett um. Rafaellas leises, gleichmäßiges Schnarchen aus dem Rollbett war ein beruhigendes, normales Geräusch, und sie fragte sich schon beinahe, wie sie ohne es schlafen sollte. Darüber mußte sie innerlich lachen. Sie konnte die Entsagende nicht mitnehmen, wenn sie Darkover verließ. Was für ein Gedanke! Sie überlegte, wie sich Rafaella verhalten würde, und kam zu dem Schluß, daß sie anpassungsfähig genug war, um sich überall zurechtzufinden. Wie waren sie sich nur so schnell nahegekommen? Sie wußte es nicht genau, aber es gefiel ihr auf jeden Fall, eine Frau in der Nähe zu haben, der sie vertrauen konnte und bei der sie sich gut aufgehoben fühlte. Im Gegensatz zu ihren neuen Verwandten, die sie trotz ihrer erkennbar guten Absichten als bedrohlich empfand. Und sollte Rafaella zufällig die Gefährtin von Rafe Scott werden, dann wäre sie Margarets Tante! Das war zuviel, sie mußte laut lachen. Fast hoffte sie, daß es dazu kam, allein um die Absurdität der Situation auskosten zu können. Wenigstens wären die beiden glücklich.

Margaret starrte an die Decke und bemerkte einen großen, dunklen Fleck in einer Ecke. Er war feucht, tropfte aber nicht. Offenbar war die undichte Stelle, von der Liriel gesprochen hatte, nicht ausgebessert worden. Margaret wurde ein bißchen zornig. Ihr Onkel Gabriel war so damit beschäftigt, seine Nase in fremde Angelegenheiten zu stecken, daß er Armida verkommen ließ. Ihr Haus! Nein, nicht ihr Haus – dennoch empfand sie eine Art Bindung. Wie ärgerlich! Die Heftigkeit ihres Gedankens erschreckte sie. »Verdammt!«

»Hm? Was?«

»Oh, tut mir leid, Rafaella. Ich wollte dich nicht wecken.«

»Was soll's. Meine Blase hätte mich sowieso demnächst aus dem Bett getrieben.« Sie schlug die Bettdecke zur Seite, stand auf und ging hinaus. Als sie ein paar Minuten später wiederkam, saß Margaret am Bettrand und versuchte, sich über ihre Gefühle klarzuwerden. Sie wackelte mit den Zehen in der kühlen Morgenluft und drehte eine Haarsträhne um den Finger.

»Denkst du oder grübelst du?« fragte Rafaella.

»Beides, glaube ich. Rafael hat mich gestern abend im Garten gefragt, ob ich ihn heiraten will, und ich erwarte, daß Gabriel junior irgendwann im Laufe des Tages die gleiche Frage stellen wird.«

»Was hast du gesagt?«

»Nein, natürlich. Was dachtest du denn?«

»Er wäre nicht der schlechteste Ehemann, und ich dachte, du würdest ihn vielleicht als das kleinste von mehreren Übeln nehmen.« Rafaella lachte. »Seit du damals in Ardais Rafe Scott erwähnt hast, denke ich ständig daran, daß ich einen Lebensgefährten haben könnte, wenn ich wollte.« *Und vielleicht will ich.* »Ich habe es bis jetzt nie ernsthaft in Erwägung gezogen. Ich weiß nicht, ob es gutgehen würde. Aber du müßtest *di catenas* heiraten, und ich weiß nicht, ob du das ertragen könntest.«

»Ich glaube, ich kann dir nicht folgen.«

»Hast du das schwere Armband bemerkt, das Javanne trägt? Und das von Ariel?«

»Das von Javanne, ja. Wieso?«

»Das wurde ihr angelegt, als sie *Dom* Gabriel heiratete, und es wird nie mehr abgenommen, nicht einmal im Tod. Er trägt ebenfalls eines, aber das ist kleiner, und man bemerkt es nicht, weil es bei Männern meistens vom Ärmel verdeckt wird. *Di catenas,* in Ketten, bedeutet für immer, und so ist es bei den *Comyn* Sitte. Es heißt, daß eine Frau ihrem Mann gehört und nicht mehr sich selbst.«

Margaret machte eine finstere Miene. »Dann kann *Dom* Gabriel also durch die Lande ziehen und kreuz und quer Kinder zeugen – was ich mir ehrlich gesagt aber nur mit Mühe vorstellen kann –, und Lady Javanne muß schön brav die Röcke unten lassen?«

Rafaella lachte dröhnend, und ihr Lachen schien von den Deckenbalken abzuprallen und den ganzen Raum aufzuhellen. »Das kommt der Sache sehr nahe«, sagte sie, als sie endlich wieder Luft bekam.

»Nein, ich glaube, das würde mir kein bißchen gefallen. Mein Vater und Dio sind auch verheiratet und, soviel ich weiß, einander treu, aber Dio hat nie jemand anderem gehört als sich selbst. Wie kann eine Frau einem Mann ›gehören‹? Sie ist doch kein Eigentum wie Liegenschaften oder Pferde.«

»Doch, das ist sie mehr oder weniger. Eine Menge Frauen in den *Comyn*, und in den anderen Klassen genauso, sind nichts als Eigentum, dazu da, Söhne zu gebären. Das ist einer der Gründe, warum der Eid der Entsagenden jede Form von Ehe verbietet und nur Lebensgefährten zuläßt – wir wollen nicht das Eigentum eines Mannes werden.«

»Also, das wäre nichts für mich. Du hast recht, ich könnte es nicht ertragen, die Zuchtstute irgendeines Kerls zu sein. Apropos Stute: Meinst du, ich werde Gelegenheit haben, Dorilys zu reiten, solange ich hier bin?« Sie wechselte das

Thema, weil es ihr äußerst unangenehm war, übers Heiraten zu sprechen. Das Kältegefühl, das sie mehrere Tage nicht bemerkt hatte, kehrte zurück, und sie spürte einen Nachhall von Ashara. Trotz aller Versicherungen Istvanas, daß sie den Schatten der alten Bewahrerin besiegt hatte, hielt Margaret es für möglich, daß Asharas Manipulationen sie in irgendeiner Weise weiterhin beeinflußten.

»Marguerida, wenn du auf Darkover bleibst, wirst du verheiratet werden, ob du es willst oder nicht. Und das Thema zu wechseln ändert nichts an den Umständen! Für eine intelligente Frau kannst du manchmal wirklich sehr kindisch sein!« In ihrer Stimme lag Ungeduld, aber auch Zuneigung, und Margaret fühlte die Angst vor Ashara wieder verblassen.

»Deshalb werde ich nicht hierbleiben. Wahrscheinlich gebe ich meinen Anspruch auf die Domäne Alton einfach auf und gehe an die Universität zurück, wo ich wirklich hingehöre.« Aber wie sie mit dem Problem umgehen sollte, daß sie eine funktionsfähige Telepathin war, wußte sie auch nicht. Wenn es nur einfach vergehen würde!

»Bist du dir sicher?«

Nein, und zum Teufel mit dir, weil du es mir ansiehst! »Ziehen wir uns an und suchen uns ein Frühstück. Ich komme um vor Hunger.«

Im Eßzimmer war niemand außer Liriel. Sie hatte eine leere Schüssel vor sich stehen und sah aus, als würde sie eine zweite Portion in Betracht ziehen. Als Margaret und Rafaella den Raum betraten, blickte sie auf und lächelte.

»Guten Morgen. Habt ihr gut geschlafen?«

»Sehr gut, danke, aber ich glaube, in der Decke ist immer noch eine undichte Stelle.«

Liriel kicherte. »Mutter hätte mich am liebsten umgebracht, als ich das sagte. Mutter würde mich oft am liebsten umbringen, was einer der Gründe ist, warum ich mich für ein Leben im Turm entschied. Auf diese Weise geraten wir uns nicht in die Haare. Ariel wohnt ungefähr zwanzig Meilen entfernt, und sie und Mutter besuchen sich ständig gegenseitig. Allerdings kommt Ariel mit ihr aus, was ich nie tat. Wir sind uns sehr ähnlich, Mutter und ich, und zwei energische Frauen unter einem Dach ist ein Rezept für Unglück, hab ich recht?«

»Ich habe noch nie darüber nachgedacht, aber ich glaube, du hast recht«, entgegnete Margaret. Ihre Cousine gefiel ihr immer besser, und sie dachte, sie könnten gute Freunde werden, falls sie auf Darkover blieb. Und bis sie eine Möglichkeit gefunden hatte, mit ihrer Telepathie zu leben, würde sie bleiben, wie sehr sie sich auch etwas anderes wünschte. Sie setzten sich, und ein Diener brachte Getreideflocken und Obst. Liriel hielt ihm ihre Schale für eine zweite Portion entgegen.

»Ich hatte gehofft, mit dir allein reden zu können«, wandte sich Liriel an Margaret, nachdem sie ihre Schüssel in Rekordzeit geleert hatte. Sie warf Rafaella einen raschen Blick zu. »Du mußt bleiben, Rafaella. Mit ›allein‹ meinte ich meine lästige Familie.«

»Sieht aus, als wäre dein Wunsch in Erfüllung gegangen«, sagte Margaret vorsichtig. *Hoffentlich setzt sie sich nicht für einen ihrer Brüder ein. Ich glaube, das würde ich nicht ertragen.*

»Auf keinen Fall«, sagte Liriel und nahm damit eindeutig ihren Gedanken auf. »Ich bin überzeugt, davon bekommst du noch genug zu hören, bevor der Tag um ist.« Ihr Ton war trocken, aber sie sah Margaret mitfühlend an. »Ich bin in den Turm gegangen, um eine solche erzwungene Heirat zu vermeiden – sie wollten, daß ich Dyan Ardais junior heirate, Mikhails Lehensmann. Du mußt ihm auf Burg Ardais begegnet sein.«

»Allerdings, und ich glaube, es war klug von dir, ihn nicht zu nehmen. Mir scheint, er wäre deinem … starken Charakter nicht ganz gewachsen. Vielleicht schätze ich ihn aber auch falsch ein, da ich kaum mit ihm gesprochen habe, und wenn, dann nur über Belanglosigkeiten.«

»Das ist eine nette Umschreibung dafür, daß ich Hackfleisch aus ihm gemacht und ihn zum Frühstück verputzt hätte.« Alle lachten.

»Ich weiß, es ist sehr schwer für dich, unsere Gepflogenheiten zu verstehen, aber sie haben Jahrhunderte lang gut funktioniert. Du betrachtest meine Mutter als Feindin, und das solltest du nicht. Sie tut ihre Pflicht, wie sie es für richtig hält, was mir und meinem Bruder Mikhail nicht immer paßt. Obwohl ich von meiner Arbeit als Technikerin in Tramontana voll in Anspruch genommen bin, liegt sie mir ständig in den Ohren, daß es noch nicht zu spät sei, zu heiraten und Kinder zu bekommen.«

»Auf Darkover scheinen alle Leute nur das Heiraten im Sinn zu haben«, sagte Margaret düster. »Ich warte ständig darauf, daß irgendwo ein Priester hervorspringt und mich, ohne zu fragen, verheiratet.«

»Diese Befürchtung ist fehl am Platz. Wir haben gute Gründe für unsere Sitten, Marguerida. Viele *Comyn*, darunter mein Vater, weigern sich, zu erkennen, daß die Zeiten sich geändert haben, daß Darkover nicht mehr so ist wie früher. Aber ich wollte nicht über unsere bewegte Geschichte reden – obwohl ich sehe, daß sie dich interessiert. Ich hatte gestern abend, nachdem alle im Bett waren, noch ein langes Gespräch mit

Onkel Jeff. Wir sind uns einig, daß du die Alton-Gabe besitzt, und zwar in vollem Maße.«

»Woher wißt ihr das?« Margaret war so unwohl, als hätte man sie ohne den Schutz ihrer Kleidung gesehen.

»*Chiya*, das ist für jeden Telepathen so offensichtlich wie die Farbe deiner Haare. Jeff hat mit Istvana Ridenow ebenfalls darüber gesprochen, wir wußten also schon vor deiner Ankunft, daß du im Besitz der Gabe bist.«

Verdammt! Die reden hinter meinem Rücken über mich, und ich kann nichts dagegen machen! Dann geht es bei Javannes Bestreben, mich an einen ihrer Söhne zu verheiraten, also um mehr als nur Armida – sie wollen sicherstellen, daß diese verfluchte Gabe nicht verlorengeht. Ich komme mir vor wie ein Siegerpreis, wie auf Mantenon, wo dieser Häuptling Ivor eine Herde Kühe für mich geboten hat. Damals war es lustig; heute würde ich am liebsten Zeter und Mordio schreien.

Margaret beherrschte ihre Gefühlswallungen mit einer Anstrengung, die ihr den letzten Rest Appetit raubte. »Ich weiß, du hast recht, aber ich glaube eigentlich nicht, daß es dich etwas angeht«, sagte sie steif. Ihre freundschaftlichen Gefühle für Liriel schwanden.

Liriel blickte streng, was ihrem runden Gesicht eine verblüffende Vornehmheit verlieh. »*Laran* geht jeden auf Darkover etwas an, der es besitzt. Es ist nicht wie andere Talente, wie die Fähigkeit zu malen oder zu komponieren, die man annehmen oder ignorieren kann. Wenn man es hat, muß man damit leben und lernen, es angemessen zu benutzen. Andernfalls ist man eine Gefahr für sich selbst und für jeden, dem man zufällig begegnet. Das gilt insbesondere für die Alton-Gabe, denn die Fähigkeit, den mentalen Kontakt mit jemand anderem zu erzwingen, ist, als würde man mit einer geladenen

Armbrust herumlaufen. Wenn dich etwas erschreckt, könnte es sein, daß du schießt, bevor du merkst, daß es sich nicht um einen Hirsch handelt, sondern um ein Mitglied deiner eigenen Familie.«

»Das verstehe ich, und ich verspreche, sehr vorsichtig zu sein. Aber worauf willst du hinaus?«

»Jeff fände es klug, wenn ich dich überwachen würde. Istvana hat dich bereits getestet, aber sie glaubt, daß deine Kanäle noch nicht richtig frei sind. Sie ist überzeugt, daß du während deiner Krankheit tatsächlich neue Kanäle herausgebildet hast – eine bemerkenswerte Theorie. Sie hat in der Zeit, die sie mit dir zusammen war, alles getan, was sie sich traute.«

»Ich weiß. Sie wollte, daß ich mit ihr in den Turm gehe, aber ich kann nicht. Ich kann es nicht erklären.«

»Du mußt nichts erklären, Cousine.« Liriel seufzte schwer. »Ich persönlich wünschte, du wärst mit ihr nach Neskaya gegangen, denn ich habe gewaltigen Respekt vor ihren Fähigkeiten als *Leronis*. Jeff könnte natürlich tun, was getan werden muß, aber das wäre alles andere als schicklich.«

Margaret fühlte sich eingeschlossen, als wäre nicht genug Luft im Raum, um sie frei atmen zu lassen. Alle wollten sie entweder an den erstbesten Mann verheiraten oder in einen Turm sperren, um sie vor Schaden zu bewahren.

Liriel errötete. »Unsere Sitten kommen dir merkwürdig vor, weil du noch nie in einer telepathischen Gemeinschaft gelebt hast, Marguerida. Wir haben viele Regeln, die außerhalb Darkovers so gut wie keinen Sinn ergeben. Überwachung ist eine intime Angelegenheit und nichts, was ein Mann bei einer Frau tut, die seine Tochter sein könnte.«

»Du meinst, du sprichst mit deinem Vater ausschließlich mündlich?«

»Um Himmels willen, nein! Wir beide hatten jede Menge Streitgespräche, ohne daß ein Wort geäußert wurde. Aber er würde vor Verlegenheit sterben, wenn er mich überwachen müßte. Von Geist zu Geist, das ist leichter als von Angesicht zu Angesicht, aber Überwachung ist sehr viel mehr.«

»Langsam verstehe ich. Ich dachte, Istvana hätte damals in Ardais Lady Marilla gebeten, mich zu überwachen, weil sie früher zusammenarbeiteten oder weil sonst niemand im Haus war, der es konnte. Aber Mikhail hätte es gekonnt, oder?«

»Die telepathischen Fähigkeiten meines Bruders hätten dafür durchaus gereicht, aber er hätte dich unter diesen Umständen genausowenig überwacht, wie er sich in deinem Schlafzimmer ausgezogen hätte. In einem Turm ist es anders, denn wenn man lange Zeit in einem Zirkel arbeitet, finden viele dieser Regeln keine Anwendung mehr. Jeff ist für diese Aufgabe zu sehr wie ein Vater, und Mikhail … nun ja.«

Margaret errötete bis in die Haarspitzen. Sie erinnerte sich wieder an die plötzliche Einmischung eines Mannes, während sie mit dem Stein aus Asharas Turm rang, und daß es sich angefühlt hatte, als würde er sie halten, die Arme um ihre Mitte geschlungen. Sie vermutete, das war Mikhail, wenngleich sie sich nicht vorstellen konnte, wie er in die Oberwelt gekommen war und warum. Und sie hütete sich davor, zu fragen. Sie und Mikhail hatten Gedanken ausgetauscht, aber immer mit einer gewissen Vorsicht und Zurückhaltung, und obwohl sie ein paarmal ziemlich nahe an Vertraulichkeit herankamen, waren sie nie wirklich persönlich geworden. Sie zogen sich an und stießen sich ab, als hätten sie beide Angst vor ihren Empfindungen.

Sie fragte sich, wie es wohl war, jemandem nahezustehen, der Gedanken lesen konnte. Wie verbarg *Dom* Gabriel seinen

Ärger vor Javanne? Oder Javanne ihre Wut vor ihrem Mann? Das ging wohl nur mit Selbstbeherrschung, und Dio und ihr Vater mußten diese Tugend in reichem Maße besitzen.
Nun endlich verstand sie, warum ihr Vater sich scheinbar von ihr zurückzog, als sie anfing, zur Frau zu werden. Es hatte weh getan und tat immer noch weh. Als kleines Mädchen hatte sie Lew vergöttert, und dann wurde er ohne ersichtlichen Grund kalt und distanziert. Sie hatte befürchtet, daß sie ihn irgendwie verärgert hätte. Warum hatte er ihr nicht gesagt, was los war? Warum hatte Dio es ihr nicht gesagt?
Dio, ohne Zirkel schaffen wir das nicht, verdammt! Ich kann nicht hergehen und in ihrem Geist herumpfuschen, nicht, wenn sie so verschlossen ist, und nicht wir beide allein. Und wir können nicht zurück nach Darkover. Ich habe diese Aufgabe hier übernommen, und ich werde sie zu Ende bringen, komme, was mag. Ich will zumindest eine Sache in meinem Leben richtig gemacht haben!
Die Stimme des Senators hallte durch ihre Nervenbahnen, und Liriel hörte sie ebenfalls, denn sie nickte. »Du mußt immer wieder kleine Brocken aufgeschnappt haben.«
»Aber wie? Wenn ich Istvana richtig verstanden habe, war ich fester verschlossen als ein Faß.«
»Selbst Leute ohne *Laran* fangen Gedanken auf, die unter dem Einfluß starker Gefühle geäußert werden. Wir halten das mittlerweile für eine normale menschliche Eigenschaft, vielleicht aus der Zeit, als wir noch keine formale Sprache besaßen. Die Terraner sind diesbezüglich skeptisch, aber wir verstehen mehr davon als sie.« Liriel schnaubte leise, was ihre geringe Meinung über die Terraner hinlänglich klarmachte. »Sicher, lange Zeit dachten wir, *Laran* ist etwas ganz Besonderes und auf die *Comyn* und ihre Nachfahren begrenzt, aber

in den letzten hundert Jahren haben wir herausgefunden, daß viele Menschen diese Talente bis zu einem gewissen Grad besitzen.«
»Aber ich verstehe immer noch nicht, warum ihr mich überwachen wollt.« Rafaella krümmte sich neben ihr fast vor Unbehagen. Margaret nickte ihr kurz zu, und die Entsagende verließ eilig den Tisch. Sie war nicht glücklich darüber, daß ihre Freundin wegging, aber sie verstand, daß sich Rafaella wie ein Eindringling fühlen mußte.
»Du warst noch sehr klein, als du überschattet wurdest, und obwohl einige dieser Kanäle jetzt frei sind, bleibt ein Schaden. Jeff und ich halten es für sehr wichtig, daß wir ein Auge auf dich haben und dafür sorgen, daß du gesund wirst.«
»Gesund! Ich wurde allein in einem Waisenhaus gelassen, bis man mich brauchte, und ich wurde in Unwissenheit gehalten, weil es dem Senator wichtiger war, sich um Darkover zu kümmern als um mich! Dann bringt mich das Schicksal, oder die Vorsehung oder was immer, hierher, und plötzlich bin ich die begehrenswerteste Frau auf dem ganzen verdammten Planeten, und du willst dafür sorgen, daß ich ... zum Teufel mit euch allen!«
Zu Margarets Überraschung war Liriel nicht im geringsten verärgert wegen ihres Ausbruchs. »Das sind genau die Gründe dafür, warum ich dich überwachen will, Marguerida. Du bist sehr zornig, und du hast allen Grund dazu. Aber verstehst du nicht, daß dieser Zorn gefährlich ist, nicht nur für dich, sondern für jeden, der die entsprechenden Gefühle durch ein Wort oder einen Blick zufällig auslöst? Ich bin ausgebildet und gut abgeschirmt, aber andere, wie deine Freundin Rafaella, sind es nicht. Du könntest sie buchstäblich töten mit deiner Wut.«

»Ich würde Rafaella niemals etwas antun. Sie ist meine Freundin – wie die Schwester, die ich immer haben wollte.« Sie holte zittrig Luft. »Es tut mir leid. Ich wollte nicht so selbstmitleidig klingen. Ich weiß, daß mich niemand verletzen wollte, nicht absichtlich.«

»Marguerida, weißt du, was passiert, wenn man ein geschlossenes Gefäß mit Wasser füllt und es aufs Feuer stellt?«

»Was? Ich weiß so viel, daß der Topf wahrscheinlich explodiert, wenn der Dampf nirgendwo hinaus kann.«

»Ich hätte dich nicht als Topf bezeichnet. Du bist mehr wie ein schön gearbeiteter Destillierkolben, klar und zerbrechlich, aber auch stark. Aber wenn man die Öffnung an einem Destillierkolben verstopft, zerspringt er.«

»Ja, und um in deinem Bild zu bleiben, bekommen alle, die in seiner Nähe sind, häßliche Schnittwunden ab. Ich wünschte, ich wäre nie nach Darkover gekommen.«

»Aber wie du selbst sagtest, war es dein Schicksal. Es gefällt dir hier, auch wenn du uns sehr merkwürdig findest.«

Margaret seufzte und schwieg lange. »Das stimmt. Ich habe immer etwas gesucht, für das ich keinen Namen hatte, und als ich hier die Sonne hinter der Stadt untergehen sah und den Duft von Essen roch, hatte ich einen Namen: Darkover. Ich habe fast mein ganzes Leben im Exil gelebt, und nun bin ich nach Hause gekommen. Wenn ich es gewußt hätte, wäre ich vielleicht schon viel früher hierhergekommen, aber … Liriel, ich will kein Telepath sein!«

»Das ist nichts, was du wollen oder nicht wollen kannst. Du bist einer. Und um deiner selbst und anderer willen, wirst du häufige Überwachung brauchen. Denn jetzt, wo die Gabe erwacht ist, wird sie wachsen und zunehmen und sich verändern. Und du selbst wirst dich verändern. Es tut mir leid, aber so ist es nun einmal.«

»Es kann dir nicht halb so leid tun wie mir! Also gut – tu, was du tun mußt. Ich werde ein braves Mädchen sein.« Ihr war überhaupt nicht wie einem braven Mädchen zumute, sondern eher wie einem Sturm, der im Begriff ist, loszubrechen.

»Gehen wir in mein Arbeitszimmer. Mutter überläßt es mir widerwillig, damit ich allein sein kann. Dort wird uns niemand stören.«

»Das brauchen sie auch nicht. Sie können sich einmischen, ohne daß ...«

»Sei nicht albern, Marguerida.« Die große Frau erhob sich. »Mein Vater, der sehr streng und korrekt ist, würde nicht einmal im Haus bleiben, während wir arbeiten, und Jeff ist kein Schnüffler.«

»Und was ist mit deiner Mutter?« Margaret fand die Vorstellung abstoßend, daß Javanne ihre Gedanken wahrnehmen könnte.

Liriel grinste. »Sie wird neugierig sein, das ist ihre Natur, aber sie wird sich nicht unerlaubt einmischen.«

»Wieso nicht? Aus Anstand?«

»Zum Teil. Aber mehr noch aus Vernunft. Du bist so stark, daß du fast jede Person eine Woche ins Krankenbett zwingen könntest, wenn du dich bedroht fühlst.«

»Wirklich?« Margaret folgte ihrer Cousine über den Flur und dachte nach. Die Vorstellung, daß sie die Macht besaß, Leute zu verletzen, ohne einen Finger zu rühren, war beinahe noch erschreckender als die, ein Telepath zu sein.

Sie betraten einen Raum von bescheidener Größe. Er hatte ein Fenster, das auf einen Hof hinausführte. Anders als in dem Hof vor dem Haus, waren die Steine hier nicht rechtwinklig, sondern kreisförmig angelegt. Bevor sie richtig schauen konnte, zog Liriel die Fensterläden zu. Margaret sah sich im Zimmer um. Pralle Kissen türmten sich auf einem dicken, grünen Teppich, und an zwei Wänden standen Bücherregale, auf die Margaret zuging.

»Ist das deine Privatbibliothek?«

»Ja. Ich habe sie mit Büchern begonnen, die im Haus zurückgelassen wurden, einige von deinem Vater und von Großvater Kennard, obwohl der kein großer Leser war. Manche Bücher, auf terranisch geschrieben, hat Ann'dra Carr importiert, als er hier lebte, und andere habe ich in Thendara bestellt. Mutter meinte immer, ich würde mir mit dem Lesen die Augen ruinieren, aber bisher ist das nicht der Fall.«

Es war eine bunt zusammengewürfelte Sammlung von Kindergeschichten über Werke über Landvermessung bis zu Romanen aus allen Teilen der Föderation. Margaret sah eine Sammlung von Gedichten aus dem Terra vor dem Zeitalter der Raumfahrt, das Werk eines Rupert Brooke, und eine zweite Gedichtsammlung von Gala Montaral, die vor zweihundert Jahren auf Tau Ceti V gelebt hatte. Da sie Galas Verse liebte, rechnete sie es Liriel hoch an, daß sie ihnen einen Platz in ihrer Bibliothek einräumte.

Abgegriffen, wie der Band war, mußte er häufig gelesen worden sein, und da kein Staub auf ihm lag, erst vor kurzem.

»Ich fing schon an zu glauben, daß niemand auf Darkover Bücher liest.«

»Im allgemeinen ist es als Zeitvertreib nicht so verbreitet wie Singen, Nähen und Jagen, aber wir sind auch nicht nur analphabetische Bauern hier.«

»Das habe ich auch nicht unterstellt, aber ich war überrascht, wie wenig Lesestoff ich gesehen habe. Auf Burg Ardais gab es ein paar Bücher, aber die hier sind interessanter. Das ist alles.«

»Komm, setz dich hier zur Kohlenpfanne.«

Margaret gehorchte und ignorierte ihr Unbehagen. Sie hatte ein Gefühl wie bei einem Arztbesuch, wo man sie untersuchen und messen und testen würde, und das gefiel ihr ganz und gar nicht. Sie hockte sich auf eines der großen Kissen und sah zu, wie Liriel eine Handvoll von etwas, das wie Unkraut aussah, in die winzige Kohlenpfanne warf. Es loderte auf und ließ weißen Rauch aufsteigen. Ein süßer Duft breitete sich aus, ein einschläfernder Geruch wie Kräuter unter einer heißen Sommersonne.

Sie bemerkte, wie ihr Unbehagen nachließ. »Was verbrennst du da?« fragte sie Liriel.

»Nur ein paar getrocknete Blumen. Sie haben eine beruhigende Wirkung, ähnlich wie Weihrauch. Es ist meine eigene Schöpfung, und ich gestehe, ich bin ein bißchen stolz darauf. Eines der Bücher hier ist eine alte Kräuterlehre – Koolpipper –, und sie hat mich auf die Idee gebracht, also bin ich losgezogen und habe Zeug gesammelt und alte Frauen befragt, die Kräuter verwenden, und experimentiert, bis ich den gewünschten Effekt hatte.«

»Koolpipper? Du meinst Culpepper?«

»Spricht man es bei euch so aus? Kennst du das Buch?« Die Technikerin lächelte erfreut.

Margaret war verblüfft. Ihre Cousine war eine beständige Quelle für Überraschungen. Sie hätte nie erwartet, jemanden wie sie auf Darkover anzutreffen. »Ich habe davon gehört. Ich habe an der Universität einen Botanikkurs belegt, im Grundstudium, und Culpepper stand auf der Literaturliste. Das ist ein sehr altes Buch, aus einer Zeit, lange bevor die Terraner in den Weltraum flogen, aber aus irgendeinem Grund wird es immer noch gedruckt und übersetzt. Soll ich mich jetzt so fühlen, als wäre mein Körper federleicht?«

»Na ja, du sollst entspannt sein«, antwortete Liriel und schaute leicht besorgt.

Margaret lachte kurz. »Wenn ich noch entspannter wäre, würde ich einschlafen. Ich bin auch tatsächlich ein wenig schläfrig, aber nicht sehr. Ich fühle mich so, als wäre nichts auf der Welt von Bedeutung. Ist das entspannt genug für dich?«

»Das ist gut. Du bist nämlich ein sehr angespannter Mensch, Marguerida.« Liriel hielt inne. »Wachsam ist vielleicht das beste Wort. Übervorsichtig. Weißt du, warum das so ist?«

»Ich kann es mir vorstellen. Als ich Marguerida Kadarin war ...«

»Als du *wer* warst?« Liriel schaute verdutzt.

Margaret antwortete nicht sofort; sie war voller merkwürdiger Empfindungen, alle ein wenig entfernt. »Im Waisenhaus wurde ich so genannt. Komisch. Ich hatte es vergessen, bis du mich gefragt hast, warum ich immer so ängstlich bin. Dort gab es ein Mädchen, so alt wie ich, aber größer, und die hat gern gekratzt und gezwickt und gebissen – und besonders gern anscheinend mich. Und als ich dann das Waisenhaus verließ und bei ... meiner Mutter war ... sie war in der einen Minute fröhlich und hat mich in der nächsten angeschrien. Ich habe immer versucht, mich ganz klein zu machen, damit sie mich nicht sieht.« Sie lachte nervös. »Ich habe geglaubt, ich könnte mich unsichtbar machen, wenn ich mich nur genug anstrenge.« *Und er war sowohl nett als auch lieblos – Robert Kadarin.*

»Verstehe. Du hast es gestern beim Abendessen auch versucht, stimmt's? Unsichtbar werden, meine ich.«

»Vermutlich. Deine Familie ist ziemlich erdrückend, alle auf einmal.«

»*Unsere* Familie, Marguerida. Aber du hast recht, vor allem, wenn Ariel sämtliche Kinder dabeihat. Sie kann es nicht ertragen, sie aus den Augen zu lassen. Ich weiß nicht, was sie tut, wenn sie einmal erwachsen sind und von zu Hause weg wollen. Sie und Piedro Alar bewachen die Bälger, als wollte sie ein Raubvogel davontragen. Wir sind Zwillinge, aber höchst unterschiedlich veranlagt. Sie ist ständig mutlos und besorgt, und ich bin im allgemeinen fröhlich. Das war schon immer so.«

»Ich weiß, daß es auf Darkover eine hohe Kindersterblichkeit gibt. Hat Ariel Kinder verloren – ist sie deshalb so übertrieben aufgeregt?«

Liriel schüttelte den Kopf und ließ ihr langes Haar fliegen. »Meine Schwester hat enormes Glück gehabt. Alle ihre Kinder haben überlebt und sind der gesündeste Haufen Bälger, den ich je gesehen habe. Aber sie sieht ihren eigenen Wert, glaube ich, ausschließlich als Mutter. Ich glaube, sie weiß nicht, wie sehr Piedro sie anbetet. Meine Mutter hat diese Ehe zwar gestiftet, aber sie hat eine gute Wahl mit Ariel getroffen. Ariel ist erneut schwanger, auch wenn man es noch nicht sieht. Eine Tochter, endlich. Ich hoffe, sie hört nach diesem Kind auf, denn sie bringt sich noch um, wenn sie alle zwei Jahre eines bekommt.«

»Woher weißt du, daß es ein Mädchen wird?«

»Ich bin Technikerin, Marguerida, und Ariel und ich haben Monate gemeinsam im Bauch unserer Mutter verbracht, bevor wir die Luft von Darkover atmeten. Ich weiß immer, wann Ariel empfangen hat, und ich weiß ebenfalls das Geschlecht des Kindes. Das gehört zu meinem *Laran*.«

»Ich glaube, ich verstehe die Sache mit dem *Laran* irgendwie noch nicht. Es ist mehr als nur Telepathie, oder? Istvana Ridenow hat mir erzählt, ihre Gabe ist die Empathie, was ich vom Kopf her zwar verstehe, aber gefühlsmäßig nicht greifen kann. Und ich war auch viel zu krank und zu wütend, um wirklich achtzugeben, was sie sagte, außer es ging um mich. Wie egoistisch!«

»Ja, es gibt mehr als Telepathie, Cousine. Jede Familie der Domänen hat eine Gabe, das heißt ein Talent, das vererbt wird. Die Alton-Gabe ist der erzwungene Rapport, also die Fähigkeit, in jeden Geist einzudringen, egal, ob Telepath oder nicht. Aus diesem Grund haben uns die anderen Domänen immer mißtraut. Erzwungener Rapport kann töten, deshalb finden Jeff und ich es so wichtig, dich zu überwachen. Die Ardais sind Katalysatoren und können das *Laran* von anderen wecken. Die Aldaran können in die Zukunft sehen, eine Gabe, die du möglicherweise ebenfalls besitzt.«

»Na großartig. Nicht genug damit, daß ich mich ungefragt in jeden Geist drängen kann, jetzt bin ich auch noch in der Lage, die Zukunft vorherzusehen. Aber Moment mal – warum sollte ich die Aldaran-Gabe überhaupt haben? Lady Marilla wollte mir nicht viel erzählen, als ich sie nach den Gaben fragte, und sie wurde sehr erregt, als ich von den Aldaran anfing.«

»Thyra Dariells Vater war Kermiac Aldaran, und die Mutter deines Vaters war Yllana Aldaran, eine halbe Terranerin. Du stammst also nicht nur einmal von den Aldarans ab, sondern gleich doppelt.«

»Ich verstehe. Jedenfalls scheint mich die Aldaran-Gabe verfehlt zu haben. Wenn ich in die Zukunft schauen könnte, wäre ich niemals nach Darkover gekommen.« Noch während Margaret das sagte, wußte sie, daß es nicht stimmte.

»Die Fähigkeit, die Zukunft zu sehen, heißt nicht, daß man in der Lage ist, ihr zu entgehen, Marguerida. Doch laß uns anfangen.« Liriel zog an einer Schnur unter ihrem Kleid, und ein Beutel, ähnlich dem von Istvana, kam zum Vorschein. Sie entnahm dem Beutel etwas, und nach mehreren Schichten Verpackung wurde ein Kristall sichtbar.

Margaret hielt ihrem Impuls stand, aufzustehen und aus dem Raum zu stürzen. Sie hatte panische Angst vor dem glänzenden Stein in der Hand ihrer Cousine. Sie straffte ihre Schultern, biß die Zähne zusammen und wartete auf die gleichermaßen verhaßte und vertraute Stimme, die in Ardais von ihr Besitz ergriffen hatte. Als sie auch nach mehreren Minuten nicht zu hören war, entspannte sie sich ein wenig. »Ich muß dir sagen, daß ich die Dinger nicht mag, Liriel.«

»Ja, ich weiß. Aber sieh ihn dir nur in Ruhe an. Versuche nicht, ihn zu berühren. Du darfst niemals den chiffrierten Matrixstein einer anderen Person berühren. Das kann sie in tiefen Schock versetzen und sogar zum Tod führen.«

Anstatt den Kristall zu betrachten, öffnete Margaret ihre linke Hand und zog langsam den Handschuh aus, den sie trug. Dann studierte sie ihre Handfläche. Sie spürte Liriels Erstaunen – Erstaunen, doch keine Beunruhigung.

Die blauen Linien, die sich in ihre Haut geprägt hatten, schienen ein wenig verblaßt zu sein, aber sie konnte das Muster noch erkennen. Wenn sie nur verstünde, was die Linien bedeuteten. Sie spürte ein leichtes Pulsieren unter der Haut, als würde dort eine Energie fließen, die nicht vollständig von ihr stammte. Margaret schauderte, als die Linien dunkler zu werden schienen, blauer und blauer.

Das Zimmer um sie herum verschwamm, und die Technikerin ihr gegenüber schien nicht Liriel zu sein, sondern ein Bild aus schwachem Licht, aus körperlosen Energielinien. Dann verschwanden plötzlich auch diese, und sie wurde in ihren eigenen Geist getaucht, in eine düstere Vision.

Ein gewundener Korridor gähnte vor ihr, und irgendwo schrie eine Frau. Es war ein gräßliches Geräusch, und sie wußte, die Quelle davon war jene unbekannte Frau, Thyra Dariell, ihre Mutter. Wahnsinn lag in dem Schrei, und sie fühlte, wie sie schrumpfte, klein und ängstlich und ganz vorsichtig wurde. Eine Stimme, die Stimme eines Mannes, ertönte. »Sie ist verrückt – sie ist außer Kontrolle!«

Sie hörte noch mehr Rufe, und sie erkannte Lew Altons Stimme und noch eine andere – die des silbernen Mannes. Sie kannte ihn nun, wußte, er war Robert Kadarin, der ihr eine Weile seinen Namen geliehen und sie ins Waisenhaus geschickt hatte, um sie vor Thyras Labilität zu schützen. Sie erinnerte sich, den Fluß namens Kadarin überquert zu haben, und wie schlecht sie sich dabei gefühlt hatte, und nun wußte sie endlich, wieso.

Was, wenn ich verrückt bin wie meine Mutter?

Die Dunkelheit verschwand schlagartig, und Margaret war wieder bei ihrer Cousine Liriel in dem behaglichen Zimmer, wo es süß duftete und Bücher die Wände säumten. Ihr Schädel pochte eine Minute lang, und dann war das Kopfweh vorbei, als wäre es nie gewesen. Sie entdeckte, daß sie ein wenig keuchte, als wäre sie gerannt, und verlangsamte bewußt ihre Atmung, wobei die Gesangsausbildung ihr einmal mehr zu Hilfe kam.

Der Gedanke, sie könnte verrückt sein, ging ihr nicht aus dem Kopf, und er war noch erschreckender als ihre Angst vor Asharas Geist. Sie schauderte und zog die Schultern ein und schaute voller Haß und Wut auf ihre unbedeckte Hand hinab.

Hätte sie nur nicht den Stein aus dem Spiegelturm gerissen! Das alles wäre nicht passiert, wenn sie ihn in Ruhe gelassen hätte. Aber dann wäre Ashara immer noch da und würde ihr befehlen, für sich zu bleiben, und verhindern, daß sie andere berührte und von allen berührt wurde.

Als sie schließlich zu Liriel aufblickte, steckte die Technikerin gerade die Matrix weg. Auf ihrer breiten Stirn perlte Schweiß, und die hängenden Schultern zeugten von großer Erschöpfung. »Du bist zu stark für mich, Marguerida.«

»Tut mir leid, wenn ich dich überanstrengt habe.« Margaret schämte sich, aber sie war immer noch so randvoll mit widerstreitenden Gefühlen, daß ihre Sorge um Liriel nur eine beiläufige Ausschmückung war. Sie wollte davonlaufen, sich verstecken, sterben.

»Das hast du nicht. Ich bin gleich wieder in Ordnung. Aber du bist zu stark – du mußt unbedingt in einen Turm gehen und dich ausbilden lassen.«

Der Gedanke ließ den Atem in ihren Lungen ersterben, und sie fühlte sich gefangen und eingesperrt. »Ich kann nicht!« *Wenn man nicht aufhört, mir zu sagen, was ich tun soll, dann werde ich wirklich noch verrückt, und dann hat sich die Frage erledigt, ob ich so bin wie Thyra!*

Als hätte Margaret gar nichts gesagt, fuhr Liriel fort: »Ich glaube, Arilinn wird am besten sein. Dort arbeitet Jeff, und ich glaube, ich könnte die Erlaubnis bekommen …«

»Ich gehe nicht in einen Turm!«

»Dein Vater war nämlich in Arilinn.«

»Hast du nicht gehört, was ich sagte!« schrie Margaret. »Ich bin nicht mein Vater, und ich gehe nicht in einen Turm. Ich spiele nicht Rapunzel!«

Liriel sah sie einen Moment verständnislos an, dann breitete sich langsam ein Lächeln über ihre Züge aus. »Rapunzel! Klar, es ist Jahre her, daß ich die Geschichte gelesen habe, und ich hatte vergessen, daß sie in einen Turm gesperrt wurde. Nein, nein, Marguerida – so verhält es sich nicht. Ich schlage nicht vor, daß du eingesperrt werden sollst und dein Haar wachsen lassen mußt, um zu entfliehen. Aber du mußt ausgebildet werden, du mußt lernen, mit deinen Talenten umzugehen.«

Margaret brach in Tränen aus. »Ich weiß«, schluchzte sie. »Aber ich kann einfach den Gedanken nicht ertragen, wieder eingesperrt zu sein.« Sie spürte, wie ihr Herz etwas freigab, ein Stäubchen fremde Energie, ein gefrorenes Teilchen, von dem sie nicht einmal gewußt hatte, daß es da war. Sie fühlte, wie ihre Anspannung nachließ, und kämpfte dagegen an. Diese Steifheit, diese Spannung von Muskeln und Geist, war alles, was sie zusammenhielt!

»Wieder?«

Der Spiegelturm stand auf der großen Ebene, kalt unter dem sternenlosen Himmel. Wieder krümmte er sich zu ihr hin, und wieder zersprang er in Scherben.

»Ich gehe nicht dahin zurück!«

»Marguerida, diesen Ort gibt es nicht mehr. Er existiert nur in deiner Erinnerung – allerdings hast du gerade so laut ausgestrahlt, daß jetzt wahrscheinlich jeder Telepath auf Darkover ein Bild von dem Turm hat. Du hast dieses Bauwerk zerstört, und du mußt dich nicht mehr davor fürchten.«

Margaret hielt ihre linke Hand hoch und drehte die Innenseite zu Liriel. »Siehst du die Linien?«

»Ich sehe schwache blaue Spuren, ja. Was ist das – eine Tätowierung? Hast du sie dir auf einem anderen Planeten machen lassen? Ich habe mich gestern abend schon über deinen Handschuh gewundert. Er kam mir zu deinem schönen Kleid unpassend vor.«

»Nein. Als ich aus der Oberwelt zurückkam, hatte ich diese Zeichnung auf der Hand. Damals war sie intensiver, aber das sind genau die Facetten des Steins, den ich aus dem Spiegelturm gezogen habe. Hat dir Istvana denn nichts davon erzählt?«

Liriel strich sich eine Haarsträhne aus dem Gesicht und blickte Margaret nachdenklich an. »Es ist mehr, als ich mir vorgestellt habe. Ich sehe, ich habe nicht richtig verstanden. Sicher hat mich Istvana informiert, aber sie hat nicht gesagt, daß das Ding eine Gestalt hat. Vielleicht wußte sie damals nicht, was es war.« Sie schwieg, aber Margaret war sich ziemlich sicher, daß sie mit jemandem außerhalb des Raum Rücksprache hielt. »Du hast etwas Bemerkenswertes getan, Cousine«, sagte sie schließlich. »Du hast eine Schattenmatrix aus der Oberwelt mitgebracht.«

Margaret wischte sich mit dem Ärmel die Tränen von der Wange. »Genau das, was ich immer schon haben wollte – eine Schattenmatrix. Nicht genug, daß meine Mutter eine Geistesgestörte war und mein Vater meinen Anblick nicht erträgt und daß ich die Alton-Gabe habe, sondern jetzt … Wie werde ich das Ding wieder los?«

»Gar nicht, glaube ich. Du wirst lernen müssen, damit zu leben und umzugehen. Wenn ich mich nicht irre, ist das auf deiner Hand alles, was von Ashara noch übrig ist.«

»Istvana hat mir in Ardais ein wenig von ihr erzählt. Nicht genug, um meine Neugier zu befriedigen – aber das ist nie der Fall. Ich habe jahrelang mit diesem Ashara-Wesen in mir gelebt, und jetzt erzählst du mir, daß ich sie zwar irgendwie zerstört habe, aber daß sie immer noch da ist, direkt auf meiner

Haut, auf meiner Hand. Ich schneide sie ab!« Margaret spürte, daß sie hysterisch wurde. »Einhändig zu sein ist ja fast eine Tradition in unserer Familie«, fügte sie bitter hinzu.

»Hör auf damit!«

»Ich will keine Schattenmatrix! Ich will überhaupt keine Matrix! Ich hasse die verdammten Dinger! Ich will keine Telepathin sein oder irgend etwas anderes als Margaret Alton, Wissenschaftlerin!«

»Glaub mir, Marguerida, ich verstehe dich. Das ist alles sehr neu für dich, und du erkennst noch nicht, daß es keine Last ist, sondern ...«

»Versuch nicht, mir einzureden, daß es eine Art Segen ist! Es ist ein Fluch, und ich weiß es.« Sie spürte, wie die Wut in ihr kochte, und sie war überrascht und ein wenig erleichtert, daß es Liriel offenbar nicht im geringsten störte. Margaret hatte sich immer vor ihrem eigenen Zorn gefürchtet, und es war eine neue Erfahrung, jemandem zu begegnen, der sich damit abfinden konnte.

»Nein, *Chiya*, es ist kein Fluch, auch wenn es eine Weile dauern mag, bis du das erkennst. Aber du kannst es nicht loswerden, und es ist besser für deinen Seelenfrieden, wenn du anfängst, es zu akzeptieren.«

»Seelenfrieden! Ich habe vergessen, was das ist, falls ich es je wußte.« Der anhaltende Duft von Liriels Weihrauch und die Ruhe der Technikerin begannen, Margarets Gefühlswallungen zu zerstreuen, als wären sie Rauch, der aus der Kohlenpfanne aufstieg. Ein Rest von Heiterkeit stahl sich gegen ihren Willen in ihr Gemüt. »Erzähl mir wenigstens mehr über Ashara. Ich glaube, ich komme besser mit allem zurecht, wenn ich mehr weiß – die Gelehrte in mir will Fakten, und zwar reichlich.«

»Ich fürchte, ich weiß nicht sehr viel mehr, als was dir Istvana bereits erzählt hat. Wir haben sehr wenige Aufzeichnungen aus dieser Zeit. Sie war Bewahrerin, vor Jahrhunderten, zu einer Zeit, als alle *Leroni* Jungfrauen waren. Man hat sie aus Hali vertrieben – die Gründe sind nicht bekannt –, und sie ging nach Thendara. Sie starb, aber irgendwie brachte sie es fertig, zu überdauern ... sie existierte nach dem Tod ihres Körpers weiter, indem sie andere Bewahrerinnen überschattete. Wir dachten alle, Callina Aillard wäre ihr letztes Gefäß gewesen.«

»Wer?«

»Die Bewahrerin in Neskaya während der Sharra-Rebellion«, antwortete Liriel zerstreut. »Ich schaffe das nicht. Jeff wird dich unverzüglich nach Arilinn bringen müssen.«

Chiya! Laß dich nicht in Panik versetzen! Bleibe in Armida. Und hab keine Angst, meine Marja. Hab keine Angst.

Lew Altons plötzliches Auftauchen in ihrem Geist erschreckte sie, denn er schien sehr nahe zu sein, und doch wieder nicht. Es war so tröstend, so beruhigend, daß Margaret nach dem ersten Schreck eine gewaltige Erleichterung spürte. Es war fast, als befände er sich im Raum oder direkt vor der Tür. Sie glaubte ihm, und sie fühlte sich beschützt. Er war ihr Vater, und ohne jeden Grund war sie überzeugt, daß er alles wieder richten würde. Doch dann schimpfte sie sich eine schwachsinnige Idiotin – Lew Alton hatte sich noch nie um sie gekümmert. Warum sollte sie ihm jetzt vertrauen?

Margaret bedachte alle ihre Möglichkeiten, so gut es ihr mit klopfendem Herzen und den Widersprüchen in ihrem Kopf gelingen wollte. Sie konnte Darkover verlassen und riskieren, daß sie den Rapport von irgendeinem Fremden erzwang, der sie zufällig ärgerte – was ohne echte Ausbildung eine wahrscheinliche Folge zu sein schien. Sie begriff die Notwendigkeit von strenger Disziplin – sie hatte die Musik auch nicht in einem Tag oder einem Monat erlernt.

Sie konnte in einen Turm gehen und riskieren, daß sie mit den Energien, die sie nun besaß, versehentlich jemanden wie Liriel verletzte. Sie wußte, Liriel hatte keine Ahnung, wieviel rohe Gewalt sie in ihrer Handfläche trug. Margaret wußte es ebenfalls nicht, aber sie vermutete, es könnte ungeheuerlich viel sein. Sie konnte einen passenden darkovanischen Mann heiraten und hoffen, daß ihr *Laran* mit der Jungfräulichkeit verschwand, wie es offenbar schon vorgekommen war. Oder sie konnte dem Alten trauen.

Von diesen gleichermaßen wenig attraktiven Möglichkeiten schien ihr die letztere noch am akzeptabelsten zu sein. Der Alte mochte als Vater versagt haben, aber sie war überzeugt, daß er immer das Beste für sie gewollt hatte, denn er hatte sie nie als einen Weg zur Macht betrachtet, als eine Beute, die man besaß und benutzte. Im Augenblick konnte sie nichts Besseres tun, und nachdem sie die Angelegenheit soweit geordnet hatte, empfand Margaret ein Gefühl von Klarheit. Die Dinge lagen außerhalb ihres Einflusses, was sie verabscheute, aber sie konnte es nicht ändern. Sie mußte das Beste aus der schrecklichen Situation machen.

»Ich werde nicht mit dir streiten, Liriel. Du hast dich entschieden und ich mich ebenfalls, und wir stimmen nicht überein. Solange du nicht vorhast, mich von einer Bande aus dem Gefolge deines Vaters in einen Sack stecken zu lassen und mich nach Arilinn zu schleppen …«

»Marguerida! So etwas würden wir nie tun!« Liriel war entsetzt und bestürzt und einigermaßen gekränkt. »Wie kannst du etwas so Fürchterliches denken?«

Margaret mußte plötzlich lachen. »Genug! Ich habe zu viele Schundromane gelesen, und ich habe im Moment eine sehr schlechte Meinung von der Menschheit. Hören wir auf, bevor ich wieder wütend werde, einverstanden?« Sie zog den Lederhandschuh wieder an und stand von ihrem Kissen auf.

»Du hast recht. Wir können hier nichts mehr tun.« Liriel wirkte traurig, die blauen Augen in dem runden Gesicht waren vor Sorge verdüstert. *Wir Altons sind nun einmal ein sturer Haufen. Wie konnte ich mir einbilden, sie würde sofort zustimmen? Ich kann nur hoffen, daß Jeff sie überzeugen kann, das Richtige zu tun.*

19

Als sie in den Flur hinaustraten, bemerkte Margaret, daß sie Hunger und Durst hatte. Sie wollte keinen Wein, keinen Kräutertee oder Bier. Sie wollte unbedingt eine Kanne starken Kaffee, mit fetter Sahne und jeder Menge Zucker. Margaret mußte über sich selbst lachen, und Liriel warf ihr einen raschen Blick zu, unsicher, was der Grund für diesen Heiterkeitsausbruch war. Die nächste Quelle für Kaffee war in Thendara, wohin es ein langer Ritt war.

»Ich nehme nicht an, daß mir irgend jemand telekinetisch ein Pfund Kaffee aus den Schwarzen Bergen auf Aldebaran besorgen kann, oder? Von einer solchen Gabe habe ich noch nichts gehört – aber ich weiß noch nicht über alle Gaben Bescheid, oder?«

»Nein, aber es könnte sein, daß Jeff Kaffee mitgebracht hat. Er hat nie ganz von dem Zeug lassen können – ich finde es widerlich, aber über Geschmack läßt sich nicht streiten. Er gibt dir sicher gern ein wenig ab.« Liriel beantwortete die Frage nach der Telekinese nicht, und Margaret entschied, es für den Augenblick dabei bewenden zu lassen. Es war nicht wichtig, solange sie nicht anfing, es zu tun.

Margaret hob die Arme über den Kopf und streckte sich. Sie hörte ihre Wirbelsäule knacksen. »Ich will nicht nach Arilinn, Cousine, aber für eine Tasse Kaffee könnte ich es mir überlegen.«

Liriel sah sie aus funkelnden Augen an. »Komisch. Ich hätte nie gedacht, daß du bestechlich bist.«

»Das liegt nur daran, daß es noch niemand versucht hat.«

Die beiden Frauen gingen lachend den Flur entlang. Ihre Harmonie entsprang dem gemeinsamen Erlebnis und gegenseitigem Respekt. Margaret mochte ihre Cousine fast so gern wie Rafaella, und das wollte etwas heißen. Als sie sich dem Eßzimmer näherten, begrüßte sie warmer Kaffeeduft, und Margaret grinste.

Eine Anzahl von Stimmen drang aus dem Speisesaal, darunter mehrere sehr hohe, und Margaret wußte, daß Cousine Ariel mit ihren vielen Kindern zu Besuch war. Sie seufzte und zuckte die Achseln. Sie wünschte, ihre Gefühle für Ariel Lanart-Alar wären so freundschaftlich wie die für Liriel, aber das ließ sich nicht erzwingen. Diese Frau war ihr unheimlich, und die Kinder sagten ihr nichts.

Der Tisch war für ein Mahl gedeckt, und die Kinder stopften sich den Mund voll und redeten dabei. Margaret vermerkte das Fehlen von *Dom* Gabriel und seinen Söhnen und fragte sich, wo sie wohl steckten. Es gab ihr einen Stich, weil Mikhail nicht da war; sie war enttäuscht und rätselte, ob er wieder abgereist war. Hoffentlich nicht.

Dann verlangte ihr Körper sein Recht. Sie prüfte die Tafel und war sehr zufrieden mit der Auswahl. Es gab Platten mit kaltem Fleisch, Schalen mit Obst und Laibe Brot, und der appetitliche Duft machte ihr zusammen mit dem des Kaffees den Mund wäßrig. Javanne thronte am Ende des Tischs, aber als sie Margaret sah, wollte sie sich erheben. Margaret schüttelte den Kopf, und Javanne blieb sitzen.

Margaret setzte sich auf einen freien Stuhl zwischen Javanne und einem der kleinen Jungen. Er war sieben oder acht Jahre alt und hatte das dunkle Haar seines Vaters. Den Mund voller Obst, sagte er: »Ich bin Donal Alar.«

»Sprich nicht mit vollem Mund, Donal«, tadelte Javanne mit

so sanfter Stimme, daß Margaret staunte. Sie hätte nie vermutet, daß ihre Tante so zärtlich sein konnte.

Er schluckte rasch hinunter. »Ich bin fast sieben«, verkündete er stolz. »Ich kann auf einem Pferd reiten – also gut, auf einem Pony.«

»Schön für dich«, antwortete Margaret, ein wenig unsicher, wie sie mit dem jungen Mann sprechen sollte. Sie war auf vielen Welten kleinen Kindern begegnet, aber sie hatte nie gelernt, sich in ihrer Nähe wohl zu fühlen. Nun fragte sie sich, warum das so war, und hatte den Verdacht, daß der Grund in der Überschattung durch Ashara zu suchen war.

Jeff kam mit einem Tablett in der Hand herein, und Javanne wirkte unglücklich. Er hatte eine aufgebrachte Hausangestellte im Schlepptau, die ihm das Tablett wegnehmen wollte, aber Jeff beachtete sie nicht. Er stellte eine große Tasse vor Margaret auf den Tisch, dazu ein Kännchen Sahne und einen Topf Honig und grinste sie an. »Ich fürchte, es ist keiner aus den Schwarzen Bergen – hast du den wirklich schon getrunken? Manchmal glaube ich, das ist nur ein Märchen, so phantastisch sind die Geschichten, die man darüber hört. Der hier ist aus Neukenia, und ich glaube, er wird deinen Gaumen zufriedenstellen. Zucker gibt es keinen, befürchte ich, aber Thymianhonig ist ein guter Ersatz.«

»Danke, Onkel Jeff. Ich liebe Kaffee aus Neukenia.«

»Dann werde ich dafür sorgen, daß es in Armida immer genügend davon gibt.«

»Das ist sehr nett von dir, aber du unterstellst, daß ich dort sein werde.« Sie sah ihn streng an, und er war so anständig, den Blick abzuwenden. »Übrigens habe ich tatsächlich schon Kaffee aus den Schwarzen Bergen getrunken – einmal. Das war auf einem offiziellen Empfang an der Universität, mit einem Essen, das Stunden dauerte, und im Anschluß daran wurde er serviert. Er ist wirklich so bemerkenswert, wie sich die Geschichten anhören. Er ist mit keinem Kaffee vergleichbar, den ich je getrunken habe, es ist ... ich kann es nicht beschreiben. Als sie den Kaffee servierten, wurde es still im Saal. Ein alter, emeritierter Professor, der für seinen Agnostizismus bekannt war, schlürfte seinen Kaffee und verkündete, daß er nun den Beweis für die Existenz einer Gottheit habe.« Margaret lachte bei der Erinnerung.

»War er tatsächlich so gut?« Jeff lachte in sich hinein. »Ich bin froh, daß noch jemand in der Familie meine Freude an gutem Kaffee teilt. In Arilinn benehmen sich alle, als hätte ich ein geheimes Laster, weil ich ihn trinke.«

Margaret goß Sahne und Honig in ihre Tasse und rührte um. Dann trank sie. Der Kaffee war köstlich, stark und bitter und perfekt zubereitet. »Du machst ausgezeichneten Kaffee, Onkel.« Dann stapelte sie sich kalten Braten auf den Teller; sie hatte großen Hunger, obwohl es noch keine drei Stunden her war, seit sie gefrühstückt hatte.

»Danke, Marguerida.«

Donal zupfte an ihrem Ärmel. »Kannst du auf einem Pferd reiten?«

»Ja, das kann ich, Donal.«

»Störe deine Cousine nicht, wenn sie gerade beim Essen ist«, tadelte Ariel, die einen kleinen Jungen auf den Knien reiten ließ. »Kennard, du hast genug gegessen. Noch so ein süßer Kuchen, dann wird dir schlecht, und das mag ich nicht.« Das Kind auf ihrem Schoß sah aus wie zwei oder drei Jahre, und es blickte seine Mutter verächtlich an und griff mit seiner Patschhand nach dem Tablett mit Gebäck.

»Wie wirst du mit so vielen Kindern fertig?« fragte Margaret in dem Bemühen, ein Gesprächsthema mit Ariel zu finden.

»So viele?« Sie blickte ihre Nachkommenschaft mit einer Mischung aus Blasiertheit und Angst an. »Es sind nur fünf – Kennard hier, der zwei ist, und Lewis, der nach deinem Vater heißt und jetzt vier Jahre ist.« Sie zeigte auf einen kräftigen Burschen neben sich und versuchte gleichzeitig, dem jüngsten Kind das Gebäck wegzunehmen. »Dann haben wir Donal, der neben dir sitzt, und Domenic und Damon. Sie sind acht und zehn. Das nächste wird bestimmt ein Mädchen, hoffe ich jedenfalls. Oder vielleicht zwei Mädchen. Wie traurig für dich, daß du in meinem Alter bist und noch keine Kinder hast. Du solltest jetzt so schnell wie möglich heiraten. Es gibt nichts Wichtigeres für eine Frau, als Kinder zu bekommen.«

Margaret fiel keine Antwort ein, die nicht unfreundlich gewesen wäre, deshalb aß sie und trank von ihrem Kaffee. Sie war müde vom Aufenthalt in Liriels Zimmer, und der Kaffee machte sie wieder munter. Es ging über ihr Vorstellungsvermögen, daß eine Frau mit fünf Kindern sich weitere wünschte, selbst wenn sie Ammen und Dienstmägde hatten, die ihr halfen, für sie zu sorgen. So wie Ariel ihre Söhne bemutterte, vermutete Margaret ohnehin, daß sie Hilfe ablehnte und sich für die Kleinen aufarbeitete.

»Welchen meiner Brüder wirst du also nehmen – Rafael oder Gabriel?« fragte Ariel in völliger Unschuld; offenbar wußte sie nicht, daß Margaret Rafaels Werben bereits zurückgewiesen hatte. Sie bemerkte, daß Mikhails Namen fehlte, und nahm einen schwachen Stachel des Zorns wahr. Alle behandelten ihn, als existierte er nicht, und sie fragte sich, wieso er sich überhaupt mit ihnen abgab. Er war eindeutig pflichtbewußter als sie. Es ärgerte sie, daß niemand Mikhail als möglichen

Ehemann für sie ins Spiel brachte, und sie verstand zwar ungefähr die Gründe dafür, fand sie aber dumm. »Sie sind beide brave Männer, ruhig und zuverlässig«, fuhr Ariel fort, die erkennbar gewillt war, einen Lobgesang auf ihre Brüder zu beginnen.

»Ich bin überzeugt, sie sind beide äußerst tugendhaft, Ariel, aber ich denke nicht an eine Heirat.«

Ariel wirkte schockiert. »Aber deine Pflicht ist klar. Du mußt heiraten, und zwar schnell, sonst wirst du zu alt für gesunde Kinder.«

Javanne schien neben Margaret kurz vor dem Explodieren zu sein, doch Ariel bemerkte den Zorn ihrer Mutter offenbar nicht. »Pflicht?« fragte Margaret, die sich beherrschte, so gut sie konnte.

»Natürlich! Lewis, hör auf, Kennard zu zwicken! Mutter sagt, du hast die Alton-Gabe, und du mußt Kinder bekommen, damit sie nicht verlorengeht. Also, welchen von meinen Brüdern magst du lieber? Ich gebe zu, Gabriel redet nicht viel, aber du anscheinend schon, deshalb würde ein ruhiger Mann vielleicht gut zu dir passen.«

Das war zuviel. »Hat eigentlich irgend jemand auf Darkover noch etwas anderes im Kopf, als euer *Laran* zu erhalten? Ihr scheint davon besessen zu sein«, fauchte sie.

Ariel zuckte zusammen, als hätte man sie geschlagen, und Margaret kam sich vor wie ein ungehobelter Rüpel. Natürlich war ihre Cousine nervtötend, aber das war kein Grund, sie anzufauchen.

»Ich hatte nicht die Absicht, dich zu beleidigen, Cousine. Aber ich verstehe dein Verhalten in der Tat nicht.« *Besessen von Laran – wie kann sie es wagen! Macht sie sich über mich lustig, weil ich so wenig Laran habe? Ich könnte sie umbrin-*

gen, wie sie da sitzt und mich mit ihren goldenen Augen ansieht, als wäre ich ein Ungeziefer. Warum sind immer alle gegen mich?

Ariel reagierte heftiger, als Margaret ihr zugetraut hätte, und ihre blassen Wangen röteten sich vor Zorn. Sie schien wie verwandelt. In ihren Augen lag ein Funkeln, bei dem sich Margaret nahezu krümmte, denn es hatte etwas vom Blick einer Wahnsinnigen. Dann wurden ihre Wangen wieder bleich, und sie fuhr fort: »Vermutlich bist du genau wie dein Vater – egoistisch. Das muß euer terranisches Blut sein! Wenn man dich anständig erzogen hätte, wärst du bereits verheiratet und hättest Kinder und wüßtest, wo du hingehörst.«

»Ariel!« sagte Javanne schneidend. Die faltige Haut unter ihrem entschlossenen Kinn bebte über der aprikosenfarbenen Halskrause. *Ich hätte sie nicht einladen sollen! Man kann sie nicht mehr bremsen, wenn sie in diese Stimmung gerät!*

»Was? Ich habe es gestrichen satt, daß alle auf Zehenspitzen um Marguerida herumschleichen und sie wie eine Prinzessin behandeln. Wenn ihr sonst niemand ihre Verpflichtungen erklärt, dann tue ich es eben. Sie ist kaum besser als ein verzogenes Kind. Es wird Zeit, daß sie anfängt, sich anständig zu benehmen, anstatt mit einer Entsagenden in den Bergen umherzustreunen und alten Leuten beim Singen zuzuhören. Das ist keine schickliche Beschäftigung für eine Frau. Jeff sagt, sie ist eine Gelehrte – was ist das? Bücher lesen und Gedanken denken, die nichts bedeuten!«

Margaret spürte die Wut ihrer Cousine, allerdings konnte sie sich nicht vorstellen, warum sich Ariel so provoziert fühlte. Nach einer Weile gelangte sie zu der Erkenntnis, daß der Verdruß ihrer neuen Cousine wahrscheinlich gar nichts mit ihr zu tun hatte. Sie schaute sich in der Tischrunde um und versuchte eine Lösung für das Rätsel zu entdecken. Jeff sah sorgenvoll aus und Javanne, als wäre sie drauf und dran, einen Mord zu begehen, wobei Margaret nicht feststellen konnte, ob sie oder Ariel das vorgesehene Opfer war. Die Kinder waren beim schrillen Tonfall ihrer Mutter ängstlich verstummt. Nur Liriel wirkte ungerührt und aß ruhig weiter.

O je – Mama hat wieder einen von ihren Anfällen. Margaret meinte, der Gedanke kam von Donal, aber es konnte auch eines der anderen Kinder gewesen sein.

Es ist meine Schuld! Das war unverwechselbar Javannes geistige Stimme, und die tiefe Sorge, die in ihr lag, war nicht zu überhören. *Ich habe ihr zugeredet, welche Größe darin liegt, Kinder zu bekommen, weil ich sie darüber hinwegtrösten wollte, daß sie fast kein Laran besitzt. Das meinte ich auch so, aber Ariel ist so instabil. Ich wollte nur eine gute Mutter sein, aber …*

Margaret hätte viel dafür gegeben, wenn sie diese Gedankenbruchstücke nicht aufgeschnappt hätte, aber die Gefühle ihrer Tante waren sehr stark, und Margaret wußte nicht genug über Telepathie, um sie aussperren zu können. Gleichzeitig verfiel sie in ihre wissenschaftliche Gewohnheit, die Informationen, die sie bekam, auszuwerten. Sie hatte Mitleid mit Ariel. Es mußte schrecklich sein, ein Talent nicht zu haben, das so hoch geschätzt wurde und bei den anderen Familienmitgliedern reichlich vorhanden war.

Niemand versteht mich! Sie halten mich alle für dumm und wertlos. Aber ich habe Kinder, und die sind das einzige, das wirklich zählt. Wenn meinen Kindern etwas zustoßen würde …

Diese Angst war so stark, daß sie Margarets Kehle zuschnürte.

Sie mußte Ariel in jedem wachen Augenblick verfolgen und wahrscheinlich selbst noch im Schlaf. Kein Wunder, daß sie so alt und verbraucht aussah. Es war nicht das Kinderkriegen, das sie vorzeitig altern ließ, es war Angst. Das war immerhin etwas, das Margaret verstand und wofür sie Mitgefühl empfand.
Aber wieso? Die Jungen wirkten auffallend gesund – ganz normale Kinder, wie sie sie auf vielen Planeten gesehen hatte. Und auf einem Planeten mit einer hohen Kindersterblichkeit waren fünf gesunde Burschen eine wunderbare Sache. Und Liriel sagte, Ariel sei erneut schwanger, diesmal mit der Tochter, die sie sich wünschte. Warum handelte sie sich unnötig Ärger ein?
Margarets Blick wanderte von Kind zu Kind und blieb auf dem Gesicht von Domenic Alar liegen. Er hatte große Augen, eine blasse Haut und die dunklen Haare seines Vaters. Er schien etwas von der Veranlagung seiner Eltern geerbt zu haben, denn er sah seine Mutter mit ängstlicher Miene an. Es mußte schwierig für die Jungen sein, bei dieser Frau aufzuwachsen, die sie keinen Augenblick losließ.
Margaret schaute zerstreut zwischen ihm und Damon hin und her und wußte plötzlich, daß Domenic das Mannesalter nicht erleben würde. Es war eine entsetzliche Empfindung, nicht unähnlich der, die sie gehabt hatte, als sie Ivor an seinem Todestag ansah. Margaret war aufgewühlt, und als aus dem Gefühl eine Vision wurde, wäre sie am liebsten aus dem Zimmer gerannt. Domenic schien zu welken, während sie ihn ansah. Für einen kurzen Augenblick war seine blasse Haut mit Blut bespritzt, und dann sah sie ihn mit Grauen zum Skelett werden, und seine kleinen Hände waren nur noch Knochen.
Sie hörte, wie Liriel am anderen Tischende scharf Luft holte,

während gleichzeitig Javanne sagte: »Ariel – es steht dir nicht zu, von solchen Dingen zu reden. Das wird alles dein Vater entscheiden!«

»Lady Javanne, *Dom* Gabriel wird nichts dergleichen tun!« Margaret war froh, sich auf die Aussage ihrer Tante stürzen zu können, um ihren Geist von der schrecklichen Vision abzulenken. Notfalls würde sie einen Streit mit ihrer furchteinflößenden Tante anfangen, Hauptsache, sie mußte nicht an das denken, was sie eben gesehen hatte. Das mußte es sein, natürlich! Ariels Ängstlichkeit war die Ursache für ihre Vision und hatte die Erinnerung an Ivor ausgelöst und an all den Kummer über seinen Tod, der noch in ihr steckte.

»Liriel! Marguerida hat etwas gesehen, hab ich recht? Sag es mir sofort!« Ariels Stimme übertönte sowohl Margaret wie Javanne. »Du sagst mir auf der Stelle, was du gesehen hast, du … du Ungeheuer! Du hast die Aldaran-Gabe, oder? Oder!? Und du willst meinen Kleinen etwas antun, weil ich als einzige den Mut hatte, dir zu sagen …«

»Halt!« Liriels Stimme war tief und gebieterisch. »Du wirst hysterisch, Ariel.«

»Nein, werde ich nicht! Sie hat etwas gesehen! Sie soll es sagen!«

Margaret seufzte. Einmal mehr sehnte sie sich nach dem Frieden, den sie unterwegs mit Rafaella genossen hatte. Auf der Reise waren ihre Mahlzeiten von keinen familiären Spannungen unterbrochen worden. »Cousine, ich würde deinen Kindern niemals etwas zuleide tun.« *Liriel, das habe ich mir nur eingebildet, oder? Sag mir, daß es nur Einbildung war – bitte!*

Nein, es war keine. Ich kann dir versichern, daß ich den Unterschied zwischen einer Weissagung und reiner Einbildung merke. Du besitzt die Aldaran-Gabe, Marguerida. Das haben wir natürlich schon vermutet. Du hast die Wahrheit gesehen, aber danke, daß du meine Schwester zu beruhigen versuchst. Domenic wird nicht lange genug leben, um Kinder zu zeugen. Laß mich bitte mit Ariel fertig werden.

Danke, Liriel. Ich weiß mir wirklich keinen Rat mehr – die Aldaran-Gabe und die Alton-Gabe! Das ist mehr, als ich bewältigen kann. Ich würde alles gegen ein schnelles Schiff tauschen, egal, wohin. Soll ich das Haus verlassen? Würde das helfen?

Nichts kann Ariel im Moment helfen. Wenn sie in Rage gerät, verliert sie das bißchen Verstand, das sie hat. Das war schon immer so. Mutter hoffte, sie würde ruhiger werden mit Mann und Kindern. Wir dachten, sie würde aus diesen Anfällen herauswachsen.

Herauswachsen – diese Leier kenne ich nur zu gut!

Ja, ich weiß.

Margaret war überrascht, mit welcher Leichtigkeit sie und Liriel sich austauschten, und empfand ihre Cousine als großen Trost. Sie wirkte so ausgeglichen und vernünftig, im Gegensatz zu ihrer Zwillingsschwester. Es freute sie, daß es auf Darkover einen Menschen gab, der einige ihrer Fragen beantworten konnte und vielleicht sogar ihre Gefühle verstand.

Ariel, die von dem Gedankenaustausch nichts mitbekommen hatte, begann zu schreien. »Glaubst du, weil ich viele Kinder habe, kann ich eines erübrigen? Piedro! Wo ist Piedro? Ich bleibe keinen Augenblick länger unter einem Dach mit diesem Ungeheuer.«

»Hör auf, dich wie eine abergläubische Bäuerin aufzuführen!« fauchte Liriel.

»Ariel, du weißt ganz genau, daß die ersten Erfahrungen mit *Laran* unzuverlässig sind«, sagte Jeff mit der ruhigen Autorität von Alter und Erfahrung, aber Ariel wollte nicht hören.

»Nein, das weiß ich nicht! Liriel hat das ganze *Laran* von uns beiden bekommen.« *Sie hat es im Mutterleib gestohlen! Das ist ungerecht. Sie macht es sich in Tramontana bequem, und ich bin die einzige ohne Laran in der Familie. Aber ich habe Kinder, und niemand wird meine Kleinen verfluchen. Es ist alles Margueridas Schuld! Sie hätte sterben sollen. Ich weiß, daß sich Piedro nur deshalb etwas aus mir macht, weil ich ihm Kinder schenke, und ich muß über sie wachen …*

»Sei nicht albern, Schwester.«

»Kannst du schwören, daß ihre Vision falsch ist? Sie ist böse. Sie steckt voller Ideen, terranische Ideen, und sie ist böse.« Ariel sprang von ihrem Stuhl auf, wobei das Kind auf ihrem Schoß hinuntergefallen wäre, wenn Javanne ihren jüngsten Enkel nicht gerade noch gepackt hätte. Ariel schlug unterdessen mit ihrer kleinen Faust auf den Tisch. Ihr voller Teller ging auf dem Boden zu Bruch, und das Kelchglas folgte.

»Ariel, setz dich«, sagte Javanne mit fester Stimme. Ihre Augen waren groß und verzweifelt. *Ich kann sie nicht bremsen! Ich konnte es noch nie! Ich hatte schon immer schreckliche Angst vor ihr, wenn sie wütend wurde, und mittlerweile fühle ich mich zu alt, um sie im Zaum zu halten. Und sie war so ein süßes Baby!*

Piedro eilte ins Eßzimmer, er sah gehetzt und sorgenvoll aus.

»Was ist, Liebling?«

»Marguerida hat etwas Schreckliches vorausgesehen, und sie will mir nicht sagen, was es war! Hol die Kutsche. Wir fahren sofort heim! Die Kinder fahren bei mir in der Kutsche, damit ich mich um sie kümmern kann.« Sie riß ihrer Mutter den kleinen Kennard aus den Armen, dann drehte sie sich mit blutleerem, wütendem Gesicht zu Liriel um. »Welchen hat sie gesehen, Domenic oder Damon? Sag es mir!«

»Liebste«, begann Piedro zärtlich und faßte seine Frau am Arm. »Draußen zieht ein Sturm von den Bergen her auf. Wir sollten jetzt nicht losfahren. Komm, du darfst dich nicht so aufregen. Denk an das Kind, das du in dir trägst.«

»Mach die Kutsche fertig!« Ariel war nun verzweifelt. »Ich werde nicht hier sitzen und warten, bis Marguerida noch etwas sieht oder sich herabläßt, einen meiner Brüder zu erwählen. Ihr habt euch alle gegen mich verschworen.« Piedro erkannte, daß es sinnlos war, mit seiner Frau vernünftig reden zu wollen, und hielt sie kopfschüttelnd am Arm fest.

»Niemand hat sich gegen dich verschworen, *Chiya*«, sagte Jeff ruhig. *Ich hatte keine Ahnung, daß es immer noch so schlimm ist. Arme Frau! Ihre Ängste werden sie irgendwann umbringen.*

»Ich weiß, was ihr von mir denkt. Ihr denkt, daß ich eine dumme Frau bin, die nur zum Kinderkriegen taugt. Ich brauche kein *Laran*, um zu wissen, daß ihr mich alle verachtet.«

Javanne sah bei diesen Worten aufrichtig entsetzt und gekränkt aus. »Ariel, das ist nicht wahr. Wie kannst du so etwas Fürchterliches denken?«

»Du hast dir nie das geringste aus mir gemacht, also tu nicht so. Du konntest es nicht erwarten, mich aus Armida wegzubringen. Und du!« Sie fiel über Jeff her. »Es überrascht mich nicht, daß du auf ihrer Seite bist. Obwohl du seit Jahren auf Darkover wohnst, bist du immer noch ein Freund von allem, was terranisch ist. Wenn sie den Tod von einem von Elories

Kindern vorhergesehen hätte, wärst du dann auch so ruhig? Kannst du beschwören, daß ihre Vision falsch ist?«

Jeff sah alt, traurig und müde aus. »Nur Gott kennt unser Geschick, Ariel.«

Ariels Augen wurden schmal vor Haß und Verzweiflung. »Ihr wißt gar nicht, wie sehr ich euch alle verabscheue!« Sie drückte Kennard an ihre Brust und packte Lewis junior mit der freien Hand. Dann entwand sie sich der Umarmung ihres Gatten und begann, ihre anderen Kinder aus dem Raum zu treiben. Der Klang ihrer Schreie war noch lange im Speisesaal zu hören, wo Margaret, Javanne, Jeff und Liriel entsetzt und sprachlos zurückblieben.

»Mir war nie bewußt«, sagte Javanne schließlich, »wie tief ihr Groll sitzt, weil sie kein *Laran* hat. Bis jetzt jedenfalls.« Sie sah älter aus, als sie war, müde und abgezehrt. »Marguerida, ich entschuldige mich für das törichte Benehmen meiner Tochter. Sie war ein nervöses Kind, und ich dachte, eine Heirat und Kinder würden sie festigen. Ich wollte sie nie loswerden, auch wenn sie das zu glauben scheint.«

Ihre Entschuldigung klang aufrichtig, und zum ersten Mal empfand Margaret so etwas wie Zuneigung für ihre Tante. »Du mußt dich nicht entschuldigen, Tante. Ich hätte meinen Gesichtsausdruck besser unter Kontrolle haben müssen.«

»Nein, Marguerida. Es war nicht dein Gesichtsausdruck, der die Geschichte verraten hat, sondern meiner und Liriels. Dein einziger Fehler war, daß es dir nicht gelang, deine Gedanken besser abzuschirmen.« Javanne zuckte die Achseln. »Ich gehe und versuche, sie zu beruhigen. Ich glaube aber nicht, daß ich Erfolg haben werde. Ariel ist sehr eigensinnig, wenn sie sich einmal entschieden hat.«

Sie ging, und Margaret wünschte sich Lichtjahre fort, auf

einen Planeten, wo man kein *Laran* kannte. Und sie wünschte, sie hätte jemanden, mit dem sie reden und der ihr einen Rat geben konnte.

Margaret sah Liriel an und schüttelte den Kopf. Dann sah sie den alten Jeff an, der sie aus traurigen Augen beobachtete. Es drängte sie, ihm zu vertrauen, mit ihm zu sprechen. Dann siegte ihre lebenslange Gewohnheit, und sie zog sich zurück, zwang sich zu Kälte und Distanziertheit. Sie würde für sich bleiben, wo sie niemanden verletzen konnte. Doch warum schmerzte es sie in der Seele? Und warum hätte sie am liebsten geweint?

20

Binnen einer Stunde hatte Ariel – eine bemerkenswerte organisatorische Leistung für eine Frau, die halb wahnsinnig wirkte –, die Dienerschaft antreten und ihr Gepäck aufladen lassen. Dann führte sie ihre Kinder aus dem Haus, den verzweifelt dreinschauenden Piedro im Schlepptau. Draußen stand eine merkwürdige Kutsche, wie Margaret sie nur aus Museen kannte. Es war ein hoher Kasten auf sechs Rädern, der von vier kräftigen Pferden gezogen wurde. Die Kinder stiegen widerwillig ein, wobei die älteren sich noch einmal umsahen und die jüngeren ein Protestgeschrei anstimmten.
Oben auf die Kutsche wurde allerlei Gepäck gestapelt, und selbst für Margarets ungeübtes Auge wirkte das ganze Gefährt nicht sehr im Gleichgewicht. Zwei Männer nahmen auf dem Kutschbock Platz und schauten mit Unbehagen zu den Wolken, die sich über den Bergen auftürmten. Margaret kannte sich mit dem Wetter auf Darkover noch nicht sehr gut aus, aber sie schätzte, daß der Sturm losbrechen würde, bevor die Familie Alar die zwanzig Meilen bis zu ihrem Zuhause zurückgelegt hatte. Sie seufzte und schüttelte den Kopf, während Javanne Ariel anflehte, ihren überstürzten Entschluß zu überdenken. Doch Ariel schlug ihrer Mutter die Tür der Kutsche vor der Nase zu. Piedro Alar, der noch verzagter als sonst aussah, bestieg ein schönes Pferd. Margaret glaubte nicht, daß er ein sehr guter Reiter war, denn seine Haltung war kläglich. Hätte sie nur diese Vision nicht gehabt!
Javanne stand mit grimmiger Miene auf der Treppe und sah

zu, wie die Kutsche wegfuhr, die unter der Last auf dem Dach hin und her zu schwanken schien. Nicht im Gleichgewicht, dachte Margaret, genau wie ihre Passagiere. Die Kutsche rumpelte die Auffahrt hinab und wirbelte ein wenig Staub auf. Javanne drehte sich abrupt um und ging die Treppe hinauf. Sie sah, daß Margaret im offenen Eingang stand. »Du darfst dir nicht die Schuld an der Sache geben, Marguerida. Du bist nun einmal das Kind deines Vaters.« *Lew hielt sich immer schon für wichtiger, als er war. Versuchte, jemand zu sein, der er nicht war! Kennard hätte ihn nie mit Gewalt im Rat durchsetzen dürfen. Er hätte meinen Gabriel zum Erben machen sollen, dann hätten wir das ganze Problem gar nicht. Ich weiß, du kannst nichts dafür, aber ich kann meine Gefühle nicht ändern. Er war ein krankhaft stolzes Kind, und du bist ihm sehr ähnlich.*

Javanne rauschte an ihr vorbei und ließ Margaret verblüfft und getroffen von diesem beißenden Kommentar zurück. Der Groll, den sie bei ihrer Tante wahrnahm, verwirrte sie, und wenngleich sie sich sagte, daß er nichts mit ihr zu tun hatte, war sie dennoch verletzt. Sie konnte schließlich nichts dafür, daß Lew so unmöglich war.

Margaret sah Javanne Hastur nach, die in den ersten Stock hinaufstürmte wie eine kleinere Göttin. Sie sah den Stolz, der sich in der Haltung des Rückens zeigte, aber sie spürte auch die Verzweiflung und Wut in der Frau.

Margaret wollte gerade ihrer Tante nach oben folgen und sich in die Sicherheit ihres eigenen Zimmers zurückziehen, als sie schwere Stiefeltritte von dem Flur hörte, der zur Rückseite des Hauses führte. Mikhail tauchte aus dem Dunkel unter der Treppe auf, fröhlich pfeifend und ein wenig Stallgeruch verbreitend. Sein Gesicht heiterte sich noch mehr auf, als er sie sah, und Margarets Herz machte einen Hüpfer. Sie konnte sich zureden, so gut und vernünftig sie wollte, doch sie konnte nicht umhin, Mikhail Lanart-Hasturs Anblick wunderbar zu finden. »Marja! Genau dich habe ich gesucht!« fing er an.

»Nenn mich nicht so.« Der Kosename ihres Vaters für sie klang von Mikhails Lippen beunruhigend. »Ich komme mir vor wie ein Kind!«

»Verzeih mir meine Anmaßung, Cousine. Wie soll ich dich dann nennen? Marguerida ist so lang.« Er grinste, und seine blauen Augen leuchteten. »Ich komme mir in diesem Haus immer wie ein Kind vor, warum sollte es dir also anders gehen.«

»Es tut mir leid, ich hätte dich nicht so anfahren dürfen. Es war ein grauenhafter Vormittag. Erst wollte Liriel mich überwachen, dann sagte sie, ich muß nach Arilinn, und schließlich gab es einen Zwischenfall im Speisesaal, und Ariel hat ihre Kinder weggebracht, weil sie befürchtet, ich könnte sie mit dem bösen Blick verhexen.« Sie seufzte.

»Ich habe davon erfahren, als Piedro die Kutsche eingespannt hat. Der arme Kerl hatte eine Stinkwut. Ich bedauere, daß meine Schwester so verrückt ist – kein *Laran* und fürchterlich gefühlsbetont –, aber so ist Ariel eben. Aber ich habe eigentlich dich gesucht. Ich wollte fragen, ob du Lust hast, mit mir um Armida zu reiten. Ich überlaß dir sogar Dorilys«, lockte er.

Margaret dachte an die zinngraue Stute, und ein Lächeln formte sich auf ihren Lippen. »Mit Vergnügen! Tatsächlich würde mir ein anständiger Ritt jetzt helfen, dieses Gefühl abzuschütteln, daß ich … etwas Furchtbares angestellt habe. Aber *Dom* Gabriel scheint Dorilys nicht für ein geeignetes Reittier zu halten, wenn man ›nur‹ eine Frau ist. Und ein Sturm zieht auch auf.« Allein der Gedanke, etwas zu tun, das ihr

Onkel mißbilligte, machte ihr Vergnügen, um so mehr, wenn sie es mit Mikhail tun konnte.

»Ich weiß, aber wir werden nicht lange weg sein. Mein Vater ist sowieso der Ansicht, daß alle Frauen, einschließlich meiner Mutter, nur müde alte Klepper reiten sollten, die nicht einmal dann galoppieren könnten, wenn ihr Leben davon abhinge. Aber er ist nicht da, also nutzen wir seine Abwesenheit aus und stürzen uns ins Unglück.« Er lächelte sie breit an. *Sie ist so schön, und ich glaube, sie weiß es gar nicht.*

Dieser Gedanke hielt Margaret davon ab, sich zu fragen, wo *Dom* Gabriel sein mochte. Niemand hatte sie je schön genannt. Tatsächlich hatte sie während ihrer Zusammenarbeit mit Ivor kaum an ihr Äußeres gedacht, außer daß sie auf Sauberkeit und ordentliches Aussehen achtete. Ihre Aversion gegen Spiegel hatte sie nicht viel Zeit vor ihnen verbringen lassen, und sie hatte immer Dio für den Inbegriff von Schönheit gehalten, nicht sich selbst. »Ist die Katze aus dem Haus … Ich glaube, ein wenig frische Luft würde mir unendlich guttun. Ich ziehe mich schnell um. Wo treffen wir uns?«

»Geh zur Rückseite des Hauses, an Liriels Höhle vorbei, dort ist eine Tür, die auf den Stallhof hinausgeht. Ich werde warten.« *Ich habe mein ganzes Leben lang gewartet – da kommt es auf ein paar Minuten mehr nicht an.*

Margaret gestattete sich nicht, bei Mikhails Gedanken zu verweilen. Sie waren zu beunruhigend, denn ihr war klar, daß sie ein entsprechendes Gefühl empfand, ein zärtliches, neu erwecktes Verlangen nach ihrem Cousin. Was für ein Durcheinander! Als wäre nicht schon alles verworren genug!

Als Margaret ins Schlafzimmer kam, sah sie Rafaella mit tränenden Augen und roter Nase auf dem Rollbett sitzen. »Was ist los?«

Die Entsagende schniefte. »Ich glaube, ich hab mir eine fürchterliche Erkältung eingefangen.«
»Dann zieh dich aus und leg dich ins Bett! Ich gehe mit Cousin Mikhail reiten, aber ich bleibe nicht lange weg.«
»Im Ernst? Es sieht aus, als würde es bald regnen.« *Mit Mikhail zum Reiten? Das wird eine Aufregung geben! Herrje, ich sollte mitkommen! Lady Javanne reißt mir den Kopf ab, wenn sie es erfährt. Aber mir tut alles weh.*
Margaret zog ihren Reitrock aus dem Schrank. »Wenn ich noch länger in diesem Haus bleibe, drehe ich durch. Es wird mir guttun, rauszukommen. Ich vermisse nämlich das Reisen. Ein bißchen Regen bringt mich nicht um und kühlt vielleicht meine Wut etwas ab. Was für ein Vormittag!« Sie lachte schrill, während sie ihren Rock anzog. »Ich hätte nie gedacht, daß ich freiwillig ein Dach überm Kopf und ein bequemes Badezimmer gegen die freie Wildnis eintauschen würde, aber im Moment wäre ich froh, wenn wir beide wieder umherstreifen würden wie vor meiner Krankheit. Du bist eine wunderbare Begleiterin, Rafaella. Jetzt geh ins Bett.«
»Ehrlich? Das hat mir noch niemand gesagt.« Die Entsagende nieste. »Mein Kopf fühlt sich drei Nummern zu groß an.«
»Ich suche einen Diener, bevor ich gehe, und laß dir Tee bringen.«
»Danke. Du bist auch eine gute Gefährtin, Marguerida.« *Bitte sei vorsichtig.*
Margaret überging die Gefahr einer Ansteckung und umarmte Rafaella lange. Sie strich eine Haarsträhne aus der Stirn ihrer Begleiterin und tätschelte ihr tröstend die Schulter. Dann eilte sie davon.

Als Margaret in den Stallhof kam, entdeckte sie, daß sie ihn aus dem Fenster von Liriels Zimmer bereits gesehen hatte. Wie hatte es Mikhail genannt? Liriels Höhle – ein guter Name dafür. Es roch nach Pferden, Dung und nassen Steinen, als sie den offenen Hof überquerte. Stallburschen und Knechte gingen ihrer Arbeit nach, striegelten Pferde und säuberten Hufe. Die Szene war eine Wohltat nach den Spannungen im Haus und den Anforderungen, die ihre neue Familie an sie stellte.

Ein Bursche in einer rostbraunen Jacke führte Dorilys aus dem Stall, Mikhail folgte den beiden. Die Stute tänzelte anmutig auf den Steinen und freute sich offenbar genauso auf den Ausflug wie Margaret selbst. Sie näherte sich dem Pferd und ließ es ihren Geruch aufnehmen, dabei sprach sie leise mit ihm, und Dorilys stellte die Ohren auf, schnaubte und scharrte ungeduldig mit den Hufen.

Ein zweiter Knecht führte Mikhails Pferd aus dem Stall, einen hübschen Braunen mit einem weißen Stern zwischen den Augen und weißen Socken an den Vorderläufen. Mikhail ging zu Margaret, um ihr beim Aufsteigen zu helfen. Als er gerade die Hand ausstreckte, tauchte Gabriel mit düsterer Miene aus dem Stall auf. Er schob Mikhail unsanft zur Seite, packte Margarets Arm und sagte: »Verzieh dich, Mik. Es steht dir nicht zu, Marguerida Armida zu zeigen.« *Der wird mich nicht verdrängen!*

Margaret entzog sich seinem Griff und sagte kühl: »Ich kann allein aufsteigen, danke. Und ich hatte die Absicht, mit Mikhail auszureiten, nicht mit dir.«

Sie spürte, wie Mikhail vor Wut schäumte, und sie begriff, daß es um mehr ging. Sie fing einen flüchtigen Gedanken des jüngeren auf. *Hätte nie gedacht, daß ich einmal jemanden so begehren würde. Keine Frau hat mich je ... Ich kann mir genausogut die Sterne vom Himmel wünschen! Ich bekomme nie, was ich will, weder die Frau noch das Königreich. Allerdings würde ich im Moment auf das Königreich verzichten, wenn ich dafür ... ich darf gar nicht daran denken.*

»Es interessiert mich nicht, was deine Absicht war, Cousine. Ich und niemand anderer wird dir Armida zeigen! Bring Dorilys zurück auf die Weide, Asa. Du mußt verrückt sein, Mik, eine Frau auf sie zu setzen. Sie ist zu ...«

»Gabriel, dein Benehmen ist eine Schande.« Mikhail sprach ruhig, aber seine Worte hallten durch den Hof. In seiner Stimme lag eine Autorität, eine Sicherheit, die Margaret bisher nicht bei ihm gehört hatte und die an seine Mutter oder seinen Onkel Regis erinnerte. Sie war verblüfft und angenehm berührt. Sie vermutete, daß Mikhail Hastur sehr viel mehr sein eigener Herr war, als alle glaubten, und fand es jammerschade, daß er der jüngste Sohn war und nicht der älteste.

»Ich wünsche, Dorilys zu reiten«, unterbrach Margaret, bevor einer der Brüder etwas sagen konnte. Sie fingen mit Sicherheit einen Streit an, wenn sie es nicht verhinderte, und von aufbrausenden Gemütern hatte sie für heute genug. »Mikhail hat es mir erlaubt, und wenn ich recht verstehe, darf er sie geben, wem er will.«

Gabriel verzog schmollend den Mund und starrte seinen Bruder wütend an. »Sie wird jedem zuviel, Cousine, vor allem einer schwachen Frau wie dir. Ich weiß, was am besten ist. Du mußt meinem Urteil schon trauen. Und Mikhail, der mischt sich in Sachen, die ihn nichts angehen.«

»Du weißt nichts von mir, Gabriel, nicht das geringste.« Mit diesen Worten setzte Margaret den Fuß in den Steigbügel, stieg auf die tänzelnde Dorilys und schaute auf die beiden

Brüder hinab. Das Pferd wieherte freudig und warf den Kopf zurück.
Gabriel sah aus, als würde er gleich explodieren, stieß Mikhail beiseite, daß dieser auf die Pflastersteine fiel, und stieg auf das braune Pferd. »Du solltest lieber lernen zu gehorchen, Cousine!« bellte er sie wütend an, während Margaret das Pferd wandte.
Sie war so wütend, daß sie am liebsten geschrien hätte. Warum konnte man sie nicht in Ruhe lassen. Sie hatte sich darauf gefreut, Armida mit Mikhail zu besichtigen, und Gabriel hatte alles verdorben. Dann merkte sie, daß das Pferd auf ihre Gefühlswallungen reagierte, und beschloß, daß sie sich besser beruhigte. Sie atmete tief und langsam und ließ Dorilys ein wenig Zügel. Das Pferd fiel in einen leichten Trab.
Margaret hörte die Hufgeräusche des Pferdes hinter ihr, aber sie achtete nicht auf sie. Dann hörte sie Gabriel fluchen und drehte sich um. Der Braune widersetzte sich seinem Reiter und wollte ihr offenbar nicht folgen. Wirkte *Laran* auf Tiere? Oder mochte der große Braune nur seinen Reiter nicht?
Sie kam zu einem Lehmpfad, der durch ausgedehnte Weiden in Richtung Berge führte, über denen sich die Wolken sammelten. Es war wunderschön. Die Luft war klar und frisch, und selbst das entfernte Drohen des Donners minderte ihre Freude an dem offenen Gelände nicht. Sie sah den dichten Baumbestand jenseits des kultivierten Weide- und Ackerlandes. Es war ein reiches Land, fruchtbar und gut bestellt von ihrem Onkel Gabriel. Er mochte für ihren Geschmack steif und viel zu sehr von sich eingenommen sein, aber sie wurde erneut daran erinnert, daß er die Bewirtschaftung des Landes gut beherrschte, und er nahm offensichtlich seine Verpflichtungen sehr ernst.

Margaret bemerkte einen breiteren Weg, auf den sie Dorilys lenkte, während sie Gabriel weiterhin ignorierte. Sie fand den Rhythmus des Pferdes und paßte sich ihm an, und sie fielen in einen leichten Trab. Dorilys war eine gut ausgebildete, folgsame junge Stute, auch wenn Margaret klar war, daß sie durchaus ihren eigenen Willen hatte, dennoch bewegten sie sich wie eine Einheit.

Sie genoß so den Ritt, daß sie erschrak, als eine starke Hand die Zügel ergriff und daran riß. Margaret hörte den Protest des Pferdes und schloß ihren eigenen an. »Laß das!« Dorilys bäumte sich leicht auf. »Wenn du ihr Maul verletzt hast, dann …«

»Was?« Gabriel atmete schwer, und seine Augen funkelten wütend. »Was glaubst du, kannst du mir antun, du kleines Biest!«

»Laß die Zügel los!«

»Du solltest dich lieber daran gewöhnen, mir zu gehorchen, Cousine. Das wird unsere Ehe leichter machen.«

»Ehe? Ich würde dich nicht nehmen, wenn du der letzte Mann im bekannten Universum wärst.«

»Du wirst keine andere Wahl haben«, antwortete er selbstgefällig. »Mutter und Vater haben beschlossen, daß du mich heiraten wirst. Ehrlich gesagt kann ich nicht behaupten, daß mir die Vorstellung mehr behagt als dir. Ich will keine Frau haben, die Befehlen nicht gehorcht. Aber ich kenne meine Pflicht, und du wirst deine lernen.« *Es ist die einzige Möglichkeit, Armida zu behalten!*

Margaret riß ihm die Zügel aus der Hand, und ihr Pferd galoppierte mit einem nervösen Wiehern davon. Einen Moment später galoppierten sie auf dem engen Pfad in Richtung der nächstgelegenen Baumgruppe. Margaret beugte sich über

den Hals des Pferdes und nahm den warmen Geruch des Tieres wahr. Nicht weit hinter sich hörte sie Gabriel fluchen und schimpfen, der mit den fliegenden Hufen der zinngrauen Stute mitzuhalten versuchte.
Sie ritt in das Wäldchen und merkte, daß Dorilys sich hier auskannte. Die Äste waren so hoch, daß sie mühelos darunter hindurchreiten konnten, und das Pferd bog hier und dort ab. Offenbar hielt die kleine Stute das Ganze für ein hübsches Spiel und war entschlossen, ihren Spaß zu haben.
Das Licht zwischen den Bäumen wechselte schlagartig von golden zu silbern, und Margaret blickte hinauf zum Himmel. Die Wolken, die sie über den Bergen gesehen hatte, waren näher gekommen, und der Himmel war dunkel und bedrohlich. Sie roch Elektrizität in der Luft, und einen Augenblick später hörte sie das unheimliche Grollen des Donners. Sie würde bis auf die Haut naß werden, aber das war ihr im Augenblick egal. Falls sie eine Erkältung bekam, konnte sie im Bett bleiben und der Familie aus dem Weg gehen.
Ein Blitz erhellte den Himmel, und Margaret hörte Gabriels Pferd in der Nähe. Dorilys wieherte und zuckte mit den Ohren, aber das Gewitter schien sie nicht weiter zu beunruhigen. Dennoch verlangsamte sie zu einem Trab, und Margaret streichelte ihren Hals. Was für ein wundervolles Tier!
Gabriel tauchte keuchend und schnaubend neben ihr auf. »Was für eine Dummheit! Du hättest dir den Hals brechen können.«
»Das käme euch sehr gelegen, nicht wahr?«
»Ist das deine Meinung über mich und meine Eltern? Du mußt genauso verrückt sein wie dein Vater. Von deiner Mutter ganz zu schweigen!«
»Laß den Senator aus dem Spiel! Und nimm die Hände von

meinem Pferd! Du kannst mich nicht herumkommandieren, Gabriel. Und ich werde dich ganz bestimmt nicht heiraten.« Die Anspielung auf Thyra überging sie, aber es machte sie äußerst wütend. Der Teufel sollte sie holen, wenn sie mit diesem Mann stritte, mit diesem Dummkopf. Wie konnte er es wagen!

»Du verstehst nicht. Du mußt. Du hast keine andere Wahl.«

»Nein, du bist derjenige, der nichts versteht. Ich bin kein Eigentum, das man herumreichen kann. Ich gehöre mir selbst, nicht deinen blöden Eltern oder Armida oder irgend jemandem sonst.« Für einen Augenblick hatte sie ein Bild vor Augen, wie sie sich mit Gabriel paarte, und es war so widerwärtig, daß sie beinahe an den Zügeln gerissen hätte. Lieber als Jungfrau sterben, als sich von ihm berühren zu lassen.

Als hätte er ihre Gedanken gehört, packte Gabriel sie am Arm und grub seine kräftigen Finger schmerzhaft in ihre Muskeln. Margaret schrie leicht auf. »Siehst du«, sagte er hämisch. »Du bist nicht stark genug, um mich abzuweisen.« *Und ich werde zuletzt doch bekommen, was ich will! Ich werde meinen hinterlistigen kleinen Bruder ausstechen und Armida für mich gewinnen!*

Margaret drehte sich um und blickte ungläubig in seine triumphierende Miene, während der Regen auf sie herabzuströmen begann. »Und was hast du vor? Willst du mich vergewaltigen?« Sie konnte weder die Wut noch die Verachtung in ihrer Stimme unterdrücken. Wären sie zu Fuß gewesen, hätte sie die Selbstverteidigungstechniken anwenden können, die sie an der Universität gelernt hatte, aber zu Pferde war das nicht möglich. Sie strengte sich an, ihre Emotionen im Zaum zu halten. Dorilys warf den Kopf zurück und tänzelte, so daß Gabriel Margarets Arm loslassen mußte.

Er schnappte nach Luft, und die Farbe wich gänzlich aus seinem Gesicht. »Selbstverständlich nicht.« Er sah zu Tode erschrocken aus, als wäre ihm in diesem Moment klargeworden, wie man sein Verhalten auslegen konnte.

»Gut, denn ich würde mein *Laran* wirklich nur ungern an dir ausprobieren.«

Er schwoll erneut an. »Willst du damit sagen, du würdest tatsächlich … das ist widerlich! Du Schlampe! Du uneheliche, nicht mal reinrassige Schlampe! Ich werde dich zerquetschen, und ich werde es genießen!« *Ich könnte dich umbringen!*

Margaret hatte keine Ahnung, was den Mann umtrieb, welche Gewalten ihn derart die Beherrschung verlieren ließen. Sie überlegte, wie sie ihn beruhigen könnte, aber es fiel ihr nichts ein. Die Spannung in ihrer Brust war fast unerträglich, und sie löste sich zu ihrem Erstaunen und ihrer Beschämung in Gelächter auf. »Und wie? Du bist ein Narr, Gabriel. Ich bin überzeugt, ein wohlerzogener Telepath würde nicht daran denken, sich mit seiner Gabe zu verteidigen, aber ich unterliege euren Regeln nicht. Glaubst du, du kannst mich zum Gehorsam prügeln? Bist du wirklich so blind, dir das einzubilden?«

Gabriel holte mit der Hand aus und schlug sie ins Gesicht. Es brannte, und Margaret spürte, wie sich eine starke und unbekannte Kraft in ihr erhob. Ihre Schläfen pochten, und der ferne Donner schien durch ihre Glieder zu rollen. Sie wollte ihn töten, weil er sie berührt, sie geschlagen hatte.

Das wutverzerrte Gesicht einer Frau ragte drohend über ihr auf, und kleine, kräftige Hände schlugen sie links und rechts ins Gesicht. Dann zerrte jemand die schreiende Frau weg, und sie sah, wie der silberäugige Mann sie hielt. Thyra und Robert Kadarin rangen miteinander, wobei er versuchte, die Frau unter Kontrolle zu bringen, ohne ihr weh zu tun. Sie hörte ihre eigenen Schluchzer und fühlte ihre kindliche Wut. Sie hatte die Frau töten wollen.

Ein Blitz leuchtete auf, und die Vision verschwand. Eine uralte Wut kämpfte in ihr gegen sich selbst, dann drehte sie Dorilys zur Seite, um Abstand zwischen sich und Gabriel zu bringen. Der Regen prasselte herab, und der Donner dröhnte. »Wenn du mich noch einmal anfaßt, verbrenne ich dein Hirn zu Asche!« Sie hatte keine Ahnung, ob sie eine so schreckliche Tat wirklich ausführen könnte, aber sie war so wütend, daß sie es sich vorstellen konnte.

Der Mann zuckte zusammen. »Es tut mir leid, Marguerida. Ich muß verrückt geworden sein.« Der Regen preßte sein Haar flach an den Schädel, und er sah erbärmlich aus. »Ich wollte eigentlich nett sein und dich höflich fragen, ob du mich heiraten willst. Ich weiß auch nicht, was in mich gefahren ist.«

Mikhail! Das ist alles deine Schuld. Dieses kleine Schwein! Mischt sich in Dinge, die ihn nichts angehen. Ich muß die Sache irgendwie wieder hinbiegen, sonst wird Mutter wütend. Sie muß mich nehmen, weil sie Rafael bereits zurückgewiesen hat, und sonst ist keiner mehr da.

»Es hätte dir nichts genutzt, Gabriel. Du hättest der netteste Mann auf Darkover sein können, und ich hätte trotzdem nein gesagt.« *Und du bist weit davon entfernt.*

»Warum benimmst du dich so störrisch? Verstehst du nicht, daß du mir von Rechts wegen bereits gehörst? Warum hörst du nicht einfach auf mit diesem … Glaubst du wirklich, wir lassen dich tun, was dir gefällt? Wenn es sein muß, geht mein Vater zum *Comyn*-Rat und läßt dich zu seinem Mündel erklären, und dann wirst du feststellen, daß du nicht tun kannst, was dir beliebt, sondern nur, was man dir befiehlt. Du bist viel zu eigensinnig, und du weißt nicht, was gut für dich ist. Ich weiß es, weil ich älter bin als du, und klüger. Es wäre viel einfacher, wenn du gehorchst und dich nicht länger vor deiner Pflicht zu drücken versuchst.«

Margaret überlegte, ob er recht haben könnte. Die Gesetze von Darkover könnten sie möglicherweise tatsächlich zu einer Ehe zwingen. »Dein Verstand, Gabriel, paßt leicht in einen Fingerhut. Du kannst mir nicht in einem Atemzug drohen und mir im nächsten erzählen, du wüßtest, was am besten für mich ist.«

Ein neuerlicher Blitz erleuchtete Gabriels Gesicht, und sie erkannte, daß er genau das dachte. Sein Blick hatte etwas, das ihr sagte, daß er selten auf jemanden anderen als sich selbst hörte. Und da war noch etwas. Margaret spürte eine Art Halsstarrigkeit, die alles leugnete, was anders war, als er für richtig hielt. Er war nicht dumm, wie sie gedacht hatte, aber wie bei seiner Schwester Ariel stimmte etwas nicht mit ihm. Ob es schlicht die jahrhundertelange Inzucht oder nur ein fürchterlicher Narzißmus war, konnte sie nicht sagen. Sie wußte nur, daß er niemand war, der ihre Ablehnung maßvoll aufnehmen konnte. Sie spürte einen Anflug von verzweifeltem Wahnsinn bei Gabriel, und sie erkannte ihn nun an seinen Augen und der Art, wie er sich an sie wandte, als wäre nichts geschehen, als hätte er sie nicht bedroht und als hätte sie nichts gesagt.

»Hör mir zu, Marguerida.« Seine Stimme übertönte das Donnern des Sturms. »Ich werde dein Mann, und du solltest dich lieber damit abfinden. Ich werde dich besitzen, und ich werde Armida besitzen, und damit basta!«

»Eher sehen wir uns in der Hölle!« Keine hundert Schritte entfernt schlug der Blitz in einen Baum, und Dorilys entschied, daß sie nun genug hatte. Sie bäumte sich leicht auf, dann galoppierte sie los, daß die Erde in alle Richtungen spritzte. Margaret klammerte sich an die Zügel, krallte ihre linke Hand in die Mähne und beugte sich über den Hals des Pferdes. Sie dachte nicht mehr an ihren unglücklichen Cousin, sondern konzentrierte sich nur darauf, im Sattel zu bleiben, bis sie aus dem Wäldchen in freies Gelände kamen.

Dort holte Dorilys weiter aus, so daß ihre Hufe kaum den Boden zu berühren schienen. Der Wind peitschte den Regen gegen Margarets Rücken, bis sie völlig durchnäßt war. Es war beängstigend und aufregend zugleich, und Margaret hoffte, daß die Stute wußte, wo sie hinwollte, und nicht in Löcher trat.

Das Donnern wurde leiser, und sie vernahm Hufgeräusche. Gabriel mußte sie verfolgen. Sie hatte Angst; sie wußte, sie konnte sich verteidigen, aber sie wußte auch, daß sie für den störrischen Mann eine Gefahr darstellte. Sie könnte sein Hirn vermutlich wirklich zu Asche verbrennen, aber sie wollte es nicht! Und Gabriel begriff in seiner Wut nicht, in welcher Gefahr er war.

Zum Teufel mit meinem Vater, weil er mich in Unwissenheit gelassen hat, und zum Teufel mit Liriel und Jeff und Istvana, weil sie recht hatten. Ich will nicht in einen Turm, in keinen! Ich will keine Erbin sein. Ich will keine Telepathin sein – aber ich bin eine. Niemand kann etwas dafür. Ich bin so, und ich muß einen Weg finden, zu verhindern, daß ich Menschen verletze. Ich hätte Gabriel eben töten können, und er ist zu begriffsstutzig, um zu erkennen, daß ich entweder sofort Darkover verlassen oder lernen muß, meine Gabe zu kontrollieren. Und das bedeutet wahrscheinlich, in einen Turm zu gehen.

Dorilys schnaubte und riß Margaret aus ihren Gedanken. Die

Wolken hatten sich bis zur Erde gesenkt, und der Nebel um sie herum war so dicht, daß sie nur einige Schritte weit sah. Die Stute scharrte mit den Hufen. *Bring mich heim,* befahl ihr Margaret, und sie drangen langsam in den Nebel vor.

Die Geräusche wurden undeutlich und klangen weit entfernt. Es war düster, eine Art Dämmerung herrschte um sie herum, und Margaret zitterte vor Kälte und Furcht. Wenn Gabriel sie einholte, wußte sie nicht, was sie tun würde.

Die Gestalt eines Reiters ragte vor ihr auf, und Margaret klopfte ängstlich das Herz. Sie hoffte, der Regen würde sie verbergen. Doch dann wieherte Dorilys durchdringend, wie um einen Freund zu begrüßen. Margaret sank der Mut, als ihr klar wurde, daß Gabriels Brauner der Stallgefährte der Stute sein mußte. Pferde waren wundervoll, aber sie waren nicht schlau genug, Freund und Feind auseinanderhalten zu können, was die Reiter betraf.

Sie hielt die Zügel umklammert, die vom Regen schlüpfrig und heimtückisch waren, und machte sich darauf gefaßt, vor Gabriel zu fliehen. Sie war entschlossen, jede weitere Konfrontation mit ihrem Cousin zu vermeiden, und wenn sie die ganze Nacht reiten mußte. Der Reiter kam näher, und Margaret sah seine Umrisse im Nebel, er war in einen Mantel gehüllt und sah unheimlich aus. Ein Blitz blendete sie, doch zuvor sah sie noch das blonde Haar des Reiters. Eine Woge der Erleichterung durchströmte sie, als sie sah, daß nicht Gabriel, sondern Mikhail aus dem Nebel auftauchte.

Ich war in meinem ganzen Leben noch nie so froh, jemanden zu sehen.

Ja, aber würdest du das auch sagen, wenn du trocken wärst? Margaret hörte sein freundliches Lachen selbst durch das Gewitter und beruhigte sich ein wenig. Mikhail ritt neben sie.

»Ich fing an, mir Sorgen zu machen, als du nicht zurückgekommen bist.«
»Wie lange war ich weg?«
»Nicht sehr lange, höchstens eine Stunde, aber bei diesem Regen … Ich weiß nicht, was sich Gabriel dabei gedacht hat. Er ist normalerweise sehr vernünftig.«
»Wir hatten eine Auseinandersetzung.«
»Verstehe.« Mikhail wandte sein Pferd, ein großes schwarzes Tier, das bei dem Wetter kaum zu sehen war, in die Richtung, aus der er gekommen war, und Dorilys fiel neben ihm in Schritt. »Ich nehme an, er hat dir mitgeteilt, daß du seine Frau werden wirst, und du hast, uneinsichtig wie du bist, widersprochen.«
»Das trifft es ziemlich genau. Ich habe gedroht, sein Gehirn zu Haferbrei zu machen, falls er mich noch einmal anrührt, und ich weiß nicht, wer sich mehr gefürchtet hat, er oder ich. Seit Tagen erzählen mir alle Leute, daß ein nicht ausgebildeter Telepath gefährlich ist, aber bis zu jenem Augenblick wußte ich nicht, wie gefährlich. Er zögerte, aber … da kommt er! Ich fürchte, ich konnte ihn nicht davon überzeugen, daß ich ihn nicht heiraten werde, denn er scheint irgendwie zu glauben, daß er ein Recht auf mich hat. Ich wußte, ich hätte damals das Angebot des Amhax-Häuptlings annehmen sollen.« Sie war entschlossen, die sich nähernden Hufgeräusche zu überhören. In Mikhails Gegenwart fühlte sie sich sicher.
»Wie bitte?«
Sie mußte unwillkürlich lachen, und mit dem Lachen entließ sie die Spannung aus ihrem Körper. »Vor ein paar Jahren waren Ivor und ich auf Mantenon, und ich gab mich als seine Tochter aus. Je nach den einheimischen Gebräuchen war ich nämlich seine Frau, seine Schwester oder seine Tochter, und

einmal besuchten wir einen Stamm, bei dem Männer sehr wenig galten, weniger als seine Besitzerin. Jedenfalls haben wir auf Mantenon die Musiklehre der Amhax studiert, die für eine so primitive Kultur erstaunlich kompliziert ist, und der Häuptling bot Ivor vierzig Kühe – sie waren blau, mit zwei Schwänzen und gewundenen Hörnern – für mich. Das war bei den Amhax ein hübscher Brautpreis – eine Frau für vierzig Kühe steht gesellschaftlich sehr hoch, und alle Frauen des Stammes waren eifersüchtig.«

»Das hast du jetzt aber erfunden, oder?«

»Nein. Ich würde dich nie anlügen, Mikhail!« Kaum hatte es Margaret gesagt, wußte sie, daß es stimmte. Es war ein merkwürdiges Gefühl, genau zu wissen, daß sie immer versuchen würde, diesem Mann die Wahrheit zu sagen, und sie war sich nicht sicher, was es über sie aussagte. Aber sie fand die Erkenntnis tröstend, und im Augenblick konnte sie jeden Trost gebrauchen.

Gabriel holte sie ein, brachte den Braunen gewaltsam zum Stehen und starrte seinen Bruder wütend an. Er keuchte schwer, als hätte er sich gegen das Pferd durchsetzen müssen. Er sah Margaret stirnrunzelnd an und griff nach den Zügeln ihres Pferdes. »Was tust du hier, Mik? Ich habe doch gleich gesagt, daß Dorilys kein Pferd für Marguerida ist. Sie ist mit ihr durchgegangen.« Er war völlig durchnäßt und sehr schlechter Stimmung. Seine Gedanken waren ein einziges Chaos, so daß Margaret kein genaues Bild seiner Empfindungen gewann.

»Nun mach aber einen Punkt, Cousin! Dorilys und ich sind zusammen durchgegangen, und das aus gutem Grund.« Sie lenkte ihre Stute außer Reichweite von Gabriel. »Hier ist nicht der Ort für einen neuen Streit. Reiten wir zurück zum Haus.«

»Wir hatten keinen Streit«, donnerte Gabriel, als könnte er seine Missetat ungeschehen machen.
»Und es regnet auch gar nicht«, schnappte Margaret zurück.
»Mikhail, ich befehle dir, uns allein zu lassen! Ich bringe Marguerida nach Armida zurück.«
»Das glaube ich nicht, Bruderherz. Unsere Cousine scheint auf deine Gesellschaft verzichten zu wollen.«
»Zum Teufel mit dir! Mit euch beiden!« Gabriel trat dem Pferd heftig in die Flanke, und es schoß vorwärts.
»Er bricht sich noch seinen blöden Hals, wenn er nicht aufpaßt«, sagte Mikhail und trieb sein Pferd an.
»Das würde mich überraschen«, bemerkte Margaret säuerlich und folgte ihrem Cousin. »Männer wie Gabriel enden selten so, wie sie es verdient hätten.«

Der Regen hatte ein wenig nachgelassen, als die drei Reiter in den Stallhof kamen, doch offensichtlich handelte es sich nur um eine Pause in dem Unwetter. Hinter ihnen hallten noch Donnerschläge, während zwei Stallknechte die triefend nassen Pferde in Empfang nahmen und sie wegführten. Margaret trat beim Absteigen in eine tiefe Pfütze, und das schien ihr das angemessene Ende eines grauenhaftes Tages zu sein.
Er ist noch nicht vorüber. Da kommt noch etwas – und nicht nur der Sturm. Etwas Schreckliches wird geschehen! Das Gefühl bevorstehenden Unheils ließ sich durch keinerlei vernünftige Erwägungen vertreiben, sie hatte keine Macht darüber.
Triefend betraten sie das Haus durch den Hintereingang. Mikhail bückte sich und begann seine durchnäßten Stiefel auszuziehen, und Margaret beschloß, es ihm gleichzutun. Gabriel schritt steif vor Zorn den Flur entlang und hinter-

ließ nasse Stiefelabdrücke. Dartan, der *Coridom,* erschien, als hätte ihn jemand gerufen, und betrachtete kopfschüttelnd Margarets durchnäßte Kleidung und Mikhails triefenden Mantel.

»Meinst du, Liriel hätte etwas dagegen, wenn ich mich in ihr Zimmer verdrücke?« fragte Margaret ihren Cousin. »Ich habe im Augenblick wirklich keine Lust, der Familie gegenüberzutreten.«

»Ich glaube, es wäre ihr nicht recht, Marguerida. Du kannst sie ja fragen, aber unaufgefordert geht niemand da hinein.«

»Sie fragen?« Margaret sah ihn einen Augenblick verständnislos an, dann wurde ihr bewußt, daß die Technikerin nicht anwesend sein mußte, damit sie mit ihr in Verbindung treten konnte. Sie war die Vorstellung von Telepathie noch nicht gewöhnt, und sie fragte sich erschöpft, ob sie es je sein würde. Und wie wandte man sich an eine bestimmte Person? Es war zum Verrücktwerden, wenn man eine Fähigkeit besaß und keine Ahnung, wie man sie gebrauchte. Wenn es nur eine Art Handbuch gäbe, eine Gebrauchsanweisung!

Bevor sie jedoch ihre Gedanken ordnen konnte, tauchte Javanne auf; sie wirkte eher besorgt als verärgert. »Komm mit, Marja. Du brauchst sofort ein paar warme Sachen, sonst holst du dir eine Erkältung. Du hättest bei diesem Wetter nie mit ihr hinausgehen dürfen«, sagte sie zu Mikhail.

»Das war ich auch nicht. Und wenn, dann wären wir vor dem Gewitter zurück gewesen.« Er erwiderte standhaft den Blick seiner Mutter. »Ich fürchte, Gabriel hat auf seine gewohnt tolpatschige Art wieder einmal alles verpatzt.«

»Was meinst du damit?« Javannes Besorgnis wich einem leichten Zorn. Sie schaute von einem zum anderen und runzelte die Stirn.

»Er meint, daß Gabriel ihn im Stallhof niedergeschlagen hat und mir zu Pferde einen Antrag machen wollte – falls man es so nennen kann, wenn man gesagt bekommt, daß man ihn heiraten muß, ob man will oder nicht. Ist er immer so dämlich oder nur bei schlechtem Wetter?«

Javanne seufzte. »Gabriel macht sein eigenes Wetter«, sagte sie mit einer Stimme, die nichts Gutes für ihren Ältesten verhieß. »Es tut mir leid, *Chiya*.«

»Daß er gefragt hat, oder daß er gescheitert ist? Egal. Ich habe für eine Weile genug von meiner liebenden Familie. Sobald es aufklart, reite ich zurück nach Thendara.«

»Aber deine Begleiterin ist krank!«

Margaret hatte völlig vergessen, daß Rafaella mit einer elenden Erkältung im Bett lag. Sie preßte die Lippen zusammen, entschlossen, Armida am nächsten Tag zu verlassen, und wenn sie allein reiten mußte. Es war nicht weit, und sie war überzeugt, es schaffen zu können. Ein Tagesritt, vielleicht ein bißchen mehr, und sie wäre wieder im Terranischen Sektor von Thendara, wo niemand sie zur Ehe drängen oder in einen Turm stecken wollte. »Ich komme schon irgendwie dorthin«, fauchte sie. Sie war enttäuscht, und noch nie hatte sie so sehr das Gefühl gehabt, in einer Falle zu sitzen.

Javanne sah Margaret mißbilligend an. Dann zuckte sie die Achseln. »Jetzt ist kein guter Zeitpunkt, um Entscheidungen zu treffen. Komm mit. Du brauchst etwas Trockenes zum Anziehen und eine Tasse Tee.«

»Du wirst mich nicht umstimmen.«

»Wir werden sehen.« *Ich hoffe, Gabriel ist inzwischen in Thendara, und Regis ist damit einverstanden, daß die Kleine unser Mündel wird. Wir können sie nicht ohne Aufsichtsperson herumlaufen lassen. Warum ist sie so schwierig? Und*

warum mußte sich mein Sohn so blöd anstellen? Wie üblich muß ich alles selbst in die Hand nehmen.
Margaret hörte diese Gedanken und wurde wütend. Dann hatte Gabriel also nicht nur phantasiert, als er sagte, ein darkovanischer Richter könnte sie dieser Familie überantworten, die sie nur der Kinder wegen haben wollte, die sie vielleicht bekam. Sie hatten sie alle hintergangen. Sie hatte sich noch nie so betrogen gefühlt. Liriel hatte sie abgelenkt, während ihr Vater Regis Hastur aufsuchte – der sie höchstwahrscheinlich weggab wie einen Sack Wäsche.
Sie folgte Javanne den Flur entlang und biß sich dabei auf die Unterlippe. Sie fühlte Mikhail hinter sich, der schäumte und beinahe ebenso aufgebracht war wie sie selbst. Mehr noch, er schämte sich für das Benehmen seiner Eltern.
»Javanne!« Margarets Ruf ließ ihre Tante wie angewurzelt stehenbleiben. »Bildet euch nicht ein, ihr könnt mich mit euren Richtern zwingen. Ich bin eine terranische Bürgerin, und wenn ihr mich gegen meinen Willen festhaltet ...«
Javanne fuhr herum und sah Margaret ins Gesicht. »Du bist hier auf Darkover, nicht auf Terra! Du wirst tun, was man dir sagt. Du hast hier keine Rechte, außer ...«
»Ich denke, die Terraner werden es äußerst ungern sehen, wenn einer ihrer Bürger gegen seinen Willen festgehalten wird.«
Javanne verzog verächtlich den Mund, und ihr Gesicht rötete sich unter den sorgsam aufgetragenen Kosmetika. »Nicht einmal die Terraner wären so dumm, wegen eines Mädchens einen Krieg zu beginnen.«
»Darüber wirst du anders denken, wenn ein Trupp terranischer Elitesoldaten auf eurer Weide campiert.« Margaret bluffte nur zum Teil. Es hatte einige seltene Vorfälle gegeben, bei denen

die Föderation mit genügend Kräften zum Schutz eines ihrer Bürger ausgerückt war, um eine planetarische Regierung stürzen zu können. Wenn dergleichen geschah, diente es fast immer den Interessen der Föderation, und hinterher wurde es stets vertuscht. Margaret wußte nicht, ob die Föderation nach einer Möglichkeit suchte, den Status von Darkover zu verändern, aber falls sie es taten, wäre ihr Fall ein idealer Vorwand gewesen.

»Ich glaube dir nicht! Du bist verdorben und eigensinnig, und das dulde ich nicht! Das hier ist mein Haus, und du bist meine Nichte, und du tust, was ich dir sage.« Damit drehte sie sich um und stampfte den Flur entlang, und Margaret folgte ihr.

Als sie in der Eingangshalle ankamen, sagte Margaret wutentbrannt: »Nein, das ist nicht dein Haus. Es ist meines! Allein deine Gedanken und Taten stützen diese Behauptung. Mein Vater hat seinen eigenen Anspruch auf Armida aufgegeben, aber nicht meinen! Warum wärst du sonst wohl so darauf versessen, daß ich einen deiner Söhne heirate?« Margaret war sich einer Art Energie bewußt, die in ihr gärte, einer unglaublich gefährlichen Wut. Sie versuchte, ihren Zorn zu bezähmen, und atmete schwer, während Javanne sie nur anstarrte und vor Entsetzen wie versteinert schwieg. Margaret fürchtete sich vor dem, wozu sie in der Lage war, aber ihre Tante noch mehr. *Ariel hatte recht – sie ist ein Ungeheuer. Was soll ich tun? Ich habe noch nie so rohes und starkes Laran erlebt. Und sie weiß es! Wenn Gabriel zurückkommt, müssen wir sie zwingen, in einen Turm zu gehen – anders sind wir nicht vor ihr sicher!*

Die beiden Frauen funkelten sich schweigend an, bis schweres Hufgetrampel vom Hof zu hören war. Javanne schaute einen Moment erleichtert aus, und Margaret fragte sich, ob *Dom*

Gabriel schon aus Thendara zurück sein konnte. Nein, es war zu weit, und Javanne sank das Kinn herab, als sie begriff, daß ihr Gatte nicht zu ihrer Rettung nahte.

Geschrei von Männerstimmen und erschrockenes Wiehern von Pferden drang durch die geschlossene Tür. Doch alles wurde übertönt von den rauhen, hysterischen Schreien einer Frau. Jemand schlug heftig an die Tür und rüttelte daran, bis Dartan öffnete.

Ariel stand im Eingang, sie hielt etwas in den Armen und heulte. Sie trat in die Halle, und Margaret erkannte die leblose Gestalt von Domenic in den Armen ihrer Cousine. Hinter der Frau rissen die anderen Kinder entsetzt die Augen auf, und ihre Gesichter waren weiß vor Angst.

»Du hast versucht, mein Kind zu töten!« schrie Ariel.

21

Eine entsetzliche Stille folgte Ariels Worten, alle Anwesenden waren einen Augenblick wie erstarrt. Dann machte das Kind in ihren Armen eine schwache Bewegung, und plötzlich begannen alle gleichzeitig zu sprechen, und Chaos brach aus. Ariel zitterte und fing hysterisch zu schreien an, während Javanne und Piedro sie zu beruhigen versuchten. Margaret glaubte, am Boden festgewachsen zu sein, bis Mikhail sie leicht am Arm berührte. Sie fühlte sich wie erschlagen, vor allem aber war sie wütend. In diesem Augenblick hätte sie den gesamten Clan der Lanarts mit Freuden in den hintersten Winkel der Hölle geschickt ohne die Spur eines schlechten Gewissens.

»Ruhe!« Der alte Jeff hatte die Eingangshalle betreten und diesen Befehl gebrüllt, und alle sahen ihn an, als wären ihm zwei Hörner und ein Schwanz gewachsen. »Was ist hier los?« Er war zornig, und Margaret freute sich so, sein strenges Gesicht zu sehen, daß sie am liebsten geweint hätte. Bestimmt gelang es Onkel Jeff, die Gemüter zu beruhigen.

»Sie hat meinen Kleinen umgebracht«, heulte Ariel. Sie drückte Domenics schlaffen Körper, und Margaret hörte einen leisen Aufschrei des Protests. Javanne versuchte vergeblich, ihrer Tochter das Kind wegzunehmen, was Ariel nur noch hysterischer machte. Piedro versuchte, zu Wort zu kommen, aber gegen die schrillen Stimmen seiner Frau und seiner Schwiegermutter war er machtlos.

»Was ist passiert?« rief Jeff.

Piedro gab den Versuch auf, seine Frau zu trösten. Seine

Stimme zitterte. »Das Gewitter. Ich wußte, wir hätten nicht fahren dürfen. Das alles ist meine Schuld, nicht Margueridas.«

»Ich glaube nicht, daß irgend jemand schuld hat, Piedro«, sagte Mikhail.

»Wir waren auf dem Heimweg«, fuhr Piedro fort, als hätte Mikhail nichts gesagt, »und es begann zu donnern. Der Blitz schlug in einen Baum ein, als wir gerade an ihm vorbeifuhren, und die Pferde gingen durch. Jedidiah wollte sie aufhalten, aber sie rissen ihn einfach vom Kutschbock. Er kam unter die Räder, und das brachte die Kutsche aus dem Gleichgewicht. Sie kippte zur Seite, während die Pferde weiterrannten. Sie müssen die Kutsche noch hundert Meter weit geschleift haben, bevor sie stehenblieben. Ich hörte Ariel und die Kinder schreien, und ich konnte nichts tun. Mein Sohn ist verwundet, und Jed, mein Kutscher, ist tot.« Tränen liefen Piedro übers Gesicht.

Er hörte auf zu sprechen, und seine Schultern bebten vor Weinen. Seine verängstigten Kinder sahen ihn an, und Damon, der älteste, wischte seine eigenen Tränen aus dem Gesicht und straffte die schmalen Schultern. »Wir waren alle mit Mutter in der Kutsche, als sie umstürzte. Es war dunkel, und der Regen kam durchs Fenster. Es war zerbrochen, und überall war Glas.« Er hielt seine kleine Hand hoch, und Margaret sah, daß er mehrere Schnitte hatte.

»Ich dachte, alles ist in Ordnung, als die Pferde stehengeblieben sind. Vater ist gekommen und hat die Tür aufgemacht, und ich habe Kennard zu ihm rausgehoben und dann Lewis. Donal ist allein hinausgeklettert, und ich habe zu Domenic hinübergegriffen. Seine Hand war warm, aber er hat sich komisch angefühlt.«

Piedro nickte. »Ich glaube, sein Genick ist gebrochen. Als

sich die Kutsche überschlug, muß er falsch aufgekommen sein.«

»Dann müssen wir ihn sofort ins Bett legen«, verkündete Jeff. »Wenn er am Genick verletzt ist, hilft es ihm nichts, daß ihn seine Mutter festhält.«

Margaret hätte sich am liebsten in Luft aufgelöst, um diesem Schrecken zu entfliehen. Sie fragte sich, was Darkovers eher primitive medizinische Technologie bei einem Genickbruch zu leisten vermochte; Kräuter und Heilpflanzen waren schön und gut bei verdorbenem Magen. Wenn ihr nur etwas einfiele, wie sie helfen könnte, damit sie dieses würgende Gefühl los wurde, sie sei für den Unfall verantwortlich.

Dann erinnerte sie sich an die Schaumstoffschiene in ihrem Medizinkoffer. Dazu gab es eine Anleitung, wie man gebrochene Gliedmaßen ruhigstellte, oder? Natürlich gab es eine – die Terraner hatten für alles eine Anleitung. Das war ihre Art. Doch es schien unmöglich, diese Information inmitten des Tumults zu übermitteln oder nahe genug an das verletzte Kind heranzukommen.

Ariel hatte die ganze Zeit über gestöhnt, und nun begann sie wieder zu schreien. »Ich bin auf ihn gefallen! Ich habe ihn unter mir gespürt. Aber es ist nicht meine Schuld. Ich liebe meine Kinder! Du hast das angerichtet, du …« Sie zeigte anklagend auf Margaret.

Margaret sank völlig vernichtet gegen die Wand.

Liriel tauchte in der Eingangshalle auf. Sie rieb sich die Augen, als hätte sie gerade geschlafen, und überflog die Szene. Dann trat sie vor und schlug ihrer schreienden Schwester hart ins Gesicht. »Das reicht! Wenn du nicht Hals über Kopf abgereist wärst, obwohl ein Gewitter aufzog, wäre das alles nicht passiert.«

»Sie hat mir angst gemacht«, wimmerte Ariel. »Marguerida hat mir angst gemacht. Es ist ihre Schuld, nicht meine.«

»An einem Unfall ist niemand schuld, Ariel«, sagte Jeff streng. »Wir wissen, du liebst deine Kinder, *Chiya*, und kümmerst dich um sie. Die Geschichte ist für uns alle eine schreckliche Tragödie.«

Anstatt sich bei Jeffs Worten zu beruhigen, lief Ariel vor Zorn rot an. »Was weißt du schon, alter Mann. Du bist auf ihrer Seite. Alle sind gegen mich! Alle denken, ich bin nur eine dumme Frau, aber ich weiß Dinge, die ihr nie wissen werdet! Ihr versteht nicht, was es heißt, Mutter zu sein.« Ariels Tirade verkümmerte zu einem Schluchzen. »Mein Kleiner ... mein Kleiner ...«

Liriel schürzte ihre vollen Lippen und sah Jeff kurz an. *Sie wird das Kind in ihrem Leib verlieren, wenn sie sich nicht beruhigt, und das wäre ihr Ende. Wir müssen sie ins Bett schaffen, bevor sie krank wird. Meine arme Schwester. Ich wünschte, ich hätte erkannt, wie unglücklich sie ist.*

Margaret hatte das Gefühl, daß ihre weitere Anwesenheit eher hinderlich als von Nutzen wäre, und sie zog sich aus der Eingangshalle zurück. Mikhails Hand in ihrem Rücken hielt sie auf. *Geh noch nicht.*

Wieso nicht? Es regt Ariel nur auf, wenn sie mich sieht.

Das glaube ich nicht. Sicher, sie macht dir Vorwürfe, aber ich denke, sie weiß, daß sie an Domenics Verletzung ebensosehr selbst schuld ist wie irgendwer sonst. Sie spürte seine Kraft neben sich, seine Kraft und seine Klarheit. Es war wundervoll – oder wäre es gewesen, wenn sie sich weniger schuldig gefühlt hätte.

Liriel befürchtet, daß ihre Schwester eine Fehlgeburt erleiden

könnte, wenn sie sich nicht beruhigt, und ich sehe nicht, was es helfen soll, hier herumzustehen, Mikhail. Abgesehen davon habe ich oben im Zimmer meinen Medizinkoffer mit einer Schiene drin, die vielleicht hilfreich ist.
Wirklich? Gut, daß jemand überlegt, was man tun könnte, anstatt sich nur hysterisch aufzuführen. Ich hole den Koffer – ich habe jetzt ein Bild davon im Kopf.
Aber ich finde ihn schneller.
Nein, Cousine. Ich bin gleich wieder da. Du solltest hierbleiben – vertrau mir. Liriel hat recht – wenn Ariel das Kind verliert, ist es vorbei mit ihr. Sie steht kurz vor einem Zusammenbruch. Bringst du es fertig, etwas zu ihr zu sagen, irgend etwas?
Natürlich – ich befürchte nur, es wird sie noch mehr aus der Fassung bringen. Aber ich tue alles, um zu helfen.
Mikhail drehte sich um und stürmte die Treppe hinauf, zwei Stufen auf einmal nehmend, und Margaret schluckte und überlegte, was sie sagen könnte. Warum sie? Sie kannte Ariel nicht sehr gut. Sie hörte Mikhails Schritte auf dem Holzboden im Obergeschoß und versuchte, einen klaren Kopf zu bekommen.
Liriel bemühte sich, ihrer Schwester den kleinen, schlaffen Körper abzunehmen. Domenic jammerte nicht mehr, aber er war nicht tot, noch nicht jedenfalls. Wenn seine Mutter ihn nicht losließ, würde er es allerdings bald sein. Ariel widersetzte sich, wobei sie weiter hartnäckig behauptete, daß ihre Familie sie hasse, daß niemand sie verstehe und dergleichen mehr. Es war mitleiderregend, aber auch schmerzlich, denn Javanne schien den Tränen nahe zu sein, und sogar Jeff wirkte hilflos.
Margaret schluckte heftig, ihr Mund war sehr trocken und sie

war selbst kurz davor, zu weinen. Sie näherte sich Ariel, vorsichtig, um sie nicht zu erschrecken. »Cousine, du mußt an das Kind in deinem Leib denken«, sagte sie ruhig. »Du willst ihr doch keinen Schaden zufügen, oder?«

»Ihr?« Ariels Stimme war schwach und heiser vom Schreien.

»Ja, es ist die Tochter, die du dir so gewünscht hast.«

»Woher weißt du das?« Ariels Augen starrten ins Leere, ihr schien nicht bewußt zu sein, daß sie mit der Frau sprach, die sie für die Urheberin ihres Kummers hielt.

»Liriel hat es mir heute vormittag gesagt.«

»Stimmt das?« Ariel wandte sich an ihre Schwester, und ihre Arme senkten sich langsam.

Liriel nutzte das sofort aus und schob ihre Arme unter die reglose Gestalt des Jungen. Seine Brust hob und senke sich leicht. »Ja. Ich wollte es dir selbst sagen, aber du bist davongerannt, bevor ich dazu kam.« Sie drückte Domenic an ihre üppige Brust. Dann nahm Jeff ihr das Kind ab, wobei er den schlaff herabhängenden Kopf vorsichtig stützte.

»Ein Mädchen. Endlich werde ich ein Mädchen haben, das mich liebt.« Ariel schien sich zu beruhigen und begann, ihren noch flachen Bauch zu streicheln. »Ich wollte immer eine Tochter, die mich liebt.«

»Und du wirst sie bekommen«, antwortete Liriel und warf Margaret einen anerkennenden Blick zu. »Aber du mußt um ihretwillen ruhig sein.«

Plötzlich hatte Margaret eine ähnliche Vision wie einige Stunden zuvor am Eßtisch. »Sie wird wunderschön sein«, sagte sie, ohne sich etwas dabei zu denken.

Ariel, die sich schon fast hatte einlullen lassen, sah Margaret durchdringend an. »Was siehst du? Sag es mir!«

»Ich glaube nicht, daß das klug wäre«, antwortete Margaret,

obwohl ihre Vision nicht im geringsten beunruhigend gewesen war.

»Es ist mir egal, was du glaubst!« Ariel hob die Stimme. »Du mußt es mir sagen, auf der Stelle.«

»Sie wird ein wunderschönes und gesundes Kind sein – was kann sich eine Mutter mehr wünschen?«

»Es ist mir egal, ob sie schön ist«, flüsterte Ariel. »Ich will nur, daß sie mich liebt.«

Bei diesen Worten sah Margaret das ungeborene Kind ihrer Cousine als junge Frau, groß, mit rotbraunen Haaren und beeindruckend. Sie hatte etwas von Javannes Aussehen, dasselbe kräftige Kinn und die wilden Augen, und in ihrem Blick lag etwas wie Macht – Macht und Eigenwille. »Natürlich wird sie dich lieben. Du bist eine gute Mutter, und sie kann gar nicht anders, als dich zu lieben.« Während sie es aussprach, wußte Margaret, daß sie log. Ariel war dazu verdammt, von ihrer Tochter enttäuscht zu werden. Sie fragte sich, ob es eine Möglichkeit gab, die Dinge zu ändern, zu verhindern, daß dieses ungeborene Kind zu der wilden, leidenschaftlichen Unruhestifterin wurde, die sie voraussah. »Du wirst sie Alanna nennen, nach deiner Großmutter. *Keine sehr glückliche Wahl. Sie sollte Deirdre heißen, weil sie viel Leid über Darkover bringen wird.* Vielleicht täuschte sie sich ja. Margaret hoffte es, denn ihr Blick in die Zukunft zeigte eine Frau, die unfähig war, Ariel so zu lieben, wie diese geliebt werden wollte.

Javanne sah ihre Nichte scharf an. *Ich danke dir, daß du so freundlich zu meiner kleinen Tochter bist, und ich hoffe, du irrst dich mit deiner Vision. Ich wußte bis heute nicht, daß sie sich so … unerwünscht und ungeliebt vorkommt.*

Mutter, es ist nicht deine Schuld! Liriels geistige Stimme war fest und klar. *Du hast für sie getan, was du konntest. Du hast für uns alle getan, was du konntest.*

Es ist nett von dir, das zu sagen, Liriel, aber ich mache mir Vorwürfe. Ich bin eine Mutter, und ich hätte wissen müssen, wie unglücklich sie ohne Laran *ist. Oder vielleicht messen wir dem auch zuviel Wert bei. Und ehrlich gesagt, war ich nicht ganz glücklich darüber, Zwillinge zu bekommen. Vielleicht wollte ich sie nicht genügend.*

Hör auf, dich selbst zu quälen. Jeffs Befehl überraschte Javanne. *Es ist eine völlige Zeitverschwendung. Du hast dein Bestes getan, und mehr hättest du nicht tun können. Es nun zu bedauern ändert nichts mehr.*

Ich hasse es, wenn du recht hast, erwiderte Javanne, die ihre Lebenskraft offenbar wiedergefunden hatte. *Aber wir müssen uns um den Jungen kümmern. Vielleicht ist er gar nicht so schwer verletzt, wie wir uns einbilden, aber die Gefahr ist jetzt, daß er eine Lungenentzündung bekommt.*

Ich habe ihn kontrolliert, so gut es ging, Mutter, und einer der Halswirbel sieht schlimm aus.

Ich habe Mikhail um meinen Medizinkoffer geschickt, er müßte jeden Augenblick zurück sein. Da drin ist ein Gerät, das nützlich sein könnte. Margaret war nicht wohl dabei, Hoffnungen zu erwecken, aber sie wußte, es war richtig. Tatsächlich sah Javanne sie zum ersten Mal seit ihrer Ankunft mit einem gewissen Wohlwollen an.

Piedro hatte die Hände seiner Frau ergriffen und sprach so sanft mit ihr, daß Margaret eine Art Neid empfand. Während er Ariel in Richtung Treppe zog, fragte sie sich, ob sie jemals soviel Zärtlichkeit in einem anderen Menschen wecken würde. Sie sah den beiden nach und fühlte sich erschöpft und unglücklich. Die nasse Kleidung klebte ihr an

der Haut, und auf dem Boden hatte sich bereits eine Pfütze gebildet.
Mikhail rannte seine Schwester und ihren Mann beinahe über den Haufen, als er die Treppe herabstürzte, aber die beiden schienen ihn nicht zu bemerken. Er hatte den Medizinkoffer in der Hand und war rot im Gesicht vor Verlegenheit. Natürlich – Rafaella schlief oben im Zimmer. Wäre sie nicht so müde und aufgewühlt gewesen, hätte Margaret lachen müssen.
Im Nu hatte Jeff Domenic auf den Boden der Eingangshalle gelegt und seine kleinen Gliedmaßen ausgestreckt. Der Kopf des Jungen ruhte schief auf dem schlanken Hals. »Das ist kein passender Ort für ein Feldlazarett, aber ich will den Jungen nicht noch weiter herumschleppen«, sagte der alte Mann. »Jemand soll warme Decken holen – er steht unter Schock, und das ist gefährlich. So Mik, jetzt gib mir den Koffer. Himmel, es ist lange her, daß ich einen von den Dingern gesehen habe. Hm. Sie haben ein paar neue Sachen hineingetan.« Er begann den Inhalt durchzusehen, und Margaret kniete sich neben ihn.
Die übrigen Kinder verfolgten dieses Treiben mit verzweifelten Blicken. Javanne schien hin- und hergerissen zwischen dem Wunsch, ihrer Tochter nach oben zu folgen, und der Sorge um ihre Enkel. Zuletzt bückte sie sich und tätschelte Damon die Schulter. »Deiner Mutter geht es gleich wieder besser, aber dein Vater muß sich um sie kümmern, deshalb erwarte ich von dir, daß du uns mit deinen Brüdern hilfst.« Ihre Stimme übertönte den neuaufgelebten Sturm, und ausnahmsweise klang sie nicht allzu selbstsicher.
Damon wölbte seine kleine Brust vor und sah stolz aus. Die tapfere Geste ließ die Erwachsenen trotz der Umstände lä-

cheln. »Ja, das kann ich tun.« Er drehte sich zu Donal um. »Nimm du Lewis, ich nehme Kennard.«
Donal sah seinen Bruder kurz aufbegehrend an, dann zuckte er die Achseln. Von allen Kindern wirkte er am wenigsten durcheinander, und Margaret beneidete ihn um seine Robustheit. »Komm, Lewee. Du brauchst ein paar trockene Klamotten, sonst wirst du krank, und die Kinderschwester läßt dich Kampfertee trinken.« Er streckte die Hand nach seinem kleinen Bruder aus, und der nahm sie; sein Gesicht besagte, daß er praktisch alles tun würde, um der angedrohten Medizin zu entgehen. *Jetzt bin ich der zweite, und ich werde lesen lernen wie Domenic und sehr gelehrt sein, wie Mikhail und Marguerida.*
Javanne war offenkundig schockiert von diesem kindlichen Opportunismus, aber Mikhail lachte. »Er kann nichts dafür, Mutter. Es ist nicht lustig, der dritte zu sein.«
Margaret hatte die Schaumstoffschiene aus dem Koffer geholt und las die Anleitung. Es schien ganz einfach zu sein, aber sie hatte schreckliche Angst, daß sie mehr schaden als nützen könnte. Wenn sie Domenic nur in ein richtiges Krankenhaus bringen könnten! Oder ein Flugzeug oder einen Hubschrauber anfordern und ihn ins terranische Hauptquartier fliegen. Ihre Finger waren kalt, sie ließ die Schiene fallen und fluchte.
Jeff neben ihr war sehr ruhig, und das gab ihr Halt. Aber in ihrem Geist war eine Art Donnern, das nichts mit dem Gewitter draußen zu tun hatte. Es war wie der Hufschlag eines gewaltigen Pferdes, das näher und näher kam, und zusammen mit dem Tumult in der Eingangshalle störte es ihre Konzentration sehr. Margaret hätte gerne gewußt, wie man dem ständigen Erguß von Gedanken Einhalt gebot. Dartan, der

Coridom, kam mit einem Stapel Decken. Er und Jeff legten eine unter den Jungen und wickelten ihn ein.
Margaret glaubte die Anleitung verstanden zu haben, und sie schob die Schiene unter Domenics Nacken, während Jeff den kleinen Kopf hochhielt. Der Junge sah so winzig und hilflos aus, daß sich ihr das Herz zusammenkrampfte. Nachdem sie das Gerät in die richtige Lage gebracht hatte – wobei Jeff half, der mittels seines *Laran* offenbar sehen konnte, wo der Knabe verletzt war –, drückte sie die Lasche an der Seite der Schiene. Sie dehnte sich langsam aus und umhüllte den Nacken, ohne Druck auf den Hals auszuüben, und hob Domenics Kopf ein paar Zentimeter vom Boden. Jeff steckte eine zusammengerollte Decke unter den Kopf, und alle atmeten erleichtert auf. Jetzt konnten sie den Jungen wenigstens in ein Bett bringen, ohne seine Wirbelsäule weiter zu schädigen. Mehr konnte sie nicht tun, und es war nicht annähernd genug.
Plötzlich klopfte es gewaltig an die Tür. Margaret blickte auf, und Dartan erhob sich und eilte dem Geräusch entgegen. Sie spürte, wie etwas an ihrem Herzen zog, es war stark und wundervoll und unerwartet.
Bevor sie rätseln konnte, was es war, zog Dartan die riesige Tür auf und eine triefende Gestalt trat ins Licht der Eingangshalle. Sie hatte einen Umhang um und eine Kapuze auf, und der Wind von draußen ließ den nassen Stoff um den Fremden flattern und schob ihm die Kapuze tief ins Gesicht. Dann stieß ein Arm ohne Hand den Umhang unterhalb der Brust zur Seite, und Margaret sprang auf und eilte durch den Raum, ohne auf die Pfützen zu achten.
Zweimal wäre sie auf dem kurzen Weg zur Tür beinahe ausgerutscht, dann warf sie sich dem durchnäßten Neuan-

kömmling in die Arme. »Vater!« brachte sie nur heraus, bevor sie in Tränen ausbrach.
Lew Alton schob die Kapuze zurück und drückte Margaret mit beiden Armen an seine Brust. Margaret fühlte, wie ihre Tante hinter ihr erstarrte und wie ein Strom gemischter Gefühle aus der älteren Frau floß. Sie war zornig, schockiert, ungehalten und resigniert zugleich.
Ach Javanne, sei doch nicht so furchtbar pedantisch. Ich habe sie seit über zehn Jahren nicht gesehen. Zum Teufel mit dem Anstand!
Ich weiß, aber ich mag es trotzdem nicht. Und ich mag dich immer noch nicht, Lew.
Ist es dann nicht eine Gnade, daß wir nicht geheiratet haben!
Darüber mußte Javanne trotz ihrer Empörung lachen. »Du bist immer noch ein Schurke und Unruhestifter.«
»Unruhig ist es hier anscheinend schon genug. Na, na, Marja, ich weiß, du freust dich, mich zu sehen – du freust dich doch, oder? –, aber du drückst mir die Luft ab! Ein schöner Empfang. Warum steht ihr alle tropfnaß im Foyer herum?«
Margaret wußte nicht recht, was sie von dem Mann halten sollte, an den sie sich klammerte. Er riß Witze, was der Lew Alton, den sie kannte, nie getan hatte. Er neckte Javanne, und die war eigentlich keine geeignete Kandidatin dafür. Aber sie schien es tatsächlich zu genießen. Er fühlte sich anders an als früher, beinahe fröhlich. Und doch spürte sie unter seiner Fröhlichkeit eine Art tiefen Kummer, nicht den alten, sondern einen frischen, neuen. »Natürlich freue ich mich – wo warst du so lange?«
Lew lachte leise und zauste ihr immer noch feuchtes Haar. Das hatte er seit ihrer Kindheit nicht mehr getan, und die Berührung seiner Finger überwältigte sie fast. Statt dessen schnüf-

felte sie an seiner Schulter. Er roch nach Regen und darkovanischer Kleidung, vor allem aber roch er *richtig*. Sie hatte bis zu diesem Augenblick nicht gewußt, wie sehr sie seinen Geruch vermißt hatte, den Klang seiner kräftigen Stimme und seine Umarmung.

»Wenn ich gekonnt hätte, wäre ich früher hiergewesen, *Chiya*.«

»Ich weiß. Du hast es mir ja ständig gesagt, aber ich konnte es nicht glauben. So viele merkwürdige Dinge sind passiert ...«

»Ich war ein ziemlicher Versager als Vater, was?«

»Ja«, flüsterte sie. »Aber ich weiß, du konntest nichts dafür.«

Lew Alton blickte auf seine Tochter hinab, deren Kopf an seiner Schulter ruhte. Sie spürte die Reue in seiner Brust aufsteigen. *Du hast ein großzügiges Herz, Marja. Ich kann mir nicht denken, von wem du es hast – von mir nicht und nicht von ...* Er ertrug den Gedanken an Thyra nicht.

Wahrscheinlich von Dio, Vater. Wo ist sie?

Sie ist bei Regis und Linnea in Thendara geblieben.

Margaret spürte, daß er etwas zurückhielt. In dem Arm, den er um sie gelegt hatte, war eine leichte Spannung fühlbar, und selbst seine geistige Stimme wirkte angespannt. Sie wußte sofort, daß es mit dem tiefen Kummer zu tun hatte, den sie zuvor schon bemerkt hatte, und Kälte griff nach ihrem Herz.

Was ist los? Ist sie krank?

Ja, Chiya, *sie ist in der Tat sehr krank. Sie nach Hause zu bringen war der letzte Strohhalm. Ich hätte eigentlich nicht gedacht, daß ich die Sonne von Darkover noch einmal sehen würde.*

Der letzte Strohhalm?

Später, Chiya. *Ich sollte dich gar nicht so nennen, denn du bist jetzt eine erwachsene Frau, aber du wirst immer meine kleine Marja bleiben.*

Sie trennten sich widerstrebend. »Ich brauche trockene Kleidung und warmes Essen, und zwar sofort«, verkündete Lew, als erwarte er, daß beides auf der Stelle erschien. Er kam Margaret wie ein Monarch vor, der es gewohnt war, Befehle zu erteilen. So hatte sie ihn noch nie erlebt. »Dann könnt ihr mir erzählen, warum ihr alle hier herumsteht und wie getaufte Ratten ausseht.«

Dartan überwachte zwei Diener, die Domenics kleine Gestalt vom Boden hochhoben. Sie faßten dazu an die Ecken der Decke und bewegten sich ganz behutsam, damit der Patient nicht geschüttelt wurde. Lew betrachtete die Szenerie, während er seinen triefenden Umhang ablegte. *Was ist passiert?* Ohne Laute zu benutzen und schneller, als sie es für möglich gehalten hätte, unterrichtete ihn Margaret von dem Unfall. Sie gestand ihren eigenen unwissentlichen Anteil an der Sache ein, und Lew seufzte schwer. *Du hast es nicht leicht gehabt, mein Kind, oder? Das Ganze ist genauso meine Schuld, weil ich dir nichts über deine Geschichte erzählt habe. Wir können nur hoffen, daß das Kind wieder völlig gesund wird.*

Aber sie haben keine Ahnung, wie man eine Rückgratverletzung kuriert.

Vieles an der Matrix-Wissenschaft würde dich in Erstaunen versetzen, Marguerida. Ich kenne sie, seit ich denken kann, und sie überrascht mich immer noch.

»Mikhail, geh bitte mit Lew zu deinen Räumen. Ich denke, etwas von deinen Sachen wird ihm passen.« Javanne war nun ruhig, fast resigniert. »Hast du Gabriel unterwegs getroffen? Er ist nach Thendara geritten.«

Lew starrte Javanne an. »Nein, und ich kann nicht behaupten, daß ich es bedauere. Wir kommen seit vielen Jahren nicht mehr miteinander aus, obwohl wir einmal Freunde waren.«

Er wollte Regis dazu bringen, mich zu seinem Mündel zu machen, damit er mich an seinen gleichnamigen Sohn verheiraten kann – der ein ausgemachter Trottel ist. Margarets geistiges Zähnefletschen drückte alle Frustration und Wut über die Ereignisse des Nachmittags aus.

Dann wird er sowohl naß als auch enttäuscht zurückkommen, antwortete Lew ruhig. Er war so ausgeglichen, wie sie ihn nie erlebt hatte, und obwohl sie wußte, daß er sich um Dio Sorgen machte, merkte Margaret, wie sie innerlich zur Ruhe kam.

Eine halbe Stunde später versammelten sich die Erwachsenen im Speisesaal. Es war eine bedrückte Gruppe, und der angenehme Duft von Braten und Gebäck vermochte die düstere Stimmung nicht zu vertreiben.

Erneut trat eine Verzögerung ein, als sich alle überlegten, wo sie Platz nehmen sollten. Lew, dessen silbernes Haar nun trocken war und sich leicht kräuselte, nahm völlig ungezwungen am Kopf der Tafel Platz, als wäre es ihm gar nicht in den Sinn gekommen, daß er woanders sitzen könnte. Er trug eine rosafarbene Jacke, deren Ärmel und Kragen mit silbernen Bergen bestickt waren, und eine blaue Hose. Er schaute sich selbstbewußt um. Margaret hatte ihn noch nie so als Herr der Lage und seiner selbst erlebt, und sie war gleichzeitig zutiefst erleichtert und ein wenig verärgert. Ihre anfängliche Freude über seine Ankunft wurde nun durch seine selbstsichere Ausstrahlung gemindert. Wie konnte er es wagen, hier anzutanzen und so verdammt fröhlich auszusehen!

Sie setzte sich neben ihn, und Jeff nahm gegenüber von ihr auf der anderen Tischseite Platz. Javanne setzte sich ans andere Ende der Tafel, ihre Söhne Gabriel und Rafael links und rechts von ihr. Es sah aus, als sei der Tisch das Schlachtfeld zweier feindlicher Armeen und Javanne und Lew Alton die gegnerischen Generäle. Als sich Mikhail neben Jeff setzte und sich damit wortlos mit dieser Seite des unausgesprochenen Konflikts verbündete, sah ihn Javanne an wie einen Verräter.

Liriel kam herein, sie ließ ihre breiten Schultern ein wenig hängen. »Ich habe Ariel beruhigt und Piedro ins Bett geschickt. Die Kinder sind im Kinderzimmer. Ich glaube, sie haben noch nicht ganz erfaßt, was passiert ist. Unsere alte Kinderschwester sieht im Moment nach Domenic, ich könnte mir niemand anderen denken, bei dem er in besseren Händen wäre. Das Ding, das du ihm angelegt hast, scheint den Druck ein bißchen verringert zu haben, Marguerida, und die schlimmste Gefahr ist jetzt eine Lungenentzündung, nicht die Wirbelsäule. Wir werden ihn nach Arilinn transportieren müssen, sobald er reisefähig ist.« Sie setzte sich neben Mikhail, ohne sich des feindseligen Blicks ihrer Mutter bewußt zu sein.

Liriel schaute sich in der Tischrunde um und blieb mit großen Augen an Lew Alton hängen. Ihr Blick wanderte zu ihrer Mutter. Der Gedankenaustausch der beiden blieb ihre Privatsache, aber für Margaret war klar, daß Javannes Sorge verständlicherweise mehr ihrer Tochter und ihrem Enkel galt als dem plötzlichen Auftauchen des Alten. Dennoch wirkte Javanne feindselig und Margaret war überzeugt, daß sie Lew Alton an jeden Ort des Universums wünschte, nur nicht ans andere Ende dieses Tischs.

Kaum hatte sich Liriel gesetzt, erschien Donal, mit zerzaustem Haar und im Nachthemd. Er kletterte auf den leeren Stuhl neben Margaret. »Ich will keinen Haferbrei«, verkündete er und lächelte sie gewinnend an.

»Natürlich nicht«, sagte sie zu dem Kind. »Ich mochte auch nie Haferbrei zum Abendessen.«

»Man muß welchen essen, wenn man krank ist, und ich bin nicht krank.«

Die Anwesenheit des kleinen Jungen schien die Spannung am Tisch ein wenig zu lösen, und die Diener brachten das Essen herein. Bis auf das Kind schienen alle von Sorgen angesteckt zu sein, deshalb sprachen sie kaum, sondern widmeten sich der dicken Suppe und dem Braten. Margaret war überrascht von ihrem Hunger und schämte sich auch ein bißchen. Es kam ihr nicht richtig vor, so hungrig zu sein, während da oben das Kind mit einem gebrochenen Genick lag. Falls er überlebte, würde er wahrscheinlich für den Rest seines Lebens gelähmt sein, ein unerträglicher Gedanke. Sie konnte sich nicht vorstellen, wie sich das Leben auf Darkover für einen Krüppel gestaltete.

Doch dann bemerkte sie, daß sie, daß alle, einschließlich ihrer Tante, mit gutem Appetit aßen, und sie fühlte sich weniger schuldig. Es war nicht so, daß der Unfall sie nicht berührte – ganz und gar nicht! Aber sie hatten für den Augenblick alles Menschenmögliche getan und mußten für die Aufgaben, die vor ihnen lagen, bei Kräften bleiben.

Jeff brach schließlich das Schweigen. »Wir dachten nicht, daß wir dich noch einmal auf Darkover sehen würden, Lew.«

»Ich dachte auch, daß ich nie mehr zurückkomme – aber ›nie‹ ist ein Wort, das sich fast immer gegen mich gewandt hat. Ich habe meinen Versuch, ein Diplomat zu sein, aufgegeben. Ich war zu meiner besten Zeit nicht besonders gut darin, und jetzt, mit Dios Krankheit und allem, wurde es unerträglich.«

»Dio ist krank?« Jeffs Stimme drückte Besorgnis aus, aber Lew schüttelte nur den Kopf, um anzuzeigen, daß die Sache im Augenblick kein Thema war.

»Aber, Lew, wer vertritt uns dann jetzt im Senat?« Javanne klang aufrichtig interessiert und sah Mikhail mit einem Blick an, als stellte sie sich vor, daß man ihn vielleicht schicken könnte, damit er die Lücke füllte. Margaret verschluckte sich beinahe an ihrem Essen. Sie konnte den Gedankengang ihrer Tante erraten, ohne einen Funken Telepathie zu gebrauchen. Es würde auf jeden Fall das Problem lösen, was sie mit ihrem dritten Sohn anfangen sollte. Ihn vom Planeten schaffen – was Mikhail sicher gefallen würde –, und schon wäre er aus dem Weg. Aber Margaret gefiel die Idee gar nicht.

Sie brauchte eine Minute, um ihren eigenen inneren Aufruhr zu entwirren. Sie mußte einige Zeit in einem Turm lernen, ob es ihr paßte oder nicht. Mikhail war ihr Freund, und sie wollte ihn auf Darkover haben, wenn sie hier war. So einfach war das – und gleichzeitig so kompliziert.

»Herm Aldaran, der seit sechs Jahren im Unterhaus sitzt, wird meinen Platz einnehmen. Er ist gesund, hat Erfahrung und kann mit den Terranern besser umgehen als ich. Er ist außerdem jung genug für die Aufgabe. Ich wurde langsam verbraucht und immer frustrierter.«

»Ein Aldaran im Senat!« Javanna sah sehr beunruhigt aus, aber Margaret war erleichtert. »Der serviert den Terranern Darkover doch auf einem silbernen Tablett. Bist du verrückt?«

»Im Gegenteil, Javanne. Herm ist vielleicht der einzige Mensch in der Galaxis, der uns im Augenblick retten kann.«

Margaret sah ihren Vater von der Seite her an. Sie hatte noch nie von Herm Aldaran gehört, vermutete jedoch, daß er ein Verwandter war, wie alle anderen. Sie wußte, daß sowohl die

Ardais als auch ihr Onkel und ihre Tante den Aldarans mißtrauten, aber sie wußte nicht, wieso. »Uns retten?«

»Bei der letzten Wahl haben die Expansionisten die Mehrheit im Unterhaus gewonnen.«

»Was bedeutet das?« fragte Rafael, bevor seine Mutter etwas sagen konnte.

Lew musterte seinen Verwandten einen Moment. »Die Regierung der Föderation folgt einem alten terranischen Modell mit zwei Körperschaften. Das Unterhaus, die Gemeinen, formulieren die Politik, und der Senat sorgt dafür, daß sie dabei nicht das Augenmaß verlieren. Es gibt gegenwärtig eine Reihe von Parteien in der Föderation, aber die größten sind die Expansionisten und die Liberalen. In den letzten Jahrzehnten haben die Liberalen, die der Auffassung sind, jeder Planet sollte selbst die Regierungsform wählen, die er wünscht, in beiden Häusern die Mehrheit gestellt. Das hat sich nun geändert. Es gibt kaum noch genug Stimmen im Senat, die verhindern, daß die Expansionisten einen neuen Kurs einschlagen, demzufolge die Bedürfnisse der Föderation Vorrang vor den Wünschen jedes einzelnen Planeten haben. Wenn sich die Expansionisten durchsetzen, ist kein Planet mehr vor der Gier der Terraner sicher.«

»Und da hörst du mittendrin auf! Du bist ein noch größerer Narr, als ich dachte, Lew! Du hättest bleiben und uns beschützen sollen, statt uns in die Hand eines Aldaran zu geben. Ich weiß über Herm Bescheid. Ich war gegen seine Ernennung ins Unterhaus, als Regis ihn vor sechs Jahren geschickt hat. Auch wenn wir fast ohne Kontakt zu den Aldarans sind, müssen wir ein Auge auf sie haben. Er scheint für einen Aldaran ja noch halbwegs anständig zu sein, aber ...« Javanne spuckte fast vor Empörung.

»Javanne, was immer du von Herm hältst, er hat nur die Interessen Darkovers im Sinn. Die jetzige Situation zeichnet sich seit langem ab, und Herm hat den Vorteil, daß er viele Männer und Frauen im Unterhaus kennt.« Lew lachte in sich hinein. »Er beherrscht politische Intrigen viel besser als ich.«

»Hm. Wahrscheinlich tauscht er Darkover gegen ein Luftauto ein, wenn das so ist. Es gibt bestimmt fähigere Männer, ältere und erfahrenere, in den Domänen. Ich kann mir nicht vorstellen, daß Regis diesem Schwachsinn zugestimmt hätte. Die Aldarans sind Feiglinge und Betrüger!«

»Mutter, ich glaube, du weißt wirklich nicht, wovon du sprichst«, erwiderte Mikhail. »Herm Aldaran ist einer der fähigsten Männer, die ich kenne.«

Javanne nahm diesen Verweis nicht gnädig hin, und ihr allzeit bereiter Zorn flammte auf, da sie nun ein Ziel hatte, auf das sie ihn richten konnte. »Was weißt du schon darüber! Nur weil du Terranisch lesen kannst, bist du noch lange kein Experte für alles!«

»Ich vertraue Herm.« Mutter und Sohn durchbohrten einander mit Blicken, und zu Margarets Überraschung war es Javanne, die zuerst die Augen senkte, nicht Mikhail. Die Hand ihrer Tante schloß sich um ein Stück Brot, das sie zwischen den Fingern zerquetschte.

Donal, der von der Spannung am Tisch nichts mitbekam, schob seinen Teller zurück und rülpste leise. Er rieb sich den Bauch. »Was gibt es zum Nachtisch?«

Liriel sah ihren Neffen an. »Wo soll denn der noch Platz haben?«

»Ich hebe mir immer Platz für einen Nachtisch auf«, antwortete er ruhig. »Gibt es gute Nachtische in der Handelsstadt?«

»Eigentlich nicht«, antwortete Margaret. »Warum fragst du?«

»Weil, wenn Domenic stirbt, bin ich der zweite und darf lesen lernen und werde gebildet wie Onkel Mikhail. Das wollte ich immer schon – oder jedenfalls seit der letzten Wintersonnenwende.« Er schien zu glauben, daß ihm sein Platz in der Familie gewisse Rechte gab, und war entschlossen, sie sich zu nehmen. »Ich will nach Thendara gehen und alles lernen!«

Javanne schüttelte den Kopf. »Donal! Erstens wird hier nicht davon gesprochen, daß Domenic stirbt! Und zweitens würde deine Mutter dich niemals nach Thendara gehen lassen, nicht jetzt. Du wirst nach Neskaya kommen, sobald du alt genug bist, und selbst das wird schwer für sie werden. Dort wirst du alles lernen, was du wissen mußt.«

»Nein, das werde ich nicht!« Er drehte sich zu Margaret um. »Tante Liriel sagt, du kannst alle Bücher in ihrer Bibliothek lesen. Stimmt das? Sie sagt, du kannst sie alle lesen und noch viele mehr.«

»Ja, ich kann lesen, und ich habe sehr viele Bücher gelesen.«

»Ich dulde nicht, daß du den Jungen auch noch ermutigst, Marguerida«, unterbrach Javanne verärgert. »Du weißt nichts über unsere Sitten, und ich wünsche nicht, daß du dich weiter einmischst. Ich glaube, für einen Tag hast du genug Ärger verursacht.« *Lew hat schon immer nichts als Ärger gemacht, und seine Tochter ist genauso. Ich weiß, daß ich recht habe! Wir müssen die Domänen so erhalten, wie sie immer waren. Wir hätten die Terraner nie Fuß fassen lassen dürfen. Wäre ich Regis gewesen … warum bin ich nur als Frau zur Welt gekommen!*

Bilden die sich ein, ich wüßte nicht, was los ist? Ich sehe doch, wie mein Sohn Marguerida ansieht – aber daraus wird nichts! Es muß eine Möglichkeit geben, Herm Aldaran aus dem Senat hinaus- und Mikhail hineinzubringen. Ich spreche mit mei-

nem Bruder darüber. Er wird auf mich hören. Ich zwinge ihn dazu, daß er auf mich hört.

»Mein Vater kann nicht sehr gut lesen«, sagte Donal mit seiner hohen Kinderstimme, »und meine Mutter kann es überhaupt nicht. Domenic wollte, daß sie ihm bei ein paar schwierigen Wörtern helfen, und sie konnten es nicht. Sie sagen, man braucht es nicht, aber Domenic hat mir erzählt, daß es wundervoll ist, wenn man lesen und Dinge lernen kann.« Seine Stimme schnappte ein wenig über, als er von seinem verletzten Bruder sprach. »Ich wollte immer wie Domenic sein, und jetzt werde ich so, egal, ob es ihm bessergeht oder nicht!«

Margaret war gelinde entsetzt. Sie wußte, daß die Fähigkeit zum Lesen und Schreiben auf Darkover nicht weit verbreitet war, aber irgendwie hatte sie angenommen, daß wenigstens alle Mitglieder der herrschenden Familien lesen konnten. Sie hielt diese Fähigkeit für selbstverständlich und schämte sich ein wenig, daß der Planet ihrer Geburt offenbar freiwillige Unwissenheit einer formalen Bildung vorzog. Wahrscheinlich konnte Rafaella besser lesen als die meisten Leute hier am Tisch.

Gabriel beschloß, seinen Senf dazuzugeben. »Ich kenne Liriels Argumente, daß einen Lesen klüger macht, und ich halte es für Unsinn. Es ist unnötig, daß die Leute ihr Gehirn mit Sachen verwirren, die sie nie brauchen.«

»Hier spricht ein Mann, der kaum seinen Namen schreiben kann«, murmelte Mikhail, aber so leise, daß nur Margaret neben ihm es hören konnte.

Jeff sagte ruhig: »Wir schweifen vom Thema ab. Zuerst müssen wir hoffen, daß Domenic wieder gesund wird; zum Glück hat Marguerida gleich an die Schiene gedacht. Zum anderen ist offensichtlich, daß Donal über einen flinken

Verstand verfügt und anständig erzogen werden muß. Es liegt im wohlverstandenen Interesse Darkovers, daß unsere Söhne und Töchter eine gute Bildung erhalten. Ariel wird dagegen sein, aber wir dürfen nicht zulassen, daß sie ihre Söhne an ihre Schürze fesselt. Das ist weder gesund noch klug.« *Die Türme haben uns gute Dienste geleistet, aber sie reichen nicht mehr aus. Wir müssen mit den Zeiten gehen, oder wir gehen unter.*

»Im wohlverstandenen Interesse Darkovers?« fauchte Gabriel seinen Onkel an. »So hab ich's gern! Die Hälfte der jungen Männer sind darauf versessen, sich zu den Sternen aufzumachen, und manche Frauen ebenfalls. Die alten Gebräuche sind gut genug für meinen Vater, sie sind gut genug für mich, und für Donal werden sie es ebenfalls sein. Er ist noch so jung und weiß nicht, wovon er redet. Er würde sich nach zehn Tagen langweilen.«

»Bestimmt nicht«, protestierte das Kind.

»Du weißt nicht, was gut für dich ist«, sagte Gabriel hartnäckig. Seine Gesichtsfarbe verdunkelte sich, und seine Augen wurden schmal. Er sah hilfesuchend seine Mutter an, aber Javanne schien in ihre eigenen Gedanken versunken zu sein.

»Gabriel«, sagte Margaret schneidend, »du glaubst wohl, du weißt, was gut für alle anderen ist – aber du weißt es nicht!« Während die beiden einander wütend anstarrten, versuchte Jeff ausgleichend zu wirken. »Wir können Darkover nicht in einem Tag verändern, nicht einmal in einer Generation, aber wenn unsere Kinder keine Bildung erhalten, werden sie nicht in der Lage sein, vernünftige Entscheidungen über die Zukunft unserer Welt zu fällen.« Er seufzte leise. »Ich wünsche mir schon lange, wir hätten einen Plan, ein Programm, wie wir der Jugend mehr beibringen können, als sie in den Türmen oder bei den Cristoforos lernen.«

Margaret sah ihren Onkel an und begriff, daß er sowohl zu sich selbst als auch zu ihr gesprochen hatte. Er gehörte, wie sie selbst, verschiedenen Welten an, und er liebte Darkover, so wie sie es gerade zu lieben begann. Sie wußten beide, daß Darkover ohne Bildung sehr angreifbar durch Kräfte wie die Expansionisten war, die alle Planeten außer Terra nur als Ansammlung von Rohstoffquellen ansahen, die es auszubeuten galt, und nicht als die Heimat von Menschen, die ihre eigenen Ziele und Interessen hatten. Ihrer gelegentlichen Lektüre der Nachrichtenfaxe entnahm Margaret, daß die Expansionisten nicht nur für Darkover eine Bedrohung darstellten, sondern auch noch für andere Planeten, die sie besucht hatte, Relegan oder Mantenon etwa.

Also, meine Marja, würdest du gern hierbleiben und Schulen gründen? Bei meinem Ritt nach Armida »hörte« ich, daß du davonlaufen wolltest, daß du überall lieber wärst als in Darkover, und ich habe es dir kein bißchen verübelt. Aber nun scheinst du deine Meinung geändert zu haben.

Ich weiß nicht. Bei all den Ereignissen hier, von Ivors Tod bis zu Javannes Versuch, mich mit einem ihrer fürchterlichen Söhne zu verheiraten, hatte ich kaum Zeit zum Nachdenken.

Sie spürte, wie Mikhail bei ihren Gedanken zusammenzuckte.

Sei kein Idiot, Mik! Du warst nicht gemeint, und das weißt du ganz genau!

Danke, Cousine. Ich habe schon befürchtet, Gabriels schlechtes Benehmen färbt auf mich ab.

Sei nicht albern! Für einen Lanart bist du ganz vernünftig.

Ein Verriß auf die sanfte Tour. Mehr konnte ich nicht erwarten. Sein Tonfall war spöttisch, doch unter der beiläufigen

Heiterkeit lag ein Gefühl, das Margaret sowohl anzog als auch erschreckte. Was würde sie tun, wenn es Javanne gelang, Mikhail von Darkover wegzuschicken? Sie durfte gar nicht daran denken.

Der Senator folgte diesem Intermezzo mit einem Interesse, das Margaret störte, und sie fühlte sich erröten. Er musterte Mikhail neugierig und hob nachdenklich eine Augenbraue. Dann sah er seine Tochter an, und seine Augen weiteten sich leicht.

Vater, fang, verdammt noch mal, nicht an, mich verheiraten zu wollen! Davon habe ich genug für zwei Menschenleben. Weißt du, daß Dyan Ardais junior in mein Schlafzimmer kam und um mich werben wollte! Rafaella war entsetzt. Sie fühlte sich wie in einer Falle und atmete keuchend.

Wer? fragte Lew neugierig, und Margarets Panik begann zu schwinden.

Rafaella n'ha Liriel, meine Führerin und gute Freundin. Sie liegt oben mit einer fürchterlichen Erkältung im Bett.

Eine Entsagende? Du warst fleißig, mein Kind. Du hattest mehr Abenteuer erlebt, als ich dachte. Ich will dich ganz und gar nicht verheiraten, nachdem ich in jungen Jahren nicht sehr viel Glück mit Frauen hatte. Andererseits sieht jeder, daß du dich ausgezeichnet mit deinem Cousin verstehst, was mich einigermaßen erstaunt, da du nicht gerade verrückt auf deine Tante Javanne bist. Hm. Ich kenne dich kaum, stimmt's?

Nein, aber das spielt jetzt keine Rolle. Gib mich einfach nicht an den Erstbesten, der um meine Hand anhält, ich bin nämlich ziemlich heikel. Ich will nicht die nächsten dreißig oder vierzig Jahre mit den Türen in Armida knallen wie Tante Javanne und Onkel Gabriel.

Lew Alton lächelte seine Tochter an, es war ein breites

Grinsen, das ihn zehn Jahre jünger machte. Margaret starrte ihn an, denn sie konnte sich nicht erinnern, ihn je so offen lächeln gesehen zu haben – falls überhaupt. *Die Türen von Armida dürfen wir natürlich nicht vergessen.*

Margaret blieb der Mund offen. Ihr Vater neckte sie! Er saß da und scherzte, als wäre er nie ein depressiver Trinker mit einer fürchterlichen Laune gewesen. Sie war hin- und hergerissen zwischen dem Bedürfnis, ihm um den Hals zu fallen, und dem gleichermaßen starken Wunsch, ihm eine Ohrfeige zu verpassen. *Meinst du, ich könnte hier auf Darkover eine Art Schule aufmachen? Ich habe von Zeit zu Zeit daran gedacht, wenn ich nicht gerade gegen tote Bewahrerinnen gekämpft oder mich übergeben habe.*

Was? Lew schien verblüfft zu sein.

Ich erzähle dir später alles.

Das will ich hoffen, denn jetzt bin ich sehr neugierig. Aber ich glaube, du kannst alles tun, was du willst, Tochter. Ich könnte dich nicht aufhalten, wenn du dich erst einmal entschieden hast, weißt du.

Das könntest du nicht? Nein, das wußte ich nicht.

Donal langweilte sich, weil die Gespräche am Tisch plötzlich verstummt waren und weil es keinen Nachtisch gab. »Würdest du mir das Lesen beibringen, Marguerida? Ich würde ja Liriel fragen, aber sie muß bald zu ihrem Turm zurück.«

»Ich weiß nicht, Donal. Ich habe noch nie versucht, jemandem das Lesen beizubringen. Es ist nicht so leicht, wie du denkst.«

»Onkel Jeff sagt, ich bin gescheit, also dürfte es nicht sehr schwer sein.« Donal lächelte sie erneut gewinnend an, und Margaret dachte, daß der Junge alles in allem zu charmant sein würde, wenn er groß war.

Bevor sie antworten konnte, ergriff Javanne das Wort. »Ich

glaube, für heute abend reicht es mit diesem Unsinn. Gabriel hat recht – Donal ist noch viel zu klein, um zu wissen, was er will. Er findet Lesen nur aufregend, weil Domenic es kann, und hat keine Ahnung, wovon er redet.«

Jeff schüttelte den Kopf. »Javanne, es hilft nichts, wenn man die Stalltür schließt, nachdem das Pferd davongelaufen ist. Wir Darkovaner müssen über unser zukünftiges Los entscheiden, vielleicht schneller, als du glaubst, und dann werden alle diese jungen Donals möglichst gut informiert sein müssen, damit wir nicht von einer expansionistischen Politik oder schlimmerem aufgefressen werden.«

Javanne Hastur kochte innerlich, aber ausnahmsweise hielt sie den Mund. Sie begnügte sich damit, Jeff, Lew und Margaret wütend anzustarren. Nach einer Weile hellte sich ihr Gesicht jedoch auf, und Margaret war überzeugt, daß sie bereits einen neuen Plan schmiedete. Sie mochte ihre Tante immer weniger und mußte sich zwingen, an etwas anderes zu denken, damit ihr Geist nicht vor Wut überschäumte.

Endlich wurde der Nachtisch gebracht, ein fester, roter Pudding in durchsichtigen Glasschalen, und angespannte Stille legte sich über den Tisch. Margaret haßte es, wenn die Energien so knapp unter dem Siedepunkt köchelten, denn sie empfing die Gefühle von Javanne und Gabriel, aber nicht ihre Gedanken. Die beiden waren wütend und wahrscheinlich gefährlich. Der süße Pudding schmeckte wie Säure in ihrem Mund, und sie schob die Schale halbvoll von sich.

Sie lehnte sich zurück und überlegte, daß die beiden Seiten Darkovers um den Tisch versammelt waren. Javanne, ihr ältester Sohn und ihr anwesender Gatte standen für die Vergangenheit, sie war jedoch unschlüssig, ob sie selbst die Zukunft repräsentierte. Sie fühlte sich erneut von Kräften in die Enge getrieben, auf die sie keinen Einfluß hatte. Die Kälte, das Verlangen, sich von jedem menschlichen Kontakt zurückzuziehen, wuchs in ihr an, und sie spürte beinahe, wie die Überreste Asharas ihre Krallen in ihren Geist schlugen. Verzweiflung würgte ihre Kehle, und sie zwang die Tränen zurück, die ihr in die Augen traten.

Sie betrachtete ihren Vater und sah, daß er sehr müde war. Margaret wußte, das lag nicht nur an dem langen Ritt von Thendara nach Armida, sondern an den Jahren seines Exils. Sie hatte ihren Vater nie für mutig gehalten, hatte nie etwas anderes in ihm gesehen als den von Sorgen bedrückten Alten, aber nun erkannte sie, daß er vieles war, was sie ihm nie zugetraut hätte.

Doch die Auswirkungen eines langen und anstrengenden Tages machten sich bemerkbar. Margaret konnte kaum noch die Augen offenhalten, und ihre Beine schmerzten von dem wilden Ritt. Sie zitterte vor Erschöpfung, und sie entschied, daß sie es keine Minute länger bei ihrer Familie aushielt. Sie stand wortlos auf und verließ den Speisesaal.

Als sie die lange Treppe halb hinaufgestiegen war, bemerkte sie, daß sie Begleitung hatte. Sie drehte sich um und erwartete ihren Vater oder vielleicht Mikhail zu sehen, aber zu ihrer Überraschung kam Donal hinter ihr her. Er sah sehr ernst und entschlossen aus.

»Was gibt es, Donal?«

»Großmutter hat mich zu Bett geschickt.«

»Na, dann komm mit. Weiß euer Kindermädchen, daß du nach unten gegangen bist?«

»Nein, sie ist sofort in ihrem Stuhl eingeschlafen. Sie ist nicht besonders schlau.« Er schob seine ziemlich schmutzige Hand in Margarets und lächelte wieder.

»Weißt du, ich habe auch immer geglaubt, daß meine Kindermädchen nicht sehr schlau sind.«
»Wirklich?« Sein Lächeln verschwand. »Es ist mir egal, was Großmutter sagt oder Onkel Gabriel – jeder weiß, wie dumm er ist. Ich werde lesen und schreiben lernen und alles tun.«
»Das ist ein schönes Ziel, Donal, aber nicht für heute abend. Du hattest einen sehr langen Tag, und ich ebenfalls.«
»Werde ich auch so schnell müde, wenn ich so alt bin wie du?«
»Keine Ahnung«, antwortete sie träge. Es war das erste Mal, daß jemand sie als alt bezeichnete, aber im Augenblick fühlte sie sich so. Vom Gewitter bis zur Rückkehr ihres Vaters hatte sie heute genug Aufregung für Jahre erlebt. Sie brachte den Jungen bis zur Tür des Kinderzimmers, dann schlurfte sie zu ihrem eigenen Gemach.

22

Margaret kleidete sich für die Nacht an und war froh, daß Rafaella fest schlief, denn ihr war nicht danach, Fragen zu beantworten. Sie kroch unter die Decken, zog die Knie an und blickte in das Feuer, das im Kamin flackerte. Die Bewegung der Flammen wirkte hypnotisierend, und sie glitt in eine Art Trance, aus der sie sich nur gewaltsam wieder herausriß. Denn trotz ihrer Erschöpfung war sie zu aufgeregt, um sofort einschlafen zu können. Sie dachte an die Ankunft ihres Vaters und wie sie eigentlich nicht überrascht gewesen war. Sie dachte an Diotima und fragte sich, wie krank sie wohl war. Sie sehnte sich nach ihr!

Hauptsächlich aber dachte sie an Lew Alton; er hatte es während dieses schwierigen Abendessens als einziger fertiggebracht, den Kessel am Sieden zu halten, ohne daß er überkochte. Gekocht hatte nur Javanne, nicht er. Sie hatte ihren Vater früher nie als Diplomaten geachtet, aber nun erkannte sie, daß er Fähigkeiten besaß, die sie sich kaum vorstellen konnte. Morgen würde sie ein langes Gespräch mit ihm führen. Und sie würde ihn nicht weglassen, bevor ihre Fragen beantwortet waren! Zufrieden mit ihrem Plan, sank sie ins Kissen und glitt in den Schlaf.

Mondlicht weckte sie, und einen Moment lang wußte sie nicht, wo sie war. Sie hatte von ihrer Unterkunft an der Universität geträumt, und sie hatte etwas gesucht. Dann hörte sie ein Geräusch im Flur und dachte, es sei einer der Diener, und schloß erneut die Augen.

Ein schauriger Schrei schreckte sie auf. Noch ganz benommen, sah sie eine weiße Gestalt am Fußende des Bettes emporwachsen. Die Gestalt schwankte und bebte im Mondlicht, und das schreckliche Geräusch wiederholte sich. Im schwachen Schein des Mondes sah das Gespenst unwirklich und furchterregend zugleich aus. Ihr Herz klopfte heftig, und sie überlegte, ob es auf Armida spuken könnte.

Dann hörte Margaret ein Kichern und wußte, da stand kein Geist vor ihrem Bett, sondern nur eins der Alar-Kinder, das sie erschrecken wollte. Sie war wütend, erzürnt, weil man sie geweckt hatte. »Hinaus! Sofort hinaus!« Ihre Stimme vibrierte, und sie wußte, sie hatte mehr getan, als nur mit Nachdruck zu sprechen. Da war ein Echo jener Stimme, die Istvana in Ardais mit dem Tod bedroht hatte, und sie schauderte.

Die kleine Gestalt drehte sich bei ihren Worten um und ging zur Tür. Sie bewegte sich langsam, steif, fast wie eine Maschine, und Margaret spürte ein besorgtes Kribbeln ihrer überstrapazierten Nerven.

»Sie hat nicht geschrien«, sagte eine Stimme vor dem Zimmer, die sie als die des kleinen Damon Alar erkannte. Er klang sehr enttäuscht. »Ich wußte, du kannst Cousine Marguerida nicht erschrecken.« Dann folgte ein dumpfes Geräusch. »Aua! Warum schlägst du mich nieder, Donal?« Sie hörte Schritte im Flur, die sich von ihrem Zimmer entfernten. »Heh, du blöder Kerl, wo willst du hin? Komm zurück!«

Die Worte verstärkten Margarets Eindruck, daß etwas nicht stimmte, und sie schlug die Decke zurück und ging auf den Flur hinaus. Es war düster, nur ein paar schwache Lampen brannten an den Wänden, und im ersten Augenblick sah sie nichts Beunruhigendes.

Dann erhob sich Damon im Nachtgewand in einer unbeleuchteten Ecke vom Boden und rieb sich den Arm. Er starrte sie mit offenem Mund an, dann schaute er in Richtung Treppe. »Was hast du zu ihm gesagt, Cousine? Er hat mich umgestoßen und ist rausgerannt, als wären alle Teufel hinter ihm her. Ich wußte gar nicht, daß Donal so stark ist.« Das Geräusch, mit dem die große Eingangstür des Hauses ins Schloß fiel, hallte durch die Stille.

»Ich sagte, er soll verschwinden«, antwortete Margaret verwirrt. »Er hat mich aus dem Schlaf aufgeschreckt, und ich habe ihn angefahren.« Sie bückte sich und hob ein fallengelassenes Laken auf. »Gespenster spielen! Seid ihr nicht schon ein bißchen zu alt für so etwas, Damon. Das war nicht komisch.«

»Es wäre komisch gewesen, wenn du wie erwartet geschrien hättest.« Damon wand sich unbehaglich. »Aber warum ist er hinausgelaufen? Er war sonderbar – als würde er mich nicht kennen.«

Vom Ende des Flurs waren Schritte zu hören. Margaret und Damon drehten sich um und sahen Jeff im Nachtgewand aus dem Dunkel kommen. »Was ist hier los? Kann ein alter Mann nicht einmal ausschlafen?«

»Es tut mir sehr leid, Onkel Jeff«, sagte Margaret. »Donal fand es lustig, in meinem Zimmer Gespenst zu spielen, und ich sagte zu ihm, er soll hinausgehen. Das tat er, aber er ging nach draußen. Ich weiß nicht, wieso.«

»Nach draußen? Du meinst, aus dem Haus?«

»Ja.«

»Was hast du gemacht – die Kommandostimme benutzt?« Jeff klang nicht sehr beunruhigt, was Margarets Ängste ein wenig milderte.

»Die was?«

»Die Kommandostimme.« Jeff sah sie an, bemerkte ihre Verwirrung und schüttelte den Kopf. »Sie ist ein Bestandteil der

Alton-Gabe, Marguerida. Sie zwingt den Zuhörer, das zu tun, was man ihm sagt.«

Sie war entsetzt. »Du meinst, ich kann Leute zwingen, Dinge zu tun, die sie nicht tun wollen, nur indem ich es ihnen befehle? Das ist widerlich!« Sie hörte im Geiste die Stimme Asharas, die ihr befahl, zu vergessen und niemanden nahe an sich heran zu lassen, und am liebsten hätte sie geschrien. »Ich sagte nur: ›Raus hier‹. Wie kann das ein Zwang sein?«

»*Chiya*, du besitzt die vollständige Alton-Gabe, und du weißt nicht, wie man sie anwendet. Ich mache dir keinen Vorwurf, zumal du aus dem Schlaf geschreckt bist. Das war sehr ungezogen von dir und deinem Bruder, Damon. Ich wißt beide, daß man Leute nicht erschrecken soll. Ich gehe den Jungen lieber holen, bevor er in den See spaziert oder schlimmeres tut.« Jeff ging in Richtung Treppe, hielt aber noch mal inne. »Verstehst du jetzt, warum du nach Arilinn kommen und ausgebildet werden mußt? Stell dir vor, du hättest zu ihm gesagt, er soll tot umfallen!« *Ich weiß, sie kann nichts dafür, aber wenn Donal etwas zustößt, verliert Ariel vollends die Nerven. Der Teufel soll Lew holen, weil er die Kleine nicht schon vor Jahren nach Hause geschickt hat! Ich bin mir nicht einmal sicher, ob die Ausbildung im Turm jetzt noch etwas nützt.*

Margaret war erst bestürzt, dann wütend. Sie hatte nicht um die Alton-Gabe gebeten, und in diesem Augenblick hätte sie sie mit Freuden gegen ein Stück Torte eingetauscht, wenn sie gekonnt hätte. Sie kochte innerlich. Niemand, weder Istvana noch Liriel oder Jeff hatten je ein Wort über diese Stimme gesagt. Das war unentschuldbar! Es war ja schön und gut, daß sie ihr erklärt hatten, sie müsse in einen Turm gehen, aber sie hatten erbärmlich darin versagt, ihr wichtige Informationen mitzuteilen. Genau wie ihr Vater!

Margaret folgte Jeff nach unten, sie fror, weil sie barfuß war. Gerade als der alte Mann an der Tür war, ging diese auf. Das Mondlicht beschien die Gestalt eines Mannes, der etwas auf den Armen trug. Margaret hätte fast aufgeschrien, weil es sie daran erinnerte, wie Ariel den verletzten Domenic gehalten hatte. Zu ihrer Erleichterung bewegte sich die Last jedoch, Donal schien wohlauf zu sein.

Lew Alton verlagerte umständlich das Gewicht des Kindes. »Ich habe den Jungen im Freien gesehen, und als ich mich ihm näherte, schien er mich nicht zu erkennen. Ich berührte seine Schulter, und er sackte zusammen. Da wußte ich, daß er in Trance war. Ich habe noch nie ein Kind so tief in Trance gesehen.« Er klang verwirrt und müde.

»Marguerida hat die Kommandostimme bei ihm angewandt, als er sie aus dem Schlaf schreckte«, erklärte Jeff.

»Was hast du zu ihm gesagt, Marja?«

»Ich sagte, daß er hinausgehen soll, das war alles.« Wie konnten diese wenigen Worte eine solche Wirkung haben? Sie stieg von einem Fuß auf den anderen, weil die kühle Nachtluft durch die offene Tür strömte.

»Verdammt! Mach die Tür zu, Jeff, bevor wir uns alle noch eine Erkältung holen! Ich glaube, du hast ihn aus seinem Körper hinausgeschickt, Marja.«

»Aus seinem Körper?«

»In die Oberwelt.« Lew sprach ganz ruhig, aber Margaret spürte, wie ihr Herz zu Eis wurde.

Die Oberwelt! Bemerkenswert, wie ein einzelnes Wort die Macht hatte, ihrem Körper den letzten Rest Wärme zu entziehen. Sie mochte Donal, und die Vorstellung, daß der aufgeweckte Junge allein an diesem grauenhaften Ort herumirrte, war mehr, als sie ertragen konnte. Bis zu diesem Augenblick war ihr nicht bewußt gewesen, wie sehr die Oberwelt ihr angst machte. Istvana hatte ihr zu erklären versucht, daß das Reich der Oberwelt nicht schrecklich sei, sondern nur anders, aber Margaret glaubte ihr nicht. Sie wollte nie mehr dorthin zurückkehren, und das war einer der Gründe, warum sie sich beim Gedanken an einen Turm krümmte. Istvana hatte ihr nämlich erklärt, daß es zur normalen Arbeit in den Türmen gehörte, sich gelegentlich in der Oberwelt zu bewegen.

»Bringen wir Donal irgendwo ins Warme. Es ist zwar nicht kalt für die Jahreszeit, aber er könnte sich erkälten, und dann hätten wir ein ernstes Problem«, sagte Jeff. Er klang ruhig, aber Margaret merkte ihm an, daß er sich Sorgen machte, und sie zitterte am ganzen Leib. »Damon, du gehst jetzt sofort wieder ins Bett.«

»Aber mein Bruder …«

»Wir kümmern uns um Donal. Du kannst nichts helfen, sondern wärst nur im Weg. Jetzt ab mit dir!«

Damon blickte in die Gesichter der Erwachsenen und trat widerstrebend den Weg nach oben an. Margaret wünschte, sie könnte ihm folgen, könnte sich in ihr Zimmer zurückziehen und Rafaellas tröstlichem Schnarchen lauschen. Aber dieses Problem hatte sie verursacht, und sie mußte es wieder in Ordnung bringen. Es schien der passende Höhepunkt für den schlimmsten Tag ihres Lebens zu sein.

Unsinn! Lews Stimme drang forsch in ihren Geist. *Du weißt gar nicht, wie schlimm es kommen kann, Chiya.*

Versuch nicht, mich aufzuheitern!

Also gut. Dann bringen wir diesen Schlingel hier mal in den Salon, bevor er sich den Tod holt. Und glaub nicht, daß es nur deine Schuld ist, Marja. Ich habe mich den größten Teil meines Lebens für den Urheber aller Übel dieser Welt gehalten, und es hat mir nichts eingebracht, außer einigen sehr schlimmen Katern und einer Menge Selbstmitleid. Dio sagte immer, ich soll nicht so streng zu mir sein, aber ich habe nie auf sie gehört. Und du wirst vermutlich nicht auf mich hören.

Die Gedanken ihres Vaters waren erfrischend herb. Margaret fühlte seine Anspannung, sein eigenes Verantwortungsgefühl für Dinge, auf die er keinen Einfluß hatte. Es war auch viel Schmerz in ihm, und ein großer Teil davon galt ihr. Sie schämte sich um so mehr, daß sie nur an sich selbst dachte, sich selbst bemitleidete. Sie war nicht wichtig. Donal war wichtig, und Dio und ihr Vater.

Laß die Dummheiten, Marja! Das ist jetzt nicht die Zeit, ein Gelübde der Selbstlosigkeit abzulegen! Liriels sarkastischer Gedanke erschreckte sie, und sie drehte sich um und sah die Technikerin die Treppe herabkommen. Sie trug nur ein Nachthemd aus farblosem Leinen, was sie aber nicht im geringsten zu genieren schien. Sie vermutete, Jeff hatte Liriel gerufen, ohne den Rest des Hauses zu wecken, und kam zu dem Schluß, daß Telepathie ein paar Vorteile besaß, an die sie bisher nicht gedacht hatte. Die Sache gefiel ihr immer noch nicht, aber sie verstand nun, daß sie äußerst nützlich sein konnte.

Als Liriel eben am Fuß der langen Treppe angekommen war, tauchte Mikhail am oberen Ende auf. Sein helles Haar war zerzaust, und er blinzelte auf die Versammlung hinab. »Ich habe Stimmen gehört. Was ist los?«

Margaret spürte, wie beim Anblick ihres Cousins ihre Anspannung nachließ. Einmal mehr freute sie sich, ihn zu sehen, und wurde viel sicherer. Es war fast, als gäbe seine Anwesenheit ihr ein Selbstvertrauen, das ihr ansonsten fehlte. Und sie mußte sich eingestehen, daß ihre Gefühle über die bloße Freude über seine Anwesenheit hinausgingen.

Jeff erklärte, was passiert war, während Liriel den kleinen Donal aus Lews Armen nahm. Sie gingen in den großen Salon und legten das Kind auf das Sofa, das dem Kamin am nächsten war. Liriel wickelte den Jungen in einen Umhang und bettete ihn in eine bequeme Position. Lew fachte die verglühten Kohlen neu an, Jeff warf Holz nach, und Mikhail zündete die Lampen an. Sie alle agierten rasch und sicher, als wäre die ganze Sache ein normales Vorkommnis und nicht etwas, wovor man erschrecken mußte.

Margaret wußte, daß sie ihre tiefe Sorge nach außen hin verbargen. Sie hatte Donal mit einigen schlecht gewählten Worten und, ohne es zu wollen, in die Oberwelt geschickt, und das war keine Kleinigkeit. Wie würden sie ihn zurückholen? Margaret überlegte, was sie tun konnte. Sie war immer noch halb versucht, sich zurückzuziehen, da sie sich ohne Ausbildung kaum nützlich machen konnte.

»Nein, Marja. Du hast Donal aus seinem Körper geschickt, und du mußt diejenige sein, die ihn zurückruft«, sagte ihr Vater. *Armes Kind. Wenn ich sie hierhergeschickt hätte, anstatt sie zur Universität gehen zu lassen, wäre das alles vermeidbar gewesen. Oder wenn ich sie nach Hause gebracht hätte … ach, dafür ist es nun zu spät. Wir müssen das Beste daraus machen.*

»Ich muß ihn zurückrufen? Wie?«

»Wir müssen in die Oberwelt gehen, Donal suchen und ihn nach Hause holen«, antwortete Liriel, als würde sie ein Picknick am See vorschlagen. »Ich verstehe deinen Widerwillen, Marguerida, aber der Spiegelturm ist nicht mehr da, und es gibt nichts in der Oberwelt, was du fürchten mußt. Zum Glück hast du eine persönliche Beziehung zu dem Jungen – das vereinfacht die Sache.«

»Das sagst du so leicht, Liriel.«

»Onkel Lew, kannst du noch als Techniker arbeiten?«

»Ich bin ziemlich eingerostet, aber ich denke, ich schaffe es.« Sein vernarbtes Gesicht wurde weicher. »Ich habe meine Jahre in Arilinn nicht vergessen – es war eine glückliche Zeit für mich.«

»Gut, dann übernehme ich die Überwachung, und du und Jeff sorgt dafür, daß Marguerida nicht stolpert.«

»Schließ mich nicht aus, Schwester«, sagte Mikhail ruhig. »Ich habe zwar nicht deine intensive Ausbildung genossen, aber ich habe meine Zeit in Arilinn absolviert und bin durchaus fähig.«

»Ich weiß, Mik, aber ...«

»Ich weiß, es schickt sich nicht außerhalb eines Turms, aber ich denke, Marguerida und ich sind so gute Freunde, daß ich nützlich sein könnte.« *Sie kann sich auf mich verlassen, und sie tut es bereits, wenngleich ich mir nicht sicher bin, ob sie es schon weiß. Es ist eine Schande, daß ich der falsche Sohn bin, aber daran läßt sich nichts ändern. Wir sind Freunde, und was immer geschieht, das kann uns keiner nehmen. Ich wünschte nur, es könnte mehr sein.*

Freunde? Margaret empfand eine Art Erleichterung bei seinen Worten und Gedanken. Ihre Angst begann ein wenig nachzulassen. Aber die Kälte in ihr, die Furcht vor Vertraulichkeit, quälte sie immer noch. Es war eine Sache, wenn sie und Mikhail sich mit schlagfertigen Antworten erfreuten, einander neckten und über andere Leute spotteten. Eine gewisse Vertraulichkeit vorausgesetzt, hätten sie das auch ohne Telepathie tun können. Aber es war eine ganz andere Sache, in die Art von Nähe einzutreten, die sie zusammen mit Istvana Ridenow bei ihrem ersten Vorstoß in die Oberwelt erfahren hatte. So diskret sich die Bewahrerin auch verhalten hatte, Margaret war sich darüber im klaren, daß Istvana nach dem Kampf mit Ashara praktisch alles über sie wußte.

Der Gedanke, daß ihr Vater oder Jeff auf so intime Weise in ihren Kopf eindrangen, war schon schwierig genug. Bei Mik war es anders. Sie fand die Vorstellung gleichzeitig verlockend und bedrohlich. Er sollte nicht erfahren, was sie empfand, daß sie ihm traute und den Klang seiner Stimme mochte, daß es ihr gefiel, wie seine Locken in die Stirn fielen und sein Mund sich zu einem Lächeln verzog. Vor allen Dingen sollte er nicht wissen, wie heiß ihr immer wurde, wenn er in der Nähe war.

Nach ihrer gemeinsamen Sitzung wußte sie, daß sie sich auf Liriel vollkommen verlassen konnte. War das tatsächlich erst heute morgen gewesen? Jeff war zwar ebenfalls vertrauenswürdig, aber sie kannte ihn kaum, und ihr Vater war beinahe ein Fremder für sie. Wie sonderbar. Sie hatte Lew Alton ihr ganzes Leben lang gekannt, aber sie hatte keine richtige Vorstellung von seinem Wesen. Sie war sich bei Mikhail, den sie noch keinen Monat kannte, sicherer als bei allen anderen Anwesenden, mit Ausnahme von Liriel. Sie entschied den Widerstreit ihrer Gefühle dahingehend, daß Mikhails Nähe beruhigend wirken und ihr Sicherheit geben würde.

Margaret bemerkte, daß alle sie ansahen, darauf warteten, daß sie etwas sagte, und respektvollerweise ihre verworrenen Gedanken nicht belauschten. Sie konnte das zwiespältige Gefühl im Raum beinahe mit Händen greifen. »Ich glaube, es wäre hilfreich, wenn Mikhail … Ich habe keine rechte Vorstellung, wie ein telepathischer Kreis funktioniert. Istvana wollte es mir erklären, aber ich war so entschlossen, nicht mit ihr nach Neskaya zu gehen, daß ich ... ich habe einfach nicht zugehört! Trotzdem habe ich das Gefühl, je mehr Leute, desto besser.« *Solange Tante Javanne nicht dabei ist.*

Margaret hörte ihren Vater im Geiste lachen. *Glaub mir, Marja, niemand von uns will Javanne dabeihaben. Sie ist durchaus fähig, aber sie mag dich nicht, und das würde ein Problem darstellen.*

Ich weiß. Ich habe versucht, brav zu sein, aber sie hat mich einfach ständig zum Widerstand gereizt.

Javanne könnte ein Lamm zum Widerstand reizen, Chiya. Ich glaube, du erinnerst sie an mich, und wir sind nie gut miteinander ausgekommen.

Nein, ich finde, du tust meiner Mutter unrecht, Onkel Lew, entgegnete Mikhail. *Trotz ihres ausgeprägten Familiensinns und ihres Wunsches, Marguerida als Tochter willkommen zu heißen, kann sich Mutter nicht dazu aufraffen, mit meiner Cousine warm zu werden. Aber das hat nichts mit dir zu tun, Lew, sondern ausschließlich mit einer zweiten energischen Frau unter einem Dach.*

Genug geplaudert! Machen wir weiter, meldete sich Liriel.

»Was soll ich tun?« fragte Margaret. »Als ich das erste Mal in der Oberwelt war, hat mir Istvana *Kirian* gegeben. Das würde ich ungern noch einmal nehmen. Mir wurde davon äußerst seltsam zumute.«

»Damals war dir deine Gabe noch nicht bewußt, Marguerida«, sagte Liriel ruhig. »Aus dem zu schließen, was ich heute vormittag gesehen habe, müßtest du dich ganz leicht in Trance versetzen können. Das Hauptproblem ist deine Angst.«

Margaret lachte nervös. »Das war immer das Problem.« Sie warf Lew einen Blick zu und stellte fest, daß er ernst und sorgenvoll aussah. »Ein wenig von dem Weihrauch, den du selbst gemacht hast, könnte helfen, Liriel. Er hat mich heute morgen sehr beruhigt.«

»Ich muß meinen Kopf im Bett vergessen haben«, antwortete Liriel. Sie verließ eilends den Raum, und Margaret fröstelte. Ihre nackten Füße waren eiskalt. Sie sah Donal an, der ausgestreckt auf dem Sofa lag, und beugte sich über ihn. Als sie seine Hand ergriff, stellte sie fest, daß er ebenfalls kalt war. Sie hätte ihn am liebsten in die Arme geschlossen, um seinen Körper mit ihrem eigenen zu wärmen.

Was, wenn sie Donal nicht zurückholen konnte? Sie wußte, sie würde es sich nie verzeihen können, falls ihre Unwissenheit daran schuld wäre. Aber man konnte ihr eigentlich keinen Vorwurf machen, oder? Sie funkelte Jeff und ihren Vater zornig an, die sich den Rücken vor den Kamin wärmten, während sie auf Liriels Rückkehr warteten. Sie mochte Donal lieber, als ihr bewußt gewesen war. Sie mochte seine Großspurigkeit und seine Intelligenz. Er war sehr selbstbewußt für einen Jungen seines Alters. Margaret fragte sich, ob sie auch einmal so selbstsicher gewesen war, und bezweifelte es.

Lew erwiderte ihren Blick mit einem düsteren Gesichtsausdruck. Sie errötete heftig und wünschte, sie hätte ihn nicht so streng angesehen. Ohne es zu merken, versuchte sie, sich unsichtbar zu machen, wie sie es als Kind getan hatte. Womöglich hätte sie es fertiggebracht, wären ihr Vater und Mikhail nicht im Raum gewesen. Ihr Cousin stand ein paar Schritte entfernt, aber sie fühlte ihn unmittelbar neben sich, so nahe, daß sie ihn riechen konnte, was eine sehr irritierende Empfindung war. Es kam ihr vor, als wäre ihre Haut zu klein für ihren Körper, und sie hatte das Gefühl, vor Spannung gleich zu platzen.

Ich glaube, wenn du einen meiner Brüder genommen hättest, Cousine, dann wäre sie sanfter geworden. Aber sie ist es nicht gewohnt, daß sie nicht ihren Willen bekommt.
Ich verstehe immer noch nicht, warum …
Warum ich nicht einer deiner leidenschaftlichen Freier bin? Glaub mir, wenn ich könnte, wäre ich einer. Wir lachen miteinander, das ist schön.
Was hält dich also zurück? Du hast doch wohl keine Angst vor deinen Eltern!
Denk mal nach. Meine Mutter ist die Schwester von Regis Hastur, und wenn sie ihr Prestige gegen eine Heirat in die Waagschale wirft, würde sie sich wohl durchsetzen. Und mein Vater und meine Brüder würden mir wahrscheinlich nie verzeihen. Sie sind auf mich eifersüchtig, seit Regis mich zu seinem Erben gemacht hat. Ich bin in dem Wissen aufgewachsen, daß mein Vater mich nicht mag und daß meine Brüder meinen, ich hätte etwas gestohlen, was rechtmäßig ihnen zustünde. Gut, Rafael nicht so sehr, aber Gabriel …
Ich weiß. Er ist die Sorte Mensch, die immer glaubt, zu kurz zu kommen, egal, wieviel sie haben.
Das ist eine hübsche Einschätzung. Und nun, wo dein Vater zurückgekommen ist, wird alles nur noch schwieriger. Von Rechts wegen gehört Armida ihm, was meinen Vater zu dem armen Verwandten zurückstuft, der er war, bevor Lew Darkover verließ. Du kannst dir nicht vorstellen, wie sehr er deinen Vater sein ganzes Leben lang beneidet hat.
Aber mein Vater würde sie nicht hinauswerfen! Das ist ganz und gar nicht seine Art. Margaret warf ihrem Vater einen Blick zu, aber er sprach nun leise mit Jeff und schien nicht aufzupassen. Wenn sie darüber nachdachte, war sie doch nicht so

überzeugt, daß er *Dom* Gabriel und Lady Javanne nicht enteignen würde. Sie kannte ihn schließlich nicht, und er konnte zu allem möglichen fähig sein.
Ich glaube, daß du recht hast, Marguerida, aber meine Eltern mißtrauen deinem Vater. Wenn meine Mutter ihn einen Unruhestifter nennt, dann hat sie nicht ganz unrecht.
Ich verstehe immer noch nicht, warum es in Ordnung wäre, wenn ich einen deiner Brüder heiratete, aber nicht dich.
Ich dachte, du willst gar nicht heiraten.
Vielleicht ändere ich ja meine Meinung. Immerhin bin ich eine Frau, und Frauen …
Ich weiß, daß du eine Frau bist, Marguerida. Diese Tatsache ist mir kaum mehr aus dem Sinn gegangen, seit ich dich zum ersten Mal gesehen habe und wußte, daß ich der einzige Mann auf Darkover bin, der dich nicht haben kann. Mein Vater will Armida für Gabriel, und meine Mutter hat ihn immer schon ihren anderen Kindern vorgezogen.
Das ist lächerlich! Gabriel ist wie dein Vater, und den mag sie kein bißchen. Sie stockte, als Liriel mit einem kleinen Beutel in der Hand hereinkam. *Du könntest dich wohl nicht dazu durchringen, mit mir durchzubrennen, oder?* Sie spürte, wie ihre Wangen glühten wegen dieser Dreistigkeit, aber sie bereute sie nicht. Es war das erste Mal in ihrem Leben, daß sie sich vor einem Mann mutig fühlte, und sie genoß es.
Was für ein empörender Einfall! Ich würde es auf der Stelle tun, wenn die Konsequenzen nicht wären. Er klang nicht im mindesten empört, sondern eher erfreut über ihren Vorschlag. Tatsächlich schien er leicht zu lachen. Trotz ihrer kalten Füße und der Angst vor dem, was sie erwartete, wurde es Margaret warm.

Lew und Jeff hörten auf zu reden, und Liriel bat alle, sich zu setzen. Dann warf sie ihre Kräuter in den Kamin. Der schwere, süße Duft zog in den Raum, und Margarets Angst begann nachzulassen. Sie war außerdem weniger müde, als würde die Substanz sie beleben. Sie schloß die Augen und hörte das Rascheln von Stoff. Ohne die Augen zu öffnen, wußte sie, daß blaue Kristalle ausgepackt wurden, und sie spürte, wie die kleine Gruppe langsam zusammenwuchs.

Es war ein merkwürdiges Gefühl, warm und vertraut wie Arme, die sie umfingen. Während das Gefühl intensiver wurde, wußte Margaret, daß sie sich schon immer nach einer solchen Nähe gesehnt hatte, daß ihr Fehlen ein leerer Fleck in ihrem Leben war. Sie spürte ihren Vater, stark wie eine alte Eiche, mit einer Kraft, die sie ihm nie zugetraut hätte. Doch es war noch mehr als Kraft in ihm. Wie hatte sie nicht wissen können, was für ein leidenschaftlicher, liebevoller Mann er war? Sie hatte ihn nie gekannt! Warum waren sie einander so lange fremd gewesen? Schmerz und Verlust drohten sie zu überwältigen, und sie hätte beinahe losgeheult.

Ich weiß, meine Marja, ich weiß. Aber ich bin jetzt hier, und wir müssen einen Weg finden, wie wir die Vergangenheit nachholen.

Der Duft des Weihrauchs milderte ihre Gefühlsregungen. Widerstrebend zog sie den ziemlich ramponierten Handschuh aus. Die Feuchtigkeit hatte ihm nicht gutgetan, und das Leder war trocken und hart geworden. Die fast nicht erkennbare Spur der blauen Linien auf ihrer linken Handfläche begann, sich erst warm und dann heiß anzufühlen. Es war kein angenehmes Gefühl, aber es tat auch nicht weh. Wie hatte Liriel es genannt? Eine Schattenmatrix. Als Margaret dieses Wort dachte, schien das Linienmuster auf ihrer Hand nebelhaft vor ihrem geistigen Auge zu schweben. Sie konzentrierte sich angestrengt darauf, und die Linien wurden dicker und kräftiger.

Innerhalb der Facetten des Musters »sah« sie ihren Vater, Mikhail und den alten Jeff, nicht ihre Gesichter, sondern etwas Energetisches, wie ein Licht ohne eine Quelle. Lews Energie war stark, aber irgendwie beschädigt, und Jeffs war so klar, daß sie ihrem inneren Auge fast weh tat. Am meisten fesselte sie jedoch Mikhails Licht.

Es schien Margaret, daß die Energie ihres Cousins stark war, so stark wie die der beiden anderen Männer, aber sie wurde von soviel Zweifel und Enttäuschung und einer Art Einsamkeit getrübt, daß Margaret hätte weinen mögen. Sie hätte Mikhails Licht gerne berührt, um es klar zu machen, aber sie wußte, das ging nicht. Sie konnte es tun, sosehr es sie verlangte, seine Wunden zu heilen.

Außerhalb des Musters, das in ihrem Geist schimmerte, nahm sie Liriel wahr, die über die schweigende Gruppe wachte. Ihr Licht war mild wie das des Mondes, nach dem sie benannt war, aber so klar und scharf umrissen, daß Margaret sich noch ruhiger fühlte. Sie überließ sich Liriels sicherem Griff, und langsam verblaßte das Bewußtsein ihres eigenen Körpers. Eine Weile geschah nichts, dann spürte sie, wie sie sich nach oben bewegte … nach oben … zur Ebene der Oberwelt. Eben noch befand sie sich auf dem Sofa, und im nächsten Augenblick schwebte sie über der endlosen Weite.

Die Oberwelt erstreckte sich in alle Richtungen, und Margaret sah die leuchtenden Türme Darkovers im Licht jener anderen Welt widergespiegelt. Hier und dort wanderten Träumer umher, unterwegs zu unbekannten Zielen. Die Fläche war so riesig, daß Margaret sich fragte, wie man dort irgend jemanden finden konnte, von einem kleinen, aus seinem Körper vertriebenen Kind gar nicht zu reden.

Wohin war Donal wohl gegangen? Was bedeutete »hinaus« für ihn? Margaret suchte mit den Augen die Astraltürme nach dem kleinen Jungen ab, doch sie entdeckte keine Spur von ihm. Sie betrachtete die träumenden Wanderer, aber selbst ohne Ausbildung erkannte sie, daß sie es nicht waren, wonach sie suchte.

Verzweiflung begann an ihr zu nagen, Verzweiflung und ein schlechtes Gewissen. Wenn sie in einen Turm gegangen wäre, wie Istvana es gewollt hatte, wäre das alles nicht passiert. Wenn, wenn …

Ganz ruhig, Marja. Du machst das gut.

Lews Stimme erschreckte sie leicht, denn sie hatte vergessen, daß sie nicht allein war. Es war furchtbar. Margaret war so lange allein gewesen, daß sie das Gefühl von Nähe als fremd und bedrohlich empfand. Und sie war nicht irgend jemandem nahe, sondern zum ersten Mal im Leben ihrem Vater. Es war das Ende eines Exils, das ihr gar nicht bewußt gewesen war, und es riß sie fast aus ihrem ohnehin instabilen seelischen Gleichgewicht.

Ich weiß, mein Kind. Aber schau jetzt, wo du schon gewesen bist.

Wie?

Das ist nicht dein erster Besuch in der Oberwelt. Schau, wo du schon gewesen bist.

Aber ich habe den Spiegelturm zerstört.

In der Oberwelt wird nichts je vollkommen zerstört.

Ihre mühsam in Schach gehaltene Angst kehrte sofort zurück bei dem Gedanken, daß noch ein Rest jenes schrecklichen Ortes existieren könnte, an dem sie in gewisser Weise viele

Jahre lang gefangen gewesen war. Das letzte, was Margaret wollte, war eine neuerliche Begegnung mit dem Geist von Ashara Alton. Sie erstarrte, und die Oberwelt schien stillzustehen.

Dann spürte sie, wie etwas ihre Angst berührte, etwas, das Ruhe und Kraft ausstrahlte, und sie wußte, es war nicht ihr Vater, sondern Mikhail. Die Berührung war wie ein flüchtiger Kuß auf die Stirn, und wenn auch nichts Erotisches in ihr lag, enthielt sie doch so viel Leidenschaft, daß Margarets Herz einen Sprung machte. Und als sie nun die Energie ihres Cousins um sie herum spürte, wußte sie mit Bestimmtheit, daß er es gewesen war, der sie bei jenem ersten Mal begleitet und dazu gedrängt hatte, den Stein aus dem Spiegelturm zu ziehen. Margaret wußte, sie würde sich immer an diesen Augenblick erinnern. Nie zuvor hatte sie eine so kostbare Vertrautheit erlebt.

Sie wurde von Freude durchflutet, und das Hämmern ihres Herzens schien zu laut und zu schnell zu sein. Dann fühlte sie, wie Liriel es wieder verlangsamte, und war ihr dankbar. Sie war beiden Geschwistern dankbar. Mikhail hatte ihr die Last ihrer Angst erleichtert, und Liriel hatte ihren Puls beruhigt.

Margaret nahm sich zusammen und überflog noch einmal die Ebene. Sie achtete nicht auf die Träumer und die Phantomtürme, sondern suchte nach dem einen Ort, zu dem es sie am allerwenigsten hinzog. Zunächst war es eine fruchtlose Suche, denn die Ebene schien leer zu sein. Nicht das kleinste Stückchen Spiegel war zu sehen, was ihre immer noch gegenwärtige Ängste weiter verringerte.

Maggie, meine Elster – hier drüben!

Es war ein Schock, denn niemand außer Ivor hatte sie je so

genannt. Sie drehte sich in die Richtung um, aus der die Stimme gekommen war, konnte aber nichts entdecken. Sie ließ sich in die Richtung treiben, und die Oberwelt rauschte verschwommen unter ihr vorbei.

Ivor! Margaret rief mit einer Stimme, die keine Stimme war, und die Luft in ihren Lungen war keine Luft. *Wo bist du?*

Na ja, ich kann nicht behaupten, daß ich das genau wüßte. Ich glaube, ich bin in der Vorhölle, aber da die Musik hier sehr gut ist, soll es mir recht sein.

Verdammt, Ivor, das ist jetzt nicht die Zeit für Spielchen.

Ich weiß. Aber ich habe mir früher nie Zeit zum Spielen genommen, verstehst du. Ah, du kommst näher.

Warum sehe ich dich nicht.

Wenn ich das wüßte. Ich sehe mich selbst nicht, vielleicht liegt da das Problem. Ich schwebe schon eine ganze Weile hier herum und lausche dem Lied der Sterne. Ich wußte immer, daß es eine Sphärenmusik gibt, und jetzt habe ich sie gefunden!

Ivor, wenn du dich selbst nicht sehen kannst, kann ich dich nicht finden. Margaret konnte nicht sagen, woher sie das wußte, aber sie spürte, daß sie recht hatte. Und sie wollte ihren Mentor unbedingt noch einmal »sehen«. Sie hatte ihm nicht Lebewohl gesagt, und nun hatte sie die Gelegenheit, es nachzuholen. So begierig war sie darauf, daß sie Donal und den Zweck ihres Besuches in der Oberwelt nahezu vergaß.

Das klingt sehr vernünftig, Maggie. Ida sagt immer, ich sehe kaum die Hand vor Augen, wenn ich mich in meiner Musik verliere. Herrje, ist das schwierig. Ich komme mir noch geistesabwesender vor als sonst. Ah, hier ist ja meine Hand. Seltsam. Anscheinend habe ich die Arthritis überwunden.

Eine einzelne Hand leuchtete im Licht der Oberwelt, und dann begann sich eine Gestalt um sie herum zu bilden. Ein wenig verschwommen tauchte Ivor Davidson auf. Er war nicht der alte Mann, der gestorben war und auf dem terranischen Friedhof in Thendara begraben lag, sondern ein Mann in den Dreißigern, mit dunklem Haar und geradem, starkem Rücken. Margaret hatte ihn in diesem Alter nicht gekannt, aber sie lernte ihn nun kennen. Er lächelte sie an, und sie lächelte zurück. Irgendwo weit entfernt regte sich der Stachel eines dunklen Gefühls, Neid oder etwas Ähnliches, aber sie verschloß ihr Bewußtsein davor.

Ich hätte nie gedacht, daß du so ausgesehen hast, Ivor.

Was glaubst du, wie ich einen Fang wie Ida gemacht habe? Hast du dich verlaufen? Habe ich mich verlaufen? Ich habe versucht, zu Meister Everard zurückzufinden, aber irgendwie komme ich nicht dorthin. Mir gefällt dieser Traum, aber gewisse Dinge …

Ivor, ich suche nach einem kleinen Jungen. Sie brachte es einfach nicht über sich, ihrem geliebten Mentor zu sagen, daß er nicht träumte, sondern tot war. *Er ist sechs oder sieben Jahre, hat dunkle Haare und ein Nachthemd an.*

Was willst du mit einem Jungen? Na, egal. Du hast immer nach etwas gesucht, in all den Jahren, die wir zusammen waren, hast du nach etwas gesucht. Aber ich hätte nie gedacht, daß es ein Junge ist.

Ivor, es geht um ein Kind, das sich verlaufen hat, und wenn ich es nicht finde, dann wird es sterben.

Das ist etwas anderes. Hast du gefunden, wonach du gesucht hast – jenes andere? Ich hoffe es, denn ich wollte immer, daß du glücklich bist.

Ich bin glücklich, sobald ich Donal heil in sein Bett zurückgebracht habe.

Habe ich schon gesagt, daß ich froh bin, dich zu sehen, Maggie? Ehrlich. Du warst ein Licht in meinem Leben.
Ach, Ivor! Ich bin auch froh, dich zu sehen.
Na, na. Donal? Kann er singen?
Nicht, daß ich wüßte. Ivors Besessenheit von Musik war zum Verrücktwerden. *Es ist nur ein kleiner, verirrter Junge, und ich muß ihn unbedingt finden.*
Versuch es in dieser Richtung. Die Gestalt deutete. *Dort gibt es ein Mauerwerk aus Bruchstein, und ich glaube, da habe ich eine Bewegung gesehen. Es ist schwierig. Richtungen scheinen in dieser Gegend keine große Bedeutung zu haben.*
Ivor! Einen Moment lang fehlten ihr die richtigen Worte, um ihre Zuneigung und Dankbarkeit für diesen Mann auszudrücken. Dann spürte sie einen festen Griff, der sie wieder stabilisierte, und sie wußte, es war Mikhail. *Du warst der beste Freund, den ich je hatte, lieber Ivor. Du hast mir soviel gegeben!*
Ich war? Ah, jetzt verstehe ich. Deshalb ist die Arthritis verschwunden – ich befinde mich nicht mehr in meinem Körper. Was für ein Jammer! Ich habe mich so darauf gefreut, eine Arbeit über die Sphärenmusik zu schreiben. Interessant – ich habe mir den Tod ganz anders vorgestellt. Wie geht es Ida?
Sie ist natürlich traurig. Sie vermißt dich, und ich vermisse dich mehr, als ich sagen kann. Es tut mir so leid! Es war das Jammern eines Kindes.
Bedauere nie etwas, Margaret. Das ist Zeitverschwendung. Jetzt geh und suche deinen Donal. Sie haben mit einem neuen Lied angefangen, und ich möchte zuhören. Du hast keine Ahnung von der Vielschichtigkeit dieser Musik, oder? Schade, denn du könntest den alten Verlaine zum Idioten machen,

wenn du an die Universität zurückkommst und ihm davon erzählen könntest. Aber es würde dir sowieso niemand glauben, daß die Toten die Harmonie der Sterne hören können. Ich bin sehr glücklich hier, meine kleine Maggie. Diese Musik ist unglaublich.

Danke, Ivor. Danke für alles. Leb wohl. Dann war er verschwunden, und Margaret war wieder allein. Für einen Moment war die Abwesenheit ihres Mentors wie die kalte Klinge eines Messers in ihrem Herzen. Dann war es vorbei, und sie wußte, sie würde Ivor nur mehr in ihrer Erinnerung wiedersehen. Aber ihr Kummer fiel in sich zusammen, als sie sich bewußtmachte, daß Ivor in einem Jenseits weilte, wie er es sich perfekter nicht hätte wünschen können. Er war zufrieden und bedauerte lediglich, daß er seine Entdeckungen nicht veröffentlichen konnte. Bis zuletzt ein wahrer Wissenschaftler. Es war eine tröstliche Erkenntnis, und sie fühlte, daß jemand sie belustigt und gerührt beobachtete. Es mußte Jeff oder ihr Vater sein, denn es fühlte sich nicht nach Mikhail an. Sie konzentrierte sich wieder auf die vor ihr liegende Aufgabe und ging in die Richtung, die ihr Ivor angezeigt hatte. Er hatte recht, die Oberwelt war in der Tat verwirrend. Nach einer Zeit, die eine Sekunde oder eine Stunde gewesen sein konnte, erspähte sie ein paar alte Steine, Fundamentsteine, die aussa hen, als hätte sie eine riesige Hand auseinandergestoßen. Ihre Handfläche pochte, und sie wußte, die Hand war ihre eigene gewesen. Es war kein unangenehmes Gefühl, und es erzeugte eine Spannung in ihrem Körper, trotz des Einflusses von Liriel und ihres Weihrauchs.

Als sie die Ruine erreichte, wußte sie, es war der Ort, vor dem sie sich gefürchtet hatte, aber auch der Ort, den sie suchte. Glasscherben lagen zwischen den Steinen und reflektierten

Sterne, die nicht am Himmel schienen. Margaret vermied einen direkten Blick, denn sie war überzeugt, daß die Bruchstücke des Spiegels gefährlich waren. Die Reste von Asharas Astralturm schienen leer zu sein, aber die Matrixlinien auf ihrer Hand pulsierten. Sie erwartete, daß der Geist der kleinen Frau aus dem Bruchstein aufstand und zu ihr sprach.

Donal! Donal Alar! Komm sofort hierher!

Ich habe Angst. Die Antwort war schwach, und Margaret konnte nicht sagen, woher sie kam.

Ich bin hier, und du brauchst dich nicht zu fürchten, Donal. Sie wünschte, sie hätte mehr Übung darin, wie man mit Kindern redete, und wäre nicht insgeheim selbst so verängstigt.

Bist du noch böse auf mich?

Nein, Donal, ich bin dir nicht böse. Ich mache mir Sorgen um dich. Wir beide haben hier nichts verloren. Komm zu mir.

Es tut mir leid, daß ich dich erschreckt habe, kam die Stimme und mit ihr die verschwommene Gestalt des Jungen. Er schien sich aus einer Stelle des Schutthaufens zu materialisieren, und er sah ängstlich aus.

Alles in Ordnung. Es ist eigentlich nichts passiert, außer daß du hier gelandet bist statt in deinem Bett, wo du hingehörst.

Ich wußte nicht, wo ich hingehen sollte.

Natürlich nicht, Donal. Jetzt nimm meine Hand. So ist es gut. Margaret zog die kleine, geisterhafte Gestalt an ihre Brust und hielt sie mit der unversehrten Hand fest. Sie spürte, daß es tödlich wäre, wenn sie ihn mit der anderen berührte. Ihr Herz klopfte, und die Erschöpfung kroch wie ein schleichendes Gift in ihre Adern. *Wie komme ich hier wieder weg?* fragte sie sich. Sie schaute sich auf der Ebene um und sah die Türme.

Zunächst schien es außer ihnen nichts zu geben, und sie kam sich allein und verloren vor. Dann sah sie eine Art Verschmelzung, die kein Turm war, sondern nur ein Klumpen aus Licht. Sie wußte, das war ihre Familie in Armida, die ihr half und auf sie wartete.
Sie schwebte in die Richtung dieses Lichtes, schnell und dennoch scheinbar unbeweglich, und dann hatte sie das Gefühl, daß starke Hände nach ihr griffen, zuverlässige und liebende Hände. Sie spürte Jeffs Entschlossenheit und die Kraft ihres Vaters, was sie jedoch am meisten anzog und festhielt, war die Empfindung von Mikhail Lanart-Hastur. Ihm fehlte die Stärke ihres Vaters und die Sicherheit von Jeff, dafür besaß er im Übermaß die Liebe, nach der sie sich, ohne es zu wissen, immer gesehnt hatte.

23

Die Oberwelt war schlagartig, ohne Übergang verschwunden, und Margaret fand sich zusammengesunken auf dem Sofa neben Donal wieder. Um sie herum waren die besorgten Gesichter ihrer Familie aufgereiht; ihr Vater, ernst und düster, Jeff, der müde aussah, Mikhail, lächelnd und rasch ihren Blick erwidernd, und Liriel, aus deren Miene sie nichts lesen konnte. *Wenn er lächelt,* dachte sie, *sieht er tatsächlich wie ein Engel aus.*

Margaret setzte sich langsam auf. Ihr Gesicht war naß vor Schweiß, und ihre Hände und Füße waren eisig. Der Stoff ihres Nachthemdes klebte kalt und feucht an ihren Brüsten, aber sie verschwendete keinen Gedanken an Sittsamkeit. Sie hatte einen fauligen und schalen Geschmack im Mund, sie zitterte und wünschte, sie hätte ihr Gewand angezogen, aber dafür war es nun zu spät. Liriel verschwand aus dem Zimmer und kehrte einen Augenblick später mit einem großen, wollenen Umhängetuch zurück, das nach Lavendel duftete. Margaret zog es fest um sich, und es war ein echter Trost wie die Menschen um sie herum.

Dann blickte sie neugierig auf ihre rechte Hand hinab. Die Linien waren noch dunkel, verblaßten aber bereits, als würden sie sich in ihre Haut zurückziehen. Margaret haßte das Ding, diese Schattenmatrix, auch wenn sie ihr etwas gab, das sie vorher nie besessen hatte. Widerstrebend streifte sie den Handschuh wieder über.

Donal setzte sich auf, sah die Erwachsenen an und rieb sich die Augen; offenbar war ihm nichts passiert bei seinem

Abenteuer. »Wie bin ich hierhergekommen? Ich habe Hunger!«
Das brachte alle, einschließlich Margaret, zum Lachen. »Du bist anscheinend immer hungrig. Erinnerst du dich daran, was passiert ist?« Sie bewegte die Hand in dem steifen Leder. *Es muß ein Material geben, das nicht so furchtbar ist,* dachte sie.
»Ich weiß noch, daß ich dich erschreckt habe, das ist alles.« Er rieb sich erneut die Augen. Dann schmiegte er sich vertrauensvoll an Margaret. Sie sah auf seine zerzausten Locken hinab und empfand etwas, das neu für sie war. Er roch sauber und gesund, nicht als ob ein Teil von ihm gerade an diesem schrecklichen Ort herumgeirrt wäre. Was für ein lieber Junge! Als sie aufblickte, bemerkte sie, daß Mikhail sie mit einem rätselhaften Ausdruck auf seinem müden Gesicht betrachtete. Die Energie, die sie in ihm gesehen hatte, schien nun verschwunden oder irgendwo verstaut zu sein. Sie dachte daran, wie er auf sie gewirkt hatte in der Trance, wie schön und getrübt. Dann dachte sie daran, wie sie ihm und den anderen erschienen war, nicht ihr verrufenes körperliches Ich, sondern jene andere Margaret, die sie noch kaum kannte.
Du warst großartig, Cousine! Mikhails Antwortgedanke erwärmte sie, auch wenn sie sich für ihre Eitelkeit und ihr Bedürfnis nach Anerkennung tadelte.
»Ich habe Hunger! Kann ich etwas zu essen haben?« Donals schrille Stimme unterbrach Margarets Gedanken, und sie stellte fest, daß sie ebenfalls hungrig war. Sie fragte sich, ob sie je wieder private Gedanken oder Gefühle haben würde. Über die Schulter sah sie ihren Vater an. Er wirkte anders, aber es war nicht dieselbe Veränderung, die ihr während des Abendessens schon aufgefallen war. Was hatte sich geändert? *Ich kenne dich jetzt, wie ich dich vorher nie gekannt hatte.*

Der Antwortgedanke war voller ruhiger Zuneigung und Sicherheit, die sie herrlich fand. Es war ein intensives Gefühl, sehr vertraulich und respektvoll zugleich. Ihr gefiel die Nähe, die sie im Kreis ihrer Familie empfunden hatte, doch gleichzeitig fühlte sie sich überwältigt von ihr. *Werde ich mich dabei je wohl fühlen?*

»Ich fürchte«, antwortete Jeff langsam auf ihre unausgesprochene Frage, »unter denjenigen von uns, die im Besitz der Alton-Gabe sind, ist das, was du unter Privatsphäre verstehst, so gut wie unbekannt. Am Anfang meiner Ehe mit Elorie hat mich das gewaltig gestört, genützt hat es mir allerdings nichts. Es ist eben so. Entweder du gewöhnst dich daran, oder du läßt es bleiben. Du lernst einfach, damit zu leben, basta.«

»Na toll«, bemerkte Margaret, zu müde, um höflich zu sein.

Jeff lachte leise. »Das Leben ist nicht gerecht, Marguerida, und es ist nie einfach. Stell dir vor, wie langweilig es dann wäre.«

»Ich könnte mich im Augenblick mit zehn Jahren Langeweile abfinden. Die Abenteuer, die ich seit meiner Ankunft auf Darkover erlebt habe, reichen mir für den Rest eines Lebens. Ich würde sogar das Sticken lernen, wenn ich sicher sein könnte, daß mir dann keine Aufregungen mehr bevorstehen.«

Liriel lachte. »Ich habe noch nie erlebt, daß sich jemand nach Langeweile gesehnt hatte, Marguerida.«

»Im Moment würde ich Armida und die Alton-Gabe gegen ein heißes Bad und das Versprechen beständigen Friedens eintauschen.«

Lew sah sie an, ein halbes Lächeln spielte um seinen Mund. »Das Bad bekommst du gratis, Marja, aber das andere – da habe ich meine Zweifel. Ich habe den Eindruck, daß deine Abenteuer gerade erst begonnen haben.«

»Hm. Ich wäre dir dankbar, wenn du etwaige Weissagungen

für dich behalten könntest, Vater, die haben heute schon genug Unruhe gestiftet. Komm, Donal, plündern wir die Küche, bevor wir vor Hunger zusammenbrechen.«

Während sie aufstand und das Kind aus dem Salon führte, war ihr bewußt, daß Liriel, Jeff und Lew lautlos über sie sprachen. Sie zwang sich, das Gespräch nicht mitzuhören, denn das hätte sie im Augenblick nur wütend gemacht. Sie wußte sehr wohl, daß sie keine andere Wahl hatte, als sich in einem Turm ausbilden zu lassen, ob es ihr gefiel oder nicht. Sie fragte sich, ob sie eine gute Technikerin sein würde wie Liriel oder ihr Vater und wie es war, mit einem vollständigen Kreis eng zusammenzuarbeiten. Margaret scheute den Gedanken, denn obwohl sie es mit ihrer Verwandtschaft fertiggebracht hatte, wußte sie nicht, ob es ihr mit Fremden ebenso leichtfallen würde.

Dann lachte sie über sich selbst. Noch vor einem Monat hatte sie die Vorstellung von Telepathie für lächerlich gehalten, und nun versuchte sie Mittel zu finden, als Telepathin zurechtzukommen.

Als Margaret mit Donal die große Küche betrat, holte Mikhail sie ein. Der Raum war riesig, es gab zwei Kamine, einen Herd in Form eines Bienenhauses und drei lange Tische in der Mitte. Blank poliertes Kochgeschirr hing an den Wänden und stapelte sich auf den Anrichten, und der ganze Raum roch nach Sauberkeit und einem Rest von Essensduft.

»War dein Vorschlag ernst gemeint, daß wir durchbrennen sollten, Cousine, oder wolltest du mich nur wieder aufziehen?«

Die Frage überraschte sie, aber es war eine angenehme Überraschung. Mikhail durchquerte die Küche und öffnete einen Schrank an der Wand. Er zog eine Platte mit kaltem Braten heraus, die vom Abendessen übrig war, und stellte sie auf einen Tisch, dann füllte er einen Topf mit Wasser, um es heiß zu machen. Donal setzte sich an den Tisch, schnitt sich gierig eine Scheibe Fleisch ab und begann sie zu verschlingen.

»Ich habe dich nicht aufgezogen, Mik, aber ich habe im Scherz gesprochen. Ich weiß, es würde eine Menge Probleme verursachen, und im Augenblick weiß ich nicht, was ich mit meinem Leben anfangen soll.«

»Außer Sticken zu lernen und ein langweiliges Leben zu führen. Wie ich dich beneide. Du warst auf anderen Welten, also kannst du jetzt daran denken, dich häuslich niederzulassen.«

Margaret war ein wenig beunruhigt über den Ton seiner Worte. Sie war zu müde, um die Zukunft erörtern zu wollen, jede Zukunft, die weiter reichte, als zu essen und wieder ins Bett zu gehen. Ihre Augen brannten ein wenig. Sie hätte sich gern auf etwas konzentriert, das keine besondere Bedeutung hatte und woran keine Emotionen geknüpft waren. Sie wollte nicht daran denken, wie Mikhail sie in der Oberwelt gesehen hatte und wie sie möglicherweise auf ihn wirkte. »Wenn du mich je beim Nähen beobachtet hättest, Mikhail, dann wüßtest du, daß aus mir nie eine gute Stickerin werden würde. Dio hat sich bemüht, es mir zu zeigen, aber ich habe nie einen französischen Knoten zustande gebracht, und meine Kreuzstiche waren alles andere als gerade.« Die Nähkünste junger Mädchen waren so ziemlich das harmloseste Thema, das sie sich denken konnte, und sie war dankbar dafür.

»Ich weiß, was ein Kreuzstich ist, weil Ariel und Liriel es lernten, als sie noch jünger waren – Liriel meinte immer, es heißt ›Kreuz‹-Stich weil er einem die Laune verdirbt. Aber ich habe noch nie von einem französischen Knoten gehört. Was ist das?«

Margaret setzte sich neben Donal und versuchte sich an das Ding zu erinnern. Mikhail schien ebenfalls ein neutrales Gesprächsthema zu bevorzugen. Doch dann warf sie ihm einen Blick zu und erkannte, daß er nicht gefragt hatte, weil die Sache harmlos war, sondern aus echter Neugier. Seine blauen Augen leuchteten vor Interesse. Was für ein glänzender Gelehrter aus ihm geworden wäre, wenn er die Universität besucht hätte. Und was für ein Kontrast zu seinem Vater und seinen Brüdern, die sich offenbar nur für Pferdeaufzucht und Kindermachen interessierten. Ihr fiel auf, daß sie nur sehr wenigen Leuten auf Darkover begegnet war, die sich für Dinge interessierten, die sie nicht schon kannten, und ihr wurde klar, daß Ariels und Gabriels Ungebildetheit weniger mit der fehlenden Fähigkeit zum Lesen zu tun hatte, sondern mit einem Mangel an Neugier.

»Man nimmt die Nadel und führt sie nach oben, dann wickelt man den Faden ein paarmal darum und sticht neben der Stelle, wo man heraufgekommen ist, wieder nach unten. Nur daß ich ständig ins erste Loch zurückgestoßen bin und der Knoten aufging. Es ist nervtötend.«

»Ach das. Das heißt bei uns der ›Stich der Bewahrerin‹.« Mikhail warf ein paar Teeblätter in den Topf. Dann stellte er leere Teller auf den Tisch und brachte Brot, Honig und Sahne. »Liriel hat es auch gehaßt, aber Ariel gefiel es, und sie machte Tausende von den Dingern.« Während seines letzten Satzes kamen Lew und Liriel in die Küche und hinter ihnen Jeff.

Sie hatten alle einen feierlichen und leicht verschwörerischen Gesichtsausdruck. Margaret beobachtete sie, während sie eine Scheibe Brot abschnitt und sie dick mit Honig bestrich. »Habt ihr nun entschieden, was ihr mit mir anstellen wollt?« Sie klang bewußt herausfordernd. Möglicherweise ging sie in einen Turm, aber nur aus eigenem Antrieb, aufgrund ihrer eigenen Entscheidung. Soviel Einfluß auf ihr Leben mußte sie behalten! Lew und Liriel tauschten einen Blick, während Jeff ziemlich einfältig schaute, als hätte man ihn mit der Hand in der Keksdose ertappt.

Lew kratzte sich am Hals. »Nein, das nicht, aber wir haben die Angelegenheit besprochen.«

»Meinst du, ein Kaffee könnte dich wach halten, Marguerida?« fragte Jeff, bevor sie ihrem Vater antworten konnte.

»Nichts kann mich wach halten, aber ein Kaffee wäre mir höchst willkommen. Also, Vater, muß ich Gabriel junior heiraten oder mich in einem Turm einsperren lassen?«

Lew setzte sich neben sie an den Tisch. »Dein Hang zur Dramatik ist mit den Jahren nicht weniger geworden.«

»Den Geschichten nach zu urteilen, die ich seit meiner Ankunft hier gehört habe, warst du selbst ziemlich dramatisch, bevor du Darkover verlassen hast.« Istvana hatte ihr zusammenfassend von der Sharra-Rebellion und der Rolle ihres Vaters dabei erzählt, vermutlich eine stark zensierte Fassung, die aber immer noch genügend Details enthielt. Lew Alton mußte in seiner Jugend eine ziemlich schillernde Figur gewesen sein.

Er seufzte und blickte müde auf seine Jahre zurück. »Und du hast immer noch die störende Gewohnheit, kein Blatt vor den Mund zu nehmen. Nein, wir denken nicht, daß du Gabriel heiraten solltest – um der Türangeln willen, natürlich.« Margaret lachte. »Jeff, mach bitte so viel Kaffee, daß es für mich auch reicht«, fuhr Lew fort. »Ich wünschte, man könnte irgendwo auf diesem Planeten Kaffee anbauen. Wir glauben allerdings, daß es absolut unverantwortlich wäre, dich nicht in Arilinn ausbilden zu lassen.«

»Dem stimme ich zu, ich bin mir aber nicht sicher, was Arilinn angeht.«

»Wie bitte?« Sie konnte nicht feststellen, ob Lew von ihrer plötzlichen Kapitulation überrascht war oder von ihrer Abneigung gegen den Turm, in dem er selbst ausgebildet wurde.

»Ich stimme zu, daß ich ausgebildet werden muß. Ich will nie, nie wieder jemanden zwingen, etwas zu tun, das er nicht tun will! Die Oberwelt macht mir angst. Ein Telepath zu sein macht mir angst. Wenn ich es mir aussuchen könnte, hätte ich lieber Locken oder einen größeren Busen.« Über diese Bemerkung mußten alle am Tisch lachen, mit Ausnahme von Donal, der zu sehr damit beschäftigt war, das Fleisch auf dem Teller in Rekordzeit zu verschlingen.

»Aber warum nicht Arilinn? Es ist der wichtigste Turm auf Darkover, und alle gehen dorthin.«

»Das habe ich auch gehört. Aber ich habe einfach das Gefühl, daß ich in Neskaya bei Istvana Ridenow anfangen sollte.« Margaret hielt inne und runzelte die Stirn. Ihr war dieses Gefühl gar nicht bewußt gewesen, bevor sie es aussprach, aber es stimmte. »Ist das gegen die Regeln?«

Jeff, der an der Anrichte gemahlenen Kaffee in einen Filter löffelte, drehte sich um. »Es verstößt gegen keine Regel, Marguerida, es ist nur nicht üblich. Offen gestanden, hat keiner von uns darüber nachgedacht. Hast du etwas dagegen, bei mir ausgebildet zu werden?«

»Überhaupt nicht, Onkel Jeff.« Margaret kaute ihr Brot. »Aber ich denke, weil die Alton-Gabe so stark, so mächtig ist, könnte die Arbeit mit einer Empathin sie verfeinern.« *Und mit Istvana verbindet mich ein Band wie mit sonst niemandem.*

Schweigen machte sich in der Küche breit. Jeff nahm das kochende Wasser vom Feuer und goß es in den Kaffeetopf.

Der süße Duft erfüllte die Luft. Mikhail schleppte noch mehr Essen an und lächelte Margaret aufmunternd zu. *Neskaya ist nicht so weit von Ardais entfernt, daß ich dich nicht sehen könnte, wenn es deine Pflichten erlauben.*

Du kannst mich auch sehen, wenn es meine Pflichten nicht erlauben, du Dummkopf!

Wie kann ich nur solchen zärtlichen Gedanken widerstehen?

Wer sagt, daß du ihnen widerstehen sollst?

Niemand außer Liriel bemerkte dieses kleine Zwischenspiel. Sie schaute von ihrem Bruder zu Margaret, furchte die Stirn und zuckte dann die Achseln. *Daher weht also der Wind zwischen euch beiden? Wir hätten es uns eigentlich denken können. Ich muß gestehen, es freut mich sehr, aber es beunruhigt mich auch, denn unsere Eltern werden einer solchen Verbindung auf keinen Fall zustimmen. Mik, das weißt du.*

Ja, das weiß ich allerdings, aber was soll ich machen? Ich kann nichts dafür, daß sich in meiner und Margueridas Hand soviel potentielle Macht vereinigt.

Du gehst wie so oft mit Logik an die Sache heran, Mik, aber darum geht es hier nicht im geringsten! Liriel brachte es fertig, streng zu klingen. *Unser Vater hat sich nie von Logik leiten lassen, und Mutter – na ja, du weißt ja, daß sie sich in den Kopf gesetzt hat, Armida zu behalten. Sie ist wie besessen davon, als wäre die Domäne der Grundbesitz ihrer Vorfahren und nicht der ihres Gatten.*

Ich glaube, ich kann es erklären, mischte sich Lew ein.

Javanne ist ehrgeizig, das war sie schon als junge Frau. Sie wollte immer alles unter Kontrolle haben, selbst als wir noch Kinder waren. Aber da eine Frau auf Darkover sehr wenig Gelegenheit zu Führerschaft hat, mußte sie sich damit zufriedengeben, in die mächtigste Familie zu heiraten, in die sie hineinkommen konnte. Was sie denn auch tat. Aber sie würde Armida im Handumdrehen gegen die Comyn-Burg eintauschen, wenn sie die Chance dazu hätte. Wie ich während meiner Zeit bei der Föderation herausgefunden habe, ist es nicht gut, einem Geschlecht enge Grenzen zu setzen und das andere tun zu lassen, was es will.

Du hörst dich an, als würde sie Regis' Position anstreben, und das ist ausgeschlossen! Liriels mentale Stimme hatte eine gewisse Schärfe.

In der Phantasie ist nichts ausgeschlossen, Liriel – gar nichts!

Im Raum war es still, und Jeff servierte den Kaffee. Donal, satt und zufrieden, rülpste ohne jedes Schuldgefühl. Er wischte sich mit dem Handrücken über den Mund und streckte sich auf der Bank aus. Seinen Kopf bettete er auf Margarets Oberschenkel, und so schlief er ein.

»Marguerida hat nicht ganz unrecht.« Liriel sprach ruhig, als hätte sei die beunruhigenden Gedanken an ihre Mutter beiseite geräumt und sich einem verständlicheren Thema zugewandt. »Istvana ist die innovativste Bewahrerin seit Jahren – seit Cleindori, eigentlich. Ich weiß, du hast auch Veränderungen angestrebt, Jeff, aber du bist immer gegen den Strom geschwommen. Was meinst du, Onkel Lew?«

»Ich war zu lange weg, um urteilen zu können. Und ehrlich gesagt, war ich vor Sorge um Diotima so kopflos, daß ich meinem eigenen Urteil nicht mehr traue. Ich würde die Sache gern mit Regis besprechen.« Er tätschelte seiner Tochter die Schulter. »Aber vielleicht hat meine Marja recht, eine verfeinerte Alton-Gabe hört sich nach einer guten Idee an. Ich frage mich, warum nicht eher jemand darauf gekommen ist.«

»Danke.« Margaret konnte sich nicht erinnern, von ihrem Vater je ein Lob gehört zu haben, und sie hätte am liebsten geweint vor Freude. Sie strich sanft über Donals Haar und war zufriedener, als sie sich je hätte träumen lassen.

»Marguerida kann nach Neskaya gehen …« begann Liriel.

»Ich gehe nirgendwohin, bevor ich Dio gesehen habe!« Jetzt, da sie sich festgelegt hatte, wollte sie es so lange wie möglich aufschieben.

»Natürlich mußt du Diotima sehen, *Chiya.*« Jeff nickte zustimmend. »Ich denke, solange du in unserer Begleitung bist, wirst du nicht zu Schaden kommen. Dann reisen wir also morgen – das heißt, es ist schon morgen –, aber wenn wir geschlafen haben, nach Thendara.« Jeff trank einen Schluck aus seiner Tasse. »Irgend etwas quält dich, Lew, etwas, das nichts mit Diotimas Krankheit zu tun hat.«

»Stimmt, aber das kann warten. Ich bin so an den Zeitdruck im Senat gewohnt, wo das Schicksal von Welten in Stunden entschieden wird, daß ich vergessen habe, wie langsam die Zeit hier bei uns zu Hause vergeht.« *Zu Hause! Mein Exil ist zu Ende, und nicht so, wie ich es mir vorgestellt habe. Meine Tochter ist eine erwachsene Frau, und sie ist die Zukunft Darkovers. Ich bin die Vergangenheit, doch ich bin endlich zu Hause. Aber jetzt möchte ich schnell zurück zu Dio. Zum ersten Mal seit so langer Zeit werde ich mit Dio und Marja zusammensein – mit meiner Familie!*

Als Margaret endlich die Augen aufbekam, war es später Nachmittag, und sie hatte großen Hunger. Sie rieb sich die Augen und überlegte, daß sie auf Darkover sehr viel mehr aß als früher, aber es machte sich irgendwie nicht bemerkbar bei ihrer Figur. Sie fragte sich, wo das viele Essen blieb, und kam zu dem Schluß, daß es wohl vom *Laran* aufgebraucht wurde. Margaret sah sich nach Rafaella um, aber die war nirgendwo

zu sehen, also mußte es ihr schon bessergehen. Sie versuchte, ihre Erinnerungen an die letzte Nacht zu ordnen, gab es jedoch auf und ging ins Badezimmer.
Nachdem sie gebadet und sich angekleidet hatte, machte sie sich auf den Weg nach unten. Sie vernahm Stimmen, wütende Stimmen. Auf der Treppe hörte sie dann, wie ihr Vater und Lady Javanne stritten, daß die Fetzen flogen, während der alte Jeff und Liriel sich als Friedensstifter versuchten.
»Du hast versprochen, nie mehr zurückzukommen, Lew, und du hast dein Wort gebrochen. Du kannst nicht einfach nach zwanzig Jahren hier antanzen und dort weitermachen wollen, wo du aufgehört hast!« Javanne klang müde, als würden sie schon sehr lange streiten.
»Dort weitermachen, wo ich aufgehört habe, ist bestimmt das letzte, was ich will, Javanne. Ich erinnere mich lebhafter, als du dir vorstellen kannst, welche Ereignisse meiner Abreise vorausgingen.«
»Du weißt genau, daß ich es nicht so gemeint habe! Nicht einmal du bist töricht genug, eine neue Rebellion auf Darkover anzufangen. Aber du kannst nicht Armida zurückfordern. Das lasse ich nicht zu. Wir haben uns all die Jahre darum gekümmert, und offen gestanden verdienst du es einfach nicht.«
»Ich kann mich nicht erinnern, Armida zurückverlangt zu haben«, sagte Lew in einem Tonfall, den Margaret als gefährlich wiedererkannte.
»Mutter, ich glaube, du benimmst dich unvernünftig.«
»Sei still, Liriel. Ich weiß nicht, warum du so illoyal bist, aber ich habe nichts anderes erwartet. Du warst immer eigenwillig.«
Margaret betrat den großen Salon, wo sie einige Stunden vorher ihren Körper verlassen hatte und in die Oberwelt

aufgestiegen war. Sie betrachtete die Versammlung, die aus unerwartet vielen Leuten bestand, denn Gabriel junior stand mit düsterer Miene vor dem Kamin, und Piedro Alar saß in einem der Sessel und sah müde und unglücklich aus. Dann entdeckte sie Mikhail halb im Dunkel an einem Ende des Raums, und ihr Herz schlug schneller.

»Guten Tag«, sagte Margaret. »Anscheinend habe ich den Tag verschlafen.«

»Hallo, Cousine«, antwortete Mikhail und lächelte sie an. »Ich hoffe, du bist gut ausgeruht.«

Javanne sah sie an und straffte ihre Haltung. Sie war unsicher, wie sie sich verhalten sollte. »Du scheinst die Abenteuer in meinem Haus gut überstanden zu haben, Marguerida.«

»Ach, ein bißchen Regen macht mir nichts aus«, entgegnete sie und lächelte ihre Tante aufreizend an.

Javanne schob ihr kantiges Kinn entschlossen vor. »Das habe ich nicht gemeint, und das weißt du sehr gut.«

»Ja. Ich weiß, du magst mich nicht, du würdest mich nicht als Schwiegertochter akzeptieren, außer um Armida behalten zu können, und du glaubst zu wissen, was das Beste für alle ist. Aber du weißt es nicht. Niemand weiß es.«

Dieser kühnen Erklärung folgte ein entsetztes Schweigen, und Margaret wurde ein wenig rot. Es hatte keinen Sinn, so zu tun, als stünde alles zum besten und als würde Javanne sie je mögen. Sie spürte, wie Mikhail zusammenzuckte, und es tat ihr leid, daß sie ihn verärgert hatte, aber sie würde ihre Worte nicht zurücknehmen.

»Ich empfinde dir gegenüber nichts als Freundlichkeit, Marguerida. Aber deine bloße Existenz stellt ein Problem dar – ein Problem, das nach meiner Überzeugung am besten dadurch gelöst wird, daß du Gabriel möglichst schnell heiratest.

Dann hat sich der Anspruch deines Vaters auf Armida erledigt.«

»Die Jahre haben deine Anmaßung nicht kleiner werden lassen, Javanne«, sagte Lew lachend. *Das Furchtbare dabei ist, daß ich ihren Standpunkt sogar verstehe – ich bin der Eindringling, genau wie ich es als Junge war. Und sie hat nie begriffen, daß ihre Art und Weise nicht die einzige ist. Fast tut sie mir leid – außer daß ich sie erwürgen könnte.*

»Eine Ehe wäre eine gute Lösung für dich, Tante, aber niemals für mich, und es wäre auch nicht nett gegenüber Gabriel. Ich würde eine schlechte Frau für ihn abgeben, und das weißt du. Wir wären binnen einer Woche soweit, uns gegenseitig umzubringen.«

»Ich bin überzeugt, wenn du es versuchtest, würdest du erkennen, was für ein guter Mann mein Sohn ist.«

»Ich kann für mich selbst sprechen, Mutter!« Gabriel furchte die Stirn und verlagerte sein Gewicht von einem Fuß auf den anderen. »Und ich denke, Marguerida hat recht. Ich glaube, es würde nicht einmal eine Woche dauern!«

Javanne schaute kampfbereit, aber ihr ältester Sohn drehte ihr den breiten Rücken zu, und sie schwieg. »Dann sollten wir wohl alle so schnell wie möglich nach Thendara aufbrechen. Wir werden die Angelegenheit vom *Cortes* entscheiden lassen, sowohl, was den Besitz Armidas angeht, als auch das Problem von Margueridas Heirat.« Sie sah plötzlich sehr selbstgefällig aus, als wüßte sie etwas, das sonst niemand wußte.

Piedro Alar rührte sich. Er wirkte elend und unsicher, und seine Augen waren dunkel vor Schlafmangel. »Ihr großen Leute habt es sehr wichtig mit Land und Eheschließungen, aber was ist mit meinem Sohn?« Er streckte das Kinn eigensinnig vor, als wüßte er, daß er außer der Reihe sprach, aber fest entschlossen sei, zu sagen, was er zu sagen hatte. »Und mit meiner Frau, die kurz davor ist, den Verstand zu verlieren.«

Außer Gabriel schauten alle betreten, und Margaret biß sich heftig auf die Unterlippe. Sie hatte den kleinen Jungen, der verletzt dort oben lag, fast vergessen, und seine Mutter ebenfalls.

»Ich habe ihn überprüft, bevor ich nach unten ging«, sagte Liriel langsam. »Er ruht – tatsächlich scheint er gut zu schlafen. Aber ich denke, er muß so schnell wie möglich nach Arilinn verlegt werden. Morgen müßten wir ihn gefahrlos transportieren können.« *Das Geräusch seines Atems gefällt mir überhaupt nicht.* »Ich glaube, es wird am besten sein, wenn Mutter und ich Domenic und Ariel nach Arilinn bringen.«

»Aber …«, protestierte Javanne und sah aus, als hätte man ihr einen sicher geglaubten Vorteil aus der Hand gerissen.

»Niemand kommt mit Ariel so gut zurecht wie du, Mutter«, unterbrach Liriel. »Und sie wird deine Hilfe brauchen, denn du weißt, wie sie bei der geringsten Kleinigkeit nervös wird.«

»Dann werden wir morgen bei Tagesanbruch nach Thendara aufbrechen«, sagte Jeff ruhig. »Ich möchte Diotima sehen, bevor ich selbst nach Arilinn zurückkehre, deshalb werde ich euch begleiten. Ist dir das recht, Marguerida? Lew? Und dir, Mikhail?«

»Was? Mikhail hat keinen Grund, mit euch zu kommen!« Javanne war außer sich, aber Gabriel nickte seinem jüngsten Bruder zu, als wäre er erleichtert. »Das dulde ich nicht! Mikhail muß nach Ardais zurück.«

Margaret warf Mikhail rasch einen Blick zu, denn sie konnte sich nicht erklären, warum sich Gabriels Einstellung so plötzlich geändert hatte. Er war ihrer Meinung nach kein Mann, der sich der Vernunft beugte. Was war also geschehen?

Ich habe Gabriel von unserem kleinen Abenteuer mit Donal erzählt und deutlich gemacht, daß er als dein Ehemann für den Rest seines Lebens in Furcht vor der Kommandostimme leben müßte, es sei denn, er hätte vor, dich pausenlos geknebelt zu halten. Und wenn man bedenkt, wie ihr beide euch gegenseitig ärgert, wäre es ein kurzes Leben. Mikhails Stimme strahlte eine Zufriedenheit aus, als hätte er mehrere alte Schulden auf einmal beglichen.

Aber Mikhail – das würde ich nie tun! Glaube ich jedenfalls.

Ich weiß das, und du weißt es, aber da sich mein Bruder nicht vorstellen kann, daß jemand einen Vorteil hat und ihn nicht ausnutzt, hat er sich meinen Vorschlag sehr zu Herzen genommen.

Mik! Schämst du dich nicht? Margaret konnte kaum das Lachen unterdrücken.

Nicht im geringsten. Es geschah zu seinem eigenen Besten.

»Das ist nicht hinnehmbar«, fing Javanne an, »und ich werde es nicht …«

»Mutter, hör auf, dich zum Narren zu machen«, sagte Liriel mit fester Stimme. »Ich denke, die Ereignisse entziehen sich deiner Kontrolle, und das Beste, was du tun kannst, ist, es zu akzeptieren. Hier geht es inzwischen um mehr als Ländereien und Eheschließungen. Um sehr viel mehr.«

Javanne starrte ihre Tochter mit offenem Mund an. Sie sah so wütend und um ihre Erwartungen betrogen aus, daß sie Margaret beinahe leid tat. »Ich verstehe das alles nicht! Worauf steuert Darkover bloß zu.« *Ich kann nicht tatenlos zusehen bei dieser Sache! Warum mußte Ariel überstürzt abreisen und diesen Unfall haben? Wurde je eine Frau mehr gestraft als ich? Ich darf nicht die Beherrschung verlieren – ich benehme mich sehr schlecht, so schlecht, wie es Lew immer tat. Und er weiß es, verflucht soll er sein!*

»Ich glaube, Darkover steuert auf die Zukunft zu, Javanne«, sagte Jeff, »und ich denke, das wird sehr aufregend.«

24

Der nächste Tag war der wärmste, den Margaret seit ihrer Ankunft auf Darkover erlebt hatte. Es war, als hätte der Sturm die Kälte weggeblasen und eine wohltuende Wärme zurückgelassen. Während Jeff ein wenig über die Hitze klagte, genoß sie das Wetter. Und es tat unendlich gut, dem unangenehmen Einfluß ihrer Tante entronnen zu sein. Javanne hatte ein langes Abendessen hindurch weitere Argumente aufgetischt, bis alle die Nase gehörig voll davon hatten, selbst der üblicherweise loyale Gabriel.

Der Himmel war klar, eine rosige Schale über ihren Köpfen, und ein leichter Wind umspielte sie und zerzauste Margarets widerspenstiges Haar. Rafaella ritt neben ihr und sah zufrieden aus, weil sie wieder auf dem Weg nach Thendara war. Lew und Jeff ritten vor ihnen und unterhielten sich leise.

Obwohl sie ursprünglich gemeinsam aufbrechen wollten, waren Liriel und Javanne noch zurückgeblieben. Ariel hatte sich als unerwartet widerstandsfähig erwiesen und ein großes Gezeter gemacht, weil sie ihre jüngeren Kinder in der Obhut der Kinderschwester zurücklassen sollte. Es würde noch Stunden dauern, bevor sie sich nach Arilinn aufmachen konnten, und Margaret war nicht unglücklich über diese Änderung.

Sie war jedoch unglücklich, weil Mikhail nicht mit von der Partie war. Javanne hatte unerbittlich darauf bestanden, daß er nicht mit nach Thendara ritt, und ihm befohlen, unverzüglich nach Ardais zurückzukehren. Sie hatte ausgesehen, als wünschte sie, er wäre nie geboren worden, und Mikhail war mit zornesrotem Gesicht noch vor Margaret von Armida weggeritten. Er hatte nicht Lebewohl gesagt, sondern war einfach auf seinen großen Braunen gestiegen und davongedonnert, als wäre ihm der Teufel auf den Fersen.

Anstatt über seine Abwesenheit zu grübeln, genoß Margaret lieber den warmen Tag und freute sich darüber, wieder mit Rafaella unterwegs zu sein. Die Entsagende schniefte noch von Zeit zu Zeit und schien wenig Lust zum Reden zu haben, aber sie lächelte Margaret hin und wieder an und teilte ihre gute Laune.

»Du freust dich bestimmt auf Thendara, oder?« fragte Margaret.

»Das kannst du laut sagen! Ich war schon in einigen schwierigen Situationen – mit Bergbanditen, Lawinen und auch mal einem hungrigen Banshee. Aber ich schwör dir, Marguerida, lieber all das zusammen, als noch eine weitere Mahlzeit an Javannes Tisch zu sitzen. Mir war in meinem ganzen Leben noch nie so unbehaglich zumute!«

Margaret lachte. »Dann sind wir schon zu zweit. Selbst mein Vater, der ein furchterregender Gegner ist, war ziemlich ...«

Das Geräusch von schnellem Hufgetrampel hinter ihnen ließ Margaret innehalten und sich im Sattel umdrehen. Mikhail kam in Sicht und zügelte sein Pferd. Seine Augen funkelten schelmisch, und sein Haar war vom Wind zerzaust. Margaret war nicht allzu überrascht, ihn zu sehen. Er hatte ein Talent dafür, unerwartet aufzutauchen. Er grinste sie an, und sie grinste zurück, als würden sie eine heimliche Freude miteinander teilen – was sie ja auch taten.

Mikhail lenkte sein Pferd neben sie. »Seid gegrüßt, Cousine. Wie schön, Euch so bald wiederzusehen. Und Ihr, *Mestra* Rafaella. Ich hoffe, Eure Erkältung ist besser.«

»Seid ebenfalls gegrüßt«, antwortete sie und genoß das Spiel sehr. »Irgendwie hatte ich den Eindruck, Ihr wäret ein gehorsamer Sohn und unterwegs nach Burg Ardais.«
»Man sollte nie nach dem äußeren Schein urteilen.« Er zwang sein fröhliches Gesicht zu einer ernsten Miene, mit der er niemanden hereinlegen konnte. »Falls ich bei Mutter fälschlicherweise den Eindruck erweckte, ich würde nach Ardais zurückkehren, wie sie mich anwies, dann hat sie sich getäuscht. Ich fühle mich schrecklich, weil ich sie getäuscht habe.« Er wirkte aber nicht im geringsten reumütig, sondern schien großen Spaß zu haben.
Jeff und Lew hatten den Neuankömmling bemerkt und sich zurückfallen lassen, um ihn zu begrüßen. »Sie sollte inzwischen bemerkt haben, daß du stets nur tust, was du willst«, antwortete Jeff friedfertig. Mikhails Auftauchen schien ihn nicht im geringsten zu überraschen. »Man sollte meinen, nach all den Jahren müßte sie es aufgegeben haben, dir Pflichtgefühl beibringen zu wollen, und dich einfach deinen eigenen Weg gehen lassen.«
»Was für ein trauriges Licht das auf meinen Charakter wirft, Onkel Jeff – pflichtvergessen und ungehorsam zugleich. Vielleicht enteignet sie mich, und ich werde lernen müssen, mich mehr oder weniger ehrlich durchs Leben zu schlagen.« *Notfalls kann ich immer noch Pilze züchten!*
Margaret war froh, daß Mikhail die Stärke besaß, sich gegen Javanne zu stellen, auch wenn das vermutlich irgendwann zu Problemen führen würde. Sie wußte, er hatte sich nicht zum ersten Mal widersetzt, und sie hegte den Verdacht, daß er immer sehr viel freiheitsliebender gewesen war, als es seiner Familie gefiel. Sie fragte sich, woher seine Fähigkeit zur stillen Rebellion kam, und vermutete, es hing damit zusammen, daß

er terranischen Ideen ausgesetzt war. Kein Wunder, daß seine Eltern ihn so ablehnen. Wie mußte es ihn geärgert haben, Dyan Ardais' Friedensmann zu bleiben, obwohl ihm sehr viel mehr versprochen worden war. Und doch hatte er offenbar weder seine Neugier noch seinen Humor verloren. Margaret schätzte diese Eigenschaften an ihrem Cousin und wünschte, sie besäße selbst mehr davon. Dann mußte sie über sich lachen. Mikhail brauchte ihre Anerkennung nicht.

Nein, ich brauche sie nicht, aber ich sonne mich in ihrem Schein.

Schnüffler!

Nein, du hast ziemlich gewaltsam gesendet.

Verdammt! Ich komme mir langsam vor wie ein Kommunikationssatellit, der ständig irgendwelches Zeug sendet.

Für jemanden, der nicht ausgebildet wurde, behältst du deine Gedanken sehr gut für dich, Marguerida. Ich denke, nach einigen Monaten in einem Turm wirst du wissen, wie man die Gabe beherrscht. Ich bin ziemlich eingerostet, wie ich bei der Suche nach Ariels Balg bemerkt habe, und ich denke, ich sollte auch wieder ein bißchen Laran *studieren.*

Eingerostet? Ich konnte dich spüren, während wir gearbeitet haben, und du schienst mir völlig in Ordnung zu sein.

Die Benutzung von Laran *erfordert lebenslanges Lernen, Marguerida.*

Hoffentlich nicht. Ich will meine Jahre nicht eingesperrt in einem Turm verbringen.

Und was willst du?

Er stellte ihr diese Frage bereits zum dritten Mal, und Margaret dachte einmal mehr darüber nach.

Ich werde wohl auf Darkover bleiben und meine Gabe erlernen müssen.

Klingt nicht, als würde dich diese Aussicht begeistern!
Du hast dein ganzes Leben in einer telepathischen Gesellschaft verbracht, Mik, aber für mich ist es brandneu und nicht gerade wundervoll. Ich hatte einen Lebensplan, bis Ivor starb. Ich wollte als seine Assistentin arbeiten und in einer nebelhaften Zukunft selbst Professorin werden und weiterhin Forschung betreiben. Es fällt mir schwer, das alles einfach hinzuschmeißen und mich in ein nettes darkovanisches Mädchen zu verwandeln, das immer tut, was man ihm sagt.
Ich wollte auf gar nichts dergleichen hinaus, das weißt du! Gehorsam ist genausowenig deine Stärke wie meine. Was sind deine Stärken, außer Musik?
Ich glaube, im Davonlaufen bin ich überragend.
Du meinst, den Weg des geringsten Widerstands zu gehen? Das tue ich auch, mußt du wissen. Ich habe Onkel Regis nie zu einer Entscheidung gedrängt, weil ich mich vor dem Resultat gefürchtet habe. Ich weiß, er wartet darauf, ob sich bei dem kleinen Dani die Hastur-Gabe bemerkbar macht oder nicht. So beschämend es ist, habe ich mir gelegentlich gewünscht, er möge sie nicht haben – wirklich schrecklich von mir.
Nein, nur sehr menschlich. Ich glaube, ich habe diese Vorstellung, daß Telepathen eine Art Übermenschen sein müßten, und ich bin ziemlich enttäuscht, daß sie immer noch völlig menschlich sind, gierig nach Macht und Ruhm wie alle anderen.
Es gefällt mir, daß du Dinge sagst, die sonst niemand sagt, Marguerida.
Wie bitte?
Eine der Besonderheiten im Zusammenleben von Telepathen ist eine gewisse Verdrängung, eine Art Unaufrichtigkeit, die verhindern soll, daß es ständig gewaltig kracht.

Wirklich? Ich hätte gedacht, daß alle Leute immer vollkommen ehrlich sein müssen, unter allen Umständen.
Er lachte. *Wenn das der Fall wäre, würde heute niemand mehr leben, weil wir uns schon vor Jahrhunderten selbst ausgerottet hätten. Was wir mit unserer Leidenschaft tatsächlich beinahe taten. Wir erinnern uns nicht gern an das Zeitalter des Chaos, denn damals haben wir uns die meiste Zeit sehr schlecht benommen. Erst in der Auseinandersetzung mit dem Problem haben wir Mittel und Wege gefunden, so zu sein, wie wir sind, ohne uns gegenseitig zu vernichten.*
Ich sehe, ich muß noch eine Menge lernen – was mein Herz nicht gerade schneller schlagen läßt vor Freude. Margaret hielt inne und dachte nach. Rafaella, links von ihr, schien ebenfalls in Gedanken verloren zu sein. Ihr Vater und Jeff ritten wieder vorneweg, als wollten sie ihr einen Rest Privatsphäre lassen, wofür sie dankbar war. *Ich denke, ich würde einfach gern etwas Sinnvolles tun, was immer das ist.*
Wollen wir das nicht alle?
Wie bitte?
Meinst du, auf Regis' Tod zu warten oder den Friedensmann für Dyan Ardais zu spielen ist irgendwie sinnvoll?
Darüber habe ich noch nie nachgedacht, aber vermutlich ist es eher ein Gefühl von Leere.
Das ist ein gutes Wort dafür. Allerdings war mir nicht bewußt, daß ich mich leer fühle. Ich bin nur unzufrieden durch die Gegend gelaufen und der ganzen Familie mächtig auf die Nerven gegangen.
Das kannst du laut sagen! fuhr Jeffs mentale Stimme dazwischen, aber der Gedanke war voller freundlichem Gelächter.
Deine Schwester Liriel hatte Glück. Sie wollte in einen Turm gehen, und sie tat es – wenn auch nicht ohne eine Menge

Gezeter von Javannes Seite. Ich fand es immer schade, daß die telepathischen Fähigkeiten deiner Mutter nicht ausreichten, um Bewahrerin zu werden, denn das hätte als einziges ihren Ehrgeiz befriedigt.

Margaret war ein wenig verwundert über Jeffs Einmischung bei einem Gespräch mit Mikhail, das sie für vertraulich gehalten hatte. Immerhin hatte sie nichts Schreckliches gesagt, insofern war wohl alles in Ordnung. Sie glaubte allerdings nicht, daß sie sich je an Telepathie gewöhnen würde, egal, wie lange sie in einem Turm trainierte.

Dann betrachtete sie den starken, aufrechten Rücken ihres Vaters. Wenn ihr Vater ein Telepath sein konnte, dann konnte sie es auch. Als hätte er sie gehört, drehte er sich auf seinem Pferd um und schenkte ihr ein derart aufmunterndes Lächeln, daß sie nur mit Mühe die Tränen zurückhielt. Warum, dachte sie zornig, hatte er nicht früher so sein können, als sie ein junges Mädchen war.

Mittags machten die Reisenden in einem kleinen Gasthaus halt. Der Wirt, ein dicker Mann in den Fünfzigern, grüßte Lew Alton freundlich, aber mit einer Ehrerbietung, bei der sich Margaret krümmte. Während sie frisches Brot, Käse und Obst aß, fragte sie sich, ob es ihr je gelingen würde, sich wie eine Adlige, eine *Comynara*, zu fühlen. Sie hatte so lange in der relativ demokratischen Umgebung der Universität gelebt – wo man sich durch Verdienste Achtung erwarb, nicht durch Geburt –, daß sie dieses feudale Gehabe unangenehm fand.

Nach dem Mittagessen setzten sie ihre Reise fort, und je weiter sie sich von Armida entfernten, desto gelöster wurde Margaret. Rafaella wies sie auf verschiedene Sehenswürdigkeit hin, ermüdete sie jedoch nicht mit endlosem Geplapper, so daß

Margaret den Ritt genießen und ihren Gedanken nachhängen konnte. Es war das erste Mal seit Tagen, daß sie ein wenig Ruhe hatte, und sie kostete es aus. Selbst Mikhail schien zu bemerken, daß sie Ruhe brauchte, und trieb sein Pferd an, bis er die anderen Männer eingeholt hatte. Margaret blickte auf die drei starken Rücken – auf drei Generationen darkovanischer Männer – und war zum ersten Mal in ihrem Leben stolz auf ihre Herkunft.

Gegen Ende des Nachmittags kamen sie an einen See, der groß und ein wenig dunstig im milden Sonnenlicht lag. Es kam ihr merkwürdig vor, daß es an einem so schönen Tag Dunst gab, und sie richtete sich in den Steigbügeln auf, um besser sehen zu können. In der Ferne leuchtete ein hoher weißer Turm, dessen Steine von der Sonne ausgebleicht waren. Er ähnelte sehr den Türmen in der Oberwelt, nur daß er solider und echter aussah.

»Ist das Arilinn, Onkel Jeff? Wo du wohnst?« Sie deutete auf das Gebäude.

Jeff schaute sie überrascht an. »Was?« Er blickte in die Richtung, in die sie zeigte. »Was siehst du, Marguerida?«

»Ich sehe einen Turm, er sieht aus wie die Türme in der Oberwelt. Ist das Arilinn?«

»Nein, *Chiya*. Das hier ist der Hali-See, und dort drüben stand der Hali-Turm.«

»Ach so. Von dem habe ich noch nie gehört. Halt, Moment mal – Istvana sagte, daß Ashara Bewahrerin im Hali-Turm war. Siehst du ihn nicht?« Der bloße Name ihrer toten Peinigerin ließ sie erschaudern, und das Atmen fiel ihr schwer.

Er schüttelte den Kopf. »Der Hali-Turm wurde vor tausend Jahren oder mehr zerstört, in einem Krieg während des

Zeitalters des Chaos. Er wurde nie wieder aufgebaut, ich weiß allerdings nicht, warum.«

»Aber ich sehe ihn so deutlich wie die Hand vor meinem Gesicht.« Ihre Stimme war schrill, und das Blut schien ihr zu gefrieren. Sie hätte sich gern abgewandt, aber es gelang ihr nicht. Der Turm war wunderschön, und er schien Margaret zu rufen. Doch es war wie der Lockruf einer Sirene und erschreckte sie bis ins Mark.

»Ich bin überzeugt, daß du ihn siehst, aber ich versichere dir, dort ist nichts, außer einer Ruine. Es ist eine Art Mahnmal für diesen Krieg. Man könnte sagen, du siehst den Geist eines Turmes«, fügte er leichthin an, aber Margaret spürte, daß er beunruhigt war.

Trotz der wärmenden Sonne fror sie am ganzen Körper und zitterte. Sie nahm den Turm deutlich wahr, und er sah sehr wirklich und solide und äußerst normal aus. »Was würde passieren, wenn ich hingehe und an die Tür klopfen würde?«

Jeff sah sie lange entsetzt und schweigend an. »Ich weiß es nicht, und ich glaube nicht, daß ich es herausfinden will. Daß du Hali siehst, ist beunruhigend genug, du brauchst nicht auch noch den Türklopfer zu betätigen, Marguerida. Ich würde davon abraten.«

»Aber was würde geschehen?« Margaret spürte, wie unter ihrem Handschuh das Flechtwerk auf ihrer linken Hand zu pulsieren begann, und hatte das Gefühl, von einem Dämon der Neugier besessen zu sein. Schlimmer noch, es war fast wie ein Zwang, und sie fragte sich, ob Ashara irgendwie eine weitere Falle für sie aufgestellt hatte.

»Meines Wissens haben auch andere Leute Hali gelegentlich gesehen, aber niemand hat je versucht, den Geisterturm zu betreten, deshalb weiß ich einfach nicht, was passieren würde.« Jeff war beunruhigt und befürchtete, sie könnte jeden Augenblick hinüberstürzen und in das trügerische Gebäude marschieren. »Wenn du hineingingst, könnten wir dir wahrscheinlich nicht folgen, Marguerida.«

»Du machst mir angst, Onkel Jeff, du hörst dich an, als würdest du von Märchen oder Elfenhügeln oder so etwas sprechen.« Sie ritten weiter, und Jeff antwortete nicht sofort auf ihre Bemerkung.

»Das ist kein schlechter Vergleich«, sagte er bedächtig. Sie entfernten sich nun auf ihrem Pfad vom Hali-See. »Ich habe lange nicht mehr an Elfenhügel gedacht – als junger Mann auf Terra habe ich die Geschichten geliebt. Die Kerwins sind alter irischer Abstammung, und die Mutter meines Adoptivvaters verfügte über einen reichen Schatz an Geschichten – über Oisin und Fionn MacCool und König Artur, den die Briten angeblich den Iren gestohlen haben, wie sie hartnäckig behauptete. Erinnert mich sehr daran.«

Das gleichmäßige Murmeln des alten Mannes beruhigte Margaret, und ihre Ängste begannen zu schwinden. Sie kannte einige der Geschichten, die er erwähnt hatte, denn anscheinend brachten Menschen überall dort, wo sie siedelten, die Geschichten anderer Rassen mit, von Feen und Elfen und Zwergen, und diese Gestalten lebten oft an Orten, wo die Zeit irgendwie anders geartet war.

Margaret drehte sich im Sattel um und blickte zurück. Der Turm war verschwunden, als wäre er nie dagewesen. Alles, was sie sah, waren die Ruinen der Grundmauern, nicht weiß, wie sie den Turm gesehen hatte, sondern geschwärzt, als hätte der Blitz in sie geschlagen. Es war nicht die verrückteste Sache, die ihr seit ihrer Ankunft auf Darkover widerfahren war, aber sicher eine der beunruhigendsten.

»Jetzt ist er weg«, sagte sie mit tiefem Bedauern. »Als wäre er nie gewesen. Aber ich habe ein sehr merkwürdiges Gefühl, was diesen Ort angeht.«

»Und wie sieht das aus?« fragte Jeff widerwillig.

»Ich kann es nicht genau sagen – außer, daß ich glaube, eines Tages tatsächlich an die Tür von Hali zu klopfen. Was meinst du, warum ich den Turm sehe und du nicht?« Obwohl das Ding jetzt nicht mehr da war, fühlte Margaret einen gewaltigen Zug, ein Ziehen in ihrer Brust. Sie fragte sich, ob sie Ashara dort finden würde, eine Frau, die immer noch aus Fleisch und Blut bestand ... oder nur sich selbst, allein in einem leeren Raum.

»Du hast eine große Portion von der Aldaran-Gabe, Marguerida, du kannst Dinge vorhersehen.«

»Ich weiß – und ich wünschte, ich könnte es nicht. Aber da geht es um die Zukunft. Ich habe in die Vergangenheit geschaut! Das ist etwas völlig anderes.«

»Ich habe mich nie für Metaphysik interessiert, deshalb kann ich nur raten.« Er dachte einen Augenblick nach. »Nur weil wir uns die Zeit als Vergangenheit, Gegenwart und Zukunft denken, ist noch lange nicht gesagt, daß die Zeit auch in solchen Begriffen denkt. Aber du machst hoffentlich keine Dummheiten, Marguerida, etwa daß du vom Pferd springst und dort hinüberläufst, oder?«

»Nein. Ich glaube, Abenteuer habe ich genug gehabt, auch ohne in Geistertürme zu gehen. Aber für jemanden, der vorgibt, kein Metaphysiker zu sein, hast du ein recht gutes Verständnis von der Sache.« Sie lachte, obwohl ihr nicht danach zumute war. »Zeit als eine vom Standpunkt des Betrachters abhängige Realität ist eine Angelegenheit, die einen in den Wahnsinn treiben kann – ich habe mich an der

Universität ein bißchen damit befaßt. Hat irgendein Aldaran je in die Vergangenheit geschaut?«
»Jetzt, wo ich darüber nachdenke, fällt mir ein Vorkommnis ein.« Er hörte auf zu sprechen und blickte sie sorgenvoll an.
»Und hast du vor, es mir zu erzählen, oder willst du mich vor Spannung umkommen lassen?« Sie neckte ihn, weil sie seine Stimmung auflockern wollte. Dann betrachtete sie ihren Vater, der ein paar Längen vor ihr ritt und mit Mikhail sprach. Sie fragte sich, ob sie je in der Lage sein würde, mit Lew Alton in dieser Weise zu scherzen, so wie sie es mit Ivor gekonnt hatte und mit Mikhail bereits tat. Sie wünschte es sich, denn es war eine einfache Methode, Zuneigung auszudrücken.
Sie waren sich während der Zeit in Armida nähergekommen, aber lebenslange Gewohnheit ließ sie immer noch irgendwie steif und distanziert miteinander umgehen. Lew war bisweilen geradezu fröhlich, dann verfiel er wieder in sein bekanntes, brütendes Schweigen. Margaret wußte, er machte sich Sorgen um Dio, und es erzürnte sie, daß er mit ihr nicht darüber sprechen wollte. Sie dachte an Jeffs Bemerkung, ihr Vater habe große Schwierigkeiten, sich gegenüber anderen Menschen zu öffnen, und sie mußte ihrem Onkel recht geben. Aber trotz allem sehnte sie sich immer noch danach, mit ihrem furchterregenden Erzeuger gut auszukommen, und wartete ungeduldig auf mehr Nähe zwischen ihnen. Sie schüttelte diese Gedanken ab und konzentrierte sich auf Jeffs Erzählung.
»Mein Großvater, der alte Damon Ridenow, dessen Namen ich mit Stolz trage, hat während der Epoche des Verbotenen Turms mit Forschung in der Zeit begonnen. Er hatte Erfolg, aber es war sehr gefährlich. Du wirst viel Training benötigen, um eine solche Sache in Angriff nehmen zu können, und ich hoffe, du tust es nie.«

Ich will nicht in der Zeit forschen – ich will in den Hali-Turm gehen, und ich weiß nicht, warum. Was würde ich tun, wenn Ashara dort wäre? Vielleicht war ich schon einmal in dem Turm und bin dort Ashara begegnet. Vielleicht wollte sie mich deshalb unbedingt überschatten. Verdammt. Ich wünschte, ich hätte den Turm nicht gesehen.

Ich habe ihn auch gesehen, Marguerida! Das ist mir noch nie passiert, und ich bin schon hundertmal an dem See vorbeigeritten. Ich hoffe, du machst keine …

Mikhail hatte den Hali-Turm gesehen? Sie war so verblüfft, daß sie nicht sofort antwortete. Dann ärgerte sie sich. *Wage es nicht, »Dummheit« zu sagen, Mikhail. Ich werde nicht gleich zu den Turm stürmen – abgesehen davon ist er nicht mehr da –, aber eines Tages werde ich hineingehen. Ich fühle es tief in mir, und es ängstigt mich zu Tode.*

Vielleicht komme ich einfach mit dir … Er klang glücklich und ausgelassen wie immer.

Margaret fragte sich, was Mikhail und Lew während des Rittes besprochen hatten. *Ich dachte, du willst durchbrennen und zu den Sternen fliegen!*

Das wollte ich und will es noch. Aber Darkover kommt mir in letzter Zeit interessanter vor als früher. Ich kann mir gar nicht denken, wieso.

Margaret verstand die subtile Botschaft in seinen Worten und wußte, daß er mit ihr flirtete. Es war ein äußerst sonderbares Gefühl, und sie wünschte, sie hätte mehr Erfahrung mit Männern. Es hatte einige junge Männer an der Universität gegeben, die um ihre Aufmerksamkeit buhlten, aber wie sie nun wußte, hatte Asharas heimliche Anwesenheit dazu geführt, daß sie sich immer nur abrupt abwandte. Was sie über das Flirten wußte, stammte größtenteils aus Büchern, und es war ihr beim Lesen immer albern und eher peinlich vorgekommen. Jetzt fand sie es seltsam aufregend, und ihr wurde heiß davon. Vielleicht würde Mikhail tatsächlich eines Tages mit ihr zum Hali-Turm gehen. In seinem neckischen Tonfall steckte eine Spur Ernsthaftigkeit. *Ich würde dir bis ans Ende der Welt folgen, Marguerida. Zweifle nie daran.* Nun hatte sie ihre Antwort, und sie erregte sie auf unbeschreibliche Weise, nur hatte sie keine Ahnung, was sie damit anfangen sollte.

25

Nach einer angenehm verbrachten Nacht in einem Gasthaus kam die Reisegruppe am nächsten Vormittag in Sichtweite von Thendara. Margaret sah die Spitze des großen Wolkenkratzers im terranischen Sektor. Erinnerungen an ihren Onkel Rafe Scott und an den Ethnologen Brigham Conover wurden wach, und an Ivor Davidson. Sie fragte sich, ob er noch immer in der Oberwelt Musik hörte oder an einen anderen Ort weitergegangen war.

Es war Mittag, aber der Himmel war bewölkt, und ein kühler Wind fegte von den Kilghards herab. Margaret sah, wie Jeff sich bemühte, den Schmerz in seinen alten Gelenken und das Verlangen nach einem heißen Bad zu verbergen. Rafaella hingegen wurde lebhafter. Die Entsagende war immer schweigsamer geworden, je näher sie Thendara kamen. Margaret hatte ihr fröhliches Plaudern vermißt, aber sie wußte, ihre Freundin dachte an Rafe Scott und wie sie das Problem, das zwischen ihnen stand, lösen konnte.

Als sie sich den Stadttoren näherten, funkelten Rafaellas Augen. Offensichtlich freute sie sich darauf, ins Gildenhaus zurückzukehren und Captain Scott wiederzusehen. Margaret wünschte, ihre eigene Situation wäre ebenso einfach. Rafaella konnte sich entscheiden, als Lebensgefährtin mit Rafe zu leben; sie selbst konnte aufgrund ihrer sozialen Stellung als *Comynara* nichts Vergleichbares tun, falls sie auf Darkover blieb.

»Rafaella – wie wird einer Frau auf Darkover der Hof gemacht?«

»Was?« Die Führerin, tief in ihre eigenen Gedanken versunken, schaute einen Moment lang verwirrt. »Da passiert nicht viel, jedenfalls nicht unter den *Comyn.* Selbst die Händler und Kaufleute regeln diese Dinge um des Profits willen, nicht wegen Liebe oder Romantik. Sicher, auf Bällen und dergleichen wird ein bißchen geflirtet, wie ich gehört habe, aber ich glaube, richtig der Hof gemacht wird bei uns nicht.«

»Ja, das hätte ich mir denken können, so wie die Ehen hier aussehen.« Margaret seufzte. Sie wußte inzwischen, was sie wollte, und sie wußte, was Mikhail wollte. Sie wußte außerdem, daß sich Gabriel Lanart und Javanne Hastur einer Ehe mit ihrem jüngsten Sohn widersetzen würden, und sie bezweifelte, daß ihr Vater genug Einfluß hatte, um daran etwas zu ändern. Seine Position war, nach ihrem Verständnis, äußerst problematisch, da er seinen Anspruch auf die Domäne Alton vor langer Zeit aufgegeben hatte. Sie wußte zu wenig über darkovanisches Recht, um ernsthafte Vermutungen anstellen zu können, und reine Spekulation war sinnlos.

Die Lage schien hoffnungslos und entbehrte nicht einer gewissen Ironie. Sie hatte endlich den Mann gefunden, der ihr Herz gefangennahm, und er war der einzige, den sie nicht bekommen konnte.

Während sie die breiten Stadttore passierten, betrachtete Margaret ihren Vater, der in Gedanken versunken vorausritt. Sie merkte ihm an, daß er sich große Sorgen um Dio machte und es kaum erwarten konnte, wieder bei ihr zu sein. Wie selbstsüchtig von ihr, sich wegen Mikhail den Kopf zu zerbrechen, während Dio krank darniederlag.

Lew Alton war sehr verschlossen gewesen, was Dios Krankheit betraf, und das machte Margaret angst. Bevor sie zur Universität ging, hatte es niemanden gegeben, dem sie soviel Liebe und Vertrauen entgegenbrachte wie ihrer Stiefmutter, und der Gedanke, Dio könnte sterben, war so kurz nach Ivors Tod unerträglich. Sie gab sich Mühe, stark und gefaßt zu erscheinen, aber innerlich wäre sie am liebsten weinend zusammengebrochen.

Sie hätte sehr gern mit ihrem Vater gesprochen, aber nach jenem wunderbaren Abendessen in Armida, als sie sich scheinbar so wohl miteinander fühlten, hatte sich Lew wieder zurückgezogen. Es war nicht so schlimm wie in ihrer Kindheit, aber sie fühlte sich so sehr an die Vergangenheit erinnert, daß sie zögerte, ihm die vielen Fragen zu stellen, die sie Tag und Nacht quälten. Im Augenblick waren ihre Probleme jedoch belanglos.

Margaret war es gewöhnt, mit sich selbst zu Rate zu gehen, und sie erkannte nun, daß sie dieses Verhalten von ihrem Vater übernommen hatte und daß es gute und schlechte Seiten hatte. Es erschwerte es ihr, um Hilfe zu bitten oder überhaupt persönliche Fragen zu stellen. Sie glaubte, daß er Mikhail ganz gut leiden konnte, aber wenngleich er angedeutet hatte, daß er ihre Gefühle für ihren Cousin verstand, ließ er weder Billigung noch Ablehnung erkennen. Vielleicht gefiel ihm die Idee genausowenig wie Javanne, oder aber es war ihm gleichgültig.

Sie schimpfte sich eine Närrin. Lew Alton war niemals etwas gleichgültig. Er mochte fast ein Fremder für sie sein, aber er war ein starker und leidenschaftlicher Mann, der stets aus guten Gründen zu handeln glaubte. Sie würde sich einfach darauf verlassen müssen, daß er auf ihrer Seite stand – das wenigstens schuldete er ihr –, und aufhören, sich unnötig über Dinge aufzuregen, die sie ohnehin nicht beeinflussen konnte. Sie biß die Zähne zusammen. Es war so

schwer, ihm zu vertrauen – überhaupt, irgend jemandem zu vertrauen.
Sie ritten durch die engen Straßen innerhalb des Stadttores und näherten sich der wuchtigen *Comyn*-Burg. Margaret befand sich nun in einem Zustand düsterer Verzweiflung, was ihre Zukunft anging.
Sie war so in Gedanken versunken, daß sie kaum bemerkte, wie Rafaella ihr Pferd langsam zur Seite lenkte. »Ich denke, ich verlasse dich nun und kehre zum Gildenhaus zurück. Das Maultier hole ich später in der Burg ab.«
»Muß das sein?« Margaret kam sich verloren vor ohne ihre Freundin. Sie wollte nicht, daß Rafaella sie verließ, und verabscheute sich gleichzeitig selbst, weil sie so kindisch und egoistisch war.
»Ich habe in der Burg nichts verloren.« *Ich gehöre woanders hin, und darauf habe ich lange genug warten müssen!*
»Nein, natürlich nicht. Grüße Mutter Adriana von mir und sage ihr, daß du eine ausgezeichnete Führerin und eine gute Gefährtin warst. Ich weiß nicht, was ich ohne dich getan hätte.« Margarets Augen füllten sich mit Tränen. *Doch, ich weiß es. Ich wäre gestorben, wenn du nicht gewesen wärst, Rafaella.* Sie blinzelte heftig. »Und grüße Rafe Scott von mir, ja?« Sie zwang sich zu einer Art Lächeln, aber es tat weh.
Rafaella, die ihre Mimik inzwischen gut kannte, ließ sich nicht täuschen. »Ach, Marguerida, sei doch nicht traurig.«
»Ich werde dich vermissen!« *Ich wünsche dir alles Glück der Welt, und ich wünsche mir dasselbe!*
»Ich werde dich auch vermissen – aber ich gehe ja nicht für immer! Du brauchst nur im Gildenhaus nach mir zu fragen, wenn du mich suchst.« Sie beugte sich aus dem Sattel und

umarmte Margaret innig. Dann trieb sie ihr Pferd an und ritt in die schmale Seitenstraße.

Margaret blieb überrumpelt von diesem plötzlichen Abschied zurück. Mikhail ritt neben sie, sein großer Brauner schnaubte.

»Wo ist sie hin?«

»Heim.« Das Wort schien alles auszudrücken, was Margaret nie haben würde, und sie strengte sich an, in bessere Stimmung zu kommen. Ihr war klar, daß sie müde war, denn die Reise war zwar angenehm gewesen, aber auch strapaziös. Sie freute sich jedenfalls für Rafaella, auch wenn ihr der Abschied schwerfiel. »Ich glaube, es gibt da jemanden, den sie sehr gerne sehen möchte.«

»Wirklich? Die Leute reden zum Teil sehr unfreundlich über die Entsagenden, als wären sie nicht richtig zivilisiert. Und hat dieser geheimnisvolle Liebhaber auch einen Namen?«

»Kannst du ein Geheimnis für dich behalten?«

»Natürlich!«

»Ich glaube, sie und mein Onkel Rafe Scott … finden Gefallen aneinander.« Sie wußte, sie drückte sich umständlich aus, aber es war ihr peinlich, über private Angelegenheiten zu reden, selbst mit Mikhail. »Kennst du ihn?«

»Rafe? Selbstverständlich – aber bist du dir sicher? Ich meine, er ist viel älter als sie und … es kommt mir unwahrscheinlich vor. Eine sonderbare Liebschaft.«

»Ich war mir am Anfang nicht sicher. Es fing damit an, daß er mich zum Gildenhaus begleitete, damit ich mir eine Führerin anheuern kann. Als er von dort wegging, hörte ich, wie er mit großem … Verlangen an eine Person in dem Haus dachte. Ich habe mir damals nichts dabei gedacht, weil ich noch nicht recht glaubte, daß ich tatsächlich Gedanken auffangen kann, und überhaupt war ich wegen Ivors Tod und allem noch sehr durcheinander. Es war ja so viel passiert! Du hast keine Ahnung, wie merkwürdig es ist, wenn du einen Planeten betrittst und wildfremde Menschen verbeugen sich vor dir oder geben sich als ein Onkel zu erkennen, von dessen Existenz du nichts wußtest!« Ihre Empörung brach sich wieder Bahn, und sie runzelte die Stirn.

»Hat dir schon einmal jemand gesagt, wieviel goldener deine Augen sind, wenn du wütend bist?«

»Laß das!« Margaret fühlte sich unsicher, wenn Mikhail in dieser spielerischen Laune war, denn er wußte, wie man flirtete, und sie wußte es nicht. *Wahrscheinlich hat er viel Übung darin,* dachte sie errötend und versuchte, ihre Gedanken wieder unter Kontrolle zu bringen. Sie hatte ihre merkwürdige Augenfarbe immer gehaßt, und Komplimente darüber zu hören war eine neue Erfahrung.

»Verzeih mir, Cousine. Es ist nur, weil ich so etwas noch nie gesehen habe. Deine Augen lodern fast. Ich frage mich, woher das kommt. Ein chemischer Stoff vielleicht?«

Das war schon besser. Chemie war harmlos. Niemand konnte mit Biochemikalien flirten! »Ich würde auf Adrenalin als Wirkstoff tippen, aber ich kenne mich in Biochemie nicht besonders gut aus. Ich habe die Grundkurse an der Universität belegt und genügend auswendig gelernt, um die Prüfungen zu bestehen, aber ehrlich gesagt, habe ich das meiste wieder vergessen.«

»Du weißt mehr als ich über solche Dinge.« In seiner Antwort lag eine gewisse Wehmut, fast so, als würde er sie um ihr Wissen beneiden. »Aber erzähl mir noch ein bißchen von der Liebesgeschichte deiner Führerin.«

Margaret zögerte, aber die Katze war bereits aus dem Sack, und Rafaella würde wohl nichts dagegen haben. »Als ich sie kennenlernte, ärgerte sie sich, weil sie vor unserer Abreise irgend jemanden nicht mehr sehen konnte, also zählte ich zwei und zwei zusammen und bekam fünf heraus. Ich habe sie lange nicht danach gefragt, aber als ich in Ardais die Schwellenkrankheit durchmachte und wir uns sehr nahe kamen, tat ich es schließlich, und sie gestand, daß sie sehr viel an Rafe Scott dachte.«

»Dann bist du viel beherrschter als ich, denn ich hätte der Versuchung, zu fragen, höchstens einen Tag lang widerstehen können. Onkel Regis sagte immer, ich will alles wissen. Ich habe ihn ständig mit Fragen über terranische und darkovanische Geschichte geplagt, während er sich bemühte, ein guter Herrscher zu sein. Er muß froh gewesen sein, als er mich los war!«

Die Bitterkeit in seiner Stimme überraschte Margaret. »Aber wieso? Neugier ist ein gesunder Zug bei einem jungen Menschen. Du bist intelligent, deshalb überrascht es mich nicht, daß du Dinge erfahren wolltest. Wie kommst du darauf, daß er dich loswerden wollte?« Sie war Regis nur kurz begegnet, aber er war ihr nicht wie jemand vorgekommen, der an der Neugier seines Erben Anstoß nehmen würde. Vielleicht wollte er, daß sich Mikhail nur für die Dinge interessierte, die er brauchte, und nicht für das ganze Universum.

»Ich ... als Regis und Linnea den kleinen Danilo bekamen und die Sache mit der Erbfolge der Hastur geregelt schien ... da wurde ich schlicht überflüssig. Ich glaube, ich war ziemlich verwöhnt, weil ich als Regis' Erbe immer viel Aufmerksamkeit erfahren hatte. Ich hegte keinen Groll gegen Danilo – was sehr engstirnig war. Er war ein Baby, aber seine Geburt hatte alles geändert! Ich kam mir unerwünscht vor, hinderlich und völlig überflüssig.« *Das habe ich in meinem ganzen Leben noch nie jemandem erzählt, nicht einmal Dyan! Was wird sie von mir halten – ich höre mich an wie ein weinerliches Kind.*

Margaret ertappte sich bei der Erinnerung an die Zeit, als sie noch Marja Kadarin war, im John-Reade-Waisenhaus. Sie kannte das Gefühl, unerwünscht zu sein, allein und verlassen, und auch wenn sie heute wußte, daß man sie geliebt und gewollt hätte, änderte das nichts an der Kränkung. Sie konnte nun zwar ohne allzu großen Schmerz an diese Ereignisse denken, aber vermutlich nie ohne Trauer. Sie litt mit Mikhail und erkannte, daß sie mehr gemeinsam hatten, als ihr bisher bewußt gewesen war.

»Vielleicht täuschst du dich ja, Cousin.« Sie wollte ihn so gerne trösten, sein Gefühl des Verlorenseins lindern. Sie hätte ihm die Hand hingestreckt, aber er ritt zu ihrer Linken, und sie berührte ungern jemanden mit ihrer linken Hand, auch wenn sie sicher verpackt und abgeschirmt war.

»Wieso glaubst du das?« Er schaute sie eine Sekunde direkt an, und sie sah das Verlangen in seinen Augen, das Verlangen, gebraucht und geliebt zu werden. Dann senkte er seinen Blick, und der Moment war vorüber.

»Ich dachte immer, Lew könne meinen Anblick nicht ertragen, und nun weiß ich, daß das nicht stimmt. Ich hatte mich geirrt. Ich habe die Dinge aus der Sicht einer Heranwachsenden interpretiert und bin jahrelang in dem Glauben herumgelaufen, daß mein Vater mich nicht liebt. Wie alt warst du, als Danilo Hastur zur Welt kam?«

»Hm. Etwa vierzehn, vielleicht ein bißchen älter. Ich versuche, nicht daran zu denken.«

»Siehst du! Genau das gleiche – ein verrückter Teenager! Du bist gerade zum Mann geworden, deine Hormone spielten verrückt, wahrscheinlich hast du dich mit der Schwellenkrankheit herumgeschlagen, und plötzlich warst du nicht mehr der Mittelpunkt der allgemeinen Aufmerksamkeit. Ich bin überzeugt, Regis' Gefühle für dich haben sich nicht geändert, nur weil er nun einen rechtmäßigen Erben hatte.«

»Wahrscheinlich hast du recht. Ich komme mir nur manchmal so nutzlos vor. Sicher, ich war noch jung, als Danilo Hastur zur Welt kam, aber nicht so jung, daß ich nicht schon Pläne gemacht hätte, was ich tun wollte, wenn ich Regis' Platz einnehmen würde. Und du hast recht, was die Hormone angeht, auch wenn es nicht höflich ist, über solche Dinge zu sprechen. Ich habe gelernt, der Friedensmann von Dyan Ardais zu sein, aber ich kann nicht so tun, als wäre ich es je aus vollem Herzen gewesen. Es ist keine sehr anspruchsvolle Position. Man braucht keinen Verstand, um einen Gefährten abzugeben, nur endlose Geduld.«

»Und hast du soviel Geduld?«

Mikhail lachte dröhnend, so daß sich Lew, der vor ihnen ritt, im Sattel umdrehte und nach hinten schaute. »Nein! Ich bin ungeduldig wie ein halb zugerittenes Pferd, das seine Karotten will und keine Lust mehr hat, einen Reiter zu tragen. Ich gehöre zu den Leuten, die die Götter bitten, sie mögen ihnen Geduld schenken, und dann anfügen: ›Und zwar sofort!‹«

Darüber mußte Margaret lachen, und Mikhail strahlte sie an. Einmal mehr war es ihnen gelungen, sich gegenseitig ihre düstere Stimmung zu vertreiben. Es war, als wären sie zwei Hälften einer Sache, die einander vollkommen ausglichen. Es erinnerte Margaret plötzlich an Lew und Dio, und der Gedanke an ihre Stiefmutter beunruhigte sie erneut. Energisch schob sie alle Mutmaßungen über Dios Krankheit beiseite. »Komisch. In Armida kamst du mir ziemlich ungeduldig vor, und ich hätte die meiste Zeit am liebsten gebrüllt. Ich habe es immer gehaßt, wenn die Leute meinten, sie wüßten, was am besten für mich ist, vor allem, wenn sie mich gar nicht kennen.«

»Ich wünschte, ich hätte öfter mal sagen können, daß ich nicht das tun wollte, was für mich vorgesehen war, sondern etwas anderes. Aber mein Vater hält sich für den klügsten Menschen, auch wenn er es nicht ist. Ich hatte den größten Teil einer guten terranischen Erziehung auf Darkover bereits abgeschlossen. Die bleibt weit hinter unserer eigenen Ausbildung zurück, aber sie war besser, als sie viele andere erhalten. Nur habe ich sie nie beendet, denn kaum hatte Regis einen Erben, sahen meine Eltern keine Notwendigkeit mehr dafür. Sie schafften mich eiligst nach Ardais, als wollten sie nicht, daß ich in Armida herumhänge. Regis hätte erlaubt, daß ich den Planeten verlasse, aber meine Eltern waren dagegen. Hätten sie es gestattet, wären wir uns vielleicht an der Universität begegnet.« *Das wäre ein schönes Durcheinander geworden.*

»Aber ich dachte, Regis ist ... na ja, der König von Darkover!«

»Ja und nein. Theoretisch nimmt er den Königsthron ein. Aber unsere Könige stammen traditionell aus der Domäne Elhalyn, nicht aus der Domäne Hastur. Es ist alles sehr kompliziert, selbst für mich, und ich bin damit aufgewachsen.«

»Elhalyn? Gibt es von denen noch welche? Ich glaube, irgend jemand hat den Namen einmal erwähnt – es tut mir leid, aber ich komme ziemlich durcheinander mit diesen vielen Familien.«

»Es gibt noch Elhalyns, aber Derik, der letzte männliche Vertreter der Linie, starb, bevor er den Thron besteigen konnte. Jetzt sind nur noch Priscilla, seine Schwester, und deren Kinder übrig. Die Elhalyns waren immer ein labiler Haufen, und nach allem, was man hört, war Derik nicht nur ein bißchen verrückt. Wenn wir den *Comyn*-Rat noch hätten, würde Priscilla darin sitzen, denn die Elhalyn gestehen ihren Frauen diese Macht zu. Ich kenne sie natürlich, habe sie immer gekannt, aber sie bleiben unter sich. Priscilla ist zurückhaltend, und nach Derik konnte sich ohnehin niemand mehr dafür begeistern, einem Elhalyn viel Einfluß einzuräumen.«

»Verstehe. Aber das erklärt immer noch nicht, warum dein Onkel nicht richtig König ist. Das hat mich schon verwirrt, als ich es auf der Geschichtsdiskette gelesen habe.«

»Wir sind ein sehr traditionsbewußter Planet, Marguerida. Wenn überhaupt, dann lassen wir nur sehr zögernd von unseren Gepflogenheiten ab. Und wir haben eben seit Jahrhunderten Könige aus der Elhalyn-Linie gehabt. Sie sind eine Seitenlinie der Hastur, aber durch die Tradition sanktioniert. Regis mußte nach der Rebellion viele Veränderungen vornehmen, und dann noch einmal, nachdem die Weltenzerstörer kamen und wahllos Angehörige der Domänen ermordeten. Mehrere von Regis' Kindern wurden getötet. Es war eine schreckliche Zeit – Kleinkinder wurden in ihren Wiegen umgebracht, weil auf diese Weise eine allgemeine Unordnung geschaffen werden sollte, in der die gierigen Menschen hinter den Weltenzerstörern die Macht übernehmen wollten. Deshalb hat Regis die Stelle eines Regenten anstatt eines richtigen Königs eingenommen, um so etwas von unserer Vergangenheit zu bewahren, während er uns weiter in die Zukunft führte. Selbst das ist eine Tradition; die Hasturs haben Generationen von Elhalyns als Regenten gedient.«

»Du sagst, du kennst diese Kinder von Priscilla. Sind das legitime Thronerben?«

Mikhail zuckte die Achseln. »Sie stammen nicht direkt aus der männlichen Linie, aber da es bei den Elhalyn Sitte ist, ihren

Frauen den Status einer *Comynara* zu gewähren, sind sie es vielleicht. Es ist eine heikle Rechtsfrage, verstehst du.«

»Und Regis wartet gewissermaßen ab und hofft, daß eines von Priscillas Kindern vernünftig genug ist, den Thron besteigen zu können?«

»So sieht es aus. Regis ist schlau. Das muß er auch sein, um alles zusammenzuhalten. Und er trifft nicht gern vorschnell Entscheidungen. Er zieht es vor, die Dinge laufen zu lassen, bis sich manche Probleme von allein erledigen – anders als meine Mutter, die gerne Entscheidungen erzwingt. Sie lieben sich, aber sie liegen oft im Streit, weil Mutter immer glaubt, sie kann ihn nach ihrer Pfeife tanzen lassen wie früher, als sie noch klein waren. Und sie hatte auf jeden Fall so viel Einfluß, daß ich hier auf Darkover bleiben mußte.«

»Tatsächlich? Irgendwie hatte ich nicht den Eindruck, daß sich Regis Hastur leicht beeinflussen läßt, außer vielleicht von seiner Gemahlin oder seinem Friedensmann.« *Aber das erklärt, warum sie glaubte, sie könnte Mikhail zum Senator machen lassen – anstelle von diesem Herm Aldaran, den alle außer meinem Vater für eine Art Monster zu halten scheinen. Was mache ich bloß, wenn sie das Kunststück fertigbringt?*

Wie bitte? Wo hast du denn das aufgeschnappt?

Als mein Vater verkündete, daß er seinen Sitz an Herm abgetreten habe, wurde deine Mutter sehr wütend, und ich konnte zum Teil ihre Gedanken hören. Sie dachte, alle ihre Probleme wären gelöst, wenn sie Regis dazu brächte, dich in den Senat zu schicken. Kann sie das?

Deshalb hat sie also so überaus selbstzufrieden ausgesehen! Ich hätte es wissen müssen, denn sie ist eine berühmte Intrigantin, Marguerida. Vor allem, seit wir alle erwachsen sind und sie keine andere Herausforderung mehr hat, als daß sie versucht, unsere Geschicke zu lenken. Die Idee ist gar nicht so dumm, wenn ich darüber nachdenke. Ich könnte den Planeten verlassen, was ich immer wollte, und möglicherweise wäre es zu verlockend, als daß ich widerstehen könnte. Das einzige Problem ist, daß ich nicht den blassesten Schimmer habe, was als Senator zu tun ist – im Gegensatz zu Herm. Und ehrlich gesagt, zieht es mich nicht mehr so sehr zu den Sternen hinaus. Es sei denn ...

Ich komme mit dir?

Ja.

Ich kann nicht. Das habe ich inzwischen begriffen. Ich muß in einem Turm ausgebildet werden, damit habe ich mich abgefunden, auch wenn es mich bei dem Gedanken daran jedesmal fröstelt. Ich kann Darkover nicht verlassen, bevor ich gelernt habe, meine Gabe zu beherrschen, und ich habe keine Ahnung, wie lange das dauern wird.

Jahre. Er klang unvorstellbar schwermütig. *Und wenn du fertig wärst, würden sie dich so schnell verheiraten, daß du nicht wüßtest, wo dir der Kopf steht. Sie würden dir die Domäne Alton auf den Rücken schnallen und dich nie mehr von diesem Planeten weglassen!*

Dann hoffen wir lieber, daß mein Vater noch ein paar Trümpfe im Ärmel hat!

So ist es. Ich mag ihn, Marguerida. Wir haben auf der Reise eine Menge miteinander geredet, und er scheint mir ganz anders zu sein als in den Geschichten, die man sich von ihm erzählt. Darin wird er immer als unbesonnen hingestellt, aber das ist er nicht. Er ist sehr nachdenklich, und ich glaube nicht, daß er Herm den Senatssitz aus einer Laune heraus gegeben hat, auch wenn Javanne anderer Ansicht ist. Das Problem ist, daß sie ihn immer noch als den sieht, der er vor zwanzig oder dreißig Jahren war, als wäre in dieser Zeit nichts mit ihm geschehen, als hätte es ihn nicht verändert, all die Jahre mit den Terranern zu arbeiten. Und wahrscheinlich ist sie für ihn immer noch das herrschsüchtige kleine Mädchen, das er als junger Mann kannte.

Das ist sehr gut beobachtet, Mikhail. Er ist nicht mehr der Mann, den ich in Erinnerung habe, das muß ich mir auch immer wieder vorsagen. Es ist sehr schwer!

Mikhail seufzte. »Weißt du, unterwegs hatte ich die ganze Zeit dieses Gefühl, daß etwas passiert, das wichtig für mich ist, und auch für dich und alle andern. Es wurde immer stärker, und seit du gestern den Hali-Turm gesehen hast, und ich ebenfalls, wurde es gewaltig. Es ist wie ein Kopfschmerz, der noch nicht eingesetzt hat.«

»Das kenne ich! Diese Hellseherei ist die reine Hölle. Allerdings habe ich bisher noch keinen deutlichen Eindruck so wie damals bei Domenics Unfall, als ich Ariel zum Aufbruch trieb.«

»Das war nicht deine Schuld! Hör auf, die Verantwortung für Dinge zu übernehmen, die dich nicht betreffen. Ariel war immer schon ziemlich hysterisch, und am schlimmsten ist es, wenn sie ein Kind erwartet. Seltsam, eigentlich, weil eine Schwangerschaft die Frauen angeblich ruhiger macht. Nicht so meine Schwester! Falls jemanden eine Schuld trifft, dann meine Mutter, weil sie nicht verhindert hat, daß Ariel wie eine Geistesgestörte davonstürzte.« Er hielt inne. »Aber ich glaube immer noch, daß irgend etwas auf uns zukommt, und ich hoffe, es schlägt zum Guten aus, nicht zum Schlechten.«

»Da sind wir uns einig«, antwortete Margaret. »Sollte ich eine

Vorahnung haben, dann wünsche ich sie mir klar und eindeutig, nicht dieses vage Gefühl eines aufkommenden Unheils. Das ist ein wirklich gutes Bild, es beschreibt genau, was ich fühle.«

»Ich nehme an, wenn wir in der *Comyn*-Burg angekommen sind, werden wir entdecken, was es ist.« Er klang ungeduldig und besorgt. »Und ich hoffe sehr, meine Mutter hat nichts damit zu tun!«

»Wie könnte sie das? Sie ist inzwischen meilenweit entfernt, in Arilinn, mit Liriel und dem armen kleinen Domenic.«

Mikhail sah sie überrascht an. »Du hast immer noch nicht begriffen, was es heißt, in einer telepathischen Gesellschaft zu leben, oder?«

»Wie meinst du das?«

»So wie ich meine Mutter kenne – und glaub mir, ich kenne sie –, hat sie die Relais heißlaufen lassen mit Nachrichten an Regis. Sie muß dazu nicht körperlich anwesend sein, auch wenn es besser ist. Aber sie kann durchaus ihre Fäden spinnen, ohne auch nur in die Nähe von Thendara zu kommen.«

Das brachte Margaret fast zur Verzweiflung. Was konnte sie unternehmen? Nichts! Es war frustrierend und erschreckend. Irgendwelche Leute bestimmten über ihr Leben, und sie hatte nichts mitzureden.

Reg dich nicht unnötig auf, Chiya!

Wie könnte ich, Vater, wo doch …

Ich weiß, wie du dich fühlst – besser, als du dir vorstellen kannst. Aber Javanne wird nicht in dein Leben hineinpfuschen. Kannst du mir so weit trauen, daß ich alles für dich in Ordnung bringe?

Ich kann es versuchen – aber es ist nicht leicht.

Nein. Aber sei einfach überzeugt, daß sich Regis nicht ohne sorgfältige Überlegung zu Entscheidungen treiben läßt, die das Reich betreffen. Er hat es all die Jahre fertiggebracht, Darkover auf dem gegenwärtigen Kurs zu halten, und er wird sich weder von seiner Schwester noch sonst jemandem aus der Bahn bringen lassen.

Hinter diesen tröstenden Worten spürte Margaret Lew Altons Sorge um seine Frau, und sie fühlte sich schrecklich, weil sie nur an sich selbst dachte. Warum konnte sie ihre Gedanken nicht einfach auf Diotima richten und weg von dem Mann, der neben ihr ritt. Wo war ihre Disziplin?

Mikhail schüttelte den Kopf. »Wenn du kannst, Cousine, dann erzähl mir doch von dieser bohrenden Sorge, die dir im Kopf umgeht.«

»Wieso?«

»Na ja, ich weiß, du hast ein bißchen von der Aldaran-Gabe. Es gibt etwas in der Vergangenheit, das dich beunruhigt, und ich würde gern wissen, was es ist.«

»Ich wollte nie etwas davon haben. Warum kann ich nicht wie Ariel sein, ohne telepathische oder sonstige Fähigkeiten. Ich verstehe wirklich nicht, warum ich die Gabe besitze und jemand wie Rafaella nicht, obwohl ihre Schwester genug davon hat, um in einem Turm zu landen.«

Mikhail wurde nachdenklich. »Darüber zerbrechen wir uns seit Jahren den Kopf – seit Jahrhunderten wahrscheinlich. Du weißt, daß wir die Gaben bis zu einem gewissen Grad mittels Zucht bewahrt haben.«

»Ja, ich weiß es, und ich finde es traurig, weil es Menschen zu Tieren degradiert, wie Pferde oder Rinder.«

»Aber du hast keine Einwände gegen terranische Gentechnik zum Zwecke gesunder Zähne oder guter Sehkraft?«

»Ein Punkt für dich. Nein, dagegen habe ich nichts, vermutlich, weil es für die ganze Spezies gut ist, nicht nur für einige wenige.«

Er lachte leise. »Verstehe – wir von den Domänen sind egoistisch. Das wirft man uns nicht zum ersten Mal vor und sicher auch nicht zum letzten Mal. Doch trotz unseres Wissens und unserer Anstrengungen haben wir nie herausgefunden, wie der Prozeß funktioniert. Es scheint, als ginge die Tendenz zu einer Rückkehr zum talentlosen Individuum. Dadurch wird jeder, der eine Gabe besitzt, um so höher geschätzt, zu hoch vielleicht, wie wir an Ariels Unglück gesehen haben.«

»Arme Frau. Sie muß sich vorgekommen sein wie jemand, der in einer hochmusikalischen Familie keinen Ton vom anderen unterscheiden kann.« Margaret schüttelte den Kopf. »Aber außer dieser plötzlichen Vision von Domenic und der anderen …«

»Welcher anderen?«

»Über Alanna Alar, deine zukünftige Nichte.«

»Ach – und ich dachte, du wolltest nur nett zu meiner Schwester sein und hast ihr erzählt, was sie hören wollte, weil du von Liriel wußtest, daß sie endlich ein Mädchen bekommt. Mir war nicht klar, daß du einen starken Eindruck über ihre Zukunft empfangen hast.«

»Doch, und es gefällt mir nicht, weil … aber das sage ich lieber nicht. Mir gefällt der Gedanke nicht, die Zukunft zu kennen, weil ich glaube, wir stellen sie uns immer in den Begriffen vor, die wir kennen, und wenn wir dann in dieser Zukunft sind, versuchen wir, sie unserer Interpretation anzupassen, anstatt uns mit der Realität auseinanderzusetzen. Ich habe vieles gelesen, was verschiedene Propheten schrieben, und es steckt voller Zweideutigkeiten und unterliegt der Art von

Überzeugungen, die zu Kriegen führen. Ich will die Alton-Gabe nicht, aber die Fähigkeit, den Schleier über der Zukunft lüften zu können, will ich noch viel weniger!«

Mikhail schüttelte den Kopf. »Aber gestern warst du bereit, an die Tür des Hali-Turms zu stürzen, und du weißt tief in deinem Herzen, daß du ihn eines Tages betreten wirst.«

»Das ist etwas anderes!« versuchte sie zu erklären. »Da geht es um meine Zukunft, und nur ich muß sie bewältigen – falls sie je eintritt. Aber ich weigere mich, Vorhersagen über das Leben eines ungeborenen Kindes zu machen. Das ist falsch. Das ist grausam!«

»Das hat jetzt nichts mit Ariels Tochter zu tun, oder?«

»Nein.« Sie hielt inne und sammelte ihre Gedanken. »Ich glaube, Ashara Alton hat mich vorausgesehen, nicht mich im besonderen, sondern die Möglichkeit einer Marguerida Alton in irgendeiner verschwommenen Zukunft. Als Istvana mir erzählte, daß sie bereits andere Frauen überschattet hat, schlußfolgerte ich, daß sie meine Existenz vorhergesehen hatte, und wußte, daß ich eine Gefahr für ihre eigene Existenz bin.« Sie schauderte bei dem Namen, ließ sich aber nicht von ihren Ängsten überwältigen. Die dunkle Masse der Burg erhob sich nun deutlich sichtbar über den Häusern der Straße, und Margaret hatte einen klaren Blick auf den Turm, in dem Ashara noch lange nach ihrem Tod gewohnt hatte.

Nun wurde ihr auch bewußt, was sie gestört hatte, als sie auf die Stadt zugeritten waren. Sie wußte noch, wie der Turm bei ihrem ersten Besuch ausgesehen hatte und wie es ihr bei seinem Anblick kalt über den Rücken gelaufen war. Er war weiß gewesen, wie der Rest der Burg. Nun stand dort eine geschwärzte Ruine, deren Spitze wie von einem Blitzschlag abgesprengt war. Keines der Dächer daneben wies Anzeichen

eines Brandes oder einer sonstigen Beschädigung auf. Was war geschehen?
Mikhail folgte ihren Augen, und der Mund blieb ihm offen stehen. »Asharas Turm ...«
»Sieht aus, als hätte es ein Feuer gegeben. Ich frage mich, wie ...«
»Ich mich nicht. Ich glaube, als du den Stein aus dem Turm in der Oberwelt gezogen hast, da hast du gleichzeitig den echten Turm auf Darkover versengt. Und das ist gut so!«
»Aber Mikhail – dabei hätte jemand umkommen können! Wenn ich geahnt hätte, welchen Schaden ich anrichten kann, dann weiß ich nicht, ob ich so bereitwillig ...«
»Liebe Cousine, du hast getan, was du tun mußtest. Niemand macht dir einen Vorwurf.« Er lächelte sie an, und ihr wurde warm ums Herz. »Aber bevor wir die Ruine des alten Turms gesehen haben, sagtest du etwas über Ashara. Darüber, wie man die Zukunft interpretiert. Fahr bitte fort.«
Margaret umklammerte die Zügel in ihrer Hand ein wenig fester. »Wenn ich ihren Namen höre, fühle ich mich immer noch hilflos. Manchmal bin ich nicht ganz überzeugt, daß sie wirklich für immer verschwunden ist, auch wenn das alle sagen.« Sie zwang sich, langsam zu atmen, zur Ruhe zu kommen. »Ich weiß immer noch nicht genau, was passiert ist. Wahrscheinlich hat sie Dyan Ardais gezwungen, mich zu ihr zu bringen. Es ist alles sehr undeutlich und verschwommen in meinem Geist. Als sie mich gesehen hat, da glaube ich, wußte sie, daß ich diejenige bin, die sie fürchtet. Und sie hat ihre Vorkehrungen getroffen, damit mir die Alton-Gabe nie bewußt werden sollte. Sie muß eine bemerkenswerte Frau gewesen sein – keine bewunderungswürdige, aber sehr stark und mächtig.«

Mikhail nickte. »Nach allem, was man hört, war sie das, und noch viel mehr. Ich verstehe deine Abneigung gegen die Aldaran-Gabe jetzt ein bißchen besser. Aber hast du genug von der Gabe, daß du Hinweise oder etwas Ähnliches erhältst?«
»Was ich habe, ist dieses Gefühl einer Vorahnung, das mich schon auf dem Weg nach Darkover befiel. Diesmal ist es stärker – es ist alles sehr subjektiv, und ich habe eine lebhafte Phantasie. Vielleicht kann man seine eigene Zukunft eben nie ganz deutlich sehen, und daraus entstehen dann die Probleme – weil man versucht, sie für die eigenen Zwecke zu manipulieren.«
»Aber Marguerida, alle Leute versuchen, die Dinge zu ihrem eigenen Vorteil zu beeinflussen.«
»Ich nicht.«
»Natürlich! Andernfalls würdest du und meine Mutter euch nicht in den Haaren liegen. Ich weiß, was du willst – ich will es ebenfalls. Und wir beide werden alles tun, was wir können, damit die Dinge in unserem Sinne laufen. Das kannst du nicht leugnen.«
Margaret lächelte ihn an – er hatte sie ertappt. »Nein. Oder besser gesagt, ich könnte es, aber das wäre unaufrichtig. Und es gibt zwar viele Leute, denen ich jederzeit etwas vormachen würde, aber du gehörst nicht dazu.«
»Ich weiß. Seit unserer ersten Begegnung wußte ich, daß wir uns nie anlügen werden.« Seine Stimme war warm und zärtlich, und sie wußte, er hatte lieber gesprochen, als Telepathie benutzt, weil es nun zu intim wurde. Sie war ihm dankbar für seine Höflichkeit und gerührt von seiner beherrschten Leidenschaft.
»Welche Fähigkeiten hast du eigentlich?«

»Ich habe natürlich *Laran*, aber ich besitze keine von den Gaben. Ich bin nur ein ganz gewöhnlicher Telepath, gut genug, um im Telepathischen Rat zu sitzen, der während der längsten Zeit meines Lebens unsere regierende Körperschaft war. Liriel ist die fähigste von uns, deshalb ist sie auch eine so gute Technikerin, und Mutter hat die Gabe. Bei Rafael und Gabriel ist sie, wie bei meinem Vater, sehr bescheiden ausgeprägt.«

»Ach so. Als wir in der Oberwelt waren, um Donal zu suchen, kam es mir vor, als wärst du sehr fähig, aber ich weiß einfach nicht genug, um urteilen zu können. Alle haben einen solchen Wirbel um die Alton-Gabe gemacht, daß ich den anderen Gaben gar keine Beachtung geschenkt habe. Ich weiß, es gibt eine Hastur-Gabe – Lady Marilla hat versucht, sie mir zu erklären, aber es hat damals nicht viel Sinn für mich ergeben. Hast du diese Gabe nicht?«

»Himmel, nein!« Er wirkte schockiert und aufgebracht. »Tut mir leid. Ich wollte dich nicht anfauchen. Ich gebe zu, ich habe mehr oder weniger erwartet, daß ich sie hätte, wenn ich älter würde, und ich war sehr enttäuscht, als sie sich nicht einstellen wollte. Die Hastur-Gabe ist die der lebenden Matrix – die volle Gabe läßt einen ohne jede stoffliche Matrix funktionieren.«

Margaret starrte ihn einen Moment lang an, dann schaute sie auf ihre linke Hand. »Aber ich habe keinen Kristall benutzt, ich glaube nicht einmal, daß ich es könnte.«

»Ja, ich weiß. Liriel hat versucht, mir die Sache mit deiner Schattenmatrix zu erklären, aber ich habe nur Kopfweh davon bekommen, weil es eine ziemlich theoretische Beschreibung war. Sie sagte aber, daß es sich von der Hastur-Gabe unterscheidet. Sie und Jeff haben die Nachricht davon nach Arilinn übermittelt, und der Archivar dort verliert offenbar langsam den Verstand, weil er nichts Vergleichbares in der Vergangenheit findet.«

»Erzähl mir mehr von diesem Telepathischen Rat. Onkel Rafe hat ihn erwähnt, aber falls er ihn erklärt hat, habe ich es nicht verstanden.«

»Darkover wurde jahrhundertelang vom *Comyn*-Rat regiert, der aus je einem männlichen – bei den Aillards auch weiblichen – Vertreter von jeder Domäne bestand, dazu die *Leroni* aus den Türmen. Die Aldarans gehörten ursprünglich dazu, aber später warfen wir sie hinaus. Das ist eine lange, verwickelte Geschichte voller Verrat, und ich werde sie dir ein andermal erzählen. Der Rat tagte im Sommer und traf Entscheidungen bezüglich des Handels mit den Terranern und anderes. Aber als dein Großvater Kennard uns verließ und deinen Vater mitnahm, hörte der Rat zu funktionieren auf, und ein paar Jahre nach der Sharra-Rebellion hörte er zu existieren auf. Regis rief als Ersatz den Telepathischen Rat ins Leben, aber offen gestanden wurde mit dem niemand recht glücklich. Er ist nicht so exklusiv, wie der *Comyn*-Rat war, aber da es nun mehr Stimmen gibt, wo es früher nur wenige waren, erreicht er nicht soviel. Und außerdem ist das Volk nicht zufrieden mit ihm.«

»Das Volk?« Margaret schaute auf die Handwerker in ihren Straßenläden und sah Männer und Frauen, die ihren alltäglichen Beschäftigungen nachgingen. Sie hatte nicht viel über sie nachgedacht, denn diejenigen, denen sie begegnet war, hatten zufrieden und kerngesund ausgesehen. Man sah keine Bettler in Thendara und keine offenkundigen Anzeichen von aristokratischem Machtmißbrauch, wenngleich sie überzeugt war, daß es Beispiele dafür gab. Die menschliche Natur war immer noch weit von Perfektion entfernt. »Woher weißt du, was sie denken?«

»Indem ich zuhöre. Als Dyan Ardais' Friedensmann erfahre ich Dinge, die nie an seine Ohren dringen würden, und als der jüngste Sohn meines Vaters höre ich von Bauern, Handwerkern und anderen Leuten mehr, als man glauben möchte. Viele von ihnen sind natürlich an nichts interessiert, was über ihr eigenes Leben hinausgeht, aber die anderen haben den Eindruck, daß der Telepathische Rat den Interessen Darkovers nicht mehr gut dient.«

»Und was wollen sie statt dessen?«

»Das kann ich nicht beantworten. Es gibt vereinzelte Stimmen von terranisch erzogenen Mitgliedern der Domänen, die etwas Ähnliches wie die Regierung der Föderation für gut halten würden, aber nach allem, was ich vom einfachen Volk gehört habe, würden sie eine Wiedereinführung des *Comyn*-Rats vorziehen.«

»Käme das nicht dem Versuch gleich, die Zeit zurückzudrehen?«

»Vielleicht. Aber wir sind nicht Terra, und es gibt hier keine Tradition von etwas Vergleichbarem wie einem demokratischen System. Wahlen wären bei einer analphabetischen Bevölkerung sehr schwierig, meinst du nicht?«

»Darüber habe ich noch nicht nachgedacht, aber ich sehe, daß du dich mit dem Problem eingehend beschäftigt hast, Mik.«

»Das habe ich. Zunächst, weil es als Regis' designierter Erbe meine Pflicht war. Und inzwischen, weil es mich sehr interessiert. Und ich hatte eine Menge Zeit, über die Zukunft Darkovers nachzudenken, auch wenn ich sie nicht vorhersehen kann.«

»Vielleicht ist das auch ganz gut so, meinst du nicht? Daß du die Zukunft nicht sehen kannst.«

»Ich glaube, ich muß nicht in die Zukunft sehen – denn wie Onkel Jeff sagt, reite ich mitten in sie hinein, ob ich es will oder nicht.«

26

Als sie die verwinkelten Straßen Thendaras endlich verließen, ging die Sonne hinter ihnen unter und tauchten die weißen Steine der *Comyn*-Burg in ein wundervolles Rosa. Wächter in den blauen und silbernen Farben der Hasturs standen zu beiden Seiten des Tores und salutierten, als Lew unter dem geschnitzten Bogen in den äußeren Hof ritt. Es war ein anderer Eingang als der, durch den Rafe Scott mit Margaret gegangen war, und sie schaute sich interessiert um. Durchdringender Pferdegeruch stieg in die Luft, und mehrere Knechte und Stallburschen kamen gelaufen. Auf einer Seite des Hofes sah Margaret große Stallungen, auf der anderen eine Art Kaserne. Am Ende der Hofes gab es eine Treppe, und auf der wartete ein Bursche von dreizehn oder vierzehn Jahren. Er war mit einem blauen Überrock und einer grauen Hose bekleidet, und Margaret fragte sich, wer er sein könnte, denn er sah nicht aus wie ein Diener.

Ein Stallbursche war Margaret beim Absteigen behilflich, und sie freute sich sehr, wieder festen Boden unter den Füßen zu haben. Sie sah ihm nach, als er das Pferd wegführte, und fragte sich, wie sie es zu Rafaella zurückbringen sollte. Dann dachte sie an die hübsche Dorilys in Armida und seufzte. Sie war müde, und zu viele Dinge gingen ihr durch den Kopf.

Der junge Bursche auf der Treppe kam die Stufen herab und verbeugte sich vor Lew und Margaret. Er hatte helles Haar und war ziemlich schlank. Er grinste Mikhail an, bevor er sich offenbar daran erinnerte, daß er in offizieller Mission unterwegs war. »Ich bin Danilo Hastur, der Erbe von Hastur«, sagte er höflich, als hätte er die Worte geübt, während er wartete. »Mein Vater heißt Euch willkommen und bedauert, daß er Euch nicht persönlich begrüßen kann. Er ist im Augenblick mit Staatsangelegenheiten beschäftigt, wünscht aber, daß Ihr mit uns zu Abend eßt.« Seine Stimme überschlug sich einmal beim Sprechen, und er errötete.

Das war also der Junge, der Mikhails Platz eingenommen hatte. Er wirkte intelligent, aber angespannt und unsicher. Margaret fragte sich, ob die Bürde von Hastur bereits schwer auf seinen schmalen Schultern lastete.

Sie blickte zu dem Turm hinauf, den sie aus der Ferne erspäht hatte, der Ort, an dem Ashara über viele Jahrhunderte hinweg eine irdische Präsenz aufrechterhalten hatte. Er war eine Ruine wie Hali, zerstört und geschwärzt. Sie empfand eine schuldbewußte Freude und war insgeheim froh, daß sie ihn zerstört hatte – allerdings hoffte sie inständig, daß niemand dabei zu Schaden gekommen war. Jedenfalls war eine weitere Verbindung Asharas zur realen Welt abgetrennt worden.

Bevor sie in ihren Gedanken versinken konnte, spürte Margaret die Hand ihres Vaters auf ihrem Arm. »Komm mit. Wir gehen zu den Gemächern der Altons. Ich brauche ein Bad und du sicher ebenfalls.« *Und ich möchte sofort Dio sehen!*

Margaret war plötzlich sehr müde und äußerst beklommen. Nun, da sie die Gelegenheit hatte, ihre Stiefmutter zu sehen, stellte sie fest, daß es ihr heftig widerstrebte. Sie wollte Diotima nicht krank erleben! Sie wollte nicht, daß sie starb so wie Ivor!

Lew war ruhig und grüblerisch, ganz wie früher, aber Margaret wußte, daß er sich schreckliche Sorgen machte. Gehorsam folgte sie ihm in die Burg, durch mehrere Korridore und drei Treppenfluchten nach oben. Lew war einen halben Flur vor ihr, als sie endlich ihr Ziel erreichten. Lew Alton öffnete die hohen Doppeltüren und betrat den dahinter liegenden Raum. Es war ein Salon, wie ihn Margaret inzwischen als typisch erkannte, mit vielen gemusterten Teppichen, Wandbehängen und ausladenen Sofas. Auf einem von ihnen lag schlafend Dio, mit einer leichten Wolldecke bedeckt. Der Anblick ihrer Stiefmutter schnürte Margaret die Kehle zu und ließ ihr den Atem stocken. Nichts von dem, was Lew gesagt hatte, hatte sie auf diese Wirklichkeit vorbereitet.

Dio war so blaß, daß sie fast farblos wirkte, und ihr goldenes Haar war borstig und stumpf. Ihre einst schönen Hände ruhten schlaff und verschrumpelt in ihrem Schoß. Sie bewegte sich, als Margaret und ihr Vater eintraten, wachte aber erst auf, als Lew sich über sie beugte und ihr einen flüchtigen Kuß auf die eingefallene Wange drückte.

»Ich habe von dir geträumt«, flüsterte Dio mit rissigen Lippen.

»Hoffentlich ein netter Traum.« Lew versuchte, lässig zu klingen, hörte sich statt dessen aber müde und besorgt an.

»Netter als manche, die ich schon hatte. Dein Haar war dunkel, und du hast gestrahlt wie Aldones persönlich.«

»Wie romantisch von dir, nach so vielen Jahren. Schau, wen ich mitgebracht habe!«

Margaret schluckte und trat an das Sofa. Sie beugte sich hinab und berührte Dios Hände. Sie waren eiskalt, und die Haut war rissig und trocken. »Hallo, Dio.« Sie kam sich unbeholfen und sehr jung vor, während sie die einzige Mutter ansah, die sie je gekannt hatte.

»Marja!« Ein schwaches Lächeln huschte über ihr Gesicht. »Wie schön, daß du hier bist. Ich habe mich so nach dir gesehnt. Wann bist du angekommen?« *Wie hübsch sie ist!*

Meine wunderschöne Tochter, mein kleines Mädchen – das heißt, sie ist ja nun eine Frau.
»Vor über einem Monat. Es kommt mir vor wie eine halbe Ewigkeit. Vater hat mich in Armida gefunden, und Lady Javanne war nicht erfreut, ihn aus dem Sturm kommen zu sehen.«
»Sturm? Hattest du wieder Abenteuer ohne mich erlebt?« Dio klang wie ein Echo ihrer selbst aus früherer Zeit, als versuchte sie, ihre Krankheit zu verbergen. »Jedesmal, wenn ich dich allein ließ, Marja, hast du Probleme bekommen. Weißt du noch, wie du das Baumhaus mit den Kindern von ... ich weiß ihren Namen nicht mehr ... gebaut hast, und das Holz habt ihr aus dem Sägewerk gestohlen.«
»Was? Ich habe nie etwas von einem Baumhaus gehört«, sagte Lew. Seine Miene war streng, als würde er sich mit seinem gewaltigen Willen gegen die Verzweiflung wehren.
»Natürlich nicht! Wir haben die ganze Sache vertuscht, nicht wahr, Marja? Es war ziemlich lustig. Und es war ein sehr gut gebautes Baumhaus.« Ein Hustenanfall erstickte ihre Worte, und Margaret sah entsetzt ihren Vater an. Ihr Puls beschleunigte sich vor Angst. Doch Lew wirkte nicht sonderlich beunruhigt von Dios Husten.
»Nur gut, daß wir es stabil gebaut haben, weil du zum Tee gekommen bist«, antwortete Margaret und zwang eine Fröhlichkeit in ihre Worte, die sie nicht spürte. Wie konnte ihr Vater das ertragen? Ihr neugewonnener Respekt für ihren Vater wuchs, als sie sah, daß er sich benahm, als wäre alles normal. Sie biß sich auf die Unterlippe und fuhr fort. »Ich war so verblüfft, als du deine Röcke hochgerafft hast und zu der Plattform hinaufgestiegen bist, als hättest du es schon hundertmal gemacht. Und die Weevus-Kinder fanden dich wun-

derbar, und eines von ihnen wollte bei uns wohnen und dich als Mutter haben. Sie hatten eine absolut nette Mutter, aber sie war eben nicht der Typ, der auf Bäume steigt.«

»Was ist eigentlich sonst noch hinter meinem Rücken vorgegangen?« fragte Lew und klang erheitert, auch wenn Margaret eine Spur von Schmerz aus seiner Stimme heraushörte.

»Eine Menge. Wir wollten dich nicht damit belästigen.« Dio lächelte ihrem Mann schwach zu. »Du hast dich hübsch herausgemacht, *Chiya*. Du warst ein so schlankes Mädchen, nur Beine und Augen, und jetzt bist du eine Frau.« Diese Rede schien sie zu erschöpfen, und ihre Hand fühlte sich schlaff an in Margarets.

»Wenn du das nächste Mal ein Baumhaus baust, Marja, dann solltest du mich lieber ebenfalls zum Tee einladen. Ich glaube, auf einen Baum könnte ich noch steigen.« *Ich hätte sie besser auf Dio vorbereiten sollen – manchmal bin ich ein sehr selbstsüchtiger Trottel! Aber ich konnte es nicht! Sie benimmt sich trotzdem großartig. Welche Gunst mir die Götter mit diesem Kind gewährt haben. Wie konnte ich zulassen, daß sie mich verließ – daß sie sich all die Jahre von uns absonderte?*

Hör auf, dir Vorwürfe zu machen, Vater. Die Vergangenheit ist vergangen – wir müssen uns mit der Gegenwart auseinandersetzen! »Auf jeden Fall, Vater. Ich habe in Armida einen Baum gesehen, der sehr geeignet wäre; ich weiß gar nicht, warum nicht schon längst jemand ein Haus in ihn gebaut hat.«

Er lachte schnaubend. »Ich bin jetzt schon gespannt auf Javannes Gesicht. So – und wie geht es dir heute, Liebste?«

»Immer das gleiche, obwohl mir eine von Regis' Heilerinnen

ein Mittel gegeben hat, das die Anfälle leichter machte und ich ein bißchen schlafen konnte. Sie möchten mich zur Behandlung nach Arilinn bringen, wenn ich kräftig genug bin.«

»Dann werden wir dafür sorgen, daß du kräftig genug wirst, Dio.«

»Du glaubst immer, du kannst alles richten, und dafür liebe ich dich.«

Diese offene Zurschaustellung von Zuneigung machte Margaret verlegen, und sie fühlte sich ausgeschlossen durch die Vertrautheit der beiden. Sie fragte sich, ob sie selbst je so zärtliche Worte zu einem Mann sagen würde, und stellte fest, daß sie es sich heftiger wünschte, als sie für möglich gehalten hätte. »Ich glaube, ich würde gern baden und mich für das Abendessen fertig machen«, sagte sie, um ihre Gefühle zu verbergen. »Regis hat uns gebeten, mit ihm zu essen, was fürchterlich offiziell klingt.« Sie machte eine Handbewegung zu ihrer ziemlich mitgenommenen Kleidung.

»Das Essen ist so offiziell, wie es nur sein kann auf Darkover, aber mach dir keine Sorgen, Marja.« Lew machte eine Kopfbewegung. »Deine Zimmer sind hinter dieser Tür. Inzwischen müßte ein Diener deine Sachen gebracht haben.«

Margaret fiel nichts mehr ein, was sie hätte sagen können, deshalb zog sie sich zurück. Was war los mit Dio, fragte sie sich, und warum hatte man sie nicht mit terranischer medizinischer Technologie behandelt? Oder vielleicht hatte man es, und es hatte nicht gewirkt. Sie mußte jemanden fragen, aber sie wollte ihren Vater nicht belästigen.

Nach einigen Minuten der Frustration fiel ihr Regis Hasturs Gattin ein, die bei ihrem früheren Besuch so freundlich und liebenswürdig gewesen war. *Lady Linnea?*

Du brauchst nicht zu schreien! Es lag keine Verärgerung in dem Antwortgedanken, sondern nur gute Laune und ein Willkommen. *Was gibt es, Marguerida?* Die Ruhe und Heiterkeit in Linneas Gedanken besänftigten Margarets Ängste ein wenig.

Meine Mutter, Dio, ist sehr krank, und ich habe mich gefragt, was hier auf Darkover für sie getan werden könnte, das terranische Medizin nicht leisten kann. Es bringt Vater noch um, wenn es ihr nicht bald bessergeht!

Eine gute Frage. Die Terraner sind sehr gut mit ihren Geräten und allem, aber eine ausgebildete Leronis kann die reinsten Wunder wirken.

Wie das?

Weißt du noch, wie du überwacht wurdest?

Woher wußte Lady Linnea das? Egal. *Ja.*

Dio wird bis in ihre Körperzellen hinein auf die gleiche Weise überwacht. Und was man durchschaut, kann man beeinflussen, verstehst du?

Halbwegs. Es ist schwer zu glauben.

Du mußt es nicht glauben, Marguerida. Mach dir keine Sorgen. Diotima ist in den besten Händen, und es wird alles für sie getan.

Der mentale Kontakt wurde sanft abgebrochen, und Margaret holte ein paarmal tief Luft und versuchte, ihre Verzweiflung zu ignorieren. Sie sah sich im Zimmer um und bemerkte ihre immer noch gepackten Taschen. Sie fing gerade an, die Schnallen zu öffnen, als ein rundliches Dienstmädchen hereinkam und ihr helfen wollte. Margaret schickte sie wieder hinaus, sie war froh, eine Beschäftigung für Kopf und Hände zu haben.

Es war ja schön und gut, daß man ihr sagte, sie solle sich

keine Sorgen machen, aber sie konnte nicht anders. Ivors Tod war ihr noch zu frisch im Gedächtnis, und die Vorstellung, daß Dio sterben könnte, war ihr unerträglich. Sie konnte nicht aufhören, daran zu denken, wie sehr sie sich auch anstrengte. Auf der Reise war es ihr noch gelungen, ihre Ängste zu verdrängen, aber nun, da sie Dio gesehen hatte, war das völlig unmöglich. Und die Pflicht verlangte, daß sie genau das tat. Nichts war ihr je so schwergefallen, und sie bewunderte erneut ihren Vater, der wahrscheinlich viele Dinge hatte tun müssen, die er nicht gerne tat. Er war wirklich nicht der Mann, den sie in Erinnerung hatte, und sie konnte es kaum erwarten, den Lew Alton kennenzulernen, der er nun war. Aber er kannte sie im Grunde auch nicht. Sie würden ganz von vorn anfangen müssen, und doch bereits von der Vergangenheit belastet. In ihrer gegenwärtigen Stimmung reichte dieser Gedanke aus, um ihr Tränen in die Augen zu treiben.

Sie blinzelte sie weg, ärgerlich über sich selbst, und konzentrierte sich wieder aufs Auspacken. Unter ihrer kostbaren Aufnahmeausrüstung fand sie das Kleid aus grüner Spinnenseide, das Manuella als Geschenk geschickt hatte; es war ziemlich zerdrückt, aber immer noch wunderschön. Sie hatte es während ihrer Reise völlig vergessen, und nun schüttelte sie es aus und fragte sich, ob es angemessen war für ein offizielles Abendessen.

»Kannst du die Falten aus dem Kleid bekommen?« fragte sie das Dienstmädchen.

»Gewiß, *Domna*. Mit Vergnügen. Was für ein hübsches Kleid.« Sie hielt es hoch. »Von MacEwan?«

»Woher weißt du das?«

»Niemand sonst hat so ein Geschick mit Stoffen. Er ist der

beste Schneidermeister in Thendara. Ich mache es zurecht, während Ihr badet.«

Beim Auskleiden betrachtete Margaret eine Weile ihre linke Hand. Die meiste Zeit versuchte sie, nicht an den Handschuh und die seltsamen Linien, die er verbarg, zu denken, aber nun wollte sie sehen, ob sich etwas verändert hatte. Würde sie für den Rest ihres Lebens mit einem Lederhandschuh herumlaufen müssen?

Die Linien sahen heute ein wenig anders aus, und sie fragte sich, ob das etwas mit ihrem zweiten Ausflug in die Oberwelt zu tun hatte. Wenn sie Liriel und Istvana richtig verstanden hatte, dann war ein Matrixstein ein Brennspiegel für ihre angeborenen Talente. Solange man ihn in einem seidenen Säckchen aufbewahrte, funktionierte er nicht, sondern erst, wenn man ihn herausnahm. Das war also etwas anderes, als den Schatten einer Matrix in die Haut geprägt zu haben. Mit so etwas hatte niemand Erfahrung.

Wäre ihr Vater nicht wegen Dio abgelenkt gewesen, hätte sie vielleicht mit ihm darüber gesprochen. Aber sie wollte ihn im Augenblick wirklich nicht belästigen.

Ein dampfendes, aromatisches Bad trug dazu bei, daß Margaret ihre Energie zurückgewann und sich beruhigte. Nur äußerst widerwillig verließ sie die Wanne. Sie trocknete sich sorgfältig ab, schlüpfte in einen flauschigen Bademantel, der für sie bereithing, und streifte den Handschuh wieder über. Er war inzwischen so steif, daß sie es haßte, ihn auf ihrer Haut zu spüren, aber sie wollte nicht das Risiko eingehen, jemanden ohne diese schützende Hülle zu berühren.

Als sie in ihr Zimmer zurückkam, traf sie das Dienstmädchen dabei an, wie es leise vor sich hin sang, während sie das Bettzeug glättete und die Kissen ausschüttelte. Das Lied lenkte

Margaret von ihrer Sorge über Dio ab, von ihren Gedanken an Mikhail und von all den anderen Dingen, mit denen ihr stets betriebsamer Verstand sie pausenlos belästigte. »Was ist das, was du da singst? ... Es tut mir leid, ich habe dich nicht einmal nach deinem Namen gefragt.«

»Ich heiße Piedra, *Domna.* Das ist nichts Besonderes – nur ein altes Wiegenlied, das mir meine Mutter immer vorgesungen hat. Ich singe es jedesmal, wenn ich das Bett mache. Wahrscheinlich ist es dumm, aber ich glaube fest daran, daß die Leute besser schlafen, wenn ich ein Schlaflied auf ihrem Kissen zurücklasse.«

»Ich finde, das hört sich sehr vernünftig an«, antwortete Margaret. »Würdest du es mir in voller Länge vorsingen? Ich möchte den ganzen Text hören.« Sie griff nach ihrem Recorder, überprüfte die Batterien und schaltete ihn ein.

Das Dienstmädchen schaute erst verblüfft und dann belustigt. »Wenn Ihr es wünscht, *Domna.*« Sie begann zu singen, mit einem sehr dünnen Sopran, unausgebildet, aber lieblich und schlicht, wie das Lied selbst. Der Text war bezaubernd, er handelte von verschiedenen Vögeln und anderen Tieren, die alle schlafen, und Margaret vermutete, daß es endlos viele Strophen gab. Sie hatte ähnliche Lieder auf anderen Welten gehört, aber sie fand, keines war so hübsch wie das hier.

Als Piedra geendet hatte, dankte ihr Margaret. Sie holte ihre saubere terranische Unterwäsche heraus und zog die weichen Baumwollteile an. Dann streifte sie sich das Kleid aus grüner Spinnenseide über den Kopf und ließ es auf die Schultern gleiten. Es paßte wunderbar, und Piedras flinke Finger schlossen die vielen Knöpfe auf der Rückseite. Sie ließ Margaret sich setzen und löste den Haarknoten, den sie für das Bad gemacht

hatte, dann kämmte sie es lange und sorgfältig, und Margaret entspannte sich bei den sanften Bewegungen und vergaß für eine Weile ihre Sorgen.
Das Dienstmädchen steckte Margarets Haar mit Nadeln zusammen, befestigte die Schmetterlingsspange und grinste breit. »Ihr habt schöne Haare, *Domna.*«
»Findest du? Ich war nie dieser Meinung – es ist so fein und flatterhaft.« Sie betrachtete die Frau im Spiegel und sah eine Fremde. Margaret war nicht eitel und blickte meist nur in den Spiegel, um sich zu vergewissern, daß sie keine Zahnpasta um den Mund hatte und keine Schmutzflecken auf der Wange. Die Person im Spiegel war sehr blaß und hatte goldene Augen, die sehr groß wirkten und funkelten. Sie erkannte, daß ihre Ähnlichkeit mit Thyra Dariell sehr stark war, auch wenn Thyras Haare ein weniger dunkler und ihre Augen bernsteinfarben und nicht golden waren wie Margarets. Aber der feine Knochenbau unter der hellen Haut war derselbe wie bei ihrer verstorbenen Mutter, und sie konnte froh sein, daß sie nicht auch deren geistige Labilität geerbt hatte.
Sie kannte die schöne, aristokratische Frau im Spiegel nicht. Margaret blickte auf die behandschuhte Hand vor der weichen Seide des Kleides und hinunter auf die Füße, die in Strümpfen steckten und unter dem bestickten Saum hervorschauten. Sie würde sehr sonderbar aussehen, wenn sie einen Lederhandschuh und eines ihrer zwei Paar Stiefel zu einem offiziellen Abendessen trug. Gut, sie hatte noch ihre geliebten Schlafzimmerpantoffel, die so abgetragen waren, daß sie vor Ewigkeiten ersetzt gehört hätten. Stiefel waren in Armida akzeptabel gewesen, aber das hier war die *Comyn*-Burg. »Ich habe nichts für meine Füße.«
Piedra schaute erfreut aus. »Mir ist aufgefallen, daß Ihr nichts

Passendes habt, als ich die Kleider aufräumte, deshalb habe ich mich auf den Weg gemacht und etwas für Euch geborgt. Ich hoffe, Ihr habt nichts dagegen.«

»Dagegen? Ganz bestimmt nicht. Aber wo hast du Schuhe gefunden?«

Piedra schüttelte den Kopf, und ihre Wangen glühten. »Die *Comyn*-Burg ist wie ein Dachboden, *Domna*, voller Dinge, die zurückgelassen und vergessen oder einfach weggeworfen wurden. Es ist empörend! Das Personal muß alles sauberhalten und abstauben, deshalb weiß ich besser über die Schränke Bescheid, als mir lieb ist. Und in den Gemächern der Aillards gibt es ein ganzes Kämmerchen voll alter Schuhe. Jerana Aillard hat sie hier zurückgelassen. Sie soll sehr eitel gewesen sein und elegante Schuhe geliebt haben. Ich hoffe, sie passen.«

Wie eine Verschwörerin holte das Mädchen ein paar silberne Slipper hervor, die mit Federn verziert waren. Sie paßten ganz gut, da sie aus weichem Leder waren, das nachgab. »Sie muß eine sehr große Frau gewesen sein, wenn mir ihre Schuhe passen.«

»Das weiß ich nicht, *Domna*. Ich habe nur gehört, daß sie das Personal mit ihren Wünschen zum Wahnsinn getrieben hat, wenn sie hier war – und da sie mit Aran Elhalyn verheiratet war, der damals gerade den Thron warmhielt, war sie die meiste Zeit hier. Aber das war alles lange vor meiner Zeit. Verzeiht mir, *Domna*, aber wollt Ihr diesen Handschuh anbehalten? Er paßt nicht ganz zu dem Kleid.«

Das war taktvoll gesprochen, aber es bestätigte sämtliche Zweifel Margarets. »Ich muß meine Hand bedeckt halten, und ich habe sonst einfach nichts dabei. Wenn ich gewußt hätte, daß ich Staatsbanketten beiwohne, hätte ich natürlich Vorkehrungen getroffen.« Sie stellte sich selbst mit Koffern voller schöner Kleider und zierlicher Schuhe und all dem anderen Zeug vor, und das Bild war so komisch, daß sie laut lachen mußte.

»Dann suche ich Euch etwas Hübscheres. Ich gestehe, daß ich es genieße, in den Schränken herumzuwühlen – es macht einfach mehr Spaß, als alles nur abzustauben. Und erst das Teppichklopfen! Wenn ich nur daran denke, muß ich niesen!«

Piedra ging hinaus, und Margaret spielte mit den Zehen in den Schuhen einer längst verstorbenen Frau. Eine Königin, wie es schien. Sie fragte sich, ob es ihr je gelingen würde, die verschlungenen darkovanischen Familienverhältnisse zu durchschauen. Die Elhalyns. Mikhail hatte sie als die eigentlichen Könige Darkovers bezeichnet. Aber im Augenblick hatte sie wirklich keine Lust, über darkovanische Geschichte nachzudenken, deshalb packte sie ihren Recorder wieder ein, damit sie beschäftigt war.

Das Mädchen kehrte mit mehreren länglichen Schachteln auf den Armen zurück. Sie grinste und hatte offenbar großen Spaß dabei, Margaret bei den Vorbereitungen auf das Abendessen zu helfen. Sie stellte die Schachteln ab und begann, paarweise Handschuhe herauszuziehen – lange und kurze, lederne und solche aus Stoff. Es mußten drei Dutzend Paare sein.

»Ist das auch Beute aus den Gemächern der Aillard?«

»Beute? So habe ich es eigentlich noch nie gesehen, aber ich glaube, man könnte es so nennen. Hm. Diese seidenen hier würden von der Farbe her gut passen, falls die Größe stimmt.«

Margaret nahm die angebotenen Handschuhe und probierte den rechten an. Die Handschuhe waren beinahe ellbogenlang und aus derselben feinen Seide gemacht wie ihr Kleid, aber sie waren auf eine andere Art gewoben, so daß sie sich über ihren Fingern dehnten. An den Ärmelenden waren sie schön bestickt, mit winzigen silbernen Federn, und es tat Margaret fast leid, daß ihr Kleid die Stickerei verdeckte. Aber der Handschuh paßte einwandfrei, und sie war froh, daß sie den ledernen an ihrer linken Hand ausziehen und durch das leichtere Material ersetzen konnte.

Sobald die Seide über die Linien auf ihrer Handfläche glitt, spürte Margaret eine Veränderung. Das Gefühl, als würde Energie auf ihrer Haut hin und her fließen, ließ nach, und sie erkannte, daß dieses Material eine bessere Abschirmung war als Leder. Ihr fiel auf, daß sie der Energie unbewußt Widerstand geleistet hatte und daß dies nun nicht mehr nötig war. Es war eine solche Erleichterung, daß sie fast in Tränen ausgebrochen wäre, aber sie nahm sich zusammen, dankte Piedra noch einmal und ging zurück in den Salon, um ihren Vater zu suchen.

Lews Haare waren noch ein wenig feucht vom Baden, und er hatte eine bronzefarbene Jacke und eine braune Hose angezogen. Das Gewebe war alt, dachte sie. Die Kleidungsstücke mußten all die Jahre auf ihn gewartet haben. Und sie paßten immer noch wie angegossen! Margaret fand, ihr Vater sah, bis auf die Sorgenfalten zwischen seinen Augenbrauen, sehr gut aus. Er betrachtete sie in ihrem ungewohnten Aufzug und nickte anerkennend. »Du siehst wundervoll aus in diesem Kleid. Wo hast du es her – aus einem der Schränke?«

»Ich fühle mich auch wunderbar, zu meinem Erstaunen. Seit ich hier bin, habe ich mich mal so und mal so gefühlt, aber wunderbar war nie dabei. Und mit diesem Kleid ist es eine lustige Sache. Ich bekam es von Manuella MacEwan geschenkt, als ich Thendara verließ, was mir wie eine Ewigkeit vorkommt. Sie bestand darauf, daß ich etwas Elegantes brauche und daß ich eines Tages wieder in der Burg landen würde. Ich hielt sie für verrückt, aber das ging mir gelegentlich mit allen Leuten auf Darkover so.«

»Wer ist Manuella?«

»Sie ist die Frau des Schneidermeisters Aaron MacEwan in der Nähnadelstraße. Sie war sehr freundlich zu mir, und ich beabsichtige, von nun an nur noch bei ihnen zu kaufen. Auch wenn die Altons seit undenklichen Zeiten bei einem anderen Schneider Kunde sein sollten!«

Lew lachte. »So ist es richtig! Schnurstracks alle Traditionen über den Haufen werfen. Ich wollte es immer tun, aber ich hatte so wenig Gelegenheiten dazu. Ich glaube, mein Vater Kennard hat einen anderen Schneider aufgesucht, aber der Teufel soll mich holen, wenn mir sein Name noch einfällt.«

Das Sofa, auf dem Dio gelegen hatte, war nun leer. »Wo ist Dio?«

»Die Heilerin und ich haben sie ins Bett gebracht, und sie schläft jetzt.«

»Was genau ist los mit ihr, Vater?« Margaret wollte diese Frage eigentlich nicht stellen, aber sie konnte nicht anders.

»Das ist eine gute Frage, Marja. Sie hat eine Krankheit, die man früher ›Krebs‹ nannte und die auf dem alten Planeten Terra Jahr für Jahr Millionen von Menschen dahinraffte. Aber die Biogenetik hat dieses Problem eigentlich behoben, und jetzt weiß niemand mehr so recht, wie man das Leiden behandelt. Früher haben sie Bestrahlungen angewandt und sogar Gift in kleinen Mengen, was manchmal schlimmer war als die Krankheit selbst. Heute gibt es kaum noch jemanden, der eine Ahnung von solchen Methoden hat, auch wenn sie es versuchten. Dio sagte, falls sie sterben muß, möchte sie es unter der Sonne von Darkover tun und nirgendwo sonst. Also habe ich sie nach Hause gebracht. Was hätte ich sonst tun sollen?« *Sie darf nicht sterben. Noch nicht. Ich brauche sie so sehr!*

»Ich bin froh, daß du es getan hast, obwohl du wahrscheinlich dachtest, du müßtest im Senat bleiben oder dich sonst irgendwie opfern.«

Lew sah sie an, dann lachte er kurz. »Du hast immer mitten durch mich hindurchgesehen, genau wie ... Ich habe etwas für dich.« Er drehte sich zu einem Tisch um und hob ein kleines Etui auf. »Das hier gehörte meiner Mutter, Yllana Aldaran. Dio hat es nie getragen, denn sie trägt nicht viel Schmuck. Aber ich glaube, es war für dich bestimmt.« Er gab Margaret das Etui.

Es enthielt eine riesige Perle, in der Form eines einzelnen Tropfens, eine schwarze Träne, die auf dem blassen Satin lag, mit dem das Etui gefüttert war. Die Perle hing an einer dünnen Silberkette, und sie war wunderschön. Margaret hielt einen Augenblick die Luft an, bevor sie das Schmuckstück herausnahm. »Warum sollte die mir gehören?«

»Dein Name bedeutet ›Perle‹. Komm, ich helfe dir. Du ruinierst dir sonst deine schöne Frisur. Er stellte sich hinter sie, legte ihr sanft die Kette um und machte den Verschluß zu. Sie spürte seinen warmen Atem im Nacken und begann zu verstehen, warum darkovanische Frauen den Hals immer bedeckt hielten. Als wäre sich Lew ebenfalls ihrer körperlichen Nähe bewußt geworden, trat er rasch einen Schritt zurück. Margaret richtete ihr Haar und blickte auf die große, schwarze Perle hinab, die genau über der Rundung ihrer Brüste hing. Sie lag auf dem glänzenden grünen Stoff ihres Kleides, als würde es ihr gefallen, wieder einmal getragen zu werden. »Danke. Das ist das Schönste, was ich je gesehen habe.«

»Es steht dir«, antwortete er. »Aber wieso trägst du Aillard-Federn an den Füßen?«
»Tu ich das? Ich hatte keine Schuhe, nur Stiefel, deshalb hat Piedra die hier aus einem Schrank ausgeliehen. Sie sagt, die *Comyn*-Burg ist wie ein großer Dachboden. Die hier gehörten vor langer Zeit einer Frau namens Jerana. Ich trage auch ihre Handschuhe – sie sind ebenfalls mit Federn bestickt, aber das sieht man nicht unter meinen Ärmeln. Ich war überrascht, daß es hier etwas gab, das für meine großen Füße paßte. Andernfalls hätte ich in Strümpfen gehen oder meine alten Hausschuhe tragen müssen. Ich hoffe, es ist in Ordnung, daß ich mir die Sachen ausgeliehen habe – ich meine, es wird doch niemand etwas dagegen haben, oder?«
»Die Schuhe einer Königin«, sagte er nachdenklich. »Nein, sie werden nichts dagegen haben. Komm, gehen wir nach unten zum Essen. Ich habe Hunger, und ich will herausfinden, was Regis getrieben hat, während ich weg war. Ich hoffe, es gibt geräuchertes Rabbithorn. Sie exportieren es nicht, und ich sehne mich seit zwanzig Jahren und mehr danach.«
Margaret sah ihren Vater neugierig an. Sie hatte nie erlebt, daß er sich für Essen interessierte, außer um seinen Magen zu füllen, und er hatte thetische Austern oder Seegrasbrot mit derselben Gleichgültigkeit gegessen. Sie bezweifelte nicht, daß er es ernst meinte, aber es war eine Seite von Lew, die ihr neu war und die ihn menschlicher machte. Sie würde noch herausfinden müssen, wer er wirklich war, und ihr wurde warm ums Herz bei dieser Aussicht. Er reichte ihr seinen Arm, und sie legte ihre Hand auf seinen Ärmel und fühlte sich beinahe schwindlig, als sie in den Flur hinaustraten.

Der Speisesaal war ein behaglicher Raum mit einer langen Tafel zwischen zwei lodernden Kaminen. Die Stühle hatten hohe, geschnitzte Rückenlehnen, auf deren dunkles Holz in Silber die Figur eines hohen Baumes gemalt war. Ein Diener ging mit einem Tablett voller Kelchgläser umher, und ein anderer trug eine Servierplatte mit Appetithappen, kleine Blätterteigtaschen mit würziger Fleischfüllung.
Jeff stand in der Nähe der Tür, als sie eintraten, und sprach mit Gabriel Lanart. Mikhails Vater sah Lew und Margaret an und machte ein finsteres Gesicht. Wahrscheinlich hatten sie über die Alton-Domäne gesprochen, und es hatte Gabriel kein bißchen gefallen, was er zu hören bekam. Dann kam Lady Linnea auf sie zu, begrüßte Margaret mit aufrichtiger Zuneigung und schenkte Lew ein bezauberndes Lächeln.
»Das ist ein wundervoller Augenblick für mich. Ich bin froh, dich wieder auf Darkover zu wissen, Lew, auch wenn die Umstände alles andere als glücklich sind. Wie geht es Diotima.«
»Die Heilerinnen sagen, sie ruht friedlich. Mit anderen Worten, sie schläft fest und kennt im Augenblick keinen Schmerz.«
»Gut. Sie hat nicht mehr richtig geschlafen, seit du vor vier Tagen nach Armida geritten bist.«
Lew nickte. »Ich habe mir noch nie so sehr gewünscht, an zwei Orten gleichzeitig sein zu können, wie in diesen letzten Tagen.« Er warf einen Blick zum Tisch, der sich fast bog unter der Vielzahl der Gerichte, die von den Dienern aufgetragen wurden.
»Er schaut, ob es geräuchertes Rabbithorn gibt«, erklärte Margaret spitzbübisch.
»Selbstverständlich gibt es welches«, antwortete Lady Linnea. »Regis hat mir erzählt, wie gern du es magst.« Margaret sah,

daß Linnea ebenfalls ein Kleid aus Spinnenseide trug, blau, mit silberner Stickerei, und war erleichtert, weil sie für den Anlaß offenbar angemessen gekleidet war. Linnea trug natürlich keine Handschuhe, da sie keine brauchte, aber davon abgesehen, ähnelte Margarets Aufmachung so sehr der ihrer Gastgeberin, daß sie nicht auffallen würde.

Sie hörte, wie hinter ihr jemand nach Luft schnappte, und drehte sich um. Mikhail, im Blau und Silber des Hauses Hastur gekleidet, starrte sie mit offenem Mund an. *Der Teufel soll sie holen, weil sie so schön ist!*

Bevor sie etwas zu ihm sagen konnte, betrat Regis den Speisesaal, gefolgt von Danilo Syrtis-Ardais und dem jungen Dani, seinem Erben. Regis wirkte sowohl besorgt als auch hoch erfreut, als er allen Anwesenden zunickte. Er kam Margaret irgendwie anders vor als bei ihrer ersten Begegnung, als wäre eine schwere Last von seinen Schultern genommen worden und als wüßte er nicht recht, wie er sich ohne sie verhalten sollte.

Er machte eine einladende Geste, und alle traten an den Tisch. Es war ziemlich warm im Raum, und Margaret war froh über ihr hübsches Kleid, das leichter war als ihre übrigen Sachen. Dann kam Regis auf sie zu, nahm ihre Hand und lächelte sie an. »Noch einmal willkommen auf Burg *Comyn*, Marguerida. Du siehst sehr hübsch aus und weniger verwirrt als bei deinem ersten Besuch.«

»Danke, Lord Regis, aber ich bin nicht weniger verwirrt, sondern nur mehr daran gewöhnt, verwirrt zu sein.«

Er lachte warm. »Das ist gut. Verwirrung ist ganz natürlich, aber es ist schwer, sich dabei wohl zu fühlen. Und du, Lew, siehst im Gegensatz zu deinem ersten Erscheinen vor ein paar Tagen nicht mehr ganz so wie einer von Zandrus Teufeln aus.«

»Ich habe meine Frau und meine Tochter so gut wie möglich in Sicherheit gebracht, und ich bin zufrieden. Du wirkst auch recht selbstzufrieden. Warst du wieder am Sahnekrug?«

Regis lachte erneut, und Margaret vermutete, daß es sich um einen alten Witz aus ihrer Knabenzeit handelte, als sie Pflegebrüder waren. Der Regent schüttelte den Kopf und sagte nichts, aber Margaret dachte, wenn er eine Katze wäre, würden nun Federn aus seinem Mund schauen.

Als alle saßen, lächelte Regis. »Es scheint, als sei uns das Glück hold, denn Lew Alton ist endlich nach Hause gekommen, auch wenn die Umstände seiner Rückkehr traurig sind. Wir können alle nur hoffen, daß unsere *Leroni* das zuwege bringt, wozu terranische Medizin nicht in der Lage war, Lew. Doch die Domänen sind nun wieder so, wie sie sein sollten, und wir werden uns übermorgen im Kristallsaal versammeln, um den *Comyn*-Rat zu erneuern.«

Bei dieser Ankündigung blickten sowohl Lew als auch *Dom* Gabriel abrupt auf. Margaret konnte fast das Räderwerk im Gehirn ihres Onkels mahlen hören. Lews Miene war hingegen unergründlich, und sie vermutete, daß er während seiner Jahre im Senat ausreichend Selbstbeherrschung geübt hatte.

»Es ist seltsam, wie oft uns das Leid zusammenführt«, fuhr Regis fort, als hätte er nicht etwas von großer Tragweite gesagt. »Jeff hat mir von dem schrecklichen Unfall des kleinen Domenic Alar erzählt, und ich habe mit meiner Schwester kommuniziert. Sie ist wohlbehalten in Arilinn eingetroffen, und es wird alles Menschenmögliche für Domenic getan. Wir konnen nur hoffen, daß er wieder völlig gesund wird.« Er seufzte. »Zumindest ist er noch nicht verloren, wie meine älteren Kinder verloren waren, nicht durch einen Unfall, sondern durch Mörderhand, als die Weltenzerstörer nach

Darkover kamen, um den Planeten auszubeuten. Die Zeit hat meine Wunden nicht geheilt, auch wenn jene Tage mich mit meiner Linnea zusammenbrachten.« Er lächelte seine Gemahlin am anderen Ende des Tisches an, und sie erwiderte sein Lächeln, so daß sie sehr jung wirkten in ihrer Liebe.

Margaret hatte ähnliche Blicke zwischen Dio und ihrem Vater hin und her huschen sehen, und einmal mehr empfand sie das Fehlen einer starken Bindung in ihrem eigenen Leben.

Dann fiel ihr auf, daß Mikhail sie nach darkovanischen Maßstäben schon beinahe unhöflich anstarrte, als versuchte er, ihre Aufmerksamkeit zu erregen. *Siehst du – ich habe dir gesagt, daß etwas im Busch ist! Es hat seit Jahren keine Sitzung des Comyn-Rats gegeben!*

Wenn du so klug bist, dann sag mir doch, worum es in der Sitzung gehen wird, antwortete sie. *Und sagtest du nicht, daß dieser Telepathische Rat einberufen wird?*

Ich weiß es nicht, aber ich habe Onkel Regis noch nie so aufgeregt erlebt, es muß also wichtig sein. Und der Telepathische Rat tritt nicht zusammen, er existiert einfach.

Ach so. Ich verstehe, daß das nicht sonderlich befriedigend ist. Ist Regis aufgeregt? Er sieht gar nicht so aus.

Du kennst ihn nicht so gut wie ich. Vertrau mir, Regis ist aufgeregt, und bald wird ein großes Ereignis stattfinden.

Ich vertraue dir, Mikhail. Aus irgendeinem Grund vertraue ich dir völlig.

Dann bemerkte Margaret, daß *Dom* Gabriel sie finster anstarrte. Er saß ihr gegenüber neben Lady Linnea und war bis in die Haarspitzen errötet, als hätte sie etwas Unrechtes getan. Sie mochte Mikhail – mehr als das –, aber sie mochte seinen Vater nicht.

»Eine Sitzung des Rats?« fragte *Dom* Gabriel schroff.

»Ja«, antwortete Regis ruhig. »Aber da wir hier zu einem festlichen Anlaß versammelt sind, wegen Lews Rückkehr und der Anwesenheit seiner Tochter, finde ich, wir sollten bei Themen bleiben, die unsere Verdauung nicht stören. Du wirst mir sicher recht geben, Gabriel.« Er sagte es leichthin, aber die Autorität in seiner Stimme war nicht zu überhören.

Einen Augenblick sah *Dom* Gabriel aus, als wollte er widersprechen. Dann reichte ihm Lady Linnea eine Platte mit Gemüse, und er zuckte die Achseln und bediente sich.

Margaret war erleichtert, denn sie war müde, und der Gedanke an einen Streit widerte sie an. Sie schaute auf, stellte fest, daß Mikhail sie heimlich beobachtete, und senkte ihre Blicke wieder auf das Essen. Lady Linnea fragte nach ihren musikalischen Forschungen, und Margaret erzählte von den Sängern, denen sie in den Bergen begegnet war.

Wie gut sie sich im Griff hat, obwohl mein Vater sie die ganze Zeit böse ansieht! Der Gedanke ließ sie erneut aufschauen, und Mikhail strahlte sie so an, daß sie glaubte, ihr Herz würde explodieren. Sie verschluckte sich fast an ihrem Essen.

Benimm dich, sonst bemerken noch alle am Tisch, daß du mich ansiehst!

Wie du willst, Cousine, aber es fällt mir schwer.

Gegen ihren Willen mußte Margaret lächeln. Es war herrlich, sich in seiner Bewunderung zu sonnen, seine starken Gefühle für sie zu spüren. Aber es verursachte ihr auch Unbehagen und weckte den Wunsch, sich zurückzuziehen. Ihr Appetit wurde weniger und sie bemerkte, daß Lady Linnea sie aufmerksam beobachtete.

Margaret holte einige Male tief Luft, übte sich in Disziplin und widmete sich ihrem ausgezeichneten Abendessen. Sie versuchte, nicht an den gutaussehenden jungen Mann zu denken, der sie von Zeit zu Zeit ansah, und auch andere störende Gedanken fernzuhalten. Regis lenkte die allgemeine Unterhaltung auf Fragen des Wetters und der Ernte, und da sie über diese Dinge nichts wußte, konnte sie zuhören, ohne sich überwältigt zu fühlen. Sie war allerdings ausgesprochen froh, als das Mahl vorüber war und sie in ihr Zimmer zurückkehren durfte.

Sie kleidete sich mit Piedras Hilfe aus und zog ein frisches Nachtgewand an, das man für sie bereitgelegt hatte. Dann sank sie erschöpft in das große Bett, aber sie konnte nicht einschlafen. Sie machte sich Sorgen um Dio, und sie fragte sich, worum es bei der Sitzung, die Regis angekündigt hatte, gehen würde. Zuletzt jedoch kapitulierte ihr Körper, und sie fiel in einen traumlosen Schlummer.

27

Als Margaret am nächsten Morgen schließlich aufwachte, spürte sie die Betriebsamkeit überall in der *Comyn*-Burg und erkannte, daß sie sehr lange geschlafen haben mußte. Sie lag in dem riesigen Bett und versuchte, sich einen Reim auf die vergangenen Tage zu machen, besonders auf das Bankett vom Vorabend. Es hatte Strömungen und Querströmungen gegeben, und für den Versuch, sie zu analysieren, war sie zu müde gewesen. Außerdem lenkte es sehr vom geradlinigen Denken ab, wenn Mikhail einige Plätze weiter saß und ihr gelegentlich Gedanken schickte, die den kläglichen Rest ihres seelischen Gleichgewichts vollends über den Haufen warfen. Offenkundig war, daß Regis' Ankündigung für *Dom* Gabriel überraschend gekommen war und daß er ihr große Bedeutung beimaß. Ihr Vater hatte andererseits nicht sonderlich verblüfft gewirkt, sondern ausgesehen, als hätte er diesen Schritt erwartet. Es war alles zu kompliziert, und auch wenn es Margaret klar wurde, daß das bevorstehende Ereignis direkte Auswirkungen auf sie selbst haben würde, wünschte sie, es wäre schon vorbei.

Sie stand auf, badete und zog ihre saubere Kleidung an. Sie durchsuchte ihre Schachteln mit Handschuhen, die Piedra am Abend vorher zurückgelassen hatte, bis sie ein Paar kurze, seidene fand, die ihr paßten. Dann machte sie sich auf die Suche nach Dio, ohne darauf zu achten, daß ihr Magen vor Hunger knurrte.

Die Alton Suite bestand aus einer Reihe von Zimmern, die sich zu beiden Seiten des Salons erstreckten, den sie als erstes betreten hatte, und Margaret stellte fest, daß sie den Lageplan kannte, ohne fragen zu müssen. Sie klopfte an jede Tür, die geschlossen war, und ging hinein, wenn sie keine Antwort bekam. Zuletzt fand sie Diotima in einem Schlafzimmer am anderen Ende der Suite. Sie lag dösend in der Mitte eines gewaltigen Bettes, dessen Ausmaße ihre kleine Gestalt zwergenhaft erscheinen ließen.

Margaret schluckte schwer. Sie kam sich klein und hilflos und verängstigt vor, und das durfte sie nicht. Dio war eine Empathin, und alles, was Margaret empfand, konnte von ihrer Stiefmutter aufgefangen werden. Davon würde es ihr nicht bessergehen, und Margaret begann sich zu fragen, ob es klug gewesen war, zu kommen.

In einer Zimmerecke rührte sich etwas, und eine Frau trat aus dem Halbdunkel. Sie war von mittlerer Größe, und nach den Falten um Mund und Augen zu schließen, vielleicht sechzig Jahre alt. Sie ging auf Margaret zu, ohne auf dem dicken Teppich ein Geräusch zu machen.

»Domna?« Sie flüsterte.

»Ich wollte sehen, wie es meiner Mutter geht.«

»Wie gestern – nicht besser, aber auch nicht schlechter. Möchtet Ihr Euch eine Weile zu ihr setzen? Das wäre sicher ein Trost.«

Margaret war sich nicht so sicher, da sie selbst von lebhaften Ängsten geplagt wurde. »Ja.«

»Dann lasse ich Euch eine Weile mit ihr allein. Ich bin nebenan, falls ich gebraucht werde. Ruft einfach nach mir.«

»Aber wie heißen Sie?«

»Ich heiße Katarina di Asturien, und ich bin Heilerin.«

»Danke. Ich setze mich einfach zu ihr.«

Margaret zog sich einen Stuhl ans Bett und nahm Platz. Sie

hörte Dios Atem, der ruhig und nicht mühsam ging, was sie ein wenig beruhigte. Sie ließ ihre Gedanken zunächst schweifen, doch dann entschied sie, daß sie sich auf positive Dinge konzentrieren müsse, und so dachte sie an Thetis und den warmen Wind vom Meer und an den Duft der Azurinen, die vor dem Haus wuchsen. Es gab ihr einen kleinen Stich, als ihr bewußt wurde, daß sie diesen Ort wahrscheinlich nie wiedersehen würde, und sie empfand eine tiefe Sehnsucht nach dem Meer und seinem Geruch. Ein Lied, das die Inselbewohner sangen, kam ihr in den Sinn, es handelte von der Heimkehr nach einer langen Fahrt in einem kleinen Kanu, und sie summte es leise, denn es war freundlich und beruhigend.

Dio bewegte sich. »Ich habe geträumt, daß ich wieder auf Thetis war«, murmelte sie verärgert, und ihre kleinen Hände zupften an dem Laken über ihrer Brust. »Ich habe die Blüten der Blumen gerochen und das Salz des Meeres.«

»Ich habe an zu Hause gedacht, Dio, und du mußt mich gefühlt haben.«

»Marja! Du bist wirklich hier. Ich habe schon fast befürchtet, daß ich dich nur geträumt habe, obwohl mir Lew versicherte, daß es nicht so ist. Mein Mund ist so trocken«, beschwerte sie sich.

Neben dem Bett stand ein Krug mit einer rosafarbenen Flüssigkeit und ein Glas. Margaret füllte es zur Hälfte, dann hob sie vorsichtig den Kopf ihrer Mutter an und hielt ihr das Glas an die Lippen. Dio trank durstig.

»Wieso trägst du Handschuhe im Haus«, fragte Dio plötzlich.

»Das ist eine lange Geschichte«, antwortete Margaret freundlich. Sie stellte das Glas auf den Tisch zurück und stützte dann weiter Dio. Es war ein sonderbares Gefühl, ihre Mutter in den Armen zu halten, diejenige zu sein, die Trost spendete, statt ihn zu empfangen. Margaret wollte sie nicht mehr loslassen, mehr noch, sie wollte ihre Stiefmutter mit Willenskraft wieder gesund machen. »Ich erzähle sie dir ein andermal, wenn du nicht so müde bist.«

»Es könnte sein, daß es kein andermal mehr gibt, *Chiya*.«

»Sag nicht so etwas!« *Du darfst einfach nicht sterben!*

Wir alle sterben, Marguerida. Das ist eine der wenigen Gewißheiten im Leben. Und wenigstens bist du wieder mit deinem Vater versöhnt, was seit Jahrzehnten ein Herzenswunsch von mir ist.

Diotima Ridenow-Alton – wenn du stirbst, spreche ich nie wieder ein Wort mit dir!

Wie wahr – obwohl ich von Zeit zu Zeit noch mit meinem Vater spreche, und ich glaube, daß er mich hören kann, wo immer er sein mag. Aber erzähl mir von deinen Abenteuern – du willst ja wohl nicht, daß ich vor Neugier sterbe, oder?

Es war äußerst beruhigend, daß Dio noch zu Neckereien aufgelegt war, und so setzte sich Margaret bequem hin und begann, ihrer Mutter alles zu erzählen, was ihr seit ihrer Ankunft zugestoßen war. Sie war noch nicht bei der Hälfte ihrer Erzählung angelangt, als sie spürte, wie Dio in ihren Armen eingeschlafen war, ein tiefer und friedlicher Schlaf. Margarets Arm wurde taub, aber sie blieb bewegungslos sitzen, um die Frau nicht zu stören, und sie dachte an alle guten Dinge, die ihr einfielen, in der eitlen Hoffnung, daß ein wenig davon in Dios Geist sickerte und ihr gegen die Krankheit half.

Am späten Nachmittag fand Lew die beiden so vor. Margaret spürte seine Freude und die panische Angst, die sich zu einem unergründlichen Gefühlsbrei vermischten und ihr als Woge von Emotionen entgegenschlug. Sie hob nur den Kopf und lächelte ihn an, und sie übersah die Tränen auf seiner Wange ebenso wie ihre eigenen.

Am nächsten Vormittag folgte Margaret ihrem Vater in den Kristallsaal. Es war kurz vor Mittag, und die Mahlzeit, die sie zuvor gegessen hatte, lag ihr wie Blei im Magen. Sie wollte nicht bei der Sitzung dabeisein und verstand nicht, warum ihre Anwesenheit erforderlich war. Oder vielmehr glaubte sie, es nur zu gut zu verstehen, und wollte nicht dabeisitzen und zuhören, wie eine Gruppe von mehr oder weniger Fremden über ihre Zukunft bestimmte.

Trotz ihrer Aufregung und schwelenden Wut, hätte sie fast einen Schrei ausgestoßen, als sie den Saal betraten. Nichts in ihren Erinnerungen hatte sie auf den Anblick vorbereitet. Es war ein großer, kreisförmiger Raum, hoch oben in der Burg, und die Wände waren von gewaltigen Fenstern aus farbigem Glas durchbrochen, so daß der Raum vor Licht zu glühen schien. In seiner Mitte stand ein runder Tisch, und die Farben des Glases warfen wunderschöne Muster auf das Holz. Margaret wußte, daß sie nie in diesem Raum gewesen war, aber er kam ihr gleichwohl vertraut vor. Lew hatte ihr versichert, daß der Saal lange nach Asharas Tod gebaut worden war, deshalb nahm sie an, daß das Gefühl der Vertrautheit aus seinen Erinnerungen stammte, nicht aus denen der toten Bewahrerin. Dennoch störte sie die Empfindung, einen Ort zu kennen, den sie nie betreten hatte, und ihr Unbehagen wuchs. Irgend etwas an dem Saal war ein bißchen unheimlich, und Margaret überlegte, was es sein könnte. Sie betrachtete die Stühle, in die man die Symbole der Domänen geschnitzt hatte, und fand nichts Störendes. Dann blickte sie zur gewölbten Decke hinauf, die mit einem Muster der vier Monde und verschiedener Sterne bemalt war, und erkannte, daß es sich um mehr als eine Decke handelte. Hinter den Mustern verbarg sich etwas, das ihr eine Gänsehaut verursachte.

Der gesamte Raum roch gut nach Möbelwachs und gereinigten Teppichen. Von Mikhail hatte Margaret erfahren, daß der Kristallsaal lange Zeit nicht für seinen ursprünglichen Zweck benutzt worden war. Weshalb war ihr also unwohl zumute?

»Warum habe ich ein so merkwürdiges Gefühl in diesem Raum?« flüsterte sie ihrem Vater zu.

Er sah sie einen Augenblick an. »Es gibt Dämpfer überall hier im Raum, telepathische Dämpfer, und deshalb wurde er auch jahrelang nicht benutzt. Die Dämpfer wurden angebracht, um jeden vergangenen und gegenwärtigen Alton davon abzuhalten, mittels seiner Gabe Zustimmung vom übrigen Rat zu erzwingen.«

»Verstehe. Man konnte den Raum nicht für Sitzungen des Telepathischen Rats benutzen, weil das nicht funktioniert hätte. Er gefällt mir nicht.«

»Mir auch nicht, Marja. Ich habe keine glücklichen Erinnerungen an diesen Raum.«

Dom Gabriel betrat den Saal, sah sie stirnrunzelnd an und ging zu dem Stuhl mit dem geschnitzten Sinnbild der Altons, die Felsenspitze, auf der ein Adler hockt. Er zog den Stuhl mit einem scharfen Ruck heraus und stieß sich sein Knie an. Dann setzte er sich und legte die Arme auf die glänzende Tischplatte, fast so, als wollte er sie herausfordern, sein Recht auf die Domäne Alton in Frage zu stellen.

Die Stühle mit den höchsten Lehnen waren offensichtlich für die Oberhäupter der Domänen bestimmt, aber es gab genügend kleinere am Tisch, und Margaret fragte sich, ob sie einen davon nehmen oder sich auf eine der Sitzgelegenheiten zurückziehen sollte, die an der Wand des riesigen Saales standen. Sie kannte ihren Platz nicht, ein Gefühl, das sie so viele Jahre nicht empfunden hatte, daß sie anfing, sich in die Unsichtbarkeit ihrer Kindheit zurückzuziehen. Lew schien ihren Rückzug zu spüren, denn er klopfte ihr aufmunternd auf die Schulter und deutete mit einem Kopfnicken zum Tisch. Offenbar kannte er ihren Platz, auch wenn sie selbst ihn nicht kannte, und das gab ihr Sicherheit.

Sie dachte an den vorangegangenen Nachmittag, als Lew sie bei ihrer Stiefmutter vorgefunden hatte und ihm die Tränen in die Narbe auf seiner Wange gelaufen waren. Sie hatten Dio kurz darauf in der Obhut einer Heilerin zurückgelassen und waren in den Salon gegangen. Dort hatten sie zum ersten Mal, seit Margaret erwachsen war, miteinander gesprochen, unbeholfen zunächst, mit der Zeit jedoch immer gelöster. Es war wundervoll, schmerzlich und heilsam zugleich. Und während ihrer Unterhaltung schien etwas in Margaret zu schmelzen, ein kalter, harter Punkt in ihrem Herzen, dessen Existenz ihr erst richtig bewußt wurde, als er nicht mehr da war. Was immer von nun an geschah, sie wußte, daß ihr Vater sie liebte, sie immer geliebt hatte, und daß sie ihm vertrauen konnte, wie sie es sich immer gewünscht hatte. Es war ein merkwürdiges Gefühl, aufregend und neu, und sie hegte es, auch wenn sie fürchtete, es könnte nicht Wirklichkeit sein.

Am Eingang entstand Bewegung, und Lady Javanne Hastur kam herein; sie trug Reisekleidung und schien nicht gerade in der besten Verfassung zu sein. Ihre normalerweise sorgfältig aufgetragene Kosmetik war ein wenig verschmiert, und ihr normalerweise sorgfältig frisiertes Haar war geradezu ungepflegt. Sie duftete nicht nach Parfüm, sondern verbreitete statt dessen einen ausgeprägten Geruch nach Pferdeschweiß.

Als nächstes traten Dyan Ardais junior mit Lady Marilla an seiner Seite ein. Dyan wirkte ängstlich, Marilla hingegen strahlte über das ganze Gesicht. Sie kam auf Margaret zu. »Wie schön, dich gesund und munter zu sehen«, begann sie und umarmte ihre Verwandte freundschaftlich. Sie duftete nach Parfüm, eine blumige Kombination, die Margaret gefiel.
Als Margaret über Lady Marillas Schulter blickte, sah sie Mikhail in den Farben der Hastur, und er sah sehr gut aus unter dem leuchtenden Fenster. Ihr Cousin blinzelte ihr zu, und sie lächelte zurück. Sie wünschte, sie wären irgendwo anders als in diesem Raum, denn es war ihnen zur Gewohnheit geworden, kleine Privatgespräche zu führen, die Margaret sehr genoß.
Margaret fragte sich, wann Dyan und seine Mutter eingetroffen waren, denn sie hatte die beiden am Vorabend nicht gesehen, als sich die Familie zum Essen versammelt hatte. Wie sie wußte, war es ein mehrtägiger Ritt von Ardais nach Thendara; man mußte also nach ihnen geschickt haben, und das bedeutete, Regis hatte dieses Treffen offenbar schon vor ihrer Abreise von Armida geplant. Und Javanne mußte vom Arilinn-Turm hierhergeritten sein, sobald sie ihren Enkel dort abgeliefert und der Obhut der Heilerinnen anvertraut hatte.
Dann überlegte sie, warum sie sich ausgerechnet im Kristallsaal versammelten statt in einem der anderen großen Räume der *Comyn*-Burg. Die Wahl dieses Raumes hatte zweifellos eine Bedeutung. Margaret fühlte sich, als würde sie die Teile eines Puzzles betrachten, die sich noch zu keinem Ganzen fügten. Sie verstand immer noch nicht, wie die Dinge auf diesem Planeten liefen, aber sie vermutete, daß sie im Begriff stand, mehr über die Machtverhältnisse auf Darkover zu erfahren, als ihr lieb war.

Margaret fiel auf, daß Javanne Dyan Ardais und Lady Marilla aufmerksam musterte, und wünschte sich fast, sie könnte die Gedanken ihrer Tante hören. In Javannes Blick lag Mißtrauen. Es sah aus, als fühlte sie sich von Ardais' Anwesenheit irgendwie gestört. Anscheinend hatte Regis seiner Schwester nicht mitgeteilt, daß er den *Comyn*-Rat wieder einberief. Er spielte mit verdeckten Karten, selbst gegenüber seiner Schwester. Javanne war zweifellos in der Erwartung gekommen, es handle sich um eine Art Familientreffen, auf dem über Margarets Schicksal entschieden würde und auf dem sie wahrscheinlich vorschlagen wollte, daß man Mikhail anstelle von Herm Aldaran in den Senat schicken sollte. Margaret unterdrückte ein Kichern und sah, daß Mikhail ebenfalls ein Lachen zurückhielt.

In diesem Augenblick betraten Regis und Lady Linnea den Raum und sahen sich um. Regis sah Gabriel auf dem Stuhl der Altons sitzen, und ein seltsamer Ausdruck traf auf sein Gesicht. Er wirkte nicht verärgert, sondern eher belustigt. Danilo Syrtis-Ardais, sein allgegenwärtiger Schatten, stand hinter ihm, und Margaret fragte sich, ob Regis und Linnea überhaupt je ungestört allein waren, um zum Beispiel ihre Kinder zu zeugen. *Was habe ich nur für unanständige Gedanken,* dachte sie und war froh, daß sie in diesem Raum niemand belauschen konnte.

Regis nahm auf einem hohen Stuhl Platz, in dessen Lehne der silberne Baum geschnitzt war, und seine Schwester Javanne setzte sich neben ihn. Margaret nahm an, daß ihrer Tante als eine Hastur dieser Platz zustand, und sie sah ihren Vater an, um herauszufinden, wo sie sitzen sollte. Ganz offensichtlich beabsichtigte er, am Tisch Platz zu nehmen und nicht an der Wand.

Dyan setzte sich ein wenig zögerlich in den Sessel der Ardais. Dann hielt Mikhail einen weiteren Stuhl für Lady Marilla bereit. Es war einer der größeren Stühle, der den Inhaber einer Domäne anzeigte, und Margaret erinnerte sich, daß sich Marilla als Aillard und nicht als Ardais vorgestellt hatte. Als Marilla saß, stellte sich Mikhail hinter Dyans Stuhl, wobei er Danilos Haltung perfekt nachahmte.

Lew schien einen Augenblick mit seinen Gedanken woanders zu sein. Dann faßte er Margaret leicht am Arm und führte sie zu einem Stuhl, zwei Plätze entfernt von *Dom* Gabriel. Auch in diesen Stuhl war eine Figur geschnitzt, aber sie hatte nicht die Zeit, einen ausführlichen Blick darauf zu werfen. Anschließend setzte sich Lew zwischen Margaret und ihren Onkel, legte seine Hand auf den Tisch und schaute selbstgefällig in die Runde.

Dom Gabriel machte den Mund auf, um zu protestieren, aber ein Blick seiner Frau ließ ihn schweigen. Statt dessen fluchte er leise und durchbohrte alle Anwesenden mit Blicken. Er wußte offensichtlich ebenfalls nicht, was er von der ganzen Sache halten sollte, und Margaret war überzeugt, daß ihm das alles kein bißchen gefiel.

Regis räusperte sich. Bevor er zu sprechen begann, warf er einen Blick in Richtung Eingang, als erwarte er noch jemanden, dann zuckte er nur die Achseln. »Als Lew Alton Darkover verließ, lagen die *Comyn* am Boden. Die Linien der Aillard und Elhalyn waren so gut wie ausgelöscht, Dyan Ardais war tot und sein Sohn noch ein Wickelkind. Damit blieben nur noch die Aldarans, die seit Generationen keinen Sitz mehr in diesem Rat hatten, dazu wir Hasturs und die Ridenows. *Dom* Gabriel wurde mit der Domäne Alton betraut, nachdem Jeff Kerwin sich entschied, in Arilinn zu bleiben.«

Er seufzte, als würde ihm die Erinnerung an diese Ereignisse Schmerz bereiten.

»Anschließend machten wir eine sehr schwere Zeit durch, als die Weltenzerstörer kamen und viele großartige Menschen aus keinem anderen Grund ermordet wurden, als daß sie den Zielen der Zerstörer im Wege standen. Meine eigenen Kinder wurden getötet, hinterrücks abgeschlachtet, auf eine feige Art, die ich niemals verziehen habe. Wir überlebten, aber wir haben tüchtige Leute verloren, Leute, die wir zum Regieren gebraucht hätten.«

Er seufzte lange, und Linnea tätschelte seine Hand. Er erwiderte die Geste seiner Gattin mit einem Blick voller Dankbarkeit und Zuneigung, der Margaret gleichzeitig verlegen und neidisch machte. »Nach der Niederschlagung der Weltenzerstörer versuchten wir, die Dinge neu zu organisieren, und bedienten uns dazu des Telepathischen Rates als Vehikel. Er war zu jener Zeit die beste Lösung, und die Terraner mischten sich nicht ein. Und für die Dauer einer Generation blieb alles so. Der Telepathische Rat ist nicht vollkommen, aber er entsprach unseren Bedürfnissen.« Neben ihm wurde Javanne ungeduldig und legte die Stirn in Falten.

»Vor zehn Tagen jedoch empfing ich eine Delegation, eine höchst überraschende Auswahl von Männern aus den städtischen Zünften und Vertretern der Landbevölkerung. Sie forderten, daß die Regierungsgeschäfte wieder dem *Comyn*-Rat, oder was von ihm übrig ist, übergeben werden. Sie sind der Ansicht, der Telepathische Rat sei nicht ausreichend darkovanisch, sondern zu sehr terranisch geprägt und würde nicht wirklich unsere Bedürfnisse vertreten. Es war ein bemerkenswertes Ereignis, vielleicht das bemerkenswerteste in einer Regentschaft, die an bedeutsamen Ereignissen nicht arm war.«

Er hielt inne, als würde er über jenes Treffen nachdenken. »Es ging ihnen um sich selbst und um ihre Kinder. Wir haben keine demokratische Geschichte auf Darkover, aber es scheint, als habe die Begegnung mit den Terranern den Leuten eine Vorstellung von sich selbst gegeben.«

»Sie haben Forderungen an dich gestellt!« *Dom* Gabriel errötete unschön. »Das ist empörend! Ich hoffe, du hast ihnen die passende ...«

»Aber was ist noch übrig vom Rat?« unterbrach Javanne ihren Gatten, bevor er sich vollends zum Narren machen konnte. »Prinz Derik Elhalyn ist kinderlos gestorben.«

»Richtig«, antwortete Regis. »Derik hat keine eigenen Kinder hinterlassen, und die Kinder seiner Schwester waren entweder sehr klein oder gar nicht geboren. Priscilla Elhalyn ist eine sehr bescheidene Frau, und sie hat sich und ihre Kinder aus Gründen von Thendara ferngehalten, die aus ihrer Sicht bestimmt einleuchtend sind. Aber ihr ältester Sohn ist inzwischen fast so alt wie Dyan damals, und die Kinder haben Elhalyn-Blut, auch wenn sie nicht den Namen tragen. Und da die Elhalyn ihren Frauen immer den Status einer *Comynara* zugestanden haben, denke ich, es spricht vieles dafür, die Linie mittels eines dieser Kinder wiederherzustellen – wir werden sie testen müssen, um zu sehen, welches das stabilste ist. Ich habe Priscilla gebeten, an dieser Runde teilzunehmen, aber sie hatte Bedenken.« Er seufzte. »Vielleicht war ich nicht überzeugend genug. Ich glaube jedoch fest, daß wir auch ohne sie zurechtkommen.«

Seine Worte erzeugten eine Unruhe unter den Anwesenden, und mehrere Stimmen wurden laut. Im Schutz dieses Lärms fragte Margaret ihren Vater leise: »Was stimmt nicht mit diesen Elhalyns? Warum sollten sie nicht stabil genug sein?«

»Zuviel Inzucht führt zu einer Vielzahl von Problemen«, flüsterte er zurück.

Sie nickte. In ihrem Bestreben, das *Laran* zu bewahren, hatten die führenden Familien Darkovers die Langzeitwirkungen ihres Zuchtprogramms nicht genügend bedacht. Margaret verstand immer noch nicht recht, warum die Elhalyn so wichtig sein sollten und warum Regis so entschlossen war, diese spezielle Linie wiederzubeleben. Aber sie hatte sich in den letzten zwei Tagen ein Bild von ihm gemacht und empfand großen Respekt vor seiner ruhigen Vernunft. Darkover hatte Glück gehabt, daß dieser Mann den Planeten nach der Sharra-Rebellion geführt hatte.

Die Saaltür ging auf, und ein Fremder trat ein. Er war groß, hatte rötliche Haare, und seine charakteristischen Augen verrieten Margaret, daß er ein Ridenow sein mußte. Er war zu jung, um ein Bruder von Diotima sein zu können, aber vielleicht war er mit Istvana verwandt.

»Verzeiht meine Verspätung. Mein Pferd lahmte, und ich habe länger gebraucht als erwartet.« Er verbeugte sich in Richtung von Regis, der über den Neuankömmling nicht im geringsten überrascht war – im Gegensatz zu Javanne und Gabriel. Regis wirkte eher erleichtert. Lady Javanne sah ihren Bruder an wie einen Verräter, und Margaret fragte sich, ob sie wohl in der Erwartung nach Thendara gekommen war, hier ihre eigene Sitzung leiten zu dürfen.

Nach dem Gesichtsausdruck ihres Vaters zu urteilen, war er ebenfalls überrascht, allerdings wirkte er nicht unerfreut. »Wer ist er?« flüsterte sie.

»Das weiß ich nicht genau, *Chiya*, aber er muß einer aus Dios Verwandtschaft sein. Er sieht Lord Edric Serrais ähnlich, vielleicht ist er ein Sohn von ihm. Aber ich weiß jetzt, warum

Regis durch die Flure der *Comyn*-Burg gelaufen ist, als hätte er Sahne im Schnurrbart.« Lew lehnte sich in seinem Stuhl zurück, deutlich erheitert von der Ankunft des Neuen. »Der alte Fuchs ist noch schlauer, als ich dachte.«
Dom Gabriel hörte diese Bemerkung und warf Lew einen rätselhaften Blick zu. Dann schaute er über den Tisch hinweg seine Frau an. Margaret folgte seinen Blicken und sah, wie ihre Tante das Gesicht verzog, als würde sie etwas berechnen.
Regis erhob sich lächelnd. »Willkommen, Lord Ridenow. Ich bin froh, daß Ihr es noch geschafft habt, denn wir haben eben erst angefangen. Lew, ich glaube, du kennst Francisco Ridenow noch nicht, ich habe dir allerdings hin und wieder von ihm geschrieben.«
»Natürlich! Ich hätte es wissen müssen.« Lew stand auf und begrüßte den Neuankömmling mit allen Anzeichen von Freude, als wären sie bereits Freunde oder Verbündete. Er zog Francisco zum Tisch. »Das ist meine Tochter, Marguerida Alton.« Margaret schob unbeholfen ihren Stuhl zurück, machte eine leichte Verbeugung, aus der nicht ganz ein Knicks wurde, und lächelte den Mann an. Aus der Nähe betrachtet, sah er ein bißchen jünger aus als sie selbst und war durchaus attraktiv.
Es entstand eine Pause, während der sich Francisco einen Platz suchte, und Lew und Margaret sich ebenfalls wieder setzten. Sie schaute zu Mikhail und stellte fest, daß er sehr ernst blickte. Dann wurde ihr bewußt, daß er *Dom* Francisco argwöhnisch beobachtete, und sie fragte sich, ob er eifersüchtig war.
»Ich habe eben von der jüngsten Vergangenheit gesprochen, Francisco, hauptsächlich Margarets wegen, die unsere Geschichte nicht kennt.« Bei dieser Bemerkung sah er Lew

durchdringend an, dessen Wangen sich leicht röteten. »Nach der Sharra-Rebellion war ich der einzige überlebende Erbe der Hastur, und nach mir kamen die Söhne meiner Schwester. Damals hatte ich Linnea noch nicht gefunden und besaß selbst nur *Nedestro*-Söhne, weshalb ich Mikhail zu meinem Erben ernannte.«

Regis räusperte sich erneut, und Lady Linnea verschränkte ihre Finger in die seinen, eine Geste, die so zärtlich und intim war, daß sie fast schockierend wirkte. »Und so standen die Dinge zwanzig Jahre lang, und wenngleich ich mir nicht sicher war, ob sie auch zum besten standen, fühlte ich mich nicht genötigt, vorschnelle Entscheidungen zu treffen. Das war schwer für Mikhail, denn ich habe nichts Offizielles verlauten lassen, und so bleibt er der designierte Erbe, obwohl ich inzwischen zwei Söhne habe, die meine Stelle einnehmen könnten. Ich kann nur sagen, daß ich nach dem Verlust meiner älteren Kinder keine Eile damit hatte, den kleinen Dani als meinen Erben auszurufen. Ich hatte erfahren, daß das Leben riskanter sein kann, als ich je für möglich gehalten hätte, und das hat seine Spuren bei mir hinterlassen.«

»Dann ernennst du also Dani jetzt zu deinem Erben?« fragte Javanne mit beinahe fröhlichem Gesicht.

Regis wandte den Kopf und sah sie mit einem sonderbaren Blick an, als wäre sie eine Fremde, und keine sehr angenehme dazu. Javannes Gesichtsausdruck änderte sich, und die Freude, die sie noch einen Augenblick zuvor gezeigt hatte, verschwand. »Ich habe sehr viel über die Delegation nachgedacht und auch über die Veränderungen, die in der Föderation stattfanden. Sie versprachen nichts Gutes für Darkover, denn mit den Expansionisten an der Macht stieg die Wahrscheinlichkeit, daß wir uns weiteren Plünderern, weiteren Weltenzerstörern gegenübersähen. Das war Lews Ansicht, und sie bestätigte meine eigene, die ich aus anderen Informationsquellen bezog. Und die Wiedereinführung des *Comyn*-Rats erschien mir zu diesem Zeitpunkt als ein Schritt nach vorn, nicht als ein Rückschritt. Doch eine Sache, die von der Delegation des gemeinen Volkes besonders vehement gefordert wurde, war die Wiedereinsetzung der Elhalyn auf den Thron. Da dieser Gedanke mir sehr am Herzen liegt, war ich geneigt zuzustimmen.« Er lächelte bezaubernd, und Margaret dachte daran, daß ein Teil der Hastur-Gabe angeblich in der Fähigkeit bestand, Menschen zu beeinflussen. Das erklärte, warum er den Kristallsaal als Versammlungsort gewählt hatte. Wenn die Dämpfer eine Anwendung der Alton-Gabe verhinderten, dann hielten sie logischerweise Regis' Gaben ebenfalls in Schach.

Trotzdem war sie ein wenig verwirrt. Regis war de facto König, auch wenn er nicht so hieß, und er schien auf diese Stellung verzichten zu wollen. Sie wußte nicht viel über Macht, abgesehen von den bösartigen, kleinkarierten Spielchen an der Universität, aber sie wußte genug, um zu begreifen, daß Regis damit einen noch nie dagewesenen Schritt vollzog. Die einzige Genugtuung, die ihr blieb, war die Gewißheit, daß alle anderen Personen am Tisch mindestens genauso verwirrt waren wie sie selbst.

»Wir haben also einen Ardais, und ich bin überzeugt, Dyan junior wird gute Arbeit leisten. Lady Marilla ist eine Lindir und eine der letzten Aillards, aber wir wissen alle, wie tüchtig sie ist. Ich hoffe, wir können sie von Zeit zu Zeit ihren Brennöfen entreißen, damit sie an unseren notwendigen Beratungen teilnimmt.« Er schenkte Marilla ein charmantes Lächeln, und Margaret beobachtete, wie sich die Frau entspannte. »*Dom* Francisco ist bereit, die Ridenows zu vertreten. Und wir werden einen Elhalyn finden, der eine Funktion im Rat übernimmt, auch wenn es möglicherweise etwas dauern wird.«

»Aber Regis«, protestierte *Dom* Gabriel, ungeachtet der Tatsache, daß ihm Javanne Zeichen machte, still zu sein, während sie die neue Lage einschätzte, »was ist der Zweck der ganzen Sache?«

»Mein Ziel ist es, Darkover von den besten Leuten, die es zu bieten hat, in seine Zukunft führen zu lassen. Und diese Zukunft liegt in den Händen der jungen Menschen hier – in den Händen von Mikhail, Dyan, Francisco und Marguerida. Ich werde nicht ewig leben, genausowenig wie Lew, Javanne oder du, und wir können uns nicht benehmen, als wäre es anders. Das war der Fehler, den ich gemacht habe, als ich die Dinge nicht früher in die Hand nahm.«

»Mikhail? Was hat der bei der ganzen Sache mitzureden – er wird Hastur nicht erben.« *Dom* Gabriel war offenbar verärgert, als wären alle diese Änderungsvorschläge die Schuld seines jüngsten Sohnes. »Er ist nur ein jüngerer Sohn, Friedensmann für Dyan Ardais und sonst nichts!«

»Und willst du etwa, daß ich seine Ausbildung und seinen Verstand vergeude?«

»Ausbildung? Du meinst die terranische Erziehung, die du ihm verpaßt hast? Das macht ihn meiner Meinung nach für jede Funktion in der Regierung Darkovers untauglich – er ist verdorben!« *Dom* Gabriel schlug mit der Faust auf den Tisch. »Offensichtlich hast du Pläne mit ihm, aber wie die auch aussehen, ich werde ihnen nicht zustimmen.«

»Sei still, Gabriel!« fauchte ihn Javanne an. »Es gibt eine Verwendung für Mikhail, und ich kenne sie. Regis, ich möchte, daß du Mikhail an Lews Stelle in den Senat schickst. Er wollte immer schon zu den Sternen reisen, und jetzt wäre genau der richtige Zeitpunkt dafür. Wir dürfen einfach nicht zulassen, daß ein Aldaran im Senat sitzt – man kann ihnen nicht trauen, und das weißt du. Ich bin sicher, Lew handelte im besten Glauben, aber er hat sich eben geirrt.«

Mikhails Gesichtsausdruck war eine Mischung aus Beunruhigung und Wut. Margaret konnte es ihm nicht verübeln. Sie hatte ihm von dem heimlichen Vorhaben seiner Mutter erzählt, aber sie hatten beide nicht wirklich daran geglaubt. Und sie wußte, daß er Darkover zur Zeit nicht verlassen wollte. Wie traurig, dachte sie. Nachdem er sich ein Leben lang gewünscht hatte, reisen zu können, bekam er jetzt, da er es nicht mehr wollte, vielleicht die Gelegenheit dazu. Sie begriff nun, daß Javanne und Gabriel das Gefühl hatten, Mikhail bereits vor langer Zeit verloren zu haben, verloren an terranische Ideen, die sie für gefährlich hielten und die Regis ermuntert hatte. Sie versuchte, keine Angst oder Trauer bei dieser Vorstellung zu empfinden, aber sie kannte Mikhail inzwischen gut genug, um zu wissen, daß er gehen würde, wenn Regis es wollte. Er würde Darkover über sein persönliches Glück stellen und über das ihre. Und sie liebte ihn dafür, auch wenn es bedeuten sollte, daß ihr Leben in dem Augenblick zerstört wurde, in dem es erst richtig begann.

»Nein!« Regis schüttelte den Kopf. »Das paßt nicht in meinen Plan, und Mikhail hat nicht die Erfahrung, die man für einen Sitz im Senat braucht. Diese Position behält Herm Aldaran. Ich habe ihn vor sechs Jahren mit der Absicht ins Unterhaus geschickt, daß er eines Tages Lews Platz übernehmen kann, allerdings habe ich nicht damit gerechnet, daß es so bald der Fall sein würde.«

»Das ist unerhört!« protestierte *Dom* Gabriel. »Ich habe dieser Ernennung nie zugestimmt, und ich tue es immer noch nicht. Ich glaube, du hast den Verstand verloren, Regis.«

Bemerkenswerterweise blieb Regis völlig ruhig. »Nein, ganz und gar nicht. Ich habe diese Entscheidung nach reiflicher Überlegung getroffen, weil Herm ein geschickter Politiker ist und weil er weiß, was getan werden muß, um unsere Welt zu beschützen.« Er hielt inne, holte tief Luft und sah Lady Linnea hilfesuchend an. »Ich habe darüber hinaus die Absicht, die Aldarans in naher Zukunft zur Rückkehr in den *Comyn*-Rat einzuladen. Wir können es uns nicht leisten, gespalten zu sein, wenn wir alle Kräfte brauchen, um Schaden von Darkover abzuwenden!«

Mehrere Stimmen erhoben sich zum Widerspruch, am lautesten die von *Dom* Gabriel. »Bist du verrückt? Niemand wird mit einem verfluchten Aldaran im Rat sitzen wollen – weder ich noch ein anderer.«

»Unsinn. Das Leid, das die Aldarans verursacht haben, liegt Generationen zurück, und wir müssen die Wunde heilen, nicht offen und blutend lassen. Die Feinde von der Seite der Expansionisten werden uns genug beschäftigen, wir brauchen nicht noch einen, der in unserem Rücken lauert. Wenn die Aldarans hier bei uns sind, haben wir sie im Auge!«

»Wenn du glaubst, daß ich bei diesem Unsinn mitmache, dann mußt du verrückt sein«, erwiderte *Dom* Gabriel. »Ich habe tatsächlich den Eindruck, daß du nicht mehr in der Lage bist, Darkover zu führen, Regis! Dani ist noch zu jung, um deine Pflichten zu übernehmen, aber ... man könnte einen anderen Regenten ernennen.« Er straffte die Schultern und wölbte seine mächtige Brust. »Unter der Führung von älteren Männern wie mir kann sicherlich ...«

Dyan Ardais bewegte sich auf seinem Stuhl. Seine Hand fuhr zum Knauf seines kurzen Schwertes. »Das klingt für meine Ohren verdächtig nach Hochverrat, *Dom* Gabriel!« stieß der junge Mann zur Überraschung vieler Anwesender hervor. »Meine Treue gilt Regis, Hastur und Darkover, und ich werde nicht schweigend hier sitzen und Euch in dieser Weise sprechen lassen.«

»Schweig, du grüner Junge! Du achtest nur auf Mikhails Interessen, und ich weiß es, auch wenn du selbst es nicht weißt. Er hat dich verzaubert, so wie alle andern. Er ist gefährlich, und man kann ihm nicht trauen! Er denkt zuviel!«

»Und genau das braucht Darkover – Männer, die denken.« Regis' Gesicht war vor Zorn gerötet, aber seine Stimme war ruhig und fest. Danilos Haltung hinter ihm war angespannt, er war darauf gefaßt, seinem Herrn beizustehen, und die Wächter am Eingang waren auf der Hut. Margaret fragte sich, ob in diesem Raum je Blut vergossen worden war, und hoffte, das ihres Onkels möge nicht das erste sein. Ein Blick in Mikhails Gesicht sagte ihr, daß seine Gedanken in dieselbe Richtung gingen, daß es ihn zerriß, seinen Vater und seinen Onkel kurz vor einer Handgreiflichkeit zu erleben. Wäre die Lage nicht so ernst gewesen und hätten sich nicht so viele Messer und Schwerter im Raum befunden, dann hätte Margaret der Vorstellung, daß zwei Männer in den Fünfzigern eine Rauferei anfingen, durchaus eine heitere Seite abgewinnen können. Aber die Lage war ernst, und sie wußte es.

Mehr noch: Margaret war klar, daß sie mittendrin steckte – als Erbin der Domäne Alton war sie keine beliebige Beobachterin, sondern Teilnehmerin an einem Spiel, das sie nicht ganz verstand. An einem tödlichen Spiel, wenn sie die Miene der Männer richtig deutete. Sie konnte nicht länger teilnahmslos und schweigend dabeisitzen. Sie warf Lew einen raschen Blick aus dem Augenwinkel zu und sah, daß er nickte, als wäre er ihren Gedanken gefolgt, auch wenn der Raum das verhinderte.

»Ich weiß, ich habe kein Recht zu sprechen, aber ...«

»Dann sei still«, zischte Javanne.

»Nein. Zunächst möchte ich als Forscherin mit Universitätsausbildung darauf hinweisen, daß Regis meiner Ansicht nach seine Pläne noch nicht vollständig dargelegt hat, und es ist immer töricht, wenn man irgendwelche Theorien aufstellt, ohne alle Fakten zu kennen.«

»Hör sich das einer an!« *Dom* Gabriels Gesicht hatte sich inzwischen so gerötet, daß seine Ohren fast purpurn waren. »Eine ›Forscherin mit Universitätsausbildung‹! Diese Frau kennt ihre Rolle nicht, nämlich zu tun, was man ihr sagt, und ansonsten den Mund zu halten. Sie ist ungeeignet, die Domäne Alton zu erben. Sie ist zu terranisch, zu selbständig! Sie ist ja kaum besser als eine Entsagende!«

Aus irgendeinem Grund brachte dieser letzte Satz, den Gabriel zweifellos als äußerste Beleidigung gemeint hatte, Margaret zum Lachen. Alle, sogar Mikhail, sahen sie an, als hätte sie den Verstand verloren. »Ich wäre stolz, eine Entsagende zu sein, wenn ich nicht andere Pläne hätte.« Sie verstand ihren Onkel nun besser. Er hatte aus Gründen, die ihr unbekannt waren, ein gewaltiges Minderwertigkeitsgefühl, und er lebte seit Jahrzehnten mit einer dominanten Frau, die wahrscheinlich selten das tat, was er wollte. Margaret wußte plötzlich, daß er ihr Verhalten dem seiner Frau zu ähnlich fand und daß er sie mehr als alles andere beherrschen wollte, und sei es auch nur, weil er Javanne nie beherrschen konnte. Das erklärte auch seine spontane Ablehnung einer Verbindung zwischen ihr und Mikhail – Mik konnte er ebenfalls nicht beherrschen.

»Du kannst nicht beides haben, Onkel«, fuhr sie so ruhig fort, wie sie konnte. »Entweder ich bin wichtig, oder ich bin es nicht. Ich kann nicht nur dann wichtig sein, wenn es dir paßt, und die restliche Zeit still sein.«

Gabriel fuhr Lew an. »Das ist alles deine Schuld!«

Lew lächelte bedächtig. »Sehr wahrscheinlich. Ich habe nicht versucht, einen schwachen und folgsamen Menschen aus ihr zu machen – dafür hatte sie von Anfang an zuviel von mir und ihrer Mutter in sich.« In seiner Stimme lag eine Ergriffenheit, als könne er zum ersten Mal ohne Schmerz und Reue an Thyra denken und erkennen, daß sie mehr war als die Frau, die er in Erinnerung hatte. »Aber ich glaube, sie hat recht. Regis möchte noch etwas anderes sagen. Ich muß zugeben, ich freue mich darauf.«

»Ich ebenfalls«, fiel Dyan ein, der offenbar bereit war, sich bedingungslos auf Lew Altons Seite zu schlagen.

»Und ich«, ergänzte Francisco Ridenow, »habe bislang nichts gehört, was mich beunruhigt, deshalb hoffe ich, Lord Regis wird mit seinen Offenbarungen fortfahren.«

Lady Marilla räusperte sich. »Wie *Dom* Gabriel kann ich mich nicht mit dem Gedanken anfreunden, daß ein Aldaran in dieser Runde sitzt. Aber ich sehe auch, daß es klug wäre, sie im Auge zu haben, statt sie hinter unserem Rücken tun zu lassen, was sie wollen. Da Marguerida mich vor einiger Zeit danach gefragt hat, habe ich viel über die Angelegenheit nachgedacht und bin zu dem Schluß gelangt, daß mich die Vergangenheit möglicherweise zu einem falschen Urteil führte – eigentlich kenne ich diese Leute nicht, und vielleicht sind sie gar nicht die Ungeheuer, als die wir sie uns vorstellen.«

»Das hier ist immer noch kein vollständiger Rat, deshalb hat nichts, was wir hier sagen, irgendein Gewicht«, warf Javanne ein. Sie rümpfte die Nase und sah Lady Marilla mit offener Verachtung an. »Das ist alles nur heiße Luft. Es führt letzten Endes zu nichts.« Sie hörte sich sehr selbstsicher an. Wahrscheinlich glaubte sie, ihren Bruder unter vier Augen beeinflussen zu können.

»Welche Treulosigkeit von dir, Javanne«, sagte Regis trocken. »Ich wäre empört, wenn ich dich nicht so gut kennen würde.« Er seufzte. »Entscheidungen waren nie meine Stärke, weil ich immer zu viele Möglichkeiten sehe. Aber ich habe lange über die Angelegenheit nachgedacht, und ich glaube nicht, daß mich jetzt noch irgendwelche Argumente umstimmen können. Selbst meine Schwester wird anerkennen müssen, daß ich mir viel Zeit genommen habe, um zu einem Entschluß zu kommen, aber da es nun soweit ist, werde ich auch zu ihm stehen.«

Er sah Linnea hilfesuchend an, dann fuhr er fort. »Es gibt noch verschiedene Punkte zu klären. Einer ist die Verfügung über die Domäne Alton, und das ist eine knifflige Angelegenheit. Es ist nicht so, daß wir zu wenig Anspruchsberechtigte hätten, sondern zu viele. *Dom* Gabriel glaubt, einen rechtmäßigen Anspruch auf die Domäne zu haben, weil er sie jahrelang verwaltet hat. Ich weiß nicht, wie Lew darüber denkt. Aber aufgrund seiner Rückkehr ist sein Anspruch der wirksamste.«

»Ich habe nicht das Verlangen, die Domäne Alton zurückzufordern. Meine Frau ist sehr krank, und ich will nichts weiter, als sie wieder gesund zu bekommen, statt in Ratssitzungen zu hocken, bis mir der Hintern einschläft. Dazu hatte ich während meiner Amtszeit im Senat so oft Gelegenheit, daß es für mehrere Menschenleben reicht!« Lews Hand strich unruhig über die Tischplatte, hin und her, als versuchte er, den Finger auf etwas zu legen, das er nicht zu fassen bekam.

»Und Margueridas Anspruch?«
»Sie ist meine Tochter, mein einziges lebendes Kind. Und da ich vor meiner Abreise Gabriel nicht zu meinem Erben ernannt habe, ist sie nach meinem Verständnis nach wie vor die Person, die einen vorrangigen Anspruch auf die Domäne hat.«
»Sie befolgt unsere Sitten nicht!« dröhnte Gabriel. »Sie muß gezwungen werden, die Domäne in meine Hände oder in die meiner Söhne zu geben! Ich werde nichts anderes zulassen!«
Margaret sah ihre Tante Javanne an und begegnete einem zornigen Blick aus harten Augen. Es mußte schwer für sie gewesen sein, all die Jahre an der Seite Gabriels eine anständige darkovanische Frau zu spielen, während sie doch eindeutig Ehrgeiz und Tatkraft besaß. Sie mußte es gehaßt haben, nur ihren Gatten beherrschen zu können, statt eine wirklich mächtige Position einzunehmen. Und Mikhail, vermutete Margaret, war Javanne darin zu ähnlich. Auch er ließ sich nicht beherrschen oder herumschubsen.
Sie sah Mikhail an, und er lächelte ihr zu, als wüßte er ihre Gedanken, trotz der Dämpfer im Raum. Plötzlich kam ihr die Frage der Domäne Alton unbedeutend vor. Onkel Gabriel war ein tüchtiger Mann auf seine dickköpfige, langsame Art, und er hatte ihre Ländereien gut geführt. Andererseits war ihr klar, daß sie eine Verantwortung, eine Pflicht zu erfüllen hatte. Ihr Vater hatte sie nie wirklich um etwas gebeten, aber er wollte fraglos, daß sie seinen Grundbesitz erbte, und sie wußte, sie würde ihn nicht enttäuschen. Sie hatte nur Angst, daß ihr der Preis dafür zu hoch sein könnte. *Komisch,* dachte sie, *ich hätte nie geglaubt, daß es einen Mann geben würde, der ein Licht in meinem Leben ist, und jetzt gibt es einen, und er kann mich nicht haben, und ich ihn nicht. Das Leben ist ungerecht!*
»Die Crux bei der ganzen Sache ist, daß das Volk wieder einen

Comyn-Rat haben will – ihn fordert. Deshalb muß die Frage der Erbschaft jeweils geklärt und eindeutig festgelegt werden, sonst verbrauchen wir unsere gesamte Energie für Streitereien und haben keine mehr für unsere eigentliche Aufgabe übrig – nämlich dem Volk von Darkover nach besten Kräften zu dienen. Ich mag der Regent sein, aber ich weiß, daß ich ein Diener des Volkes bin, das ich regiere, und ich möchte das nie vergessen!« Regis' Stimme hallte im Saal wider und ließ alle Anwesenden aufhorchen.

Seiner Aussage folgte ein entsetztes Schweigen, und *Dom* Gabriel sah aus, als wäre ihm die Luft weggeblieben. Javanne hingegen wirkte sehr nachdenklich, und Margaret zweifelte nicht daran, daß sie nach Wegen suchte, diese neue politische Situation zu ihrem Vorteil zu nutzen.

»Dem Volk dienen?« Gabriel klang, als würde er darin eine Falle wittern.

Regis ignorierte seinen Schwager. »Als erste unter den Domänen kommt Elhalyn von Hastur, doch deren Vertreter sind zu jung, um weise regieren zu können, und haben auch keine Erfahrung darin; sie werden Führung brauchen. Danilo, mein Sohn mit Linnea, wird einmal der Erbe von Hastur werden, aber auch er ist zu jung für einen Sitz im Rat.« Er hielt inne, und Margaret sah etwas über sein Gesicht huschen, einen Schatten von Zweifel oder Besorgnis. Sie dachte an den verkrampften jungen Mann, der sie bei ihrer Rückkehr nach Thendara begrüßt hatte. Es fiel auf, daß Regis seinen ältesten Sohn nicht zum Erben erklärt, sondern seine Ernennung auf einen unbestimmten Zeitpunkt in der Zukunft verschoben hatte, und Margaret fragte sich, ob mit Danilo Hastur möglicherweise etwas nicht in Ordnung war. »Mikhail ist nach Danilo mein nächster Erbe, und ich beabsichtige, ihn zum

Regenten der Domäne Elhalyn zu ernennen. Dein Verstand und deine terranische Erziehung werden dir für diese Aufgabe zustatten kommen, Mikhail, bis wir sicher sein können, daß der älteste lebende Sohn von Deriks Schwester geistig gesund ist. Wir dürfen keinen zweiten Derik riskieren. In einem Jahr wird er in einem Alter sein, in dem er regieren könnte, aber von einer Krönung wird noch einige Zeit nicht die Rede sein.«

Javanne starrte ihren Bruder an, und Margaret konnte es ihr nicht verdenken. Es hörte sich an, als wäre er gewillt, seinen Posten an einen jungen Mann abzutreten, der nicht zum Herrscher ausgebildet war. Es war ein kühner Schritt, und ein gefährlicher dazu, die Macht so rasch aus der Hand zu geben.

Mikhail sah aus, als hätte ihn der Blitz getroffen. »Herr des Lichts«, flüsterte er. »Ich und Regent!«

Regis hörte ihn und lächelte. »Das ist vollkommen naheliegend. Deine Großmutter war Alanna Elhalyn.«

»Daran habe ich nie gedacht«, murmelte Mikhail.

»Warum Mikhail und nicht Gabriel oder Rafael?« fragte Javanne mich hochrotem Kopf. Sie funkelte erst ihren Bruder und dann ihren Sohn an, als wären die beiden wahre Ungeheuer.

»Mikhail ist zum Herrscher ausgebildet, und er gewährleistet die richtige Führung. Gabriel und Rafael sind tüchtige Männer, Schwester, aber für die Aufgabe, an die ich denke, sind sie ungeeignet.«

Mikhail wirkte sehr beunruhigt, beinahe so außer Fassung wie seine Mutter. »Ich bin auf Hastur vereidigt, Regis. Wenn ich die Domäne Elhalyn annehme, ändert das alles. Meine Treue muß dann den Elhalyn gelten, und ...« Er versuchte, mit einem Achselzucken darüber hinwegzugehen. »Gut, Priscillas Sohn Alan wird bald alt genug, um gekrönt werden zu können. Aber ehrlich gesagt, ist er ein bißchen sonderbar. Vincent, der zweite Sohn ist derjenige, der …« Wie ein Schlafwandler ging Mikhail von seinem Platz hinter Dyan zu einem Stuhl gegenüber von Regis. Der Stuhl war mit dem silbernen Baum der Hastur gekennzeichnet, trug aber noch eine Krone. Mikhail setzte sich auf ihn. »Jetzt, da ich die Krone nicht mehr will, die mir Regis versprochen hat, bekomme ich die Bürde einer Krone auferlegt, nach der ich nie gestrebt habe«, flüsterte er.

Diese Wendung der Ereignisse verwirrte Margaret. Sie wußte nicht recht, warum Regis so erpicht darauf war, die traditionellen Könige von Darkover wieder einzusetzen. Nach ihren spärlichen Informationen waren die Elhalyn eine merkwürdige Familie. Sie wußte außerdem nicht, wieso er Mikhail zum Regenten ernannte, außer daß seine Großmutter eine Elhalyn war. Doch nach dieser Logik wäre Javanne eine ebenso gute Kandidatin für diese Rolle, und sie wäre entzückt! Aber vielleicht verhinderte irgendeine Sitte einen weiblichen Regenten.

Gabriel knurrte. »Das ist lächerlich. Mikhail wird Alan einen Haufen terranischen Unsinn in den Kopf setzen, falls er nicht sowieso schon verdorben ist.«

Lew meldete sich. »Gabriel, du lebst immer noch in der Vergangenheit. Wir werden uns anpassen müssen, wir beide. Das alte Darkover, in dem wir aufgewachsen sind, ist verschwunden, vermutlich für immer. Auch die Wiedereinsetzung der Elhalyn auf dem Thron wird es nicht zurückbringen. Regis hat einige bemerkenswerte Vorschläge gemacht, und ich glaube, wir brauchen Zeit, um sie zu verdauen. Ich möchte empfehlen, daß wir uns vertagen und unsere Gemüter abkühlen lassen.«

»Du kannst empfehlen, was du willst, aber ich werde mich all dem widersetzen! Aldarans im *Comyn*-Rat und Mikhail als Vertreter der Elhalyn! Ich bringe die Sache vor den Cortes, und dort wird man dafür sorgen …«

»Ich würde Euch nicht raten, Euch mir zu widersetzen, *Dom* Gabriel«, sagte Regis förmlich. Er sah Margaret an. »Ich habe das Beste für Darkover im Sinn, und Opposition wird uns nur anfällig für die Intrigen unserer Feinde machen. Wenn es sein muß, werde ich Euch aus dem Rat entfernen.«

Sein Tonfall war unmißverständlich. Während die Anwesenden diese Drohung zur Kenntnis nahmen, legte sich Schweigen über den Raum. Margaret schaute der Reihe nach in die Gesichter der anderen und versuchte, ihre Stimmung einzuschätzen. Am stärksten zog es ihren Blick jedoch zu Mikhail. *Immerhin*, dachte sie, *wird er Darkover nicht verlassen.*

28

Gabriel stürmte aus dem Kristallsaal und rannte auf dem Weg zur Tür fast einen Wächter über den Haufen. Javanne wollte ihm folgen, aber Regis packte mit festem Griff ihr Handgelenk. »Wir müssen uns unterhalten, Schwester«, sagte er ernst. »Über Treue.«

Javanne sah Regis so überrascht an, als wäre er ein völlig Fremder. »Treue?«

»Ganz recht. Komm mit.« Regis stand auf, hakte sich bei Javanne unter und machte sich auf den Weg zur Tür. Danilo mußte rasch zur Seite treten, um nicht vom Stuhl getroffen zu werden, aber er schloß sich Regis elegant an. Dann erhob sich Lady Linnea langsam und mit ernster Miene, und die vier verließen den Saal.

»Nun«, verkündete Francisco Ridenow, »das war nicht gerade das, was ich erwartet hatte, als mich Regis zu kommen bat. Ich dachte, es wird langweilig.« Er lachte leise und wandte sich an Lew. »Geht es hier immer so hitzig zu?«

Lew schüttelte den Kopf. »Glaub mir, das war noch ziemlich harmlos im Vergleich zu einigen früheren Gelegenheiten!«

»Verstehe.« Er sah Mikhail an, der den Kopf in die Hände gestützt hatte, dann Lady Marilla und Dyan Ardais. »Es hat mir Appetit gemacht, das muß ich sagen, und mir eine Menge zu denken gegeben. Aldarans im Kristallsaal – wer hätte das gedacht?«

»Ich«, erwiderte Dyan Ardais unerwartet.

»Tatsächlich?«

»Ich weiß, was sie getan haben, wie sie in der Vergangenheit mit den Terranern paktierten, aber ich hielt es immer für eine schlechte Idee, sie hinter unserem Rücken neues Unheil aushecken zu lassen.«

»Da hast du nicht ganz unrecht«, stimmte Francisco zu. Er betrachtete Dyan und Lady Marilla, dann sah er Mikhail wieder an. »Aber ich bin zu hungrig, um noch richtig denken zu können. Heute wird nichts mehr entschieden, oder? Dann schlage ich vor, wir suchen uns etwas zu essen und vielleicht ein bißchen Wein, eine ganze Menge Wein.«

Trotz der angespannten Atmosphäre mußten alle lachen. Dyan half seiner Mutter auf, und Francisco erhob sich ebenfalls. Sie gingen zur Tür, wo sie sich umdrehten, um zu sehen, ob die letzten drei Anwesenden ihnen folgten, bevor sie den Saal verließen.

»Er scheint ein fröhlicher Bursche zu sein«, sagte Margaret zu ihrem Vater. »Können wir woanders hingehen? In diesem Raum bekomme ich eine Gänsehaut. Los, Mikhail – sitz nicht da, als wäre das Ende der Welt gekommen.« Sie redete beherzter, als ihr zumute war, denn sie konnte sich nicht vorstellen, warum er sich so aufregte. Bei ihrer ersten Begegnung hatte er seinen Ärger darüber zum Ausdruck gebracht, daß er nur Friedensmann war, obwohl man ihn zum König ausgebildet hatte. Nun würde er der Regent für diesen Alan Elhalyn oder einen seiner jüngeren Brüder sein, und er sah keine Spur erfreut aus.

Mikhail blickte auf und schien sich ein wenig zu fangen. »Du hast recht. Das Ende der Welt ist nicht gekommen – aber die Welt steht Kopf! Regis hat nie etwas von seinen Plänen angedeutet! Jetzt ist alles anders, und ich weiß nicht … ach, zum Teufel damit. Mutter wird nie zulassen, daß er …«

Lew sah Mikhail an. »Ich glaube, wir sollten jetzt gehen.« Er warf den beiden Wächtern einen Blick zu, die immer noch an der Tür standen und so taten, als hätten sie nicht zugehört und als würde von dem, was im Raum gesprochen wurde, nicht bald die ganze Kaserne reden. »Es gibt eine kleine Terrasse, die ich früher sehr gemocht habe. Dort können wir sitzen, die Sonne genießen und wieder klar im Kopf werden.«

»Einverstanden.« Mikhail stand auf, dann betrachtete er lange die Schnitzerei in seiner Stuhllehne. Er schüttelte den Kopf. »Das wird mir mein Vater nie verzeihen, niemals.«

»Wieso?« Margaret ging auf ihren Cousin zu. »Ich verstehe nicht, was ihn daran ärgern könnte, außer daß er sich anscheinend gern über alles aufregt, was für ihn unerwartet kommt. Würde mir einer von euch bitte erklären, warum diese Entscheidung so schrecklich ist. Du sagtest, du hättest gern eine anspruchsvollere Aufgabe, als nur Friedensmann zu sein, Mik – und das, worum dich dein Onkel gebeten hat, hört sich nach einer wichtigen Sache an.«

Sie verließen den Kristallsaal, und Lew führte sie zu einer kleinen Terrasse, von der man die Stadt Thendara überblickte, die rötlich in der Nachmittagssonne leuchtete. Margaret streckte die Arme über den Kopf und sog die frische Luft ein, froh, im Freien zu sein.

»Regis hat soeben die Karten in einer Weise neu gemischt, die ich nicht erwartet hätte, und Mikhail ebensowenig, und wir sind beide ziemlich überrascht.« Lew sprach sehr ruhig. »Sie ist wunderschön, nicht wahr?«

»Wer?«

»Die Stadt, Thendara. Ich habe sehr viele Städte gesehen, aber der Blick über Thendara ist mir immer noch der liebste. Ich hätte nie gedacht, daß ich noch einmal hier stehen würde.«

Mikhail lehnte an der Balustrade, und ein Teil der Anspannung wich aus seiner Haltung. Er schien immer noch nicht glücklich zu sein, aber er wirkte auf Margaret nicht mehr ganz so betrübt, und das genügte für den Augenblick. »Ich will nicht als gekröntes Haupt auf dem Marktplatz ausgestellt werden, damit sich die Menschen davor verbeugen.«

»Und was genau willst du damit sagen?« fragte Margaret.

»Regis hat einmal zu mir gesagt, wenn ich mein eigenes Leben führen will, hätte ich es so einrichten müssen, daß ich als Kind anderer Eltern zur Welt gekommen wäre.« Er lachte über diesen ironischen Scherz. »Ich habe ihn damals nicht verstanden. Niemand wählt wirklich sein Leben. Oder, Onkel Lew?«

»Nein. Ich habe mir die vielen Dinge, die ich geworden bin, nicht ausgesucht – jedenfalls kam es mir immer so vor, als wäre ich in Situationen gezwungen worden, in die ich mich nicht unbedingt freiwillig begeben hätte. Aber nachher ist man immer schlauer. Als ich tat, was ich tat, schien es mir immer das Richtige zu sein. Aber ich weiß, wie es dir im Augenblick geht, Mikhail.«

»Aber ich weiß es nicht«, brauste Margaret auf, deren Geduld fast erschöpft war.

Lew lächelte sie an. »Generationen lang waren die Elhalyn unsere Könige, aber die Macht hinter dem Thron war immer ein Hastur. Indem Regis Mikhail zum Regenten von Elhalyn ernannt hat, macht er einen Königsmacher aus ihm. Ich glaube, es bedeutet, daß Danilo zwar Regis' Erbe sein wird, die wahre Macht wird jedoch in Mikhails Händen liegen. Er weiß nicht, ob es fähige Hände sind, aber er glaubt daran. Es ist ein mutiger Schritt, und ich muß zugeben, daß ich ihn bewundere.«

Mikhail lachte bellend. »Du hast leicht reden – schließlich

wurde nicht dein ganzes Leben auf den Kopf gestellt!« Er drehte sich um und sah Margaret an. »Mein Leben gehört mir nicht mehr. Deshalb kann ich dir nicht sagen, was ich schon früher hätte sagen sollen – daß ich wünschte, wir könnten heiraten. Dann wärst du eine Königin geworden, obwohl du für mich bereits mehr als das bist.«

Margaret spürte, wie ihr Gesicht glühte. Sie drehte sich zu ihrem Vater um, aber der schien meilenweit entfernt zu sein und völlig in Gedanken versunken. »Ich glaube nicht, daß ich eine besonders gute Königin abgäbe, Mik. Ich würde ständig irgendwelche Regeln verletzen. Aber ich wünschte mir, du hättest etwas gesagt ... es hätte mir sehr viel bedeutet. Ich nehme an, wenn du Regent von Elhalyn bist, ist alles anders?« Sie hielt nur mit großer Mühe ihre Enttäuschung zurück.

»Früher«, antwortete Lew, »wäre das der Fall gewesen. Jetzt bin ich mir nicht sicher. Eine Heirat zwischen der Inhaberin der Domäne Alton und dem Regenten von Elhalyn wäre eine äußerst mächtige Verbindung gewesen und von den anderen Domänen mit Argwohn betrachtet worden.«

»Gut, wie wäre es dann, wenn du die Domäne zurückforderst und mich aus der Sache herausläßt? Ich will das Ding ja gar nicht!«

»Das, glaube ich, wäre nicht im Interesse Darkovers.«

»Verstehe. Ich soll also mein persönliches Glück für das Wohl des Planeten zurückstellen?« Margaret kochte vor Wut und Empörung.

Lew lachte leise und tätschelte ihr die Wange. »Nein, *Chiya*, das würde ich nicht von dir verlangen.«

»Was dann?«

»Nur ein kompletter Narr würde nicht bemerken, daß du und Mikhail ineinander verliebt seid, meine Marja. Und ich möchte, daß ihr beide glücklich seid, denn das wird Darkover ebenso nützen wie euch selbst.«

»Das werden meine Eltern niemals zulassen«, widersprach Mikhail.

»Hm. Wenn ich richtig vermute, läßt Regis gerade seinen Charme spielen, um Javanne von seinen Ideen zu überzeugen. Versteht ihr, im Augenblick wird die Macht neu verteilt, und da gibt es natürlich eine Menge Widerstände. Aber ich bin überzeugt, daß wir langfristig eine Lösung finden, die alle zufriedenstellt. Nun ja, bis auf *Dom* Gabriel vielleicht.«

»Willst du damit sagen, ich soll Geduld haben, Vater?«

»Ja. Du mußt in einen Turm gehen, nach Arilinn oder Neskaya, und dich ausbilden lassen.«

»Mik sagt, das dauert Jahre. Bis ich die Ausbildung beendet habe, bin ich eine vertrocknete alte Pflaume! Und das will ich nicht! Anscheinend glaubt hier jeder, über mein Leben entscheiden zu können, ohne mich anzuhören. Der einzige, der mich je gefragt hat, was ich will, war Mikhail.«

»Also gut, Marja, und was willst du?« Lew bewegte seinen Armstrumpf in einer zärtlichen Geste in ihre Richtung.

»Ich will … Mikhail heiraten, wenn er mich haben will.«

Natürlich will ich dich! Es gibt nichts, was ich mir mehr wünsche!

Gut. Dann ist das geklärt, oder?

So einfach ist die Sache nicht, Marguerida. Ich wollte, sie wäre es. Aldones, wie ich dich liebe!

»Sonst nichts?« unterbrach Lew.

»Doch, da wäre schon noch etwas! Das Ausmaß an Analphabetentum auf Darkover ist unverzeihlich. Es ist nicht gesund, und es ist gefährlich. Die Menschen hier müssen besser über die Föderation informiert sein, über die Risiken, die von

Leuten wie den Expansionisten ausgehen. Solange der *Comyn* alle Entscheidungen für eine nicht informierte Bevölkerung trifft, ist Darkover meiner Meinung nach in Gefahr.«

»Gut gesagt, Tochter! Und absolut richtig. Willst du also Schulen gründen oder einfach mit einer Handbewegung unsere feudalen Strukturen abschaffen?« Er zog sie auf, und sie war hin- und hergerissen, ob sie sich darüber freuen oder ihm an den Kragen gehen sollte.

»Ich habe nicht das Verlangen, die darkovanische Kultur als Ganze zu zertrümmern. Aber wenn ich wirklich die Erbin einer Domäne sein soll, dann will ich, daß Darkover gegenüber der Föderation in einer möglichst starken Position ist. Ich will nicht zur bloßen Ehefrau schrumpfen oder als alternde Intrigantin enden wie Javanne!«

»Diese Einschätzung würde sie aber schwer kränken«, antwortete Lew fröhlich. »Und du hast völlig recht. Wir müssen Darkover auf die Zukunft vorbereiten – und zwar, ohne unsere Sitten auf breiter Front aufzugeben. Ich bin stolz auf dich, Tochter, stolzer, als ich es mir je hätte träumen lassen.«

Margaret hatte bei diesem überraschenden Lob das Gefühl, als bliebe ihr die Luft weg. Sie sah Lew an, der lächelte, und Tränen traten ihr in die Augen. »Danke. Ich habe lange darauf gewartet, das zu hören. Ich wußte nicht, wie sehr ich dieses Lob brauchte, bis du es ausgesprochen hast.«

Und ich wußte nicht, wie sehr ich mir gewünscht habe, es sagen zu können. Dann sind wir also beide zufrieden. Ich gehe jetzt zu Dio. Sieh zu, daß du Mikhail aus seiner Niedergeschlagenheit herausholst, ja? Du hast dir einen prächtigen Mann ausgesucht, Marguerida – einen, der beinahe gut genug für dich ist!

Damit drehte sich Lew Alton um und verließ die Terrasse.

Margaret stützte sich neben ihrem Cousin auf die Balustrade, so daß sich ihre Schultern fast berührten. Sie legte zärtlich ihre rechte Hand auf seine linke und spürte die Wärme seiner Haut.
»Verzweifle nicht, Mik, das ist ein fürchterliches Gefühl.«
»Ich benehme mich wie ein Narr, hab ich recht?«
»Nein, du benimmst dich nur wie jemand, dem man den Boden unter den Füßen weggezogen hat.«
Er lachte. »Ins Schwarze getroffen! Weißt du, ich bin sehr wütend auf Regis, weil er einfach so damit herausplatzt – er hätte mich vorher fragen können!« Mikhail verschränkte seine Finger in die von Margaret, wie Lady Linnea und Regis es vor einer Stunde im Kristallsaal getan hatten.
Sie erinnerte sich, wie eifersüchtig sie auf diese kleine Geste gewesen war, auf diese Zärtlichkeit und Nähe. Jetzt war sie nicht mehr neidisch, sondern zufrieden, hier neben Mikhail zu stehen und über die Stadt zu blicken. Lange Zeit verharrten sie regungslos und ohne zu sprechen.
»Glaubst du, dieses Durcheinander wird sich noch auflösen?« fragte er schließlich.
»Wenn mein Vater es richten kann, ja. Und wenn nicht, können wir immer noch Pilze züchten!«
Mikhail drehte sich um und legte seine Arme um sie. Sein Atem strich über ihre Wange. Er drehte eine ihrer kupferfarbenen Haarsträhnen in den Fingern. »Weißt du, wie froh ich bin, daß ich all den hübschen Mädchen auf Darkover widerstanden habe, und daß ich dich sehr liebe?«
Margaret stockte erneut der Atem, und sie fror für einen kurzen Augenblick. Nach einem Leben in freiwilliger Isolation erschreckte sie die Intensität seiner Gefühle. Sie schaute zur geschwärzten Ruine des alten Turms, wo Ashara sie vor zwei

Jahrzehnten zur Gefangenen gemacht hatte, dann sah sie wieder Mikhail an. Die Kälte verschwand, als würde das letzte Eis in ihrem Herzen unter der Sonne Darkovers schmelzen. Sie war endlich zu Hause; das Exil, das sie nicht als solches erkannt hatte, war für immer vorbei. »Ja, ich glaube, ich weiß es.«

Mikhail Hastur sah ihr in die Augen, dann beugte er sich über sie und drückte ihr einen Kuß auf die Lippen. Es war ein leidenschaftlicher und zärtlicher Kuß, und er brannte wie ein Blitz bis in ihr Innerstes. Sie wußte, sie würde nie wieder einen so wunderbaren Augenblick wie diesen erleben. Und was auch geschah, diesen Moment konnte ihr niemand mehr nehmen, und damit war sie zufrieden.